13월의 천사

Rage of Angels

13월의 천사

시드니 셀던 지음 | 정성호 옮김

오늘

세계에서 여덟 번째로 불가사의한 내 사랑 메리에게 이 책을 바친다.

| 감사의 말

이 소설의 인물이나 사건은 픽션이지만 그 배경은 사실이다. 친절하게 협력해준 여러분 덕택에 나는 이 작품을 완성할 수 있었다.

나는 필요하다고 생각되는 부분은 몇 군데 각색을 했다. 법률상, 또는 사실에 대한 착오가 있다면 그것은 오직 나의 책임이다.

법조계의 생활이나 경험을 상세하게 가르쳐준 F.리 베일리, 멜빈 벨리, 폴카루소 , 윌리엄 헌들리, 루크 맥키색, 루이스 나이저, 제롬 쉬스택, 피터 태프트에게 깊은 감사의 말을 전한다.

캘리포니아에서는 연방지방법원의 윌리엄 매튜 바이언 판사에게 대단히 큰 도움을 받았다.

뉴욕에서는 라이커즈 섬을 안내해준 뉴욕 시 교정국의 전 홍보부 차장 필레쉰과 라이커즈 섬의 부교도 소장 패트 페리가 있었는데, 이들에게 특별한 감사를 전한다.

배리 더스틴의 법률상의 감수와 조언은 귀중한 것이었다.

이 책을 쓰는 데 조사를 도와준 앨리스 피셔에게도 감사의 마음을 전한다.

그리고 마지막으로 처음에 1천 페이지나 되었던 원고를 거의 3년에 걸쳐서 인내심 있게 싫은 얼굴도 하지 않고 12회 이상이나 정리하고 타이핑해준 캐더린 먼로 양에게 고마움을 전한다.

시드니 셀던

▾▾

"키몬이여, 저 은밀한 악의 무리에 대해서 말하라."

"우리의 입술을 더럽히지 않으려면 그들의 이름을
입에 담지 마라. 그들은 지옥의 암흑 속으로부터 나와

천국을 더럽히고 있는 무리들이니….

그들은 결국 천사의 분노에 의해 격퇴 당했네."

_「키오스의 대화」 중에서

차례

제1부

제2부

등장인물

마이클 모레티 :: 미국 동부의 5개 마피아 조직 중 최대 패밀리의 대부인 안토니오 그라넬리의 사위로 그의 후계자

안토니오 그라넬리 :: 미국 동부의 5개 마피아 조직 중 최대 패밀리의 대부

제니퍼 파커 :: 변호사. 표정이 풍부한 지적인 여인으로 검사보로 출발해서 변호사가 된다. 이 소설 속의 천사

애덤 워너 :: 뉴욕변호사협회 징계위원회 위원, 스타일이 좋고 매력적인 남자로 변호사이자 상원의원, 미합중국 대통령

로버트 디 실바 :: 뉴욕 주 지방검사. 공명심에 불타는 미국 최고 검사

로렌스 월드맨 :: 판사, 제니퍼의 변호사 자격을 박탈하려고 했던 인물

토머스 콜팩스 :: 마이클 모레티의 변호인으로 마피아의 고문 변호사

스튜어트 니덤 :: 애덤 워너의 파트너로 법조계 거물

메리 베스 :: 스튜어트 니덤의 질녀이자 애덤 워너의 아내

조슈아 애덤 파커 :: 애덤 워너와 제니퍼 파커 사이의 아들

케네스 베일리 :: 에이스 탐정사무소의 소장 겸 탐정

제1부

Rage of Angels

이상한 징조

사냥꾼들이 먹잇감을 잡으려고 사방에서 포위해 들어가고 있었다.

2천 년 전의 로마였다면 어땠을까. 굶주린 사자들이 먹이를 갈기갈기 찢어발기려고 피와 모래가 범벅이 된 서커스 원형 경기장이나 콜로세움 안을 슬금슬금 다가가고 있는 장면이었을 것이다. 그러나 지금은 문명이 극도로 발달한 시대였으며, 이 쇼가 상연되고 있는 무대는 맨해튼의 다운타운에 있는 형사 법원의 16호 법정이었다.

수에토니우스(고대 로마의 역사가) 대신에 사건을 후세에 전하기 위해서 법정의 속기사가 있었다. 그리고 수많은 매스컴을 요란하게 장식하고 있는 이 살인사건의 재판에 흥미를 느낀 사람들이 자리를 잡기 위해 아침 7시부터 법정 밖에 줄을 서고 있었다.

사냥감인 마이클 모레티가 피고인석에 앉아 있었다. 그는 30대 초반의 매력적인 사나이로 마른 편이었고 큰 키에 이목구비가 뚜렷한 용모 때문에 냉엄하면서도 야성적인 느낌을 풍겼다. 그리고 유행하는 스타일로 깎은 검은 머리칼에다 가운데가 들어가 더욱 강인하게 보이는 주걱턱과 거무스름하고 깊은 올리브색 눈을 가지고 있었다. 그는 주문해서 만든 회색 양복과 연한 푸른색 셔츠에 그보다 짙은 푸른색 실크 넥타이를 매고 번쩍번쩍 빛이 나는 구두를 신고 있었다. 법정 안을 쉴 새 없이 둘러보고 있는 눈만 빼놓으면 그는 조용하고 차분한 편이었다.

이 마이클 모레티를 집어 삼키려는 사자는 성미가 괄괄한 주 지방 검찰청의 로버트 디 실바 검사였다. 마이클 모레티가 정적이라면, 로버트 디 실바는 동적이었다. 그는 마치 약속시간에 5분 늦어 뛰어가는 사나이처럼 끊임없이 몸을 움직이며 살아왔고, 보이지 않는 적을 상대로 섀도복싱을 하고 있었다. 키가 작고 딱 벌어진 체격으로 머리칼에는 드문드문 새치가 있었는데, 헤어스타일이 유행에 뒤떨어져보였다. 또한 젊었을 때 권투선수였기 때문에 코를 비롯한 얼굴 여기저기에 상처자국이 있었다. 그는 언젠가 링 위에서 사람을 죽인 적이 있었는데 그것을 후회한 적은 한 번도 없었다. 그 후로도 오랜 세월 살아오면서 그는 어떤 동정심이라는 것을 느껴본 일이 없었다.

로버트 디 실바는 어떤 배경이나 누군가의 도움 없이 현재의 지위를 싸워서 얻어낸 야심만만한 사나이였다. 이 지위에 도달할 때까지 그는 예의 바른 국민의 봉사자로 자처해오기는 했지만, 한 꺼풀 벗겨보면 절대로 잊어버리는 일도, 용서하는 일도 없는 철저한 투사였다.

보통의 경우였다면 그는 오늘 이 법정에는 와 있지 않았을 것이다. 그의 밑에는 많은 스태프가 있어서 고참 검사보라면 누구든 이 사건을 다룰 수가 있었다. 그러나 디 실바 검사는 처음부터 모레티 사건을 자기 손으로 처리할 생각이었다.

마이클 모레티는 미국 동부의 5개 마피아 조직 가운데서도 최대 패밀리의 대부인 안토니오 그라넬리의 사위로, 신문의 1면을 떠들썩하게 만드는 존재였다. 안토니오 그라넬리는 이미 노령이어서 마이클 모레티가 장인의 후계자로 착실히 수업을 쌓고 있다는 소문이었다. 모레티는 상해

사건으로부터 살인까지 갖가지 범죄에 관계해왔지만 지금까지 어떤 검사도 그것을 입증하지 못했다. 모레티와 그의 명령을 실행하는 사람들과의 사이에 몇 겹이나 용의주도한 벽이 설치되어 있었기 때문이었다. 디 실바 검사 자신도 모레티에 대한 증거를 잡지 못한 채 3년간이나 허송세월을 보내왔다. 그런데 전혀 뜻밖에 디 실바에게 운이 트였다.

모레티의 하수인 중 하나인 카밀로 스텔라가 강도 살인 혐의로 체포되었는데, 사형을 면하게 해주는 조건으로 모레티에 대한 불법적인 것을 폭로하기로 했다. 그것은 디 실바 검사가 지금까지 들은 말 중에서 가장 가치 있는 말이었으며, 동부에서 가장 강력한 마피아를 굴복시키고 마이클 모레티를 전기의자로 보내고 나서 자신을 뉴욕 주지사로 출세시켜주는 증언이 될 수 있는 말이었다. 뉴욕 주지사 출신 대통령이 몇 사람이었던가. 마틴 밴 뷰런, 그로버 클리블랜드, 테디 루스벨트, 프랭클린 루스벨트 등이 백악관의 주인이 되지 않았던가. 디 실바는 그 다음 차례가 자신이 될 것이라고 생각했다.

타이밍도 나무랄 데가 없었다. 주지사 선거는 내년에 실시된다.

주에서 가장 세력이 있는 정계의 보스가 디 실바에게 이렇게 말하며 부추겼다.

"실바, 이번 사건에서 이름을 날리면 자네가 지명을 받는 것이나 선거에 당선되는 것은 따 놓은 당상일세. 모레티를 철저하게 때려눕혀주게. 그러면 우리는 자네를 후보로 내세우겠네."

로버트 디 실바 검사는 그래도 경계를 소홀히 하지 않았다. 그는 세심한 주의를 기울이며 마이클 모레티의 기소 준비를 진행시켜 나갔다. 또 검사보들에게 증거를 수집하게 하고 애매한 부분은 실수 없이 해명하게 하여 모레티의 변호사가 찾아낼 가능성이 있는 모든 법적인 맹점을 차단했다. 모든 허점이 하나씩 보강되어 나갔던 것이다.

배심원 선임에 2주일 가까이 걸렸으며 지방검사는 배심원들의 의견불일치에 의한 미종결 심의가 되었을 경우를 대비해서 6명의 스페어 배심원, 즉 보결 배심원을 뽑을 것을 주장했다. 마피아의 실력자가 관계된 재판에서 배심원이 증발하거나 까닭을 알 수 없는 사망사고를 당하는 일이 흔히 있었다. 디 실바 검사의 요구로 이번 배심원은 애초부터 격리되고 매일 밤 아무도 접근할 수 없는 곳에 수용되었다.

마이클 모레티를 유죄로 만드는 열쇠는 카밀로 스텔라로, 디 실바 검사의 이 중요한 증인은 철저히 경호를 받고 있었다. 검찰 측의 증인이었던 키트 트위스트, 본명 에이브 텔리즈가 6명의 경관으로부터 보호를 받고 있었는데도 코니아일랜드의 하프 문 호텔 6층 창문에서 '추락한' 사건은 지방검사의 뇌리에 선명하게 새겨져 있었다. 로버트 디 실바는 카밀로 스텔라의 경호인을 자기 손으로 직접 고르고 재판이 가까워오자 스텔라를 매일 밤 비밀리에 다른 장소로 옮겼다. 그리고 재판이 시작된 지금 이 순간, 스텔라는 4명의 무장한 보안관보에 둘러싸여 독방에 감금되어 있었다. 아무도 그에게 접근하는 것은 허용되지 않았다. 그도 그럴 것이 스텔라가 자진해서 증언을 하느냐, 하지 않느냐는 디 실바 지방검사가 마이클 모레티의 복수로부터 자신을 반드시 보호해줄 수 있다고 그가 믿느냐, 아니냐에 달려 있기 때문이었다.

공판이 열린 지 5일째 되는 날 아침이었다.

제니퍼 파커는 그날 처음으로 법정에 나갔다. 그녀는 그날 아침에 함께 취임선서를 한 5명의 젊은 지방검사보들과 검사석에 앉아 있었다.

제니퍼 파커는 검은 머리칼을 가진 가냘픈 24세의 처녀로 창백한 피부와 표정이 풍부한 지적인 얼굴과 사려 깊어 보이는 초록색 눈을 갖고 있었다. 아름답다고 하기보다는 오히려 매력적이라고 할 수 있는 얼굴로 긍지와 용기와 감수성을 나타내어 보는 사람에게 강한 인상을 남겼다. 그녀는 마치 과거의 눈에 보이지 않는 유령으로부터 자신을 지키려는 듯이 몸을 꼿꼿이 세우고 앉아 있었다.

제니퍼 파커의 그날 하루는 시작부터 운이 좋지 않았다. 지방검사 사무실에서의 선서식은 오전 8시에 시작될 예정이었기 때문에 제니퍼는 머리를 감을 여유가 있도록 전날 밤에 옷을 모두 꺼내놓고 자명종 시계를 6시에 맞춰놓았다.

자명종은 울리지 않았다. 7시 반에 잠을 깬 제니퍼는 무척 당황했다. 급히 구두를 신다가 굽이 떨어져나가는 바람에 넘어져서 옷을 새로 갈아입고 스타킹을 다시 신어야 했다. 더군다나 그녀는 아파트 문을 닫은 순간 집 안에 열쇠를 그냥 놓고 나온 것을 깨달았다. 형사법원 건물까지 버스를 타고 갈 생각이었지만 그래가지고는 도저히 시간 안에 갈 수가 없었다. 그래서 평소에는 버스를 이용했지만 그날은 택시를 타야 했고, 차 안에서 운전사에게 왜 이 세상이 종말이라고 하는지에 대한 설교 아닌 설교를 지겹도록 들어야 했다.

그녀가 숨을 헐떡이면서 레너드 스트리트 155번지의 형사법원 빌딩에 가까스로 도착했을 때는 8시에서 15분이나 지나 있었다.

지방검사 사무실에는 25명의 법률가들이 모여 있었다. 그 대부분은 법과대학원을 갓 나온 젊은이들로 뉴욕 주의 지방검사 사무실에서 일할 수 있게 된 데 대해 모두 흥분하고 있었다.

사무실은 벽에 붙인 액자도 장식도 차분하고 우아한 분위기여서 매우 훌륭해보였다. 커다란 책상 앞에 3개의 의자와 뒤쪽에 편안해보이는 가죽의자가 놓여 있고, 또 회의용 테이블 주위에는 10개 이상의 의자가 배치되어 있었으며 벽에 붙어 있는 책장에는 법률 서적이 빽빽하게 꽂혀 있었다.

벽에는 전 국장인 J. 에드거 후버, 전 뉴욕시장 존 린제이, 리처드 닉슨,

유명한 권투 선수 잭 뎀프시 등의 서명이 들어간 사진이 걸려 있었다.

제니퍼가 송구스러워서 어쩔 줄 모르며 사무실로 급히 들어갔을 때, 디 실바 검사는 한창 연설을 하고 있는 중이었다. 그는 말을 중단하고 제니퍼 쪽을 보며 말했다.

"도대체 여기를 뭘로 생각하고 있는 거요. 일종의 티파티로 생각하고 있는 건가?"

"정말로 죄송합니다. 저는……."

"변명 같은 건 듣고 싶지 않아요. 두 번 다시 지각하지 말라고!"

다른 사람들은 주의 깊게 동정하는 마음을 숨기면서 제니퍼를 바라보았다.

디 실바 검사는 그들 쪽으로 몸을 돌리고 꾸짖는 듯한 말투로 연설을 계속했다.

"여러분이 이곳에 와 있는 이유는 잘 알고 있습니다. 여러분은 얼마 동안 이곳에서 일하며 내 지혜를 훔치거나 재판 요령을 배우거나 할 것입니다. 그리고 자신감이 붙으면 이곳을 떠나서 유능한 형사변호사가 될 것입니다. 그러나 여러분 가운데 한 사람쯤……만약의 경우지만……장차 내 후계자가 될 수 있는 사람이 나타나준다면 고맙겠습니다."

디 실바는 검사보에게 손짓을 했다.

"이 사람들에게 선서를 시키게."

그들은 낮은 목소리로 선서를 했다.

선서가 끝나자 디 실바 검사가 말했다.

"좋아요. 여러분은 이제 검찰직원으로서 업무를 충실히 수행할 것을 선서했습니다. 그런데 이곳은 사건을 다루는 곳이지만 너무 큰 기대는 갖지 않는 것이 좋습니다. 조서를 작성하거나 소환장이나 체포장을 작성하면서 여러분은 학교에서 배운 여러 가지 일에 매일 쫓기게 될 것입니다. 앞으로 1, 2년은 재판에 직접 참여할 수가 없습니다."

디 실바 검사는 말을 끊고 담배에 불을 붙였다.

"나는 지금 어떤 사건을 맡고 있습니다. 신문에서 읽어서 알고 있는 사람도 있을 것입니다."

그의 목소리에는 야유하는 듯한 울림이 섞여 있었다.

"여러분 가운데서 다섯 명쯤 심부름을 해줄 사람이 필요합니다."

제니퍼의 손이 제일 먼저 올라갔다. 디 실바 검사는 잠깐 망설이더니 그녀와 다른 5명을 선발했다.

"16호 법정으로 가주시오."

그들은 방을 나가기 전에 신분증을 발급 받았다. 제니퍼는 지방검사한테 꾸중을 들은 일 때문에 기가 꺾이진 않았다.

'그가 엄격한 것은 당연한 거야. 중요한 일을 하고 있으니.'

그녀는 생각했다. 이제 그녀는 그의 밑에서 일을 하게 된 것이고, 뉴욕주 지방검사 스태프의 일원이 된 것이다. 단조로운 공부로 일관하던 법과대학의 오랜 세월은 이제 지나갔다. 그녀가 배운 교수들의 강의는 어찌된 셈인지 법률을 추상적이고 고리타분한 것으로 생각하게 만드는 효과밖에는 없었다. 그러나 그녀는 항상 그 너머로 약속의 땅, 즉 인간과 그들의 어리석음을 다루는 참다운 법률을 엿볼 수 있었다. 제니퍼는 2등의 성적으로 졸업했고 『법률평론』지에도 이름이 실렸다. 그녀는 변호사 시험에도 한 번에 합격했는데 함께 시험을 본 학생들 중 3분의 1은 불합격이었다. 제니퍼는 로버트 디 실바 검사를 이해할 수 있다고 생각했다. 그리고 그가 명하는 어떤 일도 충분히 해낼 자신이 있었다.

제니퍼는 이미 지방검사 밑에 4개 부서인 공판부, 항소부, 공갈부, 사기부가 있다는 것을 알고 있었다. 그리고 자신은 어떤 부서로 배치될까 생각했다. 뉴욕 시에는 200명 이상의 지방검사보가 있고, 시의 5개 구에 한 사람씩 5명의 지방검사가 있었다. 가장 중요한 것은 물론 맨해튼 구로, 로버트 디 실바 검사의 담당이었다.

지금 제니퍼는 검찰 측 자리에 앉아서 힘차고 가차 없는 심문자로서의 솜씨를 발휘하고 있는 로버트 디 실바 검사를 지켜보고 있었다.

제니퍼는 피고인 마이클 모레티에게 힐끗 시선을 보냈다. 그녀는 그에 대한 기사를 많이 읽었지만 그래도 마이클 모레티가 살인자라는 것은 믿을 수가 없었다.

'법정이라는 세트 속의 젊은 영화배우처럼 보이는군.'

제니퍼는 생각했다.

그는 꼼짝도 하지 않고 앉아 있었다. 다만 그 깊숙한 검은 눈만이 그가 느끼고 있는 마음의 동요를 나타내주고 있었다. 그의 눈동자는 도망칠 길을 생각하고 있는 것처럼 방의 구석구석을 더듬으면서 쉬지 않고 움직이고 있었다. 그러나 도망칠 길은 없었다. 디 실바 검사가 이미 손을 다 써놓고 있었기 때문이었다.

카밀로 스텔라는 증인석에 앉아 있었다. 그를 동물에 비유한다면 족제비 같다고 할까. 길쭉하고 쭈글쭈글한 얼굴에 입술은 얇고 누런 뻐드렁니가 나 있었다. 눈초리는 험상궂었으며 그러면서도 남을 엿보는 것 같아서 입을 열기 전부터 수상쩍은 인상을 안겨주었다.

로버트 디 실바 검사는 증인의 이런 결점을 알고는 있었지만 문제 삼지 않았다. 중요한 것은 스텔라의 증언 내용뿐이었다. 스텔라는 지금까지 들어본 적이 없는 끔찍한 얘기를 할 것이다. 그리고 그것은 의심할 수 없는 진실의 울림을 가져다줄 것이다.

실바 검사는 카밀로 스텔라가 선서를 한 증인석으로 다가갔다.

"내가 배심원에게 명심해달라고 부탁하고 싶은 것은 스텔라 씨는 스스로 자진해서 증인이 된 것은 아니라는 것과 스텔라 씨가 증언하도록 설득하기 위해서 주 검찰 측은 스텔라 씨가 혐의를 받고 있는 살인죄보다도 가벼운 과실치사죄를 물을 것을 승인했다는 사실입니다. 스텔라 씨, 그렇죠?”

“네.”

그의 오른팔이 발작적으로 움직였다.

“스텔라 씨, 당신은 피고인 마이클 모레티와 아는 사이입니까?”

“네.”

그는 마이클 모레티가 앉아 있는 피고인석을 외면한 채 대답했다.

“당신들은 어떤 관계였습니까?”

“저는 마이클 밑에서 일하고 있었습니다.”

“마이클 모레티를 얼마나 오래전부터 알고 있었습니까?”

“10년쯤 됩니다.”

그의 목소리는 알아들을 수 없을 정도로 낮았다.

“좀 더 큰소리로 말해주십시오.”

“10년쯤 됩니다.”

이번에는 그의 목이 발작적으로 움직였다.

“피고인과 친했다고 할 수 있습니까?”

“이의 있습니다!”

토머스 콜팩스가 일어섰다. 이 마이클 모레티의 변호인은 50대의 키가 큰 은발의 남자로 마피아의 고문 변호사이며 미국에서 가장 유능한 형사 변호사 중 한 사람이었다.

“지방검사의 지금 심문은 유도 신문입니다.”

“이의를 인정합니다.”

로렌스 윌드맨 판사가 말했다.

“질문을 바꿔보겠습니다. 당신은 모레티 밑에서 어떤 일을 하고 있었습니까?”

“저는 뒤치다꺼리를 하는 해결사 역할을 맡고 있었습니다.”

“좀 더 구체적으로 설명해주시겠습니까?”

"네. 뭔가 말썽거리를 만들거나 조직을 망가뜨리는 자가 생겼을 때 마이클은 언제나 저한테 그놈을 처치해버리라고 말했습니다."

"당신은 어떤 방법으로 처치했습니까?"

"그러니까…… 폭력을 썼습니다."

"배심원에게 예를 들어 설명해주십시오."

토머스 콜팩스가 벌떡 일어섰다.

"재판장님, 이의 있습니다. 지금 한 일련의 질문은 본 건과는 관계가 없습니다."

"이의를 기각합니다. 증인은 대답하시오."

"마이클은 고리대금업도 했었는데 2, 3년 전에 지미 세라노가 돈 갚는 것이 늦어져서 저는 마이클의 명령으로 세라노에게 혼쭐을 내주러 갔었습니다."

"어떤 식으로 혼쭐을 내줬습니까?"

"그의 다리를 부러뜨려 줬습니다. 왜냐하면 만약 한 놈을 제멋대로 놀게 내버려뒀다가는 다른 놈들을 다스려 나갈 수가 없으니까요."

스텔라는 열띤 어조로 설명했다.

로버트 디 실바 검사는 곁눈질로 충격을 받은 배심원들의 얼굴을 볼 수 있었다.

"마이클 모레티는 고리대금업 외에 또 어떤 사업을 하고 있었습니까?"

"왜 그래요, 검사님. 모두 다 알고 있으면서?"

"당신의 말을 듣고 싶습니다, 스텔라 씨."

"부두의 노동조합을 조종하고 있습니다. 의류 관계의 조합도 마찬가지입니다. 마이클은 도박과 주크박스와 쓰레기 수거와 세탁업에도 손을 대고 있습니다."

"스텔라 씨, 마이클 모레티는 에디와 앨버트 라모스 형제를 살해한 혐의로 재판을 받고 있습니다. 그 두 사람을 알고 있습니까?"

"네, 물론입니다."

"당신은 그들이 살해당할 때 현장에 있었습니까?"

"네."

그의 온몸이 발작을 일으킨 것처럼 보였다.

"실제로 범행을 저지른 것은 누구입니까?"

"마이클입니다."

스텔라는 한순간 마이클과 시선이 마주치자 불에 덴 듯 황급히 눈길을 돌렸다.

"피고인이 라모스 형제를 죽이려고 한 이유는 뭡니까?"

"에디와 앨버트는 마권장을 맡아 가지고 있었는데……."

"사설 마권장 말입니까? 허가 없이 불법으로 하는 곳 말입니까?"

"네, 그들이 이익금에서 돈을 횡령한 사실을 마이클이 알아차렸고, 마이클은 그들에게 본때를 보여줄 필요가 있었던 것입니다. 두 사람은 그의 부하였으니까요. 그의 생각으로는……."

"이의 있습니다!"

"이의를 인정합니다. 증인은 사실만을 말하시오."

"사실은 마이클이 나한테 그들을 초대하도록 하라고……."

"에디와 앨버트 라모스 형제를 말입니까?"

"네. '펠리칸'에서 열린 조그만 파티에 초대했습니다. 회원제 클럽입니다."

스텔라의 팔은 다시 경련하기 시작했다. 갑자기 그것을 깨달은 그는 한 손으로 팔을 움켜쥐었다.

제니퍼 파커는 마이클 모레티 쪽으로 눈길을 옮겼다. 그는 얼굴도 몸도 움직이지 않고 무표정하게 앞쪽을 응시하고 있었다.

"스텔라 씨, 그 다음에는 어떻게 했습니까?"

"나는 에디와 앨버트를 태우고 주차장까지 갔습니다. 마이클은 그곳에서 기다리고 있었습니다. 나는 형제를 차에서 내려주고 옆으로 비켜났고 마이클이 쏘기 시작했습니다."

"라모스 형제가 땅바닥에 쓰러지는 것을 봤습니까?"

"네."

"형제는 죽었습니까?"

"매장되었으니 죽었을 겁니다."

법정 안에서 웅성거리는 소리가 났다. 디 실바 검사는 그것이 가라앉기를 기다렸다.

"스텔라 씨, 이 법정에서 당신이 지금까지 증언한 것이 자신을 불리하게 할 수 있다는 것을 알고 있겠죠?"

"네."

"당신의 선서에 한 사람의 목숨이 달려 있다는 것도 알고 있습니까?"

"네."

"두 사람의 인간이 돈을 횡령했다는 이유로 피고인 마이클 모레티가 그들을 냉혹하게 사살한 것을 당신은 목격했단 말이죠?"

"이의 있습니다. 이건 유도 신문입니다."

"이의를 인정합니다."

디 실바 검사는 배심원들의 얼굴을 바라보았다. 그들의 표정으로 그는 이 재판에서 승리했다는 것을 알았다. 그는 카밀로 스텔라 쪽으로 몸을 돌렸다.

"스텔라 씨, 당신이 이 법정에 나와서 증언하는 데는 대단한 용기가 필요했다는 것을 나는 잘 알고 있습니다. 우리 주의 주민들을 대신해서 당신께 감사를 드립니다."

디 실바 검사는 토머스 콜팩스 쪽을 돌아다보았다.

"반대 신문을 하시지요."

토머스 콜팩스 변호사는 점잖은 몸짓을 하며 자리에서 일어났다.

"감사합니다, 디 실바 씨."

그는 벽시계를 힐끗 쳐다보고 나서 판사 쪽으로 향했다.

"재판장님, 실례지만 이제 곧 정오입니다. 가능하다면 반대 신문을 중단 없이 계속하고 싶습니다. 지금부터 점심시간으로 들어가고 반대 신문은 오후부터 시작하도록 해주실 수 없겠습니까?"

"좋습니다, 2시까지 휴정하겠습니다."

로렌스 월드맨 판사는 망치를 두드렸다.

판사가 자리에서 일어나 옆문을 통해 퇴장하려 하자 법정의 모든 사람들도 일어섰다. 배심원들도 열을 지어 법정에서 나가기 시작했다. 4명의 무장한 교도관들이 카밀로 스텔라를 둘러싸고 경호하면서 법정 정면에서 가까운 문을 통해 증인 대기실로 데리고 갔다.

디 실바 검사는 순식간에 기자들에게 둘러싸였다.

"한마디 해주시죠."

"검사님, 현재까지의 재판을 어떻게 생각하십니까?"

"재판이 끝나면 스텔라 씨의 생명의 안전을 어떻게 지켜갈 생각입니까?"

로버트 디 실바 검사는 보통 때 같으면 법정 내에서의 그러한 잡음을 허용하지 않았을 것이다. 그러나 정치적인 야심을 품고 있는 현재의 그로서는 매스컴을 자기편으로 끌어들일 필요가 있었다. 그래서 그는 애써 친절하게 행동했다.

제니퍼 파커는 지방검사가 기자들의 날카로운 질문을 교묘하게 다루는 것을 지켜보면서 자리에 앉아 있었다.

"피고인을 유죄로 만들 수 있습니까?"

"나는 점쟁이가 아니어서요. 배심원은 그 때문에 존재하는 것입니다. 여러분, 모레티 씨가 무죄냐 유죄냐는 그들이 결정할 일이죠."

디 실바 검사의 조심스러운 대답이 제니퍼에게 들려왔다.

제니퍼는 마이클 모레티가 일어서는 모습을 지켜보았다. 그는 침착하고 여유 만만한 것처럼 보였다. 제니퍼의 마음에 떠오른 것은 '보이시'라는 단어였다. 기소된 저 끔찍한 범죄를 그가 전부 저질렀다고는 도저히 믿을 수가 없었다.

'만약 나에게 누가 죄인이냐고 묻는다면 나는 스텔라를 고르겠어.'

제니퍼는 생각했다.

기자들이 나가자 디 실바 검사는 스태프들과 의논을 했다. 제니퍼는 그들이 무슨 얘기를 하는지 듣고 싶어서 견딜 수가 없었다.

한 사람의 사나이가 디 실바 검사에게 뭐라고 하고는 검사를 둘러싸고 있는 그룹에서 떨어져 서둘러 그녀가 있는 쪽으로 다가오는 것을 제니퍼는 바라보고 있었다. 사나이는 커다란 마닐라지 봉투를 안고 있었다.

"미스 파커죠?"

제니퍼는 깜짝 놀라며 눈을 들었다.

"네."

"검사님이 이것을 스텔라 씨에게 건네주라고 하시더군요. 안에 적혀 있는 날짜를 다시 한 번 잘 기억해두라고 하셨어요. 오후에는 콜팩스 변호사가 그의 증언을 무너뜨리려고 할 테니까요. 검사님은 스텔라 씨의 기억이 혼란을 일으키지 않기를 바라고 있어요."

제니퍼는 봉투를 받아들고 디 실바 검사 쪽을 흘끗 바라봤다.

'검사님은 내 이름을 기억하고 계시구나. 이건 좋은 징조야.'

"빨리 가보세요. 스텔라 씨는 기억력이 좋지 않다고 검사님이 말씀하시더군요."

"네."

제니퍼는 황급히 일어났다. 그녀는 조금 전에 스텔라가 나간 문 쪽으로 걸어갔다. 경비원 한 사람이 그녀의 앞을 가로막았다.

"무슨 일입니까?"

"지방검찰청 직원입니다."

제니퍼는 또릿또릿한 말투로 대답하고 신분증을 꺼내보였다.

"디 실바 검사님이 스텔라 씨에게 보내는 봉투를 가지고 왔습니다."

경비원은 증명서를 세밀하게 조사했다. 그러고는 그가 문을 열자 곧바로 증인 대기실이었다. 그곳은 매우 불편해보이는 조그만 방으로 낡은 책상과 지저분한 소파와 몇 개의 나무의자가 놓여 있었다. 스텔라는 팔을 심하게 떨면서 의자에 앉아 있었다. 주위에는 4명의 무장한 교도관이 있었다.

제니퍼가 안으로 들어가자 한 교도관이 말했다.

"이봐요! 여기엔 아무도 들어와서는 안 됩니다."

밖에 있던 교도관이 큰소리로 말했다.

"괜찮아, 앨버트 검사님이 보내서 왔대."

제니퍼는 스텔라에게 봉투를 건네주었다.

"디 실바 검사님께서 이 안에 적혀 있는 날짜를 다시 한 번 잘 기억해두라고 하셨습니다."

스텔라는 역시 팔을 떨면서 그녀를 보고 놀란 듯이 눈을 깜빡거렸다.

노란 카나리아

제니퍼는 점심식사를 하러 형사법원 건물 밖으로 나오는 도중에 문이 열려 있는 텅 빈 법정 앞을 지나가게 되었다. 그녀는 잠깐 안으로 들어가 보지 않을 수 없었다.

방 뒤쪽에 양쪽으로 방청인석이 15줄로 배치되어 있었는데, 판사석 양 옆으로는 2개의 기다란 테이블이 있었다. 왼쪽에는 검사석, 오른쪽에는 피고인석이라고 쓰여 있었고, 그 뒤로 배심원석은 2열로 8개씩 의자가 놓여 있었다.

'평범하고 초라하고, 그야말로 볼품없는 법정이군. 하지만 이곳이 바로 자유의 심장이지…….'

제니퍼는 생각했다.

이 방과 이 방의 모든 것은 문명과 야만과의 차이를 상징하고 있는 것이다. 자기와 동등한 배심원에 의한 재판을 받을 권리는 모든 자유로운 국가의 중심으로 되어 있다. 세계에는 이와 같은 작은 방을 갖지 못한 나라들, 한밤중에 시민이 잠자리에서 연행되어 이유도 모르는 채 정체 모를 집단에 의해 고문당하고 살해당하는 나라들이 있다는 것을 제니퍼는 생각했다. 이란, 우간다, 아르헨티나, 페루, 브라질, 러시아, 체코슬로바키아, 루마니아…… 서글퍼질 정도로 긴 리스트였다.

'만약 미국 법원이 그 권능을 잃어버린다면…… 또 시민이 배심에 의한 재판을 받을 권리를 거부당하는 일이 일어난다면 그때 미국은 이미 자유로운 국가가 아니겠지.'

그녀는 지금 그 제도의 일부인 것이다. 제니퍼의 가슴은 자랑스러운 기분으로 꽉 찼다. 그녀는 그 제도에 도움이 되고 그것을 유지하기 위해서라면 자기가 할 수 있는 일은 무슨 일이든 다하고 싶었다. 그녀는 감개무량한 듯 그곳에 서 있다가 이윽고 밖으로 나가려고 문 쪽으로 돌아섰다.

복도 저쪽 끝에서 희미하게 웅성거리는 소리가 들리고 그것이 차츰 커지면서 급기야는 커다란 소란으로 변했다. 비상벨도 울리기 시작했다. 복도를 달리는 발소리가 들리고 경관들이 권총을 뽑아들고 법원의 정면 입구를 향해 달려오는 것이 보였다.

제니퍼의 머리에 금세 떠오른 것은 마이클 모레티가 어떤 방법을 썼는지 모르지만 경비의 벽을 뚫고 탈주했다는 것이었다. 그녀는 서둘러 복도로 나갔다. 그곳은 혼란 상태였다. 사람들은 미친 듯이 뛰어다녔고 비상벨 소리와 고함이 뒤섞여 소란스럽기가 그지없었으며, 출구의 문은 소총을 든 경비원들이 봉쇄하고 있었다. 전화로 기사를 보내고 있던 기자들은 무슨 일이 일어났는지 모른 채 복도로 뛰어나왔다. 복도 끝 쪽에서 로버트 디 실바 검사가 5,6명의 경관에게 고함을 지르면서 명령하고 있는 것이 제니퍼의 눈에 들어왔다. 그의 얼굴은 하얗게 핏기가 가셔 있었다.

'어머나, 검사님이 심장 발작을 일으킨 것 같아 보이는데…….'

제니퍼는 생각했다.

그녀는 자기가 무슨 도움이 될지도 모른다고 생각하고 사람들을 헤치고 검사 쪽으로 접근해갔다. 그녀가 가까이 가자 카밀로 스텔라를 경호하고 있던 교도관 중 한 사람이 눈을 들어서 제니퍼를 보았다. 그는 손을 들어 그녀를 가리켰다. 그리고 그로부터 5초 후, 제니퍼는 경관에게 붙잡혀 수갑이 채워지고 체포당하는 신세가 되었다.

로렌스 월드맨 판사의 방에는 월드맨과 로버트 디 실바 지방검사와 토머스 콜팩스 변호사와 제니퍼 네 사람이 자리하고 있었다.

"당신은 진술하기 전에 변호사를 불러도 좋습니다. 그리고 묵비권을 행사할 권리도 있습니다. 만일 당신이…….."

"판사님, 변호사는 필요 없습니다. 혼자서 설명할 수 있으니까요."

로버트 디 실바 검사는 관자놀이의 혈관이 불끈불끈 튀어나오는 것이 보일 정도로 그녀에게 얼굴을 가까이하고 물었다.

"당신에게 돈을 주고 그 봉투를 카밀로 스텔라에게 전하게 한 것은 누구요?"

"돈요? 돈 같은 것은 아무한테서도 받지 않았습니다."

제니퍼의 목소리는 격렬한 분노로 떨리고 있었다. 디 실바 검사는 판사의 책상에서 아까의 그 마닐라지 봉투를 집어 들었다.

"아무한테서도 돈을 받지 않았다고? 당신은 그냥 내 증인을 찾아가서 이것을 건네주기만 했다는 건가?"

그가 봉투를 흔들자 죽은 노란색 카나리아가 책상 위로 굴러떨어졌다. 그 목은 부러져 있었다.

제니퍼는 움찔 놀라면서 그것을 뚫어져라 응시했다.

"저는…… 검사님의 부하 직원 중 한 사람이 저한테 건네주었기 때문에……."

"어떤 부하죠?"

"저는…… 잘 모르는 사람입니다."

"그래가지고 어떻게 내 부하라고 할 수 있소?"

검사의 목소리는 도저히 믿을 수가 없다는 투였다.

"네, 그 사람이 검사님과 얘기하고 있는 것을 보았습니다. 그리고 그 사람은 저에게로 다가와 그 봉투를 건네주면서 검사님께서 그것을 스텔라 씨한테 건네주라고 지시하셨다고 말했습니다. 그 사람은 제 이름까지 알고 있었습니다."

"그거야 당연하겠죠. 그들은 당신에게 얼마를 주었죠?"

'이것은 틀림없이 악몽일 거야. 이제 곧 꿈이 깨겠지. 지금은 새벽 6시이고, 나는 옷을 입고 지방검사의 스태프가 될 선서를 하러 출근할 거야.'

제니퍼는 생각했다.

"얼마냐고!"

그 성난 목소리에 제니퍼는 자기도 모르게 자리에서 벌떡 일어났다.

"정말로 저를 의심하시는 겁니까?"

"의심한다고!"

로버트 디 실바 검사는 주먹을 꽉 움켜쥐었다.

"아니, 그뿐만 아니라 감옥에 처넣어줄 거요. 출옥할 때는 이미 너무 늦어서 돈도 쓸 수 없게 될 거요!"

"그런 돈은 절대로 받은 적이 없습니다!"

제니퍼는 반항적으로 그를 노려봤다.

토머스 콜팩스 변호사는 의자에 몸을 깊숙이 파묻고 두 사람의 얘기를 잠자코 듣고 있다가 천천히 입을 열었다.

"재판장님, 이런 식으로는 끝장이 나지 않을 것 같군요."

"그런 것 같군요."

월드맨 판사는 그렇게 대답하고 지방검사에게 얼굴을 돌렸다.

"어때요, 로버트 검사, 스텔라는 아직도 반대 신문을 받을 생각이 있는 건가요?"

"반대 신문요? 그는 이제 쓸모가 없어져버렸습니다. 완전히 겁을 집어

먹고 있습니다. 두 번 다시 증언을 하지 않을 겁니다."

토머스 콜팩스 변호사는 시치미를 뚝 떼고 점잖게 말했다.

"재판장님, 검찰 측의 중요 증인이 반대신문을 받을 수 없다면 재판의 무효를 주장하지 않을 수 없군요."

방에 있는 모두가 그것이 무엇을 의미하는지를 잘 알고 있었다. 마이클은 활개를 치며 법정으로부터 자유롭게 걸어 나갈 수가 있는 것이다.

월드맨 판사는 지방검사 쪽을 흘끗 쳐다봤다.

"당신의 증인에게 법정 모독죄로 처벌당할지도 모른다고 말해주었습니까?"

"네, 하지만 그는 우리보다도 옛날 동료를 더 무서워하고 있습니다."

검사는 고개를 돌려 제니퍼에게 증오에 찬 시선을 보냈다.

"스텔라는 이미 우리에게 자기를 보호할 힘이 없다고 믿고 있습니다."

월드맨 판사가 천천히 말했다.

"그렇다면 유감이지만 변호인 측의 요구를 인정해서 심리의 무효를 선언할 수밖에 없겠군요."

로버트 디 실바 검사는 자신의 사건이 박살이 나는 것을 잠자코 보고 있을 수밖에 없었다. 스텔라 없이는 사건이 성립될 수가 없었다. 마이클 모레티는 이미 그의 손에 닿지 않는 곳에 있었지만 제니퍼 파커는 그렇지 않았다. 자신을 이런 곤경에 빠뜨린 그녀에게 그 대가를 치르게 해야 한다고 생각했다.

월드맨 판사는 이렇게 말했다.

"피고인이 도망가고 없으니 배심원을 해산하도록 지시해야겠군요."

그러자 토머스 콜팩스 변호사가 말했다.

"감사합니다, 재판장님."

그의 얼굴에는 승리의 빛은 없었다.

"달리 할 말이 없다면……."

월드맨 판사가 말을 꺼냈다.

"아직 있습니다."

로버트 디 실바 검사가 제니퍼 파커 쪽을 돌아다보았다.

"제니퍼를 재판 방해죄로 기소하고 싶습니다. 중대 범죄의 증인에게 부당한 압력을 가하고 음모를 획책하고 그리고……."

그는 격렬한 분노 때문에 자제력을 잃고 있었다.

제니퍼도 분노에 찬 어투로 반격했다.

"그런 죄는 하나도 입증할 수가 없을 것입니다. 모두가 사실이 아니니까요. 나는…… 나는 바보였는지도 모릅니다. 제가 죄가 있다면 바로 그것뿐입니다. 누구도 나에게 무슨 일을 해달라고 돈을 준 적은 없습니다. 나는 당신의 부탁으로 봉투를 건네주는 것이라고 믿고 있었으니까요."

월드맨 판사는 제니퍼에게 말했다.

"동기가 무엇이었든 간에 결과는 매우 불행한 것이 되었소. 나는 항소부에 조사를 요청하고 그것이 정당하다고 인정되면 당신의 변호사 자격 박탈 수속을 밟도록 하겠소."

제니퍼는 그 자리에서 실신을 할 것만 같았다.

"재판장님, 저는……."

"이상이오, 미스 파커."

제니퍼는 그들의 적의에 가득 찬 얼굴을 보면서 얼어붙은 듯이 서 있었다. 더 이상 어떤 말을 해도 헛일이었다.

책상 위의 카나리아가 모든 것을 이미 결정해버린 것이다.

애덤 워너

제니퍼 파커의 사진은 석간신문에 실렸다. 실렸다기보다 그 뉴스로 온 통 난리였다. 그녀가 지방검사의 중요 중인에게 죽은 카나리아를 건네준 이야기에 매스컴은 미친 듯이 달려들었다. 텔레비전의 화면에도 월드맨 판사의 방을 나온 제니퍼가 기자와 일반 군중에 둘러싸여 그들을 헤치고 법원을 나오려 하는 모습이 등장했다.

제니퍼는 갑자기 자신에게 집중된 끔찍스런 시선을 믿을 수가 없었다. 텔레비전이나 라디오 기자들이 사방팔방에서 그녀에게 질문을 퍼부었다. 도망치고 싶은 생각은 간절했지만 그녀의 자존심이 그것을 허락하지 않았다.

"미스 파커, 당신에게 노란 카나리아를 건네준 것은 누굽니까?"

"혹시 마이클 모레티를 만난 적은 없습니까?"

"디 실바 검사가 이번 사건을 발판으로 해서 주지사가 될 생각이었다는 것을 알고 있었나요?"

"지방검사는 당신의 변호사 자격을 박탈하도록 조처를 취하겠다고 말

33

하고 있습니다. 그것에 대해 싸울 작정입니까?"

어떤 질문에 대해서도 제니퍼는 노코멘트였다.

CBS의 저녁 뉴스에서는 앞으로 나갈 방향을 그르친 처녀라는 의미로 '역코스 파커'라고 부르고 ABC의 뉴스해설자는 '노란 카나리아'라고 불렀다. 또 NBC의 스포츠 아나운서는 거꾸로 달려가서 자기 진영의 1야드 라인까지 볼을 옮겨다 놓은 미식축구 선수인 로이 리겔즈에 비유했다.

마이클 모레티 소유의 레스토랑인 '토니의 가게'에서는 축하연이 벌어지고 있었다. 방안에서는 10여 명의 사나이들이 술을 마시며 떠들어대고 있었다.

마이클 모레티는 침묵에 잠긴 채 바에 홀로 앉아 텔레비전의 제니퍼 파커를 지켜보고 있었다. 그는 그녀와 건배를 하듯이 글라스를 쳐들어 보이고는 입으로 가져갔다.

법률가들은 가는 곳마다 제니퍼 파커의 사건을 화제로 삼았다. 그들의 절반은 제니퍼가 마피아에게 매수당한 것이라고 믿고 있었고, 나머지 반은 아무것도 모르는 얼간이라고 생각했다. 그러나 어느 쪽이든 그들의 의견은 한 가지 점, 즉 제니퍼 파커가 검사보로서의 경력이 짧게 끝났다는 점에서는 일치했다. 그녀의 법조인 경력은 꼭 4시간이었던 셈이다.

제니퍼는 워싱턴 주의 켈소에서 태어났다. 그곳은 향수에 젖은 스코틀랜드인 측량사에 의해 1847년에 만들어진 조그만 목재 도시로, 그가 고향 마을의 이름을 따서 명명한 곳이었다.

제니퍼의 아버지는 처음에는 그 고장의 유력한 몇몇 목재 회사의 변호사를 지냈고, 나중에는 제재소 노동자들의 변호사가 되었다. 제니퍼의 어렸을 적 기억은 즐거운 것들뿐이었다. 워싱턴 주에는 울창한 산과 빙하와 국립공원 등이 많이 있어서 어린이에게 있어서는 동화책에 나오는 그림

같은 곳이었다. 제니퍼는 스키를 타거나 카누를 즐겼고, 조금 자란 후에는 빙하를 오르거나 신기한 이름을 가진 장소, 즉 오하나페코쉬, 니스컬리, 클리 엘룸 호수, 체누이스 펄즈, 허어스 헤이븐, 야키마 계곡 등으로 배낭을 짊어지고 여행을 했다. 제니퍼는 또 아버지와 함께 레이니어 산을 등산하거나 팀버라인에서 스키 타는 것을 배웠다.

아버지는 그녀와 언제나 함께 놀아주었지만 아름다운 외모를 지녔지만 차분하지 못한 성격의 어머니는 자유분방한 나머지 좀처럼 집에 있지 않았다. 제니퍼는 아버지를 무척 좋아했다. 아버지 애브너 파커는 영국인과 아일랜드인과 스코틀랜드인의 피가 섞여 있었는데, 중키에 검은 머리칼과 녹색이 섞인 푸른 눈을 가지고 있었다. 애브너는 동정심이 많고 정의감에 넘치는 사람이었는데, 그에게 흥미가 있는 것은 돈이 아니라 인간이었다. 그는 자신이 다루고 있는 소송 사건이나 그의 소박하고 조그만 사무실을 찾아오는 사람들의 문제에 대해서 제니퍼에게 몇 시간씩이나 이야기를 해주곤 했다.

아버지가 그녀에게 그토록 다정다감했던 것은 기쁨이나 슬픔을 함께 나눌 사람이 달리 없었기 때문이라는 것을 제니퍼는 훨씬 뒤에 나이가 들어서야 깨달았다.

제니퍼는 학교가 끝나면 일을 하고 있는 아버지의 모습을 보기 위해 서둘러 법원으로 달려갔다. 법정이 열리지 않고 있을 때는 아버지의 사무실에서 아버지가 담당하고 있는 사건이나 의뢰인에 대한 얘기에 귀를 기울였다. 그녀가 장차 법률 계통의 학교에 진학한다는 것은 한 번도 화제에 오르지 않았다. 그것은 이미 암암리에 결정되어 있는 일이었다.

제니퍼는 15세가 되었고 여름방학이 되자, 아버지 밑에서 본격적으로 일을 하게 되었다. 다른 소녀들이 남학생과 데이트를 하거나 애인을 갖거나 하는 나이에 제니퍼는 소송이나 유언장 작성에 몰두하고 있었다.

남자아이들은 그녀에게 관심을 보였지만 제니퍼는 좀처럼 외출을 하지 않았다. 아버지가 그 이유를 물으면 제니퍼는 항상 이렇게 대답했다.

"왜냐고요? 아빠, 그애들은 너무 어리다고요."

제니퍼는 언젠가는 아버지와 같은 변호사와 결혼을 해야겠다고 생각하고 있었다.

제니퍼가 16세가 되던 생일에 어머니는 이웃의 18세 청년과 함께 그 고장을 떠났다. 그리고 아버지는 조용히 죽어갔다. 아버지의 심장이 실제로 멈추기까지는 그로부터 7년이 걸렸지만, 아내의 사랑의 도피 행각을 들은 그 순간부터 아버지는 죽어 있었다. 온 동네 사람들은 그 사실을 알고 동정했는데 그것이 오히려 좋지 않았다. 애브너 파커는 자존심이 강한 남자였기 때문이었다.

그 무렵부터 아버지는 술을 마시게 되었다. 제니퍼는 자신의 힘이 닿는 데까지 아버지를 위로하곤 했지만 효과는 없었다. 모든 것이 두 번 다시 이전으로 돌아가지 않았다.

이듬해 제니퍼가 대학에 진학할 시기가 되었을 때 아버지와 함께 집에 있기를 원했지만 아버지는 그것을 허락하지 않았다.

"제니퍼, 너는 내 파트너가 되는 거야. 빨리 법률 학위를 따다오."

아버지는 딸에게 말했다.

제니퍼는 고등학교를 졸업하자 법률공부를 하기 위해서 시애틀의 워싱턴 대학에 들어갔다. 그리고 동급생들이 계약이나 불법 행위, 또는 재산권이라든가 민사 소송, 형법 같은 난해한 진흙구덩이에서 허우적거리고 있을 때 제니퍼는 마치 고향에 돌아온 듯한 편안한 기분이었다. 그녀는 대학의 기숙사에 들어갔고 법률 도서관에서 일했다.

제니퍼는 시애틀을 좋아했다. 그녀는 일요일에는 아미니 윌리엄스라는 인디언 학생과 조세핀 콜린스라는 키가 크고 깡마른 아일랜드 아가씨와 셋서 시내의 중심지에 있는 그린 호수로 보트를 타러 갔다. 또 위싱턴 호수의 골드컵 레이스를 보러 가서는 밝은 색깔의 수상정이 호수 면을 질주하는 것을 구경했다.

시애틀에는 커다란 재즈 클럽이 몇 군데 있었다. 제니퍼가 좋아하는 곳은 '피터즈 폽 데크'였는데, 그곳에서는 테이블 대신 나무상자같이 생긴 구조물 위에 판자를 얹은 것을 사용하고 있었다.

제니퍼와 아미니와 조세핀은 오후에 자주 '헤이스티 테이스티'에서 만났다. 그곳의 시골 식 감자튀김 맛은 단연 세계적이었다.

제니퍼를 쫓아다니는 두 청년이 있었다. 노아 라킨이라는 젊고 매력 적인 의대생과 벤 먼로라는 법대생이었다. 제니퍼는 이따금 그들과 데이트를 하는 일은 있었지만 바쁜 나머지 진지하게 로맨스에 대해 생각해보지 못했다.

시애틀의 봄은 상쾌하고 여름은 약간 습기 차며 가을에는 바람이 많고 겨울에는 비가 계속 내리는 것처럼 보였다. 제니퍼가 입고 있는 녹청색 격자무늬 카디건은 털이 숭숭한 모사로 짜여 있었는데 거기에 빗물이 베어들면 마치 제재소 인부들이 입고 다니는 재킷 같았다. 그런 그녀가 자기만이 고이 간직한 상념에 잠기면서 빗속을 걷는 모습을 스쳐 지나가는 사람들이 기억에 새기리라고는 꿈에도 생각하지 않고 있었다.

봄이 되면 여대생들은 갓 피어난 꽃처럼 밝은 색깔의 코튼 드레스를 입었다. 워싱턴 대학에는 6개의 대학생 사교클럽이 있었는데 그 클럽의 남학생들은 잔디밭 위에 모여 앉아 여학생들이 지나가는 것을 바라보곤 했다. 제니퍼에게는 그들을 일순 얌전하게 만드는 무엇인가가 있었다. 그녀는 그들이 설명하기 힘든 특성, 즉 그들이 찾고 있는 그것을 그녀가 가지고 있는 듯한 분위기를 풍겼다.

매년 여름이면 제니퍼는 아버지한테로 갔다. 그때마다 아버지는 완전히 다른 사람이 되어 있었다. 아버지는 결코 정신을 못 차릴 정도로 술에 취해 있지는 않았지만 그렇다고 맨 정신은 아니었다. 그 무엇도 건드릴 수 없는 마음의 요새 속에 틀어박혀 있었다.

제니퍼가 법과대학 마지막 학기일 때 아버지는 돌아가셨다. 그의 죽음을 애도하여 장례식에는 오랜 세월에 걸쳐서 그가 도와주거나 조언을 해주거나 친구였던 사람들이 100여 명이나 참석했다. 제니퍼는 사람들의 눈에 띄지 않는 곳에서 아버지의 죽음을 슬퍼했다. 그녀로서는 아버지뿐만 아니라 훌륭한 교사와 조언자를 잃은 셈이었다.

장례식이 끝나자 제니퍼는 대학을 마치기 위해 시애틀로 돌아왔다. 아버지가 남긴 돈은 1천 달러도 되지 않았기 때문에 앞으로 어떻게 생활해 나가야 할 것인가를 결정해야 했다. 고향 켈소로 돌아가서 변호사 업을 개업할 수는 없었다. 그곳에서는 아무리 세월이 흘러도 10대와 눈이 맞아 도망친 유부녀의 딸로 보일 것이 틀림없었기 때문이다. 제니퍼는 법과대학에서의 성적이 좋았던 덕분에 미국에서도 일류라고 인정받고 있는 10곳 이상의 법률사무소의 면접을 받았고, 그중 몇 군데서 채용하겠다는 통지서가 날아왔다.

형법학 교수인 워렌 오크스는 제니퍼에게 이렇게 말했다.

"대단히 명예로운 일이야. 여성이 일류 법률사무소에 들어간다는 것은 거의 불가능한 일이니까 말이야."

제니퍼는 이제 집도 가족도 없었다. 그녀는 어디서 생활을 해야 좋을지 알 수가 없었다. 그런데 졸업하기 직전에 제니퍼의 고민은 해결이 된 셈이었다. 강의가 끝난 뒤 오크스 교수가 제니퍼를 불렀다.

"맨해튼의 지방검찰청 검사에게서 편지가 왔는데 내 제자 중에서 가장 우수한 학생을 자기 스태프로 추천해달라고 하네. 가겠나?"

'뉴욕!'

"네, 선생님."

제니퍼는 감격한 나머지 엉겁결에 대답했다.

그녀는 뉴욕으로 가서 변호사 시험을 치르고 아버지의 법률사무소의 뒤처리를 하기 위해 켈소로 돌아갔다. 그것은 과거의 추억으로 가득 찬, 감미로움과 고통이 뒤섞인 일이었다. 자신이 마치 그 사무소에서 성장한 것처럼 생각되기도 했다.

뉴욕의 변호사 시험의 결과가 밝혀질 때까지 생활비를 벌기 위해 그녀는 대학 법률 도서관의 조수로 일했다.

"미국에서 가장 어려운 시험 중 하나지."

오크스 교수는 말했다.

제니퍼도 그것을 잘 알고 있었다. 그녀는 시험 합격 통지와 뉴욕 지방 검찰청으로부터의 채용 통지서를 같은 날에 받았다.

일주일 후에 제니퍼는 동부로 떠났다.

그녀는 3번가에 조그만 아파트를 얻었다. 광고에는 '모든 시설이 구비되어 있음. 난로가 붙어 있고 환경 양호. 손질이 약간 필요함.' 이라고 쓰여 있었다. 아파트는 가파른 계단을 올라간 4층에 있었고, 안에는 모양뿐인 난로가 붙어 있었다.

'계단을 오르내리는 것은 운동이 돼서 좋을 거야. 맨해튼에는 올라갈 산도, 카누를 저을 급류도 없을 테니까.' 하고 제니퍼는 자신을 위로했다.

아파트는 긴 의자 겸용의 울퉁불퉁한 침대를 놓은 조그만 거실과 누군가가 훨씬 오래전에 창문을 검정 페인트로 마구 칠해버린 비좁은 욕실이 붙어 있었다. 가구는 마치 구세군으로부터 공짜로 얻어온 것처럼 낡은 것이었다.

'좋아. 어차피 이곳에는 오래 있지 않을 테니까. 정식 변호사가 되기까지 임시 거처니까 뭐.'

제니퍼는 생각했다.

그것은 결국 꿈이었다. 현실적으로는 그녀는 뉴욕에 도착한 뒤 72시간도 되지 않아서 지방검찰청 검사의 스태프에서 쫓겨나고 변호사 자격마저 박탈당할 위기에 처해 있었다.

제니퍼는 신문이나 잡지, 텔레비전을 보는 것을 그만두었다. 어느 것을 봐도 자기 자신을 보는 것이 되기 때문이었다. 제니퍼는 길거리나 버스 안에서나 슈퍼마켓에서 사람들에게 주시당하고 있는 것만 같은 느낌이 들었다. 그녀는 전화도 받지 않고 초인종에도 대답을 하지 않고, 숨이 막힐 듯한 아파트에 틀어박혀 있었다.

제니퍼는 여행 가방에 짐을 챙겨 넣고 워싱턴 주로 돌아갈까 생각했다. 다른 방면에서 일하는 건 어떤지도 생각해봤고, 자살에 대해서도 생각해봤다. 또 오랜 시간을 들여 로버트 디 실바 검사에게 몇 통씩이나 되는 편지를 썼다. 그 절반은 그의 둔감함과 몰이해를 통렬하게 비난하는 것이었고, 나머지 절반은 저자세적인 사죄와 다시 한 번 기회를 달라는 탄원이었다. 그러나 그 편지는 어느 것도 부치지 않았다.

제니퍼는 난생 처음으로 깊은 절망에 빠졌다. 뉴욕에는 친구도, 얘기를 나눌 상대도 없었다. 그녀는 낮에는 줄곧 아파트에 틀어박혀 있었고, 밤이 깊어지면 몰래 밖으로 나가서 인적이 없는 거리를 걸었다. 밤거리의 부랑자들은 결코 그녀에게 치근거리지 않았다. 아마도 그들은 그녀의 눈에서 그들과 같은 고독과 절망을 보았던 것이리라.

제니퍼는 걸으면서 언제나 결말이 다른 법정 장면을 몇 번씩이나 되풀이해서 마음에 그렸다.

'한 사람의 사나이가 디 실바 주위의 그룹에서 떨어져 서둘러 그녀 쪽으로 걸어온다. 그 사나이는 마닐라지 봉투를 들고 있다.

"미스 파커죠?"

"네."

"검사님께서 이것을 스텔라 씨에게 전해주라고 하더군요."

제니퍼는 그를 냉담하게 처다본다.

"당신의 신분증 좀 보여주시겠어요?"

그리고 사나이는 황급히 도망처버린다.'

'한 사람의 사나이가 디 실바 주위의 그룹에서 떨어져 서둘러 그녀 쪽으로 걸어온다. 그 사나이는 마닐라지 봉투를 들고 있다.

"미스 파커죠?"

"네."

"검사님께서 이것을 스텔라 씨에게 전해주라고 하더군요."

그는 봉투를 그녀에게 떠맡긴다.

제니퍼는 봉투를 열고 그 속의 죽은 카나리아를 본다.

"당신을 체포하겠어요."'

'한 사람의 사나이가 디 실바 주위의 그룹에서 떨어져 서둘러 그녀 쪽으로 걸어온다. 그 사나이는 마닐라지 봉투를 들고 있다. 그는 그녀 옆을 지나가 다른 젊은 검사보에게 봉투를 건네준다.

"검사님께서 이것을 스텔라 씨에게 전해주라고 하더군요."'

제니퍼는 몇 번이고 그 장면을 다시 고쳐 쓸 수가 있었다. 그러나 현실은 조금도 달라지지 않았다. 단 한 번의 어리석은 실수가 그녀의 인생을 엉망진창으로 만들어버렸다. 하지만……그녀의 인생이 엉망진창이 되었다고 누가 말했는가. 매스컴인가, 디 실바 검사인가.

제니퍼는 변호사 자격 박탈에 대해서 그 이후 아무런 연락도 받지 못했다. 그 통지가 있을 때까지는 그녀는 아직 변호사인 것이다.

'나를 채용하겠다고 한 다른 법률사무소도 있으니……' 하고 제니퍼는 자신에게 타일렀다.

그녀는 새롭게 결심을 굳히고 전에 접촉했던 법률사무소의 리스트를 꺼내어 차례대로 전화를 걸기 시작했다. 그러나 그녀가 통화하기를 원하는 담당자는 모두 외출 중이었고 나중에 전화를 걸어주는 사무소도 단 한 곳도 없었다. 그녀가 법조계로부터 따돌림을 당하고 있다는 사실을 깨달은 것은 4일쯤 지나고부터였다. 그 사건의 소동은 이미 가라앉아 있었지만 아직 아무도 잊어버리지는 않고 있었다.

목표로 삼고 있던 고용주들에게 계속 전화를 거는 사이에 제니퍼의 절망은 분노로, 분노는 좌절감으로 변하고 그리고 다시 절망으로 되돌아갔다. 그녀는 앞으로의 긴긴 인생을 무엇을 하며 보낼 것인가를 생각했다. 그러나 결론은 언제나 마찬가지였다.

그녀가 하고 싶은 일, 정말로 좋아하는 일은 변호사 개업이었다. 제니퍼는 지금도 변호사 자격이 있으니 그것을 정지당할 때까지 변호사를 할 수 있는 방법을 찾아보고 싶었다.

제니퍼는 맨해튼 일대의 법률사무소 순례를 시작했다. 미리 약속도 하지 않고 사무소에 찾아가서 접수원에게 이름을 말하고 인사담당자에게 면회를 요청했다. 이따금 면접에 응해주는 경우도 있었지만, 그런 때에도 제니퍼는 상대방이 단순한 호기심에서 자기를 대하고 있다는 인상을 받았다. 그들은 제니퍼를 완전히 기형 인간 취급을 하면서 직접 만나보고 어떤 여자인가를 알고 싶어하는 것이었다. 그리고 대개의 경우, 그녀는 빈자리가 없다는 이유로 깨끗이 거절당했다.

6주가 지나자 돈이 바닥나기 시작했다. 좀 더 저렴한 아파트로 옮기고 싶었지만 그녀가 사는 곳보다 더 저렴한 아파트는 없었다. 그녀는 아침식사와 점심식사를 거르고 거리 모퉁이의 작은 식당에서 저녁식사만 했다. 그런 음식은 맛은 없었지만 값이 쌌다.

그녀가 찾아낸 스테이크 앤드 브류나 토스트 앤드 브류에서는 비교적

싼 값으로 메인 코스를 주문할 수 있고 샐러드와 맥주는 얼마든지 공짜로 먹고 마실 수가 있었다. 제니퍼는 맥주를 좋아하지 않았지만 배를 가득 채우기에는 그만이었다.

제니퍼는 일류 법률사무소를 모두 돌고나자 이번에는 소규모 법률사무소의 리스트를 만들어 찾아다니기 시작했다. 그러나 그런 곳에서도 그녀의 평판은 미리 앞질러 가 있었다. 그녀에게 호기심을 느낀 남자들로부터 데이트 신청은 있었지만 일자리를 주는 곳은 없었다. 제니퍼는 오히려 고집스러워지는 자신을 발견했다.

'좋아. 아무도 고용해주지 않겠다면 나 혼자서 법률사무소를 차리면 되지.'

그러나 문제는 돈이었다. 사무실 임대료, 전화, 비서, 법률서적, 책상과 의자, 사무용품 등에 최소한 2천 달러는 필요했다. 하지만 지금 그녀에게는 우표를 살 돈조차 없었다.

제니퍼는 지방검사 사무소로부터 급료를 기대하고 있었지만 물론 그것은 영구히 틀어져버렸다. 퇴직금도 희망이 없었다. 퇴직한 것이 아니라 파면을 당했기 때문이었다. 역시 아무리 작은 사무소라도 그녀가 혼자서 개설하는 것은 무리였다. 그렇다면 공동으로 사무실을 쓸 상대를 찾는 수밖에 없다.

제니퍼는 『뉴욕타임스』를 사서 3줄짜리 광고를 찾기 시작했다. 페이지의 맨 밑바닥 근처쯤에 가서야 겨우 다음과 같은 광고를 찾을 수 있었다.

〔급구. 2명의 전문가와 함께 작은 사무실을 공동으로 사용할 지적 직업인. 사무실 임대료는 저렴〕

마지막 문구가 제니퍼의 마음을 사로잡았다. 그녀는 광고를 오려낸 다음 지하철을 타고 그 장소로 찾아갔다.

그곳은 브로드웨이에 있는 낡은 빌딩이었고, 사무실은 10층에 있었다. 문에는 절반쯤 지워진 글씨로 이렇게 적혀 있었다.

케네스 베일리
에이스 탐정사무소

그 밑의 글자도 지워져 가고 있었다.

록펠러 채권징수 대리점

제니퍼는 심호흡을 한 번 하고 나서 문을 열고 안으로 들어갔다. 그곳은 창이 없는 비좁은 사무실로, 흠집투성이의 책상 3개와 의자가 3개 놓여 있었는데 그중 2개만이 사용되고 있었다.

한쪽 책상 앞에는 초라한 복장의 머리가 벗겨진 중년 남자가 앉아서 서류에 무엇인가 쓰고 있었다. 반대쪽 벽가의 책상 앞에는 30대 초반의 사나이가 앉아 있었는데, 그 사나이는 붉은 벽돌색 머리칼과 밝고 푸른 눈에 피부는 희고 주근깨가 나 있었다. 복장은 몸에 꽉 끼는 청바지에 티셔츠 차림이었고 양말을 신지 않은 채 흰 운동화를 신고 있었다. 그는 전화를 걸고 있는 중이었다.

"안심하십시오, 데서 부인. 내 가장 우수한 부하 두 명을 부인의 사건에 투입하겠습니다. 이제 곧 남편되는 분의 소식을 알 수 있을 겁니다. 그래서 말입니다만 경비가 더 필요해서 전화를 드렸습니다…… 아니, 보내주실 필요는 없습니다. 우편 사정이 나쁘니까요. 오후에 그 근처까지 갈 일이 있으니 그때 들르겠습니다."

그는 수화기를 내려놓고는 눈을 들어 제니퍼를 보았다. 그리고 얼른 일어나서 미소를 띠며 커다랗고 억센 손을 내밀었다.

"케네스 베일리입니다. 무슨 용무이십니까?"

제니퍼는 비좁고 바람이 통하지 않는 방을 둘러보고는 머뭇거리며 말했다.

"신문 광고를 보고 찾아왔는데요."

"아, 그래요?"

그의 푸른 눈에는 놀라는 빛이 역력했다.

대머리의 중년 남자가 제니퍼를 물끄러미 바라보고 있었다.

케네스 베일리가 말했다.

"저분은 록펠러 채권징수 대리점의 오토 웬젤입니다."

제니퍼는 그에게 목례를 보내고는 케네스 베일리 쪽으로 돌아섰다.

"그럼 당신이 에이스 탐정사무소 분이시군요?"

"그렇습니다. 당신의 직업은?"

"저요?"

제니퍼는 말뜻을 깨닫고 얼른 대답했다.

"변호사입니다."

케네스 베일리는 의심스럽다는 듯이 그녀를 뜯어보았다.

"그래서 여기에 사무실을 내겠다는 건가요?"

제니퍼는 다시 한 번 초라한 사무실을 둘러보고 이 두 사람 사이의 텅 빈 책상을 향해 앉아 있는 자신의 모습을 상상했다.

"다른 곳을 좀 보고 오겠습니다. 저는 아직……."

제니퍼는 머뭇거리며 말했다.

"방값은 한 달에 90달러면 됩니다."

"한 달에 90달러라면 이 건물 전부를 얻겠어요."

제니퍼는 그렇게 대답하고 방을 나오려고 했다.

"잠깐만 기다려요."

제니퍼는 발길을 멈췄다.

케네스 베일리는 창백한 턱을 쓰다듬었다.

"그럼 이렇게 합시다. 한 달에 60달러요. 당신의 사업이 궤도에 오르면 그때 가서 더 올리기로 하고요."

그것은 유리한 거래였다. 그만한 값으로 빌릴 수 있는 사무실은 없다는 것을 제니퍼는 잘 알고 있었다. 그러나 한편으로는 이런 누추한 곳에서는 고객을 맞을 수 없으리라는 생각을 했다. 게다가 또 한 가지 문제가 있었다. 그녀는 60달러를 가지고 있지 못했다.

"그럼 여기로 정하겠어요."

제니퍼는 말했다.

"후회는 하지 않을 거요."

케네스 베일리가 장담했다.

"이삿짐은 언제 운반합니까?"

"벌써 운반했습니다."

케네스 베일리는 자기 손으로 문에다 다음과 같이 써서 간판을 달았다.

변호사
제니퍼 파커

제니퍼는 그것을 복잡한 심경으로 바라봤다. 그녀는 아무리 깊은 절망 속에서도 사립 탐정과 채권징수 대리인 밑에 자신의 이름을 내걸게 되리라고는 꿈에도 생각지 못했다. 그래도 그 약간 비뚤비뚤하게 쓰인 간판을 보고 있으려니 긍지 같은 것을 느끼지 않을 수 없었다. 자신은 변호사인 것이다. 문 위의 간판에 쓰인 글자가 그것을 증명해주고 있었다.

사무실을 확보한 지금 제니퍼에게 부족한 것은 의뢰인뿐이었다.

제니퍼는 이미 스테이크 앤드 브류에 갈 여유조차 없었다. 그녀는 좁은 욕실의 난방기에 요리용 철판을 올려놓고 토스트와 커피뿐인 아침식사를 준비했다. 점심은 거르고 저녁식사는 죠크 폴 오너츠나 줌줌에 가서 먹었다. 그 식당에서는 커다란 소시지와 빵과 감자 샐러드를 먹을 수 있었다.

케네스 베일리는 가출한 배우자나 아이를 찾아주는 일이 대부분인 것 같았다. 처음에 제니퍼는 그가 무책임한 약속을 하고 많은 선금을 받아먹는 사기꾼이라고만 생각했다. 그러나 그는 열심히 뛰어다니며 이따금 가출한 사람을 가족에게 찾아주곤 한다는 것을 제니퍼는 얼마 뒤에 알았다.

그는 쾌활하고 영리한 남자였다.

그에 반해 오토 웬젤은 수수께끼 같은 존재였다. 그의 전화는 쉴 새 없이 울리고 있었다. 그는 수화기를 집어 들고 두 마디나 세 마디쯤 소곤소곤 얘기를 나누고 무언가 메모를 하고는 몇 시간 동안 자취를 감췄다.

"오토는 미수금을 받으러 다니는 겁니다."

케네스 베일리가 어느 날 제니퍼에게 설명했다.

"미수금요?"

"그래요. 자동차나 텔레비전이나 세탁기, 그밖에 온갖 것들의 미수금을 회수하기 위해 외판 회사가 그를 고용하고 있는 겁니다."

그는 제니퍼를 탐색하듯이 쳐다봤다.

"손님이 찾아 왔었나요?"

"이제 곧 찾아오기로 되어 있어요."

제니퍼는 거짓말을 했다.

케네스는 고개를 끄덕였다.

"실망할 필요는 없어요. 누구에게나 실수는 있는 법이니까요."

제니퍼는 얼굴이 붉어지는 것을 느꼈다. 역시 그도 알고 있었던 것이다. 케네스 베일리는 크고 두터운 토스트 샌드위치 종이를 풀고 있었다.

"하나 들겠어요?"

그것은 참 먹음직스러워 보였다.

"괜찮아요. 점심은 먹지 않기로 했어요."

제니퍼는 딱 잘라 말했다.

"아, 그래요?"

그녀는 케네스가 샌드위치를 맛있게 먹는 것을 바라보았다. 케네스는 그녀의 표정을 살피고는 말했다.

"정말로 괜찮아요?"

"네, 나는……약속이 있어요."

케네스 베일리는 방에서 나가는 제니퍼를 지켜보았다. 뭔가 생각하는 표징이었다. 그는 인간의 마음을 꿰뚫어 보는 자기의 능력에 자신감을 가지고 있었지만 제니퍼 파커만은 알 수가 없었다. 텔레비전과 신문기사를 통해서 그는 마이클 모레티의 재판을 무효화시키기 위해서 누군가가 그녀를 매수한 것이라고 믿고 있었다.

그러나 제니퍼를 만나고부터 그 생각은 흔들렸다. 케네스는 한 번 결혼해서 지옥과 같은 경험을 하고는 여자를 멀리하게 되었다. 그러나 이 여자는 예외라고 무엇인가가 그에게 속삭였다. 이 여자는 아름답고 머리가 좋고 무척 자존심이 강한 듯했다.

'집어치워! 바보 같은 생각은 하지 말라고. 살인 때문에 양심의 가책을 받는 것은 한 번으로 족한 거야.' 하고 케네스는 자신에게 말했다.

'에마 라자루스(19세기 미국 시인)는 감상적인 바보야. "자유를 동경하고 피로에 지치고 어깨가 늘어진 불쌍한 사람들을 나에게 뒷바라지 하게 해주시오…… 폭풍에 시달리고 집을 잃은 사람들을 나에게 보내주시오." 어처구니가 없군! 뉴욕에서는 웰컴 매트(웰컴이라고 쓴 방문객용 신발닦이)제조업을 차렸다가는 한 시간도 못 돼서 파산해버릴 거야. 뉴욕에서는 남들이 살거나 죽거나 아무도 관심이 없다고. 자신을 연민하는 것은 이제

그만두자!'

제니퍼는 자신을 위로했다. 그러나 그녀의 생활은 심각했다. 전 재산은 18달러로 줄어들었고 아파트의 방세도 밀리고 이틀 후에는 사무실 임대료도 지불하지 않으면 안 되었다. 그녀에게는 뉴욕에 더 이상 머물 수 있는 돈도, 떠나갈 돈도 없었다.

제니퍼는 일자리를 찾기 위해 직업별 전화번호부를 뒤져 알파벳순으로 법률사무소에 전화를 걸었다. 케네스 베일리나 오토 웬젤이 얘기를 엿들으면 곤란하기 때문에 그녀는 공중전화를 사용했다.

결과는 언제나 마찬가지였다. 아무도 그녀를 고용하려고 하지 않았다. 켈소로 돌아가서 아버지 친구의 조수나 비서라도 하는 깃 외에 도리가 없었다. 아버지가 알았다면 얼마나 실망하실까! 그것은 무참한 패배였지만 달리 길이 없었다. 그녀는 낙오자로서 고향에 돌아갈 수밖에 없는 것이다. 당장의 문제는 그 경비였다.

제니퍼는 『뉴욕포스트』지 석간을 조사해 시애틀까지의 드라이브 비용 절반을 부담할 동승자를 구하는 광고를 발견했다. 제니퍼는 당장 그곳에 전화를 걸었다. 응답은 없었다. 그녀는 내일 아침에 다시 한 번 더 걸어보기로 했다.

이튿날 아침 제니퍼는 마지막 출근을 했다. 오토 웬젤은 외출중이었지만 케네스 베일리는 자리에 있었다. 그는 언제나처럼 전화로 얘기를 하고 있었다. 그는 청바지와 캐시미어 스웨터를 입고 있었다.

"부인을 찾았습니다. 다만 문제는 부인께서 집에 돌아갈 생각이 없다는 겁니다. 그렇습니다. 여자의 마음이란 알 수가 없어요…… 그렇습니까? 부인의 거처를 알려드릴 테니까요, 돌아와 달라고 다정하게 부탁해 보세요."

케네스는 미드 타운의 호텔 호수를 가르쳐주었다.

"천만에요."

케네스는 전화를 끊고 제니퍼 쪽으로 몸을 빙그르 돌렸다.

"오늘 아침은 좀 늦었군요."

"베일리 씨, 전……저는 유감스럽게도 다른 곳으로 떠나지 않으면 안 되겠어요. 아직 내지 못한 방세는 형편이 닿는 대로 보내드릴게요."

케네스 베일리는 의자 위에서 몸을 뒤로 젖히고 빤히 그녀를 쳐다보았다. 그 표정에 제니퍼는 견딜 수가 없어졌다.

"그래도 되겠어요?"

제니퍼는 물었다.

"워싱턴 주로 돌아가는 거요?"

제니퍼는 고개를 끄덕였다. 그러자 케네스 베일리는 이렇게 말했다.

"떠나기 전에 잠깐 부탁할 일이 있어요. 친구인 변호사에게서 소환장 송달을 부탁받았는데 시간이 없어서요. 한 통당 12달러 50센트와 거리에 따른 교통비를 받을 수가 있는데, 도와주겠어요?"

그로부터 한 시간 뒤, 제니퍼 파커는 호화로운 피바디 앤드 피바디 법률사무소 안에 있었다. 언젠가는 조수로서가 아니라 대등한 파트너로 훌륭하고 넓은 방을 사용하며 일하고 싶은 것이 그녀의 꿈이었는데, 지금 이곳이 바로 그곳 같았다. 제니퍼는 안쪽의 조그만 방으로 안내되어 가서 일에 지친 비서로부터 몇 통의 소환장을 건네받았다.

"이것입니다. 자동차의 주행 마일수를 반드시 기록해주세요. 차는 있겠죠?"

"없습니다. 사실은……."

"그렇다면 지하철을 이용할 때는 요금을 메모해주세요."

"알겠습니다."

제니퍼는 그날 억수같이 비가 퍼붓는 가운데 브롱크스, 브룩클린, 퀸즈로 소환장을 배달하며 돌아다녔다. 밤 8시까지 50달러가 되었다. 좁은 아파트에 돌아왔을 때는 추위와 피로로 파김치가 되어 있었다.

그러나 제니퍼는 뉴욕에 온 이래 처음으로 얼마간의 돈을 번 것이었다. 게다가 송달해야 할 소환장은 아직도 많이 있다고 비서는 말했다. 온 시내를 뛰어다녀야 하는 고달픈 일이었다. 게다가 굴욕적인 일이기도 했다. 눈앞에서 꽝 하고 문을 닫거나 욕설을 퍼붓거나 협박을 하거나 능글거리게 접근해오는 남자도 두 사람이나 있었다. 내일도 또 그런 창피한 꼴을 당해야 하나 생각하자 마음이 무거워졌다. 그래도 뉴욕에 머물러 있을 수 있는 한 가닥 희망을 가질 수 있었다.

제니퍼는 뜨거운 물을 가득 채운 욕조에 들어가 피부를 간질이는 감촉을 즐기면서 천천히 몸을 담갔다. 얼마나 지쳐 있었는지 그녀는 그때까지 깨닫지 못하고 있었다. 뼈마디가 전부 쑤시는 것만 같았다.

피로를 푸는 데는 맛좋은 저녁식사를 하는 것이 제일이라고 생각한 제니퍼는 큰 마음 먹고 비싼 음식을 먹어보리라 생각했다.

'테이블 크로스와 냅킨이 있는 진짜 레스토랑이 좋을 거야. 아름다운 음악과 백포도주와……'

하지만 그녀의 상상은 초인종 소리로 중단되었다. 그것은 귀에 익숙지 않은 소리였다. 그녀가 2개월 전 이곳에 온 이래 찾아온 사람은 단 한 사람도 없었기 때문이다.

보나마나 밀린 집세 때문에 관리인 아주머니가 화가 나서 찾아왔을 것이라고 생각하며 제니퍼는 움직이는 것도 힘이 들어서 빨리 가버렸으면 하고 바랐다. 그러면서 꼼짝하지 않고 누워 있었다.

그때 또 벨 소리가 울렸다. 제니퍼는 따뜻한 욕조에서 마지못해 나와 비로드 가운을 걸치고 문 쪽으로 갔다.

"누구세요?"

문 밖에서 남자의 목소리가 들려왔다.

"미스 제니퍼 파커입니까?"

"네, 그런데요."

"저는 애덤 워너 변호사입니다."

제니퍼는 무슨 일일까 하고 생각하며 문에 체인을 건 채로 열어보았다. 복도에 서 있는 사나이는 30대 중반으로 키가 크고 금발에다 어깨가 넓었으며 네모난 안경테를 하고 있었다. 회색이 약간 섞인 푸른 눈은 호기심을 담고 있었다. 그리고 매우 값비싸 보이는 양복을 입고 있었다.

"들어가게 해주시지 않겠습니까?"

그가 물었다.

강도 같으면 값비싼 양복을 입고 구찌 구두나 실크 넥타이를 몸에 걸치고 있지는 않을 것이다. 또 잘 다듬어진 길고 섬세한 손가락을 가지고 있지는 않을 것이다.

"잠시만 기다려주세요."

제니퍼는 체인을 벗기고 문을 열었다. 애덤 워너가 방안으로 들어서자 제니퍼는 단칸방인 아파트가 그의 눈에는 어떻게 비칠까 생각하며 방안을 한번 훑어보았다. 이런 곳을 보는 것은 그로서는 처음일 것 같았다.

"워너 씨, 무슨 용건이신가요?"

그렇게 말하고 있는 동안에 제니퍼는 돌연 그의 목적을 깨닫고 가슴에 흥분이 솟아올랐다. 그녀가 신청한 직장을 구해주러 온 것이리라!

제니퍼는 특별히 맞춘 멋진 청색 가운을 입고 있었으면 좋았을걸 하고 생각했다. 머리도 제대로 빗고…….

애덤 워너가 말했다.

"미스 파커, 나는 뉴욕의 변호사협회 징계위원회의 위원입니다. 로버트 디 실바 검사와 로렌스 윌드맨 판사가 당신에 대한 변호사 자격 박탈 수속을 개시하도록 중간항소 법원에 요구했습니다."

만남

니덤, 핀치, 피어스 앤드 워너 법률사무소는 월 스트리트 30번지에 있는 빌딩의 꼭대기층 전체를 차지하고 있었다. 125명의 변호사가 근무하는 그곳은, 거대 기업 몇 개를 대표하는 조직에 어울리도록 차분하고도 우아하게 장식되어 있었다.

애덤 워너와 스튜어트 니덤은 언제나처럼 아침 홍차를 마시고 있었다. 니덤은 60대 후반의 옷차림이 단정한 깔끔한 노신사로 끝이 뾰족한 턱수염은 손질이 잘 되어 있었고, 트위드 양복에 조끼를 입고 있었다. 외관은 19세기 풍이었지만 지금까지 수백 명의 적수가 뼈저리게 느낀 것처럼 그는 정신적으로는 누구 못지않게 20세기적이었다. 니덤은 거물이었다. 그러나 그 이름은 법조계 밖에서는 그다지 알려져 있지 않았다.

니덤은 표면에 나서기보다는 법률의 제정이나 정부 고관의 임명이나 국가의 정책 결정에 자신의 커다란 영향력을 행사하는 것을 좋아했다. 그는 뉴잉글랜드 인으로, 태어나면서부터 말수가 적고 또 과묵을 중시하는 교육을 받고 있었다.

애덤 워너는 니덤의 조카딸인 메리 베스와 결혼해서 니덤의 비호를 받고 있었다. 애덤의 아버지는 옛날에 상원의원을 지낸 인물이었다. 애덤 자신도 뛰어난 변호사였다. 애덤은 우등으로 하버드 대학의 법과대학을 졸업했을 때 미국 내의 여러 유명한 법률사무소로부터 권유를 받았다. 그는 니덤 핀치 앤드 피어스를 선택했고 7년 후에는 파트너가 되었다.

애덤은 스타일이 좋고 매력적인 데다가 지성이 그의 체격을 한층 더 당당하게 보이게 하는 것 같았다. 그의 대범하고 자신 있는 태도가 여자들을 끌어들였다. 애덤은 훨씬 오래전부터 끈질기게 따라다니는 여성 의뢰인을 단념하게 만드는 요령을 몸에 익히고 있었다. 메리 베스와 결혼한지 14년 간 그는 아내 이외의 여자에게는 손을 내밀지 않았다.

"애덤, 한 잔 더 어떤가?"

"아니, 됐습니다."

애덤 워너는 홍차를 싫어했지만 파트너의 기분을 상하게 하지 않기 위해서 지난 8년간 매일 아침마다 홍차를 마시고 있었다. 그것은 니덤 자신이 직접 끓인 홍차로 형편없는 맛이었다.

스튜어트 니덤은 얘기하고 싶은 것을 둘로 나누어 했는데, 그답게 좋은 쪽의 뉴스부터 시작했다.

"어제 저녁에 몇 사람의 친구들과 만났는데 말일세."

몇 사람의 친구들이란 미국에서 가장 유력한 정계의 그룹을 가리키는 것이리라.

"애덤, 그들은 자네에게 상원의원 입후보를 요청할 것을 고려하고 있더군."

애덤은 기뻤다. 스튜어트 니덤의 신중한 성격을 잘 알고 있기 때문에 어젯밤의 회의가 상당히 구체적으로 진행되었을 것이라고 애덤은 생각했다. 그렇지 않다면 니덤은 지금 그 화제를 끄집어내지 않았을 것이다.

"물론 자네가 관심을 갖느냐, 갖지 않느냐가 중요한 문제겠지. 자네의 일생이 크게 달라질 테니까 말일세."

애덤 워너도 그것은 잘 알고 있었다. 만일 그가 선거에서 이긴다면 변호사 일을 그만두고 수도인 워싱턴으로 옮겨가서 완전히 새로운 생활을 시작하게 된다. 애덤은 메리 베스가 그것을 기뻐할 것은 확실하다고 생각했다. 그러나 자기 자신의 감정은 그 정도로 분명하지는 않았다. 그럼에도 불구하고 애덤은 책임을 받아들이도록 교육을 받아 왔다. 또 권력을 장악하는 것이 싫지 않다는 것도 그는 인정하지 않을 수 없었다.

"관심은 많이 있습니다만."

스튜어트 니덤은 만족해하며 고개를 끄덕였다.

"좋아, 모두들 기뻐하겠지."

그러고는 다시 지독한 맛이 나는 홍차를 자신의 컵에 따르고 나서 또 하나의 문제를 지나가는 말처럼 끄집어냈다.

"애덤, 변호사 협회의 징계위원회가 자네에게 조그만 일을 한 가지 부탁하겠다고 하더군. 기껏해야 한두 시간밖에 걸리지 않는 일이야."

"무슨 일입니까?"

"마이클 모레티의 재판 건일세. 누군가가 로버트 디 실바 검사의 젊은 검사보에게 접근해서 매수한 모양이야."

"저도 신문에서 읽었습니다. 카나리아 사건 말이죠?"

"그렇다네. 월드맨 판사와 로버트는 우리의 명예로운 직업 명부에서 그녀의 이름을 삭제하고 싶어하고 있네. 나도 그렇고 더러운 이름이니까 말일세."

"그들은 저한테 어떻게 하라는 겁니까?"

"서둘러 조사해서 그 파커라는 여자의 행위가 위법, 혹은 비도덕적이었다는 것을 입증해서 변호사 자격 박탈 수속을 밟을 것을 권고하는 것뿐이지. 그 이유를 나타내는 통지서를 송달하면 나머지는 그들이 알아서 처리하게 되어 있네. 단순한 수속일 뿐일세."

애덤은 납득할 수 없는 점이 있었다.

"왜 저한테 그 일을 하라는 겁니까? 우리 사무소에 있는 젊은 변호사라도 얼마든지 할 수 있는 일인데요."

"우리의 존경하는 지방검사가 특별히 자네를 지명했네. 모든 것을 실수 없이 하고 싶기 때문이라는 거야. 모두 다 알다시피 말일세."

그러고는 차갑게 덧붙였다.

"결코 관대한 사람이라고는 할 수 없으니까. 검사는 파커라는 처녀의 껍질을 벗겨서 자기 사무실 벽에 장식하고 싶은 거야."

애덤 워너는 앉은 채로 바쁜 스케줄에 대해서 생각했다.

"애덤, 우리로서는 언제 지방검사의 도움이 필요하게 될지 모르네. 기브 앤드 테이크일세. 너무 까다롭게 생각하지 말게나."

"알겠습니다."

애덤은 일어섰다.

"정말로 차를 더 마시지 않아도 괜찮겠나?"

"네, 정말 훌륭한 맛이었습니다."

애덤 워너는 자기 사무실로 돌아가서 사무원 중 한 사람인 머리가 좋은 젊은 흑인 아가씨 류신더를 불렀다.

"류신더, 제니퍼 파커라는 변호사에 대한 정보를 모을 수 있는 데까지 좀 모아줘요."

그녀는 싱글싱글 웃으며 말했다.

"노란 카나리아 사건 말이군요."

이제 제니퍼 파커에 대해서는 모르는 사람이 없었다.

애덤 워너는 그날 오후 늦게 마이클 모레티 사건의 재판 기록을 검토하고 있었다. 그것은 디 실바 검사가 특별히 심부름꾼을 시켜서 보내준 것이었다. 애덤이 그것을 모두 읽고 났을 때는 한밤중이 훨씬 넘어 있었다. 그는 아내인 메리 베스에게 디너파티에 혼자서 참석하라고 말하고 샌드위치를 시켜다 먹었다.

기록을 읽고 난 애덤은 만약 운명이 제니퍼 파커라는 형태를 빌려 개입하지 않았더라면 마이클 모레티가 유죄를 선고받았을 것은 틀림없다고 생각했다. 디 실바 검사의 방식은 완벽했다.

재판 뒤 월드맨 판사의 방에서 행해진 공술 기록을 애덤은 눈여겨 봤다.

디 실바 : 당신은 대학을 졸업했지요?

제니퍼 파커 : 네.

디 실바 : 법과대학원도 졸업했지요?

파커 : 네.

디 실바 : 그런데도 외부인에게 봉투를 건네받고 살인 사건의 중요 증인에게 전해주라는 부탁을 그렇게 간단히 받아들였단 말이오? 단순한 어리석음의 범위를 넘은 것이라고 생각하지 않소?

파커 : 그것은 사실과는 다릅니다.

디 실바 : 당신이 그렇게 말하지 않았소?

파커 : 제가 말하고 싶은 것은 저는 그 사람을 외부인이라고는 전혀 생각하지 않았다는 점입니다. 검사님의 스태프라고 생각했습니다.

디 실바 : 어째서 그렇게 생각했죠?

파커 : 그것은 이미 얘기했습니다. 그가 검사님과 얘기를 하더니 이 봉투를 가지고 저에게로 다가왔습니다. 그리고 제 이름을 부르고, 검사님이 저한테 그것을 증인에게 전해주라고 했다고 했습니다. 너무 짧은 순간에 일어난 일이기 때문에…….

디 실바 : 짧은 순간의 일이라고는 생각할 수 없소. 일을 꾸미는 데 많은 시간이 걸렸을 거요. 봉투를 전하게 하려고 누군가에게 당신을 매수시킬

준비를 하는 데 시간이 걸렸을 거요.

파커 : 아닙니다. 저는…….

디 실바 : 뭐가 아니라는 거죠? 봉투를 전달하지 않았단 말이오?

파커 : 봉투의 내용을 저는 몰랐습니다.

디 실바 : 그렇다면 누군가에게 매수당한 것은 사실이로군요.

파커 : 제 말을 그렇게 왜곡해서 해석하는 것은 부당합니다. 저는 아무한테도 매수당하지 않았습니다.

디 실바 : 친절한 마음에서 한 행동이란 말인가요?

파커 : 검사님의 지시대로 따르고 있다고 저는 믿었습니다.

디 실바 : 그 사나이가 당신의 이름을 불렀다고 했죠?

파커 : 네.

디 실바 : 그 사나이는 어떻게 당신의 이름을 알았을까요?

파커 : 모릅니다.

디 실바 : 그럴 리가 없을 거요. 당신은 분명히 알고 있어요. 혹은 그 사람이 어림짐작으로 말했는지도 모르고 말이오. 아니면 그가 법정 안을 둘러보고 이렇게 말했을지도 모르지요. 제니퍼 파커라는 이름처럼 생긴 아가씨가 있구나 하고. 그렇게 생각하지 않소?

파커 : 조금 전에 말한 것처럼 저는 모릅니다.

디 실바 : 당신과 마이클 모레티는 언제부터 좋아하는 사이인가요?

파커 : 디 실바 검사님, 저는 제가 아는 것을 전부 말했습니다. 저는 이미 5시간이나 신문을 받았고, 이젠 지쳤습니다. 더 이상 얘기할 것은 없습니다. 집에 돌아가도 되겠습니까?

디 실바 : 그 의자에서 움직이기만 해도 체포하도록 하겠소. 당신은 지금 매우 난처한 입장에 처해 있다는 것을 알아야 해요, 미스 파커. 그것을 빠져 나오는 방법은 단 한 가지, 거짓말을 그만하고 진실을 얘기하는 것뿐이오.

파커 : 저는 진실을 얘기했습니다. 알고 있는 것은 전부 얘기했어요.

디 실바 : 당신에게 봉투를 건네준 사나이의 이름을 빼놓고는 말이겠지. 그 사나이의 이름과 그 사람에게서 받은 금액을 털어놓아 보시오.

기록은 아직도 30페이지나 더 계속되고 있었다. 로버트 디 실바 검사는 제니퍼 파커를 고문하는 것 이외의 짓은 전부 다 했다. 그러나 그녀는 최초의 얘기를 바꾸지 않았다.

애덤은 기록을 덮은 다음 피로를 느끼고 눈 사이를 주물렀다. 벌써 새벽 2시가 넘어 있었다.

그는 내일 제니퍼 파커 건을 처리해버리자고 생각했다.

애덤 워너에게 있어서는 뜻밖의 일이었지만 제니퍼 파커 건은 그다지 간단하게 처리될 것 같지 않았다. 애덤은 꼼꼼한 성격이었기 때문에 제니퍼 파커의 경력을 조사했다. 그가 알 수 있는 범위 내에서는 그녀는 범죄와 관련이 없었고, 또 마이클 모레티와 그녀를 결부시켜 주는 것도 없었다.

이 사건에서 애덤의 마음에 걸리는 것이 하나 있었다. 그것은 제니퍼 파커의 변명이 너무도 약하다는 것이었다. 만일 그녀가 모레티를 위해서 일했다면 모레티는 누가 봐도 수긍이 가는 그럴듯한 설명을 준비해두고 그녀를 지켜주었을 것이다. 그런데 실제로는 그녀의 설명은 너무 단순해서 그것이 오히려 진실의 울림을 전해주고 있었다.

정오에 디 실바 검사로부터 애덤에게 전화가 걸려 왔다.

"애덤, 요즘 어떻게 지내시오."

"잘 지내고 있습니다, 로버트 검사님."

"자네가 제니퍼 파커 건에서 사형집행인 역을 맡아주는 셈이로군."

애덤은 사형집행이라는 말에 주춤했다.

"권고하라는 것은 승낙했습니다."

"그 여자를 영구히 매장시켜 버리도록 하시오."

애덤은 지방검사의 목소리에 담긴 증오에 가슴이 섬뜩했다.

"성미가 급하시군요, 로버트 검사님. 그녀는 아직 자격을 박탈당하지는 않았습니다."

디 실바 검사는 웃었다.

"그것은 친구인 자네에게 맡기겠네."

목소리의 억양이 약간 달라졌다.

"자네가 머지않아서 워싱턴으로 진출할지도 모른다는 소문은 나도 들었지. 나는 자네를 전면적으로 응원할 것이라는 것을 알아두게."

그 말이 지니는 중요한 의미는 애덤 워너도 잘 알고 있었다. 지방검사는 고참이었다. 그는 어디에 어두운 비밀이 숨겨져 있는지, 또 그 정보를 어떻게 하면 최대한으로 이용할 수 있는지를 다 알고 있었다.

"고맙습니다, 로버트 검사님. 감사하게 생각하고 있습니다."

"괜찮네, 애덤. 그럼 연락을 기다리고 있겠네."

제니퍼 파커를 빨리 처치해버리라는 얘기였다. 기브 앤드 테이크라고 스튜어트는 말했는데, 그것은 제니퍼 파커를 도구로 사용하게 되는 셈이었다. 애덤 워너는 디 실바 검사의 말을 생각해냈다.

'그 여자를 영구히 매장시켜 버리도록 하게.'

애덤이 기록을 읽어 본 범위 내에서는 제니퍼가 불법을 범했다는 증거는 없었다. 그녀가 자백을 하든가, 또는 누군가가 그녀와 공모했다고 나서지 않는 한 디 실바 검사는 그녀에게 손을 댈 수는 없을 것이다. 그러나 실바 검사는 애덤이 그녀를 처치해줄 것을 기대하고 있었다.

조서 사본에는 오고간 차갑고 거친 말들이 한 자도 틀림없이 그대로 기록되어 있었다. 그러나 애덤은 제니퍼 파커가 불법행위를 부인할 때의 육성을 들을 수 있었으면 하고 생각했다.

애덤은 당장 손을 대지 않으면 안 될 긴급한 문제와 대기업 관계의 중요한 소송을 잔뜩 안고 있었다. 스튜어트 니덤이나 로렌스 월드맨 판사나 로버트 디 실바 검사의 부탁을 들어주면 쉽게 풀릴 것들이었다.

그러나 어떤 본능적인 것이 애덤 워너를 주저하게 만들었다. 그는 다시 제니퍼 파커의 서류를 집어들고 메모를 하고 장거리 전화를 걸었다. 그는 자신에게 맡겨진 책임을 힘닿는 데까지 수행할 생각이었다. 자격시험에 합격해서 변호사가 되기까지의 길고도 고통스러운 공부와 노력을 그는 뼈저리게 잘 알고 있었다. 그것은 수많은 세월의 각고 끝에 가까스로 손에 넣을 수 있는 보물이므로, 정당하다는 확신이 없는 한 남에게서 그 보물을 빼앗을 수는 없었다.

이튿날 아침, 애덤 워너는 워싱턴 주 시애틀 행 비행기를 탔다. 그는 제니퍼 파커를 가르친 교수와 그녀가 2년 간 여름 동안에만 일한 법률사무소의 소장과 그녀의 대학 시절 동창생을 몇 사람 만났다.

스튜어트 니덤이 시애틀에 있는 애덤에게 전화를 걸었다.

"애덤, 그런 곳에서 지금 자네 뭘 하고 있나. 이쪽에서는 중요한 사건이 자네를 기다리고 있네. 파커 사건 따위는 간단히 끝내라고."

"두세 가지 의문점이 생겨서 그럽니다. 내일이나 모레쯤이면 돌아가겠습니다."

애덤은 신중하게 말했다.

상대는 잠깐 입을 다물고 있었다.

"알겠네. 하지만 그 건으로 필요 이상의 시간을 낭비하는 것은 그만두게나."

애덤 워너가 시애틀을 떠날 때에는 제니퍼 파커에 대해서 어느 정도 알고 있는 듯한 느낌이 들었다. 그의 마음속에는 그녀의 초상화가 어느 정도 완성되어 있었다. 그것은 법과대학의 교수나 그녀의 집 주인이나 그녀가 사무원으로 일한 법률사무소의 직원이나 동급생들의 얘기를 바탕으로 해서 그려진 마음속의 몽타주였다.

애덤이 손에 넣은 그 사진은 로버트 디 실바 검사가 준 사진과는 전혀 다른 것이었다. 제니퍼 파커가 누구보다도 뛰어난 연기력을 가진 대 여배우가 아닌 이상 마이클 모레티와 같은 인물을 빼돌리는 음모에 그녀가 가담했을 가능성은 전무에 가까웠다.

애덤 워너는 스튜어트 니덤과 그날 아침 문제의 대화를 나누고부터 2주일쯤 지난 지금, 자신이 그 행적을 조사해온 여성과 대면하게 되었다. 애덤은 신문에 실려 있던 제니퍼의 사진을 본 적이 있었지만 그것과는 비교도 인 되는 눈앞의 그녀의 아름다움에 깜짝 놀랐다. 흰 가운을 입고 화장기가 하나도 없는 얼굴에 질은 다갈색 머리칼은 젖어 있었지만 그녀는 놀라울 정도로 아름다웠다.

애덤이 입을 열었다.

"미스 파커, 나는 마이클 모레티의 재판과 당신과의 관련을 조사하는 일을 의뢰받았습니다."

"또 그 얘긴가요?"

제니퍼는 분노가 치밀어 오르는가 싶더니 폭발하고 말았다. 그들은 아직도 그녀를 못살게 구는 일을 포기하지 않고 있었다. 그녀의 인생을 망치려 하고 있는 것이다. 그녀는 더 이상 참을 수가 없었다.

제니퍼는 입을 열었으나 그 목소리는 떨리고 있었다.

"당신에게 얘기할 것은 아무것도 없어요! 돌아가서 그 사람들에게 아무렇게나 당신이 내키는 대로 말해주세요. 분명히 나는 바보스러운 짓을 했지만 내가 알고 있는 한 바보스러운 행위는 법률에 저촉이 되지 않을 거예요. 지방검사는 누군가가 나를 매수했다고 믿고 있지만, 만일 나한테 조금이라도 돈이 있다면 이런 곳에서 살 것 같아요?"

그녀는 경멸하듯이 손을 흔들었다.

흥분한 나머지 제니퍼는 목소리가 잠겨 왔다.

"나는… 나는 당신이 무슨 짓을 하든 상관없어요. 하지만 나를 방해하지만 말아주세요. 이젠 돌아가세요!"

제니퍼는 그에게 등을 돌리고 욕실 안으로 뛰어 들어가 문을 꽝 하고 닫았다.

그녀는 숨을 깊이 들이쉬고 세면대에 몸을 기대면서 눈물을 닦았다. 자신이 바보스런 행동을 했다는 것은 잘 알고 있었다.

'이것으로 두 번째야.'

제니퍼는 씁쓸한 마음으로 생각했다.

애덤 워너에 대해서는 좀 더 다른 태도를 취했어야 옳았다. 그를 비난하는 대신에 설명하려고 노력해야만 했다. 그렇게 하면 변호사 자격을 박탈당하지 않을 수도 있었을 것이다. 그러나 그녀는 그것이 헛된 희망이라는 것을 알고 있었다. 사람을 보내서 그녀를 신문하는 것은 형식에 지나지 않는 것이다. 다음 조치로써 그녀에게 해명을 하라는 명령이 내려지고, 정식 기관이 활동을 개시할 것이다. 우선 3명의 변호사로 구성된 심사위원회가 설치되고 그것을 징계위원회에 권고하고 그러면 징계위원회는 이사회에 보고한다. 권고의 내용은 처음부터 정해져 있다. 자격 박탈이다. 그녀는 뉴욕 주에서 변호사 활동을 하는 것을 금지 당한다.

제니퍼는 어두운 마음으로 생각했다.

'단 한 가지 좋은 것은 있다. 역사상 가장 짧은 변호사 경력의 기록 보유자로 내 이름이 기네스북에 오를지도 모르니까.'

제니퍼는 다시 욕조에 들어가 몸을 눕히고 아직도 따뜻한 물에 몸을 맡기고는 긴장된 마음을 가라앉혔다. 피로에 지친 그녀는 마음대로 해볼 테면 해보라는 기분이었다. 그녀는 눈을 감고 아무것도 생각하지 않고 멍하니 있었다.

어느 틈엔가 절반쯤 졸고 있던 제니퍼는 물이 차가워서 잠에서 깼다.

얼마나 오래 물에 몸을 담그고 있었는지 짐작이 가지 않았다. 그녀는 할 수 없이 욕조에서 나와 타월로 몸을 닦기 시작했다. 이미 공복은 느껴지지 않았다. 애덤 워너와의 승강이 때문에 식욕 같은 것은 어디론가 날아가 버리고 없었다.

제니퍼는 머리를 빗고 얼굴에 크림을 바르고는 오늘 저녁은 아무것도 먹지 않고 그냥 잠을 자야겠다고 생각했다. 내일 아침에 시애틀까지 간다는 사람에게 전화를 걸려고 그녀는 욕실 문을 열고 거실로 나왔다.

그녀는 순간 질겁을 하고 말았다. 애덤 워너가 잡지를 보면서 의자에 앉아 있는 것이 아닌가. 애덤 워너는 눈을 들어 제니퍼가 나체로 나오는 것을 그대로 지켜보았다.

"실례했습니다. 난······."

애덤이 말했다.

제니퍼는 조그맣게 비명을 지르며 욕실로 뛰어 들어가 가운을 입었다. 다시금 애덤과 대결하기 위해 거실로 나온 제니퍼는 분노에 떨고 있었다.

"취조는 이미 끝났을 텐데요? 제가 돌아가 달라고 하지 않았던가요?"

애덤은 잡지를 내려놓고 조용히 말했다.

"미스 파커, 잠시 마음을 가라앉히고 나와 얘기를 좀 해보는 게 좋지 않겠어요?"

"싫어요! 당신에게도, 당신의 하잘 것 없는 징계위원회에도 얘기할 것은 아무것도 없어요. 이제 범인 취급 받는 데 신물이 났어요!"

지금까지의 분노가 다시 제니퍼의 가슴 속에서 끓어올랐다.

"당신이 범인이라고 누가 말하던가요?"

애덤이 조용한 어조로 물었다.

"당신은 그 말을 하기 위해 나를 찾아왔잖아요?"

"여기에 온 목적은 이미 말했습니다. 나는 조사를 해서 변호사 자격 박탈 수속을 하느냐, 하지 않느냐를 권고하는 권한을 부여받고 있습니다.

그래서 당신의 해명을 듣고 싶은 겁니다."

"그래요? 그렇다면 어떻게 당신을 매수하면 될까요?"

애덤의 표정이 굳어졌다.

"실례했습니다, 미스 파커."

그는 일어나서 문 쪽으로 걸어가려고 했다.

"잠깐 기다려주세요!"

애덤은 뒤돌아보았다.

"미안해요. 나는… 모든 사람이 내 적으로만 보여서 그래요. 용서해주세요."

"그래요, 좋습니다."

제니퍼는 걸치고 있는 얇은 가운이 갑자기 마음에 걸렸다.

"아직도 질문이 남아 있다면 다른 옷을 바꿔 입고 오겠어요. 그 다음에 얘기를 들을게요."

"좋습니다. 저녁식사는 했습니까?"

제니퍼는 약간 망설여졌다.

"나는……."

"취조하는 데 아주 적합한 프랑스요리 전문 레스토랑이 있습니다."

그곳은 이스트사이드 56번가에 있는 조용하고 멋진 레스토랑이었다.

"이 식당은 그다지 사람들에게 알려져 있지 않습니다. 식당 주인은 레 피레네에서 일하던 젊은 부부랍니다. 음식은 아주 맛있어요."

자리에 앉았을 때 애덤 워너가 말했다.

제니퍼는 애덤의 말을 믿을 수가 없었다. 어떤 음식도 목에 넘어가지 않았기 때문이었다. 그녀는 아침부터 아무것도 먹지 못했다. 그러나 몹시 긴장하고 있어서 음식을 삼킬 수가 없었다.

제니퍼는 마음을 편하게 가지려고 했지만 헛일이었다. 그가 아무리 친절하게 행동해도 눈앞에 앉아 있는 매력적인 남자는 적인 것이다.

애덤이 분명히 매력적이라는 것을 제니퍼는 인정하지 않을 수 없었다. 그는 얘기를 재미있게 하고 다정스럽게 대해 주어서 다른 때 같으면 제니퍼에게 더할 수 없이 즐거운 밤이 되었을 것이다. 그러나 지금은 경우가 달랐다. 그녀의 장래 전부가 이 낯선 남자의 손 안에 들어 있었다. 앞으로 한두 시간이 그녀의 삶의 방향을 결정짓게 될 것이다.

애덤은 제니퍼의 긴장을 풀어주려고 애를 썼다. 최근에 일본에 가서 정부고관들과 만나 산해진미를 대접받은 일이며, 작년에 알래스카로 수렵여행을 갔을 때 곰한테 습격 받은 얘기를 했다. 그러는 동안 제니퍼는 애덤이 질문에 대해서 충분한 내비를 하고 있었다. 그럼에도 마침내 그가 말을 꺼내자 그녀는 온몸이 딱딱하게 굳어지는 것을 느꼈다.

디저트를 다 먹고 나서 애덤이 조용히 말했다.

"이제부터 몇 가지 질문을 할 테니 흥분하지 말아주세요, 아시겠죠?"

제니퍼의 목에 갑자기 커다란 덩어리 같은 것이 생겼다. 그녀는 제대로 소리가 나와 줄지 자신이 없었다.

"그날 법정에서 일어난 일을 정확하게 얘기해주십시오. 당신이 기억하거나 느낀 것까지도 전부 말입니다. 천천히 얘기해도 좋으니까요."

제니퍼는 그의 요구를 거절하고 마음대로 하라고 말할 생각이었다. 그러나 어찌된 셈인지 애덤 워너와 마주보고 앉아서 그 조용한 목소리를 듣고 있는 사이에 제니퍼의 반항심은 사라져 버렸다. 사건의 기억은 아직도 너무 생생해서 그 일을 생각하기만 해도 가슴이 쓰려왔다. 그녀는 한 달 이상이나 그것을 잊어버리려고 노력해왔다. 그런데 지금 애덤은 그 자초지종을 얘기해달라는 것이다.

제니퍼는 심호흡을 하고 흥분에 떨면서 말했다.

"얘기하겠어요."

제니퍼는 법정에서 일어난 일을 더듬거리면서 얘기하기 시작했지만 기억이 뚜렷이 되살아남에 따라 차츰 말이 빨라졌다. 애덤은 아무 말도 하지 않고 조용히 귀를 기울이며 그녀를 관찰했다.

제니퍼의 말이 끝나자 애덤이 한마디 했다.

"당신에게 봉투를 건네준 남자 말인데요, 그날 아침에 당신이 선서했을 때 그 남자는 지방검찰청 사무실에 있었습니까?"

"나도 그것을 많이 생각해봤어요. 하지만 기억이 나지 않아요. 그날 사무실에는 사람이 많이 있었고 모두 낯선 사람들뿐이어서요."

"이전에 어딘가에서 그 사람을 본 적은 없습니까?"

제니퍼는 힘없이 고개를 흔들었다.

"생각해낼 수가 없어요. 본 적이 없는 것 같아요."

"그 사람이 당신에게 봉투를 건네주러 오기 전에 검사와 얘기하는 걸 봤다고 했죠? 검사가 그에게 봉투를 주는 장면을 봤습니까?"

"그것은… 아뇨."

"그 사람이 검사에게 말을 거는 것을 당신은 정말로 봤습니까? 아니면 그는 검사 주위 그룹 속에 그냥 끼어 있었습니까?"

제니퍼는 잠깐 눈을 감고 그 순간을 기억해내려고 했다.

"미안합니다. 머리가 혼란해져서요. …잘 모르겠어요."

"그 사람이 어떻게 당신의 이름을 알았는지 짐작이 가는 데라도 있습니까?"

"없어요."

"왜 당신이 대상이 되었는지 그것에 대해 짐작 가는 것은 없어요?"

"그건 금세 알 수 있어요. 그는 내가 틀림없이 바보스런 인간이라고 꿰뚫어본 것 같아요. 아니, 미안합니다. 애덤 씨, 짐작 가는 것은 없어요."

그녀는 고개를 흔들었다. 그러자 애덤이 말했다.

"이 문제에 커다란 압력이 가해지고 있습니다. 디 실바 검사는 아주 오래전부터 마이클 모레티에게 눈독을 들여왔습니다. 당신이 나타나기 전까지는 그의 승리는 확실했습니다. 검사는 당신을 증오하고 있어요."

"나도 면목 없다고 생각하고 있어요."

제니퍼는 애덤 워너를 책망할 수는 없었다. 그는 자신의 의무를 수행하고 있는 것뿐이었다. 그들은 그녀를 해치우려고 생각하고 있으며 그것에 성공했다. 애덤 워너에게는 책임이 없다, 그는 그들의 도구에 지나지 않으니까 말이다, 제니퍼는 그런 생각을 하며 갑자기 혼자 있고 싶어졌다. 자신의 비참한 모습을 누구에게도 보이고 싶지 않았다.

"미안해요. 갑자기 기분이 좋지 않아서요. 먼저 돌아가게 해주세요."

제니퍼는 말했다.

애덤은 한참 동안 그녀를 지켜보았다.

"당신에 대한 변호사 자격 박탈 수속을 하지 않도록 내가 권고하겠다고 말한다면 약간은 기분이 좋아지지 않을까요?"

애덤의 말의 의미를 깨닫기까지는 몇 초가 걸렸다. 제니퍼는 아무 말도 하지 않고 그의 얼굴을 탐색하듯이 응시하며 안경 속의 회색이 섞인 푸른색 눈동자를 들여다보았다.

"그건… 진심으로 하시는 말씀인가요?"

"당신에게 있어서 변호사로 남아 있는 것은 매우 중요한 일이지 않습니까."

애덤이 말했다.

제니퍼는 아버지의 일, 왠지 모르게 안락하고 조그만 아버지의 법률사무소, 부녀가 언제나 나누던 대화, 법과대학에서의 오랜 세월, 그리고 아버지와 그녀의 희망과 꿈을 생각해냈다.

'너는 내 파트너가 되는 거야. 빨리 변호사 자격을 따다오.'

"네, 물론이에요."

제니퍼는 중얼거렸다.

"이 난관을 극복하고 나면, 아마 우수한 변호사가 되어 있을 겁니다."

제니퍼는 애덤에게 감사의 미소를 보냈다.

"고맙습니다. 그렇게 되도록 노력하겠습니다."

그녀는 이 말을 몇 번이고 마음속으로 되풀이했다.

'그렇게 되도록 노력할 거야.'

신통치 못한 사립탐정이나 미수금을 받아내는 것이 임무인 중년남자와 함께 비좁고 초라한 사무실을 쓰고 있으면 어떤가. 그래도 변호사 사무실인 것이다. 그녀는 이제 변호사이고 변호사 사무실에서 일하는 것을 허용 받는 것이다. 그녀의 가슴은 기쁨으로 가득 차올랐다.

제니퍼는 앞에 앉아 있는 애덤을 보며 그녀는 이 사람의 은혜를 평생 잊어버리지 않겠다고 생각했다.

웨이터가 테이블 위의 접시를 치우기 시작했다. 제니퍼는 말을 하려고 했지만 그 목소리는 웃음과 흐느낌의 중간쯤이 되어 나왔다.

"워너 씨……."

애덤은 진지한 얼굴로 말했다.

"이만큼 오래 사귀었으니 이젠 애덤이라고 불러주세요."

"애덤……."

"무슨 일입니까?"

"기분 나빠하시면 안 돼요. 나는요… 지금 배가 고파 미칠 지경이에요."

제니퍼는 조그만 목소리로 말했다.

싱싱교도소

그리고 나서 수주일이 쏜살같이 지나갔다. 제니퍼는 출두명령서(제소된 소송에 응하기 위해 출두하라는 법원의 명령)와 소환장(증인으로 출두를 요청하는 법원의 명령) 송달에 이른 아침부터 밤늦게까지 눈 코 뜰 새가 없었다. 그녀는 자기가 큰 법률사무소에 들어갈 가망은 전혀 없다고 단념하고 있었다. 그런 대 실수를 저지른 이후이므로 그녀를 고용해줄 사람이 있을 리가 없었다. 제니퍼는 처음부터 다시 시작하여 어떻게든 스스로 신용을 쌓아 올라가는 수밖에 없었다.

제니퍼의 책상 위에는 피바디 엔드 피바디에서 가져온 출두명령서와 소환장이 산더미를 이루고 있었다. 그것은 변호사의 업무라고는 할 수 없었지만 어쨌든 한 통에 약간의 수고비와 교통비를 받을 수가 있었다.

때때로 제니퍼가 업무로 인해 늦어졌을 때는 케네스 베일리가 그녀를 저녁식사에 데려가곤 했다. 그는 외견상으로는 냉소적인 사내로 보였지만 제니퍼는 그것은 외견뿐이며 실은 외로움을 타는 사람이라는 것을 느겼다. 그는 브라운 대학을 졸업했으며 머리가 좋고 박식했다.

음울한 사무실에서 증발한 남편이나 아내의 행방을 찾아내는 생활에 어떻게 그가 만족하고 있는지 제니퍼로서는 이해할 수가 없었다. 그것은 마치 자신은 낙오자라고 자처하면서 성공을 향해 노력하기를 두려워하고 있는 것처럼 보였다.

언젠가 한 번 제니퍼가 그의 결혼에 대한 얘기를 화제에 올렸을 때 케네스 베일리는 화가 난 듯이 이렇게 말했다.

"당신과는 상관없는 일이오."

그 후 제니퍼는 그 문제에 관해서는 두 번 다시 입도 뻥끗하지 않았다.

반면에 오토 웬젤은 케네스와는 전혀 다른 타입이었다. 키가 작고 배가 불룩 튀어나온 자그만 몸집의 오토는 행복한 결혼생활을 하고 있었다. 그는 제니퍼를 자기 딸처럼 소중히 대했으며, 그의 아내가 만든 수프와 케이크를 매일 가져다주었다. 유감스럽게도 그의 아내의 요리 솜씨는 형편없었지만 제니퍼는 오토의 기분을 상하게 하지 않으려고, 그가 가져온 것은 무엇이든 억지로라도 먹어치웠다.

어느 금요일 저녁, 제니퍼는 웬젤 씨 집에 저녁식사를 초대받았다. 웬젤 부인은 그녀가 가장 자신 있어 하는 양배추요리를 만들었다. 그러나 양배추는 뭉그러져서 엉망이 되었고 안에 든 고기는 딱딱했으며 쌀은 설익었고 요리 전체가 닭고기 기름 호수를 헤엄치고 있는 듯했다. 제니퍼는 용감하게 그것에 도전하여 조금씩 입에 넣으면서 맛있게 먹고 있는 것처럼 보이려고 음식을 접시 위에서 이리저리 움직였다.

"맛이 어때요?"

웬젤 부인이 싱글벙글 웃으며 물었다.

"아, 예. 이건 제가 좋아하는 요리예요."

그 이후 제니퍼는 금요일마다 웬젤 씨 집에 초대되었고, 웬젤 부인은 그때마다 제니퍼가 좋아하는 요리를 내놓았다.

어느 날 아침 일찍, 제니퍼는 피바디 2세의 비서에게서 전화를 받았다.

"피바디 씨께서 오늘 오전 11시에 만나뵙고 싶다고 하십니다. 들러주십시오."

"예, 알았습니다."

그때까지 제니퍼는 피바디 사무소의 비서나 사무원들만 만나 용무를 보곤 했다. 그곳은 규모가 크고 유명해서 젊은 변호사들이 동경하는 법률사무소였다. 약속한대로 그곳에 가는 도중에 제니퍼는 몽상에 빠져들기 시작했다.

'피바디 씨가 직접 만나고 싶어한다는 연유로 보면 주요한 용건일 것이 틀림없다. 그는 틀림없이 내 진가를 알고 솜씨를 발휘할 기회를 부여해주기 위해서 자신의 사무소 변호사로 영입하고 싶다고 제의할 것이다. 멋진 일을 해내어 사무소 사람들을 깜짝 놀라게 해줘야지. 잘만 된다면 언젠가는 피바디, 피바디 앤드 파커 법률사무소라는 간판이 나붙을지도 모른다.'

제니퍼는 사무소 바깥 복도에서 30분이나 시간을 보내고 정확히 11시가 되었을 때 대기실로 들어갔다. 자신이 조급해 있다는 인상을 주고 싶지 않았기 때문이었다. 그녀는 두 시간이나 기다린 후에야 겨우 피바디 2세의 방으로 안내되었다. 그는 키가 크고 마른 사내로 런던에서 맞춘 말쑥한 신사복과 구두를 신고 있었다.

그는 그녀에게 의자도 권하지 않았다.

"미스 포터……."

그의 목소리는 날카로웠으며 느낌이 좋지 않았다.

"파커입니다."

그는 책상 위에서 한 장의 종이를 집어들었다.

"이건 출두 명령서요. 이것을 송달해주었으면 하는데."

그 순간 제니퍼는 이 사무소의 멤버가 될 수 없다는 것을 깨달았다.

피바디 2세는 명령서를 제니퍼에게 건네면서 말했다.

"보수는 500달러 주겠소."

제니퍼는 자신이 잘못 들은 것이라고 생각했다.

"500달러라고 말씀하셨나요?"

"맞소. 물론 성공한다면 말이오."

"문제가 있는 것이군요."

제니퍼는 이해가 빨랐다.

"있지요."

피바디 2세는 시인했다.

"우리는 1년도 넘게 그 사내에게 그것을 송달하려고 애쓰고 있소. 사내의 이름은 윌리엄 칼라일, 롱아일랜드의 자신의 저택에 살고 있는데 절대로 집 밖으로 나오지 않아요. 솔직히 말하면 10명 이상의 사람들이 그것을 송달하려고 했지만 보디가드 겸 집사가 있어서 오는 사람마다 모두 물리쳐버린단 말이오."

제니퍼는 말했다.

"제가 가더라도……."

피바디 2세는 몸을 앞으로 내밀었다.

"이 소송에는 거액이 걸려 있어요. 하지만 그 서류가 윌리엄 칼라일에게 전달되지 않으면 그를 법정으로 끌어낼 수 없단 말이오, 미스 포터."

제니퍼는 이름을 다시 정정하는 것이 귀찮아졌다.

"해낼 자신이 있겠소?"

제니퍼의 머릿속에는 500달러의 사용 용도가 이것저것 떠올랐다.

"해보겠어요."

그날 오후 2시, 제니퍼는 윌리엄 칼라일의 광대한 저택 앞에 서 있었다. 저택은 조지 왕조풍이며 10에이커나 됨직한, 손길이 구석구석까지 미친 훌륭한 대지의 한가운데에 있었다. 구부러진 드라이브웨이가 아름다운 전나무에 둘러싸인 집의 현관으로 통해 있었다. 제니퍼는 이 문제에 관해서 갖가지 지혜를 짜보았다. 집 안으로 들어가는 것이 불가능하다면 유일한 해결법은 윌리엄 칼라일을 바깥으로 유인해내는 방법을 찾아내는 것이다.

반 블록쯤 앞쪽 가로에 정원사 트럭이 세워져 있었다. 제니퍼는 잠시 그 트럭을 살펴보고 나서 그곳으로 걸어가 정원사를 찾았다. 근처에서 3명의 일본인 정원사가 작업을 하고 있었다.

제니퍼는 그들 곁으로 다가갔다.

"여기 책임자가 누구신가요?"

한 사람이 몸을 일으켰다.

"접니다."

"잠시 부탁드릴 일이 있습니다만……."

제니퍼는 그렇게 말을 꺼냈다.

"미안합니다만, 바빠서요."

"단 5분밖에 걸리지 않는 일인걸요."

"그래도 안 돼요. 바빠서……."

"100달러 드리지요."

세 사내는 일손을 멈추고 그녀를 바라봤다. 책임자라는 사람이 물었다.

"5분간의 일로 100달러를 주겠단 말입니까?"

"그래요."

"무슨 일인지 말씀해보세요."

5분 후, 정원사의 트럭은 윌리엄 칼라일 저택의 드라이브웨이에 들어가 멈췄으며 제니퍼와 3명의 사내가 내렸다. 제니퍼는 주위를 둘러보고 현관 옆의 한 그루 멋진 나무를 골라 그들에게 말했다.

"저 나무를 캐내세요."

그들은 트럭에서 삽을 끄집어내려서 나무 밑동을 파기 시작했다. 그러고 나서 1분도 채 되지 않아 현관문이 벌컥 열리고 집사 제복을 입은 몸집이 큰 사내가 굉장한 기세로 튀어나왔다.

"도대체 무슨 짓들이야?"

"우린 롱아일랜드 묘목 재배장에서 왔습니다. 이 나무들을 전부 캐갈 겁니다."

제니퍼는 지체 없이 단호한 어조로 말했다.

집사는 놀라서 그녀를 응시했다.

"뭐라고요?"

제니퍼는 한 장의 종잇조각을 꺼냈다.

"이곳의 나무를 뽑아내라는 명령서지요."

"제기랄! 칼라일 씨가 노발대발할 거요!"

그는 정원사들을 향해 외쳤다.

"중지해!"

"방해하지 마세요! 나는 명령을 수행하고 있을 뿐이라고요."

제니퍼는 말했다. 그러고는 정원사들을 향해 말했다.

"일을 계속하세요."

"안 돼! 뭔가 잘못되어 있는 거요. 칼라일 씨는 나무를 파내라는 따위의 명령은 하지 않으셨소!"

집사는 외쳤다.

제니퍼는 어깨를 으쓱했다.

"내 상급자는 명령하셨다고 하던데요?"

"어디로 전화하면 당신 상급자와 통화할 수 있겠소?"

제니퍼는 손목시계를 봤다.

"지금 업무 때문에 브룩클린에 나가 계실 겁니다. 6시쯤에는 사무실로 돌아오겠지요."

집사는 잔뜩 화를 내며 제니퍼를 노려봤다.

"잠깐만 기다리시오! 내가 돌아올 때까지 작업을 중단해요."

"계속 파도록 하세요."

제니퍼는 정원사들에게 말했다.

집사는 몸을 돌려 집으로 뛰어 들어가 문을 꽝 하고 닫았다. 수초 후에 문이 열리고 키가 작은 중년 사내가 집사와 함께 나타났다.

"도대체 무슨 일인지 설명해주시겠소?"

"당신과는 관계없는 일이랍니다."

제니퍼는 일축해버렸다.

"관계있고말고. 내가 윌리엄 칼라일이오. 그리고 이곳은 내 소유지란 말이오."

그는 물어뜯을 듯이 말했다.

"그렇다면 칼라일 씨, 건네드릴 것이 있습니다."

제니퍼는 말했다.

그녀는 주머니에서 출두명령서를 끄집어내 그에게 건네주었다. 그러고 나서 정원사들에게 말했다.

"이젠 그만해도 좋아요."

다음날 아침 일찍, 애덤 워너에게서 전화가 걸려왔다. 제니퍼는 목소리만 듣고 대뜸 그라는 것을 알 수 있었다.

"좋은 소식이랍니다. 변호사 자격 박탈 수속은 중지되었어요. 이제 걱정할 것은 없겠어요."

애덤은 말했다.

제니퍼는 눈을 감고 마음속으로 신에게 감사했다.

"뭐라고 감사를 드려야 할지 모르겠군요."

"정의의 여신은 분명히 눈이 멀지 않았답니다."

애덤은 그와 스튜어트 니덤, 그리고 로버트 디 실바 사이에서 어떤 분쟁이 있었는지는 말하지 않았다. 니덤은 낙담했지만 냉정히 받아들였다.

실바 검사는 미쳐 날뛰는 황소 같았다.

"그 여자를 이렇게 놓아준단 말인가? 맙소사, 그 여자는 마피아란 말이야, 애덤! 그것을 모른단 말이야? 자네는 그 여자에게 속고 있는 거라고!"

불평은 끝날 줄 모르고 계속되었으며 애덤은 진절머리가 났다.

"그녀의 경우는 모두 정황 증거뿐이에요, 로버트. 그녀는 운이 나쁠 때 운이 나쁜 곳에 있어서 도구로 사용된 것뿐이란 말입니다. 그렇다고 해서 그녀가 마피아일 수는 없지요."

로버트 디 실바는 마지막으로 말했다.

"좋아. 그렇다면 그녀는 아직 변호사란 말이군. 그녀가 뉴욕에서 개업하기를 빌어야겠군. 그녀가 내 법정에 발을 들여놓는 순간에 따끔한 맛을 보여주지."

애덤은 제니퍼에게 이 얘기는 한마디도 하지 않았다. 제니퍼는 가공할 적을 만들어 버렸지만 그것은 어찌할 수 없는 노릇이었다. 로버트 디 실바는 악착같은 남자, 거기에 제니퍼는 부서지기 쉬운 표적이었다. 그녀는 총명하고 이성적이며 애처로울 정도로 젊고 아름다웠다.

애덤은 두 번 다시 그녀를 만나서는 안 되겠다고 생각했다.

제니퍼가 그만둬야지, 그만둬야지 하고 생각하고 있는 동안에 날짜는 자꾸만 지나갔다. 사무실 간판에는 아직 '제니퍼 파커 변호사'라고 쓰여 있었지만, 아무도—제니퍼 자신은 말할 나위도 없고, 그런 것에 기만당하지 않았다. 그녀는 변호사업을 개업하고 있지 않았다. 비와 진눈깨비 속을 헤쳐 다니며 소환장이나 출두 명령서를 송달해주는 미움 살 일이나 하면서 나날을 보내고 있을 따름이었다.

그렇기는 하지만 때로는 노인이 식품 배급표를 얻을 수 있도록 수속해준다든지 슬럼가의 흑인이나 푸에르토리코인, 그 밖에 혜택을 받지 못하는 사람들의 갖가지 법률문제를 해결해주는 일을 했다. 그러나 그녀는 늘 쫓기는 기분이었다.

밤은 낮보다 훨씬 괴로웠고, 그것은 끝도 없이 길었다. 그도 그럴 것이 제니퍼는 불면증을 갖고 있었는데, 겨우 잠이 들면 악몽만 꾸었다. 그것은 그녀의 어머니가 제니퍼와 아버지를 버린 날부터 시작된 것으로 악몽의 원인이야 어떻든 간에 그녀는 그것을 떨쳐버릴 수 없었다.

제니퍼는 외로움에 시달렸다. 때때로 젊은 변호사들과 데이트도 해보았지만 그녀는 어느 틈엔가 그들을 애덤 워너와 비교해보게 되었다. 그리고 어느 사내도 애덤만은 못해 보였다. 둘이 함께 저녁식사를 하고 영화나 연극 구경을 한 다음에 그녀의 아파트 문 앞에서의 실랑이가 정해진 코스가 된 듯했다. 그녀가 침대 속으로 유혹하기를 그들이 기대하는 것은, 저녁식사를 호화스럽게 낸 보답을 하라는 것인지 혹은 가파른 계단을 4층까지 오르내리게 한 대가인지 제니퍼로서는 잘 납득할 수 없었다. 함께 밤을 지낼 상대가 필요하다, 껴안을 상대가 필요하다, 자신의 몸을 내줄 상대가 필요하다—단지 그런 이유만으로 그녀는 몇 번인가 예스라고 말할 뻔한 적이 있었다.

그러나 그녀에게는 단지 따뜻한 육체 이상의 것이 필요했다. 그녀를 사랑해줄, 또한 그녀도 진정으로 사랑할 수 있는 상대가 필요했다.

제니퍼를 설득하려고 한 사내들 중에서 그녀의 마음을 끈 몇 사람인가는 모두 다 아내가 있었다. 그녀는 그 사내들과의 교제를 단호히 거절했다. 그녀는 빌리 와일더 감독의 〈아파트 열쇠를 빌려줍니다〉라는 멋진 영화 속의 이런 대사를 기억하고 있었다.

'아내 있는 남자를 사랑하고 있을 때는 마스카라를 칠하지 말아요. 눈물에 씻겨 내리니까.'

제니퍼의 어머니는 결혼생활을 파괴했으며 제니퍼의 아버지를 죽게 만들었다. 그녀는 그것을 결코 잊을 수 없었다.

크리스마스가 지나고 연말이 되었지만 제니퍼는 줄곧 혼자서 지냈다. 많은 눈이 내려서 도시는 거대한 크리스마스카드처럼 보였다. 제니퍼는 거리를 걸으면서 따사로운 가정과 가족 품으로 서둘러 돌아가는 사람들을 바라보자 공허한 생각이 들고 가슴이 아팠다. 참을 수 없을 만큼 아버지가 그리웠다. 휴일이 끝나자 그녀는 안도의 숨을 내쉬었다.

'올해는 작년보다 좋은 해가 될 거야.'

제니퍼는 자신에게 그렇게 타일렀다.

그녀가 매우 우울해 있는 날에는 케네스 베일리가 기운을 북돋아 주었다. 그는 레인저스의 연주를 듣기 위해 매디슨 스퀘어 가든으로 데리고 간다든지 클럽이나 영화관 또는 연극 공연으로 이끌곤 했다. 제니퍼는 그가 자신에게 마음을 이끌리고 있다는 것을 알고 있었다. 그럼에도 불구하고 그는 두 사람 사이의 벽을 허물려고는 하지 않았다.

3월에 오토 웬젤은 아내와 함께 플로리다로 이사를 할 결심을 했다.

"뉴욕에서의 올 겨울은 도저히 견딜 수 없을 것 같아서 말이야."

그는 제니퍼에게 말했다.

"보고 싶을 거예요."

이 말은 그녀의 진심이었다. 그녀는 오토를 진심으로 좋아하게 되었다.

"케네스를 잘 부탁해."

제니퍼는 의아스럽게 그를 쳐다봤다.

"그에게서 아무 말도 듣지 못했소?"

"무슨 말을요?"

그는 잠시 주저하더니 말했다.

"그의 아내는 자살했소. 그는 그 일로 인해 지독한 자책감에 시달리고 있지."

제니퍼는 충격을 받았다.

"어머나, 그런 일이! 왜! 어째서 자살했죠?"

"케네스가 젊은 금발의 사내와 아내가 침실에 있는 것을 목격했기 때문이오."

"어머나, 저런!"

"그때 그녀가 케네스를 쏘고 그리고 권총을 자신에게 겨누었는데 그는 살았고 그녀는 죽었던 거요."

"그런 사건이 있었나요? 저는 전혀 몰랐어요… 어쩌면!"

"그런 사건이 있었지. 그는 겉으로는 쾌활한 것 같지만 남이 질 수 없는 지옥을 가슴속에 안고 있는 사람이오."

"가르쳐 주서서 고마워요."

제니퍼가 시무실로 돌아오지 케네스가 말했다.

"결국 오토는 가버렸군요."

"예, 그래요."

케네스 베일리는 빙긋이 웃었다.

"이제부터는 당신과 나 둘이서 이 세상과 싸워 나가야겠네요."

"그래요."

'어떤 의미에서든 그건 사실이야.'

그녀는 생각했다.

그 얘기를 들은 후, 제니퍼는 케네스를 다른 눈으로 바라보게 되었다. 둘이서는 여전히 점심식사나 저녁식사를 함께 들곤 했다. 케네스에게는 호모다운 기색은 찾아볼 수 없었지만, 제니퍼는 오토 웬젤의 이야기는 거짓이 아니라고 생각했다. 케네스 베일리는 남이 질 수 없는 지옥을 끌고 다니고 있었다.

뒷골목 주민들 몇 명이 사무실로 찾아왔다. 대개는 옷차림이 허술한 데다 쭈뼛거리기도 하고 개중에는 완전히 머리가 이상해진 사람도 있었다.

매춘부들도 보석금 문제로 제니퍼를 찾아왔다. 그중 몇 명은 젊고 너무 아름다워서 제니퍼는 놀랐다. 그녀들의 의뢰는 사소한 것이기는 했지만 안정된 수입원이었다. 누가 그녀들을 보내는 것인지 제니퍼로서는 알 수 없었다. 그녀가 케네스 베일리에게 그 이야기를 하자, 그는 모르는 일이라는 듯이 어깨를 으쓱하고 나가버렸다.

사무실에 의뢰인이 찾아오면 케네스 베일리는 항상 사려 깊게 자리를 피해주었다. 그는 제니퍼에게 기운을 내라고 격려하고 있는 자랑스러운 아버지 같았다.

제니퍼는 몇 차례인가 이혼 소송을 의뢰받았지만 거절했다. 그녀는 언젠가 법률학 교수가 한 말을 잊을 수 없었다. '변호사가 이혼 소송을 다루는 것은 의사가 항문 치료를 하는 것과 같은 것이다.'

이혼 소송 전문변호사의 대부분은 평판이 나빴다. 부부 싸움은 변호사에게 행운을 안겨준다는 말이 있다. 한편 높은 보수를 받는 이혼 전문변호사는 '폭격기'라고 불렸다. 그 이유는 변호사가 소송에서 의뢰인을 이기게 하기 위해 법률상의 고성능 폭탄을 사용하는데, 그 과정에서 남편과 아내, 그리고 자식들의 일생을 파괴해버리는 일이 종종 있기 때문이었다.

제니퍼의 사무실로 찾아오는 고객 중에는 다른 손님과는 다른 종류의 사람들도 있어서 그 점이 제니퍼에게 석연찮은 생각을 갖게 했다.

그런 손님은 복장도 괜찮아서 언뜻 보기에도 부유한 분위기를 풍겼으며, 가지고 오는 사건도 그녀에게 익숙해져 있는 그런 사소한 사건이 아니었다. 그것은 거액이 걸린 재산권 문제로 큰 법률사무소에서도 선뜻 취급할 만한 소송이었다.

"어디서 저에 관한 얘기를 들으셨나요?"

제니퍼는 자주 묻곤 했다.

상대의 대답은 항상 애매했다. 아는 사람에게서 듣고… 당신의 기사를 읽고… 파티에서 당신의 이름을 듣고… 그녀가 문득 그렇구나 하고 깨달은 것은 손님 중 한 사람이 문제를 설명하고 있는 동안에 애덤 워너의 이름을 입에 담았을 때였다.

"워너 씨께서 저에게 가보라고 말씀하셨군요?"

손님은 당황했다.

"그게 아니라… 사실은 그분이 자기 이름은 입 밖에 내지 말라고 했는데……"

제니퍼는 애덤에게 전화를 걸기로 했다. 어쨌든 그에게 감사의 말을 하지 않으면 안 되었다. 그녀는 정중하게 그러나 의례적인 인사말을 하려고 생각했다. 물론 감사의 말을 하는 이외의 목적으로 전화를 걸고 있다는 인상을 주어서는 안 된다.

제니퍼는 마음속으로 몇 번이고 되풀이해서 그와의 대화를 연습했다. 드디어 그녀가 용기를 내어 전화를 걸자, 비서가 워너 씨는 유럽 여행 중이며 수주일 간 귀국하지 않는다고 말했다. 기대가 컸으므로 제니퍼는 실망도 컸다.

그녀는 더욱 애덤 워너에 대해서 생각하게 되었다. 그가 아파트에 온 날 밤의 일과 그때 자신이 저지른 무례한 태도가 떠올랐다. 그녀가 그에게 화를 냈을 때, 그 유치한 행동을 그는 정말 잘 참아 주었다. 더욱이 그는 여러 가지로 그녀를 도와준 데다가 지금은 의뢰인까지 소개해주고 있었다.

제니퍼는 3주일을 기다린 후 다시 애덤에게 전화를 했다. 이번에는 그는 남미에 가 있었다.

"무슨 전할 말씀이라도?"

그의 비서가 물었다.

제니퍼는 망설였다.

"아뇨, 괜찮습니다."

제니퍼는 애덤에 관해서 생각지 않으려고 애썼지만 그것은 힘든 일이었다. 그에게는 부인이 있을까, 그렇지 않으면 약혼 중일까 하고 그녀는 생각했다. 애덤 워너의 부인이 된다면 어떤 기분일까 라는 생각도 했다. 그러면서 그러한 자기 자신의 정신 상태가 걱정스럽게 여겨지기도 했다.

제니퍼는 때때로 신문이나 주간지에서 마이클 모레티의 이름을 접하곤 했다. 〈뉴요커〉지에 안토니오 그라넬리와 미국 동부의 마피아 패밀리에 관한 상세한 기사가 실려 있었다. 그에 의하면 안토니오 그라넬리는 건강 상태가 좋지 못해서 사위인 마이클 모레티가 그 제국을 계승할 준비를 하고 있다는 것이었다. 〈라이프〉지에는 마이클 모레티의 생활에 관한 기사가 실려 있었는데, 그 마지막 부분에 모레티의 재판에 관해 언급되어 있었다. 카밀로 스텔라는 레븐워스에서 복역 중인데도 마이클 모레티는 자유의 몸으로 활개를 치며 다니고 있다는 것이다. 그 기사는 그를 교도소나 전기의자에 보냈을 그 재판을 제니퍼가 어떻게 해서 깨뜨렸는가를 새삼스럽게 독자에게 상기시키게 하는 것이었다. 제니퍼는 그것을 읽고 속이 부글부글 끓어오르는 것을 느꼈다. 전기의자? 그녀는 마이클 모레티가 앉은 그 의자의 스위치를 누르고 싶어졌다.

제니퍼의 의뢰인의 대부분은 보잘것없는 사람들이었지만, 그 일은 매우 귀중한 공부가 되었다. 제니퍼는 수개월 동안 센터 스트리트 100번지에 있는 형사법원 빌딩의 모든 방과 그곳에서 일하고 있는 사람들과 친숙해지게 되었다.

그녀의 의뢰인 중 한 사람이 소매치기라든가 강도라든가 매춘 및 마약 밀매 등으로 체포되었을 때, 제니퍼는 즉시 달려가서 보석 수속을 밟았다. 보석금을 깎는 것도 흥정의 일종이었다.

"보석금은 5천 달러."

"재판장님, 피고는 그런 많은 돈은 가지고 있지 않습니다. 보석금을 2천 달러로 감해주신다면 그는 생업으로 돌아가 가족을 부양할 수 있을 겁니다."

"좋습니다. 그럼 2천 달러."

"감사합니다, 재판장님."

제니퍼는 체포장 사본을 발급하는 고소실 실장과도 잘 알고 지내게 되었다.

"또 오셨군요, 미스 파커. 당신은 도대체 잠도 안 자나요?"

"이보세요, 실장님. 제 의뢰인이 부랑 죄로 체포되었다니까요. 체포보고서를 보여주시겠어요? 이름은 코넬리. 클라렌스 코넬리입니다."

"그래도 그렇죠. 부랑 죄를 변호하기 위해 이렇게 새벽 3시에 찾아 와야 합니까?"

제니퍼는 웃었다.

"저는 이 일 때문에 거리에서 떨지 않고 지내고 있는걸요."

제니퍼는 센터 스트리트 재판소의 218호실에서 열리는 야간 법정에도 친숙해졌다. 그곳은 너저분하고 특이한 냄새를 풍기는 그곳만의 독특한 은어가 판을 치는 세계였다. 제니퍼는 처음에 그 은어를 접했을 때 너무도 당혹스러웠다.

"제가 미스 루나 타너의 담당 변호사입니다. 그녀의 혐의를 말씀해주시겠어요?"

"잠깐만요. 그녀의 소환장을 찾아보죠. 루나 타너라, 여기 있군. 프로스로군요. 다운빌로우에서 크와크(C.W.A.C)에 의해 체포되었지요."

"크와크라니요?"

"당신은 신참이군요. C.W.A.C는 방범대의 약어랍니다. 프로스는 매춘, 다운빌로우는 42번지에서 남쪽을 가리키지요. 알겠어요?"

"알겠습니다."

야간 재판은 제니퍼의 마음을 어둡게 했다. 그곳은 끊임없이 밀려왔다 빠져 나가면서 법이라는 해안을 향해 표류하는 인간으로 가득 차 있었다.

매일 밤 150건 이상의 재판이 진행되었으며 매춘부, 성도착자, 고주망 태가 된 알코올 중독자, 마약 중독자 등이 법정에 세워졌다. 푸에르토리코인, 멕시코인, 유태인, 아일랜드인, 그리스인, 이탈리아인 등 인종도 갖가지였으며 그들은 강간이나 절도 총기 또는 마약 불법 소지, 폭행, 매춘 등으로 기소되었다.

그들에게는 공통점이 한 가지 있었다. 모두 가난하다는 점이었다. 그들은 빈곤했으며 인생의 패배자요 낙오자였다. 그들은 쓰레기 취급을 당했고 부유한 사회에 의해 무시되어진 아웃사이더였다. 그들 대부분은 센트럴 할렘의 주민으로 교도소 수용 능력이 한계에 달해 있으므로 가장 악질적인 범죄자 외에는 석방된다든가 벌금형에 처해졌다. 그들은 세인트 니콜라스 거리나 모닝사이드와 맨해튼 애빈뉴에 있는 집으로 돌아갔지만 그 3.5평방 마일의 지옥에는 23만3천 명의 흑인과 8천 명의 푸에르토리코인과 약 100만 마리의 쥐들이 살고 있었다.

제니퍼의 사무실을 찾아오는 손님의 대부분은 빈곤이나 사회 조직, 그리고 자기 자신의 어리석은 행동 때문에 재기가 불능케 된 사람들이었다. 그들은 오랜 기간 동안 패배감에 젖어 있었으며 싸울 기력마저 상실하고 있었다. 제니퍼는 그들의 공포가 그녀 자신에게 자신감을 불러일으키고 있다는 것을 깨달았다. 그것은 그들에 대해 우월감을 가진다는 것이 아니었다. 그녀가 성공의 대단한 표본으로서 자신을 내세울 수 없다는 점은 확실했다. 그럼에도 불구하고 그녀는 자신과 그들 사이에 한 가지 커다란 차이점이 있다는 것을 알았다. 그것은 그녀가 절대로 포기하지 않는다는 점이었다.

케네스 베일리는 제니퍼를 프란시스 조셉 라이언 신부에게 소개했다. 라이언 신부는 50대 후반의 밝고 건강한 남자였다. 그의 뻣뻣하고 곱슬곱슬한 흰 머리카락이 섞인 검은 모발은 귀를 덮었으며 언제나 손질이 되지 않아 제멋대로 자라 있었다. 제니퍼는 처음 보는 순간부터 신부에게 호감을 갖게 되었다.

때때로 그의 교구민 중에 누군가가 실종된 사람이 있으면 라이언 신부는 케네스에게 찾아와 수색을 부탁했다. 집을 나간 남편이라든가 아내, 그밖에 딸이나 아들을 케네스는 반드시 찾아냈다. 그는 절대로 보수는 받지 않았다.

"천국행 분할 적금이라 해두지요."

케네스는 그렇게 설명했다.

어느 날 오후, 제니퍼가 혼자 사무실에 있는데 라이언 신부가 왔다.

"신부님, 케네스는 외출했어요. 오늘은 돌아오지 않을 텐데요."

"실은 당신에게 용무가 있어서 왔어요, 제니퍼 양."

라이언 신부는 그렇게 말하고 제니퍼 책상 앞의 낡고 앉기 불편한 의자에 앉았다.

"내 친구 하나가 사소한 문제를 안고 있는데 말입니다."

신부님이 언제나 케네스에게 무언가를 부탁할 때의 어조였다.

"무슨 일인데요, 신부님?"

"제 교구의 나이든 여자 분이 딱하게도 사회보험금을 받지 못해 곤란에 처해 있답니다. 몇 개월 전에 제 교구로 이사를 왔는데, 컴퓨터 녀석이 그녀의 기록을 몽땅 없애버렸지 뭡니까? 그런 것은 지옥에서 녹이나 슬어버렸으면 좋겠어요!"

"알겠어요, 신부님."

"그렇게 말씀해주실 거라고 생각했어요. 그렇지만 유감스럽게도 수고비는 드릴 수 없을 것 같군요."

라이언 신부는 일어서면서 말했다.

제니퍼는 미소 지었다.

"걱정 마세요. 해결해보도록 하지요."

제니퍼는 이번 일은 간단한 문제라고 생각했지만 컴퓨터 프로그램을 재조정하는 데 사흘이나 걸려야 했다.

그로부터 한 달 후의 어느 날 아침, 라이언 신부가 제니퍼의 사무실에 다시 찾아와 말했다.

"번거롭게 해서 미안합니다만, 내 친구 하나가 사소한 문제를 일으켜서요. 그런데 유감스럽게도 그에게는……."

"돈이 없다는 말씀이겠죠?"

제니퍼는 앞질러 말했다.

"바로 그래요! 아주 딱한 처지라서 말이오."

"알겠어요. 사정을 말씀해보세요."

"그의 이름은 에이브러햄이지요. 에이브러햄 윌슨, 제 교구 신자의 아들이랍니다. 에이브러햄은 술집에 강도 목적으로 들어가 그곳 주인을 살해한 죄로 싱싱(Sing Sing) 교도소에서 무기수로 복역 중이지요."

"유죄를 선고받고 복역 중이라면 제가 나설 문제가 아니라고 생각합니다만."

라이언 신부는 제니퍼를 바라보며 한숨을 쉬었다.

"그의 문제는 다른 데 있답니다."

"다른 데요?"

"그렇습니다. 에이브러햄은 2, 3주 전에 다른 남자를 또 살해했지요. 같은 복역수인 레이몬드 소프라는 남자를 말입니다. 그래서 에이브러햄은 재판에 회부되어 사형 선고를 받게 생겼어요."

제니퍼도 그 사건의 기사를 읽은 기억이 났다.

"그가 상대를 때려죽였다면서요?"

"그쪽 얘기로는 그렇다고 하더군요."

제니퍼는 메모지와 펜을 집어들었다.

"목격자가 있었는지 어땠는지 알고 계십니까?"

"실은, 있었지요."

"몇 사람이나요?"

"100명 정도요. 교도소 안뜰에서 일어난 일이지요."

"100명이나요? 그렇다면 제가 어떻게 해드리기를 원하시는 건가요?"

라이언 신부는 딱 잘라 말했다.

"에이브러햄을 도와주시오."

제니퍼는 펜을 놓았다.

"신부님, 그를 도우려면 신부님의 주인이신 하느님의 도움이 필요하겠어요."

그녀는 의자에 등을 기대며 고쳐 앉았다.

"그는 삼진당한 타자처럼 불리한 조건을 세 가지나 갖고 있어요. 흑인인 데다 이미 유죄 선고를 받은 살인범이고, 그리고 100명의 목격자 앞에서 동료 죄수를 죽였단 말예요. 그가 정말로 그렇게 했다면 변호의 여지는 없습니다. 만일 상대방이 그를 위협했다면 교도관에게 도움을 청했어야 옳았지요. 그는 그렇게 하지 않고 멋대로 사람을 죽였어요. 이 세상 어디를 가더라도 그에게 유죄 판결을 내리지 않는 배심원은 없을 겁니다."

"하지만 그는 우리와 같은 인간입니다. 그를 만나서 이야기만이라도 해주지 않겠어요?"

제니퍼는 한숨을 쉬었다.

"정 그러시다면 만나보기는 하겠어요. 하지만 변호는 불가능할 것 같군요."

라이언 신부는 고개를 끄덕였다.

"알고 있어요. 매스컴이 시끄러워질 테니까요."

'우리 두 사람 모두 에이브러햄 윌슨처럼 삼진당하는 꼴이 되는 건 아닐까.' 하고 제니퍼는 생각했다.

싱싱교도소는 맨해튼에서 허드슨 강 동쪽으로 30마일 쯤 올라간 오시닝이라는 도시에 있었고 헤바스트로 만을 굽어보고 있었다.

제니퍼는 버스를 타고 갔다. 그녀는 사전에 교도소장 보좌관에게 전화를 걸어 독방에 수감되어 있는 에이브러햄 윌슨을 면회할 수 있도록 수배해놓았다.

버스를 타고 가는 동안 제니퍼의 마음속에 오랫동안 느껴볼 수 없었던 긴장감 같은 것이 퍼져갔다. 그녀는 의뢰인이 될지도 모르는, 살인죄로 고발되어 있는 남자를 만나러 싱싱교도소로 가는 것이다. 이와 같은 사건을 위해서 그녀는 애써 공부하고 준비해왔던 것이 아닌가. 제니퍼는 1년 만에 변호사다운 기분이 되었다. 그럼에도 불구하고 그녀는 자신이 현실적이지 못하다는 점을 알고 있었다. 제니퍼는 의뢰인을 만나러 가는 것이 아니라 그의 변호인이 될 수 없다는 말을 하러 가는 것이다. 제니퍼는 이길 승산이 없음에도 커다란 화제를 불러일으키고 있는 사건에 뛰어들 수는 없었다.

에이브러햄 윌슨은 누군가 다른 변호사를 찾아야만 할 것이다.

제니퍼는 버스 정류장에서 낡아빠진 택시를 타고 강 연안의 70에이커의 토지를 점하고 있는 교도소에 도착했다. 제니퍼가 옆문 입구의 벨을 누르자 교도관이 문을 열고 그녀의 이름을 리스트와 대조해보고는 교도소장 보좌관 사무실로 안내했다.

교도소장 보좌관은 옛 군대식으로 머리를 자른 여드름투성이의 거구의 사내였다. 이름은 하워드 패터슨이라고 했다.

"에이브러햄 윌슨에 관해서 무엇이든 말씀해주셨으면 좋겠습니다."

제니퍼가 말을 꺼냈다.

"당신이 낙담할 만한 이야기뿐이지요."

패터슨은 눈앞의 책상 위에 놓여 있는 서류를 바라보았다.

"윌슨은 줄곧 교도소를 들락거렸어요. 11세 때 자동차를 훔치다 붙들렸고, 13세 때는 강도혐의로 15세 때는 부녀자 폭행, 18세 때는 뚜쟁이가 되어 여자를 두들겨 패서……."

그는 서류를 넘겼다.

"온갖 범죄를 다 저질렀지요. 상해죄, 무기를 소지한 강도 그리고 결국 중죄인 살인까지……."

마음이 어두워지는 이야기였다.

제니퍼는 물었다.

"레이몬드 소프를 살해한 사람이 에이브러햄 윌슨이 아닐 가능성은 없나요?"

"말도 안 되는 소리요. 본인이 먼저 인정한 걸요. 하기야 부인하더라도 마찬가지일 테지만……. 120명의 목격자가 있으니까 말입니다."

"윌슨 씨를 만나볼 수 있을까요?"

하워드 패터슨은 자리에서 일어섰다.

"물론이지요. 하지만 시간 낭비일 겁니다."

제니퍼 파커는 에이브러햄 윌슨만큼 추악한 인간은 생전 처음 보는 것 같았다. 그는 석탄처럼 새까만 피부의 흑인으로 코는 이리저리 찌그러들었고, 앞니는 여러 개 빠졌으며, 칼자국이 있는 얼굴에 작고 교활해보이는 눈이 번뜩이고 있었다. 키는 약 6피트 4인치 정도였으며 우람한 체격이었다. 커다란 발은 평발이었으며 걸으면 땅이 울리는 듯한 소리가 났다. 만일 제니퍼가 에이브러햄 윌슨을 한마디로 표현한다면 '보기만 해도 무시무시하다'라는 말을 썼을 것이다. 이러한 남자가 배심원에게 어떤 효과를 끼칠 것인가는 쉽게 상상할 수 있었다.

에이브러햄 윌슨과 제니퍼는 경비가 엄중한 면회실에 앉아 있었다. 두 사람 사이에는 단단한 철망이 처져 있었으며 입구에 교도관이 서 있었다.

윌슨은 독방에서 막 나온 참이라 전등 불빛에 눈이 부신 듯 눈을 껌벅거렸다. 제니퍼는 이 사건을 맡지 않으리라는 생각으로 찾아오기는 했지만 그를 직접 대하자 그 기분은 더욱 굳어졌다. 그와 마주 앉아 있기만 해도 그에게 증오심이 뿜어져 나오고 있는 것이 느껴졌다.

제니퍼가 입을 열었다.

"내 이름은 제니퍼 파커, 변호사입니다. 라이언 신부님 부탁으로 이렇게 찾아왔습니다."

에이브러햄 윌슨은 철망 너머로 침을 내뱉었다. 침방울이 제니퍼에게까지 튀었다.

"그 빌어먹을 신부! 별 꼴값을 다 떠는군."

'멋진 스타트야!'

제니퍼는 그렇게 생각했다. 얼굴에 튄 침은 꾹 참고 닦아내지 않았다.

"윌슨 씨, 뭐 필요한 건 없으신가요?"

그는 이빨 빠진 입을 벌리고 웃었다.

"여자 몸뚱이가 필요해. 당신, 어때?"

그녀는 못 들은 체했다.

"제게 사건을 이야기해주지 않겠어요?"

"이봐, 내 일대기를 듣고 싶으면 돈을 내라고. 나는 영화사에 팔 생각이니까. 내가 주연을 맡고 말이야."

그가 발산하는 분노는 섬뜩할 정도였다. 제니퍼는 빨리 도망치고 싶어졌다. 교도소장 보좌관이 말한 대로 시간 낭비였다.

"윌슨 씨, 당신이 협조해주시지 않는 한 당신을 도울 수가 없어요. 하지만 저는 적어도 당신과 이야기라도 나누어 보라는 라이언 신부님과의 약속은 지키고 있는 거예요."

에이브러햄 윌슨은 다시 이가 없는 입을 벌리고 웃었다.

"친절도 하시지. 그런데 아까 내가 한 말 말인데, 어때, 생각을 바꿀 수 없을까?"

제니퍼는 자리에서 일어섰다. 더 이상 참을 수가 없었다.

"당신은 이 세상 사람 모두를 미워하나요?"

"이봐, 당신과 내가 살을 섞는다면 달라질 수도 있겠지."

제니퍼는 그의 말을 되씹으면서 그 추악하고 검은 얼굴을 응시하며 천천히 다시 걸터앉았다.

"에이브러햄, 사건에 관한 당신 쪽 이야기를 들려주지 않겠어요?"

그는 아무 말도 하지 않은 채 그녀의 눈을 응시했다. 제니퍼는 이 흉터투성이의 새까만 사내를 안는다는 것은 얼마나 끔찍스러운 일일까 생각하면서 그를 지켜보며 기다렸다.

그녀는 그의 마음속에도 수많은 상처의 흔적이 숨어 있을 것이라고 생각했다.

두 사람은 오랫동안 입을 다문 채 마주 대하고 있었다. 드디어 에이브러햄 윌슨이 입을 열었다.

"내가 그 자식을 죽였소."

"왜 죽였죠?"

그는 어깨를 으쓱했다.

"그 녀석이 커다란 푸줏간용 식칼을 들고 내게 덤벼들었기 때문이오."

"거짓말하지 마세요. 죄수들이 어떻게 식칼을 가지고 돌아다닐 수가 있단 말예요?"

윌슨은 험상궂은 표정으로 말했다.

"그만 썩 꺼지시지! 언제 내가 와 달라고 부탁한 적 있어?"

그는 일어섰다.

"그리고 말이야, 이제 더 이상 찾아와서 나를 귀찮게 하지 마쇼. 알겠소? 나도 바쁜 몸이니까."

에이브러햄은 등을 돌리고 교도관 쪽으로 걸어갔다. 그러고는 잠시 후 교도관과 함께 모습을 감췄다. 그렇게 끝난 것이다. 제니퍼는 적어도 그와 대화를 나누었다는 사실 만큼은 신부에게 보고할 수 있었다. 그 이상 그녀로서 할 수 있는 일은 없었다.

제니퍼는 교도관의 안내로 건물을 나섰다. 그녀는 에이브러햄 월슨과 그에 대해 자신이 취한 태도를 생각하면서 정문을 향해 안뜰을 걸어 나갔다. 그녀는 월슨이 싫었다. 그리고 싫다는 이유 때문에 자신에게 부여되지도 않은 권리를 행사하고 있었다. 그녀는 그를 재판하고 있었던 것이다. 그는 아직 재판도 받지 않았는데 그녀는 이미 그에게 유죄를 선고하고 있었다. 누군가가 정말로 그에게 덤벼들었는지도 모른다─물론 식칼이 아니라도 돌멩이나 벽돌로. 제니퍼는 생각에 빠지면서 잠시 멈춰 섰다. 그녀의 본능은 그녀에게 맨해튼으로 돌아가 에이브러햄 월슨의 일은 잊어버리라고 명령했다. 그러나 제니퍼는 방향을 바꿔 교도소장 보좌관의 사무실로 돌아갔다.

"그놈은 구제불능이에요. 가능한 경우에는 우리도 형벌보다는 갱생시키려고 애쓴답니다. 그러나 월슨은 어쩔 도리가 없어요. 그를 온순하게 하는 것은 전기의자뿐이지요."

하워드 패터슨은 말했다.

'얼마나 기묘한 이치인가.'라고 제니퍼는 생각했다.

"그는 살해된 사내가 푸줏간용 식칼을 가지고 덤벼들었다고 하던데요."

"그럴 수도 있겠지요."

그 대답에 그녀는 깜짝 놀랐다.

"무슨 말씀이세요? 그럴 수도 있다니요? 이곳 죄수들은 식칼을 손에 넣을 수 있다는 말씀입니까? 푸줏간용 식칼을 말예요."

하워드 패터슨은 어깨를 으쓱해보였다.

"미스 파커, 이 교도소에는 1,250명의 죄수가 있는데 그중에는 아주 재간이 좋은 녀석들도 여럿 있지요. 저와 함께 가보실까요? 보여드릴 것이 있습니다."

패터슨은 긴 복도를 지나서 자물쇠가 걸린 문까지 제니퍼를 데리고 갔다. 그는 커다란 열쇠 꾸러미에서 하나를 골라내어 문을 열고 불을 켰다. 제니퍼는 그의 뒤를 따라 붙박이 선반 외에는 아무것도 없는 조그만 방으로 들어갔다.

"이곳은 죄수들의 '보물상자'를 보관해두는 곳입니다."

그는 커다란 상자로 다가가 뚜껑을 열었다.

상자 안을 들여다 본 제니퍼는 자신의 눈을 의심했다.

그녀는 하워드 패터슨을 올려다보고 말했다.

"제 의뢰인을 다시 한 번 만나게 해주실 수 있겠습니까?"

변호사, 제니퍼

제니퍼는 이제껏 보인 적이 없는 열성으로 에이브러햄 윌슨의 재판 준비에 매달렸다. 그녀는 소송절차며 변호에 관한 조사로 법률 도서관에서 오랜 시간을 보냈다. 또한 가능한 한 모든 정보를 의뢰인에게서 끄집어내려고 면회에 많은 시간을 소비했다. 그것은 유쾌한 일이 아니었다. 윌슨은 처음부터 거칠었고 조소적이었다.

"나에 관해서 알고 싶다고? 나는 열 살 개구쟁이 시절에 여자의 몸을 알았다고. 당신은 몇 살 때 경험했지?"

제니퍼는 애써 그의 증오와 경멸을 무시했다. 왜냐하면 그것이 그의 내면 깊숙한 공포를 감추기 위한 것이라는 점을 알고 있었기 때문이었다.

제니퍼는 끈기 있게 버티며 윌슨의 소년 시절은 어떠했는지, 양친은 어떤 사람이었는지, 성인으로 넘어가는 시기의 그는 어떠했는지 등을 물었다. 떨떠름해 있던 윌슨은 수주일이 지나는 동안에 흥미를 나타내게 되었고, 흥미는 결국 열의로 바뀌었다. 그는 이제껏 자신이 어떤 인간이었는지, 어째서 그런 인간이 되었는지 하는 것은 한 번도 생각할 기회를 갖지 못했던 것이다.

제니퍼의 끈기 있는 질문에 그의 기억은 되살아나기 시작했다. 그 가운데는 온통 불쾌한 추억이나 참기 어려울 정도의 고통스러운 것이 많았다. 제니퍼가 에이브러햄 윌슨에게 항상 그를 두드려 팬 부친에 관해서 질문할 때, 윌슨은 몇 차례나 제니퍼에게 나가라고 소리쳤다. 그녀는 순순히 방을 나갔지만 이내 다시 되돌아왔다.

제니퍼에게는 이전에도 자신을 위한 시간이 그다지 많지 않았지만 지금은 더욱 그러했다. 그녀는 에이브러햄 윌슨에게 가지 않을 때는 일요일에도 쉬지 않고 아침 일찍부터 밤늦게까지 사무실에 앉아 살인과 상해치사, 고의 또는 과실에 의한 살인에 관해 많은 것을 탐독했다. 또한 상급법원이 내린 몇백 건이나 되는 판결이나 소송 사건 적요서 그리고 공술서, 증거 서류, 재정 신청서, 법정 기록 등을 조사했다. 그리고 범행의도와 예비모의, 정당방위, 일사부재리나 일시적인 정신착란 등에 관한 자료를 숙독했다.

그녀는 그의 죄를 상해치사로 경감시킬 방법을 연구했다.

에이브러햄은 상대방을 살해할 의사는 없었다. 그러나 배심원은─특히 그 지역 배심원들이─그것을 믿어줄까? 그 도시 사람들은 그들이 살고 있는 지역의 한가운데에 있는 죄수들을 미워하고 있었다. 제니퍼는 재판관할지역 변경을 신청했고 그것은 수락되었다. 재판은 맨해튼에서 행해지게 되었다.

제니퍼에게는 결단을 내려야만 할 중요한 문제가 있었다. 그것은 에이브러햄 윌슨에게 증언을 시켜야 할 것인가, 말 것인가라는 문제였다. 그는 보기에 사납게 생긴 사내이기는 하지만, 배심원들은 그의 입장을 그자신의 입을 통해 들을 수 있다면 조금은 동정할지도 모른다. 문제는 그를 증언대에 서게 한다면 검찰 측이 윌슨의 이전의 살인죄를 포함해 그의 경력이나 전과를 폭로하지나 않을까 하는 점이었다.

디 실바가 자신의 상대로 어느 지방 검사보를 기용할까 하고 그녀는 생각했다. 살인 사건 재판으로 검사로 활동한 6명의 우수한 검사보가 있었다. 제니퍼는 그 검사보들의 기법을 충분히 연구했다.

제니퍼는 가능한 한 많은 시간을 싱싱교도소에서 보냈다. 살인 현장인 운동장을 살펴보고, 교도관들과 에이브러햄과 이야기를 나누고, 또 살인을 목격한 10여 명의 죄수들과도 만났다.

"레이몬드 소프는 식칼을 들고 에이브러햄 윌슨에게 덤벼들었어요. 커다란 푸줏간용 식칼로 말예요. 당신도 당연히 그것을 봤겠죠?"

제니퍼는 말했다.

"내가요? 난 식칼 따위는 본 적도 없수다."

"분명히 봤을 텐데요. 현장에 있었으니까요."

"나는 아무것도 보지 못했다니까요."

어느 죄수나 이 사건에 연루되는 것을 싫어했다.

제니퍼는 때로는 바깥으로 나가 식사다운 식사를 하는 적도 있었지만 대개는 법원 1층에 있는 커피숍에서 샌드위치로 때우곤 했다. 그녀는 점차 야위어갔으며 때때로 현기증도 일었다. 케네스 베일리가 그녀의 건강을 염려했다. 그는 재판소 건너편의 식당으로 그녀를 데리고 가 양이 많은 점심식사를 주문해주었다.

"이봐요, 자살할 생각이에요?"

그는 따지듯이 물었다.

"그럴 리가 있겠어요."

"요즈음 거울 본 적 있어요?"

"없는데요."

케네스는 그녀를 물끄러미 바라보고 나서 말했다.

"조금이라도 분별이 있다면 그 사건에서 손을 떼는 것이 좋을 것이오."

"어째서요?"

"당신은 스스로 표적이 되고 있어요. 제니퍼, 내가 듣기로는 매스컴이 입맛을 다시고 있다고 해요. 당신에게 집중 공격을 가하려고 만반의 준비를 갖춰 놓고 기다리고 있다는 거예요."

"저는 변호사예요. 에이브러햄 윌슨은 공정한 재판을 받을 권리가 있어요. 저는 그것을 실현시키려 하고 있을 뿐이라고요."

그녀는 케네스 베일리의 얼굴에서 근심어린 표정을 읽었다.

"괜찮아요. 그 정도로 떠들썩한 재판은 되지 않을 거예요."

"제니퍼, 그렇지 않아요. 누가 검사석에 서는지 알기나 해요?"

"아뇨."

"로버트 니 실바란 말이오."

제니퍼는 형사법원 건물의 레너드 거리 쪽 입구에 도착했다. 그리고 로비 여기저기에 있는 사람들─제복 차림의 경관과 히피 스타일의 형사와 들고 있는 서류가방으로 알아볼 수 있는 변호사 등을 헤치며 나갔다. 그녀는 지금까지 아무도 있어본 적이 없는 안내계의 책상 쪽으로 향했다. 그리고는 6층으로 가는 엘리베이터를 탔다. 제니퍼는 실바 검사를 만나러 가는 길이었다.

마지막으로 로버트 디 실바를 만나고 나서 벌써 1년 가까이 시간이 흘렀다. 제니퍼의 발걸음은 무거웠다. 그녀는 에이브러햄 윌슨의 변호인을 사퇴하겠다고 그에게 통고할 생각이었다.

제니퍼는 그 결심을 하기까지 사흘 밤이나 자지 않고 생각했다. 그리고 마지막으로 도달한 결론은 의뢰인의 이익을 무엇보다도 우선해서 생각해야 한다는 것이었다. 윌슨 사건은 디 실바 자신이 직접 다룰 정도로 중요한 것은 아니었다. 그러니까 실바 검사가 몸소 나서는 것은 제니퍼가 관계되어 있기 때문인 것이다. 디 실바는 복수하려 하고 있다. 제니퍼에게 골탕을 먹일 생각인 것이다. 그래서 제니퍼는 마침내 윌슨의 변호에서 손을 뗄 수밖에 없다고 마음을 정했다. 자신의 과오 때문에 그에게 사형을 받게 할 수는 없다, 그녀가 손을 떼고 나면 로버트 디 실바도 아마 윌슨을 좀 더 관대하게 다룰 것이다, 제니퍼는 에이브러햄 윌슨의 목숨을 구하기 위해서 이곳에 찾아온 것이다.

그녀는 6층에서 내려 '로버트 디 실바 뉴욕 주 지방검사'라고 쓴 낯익은 문을 향해 걸어가면서 과거로 다시 돌아간 듯한 기묘한 착각에 빠졌다.

사무실 안에는 이전에 있던 비서가 그대로 앉아 있었다.

"제니퍼 파커입니다. 검사님과 약속이……."

"안으로 들어가세요. 검사님이 기다리고 계십니다."

비서가 말했다.

로버트 디 실바는 책상 너머에 서서 담배를 문 채로 두 사람의 검사보에게 명령을 하고 있었다. 제니퍼가 들어가자 그는 말을 끊고 그녀를 쳐다보았다.

"놀랐는걸, 여기를 찾아오다니."

"이렇게 왔습니다."

"벌써 옛날에 걸음아 날 살려라 하고 도망친 줄 알았는데, 무슨 볼 일이지?"

로버트 디 실바의 책상 앞에는 의자가 2개 있었지만, 그는 제니퍼에게 앉으라고는 하지 않았다.

"의뢰인인 에이브러햄 윌슨의 일로 얘기할 것이 있어서 왔습니다."

로버트 디 실바는 의자에 앉아 몸을 기대면서 생각을 하는 척했다.

"에이브러햄 윌슨……아, 그래. 교도소에서 동료를 때려죽인 검둥이 살인자 말이로군. 그의 변호라면 문제가 없을 텐데?"

그가 두 사람의 검사보에게 눈짓을 하자 그들은 방을 나갔다.

"변호사 양반, 그래, 얘기라는 것은?"

"피고인의 유죄 인정에 대해서 말씀드리고 싶습니다."

로버트 디 실바는 일부러 과장해서 깜짝 놀라는 시늉을 해보였다.

"나와 거래를 하겠다는 건가? 정말 놀랐는걸. 당신 정도의 특출한 솜씨라면 그를 무죄 방면 시키는 것쯤은 누워서 떡먹기일 텐데."

"디 실바 검사님, 저는 이 사건의 내용을 잘 알고 있습니다."

제니퍼는 설명하기 시작했다.

"하지만 정상을 참작할 만한 사정이 있습니다. 윌슨은……."

디 실바가 가로막았다.

"당신이 이해할 수 있을 만한 법률 용어로 내가 가르쳐주지. 그 정상 참작해야 할 사정 따위는 엿 먹으라는 거야!"

그는 일어서서 분노에 떨리는 목소리로 말했다.

"거래를 하자고? 당신은 내 일생을 망쳐 놓은 인간이야! 사람을 죽였으면 의뢰인은 사형을 당하는 것이 당연하지. 알겠어? 내가 이 손으로 그를 전기의자로 보내주겠어."

"내가 찾아온 것은 이 재판에서 물러나기 위해서입니다. 그의 죄를 경감해서 상해치사죄로 해주십시오. 윌슨은 이미 종신형을 받고 있습니다. 검사님……."

"바보 같은 소리 집어치워. 살인죄라는 점에는 한 치의 의심도 없어."

제니퍼는 화를 참으려고 애썼다.

"그것은 배심원이 결정할 일이잖습니까?"

로버트 디 실바는 싸늘하게 웃었다.

"당신 같은 전문가가 찾아와서 법률 강의를 해주다니 영광이군."

"우리의 개인적인 원한은 잊어주실 수 없습니까? 저는……."

"살아 있는 한 잊을 수 없지. 당신 친구인 마이클 모레티에게 안부나 전해달라고."

그로부터 30분 후, 제니퍼는 케네스 베일리와 커피를 마시고 있었다.

"어떻게 해야 좋을지 모르겠어요."

제니퍼는 솔직하게 말했다.

"내가 손을 떼면 윌슨에게 유리하게 될 줄 알았는데, 디 실바가 허락하지를 않는군요. 그가 노리고 있는 것은 윌슨이 아니고 나예요."

케네스 베일리는 생각하는 듯한 표정으로 그녀를 보았다.

"그는 당신을 심리적으로 괴롭히려고 하고 있는지도 몰라요. 당신을 공포에 떨게 하려는 거라고요."

"벌써 떨고 있어요."

그녀는 커피를 한 모금 들이켰다. 쓴맛이 났다.

"이것은 불리한 재판이에요. 윌슨을 만나보면 알 수 있어요. 배심원은 그의 얼굴을 보기만 해도 유죄판결을 내릴걸요?"

"재판은 언제 시작합니까?"

"4주 후에요."

"내가 도울 수 있는 일은 없어요?"

"없어요. 디 실바를 죽여주신다면 몰라도……."

"윌슨을 무죄로 만들 수 있는 가능성이 조금이라도 있긴 있습니까?"

"내가 비관론자라면 이렇게 생각할 거예요. '내게 원한을 품고 있는 미국 제일의 민완 검사를 상대로 나는 최초의 재판에서 대결하려 하고 있다. 더구나 내 의뢰인은 120명의 목격자 앞에서 두 번째 살인을 한 흑인 죄수인 것이다'라고."

"굉장하군. 만일 낙관론자였다면?"

"오늘 오후에 트럭에 치여 죽을지도 몰라요."

재판은 앞으로 3주일 남았다. 제니퍼는 윌슨을 라이커스 섬의 교도소로 옮길 수속을 취했다. 그는 섬 안에서 가장 크고 오래된 남자 구치소에 수감되었다. 그곳에 있는 죄수의 95퍼센트는 살인, 방화, 강간, 무장 강도, 계간 등으로 재판을 기다리는 흉악범들이었다.

섬에서는 개인용 자동차는 허용되지 않기 때문에 제니퍼는 작은 녹색 소형버스로 벽돌로 지은 회색의 관리소 건물까지 가서 그곳에서 신분증명서를 보였다.

건물의 왼쪽에 있는 녹색 초소에 2명의 무장한 경비원이 있고, 그 뒤에는 허가증이 없는 방문자는 일체 출입금지인 문이 있었다. 제니퍼는 다시 버스로 교도소 구내를 관통하는 헤이즌 스트리트를 지나 안나 크로스센터 빌딩으로 갔다. 그 안에는 변호사와 의뢰인을 위한 8개로 구획된 방이 있고 그곳에 에이브러햄 윌슨이 끌려와 있었다.

윌슨과 만나기 위해 긴 복도를 걸어가면서 '이곳은 정말 지옥의 대합실 같군.' 하고 제니퍼는 생각했다. 시끄러운 불협화음이 그녀의 귀를 어지럽히고 있었다.

건물은 벽돌과 강철과 돌과 타일로 만들어져 있어서 강철 문이 쉴 새 없이 꽝꽝 소리를 내며 닫히거나 열리고 있었다. 각 구획에는 100명 이상의 남자가 수용되어 있는데 그들이 동시에 떠들어대거나 아우성을 치거나 하는 소리, 각기 다른 채널을 비추고 있는 2대의 텔레비전 소리, 음악 방송의 컨트리 록……그것들이 빚어내는 교도소 심포니 속에 그 건물을 담당하고 있는 300명에 이르는 교도관들의 고함 소리가 울려 퍼지고 있었다.

어떤 교도관이 이전에 제니퍼에게 이렇게 말한 적이 있었다.

"교도소 안의 사회는 전 세계에서 가장 예의바른 사회입니다. 누군가가 다른 사람과 부딪치면 즉시 '미안합니다' 하고 말하지요. 죄수들은 가슴에 가득 찰 만큼의 수많은 고뇌를 안고 있으면서도 그것을 조금도 입 밖에 내지 않고……."

제니퍼는 윌슨과 마주보고 앉으면서 생각했다.

'이 사람의 운명은 내 손 안에 있다. 만약 그가 죽는다면 그의 기대를 배반하는 것이 된다.'

그녀는 그의 눈 속을 들여다보며 절망을 읽었다.

"내 힘이 닿는 한 어떤 일이라도 하겠어요."

제니퍼는 그렇게 약속했다.

윌슨의 재판이 시작되기 3일 전, 제니퍼는 재판장이 로렌스 월드맨 판사라는 것을 알았다. 마이클 모레티 재판의 재판장으로서 제니퍼의 변호사 자격을 박탈하려고 했던 인물이었다.

증거물 A

에이브러햄 윌슨의 재판이 시작되는 1970년 9월 말의 어느 월요일 새벽 4시, 제니퍼는 피로와 수면부족을 느끼면서 잠에서 깨어났다. 잠을 깊이 못들고 계속 재판에 관한 꿈만을 꾸고 있었다. 하나의 꿈속에서 로버트 디 실바가 그녀를 증인석에 앉히고 마이클 모레티에 대해서 물었다. 제니퍼가 질문에 대답하려고 할 때마다 배심원들이 "거짓말쟁이! 거짓말쟁이!" 하며 합창으로 방해했다.

모든 꿈이 각기 달랐지만 한편으론 비슷비슷했다. 마지막 꿈에서는 윌슨이 전기의자에 묶여 있었다. 제니퍼가 몸을 구부려 그를 위로하려고 하자, 그는 그녀의 얼굴을 향해 침을 뱉었다. 제니퍼는 몸을 떨면서 잠에서 깨어났고, 그 다음부터는 잠을 이루지 못했다. 그녀는 새벽녘까지 의자에 걸터앉아 태양이 떠오르는 것을 보고 있었다. 흥분 때문에 식욕이 없었다. 그녀는 어젯밤에 좀 더 깊이 잘 수 있었으면 좋았을 텐데 하고 생각했다. 좀 더 긴장을 풀 수 있었으면 좋았을 것이라고 생각했다. 그리고 오늘이라는 날이 빨리 끝나기를 빌었다.

제니퍼는 목욕을 하고 옷을 갈아입으면서 불길한 예감을 느꼈다. 검은 색 옷을 입고 싶은 생각이 들었지만 그녀는 '로만스'의 바겐세일에서 산 그린 색 샤넬 투피스를 골랐다.

8시 30분, 제니퍼 파커는 에이브러햄 윌슨 사건의 변호를 시작하기 위해 형사법정 건물에 도착했다. 입구 밖에 군중이 모여 있는 것을 보고 제니퍼는 처음엔 뭔가 사고가 일어난 모양이라고 생각했다. 마이크나 텔레비전 카메라의 대열이 그녀의 눈에 들어왔다. 그리고 무슨 소동인가를 깨닫기도 전에 제니퍼는 기자들에게 둘러싸여 있었다.

기자 한 명이 말했다.

"미스 파커, 법정에 출정하는 것은 당신이 마이클 모레티 재판을 망쳐서 지방검사를 화나게 만든 이래 처음이겠죠?"

켄 베일리는 그녀에게 주의를 주었다. 목표는 그녀의 의뢰인이 아니고 그녀 자신인 것이다. 기자들은 객관적인 관찰자로 와 있는 것이 아니었다. 그들은 사냥감을 노리는 독수리이며, 그녀는 그 먹이인 것이다.

청바지 차림의 젊은 여성이 제니퍼의 얼굴 앞에 마이크를 들이댔다.

"디 실바 지방검사가 당신을 끝까지 해치우려는 것이 사실입니까?"

"노코멘트."

제니퍼는 그들을 헤치고 건물의 입구 쪽으로 가려고 했다.

"어젯밤에 지방검사는 당신이 뉴욕의 법정에서 변호를 맡는 것은 허용되어서는 안 된다고 생각한다는 성명을 발표했습니다. 어떻게 생각합니까?"

"노코멘트."

제니퍼는 입구 바로 앞까지 와 있었다.

"작년에 월드맨 판사는 당신의 변호사 자격을 박탈하려고 했습니다. 그에게 오늘 그 자신이야말로 부적격자가 아니냐고 물어볼 생각은 없습니까?"

제니퍼는 간신히 건물 안으로 들어갔다.

재판은 37호 법정에서 열리기로 되어 있었다. 법정 밖의 복도는 방청을 원하는 사람들로 북적거리고 있었는데 법정 안은 이미 만원이 되어 있었다. 주위는 웅성거리며 시끄러워 마치 축제와 같은 분위기였다. 보도진을 위해서는 따로 임시 좌석이 마련되어 있었다. 디 실바의 지시일 거라고 제니퍼는 생각했다.

피고석의 에이브러햄 윌슨은 주위 사람들을 압도하며 사악한 산처럼 우뚝 솟아 있었다. 그 진한 감색 양복은 그에게는 너무도 작아 보였다. 흰 와이셔츠와 푸른색 넥타이는 제니퍼가 사준 것인데, 어느 것이나 어울리지 않았다. 그는 진한 감색 양복을 입은 살인마처럼 보였다.

'죄수복을 입었을 때와 마찬가지군.'

제니퍼는 낙담해하면서 생각했다.

윌슨은 뻔뻔스러운 얼굴로 법정 안을 둘러보며 시선이 마주친 사람들을 노려보았다. 제니퍼는 그 도전적인 태도가 공포를 감추기 위한 허세라는 것을 지금은 충분히 알고 있었다. 그러나 판사나 배심원을 포함한 모든 사람에게 그가 주는 인상은 적의와 증오였다. 그는 사람들을 겁먹게 만들었다. 그들은 윌슨을 위험한 인간, 죽어 없어져 버려야 할 인간이라고 생각할 것이다.

윌슨에게는 사랑스러운 곳이라고는 눈을 씻고 봐도 없었다. 또 그의 모습 어디에도 사람들에게 동정심을 불러일으킬 만한 구석은 한 군데도 없었다. 그에게는 코가 찌부러지고, 이가 빠진 상처투성이의 추악한 얼굴과 사람들에게 공포감을 주는 커다란 몸집뿐이었다.

제니퍼는 에이브러햄 윌슨이 앉아 있는 피고 측 자리로 가서 그의 옆에 앉았다.

"안녕하세요, 에이브러햄."

월슨은 그녀를 힐끗 보고는 말했다.

"당신이 올 것이라고는 생각지도 않았소."

제니퍼는 어젯밤의 꿈을 생각해냈다. 그녀는 그의 조그만 눈을 들여다 보았다.

"내가 안 오면 누가 오겠어요?"

월슨은 귀찮다는 듯이 어깨를 추스려보였다.

"아무래도 마찬가지죠. 어차피 놈들은 나를 해치우고 말 테니까. 나를 살인이라는 유죄로 덮어씌우고, 그리고 나서 나를 기름에 튀기는 것을 허용하는 법률을 만들어 튀겨 죽일 테지. 이런 것은 재판이 아니야. 구경거리지. 팝콘이라도 먹으면서 구경하라고 해."

검사 측 좌석 주변이 소란스러워졌기 때문에 제니퍼가 눈을 들어 보니 디 실바 검사가 나란히 늘어선 검사보들 옆에 앉으려 하고 있었다. 그는 제니퍼를 보고 웃음을 띠었다. 제니퍼는 공포감이 점점 더 심하게 다가오는 것을 느꼈다.

정리가 큰 소리로 말했다.

"전원 기립!"

그때 로렌스 월드맨 판사가 대기실에서 모습을 나타냈다.

"정숙하시오! 정숙하시오! 이 37호 법정에 관련이 있는 사람은 가까이 와서 방청하시오. 심리가 시작됩니다. 재판장은 로렌스 월드맨 판사."

기립하지 않은 것은 월슨뿐이었다. 제니퍼는 낮게 속삭였다.

"일어나는 거예요!"

"상관없어. 놈들이 와서 나를 강제로 일으켜 세워보라지."

제니퍼는 양손으로 그의 거대한 손을 잡아당겼다.

"일어서요, 에이브러햄. 우리는 반드시 그들을 해치울 수 있어요."

월슨은 그녀를 뚫어질 듯이 응시하다가 서서히 몸을 일으켜 세우고는 위에서 그녀를 내려다보았다.

월드맨 판사가 재판장석에 앉고 일동이 착석했다. 서기가 심리사건 표를 재판장에게 건네주었다.

"뉴욕 주 검찰 대 레이몬드 소프 살해사건의 피고인 에이브러햄 윌슨."

제니퍼는 보통 때 같으면 배심원 전원을 흑인으로 채우려고 생각했을 것이다. 그러나 에이브러햄 윌슨의 경우에는 그것이 좋을지 나쁠지 자신할 수가 없었다. 윌슨은 흑인의 친구는 아니었다. 그는 배신자이고 살인자이며 '민족의 수치'였다. 그들은 백인 피고인의 경우보다도 손쉽게 그를 유죄로 만들지도 모른다. 제니퍼가 할 수 있는 일은 얼핏 봐서 편견을 갖고 있는 듯한 사람을 배심에 넣지 않도록 하는 것뿐이었다. 그러나 편견을 갖고 있는 사람도 그것을 드러내지는 않는다. 그들은 편견에 대해서는 입을 다물고 복수할 기회를 노리는 것이다.

공판 이틀째의 저녁때까지 제니퍼는 10회까지 인정되고 있는 배심원 기피권리를 몽땅 써버렸다. 그녀는 자신의 예비신문—배심원의 적합성을 알기 위해서 행하는 질문—이 어설프고 어색하다고 느꼈지만 상대인 디 실바는 능숙하고 교묘하기 짝이 없었다. 그는 배심원들을 편안하게 해주고 그들의 신뢰를 획득하고 친구가 되는 요령을 터득하고 있었다.

'디 실바가 얼마나 능수능란한 배우인가를 나는 어째서 잊어버리고 있었을까?' 하고 제니퍼는 생각했다.

디 실바는 제니퍼가 배심원에 대한 기피권을 모두 써버릴 때까지 자신의 것은 행사하지 않았다. 제니퍼는 그 이유를 알 수가 없었다. 그녀가 그것을 알았을 때는 이미 늦은 때였다. 디 실바는 그녀에게 속임수를 쓴 것이다.

질문을 받은 최후의 배심원 후보자 가운데는 사립탐정이나 은행의 지배인이나 의사의 어머니 등이 있었는데 모두가 권위를 중시하는 부류의 사람들이었다. 그리고 제니퍼는 이미 그들을 배심에서 제외할 수단을 갖고 있지 못했다. 그녀는 지방검사에게 한 방 먹은 것이다.

로버트 디 실바는 일어서서 모두진술을 시작했다.

"재판장님, 그리고 배심원 여러분, 귀중한 시간을 내서 이 재판에 참석해주신 것에 대해서 우선 감사의 말씀을 드립니다."

그는 배심원석 쪽으로 돌아서서 이해를 나타내는 미소를 지었다.

"배심원의 일이 얼마나 커다란 희생을 요구하는 것인지 저는 잘 알고 있습니다. 여러분은 하지 않으면 안 될 일과 돌보지 않으면 안 될 가족을 소유하고 계십니다."

'마치 자신도 배심원의 한 사람인 것 같은 말투군. 13번째의 배심원이라고나 할까?'

제니퍼는 생각했다.

"가능한 한 여러분에게 많은 폐를 끼치지 않겠다는 것을 약속합니다. 이것은 참으로 단순한 사건입니다. 저기 앉아 있는 사람이 피고인 에이브러햄 윌슨입니다. 피고인은 싱싱교도소의 동료 죄수인 레이몬드 소프를 살해한 혐의로 뉴욕 주 당국에 의해서 기소되었습니다. 그가 범인이라는 것은 의심의 여지가 없습니다. 자신이 그것을 인정하고 있습니다. 그런데 윌슨 씨의 변호인은 정당방위를 주장하려 하고 있습니다."

지방검사는 윌슨 쪽으로 얼굴을 돌리고 그 거대한 모습을 보았다. 그것에 끌려 배심원들의 눈도 그쪽을 향했다. 제니퍼는 그들의 얼굴에 나타난 반응을 보았다. 그러나 그녀는 디 실바 검사의 진술에 주의를 더욱 집중시켰다.

"몇 년 전에 여러분과 꼭같은 12명의 시민이 에이브러햄 윌슨을 교도소에 보내는 판결을 내렸습니다. 어떤 법률상의 제한 때문에 윌슨이 그때 저지른 죄에 대해서는 얘기하는 것이 허용되지 않습니다. 내가 지금 말할 수 있는 것은, 그 배심원분들은 에이브러햄 윌슨을 감금하면 그가 그 이상의 죄를 저지르는 것을 방지할 수 있다고 마음속으로부터 믿었다는 것입니다. 그런데 유감스럽게도 그들은 잘못 알았습니다. 왜냐하면 격리되고 감금되어 있었는데도 에이브러햄 윌슨은 사람을 폭행하고 죽여서 피에 대한 굶주림을 채울 수 있었기 때문입니다. 지금 우리는 마침내 에이브러햄 윌슨에게 다시는 살인을 저지르지 못하게 할 방법이 꼭 한 가지가 있다는 것을 깨달았습니다. 그것은 그를 처형하는 것입니다. 그렇다고 해서 레이몬드 소프가 살아 돌아오는 것은 아니지만 피고인의 다음 희생자가 될지도 모르는 사람들의 목숨을 구할 수가 있는 것입니다."

디 실바는 배심원 한 사람 한 사람의 눈을 들여다보면서 배심원석을 따라 걸었다.

"이 사건에서 여러분의 귀중한 시간을 그다지 많이 빼앗지 않겠다고 나는 약속했습니다. 왜 그렇게 말했는지를 말씀드리겠습니다. 저곳에 앉아 있는 피고 에이브러햄 윌슨은 냉혈하게 사람을 죽였습니다. 그가 죽였다는 것을 자백하지 않았다고 해도 윌슨이 살인을 범하는 것을 본 목격자가 있습니다. 실로 100명 이상의 목격자가 있는 것입니다. '냉혈'이라는 말을 분석해보겠습니다. 어떤 이유에서든 살인은 여러분에게 있어서나 제게 있어서나 저주스러운 것입니다. 그러나 때로는 우리가 최소한 이해할 수 있는 이유로 살인이 행해질 때가 있습니다. 예를 들면, 누군가가 무기를 들고 여러분의 가족, 자녀라든가 남편이라든가 부인을 위협하고 있다고 합시다. 만약 여러분이 권총을 가지고 있다면 사랑하는 사람을 구하기 위해서 여러분은 방아쇠를 당길지도 모릅니다. 여러분도 나도 그러한 행위를 용서하지는 않겠지만 우리는 적어도 그 마음을 이해할 수는 있습니다. 또 한 가지 예를 들어보겠습니다. 한밤중에 누군가의 침입에 의해서 갑자기 잠에서 깨어나 생명을 위협당하는 경우에 여러분이 자신을 구하기 위해서 침입자를 죽일 기회가 있고, 그리고 실제로 죽였다고 합시다. 그러한 경우에는 사람을 죽인 사정을 누구나 이해할 수 있다고 믿습니다. 그렇게 죽였다고 해서 반드시 위험한 범죄자라든가 흉악한 인간이라고는 할 수 없지 않겠습니까. 그것은 일시적으로 흥분해서 한 행위일 수도 있는 것입니다."

디 실바의 목소리는 냉엄해져 갔다.

"그러나 냉혈하게 행해진 살인은 그것과는 다릅니다. 감정이나 격정에 사로잡히는 이유 없이 사람의 생명을 빼앗는다는 것, 즉 돈과 마약을 위해, 혹은 죽이는 것에 희열을 느껴서……."

그는 고의적으로 배심원에게 편견을 심어주려 하고 있었다. 그러나 도를 넘지 않도록 주의하고 있었기 때문에 심리무효나 취소를 요구할 수는 없었다.

제니퍼는 배심원들의 얼굴을 지켜보았다. 디 실바가 그들의 마음을 사로잡아버린 것은 의심할 여지가 없었다. 그들은 그의 한 마디, 한 마디에 동감해 고개를 흔들거나 끄덕이거나 얼굴을 찡그렸다. 박수조차 칠 듯한 모습이었다. 그는 배심원이라는 오케스트라를 향해 지휘봉을 휘두르는 지휘자였다. 제니퍼는 지금까지 이와 같은 재판을 본 적이 없었다. 실바 검사는 에이브러햄 윌슨이라는 이름을 거의 한 문장이 끝낼 때마다 말했다. 배심원들의 시선은 저절로 피고인 쪽으로 향해졌다.

제니퍼는 배심원 쪽을 보지 말라고 윌슨에게 주의해두었다. 법정 안의 다른 곳을 보라고 몇 번이고 반복해서 그의 머리에 주입했던 것이다. 그가 발산하는 반항적인 분위기가 사람들의 분노를 불러일으킬 것이 분명했기 때문이었다.

그런데 난처하게도 제니퍼는 지금 에이브러햄의 눈이 배심원석에 못박혀 있으며 배심원들을 노려보고 있다는 것을 깨달았다. 공격적인 분위기가 그에게서 분출되고 있는 것 같았다.

제니퍼는 낮은 소리로 불렀다.

"에이브러햄……,"

그는 돌아보지 않았다.

디 실바 검사의 모두진술은 마무리 단계에 있었다.

"성서에는 '눈에는 눈으로, 이에는 이로'라고 적혀 있습니다. 그것은 복수입니다. 뉴욕 주가 추구하고 있는 것은 복수가 아닙니다. 올바른 심판입니다. 에이브러햄 윌슨이 잔혹하게 죽인 사람을 대신해서 행하는 정당한 심판입니다. 이상으로 진술을 끝내겠습니다."

디 실바 검사는 자리에 앉았다.

배심원을 향해 얘기하기 위해 제니퍼가 일어섰을 때 그녀는 그들에게서 적의와 짜증을 느낄 수 있었다. 그녀는 이전에 변호사가 어떻게 해서 배심원의 마음을 읽는가 하는 것에 대해서 쓴 책을 읽었을 때 그것에 의문을 가졌었다. 그러나 지금은 그렇지가 않았다. 배심원들의 생각이 그녀를 향해 뚜렷하게 큰 소리로 전해져 왔다. 그들은 이미 그녀의 의뢰인은 유죄라고 단정 짓고 있었다.

그리고 제니퍼 때문에 시간이 낭비되고, 그들의 친구인 실바 검사가 지적한 것처럼 중요한 용건이 있는데도 법원에 붙잡혀 있는 것에 짜증이 나 있었다. 제니퍼와 에이브러햄 윌슨은 그들의 적이었다.

제니퍼는 심호흡을 하고 나서 입을 열었다.

"존경하는 재판장님,"

그녀는 배심원들 쪽으로 돌아섰다.

"배심원 여러분, 우리가 법정을 가지고 있는 이유, 우리가 오늘 이곳에 모여 있는 이유, 그것은 어떤 사건에도 두 가지 측면이 있다는 것을 법률이 알고 있기 때문입니다. 그런데 나의 의뢰인에 대한 지방검사의 공격을 듣고 그가 배심원의 평결, 여러분의 평결 없이 나의 의뢰인에게 유죄선고를 내리는 것을 듣고 있으려니 법의 한쪽 측면을 소홀히 한다는 생각을 하게 됩니다."

제니퍼는 동정이나 지지의 표시를 찾느라 배심원들의 표정을 탐색했다. 그러나 그런 표정은 전혀 찾아볼 수가 없었다. 그녀는 자신을 채찍질하며 계속해서 말했다.

"디 실바 지방검사는 '에이브러햄 윌슨은 유죄다'라는 문구를 몇 번이나 사용했습니다. 그것은 잘못된 말입니다. 월드맨 판사도 말씀하시겠지만 재판장 또는 배심원이 유죄를 선고할 때까지는 피고인은 유죄가 아닙니다. 유죄인가 아닌가를 결정하는 것이 오늘 우리가 여기에 모여 있는 목적이 아니겠습니까? 에이브러햄 윌슨은 싱싱교도소에서 동료 죄수를 죽인 혐의로 기소되었습니다. 하지만 에이브러햄 윌슨은 돈이나 마약을 위해 살해한 것은 아닙니다. 자신의 생명을 지키기 위해서 죽인 것입니다. 냉정하게 죽였을 때와 흥분해서 죽였을 때의 차이에 대해서 지방검사가 인용한 훌륭한 예를 여러분은 기억하고 있을 것입니다. 흥분해서 죽이는 것은 사랑하는 사람을 지킬 때라든지, 혹은 자신을 지켜야 할 때입니다. 윌슨은 정당방위 차원에서 죽였습니다. 이 법정에 있는 우리도 같은 상황에 놓였다면 아마 똑같은 행동을 했을 것입니다. 디 실바 검사와 나는 한 가지 점에서 의견이 일치하고 있습니다. 모든 인간은 자신의 생명을 지킬 권리를 가지고 있다는 것입니다. 만약 에이브러햄 윌슨이 그와 같은 행동을 취하지 않았더라면 그는 이미 죽었을 것입니다."

제니퍼의 목소리에는 진실한 울림이 담겨 있었다. 자신의 신념에 대한 정열이 처음에 가졌던 불안을 씻어내고 있었다.

"여러분 한 사람 한 사람에게 다음 사항을 기억하도록 부탁드립니다. 이 주의 법률에 의하면 살인 행위가 자위를 위해서 행해진 것이 아니라는 것을 검찰 측은 합리적으로 의심의 여지없이 입증해야 한다는 점입니다. 이 재판이 끝나기 전에 우리는 여러분에게 레이몬드 소프는 나의 의뢰인의 목숨을 빼앗으려고 했기 때문에 살해되었다는 것을 나타내는 확실한 증거를 제시하겠습니다. 이것으로 끝내겠습니다."

검찰 측의 증인 신문이 시작되었다. 디 실바는 만반의 준비를 갖추고 있었다. 사망한 레이몬드 소프의 인품에 관한 증인으로서 그가 채택한 사람들 가운데는 목사와 교도소의 교도관과 동료 죄수가 포함되어 있었다. 그들은 차례로 증언대에 서서 고인의 훌륭한 인격과 얌전한 성질에 대해서 증언했다.

디 실바 검사는 한 사람의 증언이 끝날 때마다 제니퍼를 향해 "반대 신문을 하시죠." 하고 말했다. 그때마다 제니퍼는 "반대 신문은 없습니다." 라고 대답했다.

이들 증인의 주장을 뒤집으려고 해봤자 헛일이라는 것을 제니퍼는 잘 알고 있었다. 그들의 증언이 끝날 때쯤에는 레이몬드 소프가 훌륭한 사람이라는 분위기가 되어 있을 것 같았다. 로버트 디 실바에게 면밀하게 코치를 받은 교도관들은 소프는 동료를 도와주는 일에만 열의를 갖고 많은 선행을 쌓은 모범수였다고 증언했다. 레이몬드 소프가 은행 강도와 강간죄로 복역하고 있는 사실은 완벽했던 그의 인격의 조그마한 결점에 지나지 않았다.

그렇지 않아도 부실한 제니퍼의 변론에 커다란 타격을 준 것은 레이몬드 소프의 체격에 관한 묘사였다. 그는 호리호리한 몸으로 키는 5피트 9인치밖에 안 되었다. 로버트 디 실바는 그 점에 대해서 장황하게 설명하고 배심원의 뇌리에 그것을 주입시켰다. 에이브러햄 윌슨이 어떻게 조그만 사나이에게 덤벼들어 운동장의 콘크리트 벽에 그의 머리를 들이박아 즉사시켰는지를 그는 영화의 한 장면처럼 묘사했다.

디 실바가 설명하고 있는 동안 배심원들의 눈은 주위를 압도하듯이 변호인석에 앉아 있는 피고인의 거대한 모습에 못 박혀 있었다.

실바 검사는 계속해서 말했다.

"우리가 도저히 이해할 수 없는 점은 무엇이 에이브러햄 윌슨으로 하여금 아무 짓도 하지 않은, 무방비하고 왜소한 체격의 사나이에게 덤벼들게 했는가 하는 것으로써……."

그 순간 제니퍼의 가슴은 두근거리기 시작했다. 디 실바의 입에서 나온 이 한 마디가 그녀가 필요로 하는 기회를 주고 있었다.

"……피고인이 사납게 공격한 이유는 우리가 끝까지 모르고 지나갈지도 모릅니다. 그러나 여러분, 우리는 단 한 가지만은 알고 있습니다. 그것은 소프가 에이브러햄 윌슨에게 있어서 위협이었기 때문은 아니었다는 것입니다. 과연 정당방위였을까요?"

디 실바는 월드맨 판사 쪽을 보았다.

"재판장님, 피고인에게 일어서도록 해주시겠습니까?"

월드맨 판사는 제니퍼를 보았다.

"피고인의 변호인은 이의가 있습니까?"

제니퍼는 실바 검사가 무엇을 하려고 하는지 짐작은 갔지만, 반대를 하면 점점 더 불리해질 뿐이라고 판단했다.

"없습니다."

월드맨 판사가 말했다.

"피고인은 일어서 주십시오."

에이브러햄 윌슨은 반항적인 얼굴로 한동안 움직이지 않았다. 그러다가 6피트 4인치의 거구는 천천히 일어났다.

디 실바가 말했다.

"여기에 있는 법정 서기 가린 씨는 신장이 5피트 9인치로 레이몬드 소프와 완전히 같은 키입니다. 가린 씨, 저곳으로 가서 피고인과 나란히 서주시지 않겠습니까?"

법정 서기는 에이브러햄 윌슨 쪽으로 걸어가서 그의 옆에 섰다. 두 사람의 대조는 우스꽝스러울 정도였다. 제니퍼는 또다시 한방 맞았다는 것을 알았지만 어떻게 해볼 도리가 없었다. 시각에 의한 인상은 절대로 지울 수가 없으므로…… 지방검사는 한동안 두 사람을 바라보고 나서 배심원을 향해 거의 속삭이는 듯한 목소리로 말했다.

"정당방위라니요!"

재판의 진행은 제니퍼가 꾼 가장 무시무시한 악몽보다도 더 나빴다. 배심원들이 유죄 평결을 내리고 빨리 재판을 끝내고 싶어 한다는 것을 그녀는 알고 있었다.

켄 베일리는 방청인 속에 끼어 있었다. 휴식 시간에 제니퍼는 그와 잠시 얘기를 나눌 기회가 있었다.

"쉬운 재판이 아니군요. 의뢰인이 저렇게 킹콩처럼 큰 것도 곤란하군. 그를 한 번 보기만 해도 누구나 겁을 집어먹으니까."

켄은 동정적으로 말했다.

"그에게 책임이 있는 것은 아니라고요."

"하여간 사람들 앞에 내놓을 인간이 못돼요. 우리의 존경해마지 않는 실바 검사와는 잘 되어갑니까?"

제니퍼는 쓴웃음을 지었다.

"디 실바 씨로부터 오늘 아침 메모가 왔어요. 나를 법조계에서 완전히 내쫓아버릴 생각이라나요?"

검찰 측의 증인 신문이 일단락되어 디 실바의 신문이 끝나자, 제니퍼는 일어나서 말했다.

"나는 하워드 패터슨을 증언대에 부르고 싶습니다."

싱싱교도소의 소장 보좌관은 마지못한 듯이 일어나서 관장의 시선을 받으며 증언대로 나갔다. 로버트 디 실바는 선서하는 패터슨을 뚫어져라 지켜보았다. 그는 분주하게 두뇌를 회전시켜 모든 가능성을 계산했다.

그는 이미 재판에 이겼다고 믿고 있었다. 승리의 연설까지 준비가 되어 있었다. 제니퍼는 증인에게 신문을 하기 시작했다.

"패터슨 씨, 배심원 여러분에게 당신의 경력을 말해주십시오."

디 실바 지방검사가 일어섰다.

"시간 절약을 위해 검찰 측은 증인의 경력을 일일이 말하는 것을 필요로 하지 않습니다. 그리고 패터슨 씨가 싱싱교도소의 소장 보좌관이라는 것을 인정합니다."

"감사합니다."

제니퍼는 말했다.

"배심원 여러분에게 미리 알려드려야 하리라고 생각합니다만 패터슨 씨에게 오늘 이곳에 와 달라고 하기 위해서 소환장이 필요했습니다. 그는 검찰 측 증인으로 출석하고 있는 것입니다."

제니퍼는 패터슨 쪽을 보았다.

"내가 자발적으로 출정해서 내 의뢰인을 위해 증언해달라고 부탁했을 때 당신은 그것을 거절했습니다. 그것은 사실이죠?"

"네."

"당신에게 출정을 부탁하기 위해서 왜 소환장이 필요했는지 그것을 배심원에게 설명해주지 않겠습니까?"

"네. 나는 지금까지 줄곧 에이브러햄 윌슨 같은 인간들을 다루어 왔습니다. 그들은 태어나면서부터 말썽꾸러기들입니다."

로버트 디 실바는 히죽이 웃으면서 배심원들의 얼굴을 바라보며 의자 위에서 몸을 앞으로 내밀고 있었다. 그는 검사보에게 속삭였다.

"저 여자는 자기 손으로 자기 목을 조르고 있군."

제니퍼는 말했다.

"패터슨 씨, 에이브러햄 윌슨은 말썽꾸러기이기 때문에 재판을 받고 있는 것은 아닙니다. 이 재판에는 그의 생명이 걸려 있습니다. 당신은 동

포인 한 사람의 인간이 부당하게도 죽음에 해당하는 죄를 범했다고 고발당하고 있는 상황에서 도와주고 싶다고 생각하지는 않습니까?"

"생각합니다. 그 고발이 부당하다면요."

부당하다는 말에 힘을 주었기 때문에 배심원들의 얼굴에 역시! 하는 표정이 떠올랐다.

"이 사건 이전에도 교도소 내에서 살인 사건이 있었나요?"

"이 사건 이전에도 교도소 안에서 살인이 있었던 것은, 흉포한 사나이들을 인공적인 환경에 함께 가둬두면 커다란 적대 감정을 일으키게 마련입니다. 그래서……."

"패터슨 씨, 네, 아니오로 대답해주십시오."

"네."

"당신이 경험한 그러한 살인들에는 갖가지 동기가 있었겠지요?"

"글쎄요, 그렇다고 생각합니다. 때로는……."

"네, 아니오로 대답해주십시오."

"네."

"교도소 내의 그러한 살인 가운데서 정당방위가 동기였던 경우가 있었습니까?"

"때로는……."

그는 제니퍼의 표정을 보았다.

"네."

"그렇다면 당신의 풍부한 경험에서 보아 에이브러햄 윌슨이 레이몬드 소프를 죽인 것은 사실은 자신의 생명을 지키기 위해서였을 수도 있지 않습니까?"

"내 생각으로는……."

"있을 수 있느냐 없느냐를 물었습니다. 그렇습니까, 그렇지 않습니까."

"그런 일은 대단히 드문 일입니다."

패터슨은 고집스럽게 말했다.

제니퍼는 월드맨 판사 쪽을 돌아보았다.

"재판장님, 증인에게 질문에 답변하도록 명해주시지 않겠습니까?"

월드맨 판사는 패터슨을 내려다보았다.

"증인은 질문에 답변하시오."

"그렇습니다."

그러나 그의 태도는 뚜렷이 '아니오'라고 말하고 있는 것처럼 배심원들의 마음에 새겨졌다.

제니퍼는 말했다.

"소환장에 의해서 증인에게 증거품을 갖고 오게 했는데 재판장의 허가가 있으면 제출하려고 생각합니다."

디 실바 검사가 일어섰다.

"어떤 물건입니까?"

"우리의 정당방위 주장을 뒷받침해주는 증거물입니다."

"재판장님, 이의 있습니다."

"무엇에 대한 이의입니까? 아직 보지도 않았으면서……."

제니퍼가 말했다.

"증거물을 볼 때까지 재판 진행을 보류합니다. 한 인간의 생명이 걸려 있습니다. 피고인은 생각할 수 있는 모든 고려를 받을 권리가 있습니다."

월드맨 판사가 말했습니다.

"감사합니다, 재판장님."

제니퍼는 하워드 패터슨을 향해 물었다.

"그것을 가져왔습니까?"

그는 입을 굳게 다문 채 고개를 끄덕였다.

"네, 하지만 이런 일을 하는 것은 내 본의는 아닙니다."

"패터슨 씨, 그것은 지금까지의 당신의 태도가 분명히 말해주고 있습니다. 그것을 제출해주십시오."

하워드 패터슨은 방청석을 둘러보고는 교도관 제복을 입고 앉아 있는 사람에게 신호를 했다. 교도관은 일어서서 뚜껑을 닫은 나무상자를 들고 앞으로 나왔다.

제니퍼가 그것을 받아들었다.

"변호인 측은 이것을 증거물로 제출하겠습니다."

"그게 무엇입니까?"

디 실바가 강한 어조로 물었다.

"'보물상자'라고 불리는 것입니다."

방청석서 킬킬거리는 소리가 났다. 월드맨 판사는 제니퍼를 내려다보면서 천천히 말했다.

"'보물상자'라고 말했는데 그 상자 속에 무엇이 들어 있습니까, 미스 파커?"

"무기입니다. 싱싱교도소 안에서 죄수들이 만든 무기입니다. 그 무기를 만든 목적은······."

"이의 있습니다!"

디 실바가 큰 소리로 외치면서 일어나 서둘러 재판장석으로 다가갔다.

"나는 변호인의 미숙한 점은 관대하게 보아 넘길 생각입니다. 그러나 그녀가 형사 사건의 변호를 할 생각이라면 증거에 관한 기본적인 규칙쯤은 공부를 해야 한다고 생각합니다. 그 이른바 '보물상자' 속에 들어 있는 물건과 현재 심리중인 사건과 관련지을 수 있는 증거는 아무것도 없습니다."

"이 상자로 입증······."

"그 상자는 아무것도 증명하고 있지 않습니다."

실바 검사의 목소리는 조금 위축되어 있었다. 그는 월드맨 판사 쪽을 보았다.

"검찰 측은 그 증거물은 중요하지 않으며 또한 관계가 없는 것으로 제출에 반대합니다."

"이의를 인정합니다."

제니퍼는 우뚝 멈춰선 채 그녀의 사건이 무너져 내리는 것을 응시하고 있었다. 모든 것이 그녀에게 불리했다. 판사도, 배심원도, 디 실바도 증거품도…… 그녀의 의뢰인은 전기의자로 보내지려 하고 있었다. 이대로 있다가는…… 제니퍼는 심호흡을 한 번 했다.

"재판장님, 이 증거물은 우리 변호인 측에 있어서는 절대 불가결한 것입니다. 제 생각으로는……"

월드맨 판사가 그것을 가로막았다.

"미스 파커, 본 법정은 당신에게 법률에 대해 강의할 시간도 없고, 그럴 생각도 없습니다. 모든 것이 실바 검사가 말한 대로입니다. 당신은 이 법정에 나오기 전에 증거에 관한 기본적인 규칙을 더 공부해야만 했습니다. 첫 번째 규칙은 요건이 충분히 갖춰져 있지 않은 증거는 제출할 수 없다는 것입니다. 고인이 무기를 휴대하고 있었는지 아닌지에 대해서는 기록에는 아무것도 실려 있지 않습니다. 따라서 무기 문제는 이 재판과는 직접 관계가 없는 것입니다. 신청을 기각합니다."

제니퍼의 얼굴이 새빨개졌다.

"실례지만, 이것은 결코 관계가 없지 않습니다."

제니퍼는 물고 늘어졌다.

"이제 그만하시오! 이의신청서를 제출하시오."

"재판장님, 저는 이익신청서를 제출하고 싶지 않습니다. 재판장님은 저의 의뢰인의 권리를 부정하시는군요."

"미스 파커, 계속해서 그러면 법정 모독죄로 기소하겠습니다."

"나에 관해서라면 마음대로 하셔도 상관없습니다. 이 증거물을 제출하는 데 필요한 사유는 이미 갖춰져 있습니다. 실바 검사가 갖춰 주셨습니다."

디 실바가 말했다.

"뭐라고? 그런…….."

제니퍼는 법정의 속기사를 돌아다보았다.

"디 실바 검사님의 진술에서 '우리가 도저히 이해할 수 없는 점은 무엇이 에이브러햄 윌슨으로 하여금……' 이라는 문구로 시작되는 대목을 읽어주시겠습니까?"

실바 검사는 월드맨 판사를 올려다보았다.

"재판장님, 그런 것을 허용하실……?"

월드맨 판사는 한 손을 쳐들었다. 그리고 제니퍼에게 말했다.

"미스 파커, 본 법정은 당신에게서 법률에 관한 설명을 들을 필요는 없습니다. 이 재판이 끝나면 당신을 법정 모독죄로 기소하겠습니다. 그렇긴 하지만 본건은 피고인의 생명에 관계되는 사건이니 변호인의 주장을 들어보기로 하겠습니다."

그는 속기사에게 말했다.

"읽어도 좋아요."

속기사는 페이지를 들춰 읽기 시작했다.

"우리가 도저히 이해할 수 없는 점은 무엇이 에이브러햄 윌슨으로 하여금 아무 짓도 하지 않은, 무방비한 왜소한 체격의 사나이에게 덤벼들게 했는가 하는 것으로써……."

"거기까지면 됐습니다. 고맙습니다."

제니퍼가 말했다. 그리고 그녀는 디 실바를 바라보며 천천히 말했다.

"검사님, 이것이 당신이 한 말입니다. '우리가 도저히 이해할 수 없는 점은 무엇이 에이브러햄 윌슨으로 하여금 아무 짓도 하지 않은, 무방비한 왜소한 체격의 사나이에게 덤벼들게 했는가 하는 것으로써…….' "

그녀는 월드맨 판사 쪽으로 돌아섰다.

"재판장님, 문제는 무방비하다는 말입니다. 검사 자신이 배심원에게 희생자가 무방비했다고 말함으로써 희생자가 무방비가 아니었을지도 모른다, 아니 오히려 무기를 가지고 있었을지도 모른다는 사실을 추궁할 길을 우리에게 열어주었습니다. 직접 신문에서 제기된 문제는 모두 반대 입증에서도 허용되어져야 합니다."

오랜 침묵이 계속되었다.

월드맨 판사가 로버트 디 실바에게 말했다.

"미스 파커의 주장은 정당합니다. 분명히 당신이 길을 열어주었습니다."

디 실바는 믿을 수 없다는 표정으로 그를 올려다보았다.

"하지만 나는 다만……"

"그 증거품을 증거물 A로써 제출할 것을 허용합니다."

제니퍼는 깊이 숨을 들이쉬고 감사의 마음을 담아 말했다.

"감사합니다, 재판장님."

그녀는 뚜껑을 덮은 상자를 집어서 양손으로 끌어안고 배심원 쪽으로 돌아섰다.

"여러분, 지방검사는 최종 변론에서 이 상자에 들어 있는 물건은 직접 증거가 아니라고 말할 것입니다. 그것은 사실이라고 생각합니다. 그는 이들 무기 가운데는 고인과 연관이 있는 것은 하나도 없다고 말할 것입니다. 그대로라고 생각합니다. 내가 이 증거물을 제출하는 것은 다른 이유에서입니다. 6피트 4인치나 되는 냉혹하고 말썽꾸러기인 피고인이 5피트 9인치밖에 안 되는 레이몬드 소프를 어떻게 이유도 없이 죽였는가에 대해서 여러분은 며칠 동안이나 얘기를 들어왔습니다. 검찰 측이 여러분에게 용의주도하게, 더군다나 사실을 왜곡해서 그려보인 피고인의 이미지는 아무런 이유도 없이 동료 죄수를 죽인 새디스틱한 무서운 난폭자입니다. 그러나 스스로에게 물어봐 주십시오. 살인에는 항상 어떤 이유가 있는 것이 아닐까요? 물욕이라든가, 증오라든가, 색욕이라든가, 뭔가 있

123

지 않겠습니까? 나는 이번 살인에는 어떤 동기가 있었다고 믿고…… 그 점에 나의 의뢰인의 목숨을 걸고 있습니다. 그 동기란 검사가 여러분에게 말씀드린 것처럼 인간을 죽이는 것이 정당화되는 유일한 동기인 정당방위입니다. 자신의 생명을 지키기 위한 싸움입니다. 여러분은 이전에도 교도소 안에서 살인이 일어났다거나 죄수들이 흉기를 만들고 있다고 하는 하워드 패터슨의 경험에 의거한 증언을 들으셨습니다. 그것은 그러니까, 레이몬드 소프가 그와 같은 무기를 가지고 있었을 가능성이 있다는 얘기입니다. 실제로 그는 피고인을 습격하고, 피고인은 자신을 지키기 위해…… 정당방위로 그를 죽이지 않을 수 없는 상황에 빠졌을 가능성이 있다는 것입니다. 만일 여러분이 에이브러햄 윌슨이 냉혹하고 무참하게, 더구나 아무런 동기도 없이 레이몬드 소프를 죽였다고 단정한다면 그 경우는 여러분은 기소된 대로 유죄의 평결을 내리지 않으면 안 됩니다. 그러나 이 증거물을 본 다음에 합리적인 의심을 갖게 된다면 그 경우에는 무죄의 평결을 내리는 것이 여러분의 의무입니다."

그녀가 끌어안고 있는 나무상자는 점점 무겁게 느껴져 왔다.

"이 상자 속의 알맹이를 처음으로 봤을 때 나는 내 눈을 믿을 수가 없었습니다. 여러분도 믿지 못할지도 모릅니다. 이 상자는 싱싱교도소의 소장 보좌관이 망설이다 마지못해 여기까지 운반해온 증거물이라는 것을 잊지 말아 주십시오. 여러분, 이것이 싱싱교도소의 죄수들의 손에 의해서 은밀하게 만들어지고, 당국에 의해서 몰수된 무기를 모은 것입니다."

제니퍼는 배심원석으로 다가가려고 하다가 무엇에 걸려서 균형을 잃은 것처럼 보였다. 그때 상자가 그녀의 손에서 떨어지고 뚜껑이 벗겨지면서 알맹이가 법정 바닥에 흐트러졌다. 일동은 호흡을 멈췄고, 배심원들은 바닥에 떨어진 것을 잘 보려고 몸을 일으켰다.

그들의 눈에 비친 것은 상자에서 굴러 나온 갖가지의 끔찍스러운 무기였다. 그곳에는 온갖 크기와 모양과 종류가 다른 무기가 100여 개나 있었다. 손으로 만든 도끼, 고기를 써는 부엌칼, 뾰족한 송곳, 예리한 날을 가진 가위, 공기총, 보기에도 끔찍한 주방용 회칼 등이 있었고, 목을 조이는 데 쓰는 나무자루가 달린 가느다란 철사줄, 가죽으로 만든 몽둥이, 끝이 뾰족한 얼음집게, 낫 등이었다.

이제는 방청인이고 기자고 할 것 없이 모두가 일어서서 바닥에 어지럽게 흩어져 있는 무기를 서로 잘 보려고 목을 길게 뽑고 있었다.

월드맨 판사가 정숙을 요구하며 짜증스러운 듯이 망치를 두드렸다. 그는 제니퍼에게 탐색하는 듯한 표정을 보냈다. 한 사람의 정리가 흩어져 있는 상자의 알맹이를 주우려고 서둘러 다가왔다. 제니퍼는 손을 들어 사양했다.

"고마워요. 내가 하겠어요."

그녀는 말했다.

배심원과 방청인이 지켜보는 가운데 제니퍼는 허리를 굽히고 무기들을 주워 상자 안에 담았다. 그녀는 느릿느릿 신중하게 무기를 주워 올리고 상자에 넣기 전에 그 하나하나를 무표정하게 바라보았다.

배심원들은 다시 착석해 있었지만 그녀의 움직임을 주의 깊게 지켜보았다. 제니퍼가 무기를 상자에 모두 주워 담을 때까지 5분은 족히 걸렸고 그동안 디 실바는 발을 동동 구르고 싶은 심정으로 앉아 있었다.

제니퍼는 마지막 무기를 상자에 담고 나서 몸을 일으켜 패터슨을 보았다. 그리고 디 실바 검사를 향해 말했다.

"반대 신문을 하시지요."

힌번 입은 티꼍은 이미 돌이킬 수가 없었다.

"반대 신문은 없습니다. 에이브러햄 윌슨을 증언대에 부르고 싶습니다."

실바 검사는 말했다.

무죄

"당신의 이름은?"

"에이브러햄 윌슨."

"좀 더 큰소리로 말하시오."

"에이브러햄 윌슨입니다."

"윌슨 씨, 당신은 레이몬드 소프 씨를 죽였습니까?"

"네."

"죽인 이유를 재판장에게 말해주시오."

"그가 나를 죽이려고 했기 때문입니다."

"레이몬드 소프는 당신보다 훨씬 몸집이 작았어요. 그가 당신을 죽일 수 있다고 정말 그렇게 생각했나요?"

"그가 식칼을 들고 덤벼들었기 때문에 위험하다고 생각했습니다."

제니퍼는 '보물상자' 속에서 2개를 꺼내 손 언저리에 놓아두었다. 하나는 잘 갈아놓은 고기를 써는 식칼이었고, 또 하나는 커다란 금속의 불집게였다. 그녀는 식칼을 들어올렸다.

126

"레이몬드 소프가 당신을 위협한 것이 이 식칼이었습니까?"

"이의 있습니다! 피고인이 그런 것을 알 수 있을 리가……."

"질문의 방법을 바꾸겠습니다. 이 식칼은 레이몬드가 당신을 위협한 것과 비슷합니까?"

"네."

"이 불집게도?"

"네."

"전에 소프와 싸움을 한 적이 있었나요?"

"네."

"그런데 그가 이 두 개의 무기를 가지고 당신에게 덤벼들었을 때 자기 목숨을 지키기 위해 그를 죽이지 않으면 안 되었던 것인가요?"

"네."

"고맙습니다."

제니퍼는 디 실바 쪽을 향했다.

"그럼 반대 신문을 하시죠."

로버트 디 실바는 일어나서 증언대로 천천히 다가갔다.

"윌슨 씨, 당신은 전에도 사람을 죽인 적이 있죠? 즉 이것은 당신의 첫 번째 살인은 아니죠?"

"저는 나쁜 일을 해서 그 속죄를 하고 있습니다. 저는……."

"긴 말은 필요 없습니다. 네, 아니오로 대답하시오."

"네."

"그럼 당신에게 있어서 인간의 생명은 그렇게 귀중한 것은 아니군요."

"아닙니다. 저는……."

"두 사람씩이나 죽여 놓고 인명을 존중한다고 하는 겁니까? 그렇다면 만약 당신이 인명을 존중하지 않았다면 몇 사람을 죽였을까요. 5명인가요, 10명인가요, 20명인가요."

그는 에이브러햄 윌슨을 유인하여 함정에 빠뜨리고 있었다. 윌슨은 이를 악물었고 얼굴에는 노여움으로 불타고 있었다.

'참는 거야!'

"내가 죽인 것은 2명뿐입니다."

"뿐? 당신이 죽인 것은 2명뿐!"

실바 검사는 자못 놀랍다는 듯이 고개를 저었다. 그리고 증언대로 다가가 피고인을 올려다보았다.

"그렇게 몸집이 크다 보면 힘이란 것도 느끼게 되겠군요. 약간 신이라도 된 것 같은 기분이 들겠어요. 그렇게 되면 한 사람씩 목숨을 빼앗는 것은……."

윌슨은 벌떡 일어섰다.

"이 돼먹지 못한 놈!"

'안 돼! 그러지 말아요!'

제니퍼는 빌었다.

"앉아요! 레이몬드 소프를 죽였을 때도 지금처럼 불끈 화를 냈나요?"

디 실바가 호통을 쳤다.

"소프가 날 죽이려고 했소."

"이것으로?"

디 실바는 고기를 써는 식칼과 불집게를 들어올렸다.

"당신이라면 이 식칼을 잡아 비틀어 그에게서 빼앗을 수 있었을 거요."

그는 불집게를 휘둘렀다.

"그래, 당신은 이것이 두려웠단 말입니까?"

그는 배심원을 향해 이런 것이란 듯이 불집게를 그들에게 보여주었다.

"이것은 그리 위험한 것으로는 보이지 않습니다. 비록 레이몬드 소프가 이것으로 당신의 머리를 때릴 수 있었다 해도 작은 혹 정도가 생길 뿐이겠죠. 윌슨 씨, 이 불집게는 무엇에 사용되는 것이죠?"

윌슨은 조용히 말했다.

"불알을 비틀어버리는 것이오."

배심원이 법정을 나간 지 8시간이 지났다.

로버트 디 실바와 검사보들은 휴식을 취하기 위해 밖으로 나갔지만 제니퍼는 자리를 뜨는 것이 두려워서 법정에 남아 있었다.

배심원이 법정을 나갔을 때 케네스 베일리가 제니퍼에게 나가왔다.

"커피라도 마시러 가지 않겠어요?"

"아무것도 넘어갈 것 같지 않아요."

그녀는 주위의 사람들을 은근히 의식하면서 움직이는 것이 두려워 법정 안에 앉아 있었다. 모든 것이 끝났다. 제니퍼는 최선을 다했다. 그녀는 눈을 감고 기도를 드리려고 했지만 마음속의 공포가 너무도 강하게 밀려왔다. 마치 에이브러햄 윌슨과 함께 자신까지 사형선고를 받기라도 할 것 같았다.

배심원들이 법정으로 돌아왔다. 그들의 얼굴은 엄숙하고 불길했다. 제니퍼의 가슴은 빠르게 고동치기 시작했다. 그녀는 그들의 표정에서 유죄 판결을 내렸다는 것을 읽을 수 있었다. 그녀는 실신을 할 것만 같았다. 한 남자가 그녀 때문에 처형되려 하고 있다. 제니퍼는 애당초 이 사건을 담당하지 말았어야 했다. 한 인간의 생명을 장악할 권리가 어떻게 그녀 자신에게 있단 말인가. 로버트 디 실바 같은 베테랑에 대항하여 이길 것이라고 생각한 것은 온전한 정신의 소유자로서는 생각힐 수 없는 일이었다. 그녀는 배심원이 아직 평결을 내리지 않은 동안에 그들에게 달려가 말하고 싶었다.

'기다려 주세요! 에이브러햄 윌슨은 공정한 재판을 받지 못했습니다. 저보다 우수한 다른 누군가가 그를 변호할 기회를 주세요!'

그러나 이미 때는 늦었다. 제니퍼는 에이브러햄 윌슨의 얼굴을 훔쳐보았다. 윌슨은 동상처럼 꼼짝달싹하지 않고 앉아 있었다. 앞서 발산하고 있던 증오는 이젠 이미 느낄 수 없었고, 깊은 절망감만이 그를 감싸고 있었다. 그녀는 무언가를 말해서 그를 위로하고 싶었지만 적당한 말을 찾을 수가 없었다.

월드맨 판사가 입을 열었다.

"배심은 결론에 도달했습니까?"

"결정되었습니다, 재판장님."

판사가 신호를 하자 서기가 배심원 곁으로 걸어가 한 장의 종이를 받아들고 그것을 판사에게 건네주었다. 제니퍼의 심장은 당장이라도 터져버릴 것 같았고, 숨쉬기도 힘들 지경이었다. 평결이 아직 밝혀지지 않고 있는 이 시점에서 시간이 영원히 얼어붙어버렸으면 좋겠다고 생각했다.

월드맨 판사는 손에 든 종이를 가만히 응시했다. 그런 다음 법정 안을 천천히 둘러보았다. 그의 시선은 각 배심원, 로버트 디 실바, 제니퍼에게로 옮겨졌고 최후에 에이브러햄 윌슨에게 멈춰졌다.

"피고인은 일어서 주십시오."

윌슨은 일어섰지만 온 몸의 에너지를 모두 소모한 듯 축 늘어져 천천히 일어섰다.

월드맨 판사는 쪽지를 읽었다.

"본 배심은 피고인 에이브러햄 윌슨을 무죄로 인정한다."

순간, 법정은 조용해졌고 그 뒤의 판사의 말은 방청석으로부터의 커다란 술렁임에 의해서 지워지고 말았다. 제니퍼는 귀에 들린 말을 믿을 수가 없어서 멍하니 서 있었다. 그녀는 말없이 에이브러햄 윌슨 쪽을 향했다. 그는 잠시 예의 작고 가느다란 눈으로 그녀를 응시했다. 그리고 나서 그 추한 얼굴은 제니퍼가 이제까지 본 적이 없는, 환한 웃음을 띠는 모습으로 바뀌었다. 그는 손을 내밀어 제니퍼를 껴안았고, 그녀는 솟구치는 눈물을 애써 억눌렀다.

제니퍼의 주위에 기자들이 몰려들어 연달아 질문을 퍼부었다.

"실바 검사를 패배시킨 심정은 어떻습니까?"

"당신이 이 사건을 이길 거라고 예상했습니까?"

"만약 윌슨이 전기의자로 보내졌다면 어떻게 하려고 했습니까?"

제니퍼는 어느 질문에도 고개를 옆으로 저을 뿐이었다. 그들과 얘기할 기분이 나지 않았다. 그들은 한 사나이가 죽음에 내몰리는 쇼를 구경하러 와 있었던 것이다. 만약 평결이 반대였다면…… 그녀는 그것을 생각할 용기가 없었다. 제니퍼는 서류를 챙겨 가방에 집어넣었다.

법정의 관리가 그녀에게 다가왔다.

"미스 파커, 월드맨 판사가 판사실에서 당신에게 할 말이 있는 모양입니다."

그녀는 법정 모독죄의 출두 명령이 기다리고 있는 것을 잊고 있었지만 그것은 이미 대단한 일이 아닌 것처럼 생각되었다. 중요한 것은 그녀가 에이브러햄 윌슨의 목숨을 구해주었다는 것이었다.

제니퍼는 검사석으로 힐끗 눈길을 보냈다. 디 실바 검사는 검사보 한 사람을 꾸짖어대면서 서류를 거칠게 가방에 쑤셔 넣었다. 그는 제니퍼의 시선을 알아차렸고 두 사람의 눈이 마주쳤다. 그의 표정은 어떤 말보다도 강하게 그의 의사를 대신해주었다.

제니퍼가 판사의 방에 들어갔을 때, 로렌스 월드맨 판사는 책상 앞에 앉아 있었다. 그는 차갑게 말했다.

"앉으시오, 미스 파커."

제니퍼는 의자에 앉았다.

"나는 당신뿐만 아니라 그 누구도 내 법정을 구경거리로 만드는 것을 용서치 않소."

제니퍼의 얼굴이 붉어졌다.

"실수였습니다. 고의는 아니었습니다."

월드맨 판사는 손을 들었다.

"이젠 괜찮소."

제니퍼는 입을 굳게 다물었다.

월드맨 판사는 몸을 내밀었다.

"내가 법정에서 또 하나 용서할 수 없었던 것은 무례한 태도요."

제니퍼는 아무 말도 하지 않고 조심스럽게 그를 응시했다.

"오늘 당신은 너무 지나쳤소. 그러나 당신의 과도한 열성이 사람의 생명을 구하기 위해서였다는 것을 알고 있소. 그래서 당신을 모독죄로 소환하지 않기로 했소."

판사는 아무런 표정 없이 말을 계속했다.

"하나의 재판이 끝나면 나는 대개의 경우 정의에 합당한 것인지 어떤지 알 수 있소. 하지만 이번의 경우는 솔직히 말해서 잘 모르겠소."

제니퍼는 그의 다음 말을 기다렸다.

"이젠 그만 가 봐도 좋아요, 미스 파커."

그날 밤 석간과 텔레비전 뉴스에 제니퍼 파커가 온통 화제였다. 그녀는 이번만큼은 주인공이었고, 거인 골리앗을 쓰러뜨린 법조계의 다윗이었다. 제니퍼와 윌슨과 디 실바 검사의 사진이 신문의 1면을 가득 채웠다. 제니퍼는 기사의 한 줄 한 줄을 탐독했고, 그것을 즐겼다. 그것은 그녀가 일찍이 겪었던 모든 불명에 뒤에 찾아온 황홀한 승리였다.

케네스 베일리가 축하해주기 위해서 그녀를 루조우즈로 초대했다. 급사장과 몇 명의 손님이 그녀를 알아보았다. 알지도 못하는 사람들이 그녀의 이름을 불렀고 축하의 말을 했다. 마치 꿈과 같은 체험이었다.

"명사가 된 심정은?"

케네스가 씽긋 웃으면서 물었다.

"머리가 멍해요."

누군가가 테이블에 와인을 가져다주었다.

"술은 아무것도 필요 없어요. 이미 취해 있는 것 같아요."

제니퍼가 말했다.

그러나 제니퍼는 몹시 목이 말랐다. 그녀는 케네스와 재판에 대한 얘기를 하면서 와인을 석 잔이나 마셨다.

"난 너무 두려웠어요. 사람의 운명을 손에 쥐고 있다는 것이 어떤 기분인지 아세요? 하느님을 대신하고 있는 거예요. 그 이상 두려운 일이 어디 있겠어요. 난…… 켄, 와인을 한 병 더 주문해도 되겠어요?"

"좋아요. 무엇이든 마음대로 시켜요."

케네스는 요리를 2인 분 주문했지만 제니퍼는 흥분한 상태여서 먹을 수가 없었다.

"윌슨과 처음 만났을 때 그가 내게 뭐라고 했는지 알아요? 그는 이렇게 말했어요. '당신이 내 몸이 되고 내가 당신의 몸이 되기만 하면 증오란 것을 알 수 있다' 케네스, 오늘 나는 그의 몸이 되었던 거예요. 그랬더니 배심원이 나한테 유죄 선고를 내릴 것만 같은 기분이 들었어요. 마치 내가 처형되는 것 같았어요. 나는 에이브러햄 윌슨이 좋아졌어요. 와인을 한 병 더 주문해도 되겠어요."

"당신은 음식을 전혀 들지 않는군요."

"목이 말라요."

케네스는 제니퍼가 몇 번씩이나 술잔에 와인을 따라 마셔버리는 것을 걱정스럽게 지켜보았다.

"적당히 마셔요."

그녀는 괜찮다는 듯이 가볍게 손을 흔들었다.

"캘리포니아 와인이에요. 음료수나 마찬가지라고요."

그녀는 다시 한 모금 마셨다.

"당신은 나의 가장 좋은 친구예요. 누가 내 좋은 친구가 아닌지 알고 있어요? 저 위대한 로버트 디 실바, 디 실바예요."

"디 실바?"

"그도 나를 그렇게 생각해요. 나를 죽도록 미워하고 있어요. 오늘 그의 얼굴을 봤어요? 그가 화를 내는 모습을! 그는 나를 법정에서 내쫓아버리겠다고 생각했어요. 하지만 내쫓을 수 없었어요. 안 그래요?"

"그래요. 그는……."

"내가 무슨 생각을 하고 있는지 알겠어요? 진짜 뭘 생각하고 있는지?"

"나는……."

"그는 내가 에이하브 선장이고 자기는 흰 고래라고 생각하고 있는 거예요."

"그건 반대일 것 같은데요?"

"고마워요, 케네스. 당신은 항상 의지가 되는군요. 와인을 한 병 더 주문할까요?"

"너무 많이 마신 것 같은데."

"고래는 목이 마른 법이에요."

제니퍼는 소리를 죽여 웃으며 말했다.

"늙은 흰 고래… 백경, 그게 나예요. 에이브러햄 윌슨을 좋아한다고 내가 말했던가요? 그는 지금까지 내가 만난 남자 중에서 제일 멋져요. 난 그의 눈 속을 들여다보았어요. 아름다운 눈이에요! 실바의 눈 속을 들여다본 적 있어요? 정말 차가운 눈이에요! 빙산 같아요. 하지만 나쁜 사람은 아니에요. 내가 에이하브와 커다란 백경 얘기를 했던가요?"

"했어요."

"나 에이하브가 좋아요. 케네스, 왠지 알아요? 윌슨이 오늘밤 살아났기 때문이에요. 그는 살아 있어요! 축하주로 또 한 병 주문해요……."

케네스 베일리가 제니퍼를 데리고 돌아온 것은 새벽 2시였다. 그는 4층까지 그녀를 끌고 올라가 그녀의 방에 눕혔다. 그는 숨이 찼다.

"손들었어요. 그렇게 마셔댔으니 취하지 않겠어요?"

케네스는 말했다.

제니퍼는 안타깝다는 듯이 그를 쳐다보았다.

"칠칠치 못한 사람은 마시지 말아야 하는 건데."

그렇게 말한 순간, 그녀는 정신을 잃고 말았다.

제니퍼는 요란스러운 전화벨 소리에 눈을 떴다. 그녀는 수화기 쪽으로 살며시 손을 내밀었지만 몸을 조금 움직이는 것만으로도 전신이 아파왔다.

"제니퍼? 나 케네스요."

"안녕하세요 케네스"

"지독한 목소리군. 괜찮아요?"

그녀는 생각했다.

"괜찮아요. 지금 몇 시죠?"

"해가 중천에 떴어요. 빨리 나와요. 사무실에 대단한 소동이 벌어졌다고요."

"케네스! 나 지금 죽을 것만 같아요."

"잘 들어요. 침대에서 나와요. 천천히 말이에요. 그리고 아스피린을 두 알 먹고 찬물로 샤워를 하고 그런 다음 뜨거운 블랙커피를 마셔요. 그렇게 하면 죽지 않을 테니까"

1시간 후, 제니퍼가 사무실에 다다랐을 때는 조금 기분이 나아지고 있었다. 그녀가 사무실 문을 열고 들어가니 2개의 전화가 양쪽에서 모두 울리고 있었다.

"당신에게 온 전화예요. 계속 울려대고 있어요. 전화 전담원이라도 한 사람 있어야겠어요."

케네스는 싱글거리며 말했다.

계속해서 신문과 잡지, 텔레비전, 라디오 방송국으로부터 제니퍼에 관해 자세한 취재를 하고 싶다는 전화가 걸려왔다. 하룻밤 사이에 그녀는 유명인사가 되어 있었다. 다른 전화도 있었다. 그것은 그녀가 꿈꾸고 있었던 그런 종류의 일이었다. 그녀를 문전박대한 몇몇 법률사무소에서 그녀의 형편이 좋을 때 만나고 싶다고 신청해왔다.

한편 로버트 디 실바는 다운타운의 사무실에서 최고참 검사보에게 소리치고 있었다.

"제니퍼 파커에 관한 극비 서류를 만들어! 그녀한테 의뢰하는 자를 한 사람도 남김없이 알고 싶으니까. 알겠나?"

"네, 알겠습니다."

"당장 착수해!"

마이클 모레티

"녀석은 평생 주먹질로 살고 있다고, 무슨 머리를 쓴다고 그래."

"그 바보 같은 녀석! 나한테 굽실거리면서 말이야. 마이클에게 얘기 좀 잘 해달라나? 난 말해주었지. '이 촌뜨기야, 난 아직도 졸개일 뿐이야' 라고. 마이클이 총잡이를 고용하고 싶어도 그런 놈을 쓰진 않을걸?"

"그놈은 너를 이용하려고 했어."

"그래서 말이야, 딱 잘라서 퇴박을 놓았지. 녀석에게 좋은 연줄이 있어야 말이지. 이 세계에선 그것이 없으면 꼼짝도 할 수 없는데."

그들은 뉴저지 주 북부의 300년 전에 건축된 네덜란드풍의 농가 부엌에 앉아 있었다. 그들은 닉 비토와 조셉 코레라, '리틀 플라워' 라는 별명을 가진 살바토레 포레, 세 사람이었다

닉 비토는 잘 보이지 않을 정도로 얇은 입술과 생기 없는 녹색 눈을 가진 마치 시체처럼 생긴 사나이였다. 그는 200달러짜리 구두와 흰색 양말을 신고 있었다.

'거인 조' 라고 불리는 조셉 코레라는 거대한 흑판이나 딱딱한 한 덩어

리의 바위 같은 사나이로 그가 걷고 있는 모습은 마치 움직이는 빌딩처럼 보였다. 누군가가 그를 야채밭이라고 부른 적이 있었다.

"코레라의 코는 감자, 귀는 꽃양배추, 뇌는 콩알이야."

코레라는 소프트한 높은 목소리를 가지고 있으며 실제와는 달리 얌전해보였다. 그는 경주마 한 마리를 가지고 있었는데, 이기는 말을 꿰뚫어 보는 비상한 재능을 가지고 있었다. 아내와 6명의 아이가 있는 그는 가정적인 사나이이기도 했다. 그는 권총과 마약과 체인을 사용하는 전문가였다. 조는 아내 카메리나가 엄격한 가톨릭 신자였으므로 일이 없는 일요일에는 언제나 가족을 데리고 성당에 갔다.

세 번째인 살바토레 포레는 난쟁이처럼 키가 5피트 3인치였고, 체중은 115파운드밖에 안 되었다. 그는 성가대의 소년 같은 순진한 얼굴을 하고 있었지만 권총이나 나이프에 명인이었다. 이 작은 사나이는 여자에게 인기가 많아서, 아내와 5, 6명의 여자친구와 아름다운 정부를 자랑으로 여기고 있었다. 포레는 예전에는 기수로서 핌리코에서 멕시코 북서부의 티주나까지 각지의 경마장을 떠돌아 다녔다. 말에 흥분제를 먹였다는 이유로 할리우드 공원 경마에서 책임자가 포레의 출장을 금지시킨 일이 있었는데, 1주일 후에 책임자는 타호 호수에서 시체로 발견되었다.

이 세 사람은 안토니오 그라넬리 패밀리의 졸개 행동대원이었다. 그러나 그들을 조직에 넣어준 것은 마이클 모레티로 그들은 몸과 마음을 마이클 모레티에게 바치고 있었다.

패밀리의 회합이 식당에서 열리고 있었다. 테이블의 상좌에는 동부 해안에서 가장 세력이 있는 마피아 패밀리의 대부인 안토니오 그라넬리가 앉아 있었다. 72세의 그는 쇠약해지기는 했지만 노동자와 같은 어깨와 넓은 가슴을 가지고 있었으며 더부룩한 흰 머리가 아직 정정한 사나이로 보였다. 안토니오 그라넬리는 시실리 섬의 팔레르모에서 태어나 15세 때 미국으로 건너왔고, 로우어 맨해튼의 웨스트사이드 부두에서 일했다. 21세 때 그는 이미 부두의 보스의 오른팔이 되어 있었는데, 이 두 사람 사이에 분쟁이 일어났고 보스가 수수께끼의 실종이 된 뒤, 안토니오 그라넬리가 그 후임자의 자리에 앉게 되었다.

부두에서 일하는 사람들은 그에게 돈을 지불하지 않으면 안 되었다. 그는 그런 돈을 권좌에 오르는 발판으로 썼다. 그리고 급속히 세력을 확장해 고리대금, 복권, 매춘, 도박, 마약, 살인에까지 손을 뻗었다. 그동안 32회나 기소되었지만 사소한 폭행죄로 단 한번 유죄가 되었을 뿐이었다. 그라넬리는 철두철미하게 교활할 뿐만 아니라 비정하기가 이를 데 없는 사나이였다.

그라넬리의 왼쪽에 패밀리의 고문 변호사인 토머스 콜팩스가 자리 잡고 있었다. 그는 아무것도 모르고 마피아가 지배하는 올리브유 회사의 변론을 맡음으로써 어쩔 수 없이 마피아 관계의 다른 사건에 손을 대게 되었다. 그리고 드디어는 그라넬리 패밀리가 그의 유일한 의뢰인이 되기에 이르렀다. 패밀리는 대단한 돈을 벌게 해주는 의뢰인이었으므로 콜팩스는 광대한 부동산과 막대한 은행예금을 가진 부자가 되어 있었다.

안토니오 그라넬리의 오른쪽에는 사위인 마이클 모레티가 자리를 차지하고 있었다. 마이클은 야심가로 그것이 그라넬리를 불안하게 했다. 마이클은 이 패밀리의 기질에 맞지 않았다. 그의 부친인 조반니는 안토니오 그라넬리의 먼 친척에 해당되는데, 태어난 것은 시실리가 아닌 피렌체였다. 그러한 사실만으로도 모레티가의 사람은 색안경으로 보였다. 피렌체인은 신용할 수 없다는 것이 일반적인 인식이기 때문이었다

조반니 모레티는 미국에 와서 구둣가게를 열었다. 그의 장사는 너무 고지식해서 비밀리에 도박이나 고리대금, 매춘을 위한 방을 두는 것은 하지 않았다. 그 때문에 그는 바보 취급을 당했다.

조반니의 아들인 마이클은 모든 면에서 아버지와는 달랐다. 그는 자신

의 뜻대로 예일대학과 와튼 비즈니스 스쿨에서 배웠다. 그리고 졸업하자
면 친척인 안토니오 그라넬리를 만나게 해달라고 아버지에게 부탁했다.
늙은 양화점 주인은 이 친척을 만나러 가서 아들을 방문시킬 날을 정했
다. 그라넬리는 마이클이 얼간이인 아버지처럼 구둣방이라도 열 자금을
빌리러 오는 것이 틀림없다고 생각했다. 그러나 만나보니 의외의 용건이
었다.

"저는 아저씨를 부자로 만들 방법을 알고 있습니다."

마이클 모레티는 다짜고짜 그렇게 말했다.

안토니오 그라넬리는 이 건방진 청년을 보고 관대한 미소를 지었다.

"돈이라면 많이 있네."

"아뇨, 돈이 있다고 생각할 뿐입니다."

미소는 사라졌다.

"애송이 같은 녀석! 넌 대체 무슨 얘기를 하고 싶은 거냐."

마이클 모레티는 자신의 생각을 이야기했다.

안토니오 그라넬리는 처음에는 마이클의 충고를 하나하나 신중히 검
토해보면서 행동했다. 그러자 모든 것이 놀랄 만큼 성공을 거두었다. 이
제까지 그라넬리 패밀리가 하고 있던 유리한 위법 활동은 마이클 모레티
의 감독 아래 확장되었다. 패밀리는 5년이 채 못 되는 동안에 정육점과 린
넨 서프라이(음식점 따위의 테이블보, 냅킨, 기타 린넨 제품의 공급과 서비스를
하는 사업)와 레스토랑, 운송회사, 제약회사를 포함한 수많은 합법적인 사
업에 진출했다.

마이클이 먼저 자금난에 허덕이고 있는 업적이 부진한 회사를 찾아내
면, 패밀리가 소주주로 들어가고 차츰 실권을 잡아 송두리째 들어먹었다.
그러면 나무랄 데 없는 명성을 가진 오래된 회사가 갑작스럽게 도산해버
리는 것이다. 또한 마이클은 만족스러운 이익을 올리고 있는 회사에 파고

들어 놀라운 이익을 올렸다. 그것은 이 회사의 노동자는 그의 노동조합에 의해 지배되고, 회사는 패밀리가 소유하는 보험회사의 보험에 가입시키며 패밀리의 자동차딜러에게서 자동차를 사게 되어 있었기 때문이었다.

마이클은 거대한 사업—소비자로부터 달콤한 국물을 쉽게 빨아올리는 일련의 사업—을 시작하여 그 맛좋은 국물이 패밀리에 흘러 들어가도록 했다.

이와 같은 성공에도 불구하고 마이클 모레티는 자신에게 문제가 일어나고 있다는 것을 알아차리게 되었다. 그가 한번 안토니오 그라넬리에게 합법적인 사업을 통해 큰 부를 축적할 수 있는 법을 보여주게 되자, 그라넬리는 그를 필요로 하지 않게 되었다. 그러나 마이클은 그 나름의 많은 돈을 쌓아가고 있었다.

마이클은 처음에는 안토니오 그라넬리에게서 누가 봐도 조금이라고 할 만큼의 할당을 받았다. 그러나 마이클의 계획이 들어맞아 이익이 증대함에 따라 그라넬리는 생각을 바꾸었다. 마이클은 우연한 기회에 그라넬리가 회합을 열어 그를 어떻게 처리할까 하고 상의했다는 사실을 알았다.

"이런 거금이 전부 애송이의 호주머니에 들어가는 것을 손가락을 입에 물고 쳐다보고만 있을 수 없어. 녀석을 해치워야겠어."

그라넬리는 말했다.

마이클은 결혼에 의해 그 계략의 의표를 찔렀다. 안토니오 그라넬리의 딸 로자는 19세였다. 어머니는 그녀를 출산한 직후에 사망했고, 로자는 수녀원에서 키워져 휴가 때만 귀가를 허락받곤 했다. 아버지는 로자를 몹시 사랑했고 정숙한 처녀로 교육시키고 있었다.

로자가 마이클 모레티와 만난 것은 방학 때였다. 그래서 수녀원에 돌아갈 즈음에는 그녀는 마이클에게 열중해 있었다. 그녀는 혼자가 되었을 때 까무잡잡하고 핸섬한 마이클의 얼굴을 회상하곤 했다.

안토니오 그라넬리는 딸이 자기를 그저 그런 실업가쯤으로 생각하고 있을 거라고 생각했다. 그러나 몇 년이 지나는 동안에 로자의 동급생이 그녀의 아버지의 일이라든가 그의 진짜 사업에 관한 신문이나 잡지의 기사를 그녀에게 보여주었다. 그리고 정부가 그라넬리 패밀리의 누군가를 기소할 때에는 그 뉴스가 반드시 그녀에게 전해졌다. 그러나 그녀는 아버지에게는 절대로 그 얘기를 꺼내지 않았으므로 그라넬리는 순진한 딸이 진실을 알게 되는 쇼크를 경험하지 않을 거라고 믿고 있었다.

만약 딸이 진정으로 아버지의 사업에 큰 흥미를 갖고 있다는 것을 알았더라면 그라넬리는 깜짝 놀랐을 것이다.

그녀는 수녀원의 규율을 혐오하고 나아가서는 모든 권위를 증오하게 되었다. 그녀는 아버지를 권력에 대항하고 정부에 반항하는 로빈훗과 같은 인물로 생각하고 있었다. 마이클 모레티가 아버지의 조직 중의 중요한 인물이라는 사실은 그녀로 하여금 그를 한층 더 멋진 존재로 생각하게 해주었다.

마이클은 처음부터 로자를 다루는 데 대단히 신중했다. 그가 그녀와 단둘이 될 수 있는 기회를 간신히 만들었을 때, 그들은 열렬한 키스와 포옹을 나누었지만 마이클은 결코 한계를 넘어서려고 하지 않았다. 로자는 사랑하는 남자에게 자기의 몸을 줘도 좋다, 아니 자진해서 줘야겠다고 생각했다. 그런데 절도를 지킨 것은 마이클 쪽이었다.

"로자, 나는 너를 존중하고 있어. 결혼하기 전에 그런 짓을 할 순 없어."

실은 그가 존중하고 있는 것은 안토니오 그라넬리였다. 탄로가 나면 소중한 자신의 아랫도리를 잘라버리고 말 것이라고 마이클은 생각했다.

안토니오 그라넬리가 마이클 모레티를 처치할 가장 좋은 방법을 검토하고 있던 바로 그 자리에 마이클과 로자가 찾아와 두 사람은 서로 사랑하고 있으므로 결혼하고 싶다고 말하는 사태가 벌어졌다. 노인은 호통을 쳤고, 미쳐 날뛰었으며 그런 것은 절대 허락할 수 없다는 이유를 수없이 늘어놓았다. 그러나 결국은 참된 사랑이 승리를 얻어 마이클과 로자는 훌륭한 결혼식과 함께 맺어졌다.

식이 끝난 뒤에 노인은 마이클을 옆으로 불렀다.

"마이클, 로자는 내 전부야. 소중하게 대해주겠지?"

"소중하게 여기겠습니다, 장인어른."

"자네를 감시하고 있겠네. 딸을 행복하게 해주지 않으면 후회하게 될 기야. 알고 있겠지?"

"알고 있습니다."

"창녀도 풋내기 여자도 안 돼. 알겠어? 로자는 요리를 좋아하니 매일 저녁식사 때까지는 집에 돌아가도록 해. 내가 자랑할 수 있는 사위가 되라고."

"잘 하겠습니다, 장인어른."

"그런데 마이클, 자네도 이것으로 나의 가족의 일원이 된 셈이니까 이제까지의 배당, 그것도 바꾸지 않으면 안 되겠지?"

안토니오 그라넬리가 아무렇지도 않게 말하자, 마이클은 그의 팔을 가볍게 두드렸다.

"고맙습니다, 장인어른. 하지만 두 사람에게는 지금까지 것으로도 충분합니다. 그것으로도 로자가 원하는 것이면 다 해줄 수 있을 것입니다."

그리고 어이없어 하는 얼굴의 노인을 남기고 그는 나가버렸다.

그것은 7년 전의 일이었다. 그로부터 7년 동안 마이클에게 있어서 좋은 시절이었다. 로자는 명랑해서 함께 있으면 마음이 편했고, 그는 변함없이 그녀에게 홀딱 반해 있었다. 그러나 마이클은 만약 그녀가 떠나가는 일이 있다 해도 그녀 없이 해나갈 수 있다는 것을 알고 있었다. 그녀가 해주는 것을 대신할 여자를 찾아내기만 하면 되는 것이니까. 마이클은 로자를 사랑하고 있지는 않았다. 그는 자신이 다른 사람을 사랑할 수 없는 인간이라고 생각했다. 그는 뭔가 결핍된 인간이었다.

그는 인간은 사랑하지 않았지만 동물을 사랑하는 감정은 지니고 있었다. 마이클은 10세 때 생일선물로 콜리종의 강아지를 받았다. 그와 강아지는 언제나 함께였다. 6주 후 강아지는 뺑소니차에 깔려 죽고 말았다. 아버지는 다른 강아지를 사주겠다고 했지만 마이클은 거절했다. 그는 그 이후에는 절대로 개를 키우지 않았다.

얼마 안 되는 돈을 벌기 위해 일생 동안 악착같이 일하는 아버지를 지켜보면서 자란 마이클은 자신은 절대로 그런 생활은 하지 않겠다고 결심했다.

먼 친척인 안토니오 그라넬리의 얘기를 처음 들었을 때부터 그는 자기의 길은 이것뿐이라고 작정했다. 미국에는 26개의 마피아 패밀리가 있고 뉴욕의 5개 패밀리 중에서는 안토니오의 조직이 제일 세력이 강했다. 마이클은 어릴 때부터 마피아의 얘기를 들으면서 자랐다. 그의 아버지는 권력의 교체가 행해진 1931년 9월 10일의 '시실리인 저녁사건' 이야기를 그에게 들려주었다. 그것은 마피아 안의 젊은 난폭자들이 벌인 유혈 쿠데타로 하룻밤 사이에 40명 이상의 이탈리아와 시실리 섬 출신의 보수파 간부들이 일소되었던 것이다.

마이클은 새로운 세대였다. 그는 구세대적인 사고방식을 배제하고 새로운 아이디어를 도입했다. 9명으로 이루어진 전국위원회가 전국의 패밀리를 통제하고 있었는데 마이클은 언젠가는 그 위원회의 실권을 쥘 작정이었다.

마이클은 지금 뉴저지 주의 농장 집 식당 테이블을 향해 앉아 있는 두 사람의 사나이에게 눈길을 보냈다. 안토니오 그라넬리는 아직 몇 년은 더 살겠지만 그리 오래 살지는 못할 것이다.

토머스 콜팩스는 적이었다. 이 변호사는 처음부터 마이클에게 적의를 가지고 있었다. 마이클의 노인에 대한 영향력이 더해감에 따라 콜팩스의 그것은 감소되었다.

마이클은 자신의 부하들을 조직 속에 자꾸만 집어넣었다. 닉 비토와 살바토레 포레, 조셉 코레라도 그의 부하로, 그들은 마이클에 대해 절대적인 충성을 바쳤다. 토머스 콜팩스에게는 그러한 사실이 마음에 들지 않았다.

마이클이 라모스 형제 살해죄로 기소되어 카밀로 스텔라가 법정에서 검찰 측 증인으로 서는 것을 알았을 때, 이 노변호사는 이것으로 겨우 귀찮은 존재인 마이클을 제거할 수 있다고 믿었다. 검찰 측 승리는 확실했기 때문이었다.

마이클은 한밤중에 어떤 아이디어를 생각해냈다. 그는 새벽 4시에 공중전화가 있는 곳으로 나가 조셉 코레라를 불렀다.

"다음주에 애송이 검사 몇 명이 지방검사의 스태프로 채용되기로 되어 있어. 그들의 명단을 입수해."

"좋아요, 마이클. 그야 쉬운 일이죠."

"그리고 또 한 가지. 디트로이트에 전화해서 아직 이름이 알려지지 않은 놈을 하나 보내달라고 해."

그렇게만 말하고 마이클은 전화를 끊었다.

2주일 후, 마이클 모레티는 법정에 앉아 신출내기인 지방 검사보들을 관찰하고 있었다. 그는 한 사람, 한 사람에게 눈길을 보내며 표정을 평가했다. 그의 계획은 위험했지만 그 대담성 때문에 도리어 성공할 가능성이 많았다. 그가 관찰하고 있는 상대는 겁을 집어먹고 있어서 공연한 질문은 하지 않았고, 뭔가 도움이 되는 일을 해서 돋보이고 싶어 했다. 어쨌든 그 중 한 사람은 분명히 돋보이는 존재가 될 것이다.

마이클은 드디어 제니퍼 파커를 택했다. 그녀는 경험이 없는 탓에 긴장하고 있었는데 그것을 숨기려고 하는 것이 그의 마음에 들었다. 또한 여자는 남자보다 압력에 대해 약할 테니 그 점도 안성맞춤이었다. 마이클은 자기의 선택에 만족하자 방청인 중에 섞여 있던 회색 양복의 사나이를 보고 제니퍼를 눈으로 가리키며 끄덕여 보였다. 그것뿐이었다.

디 실바 검사가 배신자인 카밀로 스텔라에 대한 신문을 끝내는 것을 마이클은 지켜보고 있었다. 디 실바는 토머스 콜팩스 쪽을 향해 말했다. '반대 신문을 하시오.' 토머스 콜팩스가 일어섰다. '재판장님, 실례지만 정오가 가까워졌습니다. 가능하면 반대 신문은 중단 없이 하고 싶습니다. 이제부터 점심 휴식시간에 들어가 반대 신문은 오후부터 하도록 해주실 수 없겠습니까?'

그리고 휴정이 선포되었다. 기회는 이때다! 마이클의 신호를 받은 사나이가 태연스런 모습으로 걸어가서 지방검사 주위에 모여 있는 사나이들 속으로 섞여 들어갔다. 사나이는 그 그룹 속으로 녹아들었다. 몇 초 후에 그는 제니퍼 쪽으로 걸어가 그녀에게 봉투를 건넸다. 마이클은 숨을 죽이고 제니퍼가 봉투를 가지고 증인 대기실로 가 주기를 바랐다. 그녀는 그 소원대로 해주었다. 제니퍼가 빈손으로 돌아온 것을 보고 마이클은 겨우 한시름을 놓게 되었다.

그것은 1년 전의 일이었다. 제니퍼는 신문에서 몹시 두들겨 맞았지만 그것은 그녀의 문제였다. 그 후 신문이 최근의 에이브러햄 윌슨의 재판 기사를 화려하게 취급하기 시작할 때까지 마이클은 제니퍼 파커에 대해 완전히 잊고 있었다. 신문은 전에 마이클 모레티의 재판과 제니퍼 파커가 그 가운데서 완수한 역할을 다시 문제 삼았다. 그녀의 사진도 게재되었다. 굉장히 아름다운 아가씨였지만 그것뿐만이 아니고 뭔가 다른 것—그의 마음에 호소하는 듯한 분위기가 그녀에게는 느껴졌다. 그는 오랫동안 그 사진을 응시하고 있었다.

마이클은 에이브러햄 윌슨의 재판 기사에 점점 더 흥미를 느끼며 읽게 되었다. 마이클의 재판무효심리가 결정된 뒤로 부하들이 열었던 승리의 축하연에서 살바토레 포레가 건배의 지휘를 맡아 이렇게 말했다.

"어리석은 변호사 한 명이 사라진 것에 건배!"

'하지만, 그녀는 사라지지 않았다!'

마이클은 생각했다. 제니퍼 파커는 재기하여 다시 싸우고 있다. 마이클은 그것이 마음에 들었다.

전날 밤 텔레비전에 제니퍼가 등장했고 로버트 디 실바를 해치운 그녀의 재판이 모두의 화제가 되었는데, 마이클은 묘하게 기뻤다.

안토니오 그라넬리가 물었다.

"마이클, 저건 자네가 이용한 아가씨가 아닌가?"

"그렇습니다. 머리가 좋은 아가씨죠. 이제 곧 그녀를 사용해봐도 좋을 것 같습니다."

혼란

에이브러햄 윌슨의 재판이 끝난 다음 날, 애덤 워너로부터 전화가 걸려왔다.

"축하의 말을 전하고 싶어서 전화했소."

제니퍼는 그의 목소리를 금방 알아들을 수 있었다. 그녀는 자신도 믿어지지 않을 정도로 흥분했다.

"저, 애덤……."

"알고 있어요."

'바보같이!'

제니퍼는 생각했다. 그녀가 이 몇 개월간 얼마나 그에 대해서 생각했는지를 일부러 애덤에게 알릴 필요는 없는 것이다.

"당신이 에이브러햄 윌슨 사건을 취급한 솜씨에 감탄했다고 말하고 싶었소. 승소한 것은 당연해요."

"고맙습니다."

'그는 벌써 전화를 끊으려고 하고 있어. 이젠 그와 만날 기회가 없을

거야. 그는 틀림없이 자신의 하렘에서 바쁠 거라고.'

하지만 애덤 워너는 말을 계속했다.

"언젠가 함께 저녁식사라도 했으면 하는데요."

'너무 열을 내는 여자는 남자들이 좋아하지 않는 법이야.'

"오늘 밤은 어떠세요?"

제니퍼는 그 목소리로 그가 미소 짓고 있다는 것을 알 수 있었다.

"아쉽지만 목요일까지는 스케줄이 꽉 차서요. 금요일 밤은 바쁜가요?"

"아뇨."

그녀는 하마터면 '아무리 바빠도 괜찮아요'라고 말할 뻔했다.

"당신이 있는 곳까지 마중을 가면 어떻겠소."

제니퍼는 낡아빠진 소파와 구석에 다리미대가 놓여 있는 좁고 썰렁한 자기 아파트를 떠올려 보았다.

"어딘가에서 기다려주시는 것이 편하겠는데요."

"당신이 루테스의 요리를 좋아하는지 모르겠군요."

"먹은 후에 대답하겠어요."

그는 웃었다.

"8시로 하면 어떻겠습니까?"

"좋아요."

좋아요… 제니퍼는 수화기를 내려놓고 넘치는 행복감에 젖었다.

'우습군. 그는 틀림없이 유부남이고 20명 쯤 되는 아이들이 있을 거야.'

제니퍼는 생각했다. 전에 애덤과 함께 저녁식사를 했을 때 제니퍼는 그의 손가락에 결혼반지가 없다는 것을 알아차렸다.

'결정적인 증거라고는 할 수 없어.'

그녀는 심술궂게 생각했다.

'모든 유부남에게 결혼반지를 끼게 할 의무를 부과하는 법률이 있으

면 좋을 텐데.'

케네스 베일리가 사무실로 들어왔다.

"명 변호사의 심기가 어떠신지요? 새로운 의뢰인을 이제 막 삼켜버린 듯한 표정이군."

그는 제니퍼를 응시하며 물었다. 제니퍼는 망설이다가 말했다.

"케네스, 어떤 사람의 일 좀 알아봐주지 않겠어요?"

그는 그녀의 책상으로 다가가 메모지와 연필을 들어올렸다.

"말해봐요. 누구 말인가요?"

그녀는 애덤의 이름을 말하려다 자기의 어리석음을 깨닫고는 곧 그만 두었다.

'어째서 애덤 워너의 사생활을 캐내려는 거지? 한심해! 그는 식사를 권유해왔을 뿐, 청혼 따위는 하지 않았다고.'

그녀는 자신에게 말했다.

"아니, 됐어요."

케네스는 연필을 내려놓았다.

"그래요?"

"케네스……?"

"뭐죠?"

"애덤 워너, 그 사람은 애덤 워너예요."

케네스는 깜짝 놀라 그녀를 쳐다보았다.

"그렇다면 조사할 것도 없군요. 신문을 읽으면 되니까."

"그에 관해서 어떤 것을 알고 있죠?"

케네스 베일리는 제니퍼의 맞은편 의자에 털썩 주저앉아 양손의 손가락을 맞추어 삼각형을 만들었다.

"글쎄. 하버드 법대를 졸업, 니덤 핀치 피어스 앤드 워너의 파트너이고. 부유한 사교계 집안 출신으로 나이는 30대 중반……."

제니퍼는 이상하다는 듯이 그의 얼굴을 쳐다보았다.

"어떻게 그렇게 그에 대해서 자세하게 알고 있죠?"

케네스는 한쪽 눈을 찡긋해보였다.

"높은 자리에 있는 친구들이 있거든요. 워너 씨는 연방 상원의원의 후보에 추대될 것이라는 소문이 있더군요. 일부에서는 장래 대통령 후보라는 말까지 있죠. 소위 카리스마적 요소를 지닌 남자죠."

'맞아, 바로 그래.'

제니퍼는 생각했다. 그녀는 아무렇지 않게 들리도록 애쓰면서 물었다.

"그의 사생활은 어때요?"

케네스 베일리는 의아스런 얼굴로 그녀를 쳐다보았다.

"그의 부인은 전 해군장관의 딸로, 워너의 파트너인 스튜어트 니덤의 질녀예요."

제니퍼는 낙심했다.

'역시 그랬구나.'

케네스는 이상하다는 듯이 그녀를 지켜보고 있었다.

"갑자기 애덤 워너에게 흥미를 갖게 된 이유가 뭐죠?"

"그저…… 호기심이 나서요."

케네스가 나간 다음에도 제니퍼는 계속 애덤에 대해 생각했다.

'그는 대선배 변호사로 호의로 나를 식사에 초대한 것에 불과해. 축하해주기 위해서야. 하지만 그건 이미 전화로 말했잖아. 아니, 이유가 무엇이든 상관없어. 어쨌든 다시 한 번 그와 만날 수 있잖아. 그는 자기에게 아내가 있다는 걸 말할까? 말할 턱이 없지. 아무튼 금요일 밤 애덤과 함께 식사를 하고 그리고 그걸로 끝이야.'

그날 오후 늦게 제니퍼는 피바디 앤드 피바디로부터 전화를 받았다. 아버지인 피바디 자신에게서였다.

"전부터 당신과 만나고 싶었소. 언제 점심이라도 함께 하지요."

그는 말했다.

그의 태연자약한 말투에 제니퍼는 속지 않았다. 에이브러햄 윌슨의 판결 기사를 읽기까지는 함께 식사를 하고 싶다는 생각은 없었을 것이 확실하다고 그녀는 생각했다. 소환장을 송달하는 건으로는 결코 그녀와 만나려고 하지 않았던 것이다.

"내일은 어떻겠소? 우리 클럽에서."

그는 제안했다.

다음 날 두 사람은 만나 점심을 같이했다. 아버지 쪽인 피바디는 자식이 그대로 나이를 먹은 것 같은 느낌이었고 창백하고 신경질적인 사나이였다. 그의 조끼는 튀어나온 배를 숨길 수가 없었다. 제니퍼는 아들에 대해서와 마찬가지로 아버지에게도 호감이 가지 않았다.

"미스 파커, 우리 사무실에서 젊고 우수한 법정 변호사를 구하고 있소. 당신이 와 준다면 초임 연 7만 달러를 내겠소."

제니퍼는 그의 얘기를 들으면서 1년 전에, 어떤 일거리든 필요했을 때, 믿어주는 사람이 누군가 필요했을 때였다면 이 제안이 얼마나 고마웠을까 생각했다.

그는 이야기를 계속했다.

"2, 3년 내에 당신을 우리 파트너로 맞이할 수 있으리라 생각하오만."

'1년에 7만 달러에다 파트너의 지위.'

제니퍼는 케네스와 함께 사용하고 있는 좁은 사무실과 4층까지 걸어 올라가지 않으면 안 되는 작고 허술한 아파트를 생각했다.

피바디는 그녀의 침묵을 승낙이라고 생각했다.

"잘됐군. 가능한 한 빨리 와 주시오. 월요일부터라도 나는……."

"갈 수 없습니다."

"그래요? 월요일이 좋지 않다면……?"

"죄송하지만 수락할 수 없다는 뜻입니다, 피바디 씨."

제니퍼는 그렇게 말하고 나서 스스로도 놀랐다.

"그렇소?"

그는 잠시 입을 다물었다.

"초임 7만 5천 달러면 어떻겠소."

그는 제니퍼의 표정을 살폈다.

"그럼 8만 달러, 잘 생각해보시오."

"잘 생각해봤습니다. 저는 역시 혼자 일을 계속하고 싶습니다."

의뢰인이 늘어나기 시작했다. 쇄도한다고 할 정도는 아니고 대단한 부자도 없었지만 그래도 의뢰인임에는 틀림없었다. 그녀에게는 사무실이 좁아졌다.

어느 날 아침, 제니퍼가 손님과 얘기하고 있는 동안 다른 두 사람의 의뢰인을 복도에서 기다리게 한 적이 있었다. 그러자 케네스가 말했다.

"이대로는 안 되겠어요. 당신은 이곳을 나가 도심지에 어엿한 사무실을 마련해야겠어요."

제니퍼는 끄덕였다.

"알겠어요. 나도 그렇게 생각하고 있었어요."

케네스는 그녀와 시선이 마주치지 않으려고 바쁜 듯이 서류를 뒤적거렸다.

"섭섭한 생각이 드는군요."

"무슨 소릴 하는 거예요? 당신도 함께 가는 거예요."

케네스가 그 말의 의미를 이해하는 데 약간 시간이 걸렸다. 그는 고개를 들어 주근깨의 얼굴에 기쁜 듯이 웃음을 머금었다.

"함께 가자고요?"

그는 창문도 없는 옹색한 방을 둘러보았다.

"이런 좋은 곳을 내버려두고?"

다음주, 제니퍼와 케네스 베일리는 5번가의 커다란 사무실로 이사를 했다. 그곳은 간소한 설비가 붙은 3개의 방이 있어서, 제니퍼와 케네스가 각기 한 방씩 쓰고 또 하나를 비서실로 하기로 했다.

두 사람이 고용한 비서는 뉴욕대학을 막 졸업한 신시아 엘만이라는 젊은 아가씨였다.

"한동안은 대단한 일거리는 없을 거예요. 하지만 머지않아 바빠질 거예요."

제니퍼는 변명하듯 말했다.

"네, 알고 있어요, 미스 파커."

신시아의 목소리에는 유명인에 대한 동경 같은 것이 깃들여 있었다.

'그녀는 나처럼 되고 싶은 거야. 제발 그런 생각은 하지 말기를!'

제니퍼는 생각했다.

케네스 베일리가 들어와서 말했다.

"저 넓은 방에 혼자 우두커니 있자니 쓸쓸하군요. 오늘 밤 함께 식사도 하고 영화도 보러 가지 않겠어요?"

"글쎄요……."

그녀는 지쳐 있었고 서류도 조사해야 했다. 그러나 친구인 케네스의 제의를 거절할 수는 없었다.

"아니, 좋아요."

두 사람은 영화 〈갈채〉를 보러 갔다. 제니퍼는 영화가 대단히 재미있었다. 특히 로렌 바콜이 매력적이었다. 제니퍼와 케네스는 영화가 끝난 뒤 사르디에서 식사를 했다.

요리를 주문한 뒤에 케네스가 말했다.

"금요일 밤의 발레 티켓이 2장 있는데, 괜찮으면……."

제니퍼는 말했다.

"미안해요, 케네스. 금요일 밤은 바빠요."

"그래요?"

그의 목소리는 묘하게 가라앉아 있었다.

제니퍼는 자신이 때때로 눈치 채고 있는 것도 모르고 케네스가 그녀를 응시하고 있는 것을 알아보게 되는 일도 있었는데, 그런 때의 그는 뭐라고 말할 수 없는 표정을 짓고 있었다. 그는 자기 친구나 사생활에 관해 얘기한 적은 한 번도 없었지만 그녀는 케네스가 외로워하는 것을 느낄 수 있었다. 그녀는 오토에게서 들은 이야기를 잊을 수 없었다. 그녀는 케네스가 무엇을 목표로 살고 있는 것일까 하고 생각했다. 그리고 어떻게든 그를 도울 수 있었으면 좋겠다고 생각했다.

제니퍼에게는 금요일이 영원히 오지 않을 것처럼 생각되었다. 애덤 워너와의 저녁식사 약속이 다가옴에 따라 제니퍼는 차츰 일에 집중할 수 없었다. 애덤이라는 존재가 하루 종일 그녀의 머리에서 떠나지 않았다. 그녀는 자신의 어리석음을 잘 알고 있었다. 이제까지 단 한 번밖에 만난 적이 없는 남자인데도 잊을 수가 없었다. 그녀는 자신이 변호사 자격을 박탈당하게 되었을 때 그가 도와주었고, 의뢰인들을 보내주었기 때문이라는 구실을 붙여 자기를 납득시키려고 했다. 그것은 사실이었다. 그러나 그것만은 아니라는 것을 그녀는 알고 있었다. 그것은 제니퍼 자신에게마저 설명할 수 없는 것이었다. 이제까지 전혀 가져보지 못했던 감정이었고, 다른 남자에게서 느낀 적이 없었던 매력이었다.

애덤 워너의 부인은 어떤 사람일까 하고 그녀는 생각했다. 매주 수요일에 엘리자베스 아덴 미용실의 빨간 문을 열고 들어가 하루 종일 진신미용을 위해 소비하는 선택받은 여성 중 한 사람일 것이 틀림없었다. 눈치 빠르고 세련된, 부유한 사교계의 스타라고 할 만큼 우아한 분위기의 여성일 것이다.

꿈과 같은 금요일 아침 10시, 제니퍼는 신시아로부터 모델들의 단골이라고 들은 이탈리아인 미용실에 예약을 했다. 그리고 10시 반에 예약 취소 전화를 했고, 11시 반에 다시 예약을 했다.

케네스 베일리가 제니퍼를 점심에 초대했지만 그녀는 흥분 때문에 아무것도 먹을 마음이 들지 않았다. 그 대신 그녀는 벤델즈에 쇼핑을 가서 자기 눈빛에 맞는 짙은 녹색의 짧은 시폰 드레스와 갸름한 갈색 펌프스와 그것에 어울리는 핸드백을 샀다. 예산을 대폭 초과하는 것은 알고 있었지만 그녀는 자신을 도저히 억제할 수가 없었다.

가게를 나오려고 지나치던 향수 매장에서 그녀는 어처구니없는 충동에 사로잡혀 고급스러운 향수를 샀다. 상대는 아내가 있는 몸이므로 그것은 상식에 벗어난 짓이었다.

제니퍼는 5시에 사무실에서 나와 옷을 갈아입기 위해 집으로 돌아갔다. 그녀는 2시간씩이나 걸려 목욕을 했고 드레스를 입었으며 그것이 끝나자 거울 속의 자신을 엄격한 눈으로 점검했다. 그런 다음 예쁘게 세트된 머리를 대담하게 빗어 녹색 리본을 사용해 뒤쪽으로 묶었다.

'단정한 것이 좋아. 나는 변호사와 식사를 하러 가는 변호사니까.'

그녀는 생각했다. 그러나 그녀가 밖으로 나가 문을 닫았을 때 방에는 장미와 재스민의 희미한 향기가 남아 있었다.

루테스 식당의 규모는 제니퍼의 상상과는 전혀 달랐다. 시골풍의 작은 집이었고, 입구 위에 프랑스의 3색 기가 장식되어 있었다. 안으로 들어가 좁은 복도를 걸어가자 작은 바가 나왔고 그 너머로는 나뭇가지로 엮은 의자와 격자무늬의 테이블보가 보였는데, 화사하게 밝은 룸으로 되어 있었다. 제니퍼는 입구에서 식당 주인인 앙드레 솔트너의 안내를 받았다.

"어서 오십시오."

"애덤 워너 씨와 약속이 되어 있는데 조금 일찍 온 것 같군요."

그는 제니퍼에게 작은 바를 가리켰다.

"미스 파커, 기다리시는 동안 저쪽에서 마실 것을 좀 드시지요."

"고마워요."

"곧 웨이터가 올 겁니다."

제니퍼는 자리에 앉아 보석으로 장식한 밍크코트를 입은 여자들이 에스코트를 받으며 들어오는 것을 흥미롭게 바라보았다. 제니퍼가 들은 것에 의하면 이 음식점은 재클린 케네디가 즐겨찾은 것으로 유명하며 음식 맛이 좋기로 평판이 나 있었다.

그때 품위 있게 보이는 백발이 성성한 신사가 제니퍼에게 다가왔다.

"잠시 실례해도 괜찮겠습니까?"

제니퍼는 갑자기 긴장이 되었다.

"저는 누굴 기다리고 있는데, 이제 곧 올 거예요."

그녀가 말하자 그는 미소 지으며 앉았다.

"방해하지 않을게요, 미스 파커."

제니퍼는 놀라 그의 얼굴을 보았지만 누군지 알 수가 없었다.

"홀랜드 앤드 브라우닝의 리 브라우닝입니다."

그 회사는 뉴욕에서 유명한 법률사무소였다.

"윌슨의 재판을 하도 잘 처리해서 축하를 드리고 싶을 뿐입니다."

"고맙습니다, 브라우닝 씨."

"큰 도박이었죠. 승산이 없는 재판이었으니까요."

그는 잠시 그녀를 바라보았다.

"승산이 없는 쪽에 섰을 때는 매스컴에 나가지 않도록 하는 것이 우리들의 방식입니다. 이긴 쪽에만 스포트라이트를 비치게 하여 패배한 쪽은 삼추고 말지요. 그런데 당신은 우리 모두를 바보로 만들어버렸습니다. 마실 것은 주문하셨습니까?"

"아뇨……."

"그럼 내가……."

그는 웨이터를 손짓으로 불렀다.

"빅터, 샴페인을 부탁하네. 동 페리뇽으로……."

"알겠습니다, 브라우닝 씨."

제니퍼는 미소 지었다.

"저에게 관심이 있으신가 보죠?"

브라우닝은 큰소리로 웃었다.

"당신을 스카우트하고 싶어서 그럽니다. 사방에서 모서가려고 하고 있겠죠?"

"조금은요."

"미스 파커, 우리 사무실은 경영 관계의 일이 많습니다만 돈 많은 의뢰인 가운데는 운이 나빠 형사 변호사가 필요한 사람도 있습니다. 당신에게 대단히 유리한 조건을 제시할 수 있으리라고 생각되는데 한번 사무실로 상담하러 와 주지 않겠습니까?"

"고맙습니다. 정말 반가운 말씀입니다만 저는 새로운 사무실로 막 옮긴 참입니다. 거기서 순조롭게 되어가기를 바라고 있습니다."

그는 제니퍼를 지그시 응시했다.

"잘 될 거예요."

누군가가 다가왔으므로 그는 눈을 들어 일어서 손을 내밀었다.

"애덤, 오랜만이군."

제니퍼가 올려다보자 애덤 워너가 리 브라우닝과 악수를 하고 있었다. 제니퍼의 가슴은 몹시 두근거리기 시작했다. 스스로도 얼굴이 빨개지는 것을 알 수 있었다.

'이런 바보, 여고생 딱지는 옛날에 뗐잖아!'

애덤 워너는 제니퍼에게서 브라우닝에게 시선을 옮기면서 말했다.

"알고 있는 사이입니까?"

"아는 사이가 되려고 하던 참일세."

브라우닝은 가벼운 어조로 말했다.

"자네가 너무 일찍 왔어."

"아니, 마침 잘된 것 같군요. 다음번에는 성공하길 빕니다."

그는 제니퍼의 팔을 잡았다.

급사장이 애덤에게로 다가왔다.

"워너 씨, 곧장 테이블로 가시겠습니까? 아니면 먼저 바에서 드시겠습니까?"

"테이블로 가겠네, 앙리."

두 사람이 자리에 앉자 제니퍼는 방안을 둘러보고 그곳에 5, 6명의 명사가 있음을 알았다.

"이곳은 유명한 사람들뿐이군요."

그녀는 말했다.

애덤은 그녀의 얼굴을 바라보았다.

"당신도 유명해요."

제니퍼는 다시 얼굴이 빨개지는 것을 느꼈다.

'바보같이 굴지 마!'

그녀는 그가 아내를 집에 모셔놓고 몇 사람의 여자를 이곳에 데려왔을까 하고 생각했다. 그 여자들은 그가 기혼자라는 것을 알고 있었을까? 아니면 그는 언제나 여자들에게 줄곧 그것을 숨기고 있을까. 어쨌든 그녀는 유리한 위치에 있었다.

'조만간 놀랄 일이 있게 될 거예요, 워너 씨.'

제니퍼는 마음속으로 말했다.

두 사람은 술과 저녁식사를 주문했고 이런저런 얘기를 했다. 제니퍼는 가능한 한 애덤이 말을 하도록 내버려두었다. 그는 재치있고 매력적이었지만 제니퍼는 그 매력에 끌려 들어가지 않으려고 경계하고 있었다. 그러나 그것은 쉬운 일이 아니었다. 그녀는 어느덧 그의 이야기를 들으며 미소를 짓거나 소리내어 웃고 있었다.

'내가 이러면 저 사람에게도 좋을 게 없을 거야.'

제니퍼는 자신에게 타이르듯 말했다. 그녀는 분방한 사랑을 하고 싶진 않았다. 쓸쓸한 어머니의 환영이 그녀에게 붙어 다니고 있었다. 그러나 제니퍼의 가슴 속에는 그녀 스스로도 풀려나게 될까 봐 두려워하는 깊은 열정이 있었다.

디저트를 먹을 때가 되었는데도 애덤은 오해를 불러일으킬 말은 아직 한마디도 입에 담지 않았다. 제니퍼는 그럴 필요도 없는데 방어태세를 굳혀 가해지지도 않는 공격을 뿌리치려는 자세를 취하고 있었던 것이다. 그녀는 그것이 어처구니가 없게 생각되었다. 그런 자신을 애덤이 알았다면 뭐라고 했을까 하고 제니퍼는 생각했다. 자신의 허영이 우습게만 생각되었다.

"의뢰인을 보내주신 것에 대해 감사하다는 말씀을 드리지 못했군요. 몇 번인가 전화를 드렸어요. 하지만……."

"알고 있어요."

애덤은 머뭇거리다가 거북한 듯이 덧붙였다.

"내가 전화하고 싶지 않았어요."

제니퍼는 놀라 그의 얼굴을 쳐다보았다.

"하는 것이 두려웠습니다."

그는 그렇게만 말했다.

역시 그랬구나! 그녀는 방심한 곳에서 불의의 습격을 당했지만 그의 말의 의미는 오해의 여지가 없었다. 그가 다음에 뭐라고 말을 할지 그녀는 알고 있었다. 그녀는 그것을 말하지 않기를 바랐다. 그가 다른 모든 남자들과 같이 아내가 있으면서 독신처럼 행세하는 것을 원치 않았다. 그녀는 그들을 경멸했지만 이 남성만은 경멸하고 싶지 않았다.

애덤은 조용히 말했다.

"제니퍼, 양해를 구해두겠지만 난 결혼한 몸이오."

그녀는 멍하니 그를 응시했다.

"미안해요. 좀 더 빨리 말했어야 했는데. 여하튼 당신과 만난 것은 한 번뿐이었기 때문에……."

그는 쓴웃음을 지었다.

제니퍼의 머리는 묘하게 혼란스러워졌다.

"왜…… 왜 식사에 초대해주셨죠, 애덤?"

"다시 한 번 만나보고 싶었어요."

제니퍼에게는 모든 것이 꿈만 같이 생각되었다. 마치 거대한 물결에 끌려드는 것 같았다. 그녀는 자신의 기분을 말하는 애덤의 얘기에 귀를 기울이고 그 한마디 한마디가 진실이라고 생각했다. 그것은 그녀 자신도 같은 기분을 가지고 있었기 때문이었다. 그가 그 이상 얘기하는 것을 그만 둬주었으면 하고 그녀는 바랐다. 그러는 한편에서는 좀 더 계속해주었으면 하는 마음도 동시에 일었다.

"이런 말을 해서 당신의 기분을 상하게 했는지 모르겠소."

애덤은 말했다. 그의 갑작스러운 수줍음이 제니퍼를 동요시켰다.

"애덤, 저……."

그는 제니퍼의 얼굴을 바라보았다. 두 사람은 손가락 하나 접촉하시 않았지만 그녀는 그에게 안겨 있는 기분이었다.

제니퍼가 떨리는 목소리로 말했다.

"부인에 관해서 얘기해주시겠어요?"

"메리 베스와는 15년 전에 결혼했고, 아이는 없소."

"그래요……."

"그녀는…… 우리는 아이를 갖지 않기로 했죠. 결혼했을 때는 두 사람 다 굉장히 어렸지요. 메인 주에 있던 별장의 이웃이어서 어릴 때부터 알고 지냈어요. 메리 베스는 18세 때 비행기 사고로 부모를 잃고 슬픔 속에 잠겨 지냈소. 외톨이가 된 것이지요. 그리고 나는…… 아무튼 우리는 결혼하게 되었소."

'그는 동정심에서 그녀와 결혼한 거로군. 하지만 신사이기 때문에 그렇게 말하지 않는 거야.'

제니퍼는 생각했다.

"메리 베스는 멋진 여자요. 우리는 지금까지 원만한 결혼생활을 해왔어요."

그는 제니퍼가 알고 싶어하는 이상의 것, 묻는 것 이상의 것을 얘기하고 있었다. 제니퍼의 온몸의 본능이 그에게서 떠나 도망치라고 경고했다. 그녀는 이제까지 자신을 설득하려는 남자들을 가볍게 다룰 수 있었다. 그러나 이번에는 다르다는 것을 본능적으로 알 수 있었다. 그녀가 만약 정에 못 이겨 이 사나이와 서로 사랑을 나누게 된다면 이미 도망칠 길이 없을 것이다. 그녀에게 이성이 있다면 그와는 어떠한 관계도 갖지 않을 것이다.

제니퍼는 신중하게 말했다.

"애덤, 나는 당신이 대단히 좋아요. 하지만 부인이 있는 분과는 친하게 지낼 수가 없어요."

그는 미소를 지었다. 그 안경 너머의 눈에는 정직함과 따사로움이 가득 들어 있었다.

"내가 원하는 것은 불륜의 관계가 아니오. 당신과 함께 있는 것이 즐거워요. 당신은 나의 자랑이오. 가끔씩 만나주지 않겠소?"

제니퍼는 '그래서 어쩌려고요?'라고 말할 뻔했다. 그러나 입에서 나온 말은 '그렇다면 괜찮겠죠.'였다.

'그러니까 한 달에 한 번 정도 점심을 같이하는 거야. 그런 정도라면 별로 문제될 것이 없겠지.'

제니퍼는 그렇게 생각했다.

의뢰인, 코니 가레트

제니퍼의 새 사무실을 찾아온 첫 번째 손님은 라이언 신부였다. 그는 방 3개를 둘러보고 나서 말했다.

"훌륭한 사무실이군요. 출세했어요, 제니퍼 양."

제니퍼는 웃었다.

"출세한 것이 아니에요, 이제부터가 큰일인걸요."

신부는 그녀를 뚫어질 듯이 쳐다보았다.

"당신이라면 문제없을 거요. 참, 지난주에 윌슨을 면회하러 갔었어요."

"어떻게 지내던가요?"

"건강히 잘 있더군요. 교도소 내의 기계공장에서 일하고 있는데, 당신에게 안부를 전해달라고 했어요."

"저도 조만간 면회하러 가야겠다고 생각하고 있었어요."

라이언 신부는 의자에 앉아 그녀 쪽을 주시했다.

마침내 제니퍼가 말했다.

"신부님, 무슨 용건이 있으신 것 같은데……."

신부는 겨우 안도하는 얼굴이 되었다.

"실은 말입니다. 당신이 바쁜 것은 잘 알고 있지만 물으니 얘기하죠. 내 친구에게 대수롭지 않은 문제가 생겨서 말이에요. 여자인데 사고를 당했어요. 당신이라면 도움이 되어줄 수 있을 거라고 생각해서……."

제니퍼는 무심코 대답했다.

"그 사람을 이곳으로 보내주세요."

"당신이 그쪽으로 만나러 가줘요. 양팔과 양 다리가 절단되어 있는 상태라서요."

코니 가레트는 휴스턴 스트리트의 아담하고 조촐한 아파트에 살고 있었다. 제니퍼가 노크를 하자 에이프런을 두른 백발의 부인이 문을 열어주었다.

"나는 코니의 숙모인 마사 스틸이에요. 코니와 함께 지내고 있지요. 자, 안으로 들어오시구려. 코니가 기다리고 있다우."

제니퍼는 초라한 가구가 놓여 있는 거실로 들어갔다. 코니 가레트가 큰 팔걸이의자 위에서 베개로 받치며 몸을 일으키고 있었다. 제니퍼는 그녀가 생각보다 젊은 것에 깜짝 놀랐다. 왠지 모르게 훨씬 나이가 든 여자를 상상하고 있었는데, 자신과 같은 24세쯤으로 보인 것이다. 얼굴은 무척 아름답고 밝았지만 손과 발이 없는 몸통만인 모습을 보자 제니퍼는 소름이 쫙 끼쳤다. 그녀는 몸서리쳐지는 것을 가까스로 참았다.

코니 가레트는 따뜻한 미소를 띠며 말했다.

"앉으세요, 제니퍼. 제니퍼라고 불러도 괜찮겠죠? 라이언 신부님한테서 얘기 들었어요. 그리고 물론 텔레비전에서도 보았어요. 와주셔서 정말 기뻐요."

제니퍼는 "나도요."라고 대답하려다 그 말이 얼마나 속들여다 보이게 들릴까 하는 것을 깨달았다. 그녀는 코니 가레트와 마주보며 포근하고 푹

신한 의자에 앉았다.

"2, 3년 전에 사고를 당했다고 라이언 신부님한테 들었는데, 그때 일을 얘기해줄 수 있겠어요?"

"내 잘못이었어요. 교차로를 건너려고 보도에서 내려오다가 미끄러져서 트럭 앞으로 굴렀거든요."

"정확히 언제 일이죠?"

"3년 전, 12월이었어요. 크리스마스에 쇼핑을 하러 백화점에 가는 길이었죠."

"트럭에 친 후 어떻게 되었습니까?"

"아무것도 기억나지 않아요. 정신이 들었을 때는 병원이었습니다. 구급차로 운반되었다고 하더군요. 등에 상처가 있었어요. 그리고 뼈에 손상이 생겼다는 것을 알았고 그것이 점점 더 커져서 결국은……."

그녀는 말을 끊고 어깨를 움츠렸다. 그것은 가련함을 불러일으키는 몸짓이었다.

"의사 선생님은 의수와 의족을 달아보려고 했지만 잘 안 되었습니다."

"상대를 소송했나요?"

코니 가레트는 의아한 얼굴로 제니퍼를 보았다.

"라이언 신부님한테 못 들으셨나요?"

"뭘 말입니까?"

"제 변호사는 트럭소유회사를 상대로 소송을 제기했지만 패소했습니다. 우리는 다시 항소했지만 기각되어 버렸어요."

제니퍼는 말했다.

"신부님이 그걸 말해주셨더라면 좋았을 텐데…… 항소가 기각되었다면 손쓸 방법이 없거든요."

코니 가레트는 고개를 끄덕였다.

"저도 크게 기대하고 있지는 않습니다. 단지…… 당신은 기적을 행할 수 있다고 신부님이 말씀하셨기 때문에……."

"그건 신부님의 영역이죠. 저는 그저 한낱 변호사에 지나지 않습니다."

코니 가레트에게 헛된 희망을 갖게 한 라이언 신부에 대해 그녀는 분노를 느꼈다. 제니퍼는 신부님에게 항의를 해야겠다고 생각했다.

코니의 숙모는 보이지 않는 곳에서 우왕좌왕하고 있었다.

"미스 파커, 뭐 좀 드시겠어요? 차나 케이크라도?"

제니퍼는 갑자기 허기를 느꼈다. 점심식사를 할 시간이 없었던 것이다. 하지만 다른 사람이 먹여주어야 식사를 할 수 있는 코니 가레트와 마주보며 앉아 있는 모습을 상상하자 도저히 견딜 수가 없었다.

"아니에요, 괜찮아요. 점심식사를 막 끝내고 왔거든요."

제니퍼는 거짓말을 했다.

제니퍼는 단 1초라도 빨리 그 집에서 빠져나오고 싶었다. 그녀는 뭔가 격려의 말을 남기고 싶었지만 아무것도 생각나지 않았다.

'라이언 신부님 정말 너무하셨어!'

"정말 죄송합니다. 도움이 되어드리지 못해서."

코니 가레트는 미소 지으며 말했다.

"아니에요. 마음에 두지 마세요."

그 미소가 계기가 되었다. 제니퍼는 자기가 코니 가레트의 입장이었다면 결코 미소를 지을 수 없을 거라고 생각했다.

"당신의 변호사는 누구였죠?"

제니퍼는 엉겁결에 물었다.

"멜빈 허처슨 씨였어요. 아십니까?"

"아뇨. 하지만 만나보죠."

지금까지 그런 생각은 하지도 않고 있었는데, 그녀는 계속해서 말을 하고 있었다.

"그분을 만나 이야기를 들어보겠습니다."

"정말 친절하시군요."

코니 가레트의 말에는 진심에서 우러나온 감사가 담겨 있었다. 앞으로 다가오는 며칠 후나 몇 개월 후나 몇 년 후에도 자기 스스로 일상사를 해결해나가지 못하고 전혀 움직이지 못할 이 여자의 괴로움은 어떤 것일까 하고 제니퍼는 생각했다.

"하지만 도움이 될 수 있을지 어떨지는 약속드릴 수가 없군요."

"잘 알고 있습니다. 하지만 제니퍼…… 당신이 와주신 것만으로도 힘이 솟는군요."

제니퍼는 일어섰다. 악수를 해야 했지만 악수할 손이 없었다.

제니퍼는 의례적으로 말했다.

"코니, 만나게 돼서 기뻤어요. 다시 연락할게요."

사무실로 돌아오는 길에 제니퍼는 다시는 라이언 신부의 감언이설에 넘어가지 않아야겠다고 결심했다. 그 불쌍한 불구 여자에게는 그 누구도 아무런 도움을 줄 수가 없었고, 희망을 갖게 하는 것은 잔혹한 짓이었다. 하지만 그녀는 약속을 지켜 멜빈 허처슨을 만나 이야기해봐야겠다고 생각했다.

제니퍼가 사무실로 돌아오자 많은 메모가 기다리고 있었다. 그녀는 애덤 워너로부터 전갈이 없었는지 메모들을 쭉 훑어보았다. 그로부터 연락은 없었다.

조사

멜빈 허처슨은 자그맣고 동그란 코에 생기 없는 옅은 푸른색 눈을 하고 있었으며 키가 작고 머리가 벗겨진 남자였다.

그의 초라한 사무실은 가난한 사람들이 사는 웨스트사이드에 있었다. 접수 책상 앞에는 아무도 없었다.

"점심식사 하러 나갔습니다."

멜빈 허처슨은 설명했다.

진짜 비서가 있는지 없는지 의심스럽다고 제니퍼는 생각했다. 그는 접수실에 뒤지지 않을 만큼 비좁고 답답한 자기 방으로 그녀를 안내했다.

"아까 전화로는 코니 가레트의 소송에 대해 묻고 싶다고 했는데……."

"그렇습니다."

그는 어깨를 추슬렀다.

"얘기할 것이 별로 없어요. 우리는 소송에서 패소했습니다. 그녀를 위해 최선을 다했습니다만."

"항소도 당신이 했나요?"

168

"그래요. 그것도 졌습니다. 이제 더 이상 방법이 없습니다."

그는 잠시 그녀를 응시했다.

"왜 그런 문제로 시간을 낭비하는 거죠? 당신같이 유능한 사람이라면 돈을 벌 수 있는 큰 소송을 취급할 수 있을 텐데?"

"친구에게 부탁을 받았어요. 제가 재판 기록을 봐도 괜찮겠습니까?"

"마음대로 하세요. 공공의 재산이니까요."

허처슨은 또 어깨를 추슬러 보였다.

제니퍼는 그날 밤을 꼬박 새우며 코니 가레트에 관한 기록을 읽었다. 제니퍼에게는 의외였지만 멜빈 허처슨이 말한 것은 사실이었다. 그는 최선을 다했다. 그는 시와 네이션와이드 모터스 회사를 공동피고로 하여 소송하고 배심에 의한 재판을 요구했다. 배심원들은 양 피고에게는 책임이 없다는 평결을 내렸다.

시의 청소국은 그해 12월에 시를 뒤덮은 눈보라에 대처하기 위해서 최선을 다해 모든 설비와 기계를 동원했었다. 시측에서는 폭풍은 천재지변이고 만일 약간의 부주의가 있었다면 그것은 코니 가레트 쪽에 있었던 것이라고 주장했다.

제니퍼는 트럭회사에 대한 고발을 조사했다. 3명의 증인 중 운전사는 피해자를 치는 것을 피하기 위해 트럭을 정지시키려 했지만, 브레이크가 제대로 듣지 않고 차의 뒷바퀴가 공전해서 그녀를 친 것이라고 증언했다. 피고에게는 책임이 없다고 하는 배심원의 평결은 공소심에서도 지지를 받아 이 재판은 매듭지어졌다.

제니퍼는 새벽 3시에 기록을 다 읽었다. 그녀는 불을 껐지만 잠을 이룰 수가 없었다. 서류를 읽은 범위 내에서는 재판은 정당했다. 하지만 팔도 다리도 없는 20대 처녀인 코니 가레트의 이미지가 뇌리에서 떠나지 않았다. 제니퍼는 젊은 여자를 친 트럭, 그녀가 분명히 느꼈을 격렬한 아픔, 몇 번이나 시도된 무서운 수술에서 하나씩 절단되어가는 그녀의 팔과 다리를 눈앞에 그렸다.

제니퍼는 불을 켜고 침대 위에 일어나 앉았다. 그러고는 멜빈 허처슨에게 전화를 걸었다.

"그 기록에는 의사에 대한 것이 아무것도 쓰여 있지 않더군요. 불량 처치를 했을 가능성에 대해서도 조사해봤나요?"

그녀는 수화기에 대고 말했다. 잠에 취한 목소리가 들렸다.

"제니퍼 파커입니다. 불량처치……."

"무슨 얘기를 하고 있는 거요! 지금 새벽…… 새벽 4시에. 당신은 시계도 안 가지고 있소?"

"이건 중요한 일입니다. 소송기록에는 병원 이름이 안 나오는군요. 코니 가레트가 받은 수술은 어땠습니까? 조사하셨나요?"

멜빈 허처슨은 잠시 말없이 생각을 정리하려는 듯했다.

"그녀가 입원해 있던 병원의 신경외과와 정형외과 양쪽 부장을 만나서 이야기해보았소. 수술은 그녀의 생명을 구하기 위해서 필요했죠. 병원의 일류급 의사가 맡아서 했고 성공적이었소."

제니퍼는 깊은 좌절감을 맛보았다.

"알았습니다."

"됐나요? 전에도 말했지만 당신은 시간 낭비를 하고 있을 뿐이오. 당신도 잠 좀 자는 게 어떻겠소?"

그리고 전화를 끊는 소리가 제니퍼의 귀에 울렸다. 그녀는 불을 끄고 다시 누웠다. 하지만 더욱더 정신이 또렷해졌다. 제니퍼는 자려는 노력을 포기하고 일어나 커피를 끓였다. 그리고 소파에 앉아 커피를 마시면서 아침 해가 숲의 나무처럼 마천루가 죽 늘어선 맨해튼의 하늘을 물들이며 그것이 엷은 핑크빛에서 점차 타오르는 듯한 붉은빛으로 변해가는 것을 주시했다.

제니퍼의 심경은 혼란스러웠다. 갖가지 불공정에 대해서 법적으로 시정하는 방법이 있었을 것이다. 코니 가레트의 경우는 공정함이 관철되었을까? 제니퍼는 벽시계를 쳐다보았다. 6시 반이었다. 그녀는 다시 멜빈 허처슨에게 전화를 걸었다.

"트럭 운전사의 운전 경력을 조사해보셨나요?"

제니퍼는 물었다.

잠이 덜 깬 목소리가 들렸다.

"또요? 당신 지금 제정신이오? 도대체 잠은 언제 자는 거요?"

"트럭 회사의 운전사 얘기입니다. 그의 운전 경력을 조사했나요?"

"나를 모욕할 생각이오?"

"죄송합니다. 그래도 알고 싶습니다."

제니퍼는 끈질기게 버텼다.

"답은 예스요. 흠잡을 데 없는 운전경력이었소. 그때 그 사고가 처음이었어요."

이것으로 이 문제도 끝났다.

"그렇습니까?"

제니퍼는 생각에 잠겼다.

멜빈 허처슨이 말했다.

"파커 양, 제발 부탁이오. 아직 질문이 남았다면 나중에 사무실로 전화해주시오."

"죄송합니다. 안녕히 주무세요."

제니퍼는 다른 일을 생각하면서 말했다.

"고맙소!"

그녀는 수화기를 놓았다. 이제 옷을 갈아입고 일하러 나갈 시간이었다.

사랑의 불꽃

제니퍼가 루테스 식당에서 애덤과 식사를 한 지 3주가 흘렀다. 그녀는 그를 생각하지 않으려고 애썼다. 하지만 평범한 글귀라든가 낯선 남자의 뒷모습이라든가 그의 것과 비슷한 넥타이라든가 그러한 모든 것이 그를 생각나게 했다. 그녀와 데이트하고 싶어하는 남자는 많았다. 그녀는 의뢰인들과 법정에서 싸웠던 상대측 변호사들과 야간재판소의 판사에게까지 프러포즈를 받았지만 누구에게도 마음을 주지 않았다.

'펀치(funch)'(성교와 점심의 합성어)라고 불리는 심술궂은 낮데이트에 그녀를 유혹하는 변호사도 있었지만 그녀는 전혀 흥미가 없었다.

케네스 베일리는 항상 옆에 있었지만 그가 제니퍼의 외로움을 달래줄 수는 없었다. 외로움을 달래줄 수 있는 사람은 단 한 사람밖에 없었다. 유감스럽게도 말이다!

어느 월요일 아침, 그에게서 전화가 걸려왔다.

"무리한 부탁일지 모르지만 오늘 점심식사를 할 시간이 있을까 해서 말이오."

시간은 비어 있지 않았지만 그녀는 말했다.

"물론 있습니다."

만일 애덤에게서 다시 전화가 걸려오면 상냥하게, 그러나 일정한 거리를 두고 정중하게 딱 잘라 거절해야겠다고 제니퍼는 자신에게 맹세했다. 하지만 애덤의 목소리를 들은 순간 그 맹세는 깨끗이 잊고 너무 기뻐서 엉겁결에 말해버렸다. '물론 있습니다'라고.

그것은 어떤 말보다도 해서는 안 되는 말이었다.

두 사람은 차이나타운의 작은 레스토랑에서 점심식사를 하고 2시간 동안이나 이야기를 나누었다. 그 2시간이 제니퍼에게는 2분같이 짧게 느껴졌다. 그들은 법률과 정치와 연극에 대해서 이야기하고 세계의 온갖 복잡한 문제를 토론했다. 애덤은 재기가 넘치고, 두뇌가 예리하며 매력적이었다. 그는 제니퍼에게 진심으로 흥미를 갖고 그녀의 성공을 기뻐하며 자랑으로 여겼다.

'그건 당연하지. 그의 도움이 없었다면 나는 워싱턴 주의 켈소로 돌아가 있었을 테니까.'

제니퍼가 사무실로 돌아오자 케네스 베일리가 기다리고 있었다.

"점심식사는 맛있었어요?"

"네, 좋았어요."

"애덤 워너는 당신 의뢰인이오?"

일부러 아무렇지 않은 투로 말했다.

"아니에요, 케네스. 우리는 그저 친구일 뿐이에요."

그것은 사실이었다.

다음 주, 애덤은 제니퍼를 법률사무소의 전용 식당으로 초대했다. 제니퍼는 그의 법률사무소가 근대적이고 거대한 조직을 갖고 있는 데 놀랐다. 애덤은 그녀를 사무실의 많은 멤버들에게 소개했다. 제니퍼는 모두가 그녀를 잘 알고 있었기 때문에 상당한 명사가 된 기분이었다. 사무실에서 가장 경력이 많은 스튜어트 니덤에게도 소개되었다. 그는 거리를 둔 정중함으로 제니퍼를 대했다. 그녀는 애덤의 아내가 그의 질녀라는 것을 떠올렸다.

애덤과 제니퍼는 호두나무 재질의 널빤지를 문과 천장에 붙인 식당에서 점심식사를 했다.

"여기는 파트너들이 각자의 문제를 들고 나오는 곳이지요."

그는 나에 대해서 말하고 있는 것일까 하고 제니퍼는 생각했다.

그녀는 식사에 집중할 수가 없었다.

제니퍼는 그날 오후에 애덤 생각에만 빠져 있었다. 그를 잊고 만나는 것을 그만두어야만 한다고 그녀는 생각했다. 그는 이미 다른 여자의 남편인 것이다.

그날 밤, 제니퍼는 케네스 베일리와 함께 리처드 로저스의 새로운 쇼 '투바이 투'를 보러 갔다.

두 사람이 로비에 들어섰을 때 주위 사람들이 크게 술렁이고 있어서 제니퍼는 무슨 일인가 하고 뒤를 돌아다보았다. 긴 검은색 리무진 한 대가 극장 앞에 멈추고 남자와 여자가 내렸다.

"그 사람이야!"

한 여자가 외치자 사람들이 자동차 주위로 모여들기 시작했다. 체격이 큰 운전사가 옆으로 다가가자 마이클 모레티와 그의 아내가 제니퍼의 눈에 들어왔다. 군중의 목표는 모레티였다. 영화 스타 못지않은 핸섬한 용모에 사람들의 상상력을 북돋우는 대담함을 지닌 그는 대중의 영웅이었다. 제니퍼는 마이클 모레티와 그의 아내가 인파를 헤치며 다가오는 것을 로비에 서서 지켜보고 있었다. 마이클이 제니퍼로부터 3피트도 안 되는 거리를 지나쳐갈 때 두 사람의 눈이 일순간 마주쳤다. 그의 눈은 동공이

보이지 않을 정도로 검다는 것을 제니퍼는 알았다. 눈 깜짝할 사이에 그의 모습은 극장 안으로 사라져버렸다.

제니퍼는 쇼를 즐겁게 관람할 수가 없었다. 마이클 모레티를 만난 것으로 인해 굴욕 투성이의 기억이 한꺼번에 되살아났다. 제니퍼는 1막이 끝나자마자 케네스에게 집까지 바래다달라고 부탁했다.

다음날, 애덤에게서 전화가 걸려왔다. 제니퍼는 그가 만나자고 하면 거절할 결심을 굳히고 있었다.

'고마워요, 애덤. 하지만 너무 바빠서 시간을 낼 수가 없군요.'

그러나 애덤의 전화 내용은 잠시 외국에 다녀와야겠다는 것이었다.

그녀는 마치 머리를 세게 얻어맞은 듯한 충격을 받았다.

"얼마쯤 계시다 오시죠?"

"2, 3주일쯤이오. 돌아오면 전화하겠소."

"네, 그럼 잘 다녀오세요."

제니퍼는 명랑하게 말했다.

그녀는 누군가가 갑자기 죽었을 때와 같은 기분이 들었다. 리오의 해안에서 반라의 여인들에게 에워싸여 있는 애덤의 모습이 제니퍼의 눈앞에 떠올랐다. 또 멕시코시티의 펜트하우스에서 검은 눈동자의 젊은 미인과 마거리터를 마시고 있는 장면, 아니면 스위스 산장에서 아름다운 여인과 사랑을 나누는…….

'그만둬!'

제니퍼는 자신에게 말했다. 행선지가 어디인지 그에게 물었어야만 했다. 아마도 여자와 즐길 틈도 없는, 어딘가 황량한 나라로 가는 출장으로 사막 한가운데에서 24시간 내내 일할지도 모른다.

물론 그녀는 아무렇지 않은 듯이 돌려서 행선지를 알아낼 수도 있었을 것이다.

'장시간 비행기를 타시나요? 당신은 어떤 외국어를 하시죠? 만일 파리에 가신다면 벨벤차를 사다 주실 수 있나요? 예방주사는 아프겠죠? 부인도 함께 가시나요?⋯⋯ 내 정신이 아무래도 정상이 아닌가봐.'

케네스가 방에 들어와서 그녀를 뚫어지게 쳐다보고 있었다.

"뭘 그렇게 혼자 중얼거리고 있는 겁니까? 괜찮아요?"

'괜찮지가 않아! 내게는 의사가 필요해! 차가운 샤워가 필요해! 애덤 워너가 필요해!'

제니퍼는 소리치고 싶었다.

그녀는 말했다.

"아무것도 아녜요. 좀 지쳤나 봐요."

"오늘 밤엔 일찍 잠자리에 드는 것이 좋겠군요."

그녀는 애덤도 일찍 잠자리에 들까 하고 생각했다.

라이언 신부로부터 전화가 걸려왔다.

"코니 가레트를 만나러 몇 번이나 들렀다면서요?"

"네."

자꾸 찾아갔던 것은 아무런 도움도 되지 못한 그 꺼림칙함을 누그러뜨리기 위해서였다. 그녀에게는 괴로운 일이었다.

제니퍼는 의식적으로 일에 몰두했지만 시간은 더디게 흘렀다. 그녀는 거의 매일 법정에 나가고, 거의 매일 밤 준비서류 작성을 위해 열심히 일했다.

"너무 일을 많이 하는 것 아녜요? 그렇게 과로하면 죽는 수도 있어요."

케네스가 충고했다. 그러나 제니퍼는 육체적으로나 정신적으로나 자기를 피곤하게 만들 필요가 있었다. 그녀는 생각할 시간을 갖고 싶지 않았다.

'난 바보야. 구제할 수 없는 바보라고.'

그녀는 생각했다.

애덤에게서 전화가 걸려 온 것은 그로부터 4주 후였다.

"지금 막 돌아온 길이오. 어디서 점심식사라도 하는 것이 어떻겠소."

그는 말했다. 그 목소리를 듣고 그녀의 가슴은 콩콩 뛰었다.

"네, 좋아요. 애덤."

그녀는 '드러내놓고 잘도 말하는군.' 하고 생각했다.

'네, 좋아요 애덤이라고?'

"그럼 플라자 호텔 오크 룸에서."

"알겠어요."

그곳은 이해타산이 빠른 중년의 부유한 실업가, 주주들, 금융가 등이 이용하는 세계에서 가장 사무적이고 현실적인 분위기를 가진 식당이었다. 오랫동안 남성 프라이버시의 성채로 남아 있던 곳으로 여성에게 개방된 것은 극히 최근의 일이었다.

제니퍼는 약속시간보다 일찍 가서 앉아 있었다. 몇 분 후에 애덤이 나타났다. 그 후리후리하고 키가 큰 남성이 다가오는 것을 지켜보고 있자니 갑자기 그녀의 입 안이 바싹바싹 말라갔다. 그는 햇볕에 탄 것 같아 보였다. 제니퍼는 자기가 공상했던 대로 그가 해안에서 여자들에게 둘러싸여 있었던 것이 아닌가 생각했다.

그는 미소를 보이며 그녀의 손을 잡았다. 그 순간 제니퍼는 아내가 있는 남성에 대한 자신의 결심이 무너져가는 것을 느꼈다. 그녀는 자신을 견제할 수가 없었다. 마치 다른 누군가가 그녀를 조종하고 이렇게 해야만 한다, 저렇게 해야만 한다고 명령하고 있는 것 같았다. 자신에게 무슨 일이 일어나는지 그녀에게는 설명이 되지 않았다. 그런 기분을 한번도 경험한 적이 없었기 때문이었다. 그녀는 생각했다.

'이것이 화학 작용이라는 것일까, 아니면 숙명일까, 신의 뜻일까?'

제니퍼가 알 수 있는 것은 자신이 간절히 애덤의 팔에 안기고 싶은 강한 욕망을 갖고 있다는 것뿐이었다. 그녀는 애덤을 보면서 자기와 사랑을 나누는 그의 모습을 상상했다. 그녀를 껴안은 그의 단단한 몸이 자신의 위에 있는……그녀는 얼굴이 붉어졌다.

애덤이 사과하듯이 말했다.

"갑자기 나오라고 해서 미안해요. 의뢰인이 약속을 취소해서……."

제니퍼는 잠자코 그 의뢰인에게 감사했다.

"선물이오, 밀라노에서 샀어요."

애덤이 말했다. 그것은 녹색과 금색의 아름다운 실크 스카프였다.

'그럼 행선지는 그곳이었구나. 상대는 이탈리아 아가씨들이었겠군.'

"정말 아름답군요, 애덤. 고마워요."

"밀라노에 가본 적이 있어요?"

"아뇨. 대성당 사진을 본 적은 있지만……, 아름답더군요."

"나는 관광은 별로 좋아하지 않아요. 성당은 한 군데만 보면 전부 본 것이나 다름없다는 것이 내 지론이에요."

나중에 이 점심식사에 대해 생각했을 때 제니퍼는 두 사람이 말한 내용과 요리와 테이블로 인사하러 온 사람들의 이름을 생각해내려고 애썼다. 하지만 생각해낼 수 있는 것은 애덤이 옆에 있다는 행복감과 그의 손의 감촉과 그의 표정뿐이었다. 그녀는 그 시간 내내 그의 마법에 걸려 몽롱한 상태에 빠져 있었다.

그러다가 갑자기 좋은 생각이 났다.

'그래, 그와 딱 한 번만 사랑을 나누자. 그것은 내가 상상하는 것만큼 멋지진 않을 거야. 그럼 그를 잊을 수 있겠지.'

두 사람의 손이 우연히 서로 닿았을 때는 마치 둘 사이에 전기가 흐르는 듯 몸이 떨려 왔다. 그들은 많은 이야기를 나눴지만 아무 말도 하지 않은 것처럼 그 말의 의미를 전혀 갖고 있지 않았다.

테이블을 사이에 두고 마주 앉아 있는 두 사람은 눈에 보이지 않는 포옹으로 연결되어 서로를 애무하고, 나체가 되어 격렬하게 사랑을 나누고 있었다. 두 사람 모두 무엇을 먹고 있는지 무슨 얘기를 하고 있는지 알 수 없었다. 그들에게는 뭔가 격렬한 굶주림이 있었고, 그것이 점차 강해져서 마침내 둘 다 참을 수 없는 지경이 되었다.

식사를 하던 애덤은 제니퍼의 손에 자신의 손을 올려놓고 가라앉은 목소리로 말했다.

"제니퍼……."

그녀는 속삭였다.

"네, 이곳을 나가요."

제니퍼가 사람의 출입이 많은 로비에서 기다리고 있는 동안 애덤은 프론트에서 방을 부탁했다. 그들의 방은 58번가가 내려다보이는 플라자 호텔의 구관 쪽이었다. 그들은 안쪽 엘리베이터를 이용했는데 제니퍼는 그들의 방이 있는 층에 좀처럼 도착하지 않을 듯한 기분이 들었다.

제니퍼는 점심식사 때의 일은 전혀 기억하지 못했지만, 그 방에 관한 것은 무엇이든 기억하고 있었다. 몇 년이 지나도 그녀는 창문에서 본 경치와 커튼과 카펫과 벽의 그림과 가구를 하나도 남기지 않고 기억해낼 수 있었다. 맨 아래쪽에서 방 안까지 들려오는 도시의 웅성대는 소음도 생각해낼 수 있었다. 그날 오후의 영상은 그녀의 마음속에 영원히 남게 되었다.

그것은 슬로모션으로 타오르는 천연색 사랑의 불꽃이었다. 그녀의 옷을 벗기는 애덤……침대 속의 애덤의 늠름하고 꽉 죄인 몸……그의 거친 몸짓과 부드러운 손길……웃음과 격정……그들의 굶주림은 충족되지 않을 수 없는 강한 욕망으로 부풀어 올랐다. 애덤이 그녀를 애무하기 시작한 순간 그녀의 머리에 떠오른 말은 '내가 졌어!'라는 말이었다.

두 사람은 몇 번이나 반복하여 사랑을 나누고 그때마다 견디기 어려운 황홀감을 경험했다.

몇 시간 후, 두 사람은 조용히 누워 있었다. 애덤이 말했다.

"태어나서 처음으로 살아 있다는 느낌을 가졌어."

제니퍼는 부드럽게 그의 가슴을 쓰다듬으며 소리를 내어 웃었다.

애덤은 의아한 표정으로 그녀를 보았다.

"뭐가 그렇게 우스워?"

"나 자신한테 뭐라고 타일렀는지 알아요? 당신과 한 번 사랑을 나누면 당신을 잊을 수 있을 거라고 했어요."

그는 방향을 바꾸어 그녀를 내려다보았다.

"그래서, 잊을 수 있겠어?"

"내 생각이 틀렸어요. 이제는 당신이 내 일부분이 된 것 같은 느낌이에요. 적어도……."

그녀는 망설였다.

"당신의 몸은 내 일부분이에요."

그녀가 무엇을 생각하고 있는지 애덤은 알 수 있었다.

"이제부터는 만나는 방법을 좀 생각해야겠어."

애덤은 말했다.

"메리 베스는 월요일부터 한 달간 숙모와 유럽여행을 갈 거야."

행복한 시간들

제니퍼와 애덤은 거의 매일 밤 만났다.

그녀와 첫날 밤을 보낸 날, 좁고 쾌적하지 못한 아파트에서 지낸 애덤은 다음날 아침 결심한 듯이 말했다.

"오늘은 둘 다 일을 쉬고 당신의 깨끗한 아파트를 구해야겠어."

두 사람은 함께 고급 아파트를 찾아 나섰다. 그리고 제니퍼는 그날 저녁 무렵 서튼 플레이스 근처에 있는 벨몬트 타워즈라고 불리는 새 고층빌딩 안에 있는 아파트를 계약했다. 빌딩 앞에 걸려 있던 게시판에는 계약이 끝났다고 적혀 있었다.

"들어가볼 것도 없잖아요?"

제니퍼가 물었다.

"곧 알게 될 거야."

그들이 본 것은 상하층으로 나뉜, 깨끗하고 방이 5개에다 가구도 훌륭한 고급 아파트였다. 제니퍼는 이런 호화스런 아파트를 지금까지 본 적이 없었다. 위층에는 큰 침실과 욕실, 아래층에는 손님용 침실과 욕실이 있고 이스트 강과 시내를 바라볼 수 있는 거실이 있었다. 그 나머지는 넓은 테라스와 부엌과 식당이었다.

"마음에 들어?"

애덤이 물었다.

"마음에 드는 정도가 아니에요. 감격적이에요."

제니퍼가 소리쳤다.

"하지만 두 가지 문제가 있어요. 한 가지는 경제적으로 무리라는 점이고, 또 한 가지는 만일 내가 빌리고 싶다고 해도 이미 계약이 끝났다는 팻말이 걸려 있는데……."

"빌린 것은 우리 사무실이야. VIP손님을 위해서 계약해두었는데 사무실에는 다른 아파트를 구하도록 하지."

"임대료 문제는요?"

"내가 지불하겠어. 내게는……."

"안 돼요."

"왜? 그 정도는 나한테……."

제니퍼는 고개를 저었다.

"애덤, 당신은 모르는군요. 저에게는 당신에게 줄 것이 나 외에 아무것도 없어요. 나는 그것을 선물하고 싶어요."

그는 그녀를 바싹 끌어안았다. 제니퍼는 그의 팔 안에서 말했다.

"무슨 말인지 알겠어요…… 밤에 보답할게요."

토요일에 두 사람은 쇼핑을 즐겼다. 애덤은 제니퍼를 위해 본윗 텔러에서 아름다운 실크 네글리제와 가운을 샀고 제니퍼는 애덤을 위해 덤블 엔드 아서의 와이셔츠를 샀다. 또 그들은 김벨즈에서 체스판을, 에이브러햄 엔드 시트라우스 근처의 주니어즈에서 치즈케이크를, 알트만즈에서 휘트넘 앤드 메이의 플럼 푸딩을, 더블디에서 책을 샀다.

가몬 숍과 케스웰 맛세이에 가서도 애덤은 제니퍼를 위해 백화향수를 여러 병 샀다. 그리고 나서 그들은 아파트의 모퉁이에 있는 레스토랑에서 저녁식사를 했다.

두 사람은 매일 밤, 일이 끝난 후 아파트에서 만나 그날 있었던 일을 서로 이야기했다. 제니퍼가 요리를 하고 있는 동안에 애덤이 식탁을 차렸다. 식후에는 책을 읽기도 하고 텔레비전을 보기도 하고 진 러미와 체스를 하며 놀았다. 제니퍼는 항상 애덤이 좋아하는 요리를 만들었다.

"전 부끄러움을 모르는 여자인가 봐요. 당신이 필요해서 참을 수가 없어요."

그녀는 그에게 말했다.

애덤이 제니퍼를 꽉 끌어안았다.

"참을 필요 없어."

이상한 일이라고 제니퍼는 생각했다. 단순한 친구였을 때는 두 사람은 공공연히 만날 수가 있었다. 하지만 애인이 되고부터는 사람 눈에 띄는 곳에 같이 갈 수가 없었다. 그들은 아는 사람들을 별로 마주치지 않을 것 같은 장소, 즉 도심지의 작은 패밀리 레스토랑이라든가, 써드 스트리트 음악학교의 실내악 연주회 같은 곳에 갔다. 또한 18번가의 움니 씨어터 클럽에서 새로 공연하는 연극을 보러 가기도 하고 블룸 스트리트의 그로터 아줄러에서 한 달간은 이탈리아 요리를 보기만 해도 질릴 만큼 실컷 먹기도 했다.

'하지만 우리에게는 또 다른 1개월은 없어.'

제니퍼는 생각했다. 메리 베스는 앞으로 14일 후면 돌아오는 것이다.

그들은 더 하프 노트에 전위재즈를 들으러 가기도 하고 작은 화랑의 창을 기웃거리기도 했다.

애덤은 스포츠를 좋아했다. 제니퍼는 그에게 끌려 프로 농구경기를 보러 가서 흥분한 나머지 목이 쉴 때까지 응원했다.

일요일에는 두 사람은 잠옷 바람으로 아침을 들기도 하고 『뉴욕타임스』를 페이지를 바꿔 읽기도 하며 여유 있게 시간을 보냈다. 또 맨해튼에 울려 퍼지는 성당의 종소리에 귀를 기울이며 마음속으로 각자의 기도를 했다.

제니퍼는 낱말 맞추기에 열중해 있는 애덤을 바라보면서 생각했다.

'하느님, 저를 용서해주세요.'

그녀는 자신이 잘못을 저지르고 있다는 것을 알고 있었다. 길게 지속되지 못하리라는 것도 알고 있었다. 그럼에도 불구하고 지금 그녀는 전에 느끼지 못했던 행복감에 도취되어 있었다. 연인들은 특별한 세계에 살고, 그곳에서는 모든 감각이 행복만을 느끼고 있는 법이었다.

제니퍼는 지금 느끼고 있는 기쁨은 나중에 어떠한 대가를 치르게 되어도 바꿀 만한 가치가 있다고 생각했다. 그리고 그녀는 그 대가를 지불해야 되리라는 것을 알고 있었다.

제니퍼에게 있어서는 시간의 단위가 지금까지의 단위와는 다른 것이 되었다. 전에는 시간단위로, 그리고 고객을 만나는 횟수로 측정되었지만 지금은 애덤과 함께 있을 수 있는 분단위로 측정되었다. 그녀는 애덤과 함께 있을 때도 그를 생각하고, 떨어져 있을 때도 그만을 생각했다.

애인의 품 안에서 심장발작을 일으킨 남자들의 이야기를 제니퍼는 읽은 적이 있었다. 그래서 그녀는 침대 옆 전화번호부에 애덤이 개인적으로 친한 의사의 번호를 적어두었다. 만일 무슨 일이 일어나도 애덤이 곤란한 상황에 처하지 않고 신중히 치료받기 위해서였다.

제니퍼는 지금까지 자기가 갖고 있다고는 생각조차 하지 못했던 감정에 사로잡혀 있었다. 자신이 가정적인 여자라고 생각했던 적은 한 번도 없었는데, 그녀는 애덤의 모든 뒷바라지를 해주고 싶었다. 그를 위해서 요리도 하고, 청소도 하고, 아침에 그가 입을 옷을 준비해주고 싶었다. 그의 모든 일상사를 돌봐주고 싶었다.

애덤은 아파트에 자기가 입을 옷을 대충 준비해두고 거의 매일 밤 제니퍼와 지냈다. 그녀는 그의 옆에 누워서 그가 잠드는 것을 지켜보았다. 그녀는 두 사람이 함께 있을 수 있는 귀중한 시간을 1초라도 잃어버리는 것이 아까워서 가능한 한 깨어 있으려고 노력했다.

마침내 더 이상 눈을 뜨고 있을 수 없게 되자 제니퍼는 애덤의 팔 안에 들어가 만족하고 안심하며 잠들었다. 그렇게 오랫동안 제니퍼를 괴롭혀 왔던 불면증도 말끔히 사라지고, 그녀를 괴롭혔던 악몽도 완전히 자취를 감춰버렸다. 몸을 새우같이 둥글게 해서 그의 팔에 안기면 그녀의 마음은 금방 편안해지는 것이었다.

그녀는 장난삼아 애덤의 와이셔츠를 입고 실내를 돌아다니고 밤에는 그의 잠옷을 입었다. 아침이 되어 그가 제니퍼를 침대에 남긴 채 나갈 때는 그녀는 애덤이 자고 있던 쪽으로 굴러가서 그의 냄새를 맡았다.

그녀는 자기가 듣는 대중음악이 모두 애덤과 자기를 위해 작곡된 것 같다는 느낌이 들었다. .

'노엘 커워드가 말한 대로야. 유치한 대중음악도 놀랄 만큼 큰 힘을 갖고 있어.'

처음에 제니퍼는 두 사람이 서로의 육체에 대하여 느끼고 있는 황홀한 느낌이 시간이 갈수록 점점 정도가 약해질 것이라고 생각했다. 그런데 그것은 정반대로 가고 있었다.

제니퍼는 지금까지 절대로 누구에게도 말한 적이 없는 마음의 비밀을 애덤에게 털어놓았다. 애덤에게는 무슨 일이든지 감출 필요가 없었다. 그녀는 모든 것을 벗어버리고 벌거숭이 제니퍼 파커가 되었고, 그는 그러한 그녀를 더욱더 사랑해주었다. 그것은 기적에 가까웠다. 그리고 두 사람은 또 하나의 기적, 즉 웃음을 나누어 가졌다.

제니퍼의 애덤에 대한 사랑은 날이 갈수록 깊어져만 갔다. 제니퍼는 이 행복이 영원히 계속되기를 바랐다. 하지만 그것이 끝나리라는 것은 알고 있었다. 그녀는 생전 처음 미신에 의지하게 되었다. 애덤은 특히 케냐산 커피를 좋아했는데 제니퍼는 그것을 2, 3일에 한 번씩 사들였다. 하지만 그녀는 한 번에 작은 캔 하나씩밖에 사지 않았다.

제니퍼가 걱정하는 것 중의 하나는 함께 있지 않을 때, 혹은 애덤에게 무슨 일이 생겼을 때 그녀가 신문이나 텔레비전 뉴스에서 볼 때까지 그것을 모르면 어쩌나 하는 것이었다. 그녀는 그런 일이 생길까 봐 두려웠지만 애덤에게는 그런 두려움을 전혀 내비치지 않았다.

애덤은 귀가가 늦어질 때는 아파트 안의 뜻밖의 장소에 메모를 남겼다. 그녀는 빵 케이스나 냉장고, 그녀의 구두 속에서 메모들을 발견하고는 재미있어 했다. 그리고 그 메모를 전부 모아두었다.

꿈과 같은 즐거움 속에서 두 사람이 함께 지낼 수 있는 나머지 날들은 화살과 같이 지나갔다. 그리고 메리 베스가 돌아오기 전날 밤이었다. 제니퍼와 애덤은 아파트에서 저녁식사를 하고 음악에 귀를 기울이며 사랑을 나누었다. 제니퍼는 애덤의 몸에 푹 안겨서 하룻밤을 뜬눈으로 지새우며 둘이 나누었던 행복한 시간들을 생각하고 있었다.

이제 얼마 후면 괴로움이 찾아올 것이었다.

아침식사 때 애덤이 말했다.

"무슨 일이 있어도 이것만은 알고 있었으면 좋겠어. 당신은 지금까지 내가 진실로 사랑한 유일한 여자라는 것을……."

고통은 그때 찾아왔다.

설득당한 배심원들

괴로움을 덜어주는 진통제는 일을 하는 것이었다. 그녀는 다른 생각을 할 틈이 없도록 완전히 일에 몰두했다.

이제 그녀는 매스컴의 총아가 되었고, 법정에서 그녀가 승리를 거둘 때마다 대대적으로 보도가 되었다. 의뢰인들이 처치 곤란할 만큼 제니퍼에게로 몰려들게 되었다. 제니퍼의 주요 관심은 형사 사건에 있었지만, 케네스의 권유로 그녀는 여러 가지 민사 소송도 다루기 시작했다.

케네스 베일리의 존재는 제니퍼에게 있어서 점점 중요한 위치를 차지하게 되었다. 그는 그녀가 다루는 사건에 대한 뒷조사를 담당하고 있었지만, 다른 어떤 문제들도 그에게 상의할 수 있을만큼 유능했기 때문에 제니퍼는 그의 조언을 존중했다.

제니퍼와 케네스는 다시 사무실을 옮겼다. 이번에는 파크에비뉴에 있는 넓은 방이 연결되어 있는 사무실이었다. 제니퍼는 로버트 디 실바의 직원이었던 2명의 젊고 우수한 변호사, 댄 마틴과 테드 해리스, 그리고 2명의 비서를 고용했다.

댄 마틴은 노스웨스턴 대학을 졸업했고 원래 미식축구 선수인데 운동 선수의 체격과 학자의 두뇌를 갖고 있었다.

테드 해리스는 우유병 바닥같이 두꺼운 안경을 쓴 마르고 내성적인 기질의 천재적인 청년이었다. 마틴과 해리스는 직접 뛰어다니는 외근을 담당하고 제니퍼는 법정에서의 일을 담당했다.

사무실 문에는 이렇게 쓰여 있었다.

'제니퍼와 변호사들.'

사무실로 의뢰가 들어오는 사건들은 공해로 소송된 대기업의 변호로부터, 구타를 당하고 술집에서 쫓겨나다가 목뼈를 다친 술주정뱅이의 보상까지 광범위한 것이었다. 물론 그 술주정뱅이는 라이언 신부의 부탁에 의한 것이었다.

"친구에게 약간의 문제가 생겨서 말입니다. 집에서는 좋은 아버지입니다만, 너무 스트레스가 많아서 종종 폭음을 할 때가 있죠."

라이언 신부는 제니퍼에게 말했다.

제니퍼는 웃지 않을 수가 없었다. 라이언 신부의 눈에 비친 교구민 중에는 악한 사람은 한 명도 없고, 그는 그들이 우연히 휘말린 문제에서 꼭 구해주고 싶다고 말하는 것이었다. 제니퍼가 신부를 잘 이해할 수 있는 것은 기본적으로 그와 같은 기분을 갖고 있었기 때문이었다. 두 사람은 어떤 문제에 휘말려 도와줄 사람이 없고, 돈도 없고, 권력과 싸울 힘도 없어서 결국에는 사회로부터 매장되는 사람들을 상대하고 있었다.

정의라는 말은 주로 법률을 빠져나갈 구멍을 찾는 데 이용되었다. 법정에서는 검찰관이나 변호사도 정의를 구하지 않았다. 중요한 것은 이기는 데 있었다.

제니퍼와 라이언 신부는 종종 코니 가레트에 관해 이야기를 나누었는데, 그 문제는 항상 제니퍼를 우울하게 만들었다. 코니의 경우에는 정의가 실현되고 있지 않았다. 제니퍼는 가슴이 아팠다.

'토니의 가게' 안에 있는 자기 사무실에서 마이클 모레티는 닉 비토가 전자장치를 사용하여 주의 깊게 도청기를 찾는 것을 지켜보고 있었다. 마이클은 경찰의 어떤 관계자를 통해 전자장치에 의해서 감시되고 있다는 것을 알고 있었다. 하지만 자기에게 지나치게 열심인 젊은 형사가 정보수집을 위해서 불법적인 도청기를 장치하는 경우가 있었다. 마이클은 신중한 남자였다. 그는 집도 사무실도 매일 아침 저녁으로 조사를 시켰다. 그는 몇 군데 치안기관으로부터 최고의 목표가 되고 있다는 것을 알고 있었지만, 걱정은 하지 않았다. 마이클은 그들의 동태를 알고 있었지만 그들은 그가 무엇을 하고 있는지 모르고 있었기 때문이다. 또 설령 그들이 알았다 해도 그들은 그것을 입증할 수가 없었다.

마이클은 때때로 밤늦게 레스토랑 안에서 구멍으로 밖을 내다보며 FBI 요원들이 정보분석을 하기 위해 그의 쓰레기를 수거하고, 다른 쓰레기로 바꿔 넣는 것을 지켜보았다.

어느 날 밤, 닉 비토가 말했다.

"저, 회장님, 놈들이 뭔가를 발견한다면 어떻게 하죠?"

마이클은 웃었다.

"걱정할 것 없어. 놈들이 오기 전에 우리 쓰레기와 옆의 레스토랑 것을 바꾸어 두면 되니까."

FBI 수사원들이 그를 체포하는 것은 불가능했다. 조직의 활동은 확대되고 마이클은 아직 발표하지 않은 계획들을 가지고 있었다. 단 하나의 장애는 토머스 콜팩스였다. 마이클은 이 노변호사를 내쫓아야만 한다고 생각했다. 그에게는 젊고 신선한 두뇌가 필요했다. 그리고 자주 제니퍼 파커가 그의 머리에 떠올랐다.

애덤과 제니퍼는 1주일에 한 번, 점심식사 때 만났는데 그것은 서로에게 괴로운 일이었다. 둘만의 오붓한 시간이나 프라이버시를 가질 수 없었기 때문이다. 두 사람은 매일 암호명을 사용하여 전화 통화를 했다. 그는 미스터 애덤스, 그녀는 미세스 제이였다.

"이런 식으로 숨어서 만나는 것은 싫어."

애덤이 말했다.

"나도 그래요."

하지만 그를 잃을 것을 생각하면 그녀는 두려웠다.

법정은 제니퍼에게 있어서 개인적인 고통에서 도피하는 장소였다. 그곳은 무대이고 최고의 적수와 지력을 겨루는 경기장이었다. 법정은 제니퍼의 학교였고 그녀는 성실히 공부했다. 재판이란 어떤 엄한 룰의 범위 내에서 행해지는 게임이고, 보다 뛰어난 경기자가 이긴다. 제니퍼는 보다 뛰어난 경기자가 되겠다고 결심했다.

제니퍼의 반대 신문은 숙련된 스피드와 리듬과 타이밍을 이해한 배우의 연기에 가까운 것이 되었다. 그녀는 배심원 중의 리더를 발견하는 것을 배웠다. 표적을 그 리더에게 맞춰 변론을 집중시키면, 그 리더가 다른 배심원들의 의견을 좌우할 수 있다는 것을 파악했기 때문이었다.

그 사람의 구두는 어느 정도 그 주인의 성격을 말해준다. 제니퍼는 신어서 편한 구두를 신고 있는 배심원을 찾았다. 그런 사람은 일반적으로 소심하지 않고 구애받지 않는 성격이기 때문이다.

그녀는 재판의 전략과 전반적인 계획, 전술, 그날그날의 임기응변에 대해 배웠다. 그리고 판사를 자기편으로 만드는 명인이 되었다.

제니퍼는 '대부분의 사건은 재판이 시작되기 전에 승패가 난다'는 금언을 음미하면서 한 건 한 건의 재판을 준비하는 데 많은 시간을 투자했다. 그녀는 배심원들의 이름을 기억하기 위한 기억법을 완전히 몸에 익혔다. 예를 들면, 스미스(대장장이라는 뜻이 있다)는 모두를 다룰 수 있는 힘줄과 뼈가 늠름한 남자, 헬름은 배를 조종하는 남자, 뉴먼은 갓난아기라는 방식이었다.

법정은 보통 4시에 폐정된다. 그래서 제니퍼는 증언에 대한 반대신문이 오후 늦게 행해질 때는 4시 몇 분 전까지 시간을 지연시키고는 화살 같은 질문을 증인에게 퍼붓기 시작했다. 그렇게 함으로써 배심원들에게 다음날까지 강한 인상을 남길 수 있었다.

그녀는 보디랭귀지를 읽어내는 것도 배웠다. 증언대의 증인이 거짓말을 하고 있을 때는 몸짓으로 그것을 알 수 있었다. 예를 들어 턱을 만지작거리거나 입을 꽉 다물거나 입을 손으로 가리거나 귓불을 잡아당기거나 머리카락을 쓰다듬는 것인데, 제니퍼는 그런 동작들을 알아차리는 데 도사가 되어 있었다.

제니퍼는 형사법을 다룰 경우 여자라는 사실이 불리하게 작용한다는 것을 알게 되었다. 아직 여성 형사사건 변호사는 매우 드물었고, 남자 변호사 중에는 일부러 여성변호사가 싫어하는 짓궂은 언행을 하는 사람도 있었다.

배심원들은 대체로 제니퍼에게 편견을 가지고 있었다. 그것은 그녀가 다루는 사건 대부분은 하층 계급의 사건이어서 그들은 그녀와 의뢰인을 연결하여 생각하는 경향이 있었기 때문이었다. 그녀는 그들이 바라는 제인 에어와 같은 우아한 복장으로 법정에 나타나는 일은 절대로 하지 않았다. 그리고 여성 배심원들의 질투를 사는 화려한 복장은 특별히 삼가고, 지언스럽고 어성스러운 복장을 하느라 신경을 썼다.

이전 같았으면 제니퍼는 그러한 것에 대한 관심을 시시한 것으로 웃어넘겼을 것이다. 그러나 법정 안에서는 그것이 냉엄한 현실이라는 것을 그녀는 알았다. 남자 세계에 들어간 그녀는 남자의 두 배는 일하고 두 배는 뛰어나야만 했다. 제니퍼는 그녀 자신의 일에 대해서 철저한 준비를 할 뿐만 아니라 상대가 다른 사건까지 조사하게 되었다.

제니퍼는 밤에 침대에 누워 있을 때나 사무실 책상에 앉아 있을 때나 항상 상대편의 전략을 생각했다. 내가 만일 상대편 입장이었다면 어떻게 할까? 어떤 기습을 할까? 그녀는 천하를 겨루는 양 진영의 작전을 짜는 장군과 같았다.

신시아가 인터폰의 부저를 눌렀다.

"3번 전화에 걸려온 남자가 통화하고 싶다고 합니다만, 이름과 용건을 밝히지 않는군요."

6개월 전이었다면 신시아는 그런 전화는 금방 끊어버렸을 것이다. 제니퍼는 그녀에게 어떤 사람의 의뢰든 거절해서는 안 된다고 가르치고 있었다.

"그 전화를 돌려줘요."

제니퍼는 말했다.

잠시 후 그녀의 귀에 신중한 남자의 목소리가 들렸다.

"제니퍼 파커 양입니까?"

"네, 그런데요."

상대는 주저했다.

"혹시 이 전화 도청되고 있지 않을까요?"

"괜찮습니다. 용건이 무엇이신지요?"

"제 일이 아니고, 제 친구의 일입니다만."

"아, 그렇습니까. 그럼 당신 친구분의 문제는?"

"이건 비밀로 해주시지 않으면 곤란합니다."

"알고 있습니다."

신시아가 들어와 제니퍼에게 우편물을 건네주었다.

"잠깐만요."

제니퍼는 거의 목소리를 내지 않고 말했다.

"제 친구의 가족이 그녀를 정신병원에 감금해버렸습니다. 그녀는 미치지 않았습니다. 그들의 음모입니다. 당국도 개입되어 있습니다."

제니퍼는 이제는 거의 건성으로 듣고 있었다. 그녀는 수화기를 어깨로 누르면서 아침 우편물을 대충 훑어보았다.

남자는 말하고 있었다.

"그녀는 부자이기 때문에 가족들이 돈을 노리고 있는 겁니다."

제니퍼는 말했다.

"그래서요?"

그리고 우편물을 계속 살펴보았다.

"내가 그녀를 돕고 있다는 것을 알면 그들은 나도 감금해버리고 말 거예요. 제 신변도 위험합니다, 파커 양."

'돌았군.'

제니퍼는 생각했다. 그녀는 말했다.

"유감스럽지만 제가 도움이 되어드릴 수가 없을 것 같군요. 다만 친구 분을 돕기 위해서라면 좋은 정신과 의사를 찾아가라는 충고를 드릴 수밖에요."

"그건 안 됩니다. 모두들 한패거든요."

"음, 저는……."

제니퍼는 달래듯이 말했다.

"제발 도와주세요."

"그건 매우……그럼 이렇게 합시다. 친구 분 존함과 주소를 말해주세요. 시간이 나면 조사해볼 테니까요."

긴 침묵이 계속되었다. 마침내 남자는 말했다.

"비밀을 지켜주시겠습니까?"

제니퍼는 그가 전화를 끊어주기를 바랐다. 예약 손님이 대기실에서 기다리고 있었다.

"알고 있습니다."

"쿠퍼, 할렌 쿠퍼입니다. 그녀는 롱아일랜드에 많은 토지를 갖고 있는데 그들에게 빼앗겼습니다."

제니퍼는 앞에 있는 메모지에 상대가 말하는 대로 기록했다.

"그럼 어느 정신과 병원이죠?"

찰칵 소리가 나며 전화가 끊어졌다. 제니퍼는 메모를 쓰레기통에 버렸다. 제니퍼와 신시아는 얼굴을 마주보았다.

"기분 나쁜 전화죠? 마샬 양이 기다리고 있습니다."

신시아는 말했다.

제니퍼는 1주일 전에 로레타 마샬의 전화를 받았다. 마샬 양은 부호이고 사교계의 명사인 커티스 란들 3세에 대한 혈육인지 소송의 대리인이 되어달라고 제니퍼에게 의뢰해왔다.

제니퍼는 그때 케네스 베일리에게 상담했다.

"커티스 란들 3세에 대한 정보가 필요해요. 그의 집은 뉴욕이지만 팜비치에서 지내는 때가 많은 것 같아요. 그의 경력과 그가 로레타 마샬이라는 여성과 관계가 있는지 없는지를 알고 싶어요."

그녀는 그 여성에게서 들은 팜비치의 호텔 이름을 알려주었다. 케네스는 이틀 후에 정보를 갖고 왔다.

"알아냈어요. 두 사람은 팜비치와 마이애미, 그리고 애틀랜틱시티의 호텔에서 2주일 동안 함께 지냈더군요. 로레타 마샬은 8개월 전에 딸을 낳았고요."

제니퍼는 의자에 등을 기대고 생각에 잠긴 채 케네스를 보았다.

"그럭저럭 소송이 될 것 같군요."

"나는 그렇게 생각하지 않는데."

"무슨 문제가 있나요?"

"문제는 그 의뢰인이에요. 그녀는 양키즈의 선수를 비롯해서 숱한 남자들과 관계를 맺었더란 말입니다."

"아버지일 가능성이 있는 남자가 많이 있다는 말인가요?"

"아마 이 세상 사람 중 절반은 그럴 가능성이 있을 겁니다."

"그 가운데서 아이의 양육비를 낼 수 있을 만한 부자는?"

"양키즈의 선수들도 상당한 부자라고 할 수 있죠. 하지만 가장 돈이 많은 사람은 역시 커티스 란들 3세죠."

그는 이름을 적은 긴 리스트를 그녀에게 건네주었다.

로레타 마샬이 사무실로 들어왔다. 그녀가 어떤 여자인지 제니퍼는 확실히 몰랐지만 아마도 미인이긴 하지만 머리가 텅빈 매춘부일 거라고 상상하고 있었다. 하지만 로레타 마샬은 그녀의 예상을 완전히 뒤집었다. 그녀는 미인이기는커녕 못생겼다고 말해도 좋을 정도였다. 스타일도 엉망이었다. 마샬이 정사한 상대의 수를 봐서 적어도 섹시한 여자일 것이 틀림없다고 제니퍼는 예측했었는데, 로레타 마샬은 초등학교 여선생이라면 딱 어울릴 타입이었다.

그녀는 격자무늬로 된 울 스커트에 옷깃이 선 블라우스와 짙은 파랑색 카디건을 입고 멋진 구두를 신고 있었다. 제니퍼는 맨 처음 로레나 마샬은 커티스 란들의 아이도 아닌데 그로부터 양육비를 빼내기 위해서 자기를 이용하려 하고 있는 것이라고 믿었다. 그런데 그녀와 한 시간 가량 이야기를 나눈 뒤 제니퍼는 자신의 생각이 바뀌어가고 있음을 깨달았다. 로레타 마샬은 정직한 여자였다.

"물론 커티스가 멜라니의 아버지라는 증거는 없어요. 제가 동침한 남자는 커티스만이 아니니까요."

그녀는 부끄러운 듯이 미소를 지었다.

"그렇다면 마샬 양, 왜 그가 당신 딸의 아버지라고 생각하는 거죠?"

"생각하는 것이 아닙니다. 분명히 그가 아버지예요, 설명하기 어렵지만 제가 멜라니를 임신한 밤이 언제였는지까지 알고 있어요. 여자는 그것을 느낄 때가 있잖아요."

제니퍼는 그녀를 쳐다보며 나쁜 계략이나 거짓말하는 것이 아닌가 하고 그런 기미를 찾으려 했다. 하지만 아무것도 발견할 수 없었다. 그녀에게는 가식적인 부분이 전혀 없었다. 아마도 남자들에게 있어서는 그녀의 그런 점이 매력이었을 것이라고 제니퍼는 간파해낼 수 있었다.

"커티스 란들을 사랑하고 있나요?"

"네, 커티스도 저를 사랑하고 있다고 했었죠. 지금 이런 상황이 되었으니 지금도 사랑하고 있는지 어떤지는 모르지만 말입니다."

'커티스를 사랑하고 있다면 어째서 다른 여러 남자들과 관계를 가졌나요?'라고 제니퍼는 묻고 싶었다. 그 대답은 그녀의 애조 띤 못생긴 얼굴과 볼품없는 스타일에 있는지도 모른다.

"도와주시겠습니까, 파커 양?"

제니퍼는 신중하게 말했다.

"인지소송은 매우 어려운 문제예요. 저는 당신이 최근 1년 사이에 관계한 10여 명의 남자의 명단을 갖고 있습니다. 아마 그 외에도 있을 겁니다. 제가 그런 리스트를 갖고 있을 정도이니 커티스 란들의 변호사도 그런 리스트를 틀림없이 작성할 겁니다."

로레타 마살은 눈살을 찌푸렸다.

"혈액검사라든가 그런 것으로……."

"혈액검사가 증거로 인정되는 경우는 피고가 아버지가 아닌 것을 입증할 때뿐입니다. 그것은 법률적으로 결정적인 힘을 갖고 있지 못해요."

"사실은 저 자신의 일은 아무래도 상관없습니다. 멜라니를 제대로 키울 수만 있다면 돼요. 커티스가 자기 딸을 키우는 것은 당연한 일이 아니겠어요?"

제니퍼는 결정을 내리지 못했다. 그녀가 로레타 마살에게 한 말은 사실이었다. 친자 확인 소송은 성가시고 불쾌할 뿐만 아니라 어려운 일이었다. 이 여자가 증언대에 서면 피고 측 변호사에게 절호의 기회를 주게 될 것은 뻔했다. 그녀의 애인들을 차례로 등장시키고 그들의 증언이 끝날 때까지는 그녀를 매춘부로 단정짓고 있을 것이다. 그것은 제니퍼로서는 다루고 싶지 않은 종류의 소송이었다. 하지만 한편으론 그녀는 로레타 마살을 믿고 있었다. 이 여자는 과거의 애인으로부터 돈을 우려내려고 하는 나쁜 여자가 아니다. 그녀는 커티스 란들이 아기의 아버지라는 것을 확신하고 있었다. 제니퍼는 결심한 듯 말했다.

"알겠어요. 한번 해봅시다."

제니퍼는 커티스 란들의 변호사 로저 데이비스와 만나기로 했다. 데이비스는 월 스트리트의 큰 법률사무소의 파트너였다. 그가 중요한 자리를 맡고 있다는 것은 쓰고 있는 연결식 방의 넓이를 봐서 충분히 알 수 있었다. 데이비스는 거만한 느낌이 들어서 제니퍼는 한눈에 그에게 반감을 가졌다.

"무슨 일이십니까?"

그는 물었다.

"전화로 설명 드렸듯이 로레타 마살의 의뢰로 왔습니다."

로저 데이비스는 그녀에게 재촉하듯 말했다.

"그래서요?"

"그녀는 커티스 란들 3세에 대해 인지 소송을 제기하고 싶다고 합니다. 다만 저는 가능하면 피하고 싶다고 생각해서요."

"소송을 거는 것은 가장 어리석은 짓이죠."

제니퍼는 차오르는 분노를 억눌렀다.

"당신도 재판까지 가는 사태로 고객의 명예를 훼손시키고 싶지는 않겠죠? 말할 것까지도 없습니다만 이런 소송은 항상 서로의 약점만을 들추는 추잡한 싸움이 되어버리죠. 그렇기 때문에 우리 측은 응할 수 있는 조건이라면 당사자 간에 해결하는 방법에 따를 준비가 되어 있습니다."

로저 데이비스는 제니퍼에게 냉소를 퍼부었다.

"그야 그럴 테죠. 전혀 가능성이 없는 문제니까."

"가능성은 있습니다."

"파커 양, 시간이 없기 때문에 분명히 말해두겠는데, 당신의 의뢰인은 매춘부예요. 그 여자는 상대를 고려하지 않고 관계를 가졌어요. 나는 그녀와 관계한 남자들의 리스트를 갖고 있었소. 길고 긴 리스트를 말이오. 내 의뢰인의 명예를 염려하시는 것 같은데, 당신의 의뢰인에게 있어서는 자기 파멸이에요. 그녀는 교사라고 하는데 만일 재판으로 가면 어디에 가도 평생 교편을 잡을 수 없도록 해주겠소. 그리고 또 한 가지를 말해두겠소. 란들이 그 아기의 아버지라고 믿고 있어요. 하지만 당신은 백만 년이 걸려도 그것을 입증할 수 없을 겁니다."

제니퍼는 의자에 등을 기대고 무표정하게 듣고 있었다.

"그녀를 임신시켰을 가능성이 있는 남자는 한 소대는 될 거예요. 당사자 간의 해결을 희망하신다면 좋아요. 우리 조건을 말하죠. 이런 일이 두번 다시 일어나지 않도록 당신 의뢰인에게 피임약을 사 드리죠."

제니퍼는 얼굴이 새빨개져서 일어났다.

"데이비스 씨, 지금 당신이 한 말 덕분에 당신의 의뢰인은 50만 달러를 지불해야만 될 겁니다."

협박을 남기고 제니퍼는 방을 나왔다.

케네스 베일리와 2명의 보조원들은 커티스 란들 3세에게 있어서 불리한 사실을 한 가지도 발견할 수 없었다. 그는 혼자 살며, 사교계의 중심적 존재이고 전혀 플레이보이 짓은 하지 않았다.

"그놈은 청교도의 화신이야."

케네스 베일리는 투덜댔다.

친자 확인 소송이 시작되기 하루 전날 밤 늦게까지 그들은 회의실에 모여 있었다.

"제니퍼, 난 데이비스 사무실에 있는 한 변호사와 이야기했는데 그들은 우리 의뢰인을 파멸시키겠다고 하고 있어요. 단순한 협박만은 아닌 것 같았어요."

"왜 그 여자 때문에 위험을 무릅쓰려는 거죠?"

댄 마틴이 물었다.

"난 그녀의 성생활을 비판할 생각은 없어요, 댄. 그녀는 커티스 란들이 아기 아버지라고 믿고 있어요. 진짜 그렇게 믿고 있어요. 그녀가 원하는 것은 아기를 위한 돈이지 자신을 위해서는 아무것도 원하는 것이 없어요. 이건 법정에서 싸울 만한 가치가 있다고 생각해요."

"우리가 생각하고 있는 것은 그녀가 아니에요. 당신이 걱정되는 거죠. 당신은 유명인이에요. 세상이 주시하고 있어요. 내 생각에는 이것은 승산이 없는 재판이에요. 당신 명예에 상처만 입히게 될 거예요."

케네스가 말했다.

"모두들 눈 좀 붙이도록 해요. 그럼 내일 법정에서 봐요."

제니퍼는 말했다.

재판의 진행은 케네스 베일리가 예언했던 것보다도 더 나빴다. 제니퍼는 로레타 마샬에게 갓난아기를 법정에 데리고 나오게 했는데, 지금 제니퍼는 전술을 잘못 택한 것이 아닌가 하고 생각했다. 그녀가 희 길없이 앉아 있는 눈앞에서 로저 데이비스는 계속해서 증인들을 증언대에 불러내어 로레타 마샬과 동침한 사실을 한 명 한 명 인정시켰다. 제니퍼는 반대신문을 할 용기가 나지 않았다. 그들 또한 피해자이고 어쩔 수 없이 공석에서 증언을 하고 있는 것이다. 제니퍼는 그녀의 의뢰인의 명예가 더럽혀지고 있는 것을 잠자코 수수방관하고 있을 수밖에 없었다.

제니퍼는 배심원들의 얼굴을 쳐다보고 적의가 높아져가는 것을 보았다. 빈틈없는 로저 데이비스는 직접 자기 입으로 로레타 마살을 매춘부라고 지칭하지는 않았다. 그렇게 할 필요가 없었다. 증인들이 그를 대신해서 그 말을 해주었으므로.

제니퍼도 의뢰인의 사람 됨됨이에 대해서 증언시키기 위해 증인을 출정시켰다. 그리고 로레타 마살은 교사로서 훌륭하다는 것, 일요일에는 꼭 성당에 간다는 것, 좋은 어머니라는 사실을 증언시켰다.

그러나 그것은 로레타 마살의 많은 애인들의 증언 앞에서는 빛을 보지 못했다. 제니퍼의 목표는 돈 많은 플레이보이에게 배반당하고 임신시켜버려진 젊은 여자의 곤경을 강조함으로써 배심원들의 동정을 사는 데 있었다. 그러나 재판은 전혀 그 방향으로 진행되어가지 않았다.

피고석에 앉아 있는 커티스 란들 3세는 만일 젊다면 지금도 영화감독에게 스카우트될 것 같은 미남배우 타입이었다. 그는 인상적인 로맨스그레이의 머리카락과 햇볕에 그은 듯한 얼굴과 반듯한 용모, 50대 후반의 고상한 분위기를 풍기는 남자였다. 명문 출신에 모든 유명한 클럽의 회원이며, 부호이고, 성공한 사람이었다. 제니퍼는 여성 배심원들이 속으로 그의 옷을 벗기고 있는 것을 느낄 수 있었다.

'그렇다! 저 여자들은 자기라면 저 매력적인 남자와 잠을 잘 만한 가치가 있다고 생각할 것이다. 하지만 생후 10개월 된 갓난아기를 안고 법정에 앉아 있는 저 신통치 못한 닳아빠진 여자에게는 그런 가치가 없다고 생각하고 있겠지.'

제니퍼는 생각했다.

로레타 마살에게 있어서 불행하게도 갓난아기는 전혀 아버지와 닮지 않았다. 그렇다고 어머니를 닮은 것도 아니었다. 남의 자식이라고 해도 될 것 같았다.

마치 제니퍼의 마음을 읽기라도 한 듯이 로저 데이비스가 배심원들을 향해 말했다.

"여러분, 저기 어머니와 아이가 있습니다. 하지만 누구의 아이일까요? 여러분은 피고를 보셨습니다. 이 법정 안에서 피고와 저 갓난아기가 닮은 점을 단 한 군데라도 지적하실 수 있는 분이 있습니까? 만일 제 의뢰인이 저 아기의 아버지라면 어딘가 닮은 데가 있을 겁니다. 눈이라든가, 코라든가, 턱이라든가, 어딘가가 있을 겁니다. 어딘가 닮은 곳이 있습니까? 없습니다. 그 이유는 간단합니다. 피고는 이 아기의 아버지가 아니기 때문입니다. 그렇습니다. 이 사건은 부주의하게도 임신이 되어버린 후에 많은 애인 가운데에서 누구로부터 가장 많은 양육비를 뜯어낼 수 있는지를 계산한 부도덕한 여자의 전형적인 예입니다."

그는 태도를 조금 누그러뜨렸다.

"자, 우리는 그녀를 재판하기 위해서 여기에 와 있는 것은 아닙니다. 로레타 마샬이 어떤 사생활을 하든 그것은 그녀의 자유입니다. 그녀는 교사이고 어린아이들의 마음에 영향을 준다는 중대한 사실에도 불구하고 그것을 비판하는 것은 제 임무가 아닙니다. 제가 지금 여기에 있는 것은 도덕 강의를 하기 위해서가 아니라, 단지 그런 일을 한 적이 없는 남성의 이익을 지키기 위해서일 뿐입니다."

제니퍼는 배심원들 전원이 커티스 란들 쪽으로 기울어져 있는 것을 느끼고 마음이 어두워졌다. 그래도 그녀는 로레타 마샬을 믿고 있었다. 갓난아기가 아버지를 닮았더라면 좋았을 텐데! 로저 데이비스가 말한 대로였다. 아기는 전혀 닮지 않았다. 그리고 그는 빈틈없이 배심원들에게 그 점을 강조했던 것이다.

제니퍼는 커티스 란들을 증언대로 불렀다. 이것이 지금까지 받은 타격에서 다시 일어서는 유일한 기회이고, 형세를 역전시킬 최후의 기회라는 것을 그녀는 알고 있었다.

제니퍼는 증언대에 앉은 란들을 잠시 주시했다.

"란들 씨, 결혼한 적이 있습니까?"

"네, 아내는 화재로 죽었습니다."

배심원들 사이에 동정적인 반응이 일었다.

'재미없군.'

제니퍼는 서둘러 질문을 계속했다.

"재혼은 안 하셨습니까?"

"네, 너무 아내를 사랑했기 때문에……."

"부인과의 사이에 자녀분이 있었습니까?"

"아뇨, 유감스럽게도 아내는 아이를 가질 수 없었습니다."

제니퍼는 몸짓으로 갓난아기 쪽을 가리켰다.

"그럼 멜라니는 당신의 유일한……."

"이의 있습니다!"

"이의를 인정합니다. 원고 측 변호사는 주의해주시기 바랍니다."

"죄송합니다, 재판장님. 그만 말이 잘못 나왔습니다."

제니퍼는 커티스 란들 쪽을 보았다.

"당신은 아이를 좋아하십니까?"

"네, 무척 좋아합니다."

"란들 씨, 당신은 당신 회사 이사회의 회장이시죠?"

"네, 그렇습니다."

"당신 이름을 이을 자식이 필요하다고 생각한 적은 없었습니까?"

"남자라면 누구나 그럴 것이라고 생각합니다."

"그럼 만일 멜라니가 사내 아이였다면?"

"이의 있습니다!"

"이의를 인정합니다."

판사는 제니퍼 쪽을 보았다.

"파커 양, 벌써 두 번째입니다. 주의해주세요."

"죄송합니다, 재판장님."

제니퍼는 다시 커티스 란들 쪽을 보았다.

"란들 씨, 당신은 알지도 못하는 여자에게 말을 걸어 호텔로 데리고 가는 습관이 있습니까?"

커티스 란들은 신경질적으로 아랫입술을 핥았다.

"아뇨, 없습니다."

"당신이 로레타 마살을 호텔 바에서 처음 만나 호텔 방으로 데리고 갔다는 것이 사실이 아닙니까?"

그는 다시 위아래 입술을 핥았다.

"사실입니다. 하지만 그것은 단순한⋯⋯ 단순한 섹스였을 뿐입니다."

제니퍼는 그를 주시했다.

"단순한 섹스, 섹스를 더러운 것으로 느끼고 계신 듯한 말투시군요."

"아닙니다. 그런 것은 아닙니다."

그는 다시 혀를 움직였다.

제니퍼는 그의 혀가 위아래로 움직이는 것을 홀린 듯이 쳐다보았다. 그때 갑자기 그녀에게 야릇한 희망이 솟았다. 그녀는 지금 무엇을 해야만 하는지 퍼뜩 깨달았던 것이다. 그에 대한 공격을 계속하는 것이다. 하지만 배심원들에게 반감을 살 만큼 강한 공격이어서는 안 된다.

"바에서 몇 명 정도의 여자를 유혹했나요?"

로저 데이비스가 일어섰다

"재판장님, 관련이 없는 질문입니다. 그리고 지금까지의 일련의 질문에도 반대합니다. 이 재판에 관계가 있는 여성은 로레타 마살 뿐입니다. 피고가 그녀와 육체관계를 가졌던 것은 저희 쪽에서도 이미 인정했습니다. 그 외의 그의 사생활은 이 재판과는 무관합니다."

"재판장님, 저는 반대입니다. 피고가 어떤 사람인가 하는 것이……."

"이의를 인정합니다, 파커 양. 아까부터 한 일련의 질문을 중지해주십시오."

제니퍼는 어깨를 움츠렸다.

"알겠습니다, 재판장님."

그녀는 커티스 란들 쪽으로 다시 돌아섰다.

"당신이 로레타 마샬에게 말을 걸었던 그 밤으로 되돌아갑시다. 어떤 바였죠?"

"저… 잘 기억이 나지 않습니다. 그곳에 갔던 것은 처음이었습니다."

"싱글 바였죠?"

"모르겠습니다."

"그럼 가르쳐 드립니다만, 플레이 펜은 그때나 지금이나 싱글 바입니다. 그곳은 이성을 골라내는 장소…… 함께 잘 상대를 구하기 위해서 남녀가 모이는 장소로써 유명한 곳입니다. 당신도 그럴 목적에서 간 것이 아니었나요, 란들 씨?"

커티스 란들은 다시 입술을 핥기 시작했다.

"어쩌면 그랬을지도 모릅니다. 기억이 잘 나지 않는군요."

"기억이 안 난다고요?"

제니퍼의 목소리에는 빈정댐이 넘쳐흘렀다.

"그 바에서 로레타 마샬을 만난 날을 왜 기억하지 못하고 있습니까?"

"정확한 날짜는 기억이 안 납니다."

"그럼 기억이 나게 해드리죠."

제니퍼는 원고석으로 다가가 서류를 넘기기 시작했다. 그녀는 날짜를 옮겨 적는 듯한 동작으로 뭔가를 휘갈겨 써서 그 종이를 케네스 베일리에게 건네주었다. 케네스는 어리둥절한 표정으로 그것을 응시했다.

제니퍼는 증인석으로 다시 돌아왔다.

"1월 18일입니다, 란들 씨."

제니퍼는 곁눈으로 케네스 베일리가 법정에서 나가는 것을 보았다.

"그럴지도 모릅니다. 아까도 말했듯이 기억이 안 납니다."

그리고 15분 동안 제니퍼는 질문을 계속했다. 그것은 종잡을 수 없는 얌전한 반대 신문으로 로저 데이비스는 말참견을 하지 않았다. 제니퍼의 질문이 배심원들에게 아무런 인상도 주지 않고 있다는 것을 알았기 때문이었다. 그들은 지루한 표정을 나타내기 시작했다.

제니퍼는 질문을 계속하면서 문 쪽을 주의하며 케네스 베일리가 돌아오기를 기다렸다. 어떤 질문을 하는 도중에, 제니퍼는 그가 작은 포장을 안고 급히 법정에 들어오는 것을 보았다.

제니퍼는 판사를 향해 말했다.

"재판장님, 15분간 휴정하게 해주시겠습니까?"

판사는 벽시계를 보았다.

"이제 곧 점심시간이니까 1시 반까지 휴정하겠습니다."

1시 반에 재판이 재개되었다. 제니퍼는 로레타 마살에게 갓난아기를 무릎 위에 올려놓고 배심원석의 가까운 좌석에 앉으라고 일러두었다.

판사가 말했다.

"란들 씨, 당신은 선서를 했으니까 다시 한 번 서약할 필요는 없습니다. 자리에 앉으세요."

제니퍼는 커티스 란들이 증언대에 앉는 것을 지켜보았다. 그녀는 그에게 다가가 말했다.

"란들 씨, 당신에게는 몇 명의 사생아가 있습니까?"

로저 데이비스가 벌떡 일어섰다.

"이의 있습니다! 언어도단입니다, 재판장님! 제 의뢰인에 대해서 그와 같은 모욕을 하는 것은 용납할 수 없습니다."

판사는 말했다.

"파커 양, 몇 번이나 주의했듯이……."

제니퍼는 미안하다는 듯이 말했다.

"죄송합니다, 재판장님."

그녀는 커티스 란들을 쳐다보며 자기 생각대로 일이 진행되고 있는 것을 살펴두었다. 그는 신경질적으로 입술을 핥고 있었다. 제니퍼는 로레타 마살과 아기에게로 눈을 옮겼다. 아기는 열심히 입술을 빨고 있었다. 제니퍼는 천천히 갓난아기 쪽으로 걸어가 그 앞에 잠자코 서서 배심원들의 주의를 끌었다.

"이 아기를 봐주세요."

제니퍼는 조용한 목소리로 말했다.

배심원들은 모두 어린 멜라니를 주시하고 있었다.

제니퍼는 휙 방향을 바꾸어 증언대 쪽으로 돌아갔다.

"그리고 이 사람을 봐 주십시오."

24개의 까만 눈동자가 일시에 커티스 란들에게 집중되었다. 그는 신경질적으로 아랫입술을 핥고 있었다. 갑자기 두 사람의 닮은 점이 확연히 드러났다. 로레타 마살이 10여 명의 다른 남자들과 잤다는 사실도, 커티스 란들이 사회의 중요 인물이라는 사실도 일시에 날아가 버렸다.

"이 사람은 지위도, 재산도 있는 인물입니다. 모든 이에게 존경받는 인물입니다. 저는 여러분에게 딱 한 가지 질문을 드리고 싶습니다. 자기 자식을 인정하지 않는 사람은 어떤 사람일까요?"

배심원들은 1시간이 채 안 되어 법정으로 돌아와 원고에게 유리한 평결을 내렸다. 로레타 마살은 아기의 양육비로 현금 20만 달러와 매달 3천 달러를 받게 되었다.

평결이 내려지자 로저 데이비스가 분노로 얼굴이 새빨개져서 제니퍼에게 거칠게 따지고 들었다.

"저 갓난아기에게 어떤 재주를 피운 거요?"

"무슨 말씀이신지요?"

로저 데이비스는 확신을 가질 수 없어서 망설였다.

"저 입술 말이오? 저것이 배심원들을 혼란시켰단 말이오. 저 입술을 핥는 버릇이. 무슨 이유가 있는 것이 틀림없단 말이오!"

"사실을 말씀드리면, 있기는 있지요. 유전이라는 것 말예요."

제니퍼는 시침을 뚝 떼고 말했다. 그리고 그녀는 유유히 사라졌다.

제니퍼와 케네스 베일리는 사무실로 돌아가는 도중에 옥수수 시럽 병을 버렸다.

쿠퍼 부인

애덤 워너는 메리 베스와 결혼하자마자 잘못된 결혼이라는 것을 알았다. 그는 충동적이고 이상적이었으며, 세상의 거친 풍파에 휩쓸려 다니는 젊은 아가씨를 지켜주고자 했던 것이다. 그렇다고 메리 베스의 마음에 상처를 입히는 일은 절대로 하고 싶지 않았다. 하지만 애덤은 제니퍼를 깊이 사랑하고 있었다.

그는 누군가에게 상담을 하고 싶어서 스튜어트 니덤에게 털어놓기로 했다. 스튜어트는 항상 그에게 동정적이었다. 그라면 애덤의 입장을 이해해줄 것 같았다.

두 사람의 만남은 애덤이 예상했던 것과는 전혀 다른 것이 되었다. 애덤이 스튜어트 니덤의 방에 들어가자 니덤 쪽에서 먼저 말을 걸었다.

"마침 잘 왔네. 지금 막 선거위원과 전화로 이야기를 한 참이었네. 위원회는 자네에게 상원에 입후보하도록 정식으로 요청했다는 걸세. 자네는 전폭적으로 지지를 받은 거야."

"그것 참 고마운 일이로군요."

"이제부터 우리는 바빠질 걸세. 조직적인 운동을 시작해야 해. 나는 자금조달 위원회를 조직하겠어. 내 생각으로는 우선 시작으로……."

그러고 나서 2시간 동안 두 사람은 선거운동 계획을 구상했다.

상담이 끝나고 나서 애덤은 말했다.

"저, 개인적인 일로 상담하고 싶은 일이 있습니다만."

"애덤, 유감이네만 의뢰인이 기다리고 있네."

그때 갑자기 애덤은 스튜어트 니덤은 자신이 무슨 생각을 하고 있는지를 알고 있는 것 같다는 생각이 들었다.

애덤은 웨스트사이드에 있는 치즈요리 음식점에서 제니퍼와 점심식사를 하기로 약속해놓았다. 그녀는 안쪽에 앉아서 그를 기다리고 있었다.

애덤은 긴장한 모습으로 들어왔다. 그 표정에서 제니퍼는 무슨 일이 있다는 것을 직감했다.

"뉴스가 있어. 연방 상원의원에 입후보하라는 요청이 들어왔어."

애덤은 그녀에게 말했다.

"어머나, 멋지군요! 당신이라면 정말 훌륭한 상원의원이 될 거예요!"

제니퍼의 가슴은 갑자기 감격으로 터질 것만 같았다.

"경쟁이 치열할 거야. 뉴욕 주는 격전지니까."

"문제없어요. 당신을 이길 수 있는 사람은 없어요."

제니퍼는 정말 그렇게 믿고 있었다. 애덤은 총명하고 용기 있고 자신이 믿으면 끝까지 싸운다―전에 그녀를 위해 싸워주었듯이.

제니퍼는 그의 손을 잡고 진심으로 말했다.

"당신은 저의 큰 자랑거리예요. 애덤."

"아직 일러. 당선된 것이 아니잖아. 선거는 예상하기 어려운 거야."

"그건 제가 자랑스럽게 생각하고 있는 것과는 무관해요. 당신을 진심으로 사랑하고 있어요, 애덤."

"나도 사랑하고 있어, 제니퍼."

애덤은 제니퍼에게 스튜어트 니덤에게 상담하려고 했던 일을 이야기할까 하다가 생각을 바꾸었다. 이야기는 문제를 해결하고 난 후에 해도 될 것 같았다.

"선거운동은 언제부터예요?"

"그들은 내가 곧 입후보 선언을 하기를 바라고 있어. 난 만장일치로 당의 지지를 받게 될 거야."

"잘됐네요."

제니퍼의 마음에는 꺼림칙한 것이 하나 있었다. 그것은 그녀가 말하고 싶지 않은 일이었지만 이르든 늦든 그것에 직면해야만 한다는 것은 알고 있었다. 그녀는 애덤이 이기길 바랐다. 하지만 상원의원 선거는 그녀의 머리 위에 매달린 다모클레스의 칼과 같이 위험을 수반하는 것이었다. 만일 애덤이 이기면 제니퍼는 그를 잃게 될 것이다. 그는 사생활에서도 자중을 해야 하고 스캔들을 일으키는 생활을 피해야 하기 때문이었다. 아내가 있는 그가 정부가 있다는 것이 알려지면 정치 생명은 끝장이 나고 마는 것이다.

그날 밤, 그녀는 그와 사랑을 나눈 이후 처음으로 불면증에 시달렸다. 그녀는 밤의 악마와 싸우면서 새벽까지 깨어 있었다.

신시아가 말했다.

"전화가 걸려와 있습니다. 또 그 화성인입니다."

제니퍼는 무슨 말인지 이해를 못하고 비서의 얼굴을 보았다.

"그 정신병원 이야기를 만들어낸 사람 말이에요."

제니퍼는 그 남자에 관해 까마득히 잊고 있었다. 그는 분명히 정신과 의사의 도움이 필요한 사람이라고 생각했다.

"그 사람한테 말해줘요."

그녀는 한숨을 쉬었다.

"아니, 내가 말하죠."

그녀는 수화기를 집어 들었다.

"제니퍼 파커입니다."

기억에 있는 목소리가 말했다.

"지난번에 내가 말한 이름을 조사해보셨습니까?"

"바빠서 아직 못했는데요."

그녀는 이름을 적은 메모를 버린 생각이 났다.

"힘이 되어드리고 싶습니다. 이름을 말해주세요."

"말씀드릴 수가 없습니다. 그들이 노리고 있습니다. 아무튼 조사해주세요. 할렌 쿠퍼, 롱아일랜드입니다."

상대는 속삭이는 듯한 목소리로 말했다.

"당신에게 의사를 소개해……."

거기서 전화가 끊겨져 버렸다.

제니퍼는 잠시 생각하고 나서 케네스 베일리를 불러들였다.

"무슨 일입니까?"

"대단한 일은 아니에요. 두세 번 이상한 전화가 걸려왔는데 상대는 좀처럼 이름을 밝히지 않는군요. 할렌 쿠퍼라는 여자가 어떤 사람인지 조사해주겠어요? 롱아일랜드에 넓은 토지를 갖고 있다고 하던데."

"지금은 어디에 있다고 하던가요?"

"정신병원 아니면 화성에 있겠죠뭐."

2시 간 후, 케네스 베일리가 들어와 제니퍼를 놀라게 했다.

"당신이 말한 화성인이 지구에 착륙했어요. 할렌 쿠퍼는 웨체스터의 헤더스 정신병원에 감금되어 있더군요."

"정말이에요?"

케네스 베일리는 기분이 상한 것 같았다.

"의심하는 게 아니에요."

제니퍼는 말했다. 케네스는 조사에 있어서는 어느 누구보다도 뛰어났다. 그는 확신을 가질 수 없는 동안에는 말을 하지 않는 사람이었다. 그리고 그가 제공한 정보는 절대로 틀림이 없었다.

"어떤 의뢰를 받은 건가요?"

케네스가 물었다.

"그녀가 정신병 환자도 아닌데 그곳에 강제로 갇혀 있다고 생각하고 있는 사람이 있어요. 그녀의 내력을 조사해주겠어요? 가족 사항도 부탁해요."

다음 날 아침, 제니퍼의 책상 위에 놓여 있는 보고는 다음과 같은 것이었다.

'할렌 쿠퍼는 미망인으로, 죽은 남편으로부터 800만 달러라는 막대한 재산을 물려받았음. 그녀의 딸은 모녀가 살고 있던 빌딩의 관리인과 결혼했음. 결혼 6개월 후, 신랑 신부는 법원에 어머니를 금치산자로 선언하고 재산을 그들의 관리 하에 두도록 청구했음. 그들이 의뢰한 3명의 정신과 의사는 할렌 쿠퍼의 무능력을 증언하고 법원은 그녀를 정신병원에 넣었음.'

제니퍼는 보고서를 읽고 나서 눈을 들어 케네스 베일리를 보았다.

"약간 냄새가 나는데요?"

"냄새가 난다고요? 하하, 가스라도 새고 있나? 어떻게 할 생각이오?"

그건 어려운 질문이었다. 이 문제는 의뢰인이 없었다. 만일 쿠퍼 부인의 가족이 그녀를 병원에 감금했다면 제니퍼의 개입을 달가워하지 않을 것은 분명했다. 그리고 그녀 자신은 금치산 선고를 받았기 때문에 제니퍼를 고용할 자격이 없었다. 그것은 흥미 있는 문제는 아니었다. 제니퍼는 한 가지 만큼은 알고 있었다. 그것은 의뢰인이 있든 없든 제정신인 사람이 정신병원에 갇혀 있는 것을 잠자코 보고만 있을 수는 없다는 것이었다.

"쿠퍼 부인을 만나러 가요."

제니퍼는 결심을 하고 말했다.

헤더스 정신병원은 웨체스터의 가로수가 많고 넓은 부지 안에 있었다. 주위에는 울타리가 쳐 있었고, 수위가 있는 문 외에는 출입구가 없었다.

제니퍼는 아직은 자신의 활동을 부인의 가족에게 알리고 싶지 않았다. 그래서 여기저기에 전화를 걸어 간신히 병원과 관계가 있는 아는 사람을 찾아냈다. 그 사람이 쿠퍼 부인과의 면회를 주선해준 것이다.

병원장인 프랭클린 부인은 까다롭고 엄격한 인상을 가진 여자로, 제니퍼는 '레베카'의 여주인공을 들볶는 덴버즈 부인을 떠올렸다.

"원칙적으로는 당신을 쿠퍼 부인과 면회시킬 수가 없습니다. 하지만 오늘 면회는 사적인 것으로 취급해서 기록하지 않기로 하지요."

"감사합니다."

"부인을 이곳으로 데려오게 하겠습니다."

할렌 쿠퍼는 60대 후반의 늘씬하고 아름다운 용모를 지닌 여자였다. 그녀는 지성적이고 밝은 푸른 눈을 지녔고, 마치 제니퍼를 자기 집에서 맞이하고 있는 것처럼 우아한 분위기로 맞았다.

"안녕하세요. 실례지만, 어떤 용건으로 오셨는지 짐작할 수가 없군요."

"저는 변호사예요, 쿠퍼 부인. 익명의 전화가 두세 번 걸려와서 당신이 부당하게 이곳에 감금되어 있다는 이야기를 하더군요."

쿠퍼 부인은 부드럽게 미소를 지었다.

"그 사람은 틀림없이 앨버트일 거예요."

"앨버트?"

"25년간 일해 준 집사입니다. 제 딸 도로시가 결혼했을 때 해고해버렸지요."

그녀는 한숨을 쉬었다.

"불쌍한 앨버트! 그는 속세를 떠난 과거의 사람입니다. 어떤 의미에서는 저도 그렇지만 말예요. 당신은 너무 젊으니까 세상이 어떻게 변했는지 모르실 겁니다. 지금 세상에 무엇이 사라지고 있는지 아세요? 그건 동정심이랍니다. 동정심이 탐욕으로 바뀌었지요."

제니퍼는 조용히 물었다.

"따님 얘기입니까?"

쿠퍼 부인의 눈에 슬픈 빛이 역력했다.

"나는 도로시에게는 유감없어요. 나쁜 것은 사위죠. 그는 매력이 있는 인물이 아니에요. 적어도 도덕적으로는. 허버트는 재산을 목적으로 딸과 결혼한 것인데, 재산은 전부 제가 쥐고 있다는 것을 알았습니다. 그는 그것이 맘에 들지 않았던 겁니다."

"그가 직접 자기 입으로 그렇게 말했습니까?"

"네, 그랬습니다. 사위는 그런 문제는 매우 확실히 해두는 사람이니까요. 제가 죽을 때까지 딸을 기다리게 하지 말고 빨리 재산을 물려주어야 한다는 것이 그의 생각이었습니다. 제가 그렇게 하지 않았던 것은 단지 그를 믿을 수가 없었기 때문입니다. 만일 그가 그 돈을 전부 손에 넣으면 어떤 일이 벌어질지 나는 잘 알고 있었으니까요."

"쿠퍼 부인, 전에 당신은 정신병에 걸린 적이 있습니까?"

할렌 쿠퍼는 제니퍼를 보고 대단히 불쾌한 듯이 말했다.

"의사는 내가 정신분열에 편집광이라고 하더군요."

제니퍼가 보기에는 부인은 지금까지 만났던 누구보다도 정신이 똑바른 사람 같았다.

"세 명의 의사가 당신을 무능력자라고 증언한 것을 알고 계세요?"

"파커 양, 쿠퍼 가의 재산은 800만 달러로 평가되고 있어요. 그 정도의 돈이 있으면 몇 명의 의사라도 매수할 수 있지요. 당신이 걱정해줘도 소

214

용이 없는 일이라고 생각해요. 이제는 사위가 재산을 쥐고 있어요. 그는 나를 영원히 여기에서 내보내지 않을 거예요."

"부인의 사위를 만나보겠습니다."

플라자 타워즈는 동쪽 72번가의 뉴욕에서도 가장 아름다운 주택가 중의 하나였다. 전에는 할렌 쿠퍼가 그곳에 펜트하우스를 갖고 있었다. 지금 그 집 문에 달린 문패의 이름은 허버트 호손 부처로 되어 있었다.

제니퍼는 사전에 쿠퍼 부인의 딸 도로시에게 전화를 해두었기 때문에 그녀가 아파트에 도착했을 때는 도로시 부인이 기다리고 있었다. 할렌 쿠퍼가 딸에 대해서 말한 것은 사실이었다. 도로시는 매력적인 데가 없는 여자였다. 마르고 쥐같이 생긴 얼굴이 마치 턱이 없는 것 같아 보였고, 오른쪽 눈은 사시였다. 남편인 허버트는 아치 번커(텔레비전 인기 프로의 주인공. 키가 작고 약간 뚱뚱한 중년으로 성격이 비뚤어진 사람)를 꼭 닮아 있었는데, 그는 도로시보다 적어도 20년은 연상으로 보였다.

"자, 들어오시오."

그는 무뚝뚝하게 말하고는 제니퍼를 현관에서 큰 거실로 안내했다. 거실 벽에는 프랑스와 네덜란드의 거장들의 그림이 장식되어 있었다.

호손은 제니퍼에게 퉁명스럽게 말했다.

"자, 도대체 무슨 용건으로 오셨는지요?"

제니퍼는 그의 아내 쪽을 보며 말했다.

"당신 어머니에 관한 얘기입니다."

"어머니에 관해서요!"

"어머니에게 맨 처음 정신병 징후가 나타난 것은 언제였습니까?"

"그건……. 도로시와 제가 결혼한 직후였죠. 장모님은 나를 싫어했거든요."

허버트 호손이 말을 받았다.

'그것은 정상적인 정신을 갖고 있다는 분명한 증거 중 하나다.'

제니퍼는 생각했다.

"저는 의사들의 진단서를 읽어봤습니다. 진단이 잘못된 것 같더군요."

제니퍼는 말했다.

"잘못되다니요? 그게 무슨 뜻입니까?"

그의 기세는 험악해졌다.

"그들이 다루고 있는 것은 사회가 올바른 정신이라는 것을 확정하는 명백한 표준이 없는 회색의 영역이라는 것을 그 진단서를 읽어보면 알 수 있습니다. 의사들의 진단의 일부분은 쿠퍼 부인의 행동에 대해서 당신과 부인으로부터 들은 얘기를 토대로 한 것입니다."

"이봐요, 도대체 무슨 얘기를 하고 싶은 겁니까?"

"제가 말하고 싶은 것은 증거가 명확하지 않다는 겁니다. 다른 의사들이었다면 전혀 다른 결론을 내렸을지도 모른다는 거죠."

"이봐요, 지금 무슨 생각을 하고 있는지 모르지만 그 노인은 미치광이예요. 의사들도 그렇게 말했고 재판장도 그렇게 말했단 말입니다."

"저는 재판 기록도 읽어봤습니다. 재판장은 이 건은 정기적으로 재조사하도록 하라고 시사하고 있더군요."

제니퍼는 대답했다.

허버트 호손의 얼굴에 낭패의 빛이 나타났다.

"그 늙은이를 퇴원시키겠다는 겁니까?"

"퇴원시키게 될 겁니다. 제가 그렇게 되도록 하겠다는 겁니다."

제니퍼는 확언했다.

"뭐라고요? 도대체 무슨 소리입니까?"

"지금부터 내가 조사할 생각입니다."

제니퍼는 그의 아내 쪽을 보았다.

"어머니의 과거 병력을 조사했습니다만 지적으로나 감정적으로도 전혀 이상이 없었더군요. 그분은……."

허버트 호손은 말을 가로막았다.

"그런 것은 전혀 상관없는 일이오! 그런 병은 갑자기 발병하는 거니까. 그 노인은……."

"그리고 당신들이 병원에 넣기 전의 사회적 활동을 조사해봤습니다. 노부인의 생활은 지극히 정상이었더군요."

제니퍼는 도로시를 보며 말했다.

"이봐, 다른 누가 뭐라고 말하든 문제가 아냐. 그 여자는 미쳤다고!"

허버트 호손은 외쳤다.

제니퍼는 허버트 쪽을 잠시 쳐다보았다.

"혹시 쿠퍼 부인에게 재산을 달라고 요청했습니까?"

"그게 당신과 무슨 상관이오?"

"그런 것을 다루는 게 저의 일입니다. 그럼 오늘은 이만."

제니퍼는 그렇게 말하고 문 쪽으로 향했다.

허버트 호손이 그녀의 앞을 가로막았다.

"잠깐만! 당신이 쓸데없는 일에 참견하는 것은 돈이 필요해서요? 좋소, 알겠소. 그럼 의논하기 나름인데 지금까지 당신의 수고에 대해서 여기서 5천 달러 수표를 내놓을 테니 깨끗이 손을 떼주시오. 어떻소?"

"유감입니다만 거절하겠습니다."

제니퍼는 말했다.

"노인으로부터 더 뜯어내려는 생각인가 보구먼?"

"아니에요. 나의 목적은 돈이 아니에요."

제니퍼는 말했다. 그리고 그의 눈을 응시했다.

"여기서 돈을 바라는 사람은 딱 한 사람밖에 없어요."

제니퍼는 심리학자와 정신과의사의 진단합의, 그리고 네 군데의 주 기관 회의 등을 하느라 6주일을 보냈다. 그녀는 자신이 선택한 정신과 의사들을 출정시켰고, 그들의 신문이 끝나고 제니퍼가 입수한 모든 사실을 제출했을 때, 재판장은 이전의 결정을 취소했다. 따라서 할렌 쿠퍼는 병원에서 해방되고 재산은 그녀의 손으로 돌아갔다.

쿠퍼 부인은 병원을 나오는 날, 제니퍼에게 전화를 걸었다.

"트윈티원에서 당신에게 점심을 대접하고 싶은데……."

제니퍼는 예정표를 보았다. 점심식사도 약속이 되어 있었고, 오후에는 법정에 나가야만 했다. 하지만 이 초대가 노부인에게 있어서 얼마나 중요한가를 그녀는 알고 있었다.

"찾아뵙겠습니다."

제니퍼는 말했다.

할렌 쿠퍼는 기뻐하는 기색이 역력했다.

"우리 조촐한 축하연을 열도록 해요."

그것은 훌륭한 점심식사였다. 쿠퍼 부인은 배려 깊은 안주인이었다. 음식점에서도 그녀를 잘 알고 있는 것이 분명했다.

매니저에게 안내를 받은 이층의 테이블은 아름다운 골동품과 조지 왕조시대의 은식기에 둘러싸여 있었다. 요리도 서비스도 최고였다.

할렌 쿠퍼는 식후 커피가 나오기를 기다리며 제니퍼에게 말했다.

"당신에게 진심으로 감사하고 있어요. 어느 정도의 보수를 생각하고 있는지 모르겠지만 그 외에 줄 것이 있어요."

"보수만으로 충분합니다, 부인."

쿠퍼 부인은 고개를 흔들었다.

그녀는 몸을 앞으로 내밀어 제니퍼의 손을 잡고 조그맣게 속삭였다.

"그것만으로는 내 마음이 편치 않아요. 당신에게 이 세상이라도 다 주고 싶어요."

진실을 찾아서

『뉴욕타임스』1면에 흥미 있는 두 가지 기사가 나란히 실렸다. 하나는 제니퍼가 남편 살해 혐의로 기소된 여자의 무죄를 밝혀냈다는 기사였고, 또 하나는 애덤 워너가 상원의원에 입후보한다는 보도였다.

제니퍼는 애덤의 기사를 몇 번이나 반복해서 읽었다. 거기에는 그의 경력과 함께 베트남 전쟁에서 조종사로서의 활약상과 그 용맹성에 대해서 공군수훈십자장이 수여되었다는 것이 적혀 있었다. 그리고 그를 대단히 칭찬하듯 애덤 워너의 존재는 상원에 있어서나, 미국에 있어서나 자랑스럽게 될 것이라는 많은 익명의 말이 인용되어 있었다. 기사 맨 마지막에는 만일 애덤이 이번 선거에서 이긴다면 그것은 대통령 선거의 입후보에 대한 첫 걸음이 되리라는 것을 강력히 암시하고 있었다

뉴저지에 있는 안토니오 그라넬리의 농장에서는 마이클 모레티와 안토니오 그라넬리가 아침식사를 끝내고 있는 중이었다. 마이클은 제니퍼 파커의 기사를 읽고 있었다.

그는 얼굴을 들고 장인에게 말했다.

"그녀가 또 해냈군요, 장인어른."

안토니오 그라넬리는 스푼으로 수란을 뜨고 있었다.

"누가 뭘 해냈단 말인가?"

"전에 말한 그 변호사, 제니퍼 파커 말입니다. 우수한 변호사예요."

안토니오 그라넬리는 불쾌한 듯이 말했다.

"여자 변호사를 고용하는 건 딱 질색이야. 여자는 약해. 무슨 일을 저지를지 모른단 말이야."

마이클은 신중히 말했다.

"그렇습니다, 대부분의 여자들은."

장인의 의사를 거스르는 것은 그에게 있어서 유리한 계책이 아니었다. 안토니오 그라넬리가 살아있는 한 마이클은 위험했다. 하지만 지금 안토니오의 모습을 보면서 마이클은 그렇게까지 오래 기다릴 필요는 없을 거라고 생각했다. 노인은 지금까지 작은 발작을 몇 번이나 일으켰고 손이 떨렸다. 혀도 꼬부라지고 걸을 때는 지팡이가 필요했다. 피부는 건조하고 누렇게 떴으며 주름투성이에 수분이 모두 몸에서 빠져나가버린 것 같았다.

범죄자 리스트의 맨 꼭대기를 차지하고 있는 이 남자도, 이제는 이빨 없는 호랑이나 마찬가지였다. 그의 이름은 수많은 마피아 단원의 가슴에 공포를, 그들의 미망인의 가슴에 증오를 불러 일으켰다. 지금은 안토니오 그라넬리를 본 사람의 수는 극히 적었다. 그는 마이클과 토머스 콜팩스와 몇 명의 심복의 그늘에 모습을 감추고 있었다.

마이클은 아직 마피아단의 수령으로 추천받지 못하고 있었지만, 그것은 시간문제에 지나지 않았다. '세 손가락의 브라운'이라는 별명의 루카스가 동부 5인의 마피아 리더 중에서 가장 세력이 강했고, 다음이 안토니오 그라넬리였다. 그리고 이제 곧……마이클은 참을성 있게 기다릴 만한 여유가 있었다. 건방지고 아직 소년티가 가시지 않았던 그가 뉴욕의 중심이 되는 수령들 앞에 서서, 타오르는 종이를 손에 들고 "만일 제가 코자 노스트라(미국 마피아 조직)의 비밀을 누설하면 이와 같이 제 몸을 태우겠습니다."라고 서약한 그때부터 긴 출세의 계단을 올라온 것이다.

지금 마이클은 노인과 함께 아침식사 테이블에 앉아서 이야기를 하고 있었다.

"그 파커라는 여자를 작은 사건에 써보는 방법도 있습니다. 도움이 되는지 안 되는지 시험 삼아서 말입니다."

그라넬리는 어깨를 한번 추슬렀다.

"조심하게 마이클, 난 우리 조직의 비밀이 다른 사람한테 알려지는 건 딱 질색이니까."

"제가 알아서 잘 하겠습니다."

그날 오후, 마이클은 제니퍼에게 전화를 걸었다.

신시아가 마이클 모레티에게서 온 전화라고 알렸을 때, 잊고 싶은 기억이 한꺼번에 제니퍼의 마음에 되살아났다. 마이클 모레티가 왜 자기에게 전화를 걸었는지, 제니퍼는 전혀 짐작할 수가 없었다.

호기심에 그녀는 전화기를 들었다.

"무슨 용건이신지요?"

그 날카로운 어조에 마이클 모레티는 움찔했다.

"당신을 만나고 싶소. 하고 싶은 얘기가 있어서."

"무슨 얘기죠, 모레티 씨?"

"전화로 말할 수 있는 얘기가 아니오. 하지만 이것만은 말할 수 있지. 당신한테 매우 득이 되는 얘기라는 것……."

제니퍼는 조용히 말했다.

"모레티 씨, 저도 이것만은 말할 수 있습니다. 당신이 하는 짓이나 말로 아주 조금이라도 내게 득이 되는 일 따위는 없을 거예요."

그녀는 거칠게 전화기를 내려놓았다.

마이클 모레티는 끊어진 전화를 쳐다보면서 책상 앞에 앉아 있었다. 그는 어떤 감정의 움직임을 마음속에 느꼈다. 분노는 아니었고, 그 정체가 무엇인지, 유쾌한 것인지 아닌지도 그는 알 수 없었다. 그는 지금까지 줄곧 여자들을 이용해왔다. 그의 거무스름한 잘생긴 얼굴과 천성적인 잔인함 때문에 기억할 수 있는 것보다도 더 많은 여자들을 침대로 끌어들일 수 있었다.

마이클 모레티는 본래 여자를 경멸하는 사람이었다. 여자들은 골이 비어 있다고 생각했다.

'예를 들면 로자가 그렇다. 그녀는 애완용 개와 같다. 뭐든 시키는 대로 한다. 그녀는 내 집을 꾸려 나가고, 요리를 하고, 내가 같이 자고 싶을 때 자고, 내가 말하지 말라고 하면 입을 다문다.'라고 마이클은 생각했다.

마이클은 용기 있는 여자, 즉 그를 거스르는 용기를 가진 여자를 지금까지 만난 적이 없었다. 그런데 제니퍼 파커는 겁도 없이 그의 전화를 끊어버렸다. '그녀가 뭐라고 했지? 내가 하는 짓이나 말로 아주 조금이라도 득이 될 일 따위는 없다고?' 그는 그 말을 다시 생각하며 미소 지었다. '그녀는 틀렸다. 얼마나 틀렸는지를 그녀에게 가르쳐주고 말겠다.'

그는 의자 뒤에 기대어 법정에서 본 그녀의 얼굴과 모습을 떠올렸다. 그리고 갑자기 그녀는 침대 속에서 어떤 모습일까 생각했다. 분명히 살쾡이처럼 반항할 것이다. 그는 자기 몸 아래에서 거역하는 그녀의 나체를 상상하기 시작했다. 그는 곧바로 전화를 걸었다.

"옷을 벗고 있어, 곧 그리로 갈 테니까."

점심식사를 마치고 사무실로 돌아오는 도중에, 3번가를 횡단하려고 하던 제니퍼는 트럭에 부딪칠 뻔했다. 운전사가 급브레이크를 밟았는데 트럭의 뒷부분이 옆으로 미끄러져 아슬아슬하게 그녀를 비켜갔다.

"이봐 아가씨! 정신을 어디다 팔고 다니는 거야!"

운전사가 소리쳤지만 제니퍼는 듣지 않고 있었다. 대신 그녀는 트럭 뒤를 뚫어지게 보고 있었다. 거기에는 '네이션와이드 모터스 회사'라고 쓰여 있었다. 그녀는 트럭이 달려가 버린 뒤에도 계속해서 그쪽을 쳐다봤다. 그리고 방향을 바꾸어 급히 사무실로 갔다.

"케네스는?"

그녀는 신시아에게 말했다.

"네, 방에 계십니다."

그녀는 그의 방으로 갔다.

"케네스, 네이션와이드 모터스 회사에 대해 조사해주지 않겠어요? 그 회사 트럭이 최근 5년간 일으킨 모든 사고 리스트가 필요해요."

"시간이 좀 걸릴 텐데요."

"LEXIS를 쓰면요?"

그건 전국에 걸친 법률정보 컴퓨터였다.

"리스트가 필요한 이유를 설명해주지 않겠어요?"

"아직 확실히는 몰라요, 케네스. 그냥 짐작이에요. 뭔가 알아내면 말해줄게요."

코니 가레트, ―평생을 꼼짝도 할 수 없는 불구자로 지내야만 하는 운명에 있는―손발을 절단당한 그 아름다운 아가씨의 사건에서 그녀는 어떤 한 부분을 빠뜨리고 있었다. 그 운전사의 운전 경력은 훌륭했는지 몰라도 트럭은 어땠을까? 역시 누군가에게 책임이 있었을지도 모른다.

다음날 아침, 케네스 베일리가 제니퍼 앞에 보고서를 놓았다.

"무엇을 찾고 있는지 모르지만 어쩐지 제대로 감을 잡은 것 같군요. 네이선와이드 모터스 회사는 최근 5년간 15건의 사고를 일으켜서 트럭 몇 대가 운행정지를 당했더군요."

제니퍼는 끓어오르는 흥분을 감출 수 없었다.

"원인이 뭐죠?"

"브레이크 장치에 결함이 있어요. 급브레이크를 밟으면, 트럭 뒷부분의 끝이 빙글 옆으로 도는 거예요."

코니 가레트를 친 것도 트럭 뒷부분의 끝이었다. 제니퍼는 댄 마틴과 테드 해리스와 케네스 베일리를 불러 회의를 열었다.

"코니 가레트 건을 소송에 제기하기로 합시다."

제니퍼는 말하자, 테드 해리스가 우유병 바닥 같은 두꺼운 안경 너머로 그녀를 응시했다.

"기다려 주세요. 저는 조사해봤습니다. 그녀는 항소에서도 졌습니다. 그것은 기판사항에 해당합니다."

"기판사항이란 것이 뭐죠?"

케네스 베일리가 물었다.

제니퍼가 설명했다.

"형사소송의 일사부재리에 해당하는 거예요. 민사에서도 '소송에는 끝이 있어야 한다'는 거죠."

테드 해리스가 덧붙였다.

"어떤 소송 사건의 본안에 대해서 최종 판결이 내려진 경우에는 매우 특수한 사정이 없으면 재심은 열릴 수 없습니다. 우리에게는 재심을 청구할 근거가 없어요."

"아뇨, 있어요. 개시(소송법에서 쓰이는 용어로 공판 전에 소송에 연루된 당사자간에 정보를 교환하는 절차)를 근거로 해서 청구할 거예요."

개시의 원칙은 다음과 같은 것이었다.

'쌍방이 입수한 사건에 관계 있는 모든 사실은 양당사자에게 자세히

알리는 것이 적정한 소송에 불가결하다.'

"네이션와이드 모터스는 부정직하게도 코니 가레트의 변호사에게 정보를 숨겼습니다. 그들 트럭의 브레이크 장치에는 결함이 있었지만 그것을 기록에 올리지 않았습니다."

그녀는 두 동료 변호사를 바라보았다.

"제 생각을 설명하겠습니다."

2시간 후, 제니퍼는 코니 가레트의 집 거실에 앉아 있었다.

"나는 재판을 다시 하고 싶어요. 분명히 잘될 거라고 생각해요."

"싫어요. 이젠 재판이라면 지긋지긋해요."

"코니……."

"저를 보세요, 제니퍼. 저는 이런 몸입니다. 거울을 볼 때마다 저는 자살하고 싶어요. 왜 자살하지 않는지 아세요?"

그녀의 목소리는 속삭이듯이 작아졌다.

"자살을 할 수 없기 때문이에요. 하려고 해도 도저히 할 수가 없단 말이에요!"

제니퍼는 충격을 받았다. 자신이 왜 그리도 둔감했던 것인지…….

"그럼, 타협을 제기해보면 어떨까요? 새로운 증거를 든다면 상대방도 재판하지 않고 해결하는 데 찬성할 것 같은데……."

네이션와이드 모터스 회사의 변호사인 맥와이어와 구더리의 사무실은 5번가 북쪽에 있었는데, 빌딩 앞에 분수가 있고 유리와 크롬으로 된 현대식 빌딩 안에 있었다. 제니퍼는 접수인에게 이름을 알렸다. 접수인은 의자를 권했다. 그러고는 15분 뒤에 제니퍼는 패트릭 맥와이어의 사무실로 안내되었다. 그는 이 사무실의 선배 변호사로서 무엇이든 놓치지 않는 날카로운 눈을 가진 억세고 상대하기 벅찬 아일랜드 인이었다.

그는 몸짓으로 제니퍼에게 의자를 권했다.

"처음 뵙겠습니다, 파커 양. 당신의 평판은 뉴욕에 쫙 퍼져 있더군요."

"나쁜 소문이 아니었으면 좋겠네요."

"드센 여자분이라고 들었는데, 만나보니 전혀 그런 것 같아 보이지 않는군요."

"감사합니다."

"커피? 아니면 아일랜드 위스키를 하겠어요?"

"커피를 주세요."

패트릭 맥와이어가 벨을 누르자 비서가 순 은제 쟁반에 두 잔의 커피를 내왔다.

맥와이어가 말했다.

"그럼, 용건을 말씀해주실까요?"

"코니 가레트 건에 관한 것입니다."

"아, 그것 말입니까? 제 기억으로는 그녀는 항소심에서까지 패소한 걸로 아는데요."

'제 기억으로는이라니……'

제니퍼는 패트릭 맥와이어가 그 재판의 세부사항까지 암기하고 있다는 것을 목숨을 걸고라도 장담할 수 있었다.

"저는 재판을 다시 할 것을 청구하고 싶습니다만."

"아…… 어떤 이유에서죠?"

맥와이어는 자못 공손한 말투로 물었다.

제니퍼는 변호사 가방을 열어서 준비해온 서류를 그에게 건네주었다.

"사실 은폐의 이유를 들어 재심 청구를 하고 싶습니다."

맥와이어는 동요하는 기색도 없이 서류를 훌훌 넘겼다.

"역시 그 브레이크 사건 말이군요."

"알고 계셨나요?"

"물론이죠."

그는 작달막한 손가락으로 서류를 가볍게 두드렸다.

"파커 양, 이것은 시간 낭비일 뿐입니다. 재판을 재개하기 위해서는 사고를 일으킨 트럭의 브레이크 장치에 결함이 있었다는 것을 증명해야만 합니다. 그것은 아마 사고 이후 여러 번 수리를 했을 테니까 당시의 그 트럭이 어떤 상태였는지를 증명할 수 없을 겁니다. 가능성이 없어요."

제니퍼는 커피를 한 모금 마셨다.

"제 쪽에서는 그 회사 트럭의 안전기록이 얼마나 불량한가를 증명하는 것만으로 좋습니다. 당신 의뢰인이 통상적인 주의만 기울였더라도 트럭에 결함이 있다는 것은 알고 있었을 텐데요."

맥와이어는 간단히 말했다.

"당신 쪽의 조건은?"

"제 의뢰인은 20대 중반도 안 된 젊은 여자인데 팔도 다리도 없이 평생을 밖에 나가지도 못하고 방에 앉아 지내야 하는 처지입니다. 그녀가 겪고 있는 고통의 일부라도 보상해주셨으면 합니다."

패트릭 맥와이어는 커피를 한 모금 마셨다.

"어느 정도의 액수를 생각하고 있는지요?"

"200만 달러입니다."

그는 웃음을 띠었다.

"재판도 할 수 없는 문제 치고는 거금이군요."

"맥와이어 씨, 제가 법정에 들고 나가면 반드시 제 주장을 통과시킵니다. 그리고 그보다 훨씬 많은 액수를 받아낼 수 있습니다. 만일 당신이 우리들을 소송으로 몰아넣는다면 우리는 500만 달러를 요구할 것입니다."

그는 다시 미소를 지었다.

"그렇게 협박하지 마세요. 커피 한 잔 더 하겠습니까?"

"아뇨, 괜찮습니다."

제니퍼는 일어섰다.

"잠깐만요! 자, 앉아요. 난 아직 불가능하다고는 말하지는 않았어요."

"예스라고도 말하지 않으셨잖아요."

"커피를 좀 더 합시다. 집에서 볶은 커피입니다."

제니퍼는 애덤과 케냐 커피를 떠올렸다.

"200만 달러라는 것은 거금입니다. 파커 양!"

제니퍼는 아무 말도 하지 않았다.

"하지만 금액을 좀 내린다면 우리도 되도록……."

그는 의미심장하게 손을 움직였다. 제니퍼는 잠자코 있었다.

패트릭 맥와이어는 마침내 말했다.

"꼭 200만 달러라야 합니까?"

"맥와이어 씨, 제가 정말로 원하는 것은 500만 달러입니다."

"알겠어요. 아무튼 생각해보기로 합시다."

'간단하군!'

"전 내일 아침, 런던에 가야 하는데 다음주에는 돌아옵니다."

"저는 이 문제를 빨리 처리하고 싶습니다. 가능한 한 빨리 당신의 의뢰
인에게 얘기해주시겠습니까? 제 의뢰인에게 다음 주에 수표를 건네주고
싶으니까요."

패트릭 맥와이어는 끄덕였다.

"아마 잘될 겁니다."

제니퍼는 사무실로 돌아오는 도중에 계속 불안한 기분이 들었다. 얘기
가 의외로 너무 쉽게 잘 진행된 것이 오히려 긴장을 불러온 것이다.

그날 밤, 귀가길에 제니퍼는 약국에 들렀다. 그녀가 가게에서 나와 도
로를 횡단하려고 할 때, 케네스 베일리가 금발의 미남 청년과 걷고 있는
것이 보였다. 제니퍼는 망설이다가 눈치채지 않게 옆길로 들어섰다. 케
네스의 사생활은 그녀와는 상관없는 일이었다.

제니퍼가 패트릭 맥와이어를 만나기로 되어 있던 날, 그의 비서로부터 전화가 걸려왔다.

"파커 양, 맥와이어 씨로부터 사과 말씀을 드리라는 부탁이 있었습니다. 그는 오늘 하루 종일 회의가 있어서 시간이 없습니다. 내일, 당신이 좋으신 시간에 만나고 싶다고 하십니다만."

"알겠습니다. 고마워요."

제니퍼는 말했다.

그녀의 마음속에서 경보의 벨이 울렸다. 그녀의 직관이 맞았다.

패트릭 맥와이어는 뭔가를 꾸미고 있는 것이다.

"전화 오면 모두 거절해요."

그녀는 신시아에게 말했다.

그녀는 방안에 틀어박혀서, 여러 가지 각도에서 생각해보았다. 패트릭 맥와이어는 맨 처음에 문제도 되지 않는 사건이라고 제니퍼에게 말했다. 그런데 거의 설득할 필요도 없이 코니 가레트에게 200만 달러를 지불할 것을 승낙했다. 제니퍼는 그때 상당한 불안을 느꼈던 것을 생각해냈다. 그 이후, 패트릭 맥와이어는 만날 수 없게 되었다. 그는 먼저 런던에 갔다─정말 런던에 갔었는지는 알 수가 없다─그리고 회의가 계속되고 제니퍼가 1주간 몇 번 전화를 해도 답전화를 걸지 않을 만큼 바빴다. 그런데, 지금 또 다른 지연작전을 펴고 있다.

'그렇지만 무슨 이유로? 생각할 수 있는 유일한 이유는……'

제니퍼는 생각을 멈추고 인터폰으로 댄 마틴을 불렀다.

"댄, 코니 가레트의 사고일지를 조사해주겠어요? 출소 기한이 언제까지인지 알고 싶어요."

댄 마틴은 20분 후에 제니퍼의 방에 들어왔다. 그의 얼굴이 창백했다.

"당했습니다. 실장님 직감이 맞았습니다. 출소 기한은 오늘로 마감입니다."

그가 말하자, 그녀는 갑자기 기분이 불쾌해졌다.

"틀림없어요?"

"그렇습니다. 죄송합니다, 제니퍼…… . 우리가 조사해두었어야 했는데, 전혀 몰랐습니다."

"나도 마찬가지죠."

제니퍼는 전화를 걸었다.

"패트릭 맥와이어 씨를 부탁드립니다. 난 제니퍼 파커입니다."

기다리고 있는 시간이 영원히 계속될 것처럼 생각되었다. 그리고 나서 그녀는 밝은 목소리로 말했다.

"안녕하세요? 맥와이어 씨. 런던은 어땠던가요?"

그녀는 귀를 기울였다.

"난 아직 한 번도 런던에 가본 적이 없는데요…… 아, 그게 아니라…… 전화하신 용건은?"

제니퍼는 아무것도 모르는 척 말했다.

"지금 코니 가레트와 이야기를 나누고 오는 길이라 전화했습니다. 지난번에도 말씀드렸듯이 그녀는 가능하면 출정하고 싶지 않답니다. 그러니까 오늘 매듭을 지을 수 있다면…… ."

패트릭 맥와이어의 웃음소리가 전화기를 통해 울려왔다.

"파커 양, 수고 많았어요. 출소 기한은 오늘까지입니다. 소송은 이제 불가능하지요. 만일 맛있는 점심식사로 용서해주신다면 가까운 시일 내에 운명의 신의 변덕에 대해서 이야기해보기로 합시다."

제니퍼는 목소리를 거칠게 드러내지 않으려고 노력했다.

"상당히 비겁한 수를 쓰셨군요, 맥와이어 씨."

"원체 세상이 그런 세상인지라."

패트릭 맥와이어는 껄껄대며 웃었다.

"문제는 정당한가 어떤가가 아니라 이기느냐 지느냐겠죠."

"당신도 상당한 수완가지만 이 분야에서는 내쪽이 훨씬 경험이 많으니까요. 다음 기회에 성공을 빈다고 당신 의뢰인에게 전해주시오."

그는 전화를 끊었다.

제니퍼는 전화기를 손에 쥔 채 앉아 있었다. 좋은 소식을 기다리고 있을 코니 가레트의 모습이 떠올랐다. 제니퍼는 머리가 욱신거리기 시작하고 이마에 땀이 배어나왔다. 그녀는 서랍에서 아스피린을 꺼내고 나서 벽시계를 보았다. 4시였다. 상급재판소의 서기에게 서류를 제출하는 것은 5시까지다.

"신청서를 만드는 데 시간이 얼마나 걸릴까요?"

제니퍼는 똑같이 고뇌의 표정을 짓고 있는 댄 마틴에게 물었다.

그는 그녀의 시선을 따라 시계를 보았다.

"적어도 3시간…, 4시간쯤 걸릴지도 모릅니다. 이제 불가능합니다."

'뭔가 방법이 있을 거야.'

제니퍼는 생각했다.

"네이션와이드는 미국 안에 지점이 있죠?"

그녀는 말했다.

"네."

"샌프란시스코는 아직 1시야. 그쪽에 서류를 내고 나중에 재판지의 변경을 신청하면 돼요."

댄 마틴은 머리를 저었다.

"제니퍼, 서류는 전부 여기에 있어요. 샌프란시스코의 어느 법률사무소에 사정을 실명하고 새로운 서류를 준비해도 그들은 5시 나감시간까지 제출할 수 없습니다."

그녀 속의 뭔가가 체념하는 것을 거부했다.

"하와이는 지금 몇 시죠?"

"오전 11시입니다."

그녀의 두통은 갑자기 마법에라도 걸린 듯이 싹 사라지고, 그녀는 흥분한 나머지 의자에서 튀어올랐다.

"그거다! 네이션와이드가 하와이에 있는지 없는지 조사해줘요. 공장이든 영업소든 차고든 뭔가 있을 거예요. 있다면 거기서 신청하는 거예요."

댄 마틴은 잠시 그녀를 쳐다보고 있다가 드디어 그 얼굴이 빛났다.

"좋았어!"

그는 벌써 문쪽으로 달려가고 있었다. 패트릭 맥와이어의 거드름 피우던 어조가 아직 제니퍼의 귀에 쟁쟁하게 남아 있었다.

'다음 기회에 성공하기를 빈다고 당신 의뢰인에게 전해주시오.'

코니 가레트에게는 다음 기회 같은 것은 절대로 없다. 지금이 아니면 안 된다.

30분 후, 제니퍼의 인터폰 부저가 울리고 댄 마틴의 흥분된 목소리가 들렸다.

"네이션와이드 모터스는 하와이에서 드라이브샤프트를 만들고 있습니다."

"잘됐어요! 거기 법률사무소에 연락해서 곧 서류를 제출하도록 부탁해요."

"어디 예정해놓은 사무실이 있나요?"

"아뇨, 어디라도 좋으니 법률사무실 리스트에서 찾아요. 댄, 서류를 네이션와이드 모터스의 변호사에게도 도착시키는 걸 잊지 말고요. 수속이 끝나면 즉시 전화해달라고 말해둬요. 난 여기서 기다리고 있을 테니까."

"그밖에 제가 할 수 있는 일이 있나요?"

"기도나 드려요."

하와이에서 전화가 걸려온 것은 밤 10시였다. 제니퍼가 수화기를 낚아채듯 들자 조용한 목소리가 들렸다.

"제니퍼 파커 양을 부탁드립니다."

"접니다."

"래그 앤드 호이 법률사무소의 미스 성입니다. 의뢰하신 서류를 15분 전에 네이션와이드 모터스 회사의 변호사에게 보냈음을 알려드립니다."

제니퍼는 천천히 숨을 내쉬었다.

"고마워요, 정말로 고마워요."

신시아가 조이 라 가디아라는 남자를 안내해왔다. 제니퍼가 지금까지 한 번도 본 적이 없는 남자였다. 그는 전화로 그녀에게 폭행 사건의 변호인이 되어 달라고 부탁해왔었다. 라 가디아는 키가 작고 단단한 체격에, 고급스럽기는 하지만 남에 빌려입은 것 같은 비싼 양복을 입고 있었다. 그리고 새끼손가락에 근사하고 커다란 다이아몬드 반지를 끼고 있었다.

라 가디아는 누런 이를 보이며 미소를 지으면서 말했다.

"당신의 힘을 빌리러 왔습니다. 누구든 실수는 있는 거죠, 파커 양. 저는 두세 명의 남자를 약간 때린 것으로 경찰에 입건되었는데 그건 놈들이 공격해온다고 생각했기 때문입니다. 골목이 어두웠고 놈들이 나를 목표로 삼고 다가와서……. 그 주변은 좀 으슥한 곳이지요. 그래서 당하기 전에 해치운 겁니다."

제니퍼는 그의 태도에 불쾌하고 신용할 수 없는 부분이 있다고 생각했다. 그는 너무나도 열심히 그녀의 비위를 맞추려 하고 있었다.

그는 큰 지폐 다발을 꺼냈다.

"자, 선금 3천 달러. 재판이 개시될 때 또 3천 달러를 드리겠습니다. 됐소?"

"앞으로 2, 3개월은 스케줄이 꽉 잡혀 있어서요, 괜찮다면 다른 변호사를 소개해드리겠습니다."

그는 끈덕지게 물고 늘어졌다.

"아니, 어떻게든 당신에게 부탁하고 싶어요. 당신은 최고니까."

"평범한 폭력 사건에는 뛰어난 변호사는 필요 없습니다."

"그럼 더 내죠. 선금을 4천 달러, 그리고……."

그의 태도는 거의 필사적이었다…….

제니퍼가 책상 아래의 부저를 누르자 신시아가 들어왔다.

"신시아, 라 가디아 씨가 돌아가신다는군요."

조이 라 가디아는 제니퍼를 노려보았다. 그리고 돈을 집어 들고 주머니에 쑤셔넣었다. 그러고는 아무 말도 하지 않고 방에서 나갔다. 제니퍼는 인터폰을 눌렀다.

"케네스 씨 잠깐 와 주실래요?"

케네스 베일리가 조이 라 가디아에 대한 완벽한 정보를 모으는 데는 30분도 채 걸리지 않았다.

"그에게는 셀 수 없을 정도로 많은 전과가 있어요. 16세 때부터 교도소를 출입했더군요."

그는 손에 든 종이쪽지에 잠시 시선을 떨구었다.

"지난주에 폭행구타로 붙잡혔는데 지금 보석으로 나와 있어요. 그는 조직에서 돈을 빌린 두 노인을 폭행한 겁니다."

그 정도면 완전히 사정을 파악할 수 있었다.

"조이 라 가디아는 조직에서 일하고 있군요?"

"마이클 모레티의 부하 중의 한 명이에요."

제니퍼의 가슴은 격렬한 분노로 타올랐다.

"마이클 모레티의 전화번호를 알려주세요."

5분 후, 제니퍼는 모레티와 통화하고 있었다.

"이건 뜻밖의 영광이군요, 파커 양. 나는……."

"모레티 씨, 덫을 놓는 일은 하지 말아 주세요."

"무슨 얘기요?"

"잘 들어 주세요. 난 돈으로는 움직이지 않아요. 지금도 그리고 앞으로

도요. 당신과 당신 부하에 대한 변호는 거절이에요. 제 용건은 앞으로 내게 가까이 오지 말아 달라는 겁니다. 아셨죠?"

"한 가지 질문해도 되겠소?"

"하세요."

"함께 점심식사라도 어떻소?"

제니퍼는 찰칵 전화를 끊었다.

신시아의 목소리가 인터폰에서 들려왔다.

"저, 실장님 맥와이어 씨라는 분이 오셨습니다. 약속은 되어 있지 않습니다만, 그는⋯⋯."

제니퍼는 속으로 쾌재를 불렀다.

"맥와이어 씨에게 기다리시라고 해요."

그녀는 전화에서의 그들의 언쟁을 생각해냈다.

'문제는 정당한가 아닌가가 아니라 이기느냐 지느냐겠죠? 당신도 상당한 수완가지만 이 분야에서는 내 쪽이 훨씬 경험이 많으니까요. 다음 기회에 성공하기를 바란다고 당신의 의뢰인에게 전해주시오⋯⋯.'

제니퍼는 맥와이어를 45분간 기다리게 하고는 부저를 눌렀다.

"맥와이어 씨를 안내해드려요."

패트릭 맥와이어의 상냥한 태도는 어디론가 사라져버리고 없었다. 그는 당한 것이 분하고 참을 수 없어서 그것을 숨기려고도 하지 않았다. 그는 제니퍼의 책상에 거칠게 다가와 큰 소리로 외쳤다.

"꽤나 애를 먹이는군."

"내가 그랬나요?"

그는 멋대로 의자에 앉았다.

"장난하고 있을 때가 아니오! 네이션와이드 모터스의 포괄대리인으로부터 전화가 왔었소. 내가 당신을 얕본 것 같소. 내 의뢰인은 합의 해결에 응하겠다고 말하고 있소."

그는 주머니에서 봉투를 꺼내 제니퍼에게 건넸다. 그녀가 그것을 열어 보니 안에는 코니 가레트 앞으로 지불 보증수표가 들어 있었다. 금액은 100만 달러였다.

제니퍼는 수표를 봉투에 넣고 패트릭 맥와이어에게 돌려주었다.

"이것으로는 부족해요. 우리는 500만 달러를 요구하고 있어요."

맥와이어는 싱긋 웃어 보였다.

"그건 무리한 요구요. 당신 의뢰인은 법정에 나갈 생각이 없으니까. 지금 그녀의 집에 다녀오는 길이오. 그 아가씨를 법정으로 끌어내는 것은 불가능할 것이오. 그녀는 공포에 질려 있으니까. 그녀가 나오지 않으면 당신 쪽에는 승산이 없는 일 아니오?"

제니퍼는 화가 났다.

"당신은 내 입회 없이 코니 가레트와 얘기할 권리가 없을 텐데요."

"나는 그냥 모두에게 좋도록 하고 싶었을 뿐이오. 이 돈을 받고 손을 떼 주시면 좋겠소."

제니퍼는 일어섰다.

"썩 나가세요. 당신을 보고 있으면 속이 뒤집히니까요."

패트릭 맥와이어는 일어섰다.

"먹은 음식이 잘못된 거 아니오?"

맥와이어는 수표를 집어 들고 나갔다.

그의 뒷모습을 보면서 제니퍼는 자기가 큰 실수를 한 것이 아닌가라는 생각을 했다. 100만 달러라면 코니 가레트에게 큰 도움이 될 것이다. 하지만 충분하다고는 말할 수 없었다. 그 아가씨가 평생 견뎌내야 할 고통을 보상하기에는 충분하지 않았다.

패트릭 맥와이어가 말한 것 중에서 한 가지만은 맞는 것이 있다고 제니퍼는 생각했다. 코니 가레트가 법정에 모습을 보이지 않는 한, 배심원들이 500만 달러의 보상을 인정하는 평결을 내릴 가능성은 없다는 것이다. 얘기만으로는 코니 가레트의 생활의 비참함을 배심원들에게 알릴 수가 없었다. 코니 가레트를 출정시키고 그 충격적인 모습을 매일 배심원들에게 보이는 것이 제니퍼에게는 필요했다. 그러나 그녀를 출정하도록 설득할 방법은 없었다. 제니퍼는 다른 해결책을 발견해야만 했다.

애덤에게서 전화가 걸려 왔다.

"그동안 전화하지 못해서 미안해. 상원의원 선거로 회합이 여러 가지 있어서……."

그는 사과했다.

"괜찮아요, 알고 있어요."

자신이 이해해줘야만 한다고 그녀는 생각했다.

"너무 보고 싶어."

"저도 그래요, 애덤."

'얼마나 외로운지 당신은 상상조차 못할 거예요.'

"당신을 만나고 싶어."

제니퍼는 '언제요?'라고 묻고 싶었다. 하지만 기다렸다.

애덤은 말을 이었다.

"오늘 오후에 올바니에 가야만 해. 돌아와서 전화할게."

"알겠어요."

그녀가 달리 말할 수 있는 것도 없었고, 그녀가 할 수 있는 일도 없었다.

새벽 4시, 세니퍼는 악몽에 시날리다 잠이 깨었다. 그리고 코니 가레트를 위해 500만 달러를 받아낼 방법이 생각났다.

헤어질 수 없는 이유

"우리는 자금 모금을 위한 만찬회를 주 전역에서 개최하기로 했네. 장소는 대도시뿐이야. 소도시에서는 〈페이스 더 네이션〉이나 〈투데이〉나 〈미트 더 프레스〉와 같은 전국적 네트워크의 텔레비전 쇼로 선전하지. 우리의 계산으로는…… 애덤, 듣고 있나?"

애덤은 스튜어트 니덤과 회의실에 있는 다른 세 사람—매스컴 관계의 베테랑이라고 니덤이 그에게 보장한—쪽을 향해 말했다.

"네, 물론입니다, 스튜어트."

그는 전혀 다른 것을 생각하고 있었다. 제니퍼에 관해서, 그는 제니퍼에게 옆에 있어 달라고 하고 싶었다. 함께 캠페인의 흥분을 맛보고 이 순간을, 인생을 함께하고 싶었다. 애덤은 몇 번씩이나 스튜어트 니덤에게 자기의 고민을 상담하려고 했다. 그러나 그때마다 그의 파트너는 세련되게 화제를 돌리곤 했다.

애덤은 제니퍼와 메리 베스에 대해서 골똘히 생각하면서 앉아 있었다.

두 사람을 비교하는 것이 무리인 줄은 알고 있었지만 그렇게 하지 않을 수가 없었다.

'제니퍼와는 함께 있는 것이 즐겁다. 그녀는 모든 것에 흥미를 보이고, 나에게 활력을 불어넣어준다. 메리 베스는 자기만의 작은 세계에 틀어박혀 있다……. 제니퍼와 나는 공통점이 헤아릴 수 없을 만큼 많다. 메리 베스와 나는 공통점이 없다. 그렇지만 우리의 결혼은……. 나는 제니퍼의 유머가 좋다. 그녀는 나를 웃기는 방법을 알고 있다. 메리 베스는 무슨 일이든 심각하게 생각한다……. 제니퍼는 나를 아주 젊게 해준다……. 메리 베스는 나이보다 더 늙어보인다……. 제니퍼에겐 독립심이 있다. 메리 베스는 무슨 일이든 나에게 의지한다……. 내가 사랑하는 여자와 아내와는 5가지 커다란 차이점이 있다. 내가 메리 베스와 헤어질 수 없는 5가지 이유가…….'

승리

8월 초의 어느 수요일 아침, 코니 가레트 대 네이션와이드 모터스 회사의 재판이 시작되었다. 여느 때 같으면 신문의 한구석에 조그맣게 실릴 정도의 비중밖에 안 되는 재판인데, 제니퍼 파커가 원고의 대리인이라는 것이 알려지자 매스컴이 들이닥쳤다.

패트릭 맥와이어는 소박한 회색 양복을 입은 많은 보좌역들에 둘러싸여 피고측 테이블을 향해 앉아 있었다.

배심원을 선발하는 절차가 시작되었다. 맥와이어는 대범하고 무관심해보이는 태도를 취했다. 이것은 코니 가레트가 법정에 나타나지 않는다는 것을 알고 있었기 때문이었다. 양팔, 양다리를 잃어버린 젊은 아가씨의 모습은 배심원들의 마음의 뚜껑을 마구 열어젖혀 거액을 끄집어내는 강력한 감정의 지렛대가 되어줄 것이다. 그러나 젊은 아가씨도, 지렛대도 없는 상태였다.

맥와이어는 생각했다.

'이번에야말로 제니퍼 파커는 자기 무덤을 파게 될걸?'

배심원이 선출되고 재판이 시작되었다. 패트릭 맥와이어가 첫 진술을 했다. 제니퍼는 그의 유능함을 인정하지 않을 수 없었다. 그는 젊고 아름다운 코니 가레트의 가련한 상황을 길게 늘어놓았고, 제니퍼가 말할 예정이었던 것을 모두 앞서 말해서, 그녀의 감동적인 열변의 효과를 빼앗아버리고 말았다.

그러나 사고에 관해서는 코니 가레트가 얼음판 위에서 미끄러진 것이며 트럭운전사에게는 잘못이 없다는 사실을 강조했다.

"원고는 여러분들에게 500만 달러를 지불하도록 평결해줄 것을 바라고 있습니다."

맥와이어는 도저히 믿기지 않는다는 듯이 머리를 저었다.

"500만 달러입니다! 여러분들은 그런 거금을 보신 적이 있습니까? 나는 없습니다. 나의 사무실에서는 몇몇 부유한 의뢰인의 사건을 다루고 있습니다만 나는 이제까지 100만 달러…아니 50만 달러도 본 일이 없다는 것을 큰 소리로 얘기하고 싶습니다."

그는 배심원들의 표정에서 그들도 본 적이 없다는 것을 알 수 있었다.

"피고 측은 증인으로 나와서 사고가 왜 일어났는지를 얘기해주십시오. 그것은 분명히 사고였습니다. 우리는 네이션와이드 모터스에는 아무런 과실도 없었다는 것을 입증할 수 있습니다. 소송을 제기한 본인인 코니 가레트가 오늘 출정하지 않는다는 것을 여러분은 알고 있을 거라고 봅니다. 그녀의 변호사는 그녀는 반드시 출정하지 않을 거라고 실버 맨 판사에게 통고했습니다. 코니 가레트는 오늘 당연히 모습을 나타내야 할 이 법정에 나오지 않았습니다. 그러나 그녀가 어디 있는지는 알고 있습니다. 내가 여러분을 향해 말하는 이 순간에 코니 가레트는 집에 들어앉아 여러분이 내려주게 될 돈을 계산하고 있는 것입니다. 전화가 울리고 그녀의 변호사가 여러분으로부터 몇백만 달러를 편취했는지 알려주기를 기다리고 있습니다. 여러분도 나도 알고 있듯이 커다란 회사가 관계한 사고, 그것이 간접적인 사고라고 해도 사고가 일어났을 경우, 곧바로 '저 회사는 돈이 있다. 얼마든지 능력이 있다. 짜낼 만큼 짜내야 한다.'라고 말하는 사람들이 있는 것입니다."

패트릭 맥와이어는 말을 끊었다가 다시 덧붙였다.

"코니 가레트가 오늘 출정하지 않은 것은 여러분의 얼굴을 맞댈 수가 없기 때문이고, 자기가 하려고 하는 일이 부도덕한 짓이라는 것을 알고 있기 때문입니다. 앞으로 똑같은 일을 하려는 유혹에 사로잡힐 염려가 있는 사람들에 대한 교훈으로라도 우리는 그녀에게 한 푼도 내주면 안 된다고 생각합니다. 사람은 자기 자신의 행동에 책임을 져야 합니다. 도로의 얼음판 위에서 미끄러졌다고 해서 남을 책망해서는 안 됩니다. 하물며 500만 달러를 편취하려고 하는 따위는 당치도 않습니다. 이것으로 마칩니다."

그는 제니퍼를 향해 머리를 숙였고, 피고 측 좌석으로 가서 앉았다.

제니퍼는 일어서서 배심원석으로 다가갔다. 그녀는 배심원들의 얼굴을 보며 패트릭 맥와이어가 그들에게 준 인상의 강도를 엿보려고 했다.

"저의 존경하는 동료 분은 코니 가레트가 이 재판 중 본 법정에 나타나지 않을 것이라고 말했습니다. 그것은 사실입니다."

제니퍼는 원고석의 빈자리를 가리켰다.

"그곳이 만약 코니 가레트가 출정했다면 앉을 자리입니다. 하지만 그 의자가 아닙니다. 특별한 휠체어…… 그녀가 일생을 살아야 할 휠체어에 앉아 있어야 할 것입니다. 코니 가레트는 이 법정에 나오지 않습니다. 그러나 이 재판이 끝나기 전에 여러분은 그녀를 만날 것이고, 내가 그녀를 알고 있듯이 그녀를 알 수 있는 기회가 있을 것입니다."

패트릭 맥와이어는 의아하다는 듯이 눈썹을 찌푸렸다. 그리고는 몸을 앞으로 내밀어 보좌역인 한 사람에게 뭔가를 속삭였다.

제니퍼는 말을 계속했다.

"맥와이어 씨의 웅변을 듣고 저는 감동했습니다. 저는 팔도 다리도 없는 24세의 아가씨에게 가차 없이 공격당하고 있는 거대기업을 생각하니 가슴이 아팠습니다. 그 아가씨는 지금 이 순간 집에 앉아서 자기가 부자가 되었다는 소식을 전해줄 전화를 고대하고 있습니다."

제니퍼의 목소리는 작아졌다.

"무엇을 하기 위한 돈일까요? 있지도 않은 손가락에 낄 다이아몬드 반지를 사기 위해서일까요? 있지도 않은 발에 신을 댄스화를 사기 위해서일까요? 절대로 입을 수 없는 아름다운 드레스를 사기 위해서일까요? 초대받지도 못할 파티에 그녀를 싣고 갈 롤스로이스를 사기 위해서일까요? 그녀가 그 돈으로 얼마나 많은 즐거움을 맛볼 수 있을지 생각해봐 주십시오."

제니퍼는 한 사람 한 사람의 배심원들의 얼굴에 천천히 시선을 옮기면서 극히 조용하지만 진실 어린 목소리로 말했다.

"맥와이어 씨는 한꺼번에 500만 달러의 거금은 본 적이 없다고 했습니다. 저도 본 적이 없습니다. 하지만 생각해보십시오. 제가 만약 여러분들 중 어느 분에게 500만 달러를 현금으로 지금 당장 드릴 테니 양팔과 양다리를 절단해주세요 라고 한다면 500만 달러가 그리 대단한 거금이라고 생각되지는 않을 것입니다… 이 소송의 법적 근거는 극히 명백합니다. 원고가 패소한 앞선 재판에서는 피고 측은 그들 트럭의 브레이크 장치의 결함에 대해 알고 있으면서도 그 사실을 원고 측과 재판장에게 숨기고 있었습니다. 그들은 법률을 위반하는 행위를 한 것입니다. 그것이 이번의 새로운 재판의 근거입니다. 정부의 최근 조사에 의하면 트럭 사고의 가장 큰 원인은 핸들과 타이어와 브레이크와 조종 장치에 있습니다. 이 통계를 좀 봐주십시오……."

패트릭 맥와이어는 배심원의 반응에 주의하고 있었다. 그것을 민감하게 파악하는 것은 그의 장기였다. 제니퍼의 통계 설명이 계속됨에 따라 배심원들이 이 재판을 지루하게 생각하리라는 것을 맥와이어는 분명히 알 수 있었다.

그녀의 설명은 너무도 전문적이었다. 재판은 이미 신체의 자유를 잃은 아가씨의 문제가 아니었다. 그것은 트럭과 브레이크 거리와 결함이 있는 브레이크 드럼의 문제가 되어 있었다. 배심원들은 흥미를 잃어가기 시작했다.

맥와이어는 제니퍼에게 힐끗 시선을 던지면서 '평판만큼 영리한 여자는 아니군.' 하고 생각했다. 만약 자기가 코니 가레트 측이었다면 통계나 기계의 문제는 꺼내지 않고 배심원의 감정에 호소했을 것이라고 생각했다. 제니퍼 파커의 방식은 그 반대였다.

패트릭 맥와이어는 의자 뒤로 몸을 젖히고 긴장을 풀었다.

제니퍼는 판사석으로 다가갔다.

"재판장님, 허락해주신다면 증거물을 제출하고 싶습니다만."

"어떤 증거물입니까?"

실버맨 판사가 물었다.

"재판이 시작되었을 때 저는 배심원 여러분에게 코니 가레트의 사정을 알도록 해주겠다고 약속드렸습니다. 그녀 자신이 이곳에 올 수가 없기 때문에 그녀의 사진을 보여드리는 것에 허락을 요청합니다."

실버맨 판사는 말했다.

"반대할 이유는 없다고 생각합니다. 피고측 변호인, 이의 있습니까?"

패트릭 맥와이어는 일어나 천천히 걸으면서 재빨리 머리를 굴렸다.

"어떤 사진입니까?"

"집에 있는 코니 가레트를 찍은 것입니다."

패트릭 맥와이어로서는 가능하다면 사진 따위는 없는 편이 좋았다. 그러나 휠체어에 앉아 있는, 몸이 부자유스러운 사진은 그녀 자신이 실제로 모습을 나타내는 것보다 훨씬 극적 효과가 희박할 것이 틀림없었다. 그리고 또 하나 고려해야 할 점이 있었다. 만약 그가 반대한다면 배심원의 눈에는 그는 동정심이 없는 사람처럼 보일 것이라는 사실이었다.

그는 의젓하게 말했다.

"좋습니다, 사진을 보여드리시죠."

"고맙습니다."

제니퍼는 댄 마틴 쪽을 향해 머리를 끄덕였다. 그러자 뒷줄에 있던 두 사나이가 휴대용 스크린과 영사기를 앞쪽으로 운반해 와서 영사 준비를 시작했다.

패트릭 맥와이어는 깜짝 놀라 일어섰다.

"잠깐만! 이것이 무엇입니까?"

제니퍼는 시치미를 떼고 대답했다.

"지금 당신이 보여줘도 좋다고 말한 사진입니다."

패트릭 맥와이어는 가슴이 끓어오르는 분노를 참으며 간신히 서 있었다. 제니퍼는 영화라고는 한 마디도 하지 않았다. 그러나 이의를 주장하기에는 이미 때가 늦었다. 그는 어색하게 끄덕이고 앉아버렸다.

그녀는 배심원과 실버맨 판사에게 잘 보이도록 스크린 위치를 정했다.

"재판장님, 방을 어둡게 해주시겠습니까?"

판사가 정리에게 신호를 하자 블라인드가 내려졌다. 제니퍼가 16밀리 영사기 쪽으로 걸어가 스위치를 넣자 스크린에 영상이 비치기 시작했다.

그로부터 30분간 법정에는 숨소리 하나 들리지 않았다. 제니퍼는 이 영화를 만들기 위해 카메라맨과 연출기를 고용했던 것이다. 그들이 촬영한 코니 가레트의 하루는 너무나 생생하고 잔학한 얘기였다. 보는 사람에게는 아무런 상상력도 필요치 않았다. 영화는 양팔과 양다리를 절단당한 아름다운 젊은 아가씨가 아침에 침대에서 안아 올려지는 것에서부터 시작되었다. 그리고 화장실로 운반되고 아무것도 할 수 없는 갓난아기처럼 닦아주고… 목욕을 시켰으며… 음식도 먹여주고 옷도 입히고… 제니퍼는 이 영화를 몇 번씩이나 보았다. 그런데도 지금 다시 그것을 보면서 그녀는 전과 마찬가지로 목이 메이고 눈물이 흘렀다. 그리고 그녀는 영화가 재판장과 배심원과 방청인에게도 같은 인상을 주고 있을 것이 틀림없다고 생각했다.

영화가 끝나자 제니퍼는 실버맨 판사를 향해 말했다.

"원고 측은 이상으로 마치겠습니다."

배심이 퇴장한 지 10시간 이상이나 경과되어 있었다. 1시간이 지날 때마다 제니퍼의 마음은 점점 더 침울해졌다. 그녀는 벌써 평결이 내려졌어야 한다고 믿고 있었다. 배심원들이 그녀와 마찬가지로 영화에 감동하고 있다면 평결에 1, 2시간 이상 걸릴 리가 없었다.

배심원들이 법정에서 나갔을 때 패트릭 맥와이어는 미칠 것만 같았다. 그는 제니퍼를 깔보았기 때문에 재판에 패배하게 되었다고 생각했다. 그러나 배심원이 돌아오지 않은 채 시간이 흘러감에 따라 맥와이어는 희망을 가지기 시작했다. 감정에 좌우되어 평결을 하는 것이라면 이렇게 오래 걸릴 리가 없었다.

'우리가 이긴 거야. 의논 시간을 오래 끌수록 감동은 희박해지니까.'

자정이 거의 다 되었을 무렵 배심장으로부터 실버맨에게 법률상의 조언을 구하는 메모가 보내졌다. 판사는 그것을 보고 나서 얼굴을 들었다.

"쌍방의 대리인은 이쪽으로 와 주시오."

제니퍼와 패트릭 맥와이어가 그 앞에 서자 실버맨 판사가 말했다.

"지금 배심장으로부터 가져온 메모에 관해 알려드립니다. 배심은 코니 가레트의 대리인이 요구하는 500만 달러를 초과하는 배상금을 그녀에게 주는 것이 법률적으로 허용되는지 어떤지를 알고 싶어하고 있습니다."

제니퍼는 갑자기 현기증이 느껴졌다. 착 가라앉아 있던 마음이 붕 떠올랐다. 그녀는 패트릭 맥와이어 쪽을 쳐다보았다. 그의 얼굴은 핏기가 가셔 있었다.

"배심은 몇백만 달러라도 그들이 정당하다고 생각되는 금액을 결정할 권리가 있다는 것을 배심장에게 전하기로 하겠습니다."

30분 후, 배심원들이 법정으로 돌아왔다. 배심은 원고에게 유리한 평결을 내렸다는 것을 배심장이 발표했다. 코니 가레트에 대한 손해 배상금은 600만 달러로 결정되었다. 그것은 뉴욕 주 역사상 신체 상해에 대한 배상금으로는 최고의 액수였다.

두 여자

다음날 아침, 제니퍼가 사무실에 나가자 책상 위에 펼쳐져 있는 각종 신문이 눈에 들어왔다. 어느 신문에나 1면에 그녀의 기사가 실려 있었다. 꽃병에 네 다발이나 되는 빨간 장미가 꽂혀 있었다. 제니퍼는 미소 지었다. 몹시 바쁜 애덤이 시간을 내어 보내준 꽃이라고 짐작되었다.

그녀는 카드를 열어보았다. 그곳에는 '축하하오, 마이클 모레티'라고 적혀 있었다.

인터폰의 부저가 울리고 신시아의 목소리가 들려왔다.

"애덤스 씨로부터의 전화입니다."

제니퍼는 서둘러 전화기를 들었다. 그녀는 흥분을 드러내지 않도록 애썼다.

"안녕하세요, 애덤."

"또 해냈군!"

"운이 좋았어요."

"운이 좋았던 건 당신의 의뢰인이지. 당신에게 부탁한 것은 행운이었

248

어. 당신도 정말 기쁠 테지?"

'승소는 좋은 기분을 갖게 할 뿐, 내가 정말 기쁨을 느끼는 것은 당신과 함께 있을 때뿐이에요.'

"네, 그래요."

"당신에게 중요한 얘기가 있어. 오늘 오후에 만날 수 있을까?"

애덤이 말했다.

제니퍼의 마음이 가라앉았다. 중요한 말이라면 뻔했다. 이젠 더 이상 그녀와는 만날 수 없게 되었다는 것이 틀림없었다.

"네, 물론 좋아요."

"6시에 마리노에서 어때?"

"괜찮아요."

그녀는 장미를 신시아에게 주었다.

애덤은 음식점 깊숙한 곳의 구석진 좌석에 앉아서 기다리고 있었다.

'내가 만약 히스테리를 일으켜도 당신이 수치를 당하지 않도록 조심하고 있군요.'

제니퍼는 생각했다. 그녀는 절대로 울지 않기로 마음먹고 있었다. 적어도 애덤 앞에서는.

그의 여윈 얼굴을 보니 제니퍼는 그가 얼마나 괴로워하고 있는지를 알 수 있었다. 그녀는 가능한 한 그가 이야기를 쉽게 꺼낼 수 있도록 해주자고 생각했다. 제니퍼가 앉자 애덤은 그녀의 손을 잡았다.

"메리 베스가 이혼에 동의해주었어."

애덤이 말했다. 제니퍼는 그 순간 아무 말도 할 수 없어서 멍청하게 그를 응시하고 있을 뿐이었다.

그 얘기를 먼저 꺼낸 것은 메리 베스였다. 애덤이 연설을 하고 두 사람이 자금모금 만찬회에서 돌아온 그날 밤이었다. 만찬회는 대성공이었는데 메리 베스는 귀가길 자동차 안에서 전혀 말을 하지 않았고, 이상한 긴장감이 감돌고 있었다.

애덤이 말했다.

"오늘 밤은 잘 되었다고 생각하는데 당신이 보기엔 어땠어?"

"그렇게 생각해요, 애덤."

집에 도착하기까지 두 사람이 나눈 대화는 고작 그것뿐이었다.

"자기 전에 한 잔 어때?"

애덤이 물었다.

"아뇨 괜찮아요. 그것보다 얘기를 좀 나눴으면 좋겠어요."

"얘기를 나누자고?"

그녀는 애덤을 바라보며 말했다.

"당신과 제니퍼 파커에 관해서요."

그건 얼굴을 한 대 얻어맞은 것 같은 쇼크였다. 그는 망설였다. 부정해야 할 것인가, 아니면…….

"전부터 알고 있었어요. 지금까지 아무 말도 하지 않은 것은 어떻게 해야할까 하고 결심이 서지 않았기 때문이었어요."

"메리 베스, 난……."

"끝까지 말할 수 있게 해줘요. 우리의 결혼이, 우리가 원했던 것처럼 잘 이루어지지 않았던 것은 알고 있어요. 어쩌면 내가 그다지 좋은 아내가 아니었던 탓인지도 모르지만 말예요."

"당신에게 나쁜 점은 없어. 내가……."

"그만두세요, 애덤. 난 몹시 괴로웠어요. 하지만 이제 결심했어요. 당신을 방해하지 않겠어요."

애덤은 믿어지지 않는 듯한 얼굴로 그녀를 바라보았다.

"그게 무슨 말이지?"

"나는 당신을 사랑하고 있기 때문에 당신에게 상처를 줄 수는 없어요. 당신의 정치가로서의 장래를 망쳐놓고 싶지는 않아요. 내가 당신에게 완전한 행복을 줄 수 없다는 것은 확실해요. 제니퍼 파커가 당신을 행복하게 해줄 수 있다면 그녀에게 당신을 양보하겠어요."

애덤은 그것이 현실이라고 생각되지 않았다. 아내와의 대화는 마치 꿈속에서 하고 있는 것만 같았다.

"당신은 어쩔 생각이오?"

메리 베스는 미소를 지었다.

"난 괜찮아요, 애덤. 걱정 마세요. 내가 알아서 할 테니까요."

"뭐, 뭐라고 말해야 좋을지 모르겠군."

"아무 말 하지 않아도 좋아요. 내가 당신 몫까지 말했으니까요. 만약 당신에게 매달려 당신을 비참하게 만들면 서로에게 불행할 것 아녜요? 제니퍼는 틀림없이 아름다운 여성이겠죠? 그렇지 않으면 당신이 그렇게 열중할 리가 없으니까요."

메리 베스는 그에게 다가가 그의 몸에 양팔을 돌려 안았다.

"애덤, 그렇게 괴로운 표정은 짓지 말아요. 내가 하려고 하는 것은 당신이나 나 둘 다에게 최선의 방법이에요."

"당신은 대단한 여자야."

"고마워요. 사랑해요 애덤. 나는 앞으로도 당신의 친구예요. 언제까지나……"

그녀는 손가락 끝으로 상냥하게 그의 얼굴을 어루만지며 미소 지었다. 그러고는 그에게 몸을 가까이 기대며 어깨에 머리를 얹었다. 그 목소리는 거의 들리지 않을 만큼 낮았다.

"벌써 오랫동안 당신에게 안겨보질 못했어요, 애덤. 나를 사랑한다고 말하지 않아도 좋아요. 하지만… 그렇지만… 한 번만 나를 안아주며 사랑해주지 않겠어요? 우리의 마지막 밤이에요."

애덤은 지금 그 일을 회상하면서 제니퍼에게 말했다.

"메리 베스가 먼저 이혼을 제안했어."

애덤은 말을 계속했지만 그 말은 이미 제니퍼의 귀에는 들어오지 않았고, 음악소리밖에 들리지 않았다. 마치 공중에 둥둥 떠오르는 기분이었다. 그녀는 애덤에게서 헤어지자는 말을 들을 각오를 하고 왔다⋯⋯. 그런데 이런 얘기를 듣게 되다니! 마치 꿈만 같았다. 메리 베스로부터 이혼 얘기를 들었을 때 애덤이 얼마나 괴로워했을지 제니퍼는 알 수 있었다. 그리고 그녀는 그 순간 지금까지보다도 더욱 강렬하게 애덤을 사랑했다. 그녀는 가슴이 짓눌려 쪼개질 듯한 무거운 짐을 벗어 던지고 다시 숨을 쉴 수 있었다.

애덤은 계속해서 말했다.

"메리 베스는 잘 이해해주었어. 정말 좋은 여자야. 당신과 나의 행복을 진심으로 기원해주고 있어."

"믿어지지가 않네요."

"당신은 모를 거야. 아내와 나는 오래전부터 부부가 아니라 오빠와 누이동생처럼 지내왔어. 지금까지 한 번도 당신에게 말하지 않았지만⋯⋯ 메리 베스는 성욕이 그리 강하지 않아."

그는 망설이며 조심스럽게 말했다.

"그래요⋯⋯."

"그녀는 당신과 만나고 싶어해."

그것은 상상만 해도 제니퍼의 마음을 무겁게 했다.

"글쎄요, 잘할 수 있을 것 같지가 않아요. 틀림없이⋯⋯ 견딜 수 없는 기분이 될 거예요."

"괜찮아."

"좋아요, 애덤. 당신이 원한다면⋯⋯."

"좋았어, 차나 마시러 가지. 내 차로 데려다줄게."

다음날 아침, 제니퍼는 차로 소밀리버 파크웨이를 따라 북쪽으로 향하고 있었다. 맑게 갠 상쾌한 날로 드라이브하기에 아주 좋은 날이었다. 제니퍼는 카스테레오를 틀어놓고 메리 베스와 만나는 불안을 잊으려고 애썼다.

워너가는 허드슨 강을 내려다보는 크로톤은 허드슨의 밋밋한 푸른 구릉 위에 있었으며, 네덜란드인들이 지은 저택을 각별히 손을 봐서 보존한 것이었다. 제니퍼는 당당하게 꾸며진 현관을 향해 차도를 올라갔다.

그녀가 벨을 누르자 곧 30대 중반의 매력적인 여자가 문을 열었다. 제니퍼에게 전혀 예상 밖이었던 것은, 이 내성적으로 보이는 남부의 여성이 그녀의 손을 잡고 상냥하게 미소를 머금은 일이었다. 그녀는 말했다.

"내가 메리 베스예요. 애덤은 이렇게 아름다운 여인이라고는 하지 않았는데…… 어서 들어오세요."

애덤의 아내는 부드럽게 퍼지는 베이지색 울 스커트에 풍성하고 매력적인 가슴을 들여다 볼 수 있을 정도로 앞이 패인 실크 블라우스를 입고 있었다. 베이지색이 섞인 금발은 뺨 언저리에서 살짝 웨이브가 져서 파란 눈을 돋보이게 하고 있었고, 목걸이 장식인 진주는 자연산이라는 것을 한눈에 알 수 있었다. 메리 베스 워너는 전통적인 세계의 기품을 몸에 지니고 있었다.

저택의 내부는 아름답고 컸으며, 넓은 방에는 골동품이나 아름다운 회화 등으로 가득했다.

집사가 조지왕조 풍의 은제 세트로 차를 내왔다.

집사가 방에서 나가자 메리 베스가 말했다.

"애덤을 진정으로 사랑하고 있겠죠?"

제니퍼는 어색하게 말했다.

"부인, 먼저 양해를 구합니다만 이렇게 될 줄은 전혀……."

메리 베스 워너는 제니퍼의 팔을 가볍게 두드렸다.

"그런 말을 할 필요는 없어요. 애덤에게서 들었는지 모르지만 우리의 결혼은 형식적인 것이 되고 말았죠. 애덤과 나는 어린 시절부터 친구였어요. 나는 처음에 그를 보자마자 사랑에 빠졌던 것 같아요. 우리는 같은 파티에 나갔고, 같은 친구를 가졌으며, 언젠가 결혼하는 것은 자연스러운 결말인 것 같았죠. 오해하지 마세요. 나는 지금도 애덤을 몹시 좋아해요. 그리고 그도 나를 사랑한다고 믿고 있어요. 하지만 인간이란 때가 오면 변하는 건가 봐요."

"네."

제니퍼는 메리 베스를 쳐다보았다. 그녀는 깊은 감사의 마음으로 가득 차 있었다. 추하고 천박한 싸움이 되었을지도 모를 이 방문이 친근함이 있는 즐거운 것이 되었다. 애덤이 말한 그대로였다. 메리 베스는 멋진 여성이었다.

"진심으로 감사하게 생각해요."

제니퍼는 말했다.

"감사해야 할 사람은 나예요."

메리 베스는 말했다. 그녀는 부끄러운 듯이 미소 지었다.

"나도 사랑을 하고 있어요. 곧 이혼할 작정이었지만 선거가 끝날 때까지 기다리는 것이 애덤을 위해서도 좋을 것이라고 다시 생각했어요."

제니퍼는 자기 일에만 열중해서 선거에 관해서는 잊고 있었다.

메리 베스는 말을 계속했다.

"여러 사람이 애덤이 이번 선거에서 상원의원에 당선될 거라고 확실하게 믿고 있는데 지금 이혼하면 기회가 사라질 거예요. 앞으로 불과 6개월밖에 안 남았으니 이혼을 연기해두는 편이 그를 위해서도 좋을 거라고 생각했어요."

그녀는 제니퍼를 쳐다보았다.

"하지만 죄송해요…… 당신은 그래도 좋을지 모르겠군요."

"물론이에요."

제니퍼는 말했다.

그녀는 자기의 사고방식을 완전히 바꾸어야만 했다. 그녀의 장래는 애덤과 결합하게 된다. 그가 상원의원이 되면 제니퍼는 그와 함께 수도 워싱턴에서 살게 될 것이다. 그렇게 되면 뉴욕에서 변호사를 할 수 없게 되겠지만 그래도 상관없었다. 두 사람이 함께 살 수만 있다면 아무것도 아쉬울 것이 없으리라.

제니퍼는 말했다.

"애덤은 훌륭한 상원의원이 될 거라고 생각해요."

메리 베스는 얼굴을 들어 미소지었다.

"애덤 워너는 머지않아 훌륭한 대통령이 될 거예요."

제니퍼가 아파트에 돌아오자 전화벨이 울렸다. 애덤의 전화였다.

"메리 베스와는 잘 되었어?"

"애덤, 그분은 정말 좋은 분이에요!"

"그녀도 같은 말을 하더군."

"전통적인 남부인의 매력이란 것에 대해 읽은 적은 있지만 실제로 만날 수 있는 기회가 좀처럼 없었거든요. 메리 베스는 너무 훌륭한 여인이에요."

"당신도 그래, 제니퍼. 결혼식은 어디서 하는 것이 좋을까?"

제니퍼는 말했다.

"타임스퀘어라도 상관없어요. 하지만 우린 기다려야 해요."

"뭘 기다린단 말이야?"

"선거가 끝나는 것을 말예요. 당신의 정치 생명이 중요해요. 이혼하면 타격이 클 거예요."

"사생활은……."

255

"그게 공적인 생활이 되는 거예요. 당신이 이번 기회를 망치는 짓을 해서는 안 돼요. 6개월 정도라면 기다릴 수 있잖아요."

"나는 기다리고 싶지 않아."

"그건 저도 마찬가지예요. 하지만 정말로 기다리는 건 아니잖아요."

제니퍼는 미소 지었다.

다섯 다발의 빨간 장미

제니퍼와 애덤은 거의 매일 함께 점심식사를 했고 애덤은 1주일에 한두 번 그들의 아파트에 묵었다. 두 사람은 전보다 한층 더 신중히 행동해야만 했다. 애덤의 선거 운동이 적극적으로 개시되었고, 그는 전국적으로 저명한 인물이 되어가고 있었기 때문이었다. 그는 정치 집회나 자금모금 만찬회에서 연설을 하기도 했고, 국가의 문제에 관한 그의 의견이 신문에 인용되는 일이 점점 더 잦아졌다.

애덤과 스튜어트 니덤은 여느 때와 마찬가지로 모닝커피를 마시고 있었다.

"오늘 아침 자네가 〈투데이〉 쇼에 나오는 걸 보았네. 상당히 좋았어. 그 프로가 자네를 다시 초대한 이유를 알겠더군."

니덤이 말했다.

"스튜어트, 나는 그런 쇼는 서툴러요. 배우처럼 연기하고 있는 것 같아서 말입니다."

스튜어트는 조용히 끄덕였다.

"정치가는 바로 그런 거야, 배우라고 할 수 있지. 대중이 바라는 사람이 되는 것, 만약 정치가가 대중의 면전에서 자신을 드러내놓고 행동하면 젊은 패거리들은 뭐라고 그러더라? 내장을 다 끄집어내 보라고 하던가? 이 나라는 저주받는 군주 국가로 전락하고 말 걸세."

"공직의 입후보가 인물 콘테스트가 되고 있는 것에 진저리가 나요."

스튜어트 니덤은 미소 지었다.

"자네는 인격이 갖추어져 있다는 것을 고맙게 여겨야 할 걸세. 여론 조사에 의하면 자네의 지지율은 매주 상승일로에 있네."

그는 말을 끊고 다시 한 잔을 따랐다.

"알겠나, 이건 아직 시작일 뿐이야. 우선 상원의원, 다음엔 넘버원이 목표야. 자네라면 어디까지든 오를 수 있어. 바보 같은 짓만 하지 않는다면 말일세."

그는 차를 한 모금 마셨다.

애덤은 눈을 들어 그를 쳐다보았다.

"그게 무슨 뜻입니까?"

스튜어트 니덤은 냅킨으로 점잖게 입술을 닦았다.

"자네의 라이벌은 만만치가 않네. 지금도 자네의 생활을 현미경으로 조사하고 있을 것이 틀림없어. 그에게 공격 재료를 제공하는 짓은 하지 않겠지?"

"그런 일은 없어요."

이 말이 반사적으로 애덤의 입으로부터 나왔다.

"좋아. 메리 베스는 잘 있나?"

스튜어트 니덤은 말했다.

제니퍼와 애덤은 애덤의 친구가 빌려준 버몬트의 별장에서 느긋하게 주말을 보내고 있었다. 상쾌하고 신선한 공기가 곧 겨울이 닥쳐오리라는 것을 예상케 했다. 낮에는 먼 곳까지 하이킹을 하고, 밤에는 난로불 앞에서 게임과 즐거운 대화를 즐길 수 있어서 느긋하고 멋진 주말이었다.

두 사람은 일요일 신문에 주의 깊게 눈길을 보냈다. 애덤의 인기는 설문조사 때마다 상승하고 있었다. 얼마 안 되는 예외를 제외하고 매스컴은 애덤을 지지하고 있었다. 그들은 그의 정치 자세나 성실성, 지성, 솔직함에 호감을 표시했으며 그를 존 F. 케네디와 비교했다.

애덤은 난로 앞에 누워 제니퍼의 얼굴에 가물가물 아른거리는 불빛의 그림자를 지켜보고 있었다.

"당신은 퍼스트레이디가 되고 싶지 않아?"

"천만에요. 저에겐 이미 상원의원인 연인이 있는걸요."

"내가 낙선하면 낙심하겠지, 제니퍼?"

"아뇨, 당선되기를 내가 바라는 것은 당신이 그걸 원하기 때문인 것에 불과해요."

"만약 내가 승리하면 워싱턴에서 살아야 해."

"당신과 함께 있을 수만 있다면 다른 것은 아무래도 좋아요."

"변호사 일은 어떻게 하지?"

제니퍼는 미소 지었다.

"워싱턴에서 하면 돼요."

"내가 일을 그만둬달라고 하면?"

"그만두겠어요."

"당신 같은 수완가가 그만두기는 애석힐 덴데."

"내 소망은 당신과 함께 있는 것뿐이에요. 당신을 진심으로 사랑하고 있으니까요."

두 사람은 침대에 들었고 그리고 한참 뒤에 잠이 들었다.

일요일 밤, 그들은 자동차로 뉴욕으로 돌아왔다. 그들은 차고에 들러 제니퍼가 주차해둔 차를 꺼냈고, 애덤은 그의 집으로 돌아갔다.

제니퍼의 생활은 믿어지지 않을 만큼 분주했다. 지금까지도 일에 쫓기고 있었지만 지금은 문자 그대로 눈 코 뜰 새 없이 바빴다. 그녀는 법률을 위반해 적발된 국제적인 회사나 트러블을 일으킨 영화스타 등의 변호를 의뢰받고 있었다. 또한 은행 강도, 정치가, 노동조합 지도자의 변호도 맡고 있었다.

돈은 자꾸만 흘러 들어왔지만 그것은 제니퍼에게 있어서 중요한 것이 아니었다. 그녀는 사무실의 스태프들에게 두둑하게 보너스를 주었고 값진 선물을 했다.

제니퍼와 싸우는 측의 회사는 전처럼 이류 변호사를 내보내는 것을 그만두었다. 그래서 그녀는 세계에서도 유수한 변호사들과 맞붙어 논쟁을 벌여야 했다. 그녀가 미국 법정변호사협회에 입회를 허락받았을 때는 케네스 베일리마저 감탄했다.

"놀랍군요, 제니퍼. 미국 변호사의 1퍼센트밖에 들어갈 수 없는 곳인데 말이오."

"나는 여성에 대한 입막음으로 선발된 것뿐이에요."

제니퍼는 그렇게 말하며 웃었다.

제니퍼가 맨해튼에 사는 피고의 변호를 할 때는 반드시 로버트 디 실바가 스스로 그 재판의 검사가 되거나 아니면 배후에서 지휘했다. 그의 제니퍼에 대한 증오는 그녀가 승리를 거둘 때마다 더욱 강화되어 갔다.

어느 재판에서 제니퍼가 이 지방검사와 대결하게 되었을 때 디 실바는 검찰 측의 증인으로 12명의 일류전문가를 내세웠다. 그에 반해 제니퍼는 한 사람의 전문가도 부르지 않았다. 그녀는 배심원들에게 말했다.

"우리는 우주선의 건조나 별의 거리를 측정하려고 할 때는 전문가를 초청합니다. 하지만 우리가 정말 중요한 일을 하고자 할 때는 12명의 보통 사람을 모아 그것을 해달라고 합니다. 제 기억으로는 예수님도 자신과 똑같은 12명의 사도를 선택했습니다."

제니퍼는 그 재판에서 승소했다.

배심원에 대한 제니퍼의 효과적인 테크닉 중 하나는 다음과 같이 말하는 것이었다.

" '사법'이라든가 '법정'이라는 말은 여러분의 생활로부터 동떨어진 약간 두려운 느낌이 드는 것이라고 생각합니다. 하지만 생각해보십시오. 여기서 우리가 하고 있는 것은 우리와 같은 인간에 대해서 행해진 행위가 선인지 악인지를 생각하는 것입니다. 여러분, 여기가 법정이라는 것을 잊어주십시오. 그리고 다만 우리가 거실에 둘러앉아서 이 불쌍한 피고에게, 우리와 같은 피고에게 일어난 일에 대해 얘기하고 있다고 생각합시다."

그렇게 하면 배심원들은 진짜 제니퍼의 집 거실에 있는 기분이 들게 되고, 그녀의 이야기에 끌려 들어갔다.

제니퍼는 이 전술로 승리를 거두었다. 그런데 어느 날, 그녀가 로버트 디 실바와 맞서 의뢰인을 변호하고 있을 때였다. 지방검사가 일어나 모두 진술을 시작했다.

"배심원 여러분!"

디 실바는 말했다.

"나는 여러분들에게 법정에 있다는 것을 잊어달라고 말씀드리고 싶습니다. 그리고 피고인이 저지른 가공할 행위에 관해 부담없이 얘기하고 있다고 생각해주십시오."

케네스 베일리가 가까이 다가와 제니퍼에게 속삭였다.

"저 녀석이 말하는 거 들었어요? 당신의 전술을 도용하고 있군요!"

"신경 쓸 것 없어요."

제니퍼는 냉정하게 대답했다. 그러고는 배심원을 향해 이야기하기 위해 일어섰을 때 이렇게 말했다.

"여러분, 지금 지방검사의 말은 실로 언어도단이라고 생각합니다."

그녀의 목소리는 분노에 차 있었다.

"나는 순간 자신의 귀를 의심했습니다. 여러분에게 법정에 있는 것을 잊어달라니 어떻게 그런 말을 할 수 있을까요! 이 법정은 우리나라에서 가장 귀중한 존재 중 하나가 아닙니까! 그것은 우리들, 여러분과 저, 그리고 피고인의 자유의 성채입니다. 지방검사는 여러분에게 법정에 있는 것을 잊으라고, 선서를 한 의무를 잊으라고 권했습니다만 그것은 놀랄 만한 그리고 경멸해야 할 일이라고 생각합니다. 여러분, 저는 여러분에게 부탁드립니다. 지금 여러분이 어디에 있는지를 잊지 말아 주십시오. 우리가 여기에 있는 것은 정의가 실현되어 피고인의 무고함을 입증하기 위해서임을 상기해주십시오."

배심원들은 호의적으로 끄덕였다.

제니퍼는 로버트 디 실바가 앉아 있는 자리로 시선을 던졌다. 그는 멍청한 눈매로 곧바로 앞쪽을 응시하고 있었다.

제니퍼의 의뢰인은 무죄가 선고되었다.

재판에 이길 때마다 제니퍼의 책상 위에 마이클 모레티로부터 카드가 첨부된 네 다발의 빨간 장미가 놓여졌다. 그때마다 제니퍼는 카드를 찢어 버리고 꽃은 신시아에게 주었다. 그의 선물이란 것만으로도 불결한 느낌이 들었다. 드디어 제니퍼는 꽃을 보내는 것을 그만두라고 마이클 모레티에게 전했다.

제니퍼가 다음 재판에서 이기고 법정에서 돌아오자, 이번에는 다섯 다발의 빨간 장미가 그녀를 기다리고 있었다.

한 남자

'비오는 날의 강도 사건'은 제니퍼를 다시 매스컴의 인기인으로 만들었다. 그 피고의 변호를 그녀에게 부탁한 것은 라이언 신부였다.

"내 친구에게 약간의 문제가 생겨서 말입니다……."

신부는 그렇게 서두를 꺼냈고, 두 사람은 모두 웃음을 터뜨렸다.

그 친구란 은행에서 15만 달러를 강탈한 죄로 기소된 떠돌이 노동자 폴 리처드였다.

범인은 길다란 검정 레인코트 아래에 총신을 짧게 자른 산탄총을 숨기고 은행에 들어갔다. 은행에 들어간 순간, 그는 총을 들이대고 출납계 위에 있던 현금을 모두 빼앗았다. 그리고 밖에 주차해둔 자동차로 도주했다. 그 차는 녹색 세단으로 몇 사람의 목격자가 있었는데 자량번호는 흙이 묻어 있어서 읽을 수가 없었다.

은행 강도는 연방 정부가 취급하는 범죄이므로 FBI가 수사에 나섰다. 그들이 범인의 수법을 컴퓨터에 넣어보자 폴 리처드의 이름이 나왔다.

제니퍼는 그를 면회하기 위해 라이커스 섬으로 갔다.

"전 진짜로 하지 않았어요."

폴 리처드는 말했다. 그는 아이 같은 파란 눈을 가진 50대의 빨간 얼굴의 사나이로 은행 강도를 하기에는 너무 나이를 많이 먹어보였다.

"당신이 죄를 범했는지의 여부는 나에겐 문제가 안 됩니다. 하지만 내게는 하나의 규칙이 있어요. 내게 거짓말을 하는 의뢰인의 변호는 하지 않는다는 것입니다."

"어머니의 목숨을 걸고 맹세하지만, 난 하지 않았어요."

제니퍼는 훨씬 이전부터 맹세라는 것을 믿지 않고 있었다. 의뢰인들은 그녀 앞에서 어머니나 아내나 연인이나 아이의 목숨을 걸고 결백을 맹세했다. 만약 신이 그들의 맹세를 진심으로 받아들이고 있다면 세상의 인구는 훨씬 줄어들었을 것이다.

제니퍼가 물었다.

"왜 FBI가 당신을 체포했다고 생각하죠?"

폴 리처드는 망설이지 않고 대답했다.

"10년쯤 전에 내가 은행 강도질을 했을 때 그만 실수를 해서 붙들린 일이 있기 때문이에요."

"레인코트 밑에 총신을 짧게 자른 산탄총을 숨기고 있었죠?"

"그래요. 비가 내리기를 기다렸다가 은행으로 들이닥쳤죠."

"하지만 이번 일은 당신이 한 짓이 아니란 말이죠?"

"누군가 영리한 놈이 내 수법을 흉내 낸 거예요."

예비 신문은 융통성이라곤 조금도 없는 프레드 스티븐스 판사 앞에서 행해졌다. 이 판사는 죄인은 모두 절해고도에 보내 일생 동안 그곳에 가두어야 한다는 의견을 가지고 있다는 소문이 난 인물이었다. 그는 고대 이슬람의 습관처럼 훔치는 초범자는 오른손을 잘라내고 두 번째는 왼손을 잘라내야 한다고 믿고 있었다. 제니퍼에게 있어서는 가장 상대하기 힘든 판사였다. 그녀는 케네스 베일리를 불렀다.

"케네스, 스티븐스 판사에 관해 모든 것을 조사해줘요."

"스티븐스 판사? 그는 융통성이 없는 완고한 사람으로……."

"그건 알고 있어요. 조사해줘요."

사건을 담당하는 연방 검찰관은 카터 기포드라는 베테랑이었다.

"그를 어떻게 변호할 생각이오?"

기포드가 물었다. 제니퍼는 일부러 놀란 듯한 시늉을 했다.

"물론 무죄를 주장해야죠."

그는 비아냥거리며 웃었다.

"스티븐스 판사가 재미있어 할 거요. 배심 재판을 요구하겠죠?"

"아뇨."

기포드는 믿어지지 않는다는 표정으로 제니퍼를 쳐다보았다.

"의뢰인을 저 교수형 판사의 손에 맡기겠다는 거요?"

"그래요."

기포드는 싱긋 웃었다.

"언젠간 당신의 머리가 이상해질 줄 알았지. 이것 참 재미있겠군그래."

"미합중국 대 폴 리처드의 재판을 시작하겠습니다. 피고인은 출정해 있습니까?"

정리가 대답했다.

"네, 재판장님."

"쌍방의 대리인은 이쪽으로 와서 신분을 확인해주시겠습니까?"

제니퍼와 카터 기포드는 스티븐스 판사 쪽으로 다가갔다.

"피고인의 대리인 제니퍼 파커입니다."

"미합중국 정부의 대변인 카터 기포드입니다."

스티븐스 판사는 제니퍼를 향해 퉁명스럽게 말했다.

"미스 파커, 당신의 평판은 듣고 있습니다. 그래서 미리 얘기해두겠는데, 본 법정의 시간을 낭비할 생각은 하지 마시오. 본건에서는 어떠한 지연도 허용하지 않겠소. 이 예비신문을 신속히 추진해서 범죄 사실 여부를 빨리 끝내고 싶소. 그리고 가능한 빨리 재판 기일을 결정하고 싶습니다. 당신은 배심 재판을 희망하리라고 생각하는데……."

"아닙니다, 재판장님."

스티븐스 판사는 놀라 제니퍼를 쳐다보았다.

"배심 재판을 요구하지 않겠단 말입니까?"

"그렇습니다. 왜냐하면 기소가 성립되지 않으리라고 생각되기 때문입니다."

카터 기포드가 그녀를 응시하고 있었다.

"뭐라고?"

"제 생각으로는 당신 측에는 내 의뢰인을 기소하는 데 충분한 증거가 없습니다."

카터 기포드가 격렬한 어조로 말했다.

"재판장님, 검찰 측에는 강력한 증거가 있습니다. 피고인은 이전에도 완전히 같은 수법으로 꼭 같은 죄를 범했고 유죄를 선고받았습니다. FBI의 컴퓨터가 2천 명 이상의 용의자 중에서 그를 찾아냈습니다. 범인은 이 법정에 있습니다. 검찰 측으로서는 그의 기소를 취하할 생각은 전혀 없습니다."

스티븐스 판사는 제니퍼를 향해 말했다.

"나로서는 기소와 재판을 하는 데 충분한 증거가 있다고 생각되는군요. 그밖에 하고 싶은 말이 있습니까?"

"있습니다. 폴 리처드가 범인이라고 단정할 수 있는 증인은 한 사람도 없습니다. FBI도 도난당한 돈을 발견할 수 없었습니다. 사실 피고인과 이 범죄를 연결 짓는 단 하나의 고리는 검찰 측의 상상뿐입니다."

266

판사는 그녀를 내려다보며 약간 소름끼치는 상냥한 투로 말했다.

"그를 찾아낸 컴퓨터는 어떻습니까?"

제니퍼는 한숨을 쉬었다.

"그것이 문제라고 생각합니다, 재판장님."

스티븐스 판사는 다시 엄숙한 모습으로 말했다.

"그렇겠지요. 살아 있는 증인을 혼란시키는 것은 간단하지만 컴퓨터를 혼란시키는 것은 어려울 테니까요."

카터 기포드가 의기양양한 얼굴로 끄덕였다.

"말씀하시는 대로입니다. 재판장님."

제니퍼는 기포드 쪽으로 얼굴을 돌렸다.

"FBI는 좋은 컴퓨터를 사용했겠지요?"

"그렇습니다. 세상에서 제일 정교한 컴퓨터를 사용했습니다. 변호인은 그 컴퓨터의 성능을 의심하는 겁니까?"

"그 반대입니다, 재판장님. 그 컴퓨터를 제조하는 회사에서 일하고 있는 컴퓨터 전문가가 오늘 이 법정에 와있습니다. 이 사람이 내 의뢰인의 이름을 인출해낸 정보의 프로그램을 만들었습니다."

"그 사람은 어디에 있습니까?"

제니퍼가 벤치에 앉아 있는 키가 크고 깡마른 남자 쪽으로 신호를 하자 그는 겁먹은 듯이 앞으로 나왔다.

제니퍼는 말했다.

"에드워드 몬로 씨입니다."

"내 증인한테 공작을 하려고 한다면 나는……."

검사가 격노했다.

"달리 유력한 용의자가 있는지 어떤지 조사해달라고 했을 뿐입니다. 나는 내 의뢰인과 비슷한 일반적인 특징을 가지고 있는 10명을 선택했습니다. 몬로 씨는 그중에서 유력한 용의자를 발견하기 위해서 그들의 나이, 신장, 체중, 눈의 빛깔, 출생지 등 내 의뢰인을 인출해낸 것과 같은 데이터를 프로그램에 넣었습니다."

스티븐스 판사가 초조해하며 물었다.

"미스 파커, 그래서 결국은 어떻게 되었다는 겁니까?"

"결국 컴퓨터는 그 10명 중 한 사람을 은행 강도의 가장 유력한 용의자로 선택했습니다."

스티븐스 판사는 에드워드 몬로 쪽을 향해 섰다.

"사실입니까?"

"네, 재판장님."

에드워드 몬로는 서류 가방을 열고 컴퓨터의 결론을 적은 종이를 꺼냈다. 정리가 그것을 몬로에게서 받아들고 판사에게 건네주었다. 그것을 보고 난 순간 스티븐스 판사의 얼굴이 새빨개졌다.

그는 에드워드 몬로를 바라보았다.

"이게 무슨 장난입니까?"

"장난이 아닙니다."

"컴퓨터가 유력한 용의자로 나를 지적했단 말입니까?"

"네, 그렇습니다."

제니퍼가 설명했다.

"재판장님, 컴퓨터에게는 추리력이 없습니다. 주어진 정보에 반응할 수 있을 뿐입니다. 당신과 저의 의뢰인은 우연히도 체중과 신장과 나이도 비슷합니다. 양쪽 모두 녹색 세단을 가지고 있고 같은 주의 출신입니다. 거기까지는 검찰 측도 알고 있습니다. 그밖에 유일한 사실은 범죄방법입니다. 10년 전에 폴 리처드가 은행 강도를 했을 때 몇백만이 되는 사람이 그 기사를 읽었습니다. 그중에 누구라도 그의 수법을 흉내낼 수 있었을 것입니다. 그리고 누군가가 흉내를 냈습니다."

제니퍼는 판사가 가지고 있는 종이를 가리켰다.

"그것이 검찰 측의 근거가 얼마나 박약한지를 증명해주고 있습니다."

카터 기포드가 몸을 내밀고 말했다.

"재판장님……."

그러고는 도중에 그만두었다. 그는 뭐라고 해야할지 할 말을 찾을 수 없었다.

스티븐스 판사는 손에 들고 있던 컴퓨터의 답에 다시 눈길을 보냈고, 그런 다음 제니퍼에게 말했다.

"만약 내가 좀 더 젊고 좀 더 여위었으며 파란 차를 가지고 있었다면 당신은 어떻게 했겠소?"

"컴퓨터는 그밖에 10명의 용의자를 제게 가르쳐 주었습니다. 제가 다음으로 선택한 것은 뉴욕의 지방검사 로버트 디 실바였을 것입니다."

제니퍼는 대답했다.

제니퍼가 사무실에서 자신의 재판이 머리기사로 나와 있는 신문을 읽고 있는데 신시아가 들어왔다.

"폴 리처드 씨가 만나러 오셨습니다."

"이리로 모셔요, 신시아."

폴 리처드는 검은 레인코트를 입고 빨간 리본으로 묶은 캔디 상자를 안고 들어왔다.

"잠깐 고맙다는 인사를 드리고 싶어서요."

"아셨어요? 정의가 정말 승리할 때도 있는 거예요."

"전 이곳에서 떠나겠습니다. 삼시 휴식이 필요하다고 생각되어서요. 이건 감사의 표시입니다."

그는 제니퍼에게 캔디 상자를 건네주었다.

"고마워요, 폴."

그는 존경심이 가득 담긴 눈으로 그녀를 쳐다보았다.

"당신은 정말 대단한 수완가이십니다."

그렇게 말하고 그는 나가버렸다.

제니퍼는 책상 위의 캔디 상자를 바라보며 미소를 지었다. 라이언 신부의 친구로부터의 사례로서는 나은 편이었다. 만약 그녀가 살이 찌게 되면 라이언 신부 탓이다. 제니퍼는 리본을 풀고 상자를 열었다. 그 속에는 헌 지폐로 1만 달러가 들어 있었다.

어느 날 오후, 제니퍼가 법원을 나서는데 보도 옆에 운전사가 딸린 검은색의 큰 캐딜락 리무진이 멎어 있었다. 그녀가 옆을 지나치려는데 마이클 모레티가 차에서 모습을 나타냈다.

"당신을 기다리고 있었지."

가까이서 보니 이 사나이에게는 압도되는 굉장한 흡인력이 있었다.

"비키세요."

제니퍼가 말했다. 노여움에 얼굴을 붉힌 그녀의 모습은 마이클 모레티의 기억에 있는 그것보다도 한층 더 아름다웠다.

"이봐! 그렇게 화내지 말아요. 난 그저 잠깐 얘기를 하고 싶을 뿐이오. 당신은 얘기를 듣기만 하면 돼. 시간이 걸린 만큼 보수도 주겠소."

"너무 비싸서 당신은 지불할 수도 없을걸요?"

그녀는 옆으로 빠져 지나치려고 했다. 마이클 모레티는 달래려고 하며 그녀의 팔에 손을 댔다. 그녀에게 접촉하는 것만으로도 그의 흥분은 고조되었다.

그는 자기의 매력을 힘껏 발휘하려고 했다.

"자, 좀 들어봐요. 듣지 않으면 얼마나 좋은 얘긴지 알 수 없잖아? 10분이면 돼. 당신 사무실 앞에서 내려주지. 가는 도중에 얘기합시다."

제니퍼는 그를 잠시 응시한 다음 말했다.

"차에 타도 좋지만 그 전에 한 가지 조건이 있어요. 내 질문에 대답해 주겠어요?"

마이클은 끄덕였다.

"좋아요. 뭐죠?"

"죽은 카나리아로 나를 함정에 빠뜨린 것은 누구의 아이디어였죠?"

그는 망설이지 않고 대답했다.

"내 아이디어였소."

'그렇구나!'

그녀는 그를 죽여주고 싶었다. 불쾌한 얼굴로 그녀는 리무진에 올라탔고 마이클 모레티가 옆에 앉았다. 그는 제니퍼의 사무실이 있는 빌딩의 번짓수를 운전사에게 말했다.

차가 움직이기 시작하자 마이클 모레티가 말했다.

"당신이 성공을 해서 나도 기뻐요."

제니퍼는 아무런 대꾸도 하지 않았다.

"정말이오."

"용건을 아직 듣지 못했어요."

"당신을 부자로 만들어주고 싶소."

"고맙군요. 하지만 돈은 충분히 있어요."

그 목소리에는 그에 대한 경멸이 담겨 있었다.

마이클 모레티의 얼굴이 붉어졌다.

"난 친절한 마음으로 말하는데 싸우려 드는군."

제니퍼는 그를 향해 말했다.

"당신의 친절 따위는 받고 싶지도 않아요."

그는 달래듯이 말했다.

"알겠소. 내가 한 짓의 보상을 한다면 어떨까? 의뢰인을 많이 보내주지, 중요한 고객들이오. 당신은 그들이 얼마나……."

제니퍼가 가로막았다.

"모레티 씨, 이젠 됐어요. 더 이상 말할 것 없어요."

"하지만 나는……."

"당신이나 당신 친구의 변호는 사절하겠어요."

"어째서지?"

"당신들의 변호를 하면 당신은 나를 당신네들 사람으로 만들려고 할 테니까."

"당신은 완전히 오해를 하고 있군. 내 친구들은 성실한 장사꾼이야. 은행이라든가 보험회사 등……."

마이클은 항의했다.

"그만두세요. 난 마피아를 위해서는 일하지 않아요."

"마피아라니, 누가 그러던가?"

"좋을 대로 생각하세요. 나는 나 자신 이외의 누구에게도 지배당하지 않아요. 앞으로도 언제까지나 말예요."

리무진은 붉은 신호에 걸려 정지했다.

제니퍼는 말했다.

"이제 다 왔으니 내리셌어요. 태워다줘서 고마워요."

그녀는 차 문을 열고 밖으로 나섰다.

마이클이 말했다.

"다음엔 언제 만날 수 있을까?"

"두 번 다시 만날 수 없어요, 모레티 씨."

마이클은 걸어가고 있는 그녀를 눈으로 전송했다.

'훌륭해! 제니퍼는 진짜 여자야!'

그는 생각했다. 그는 문득 자신이 흥분하고 있는 것을 느끼고 미소를 지었다. 언젠가 그녀를 손에 넣으리라는 것을 알고 있기 때문이었다.

귀중한 선물, 그리고…

상원의원 선거를 2주일 앞둔 10월 말, 선거전은 바야흐로 절정에 이르고 있었다. 애덤의 라이벌은 베테랑 정치가로 현직에 있는 존 트로브리지 상원의원이었다. 전문가들은 한결같이 대접전을 예상하고 있었다.

제니퍼는 어느 날 밤, 집에서 상대 후보의 텔레비전 토론을 보고 있었다. 메리 베스의 말이 백 번 옳았다. 지금 이혼 문제가 일어나면 상승세에 있는 애덤의 기회는 순식간에 무너지고 말 것이 틀림없었다.

업무를 겸한 긴 점심을 마치고 제니퍼가 사무실로 돌아가자 릭 알렌이 급히 전화를 요망한다는 메모가 있었다.

"30분 동안에 세 번씩이나 전화가 걸려왔습니다."

신시아가 말했다.

릭 알렌은 거의 하룻밤 사이에 세계 제일의 인기인이 된 록 스타였다. 록 가수에게 막대한 수입이 있다는 것은 제니퍼도 알고 있지만 릭 알렌의 소송에 착수하기까지는 그것이 얼마나 막대한 것인지 알지 못했다. 레코드, 공연, 광고, 그리고 지금은 영화로 릭 알렌의 연 수입은 1천5백만 달러를 밑돌지 않았다. 릭은 25세로 황금의 목소리를 가지고 태어난 알라바마 농가의 아들이었다.

"전화를 걸어줘요."

제니퍼는 말했다. 5분 후, 릭의 목소리가 들렸다.

"아까부터 여러 번 전화를 걸었어요."

"미안해요, 릭. 사람을 좀 만나고 있었어요."

"문제가 생겼어요. 당신과 만나야겠는데……."

"오후에 사무실로 오시겠어요?"

"그럴 수 없어요. 지금 몬테카를로에서 왕실 주최로 열리는 자선쇼에 출연하고 있거든. 이쪽으로 올 수 없겠어요?"

"지금 이곳을 떠난다는 것은 무리예요. 지금 서류가 산더미같이……."

제니퍼는 거절했다.

"이것 봐요, 아무래도 당신이 와주지 않으면 안 되겠어요. 오늘 오후 비행기를 이용해줘요."

그렇게만 말하고 그는 전화를 끊었다.

제니퍼는 생각했다. 릭 알렌은 어떤 문제인지 전화로 설명하고 싶지 않은 것 같았다. 마약, 여자, 그리고 남자까지 모든 문제가 떠올랐다. 어떤 문제든 테드 해리스나 댄 마틴을 시켜 해결하도록 할까 하고 제니퍼는 생각했다. 하지만 그녀는 릭 알렌을 좋아했다. 그래서 결국 자신이 나서기로 했다.

제니퍼는 출발 전에 애덤과 연락을 취하려고 했지만 그는 사무실에 없었다.

그녀는 신시아에게 말했다.

"에어 프랑스에 니스까지의 예약을 부탁해요. 몬테카를로까지 타고 갈 자동차도 알아보고."

20분 후, 그날 밤 7시 비행기 편이 예약되었다.

"니스로부터 몬테카를로 직행의 헬리콥터가 있습니다. 그것도 예약해두었습니다."

신시아가 말했다.

"잘했어. 고마워요."

제니퍼가 출장 간다는 얘기를 듣고 케네스 베일리는 말했다.

"선 머슴 같은 녀석이 당신을 뭘로 알고 있는 거예요?"

"케네스, 당신도 그가 어떤 사람인지 알고 있을 거예요. 우리 최대의 고객 중 한 사람이란 것을 말예요."

"언제 돌아올 겁니까?"

"3, 4일 이상은 걸리지 않을 거예요."

"당신이 없으면 허전할 테니 빨리 돌아오도록 해요."

제니퍼는 케네스가 또 금발의 청년과 만나고 있을까 하는 생각을 했다.

"내가 돌아올 때까지 이 성채를 지켜줘요."

제니퍼는 비행기를 타는 것이 싫지는 않았다. 하늘을 날고 있는 동안이 그녀에게 있어서는 분주함 속에서의 해방이었다. 즉 지상에서 그녀를 둘러싸고 있는 모든 문제로부터의 일시적인 도피이며 끊임없는 난제를 가져오는 의뢰인으로부터 떨어진 우주의 조용한 오아시스였다. 그러나 이번의 대서양 횡단 비행은 기분 좋은 것이 아니었다. 처음 경험하는 것처럼 요동이 심해서 제니퍼는 속이 메슥거렸다.

다음날 아침, 비행기가 니스에 도착하고 나서야 그녀는 약간 기분이 좋아졌다. 공항에는 그녀를 몬테카를로까지 태워다 줄 헬리콥터가 기다리고 있었다. 제니퍼는 아직 헬리콥터를 타본 일이 없었으므로 처음 탑승하는 것을 즐거움으로 여기고 있었지만, 급상승과 급강하로 다시 속이 나빠졌다. 그러나 눈 아래 저 멀리로 보이는 알프스나 깎아지른 절벽의 장대한 조망을 즐길 수 있었다.

　몬테카를로의 건물이 보이기 시작한 지 몇 분 후 헬리콥터는 해안의 근대적인 여름용 카지노 앞에 착륙했다.

　신시아가 미리 전화를 걸어두었으므로 릭 알렌이 제니퍼를 마중 나와 있었다.

　그는 그녀를 과장된 몸짓으로 끌어안았다.

　"비행기는 어땠어요?"

　"좀 흔들리더군요."

　그는 제니퍼를 지그시 보고 나서 말했다.

　"기운이 없어 보이는군요. 오늘 밤의 큰 파티에 대비해서 내 방에서 좀 쉬는 것이 좋겠어요."

　"큰 파티라고요?"

　"그레이스 왕비가 좋아하는 사람을 부르라고 해서 말이에요. 당신은 내가 좋아하는 사람이에요."

　"어머나, 릭!"

　제니퍼는 그를 어떻게 해버리고 싶었다. 그는 자기가 얼마나 그녀의 생활을 교란시키고 말았는지 알아차리지 못하고 있었다. 그녀는 애덤으로부터 3천 마일이나 떨어진 곳으로, 그녀를 의지하고 있는 의뢰인과 소송 사건을 내팽개치고 달려왔던 것이다. 그것이 몬테카를로 파티에 참석하기 위해서라니!

　"릭, 너무 심해……."

　제니퍼가 말했지만, 그의 싱글벙글하는 얼굴을 보고 그녀도 웃음을 터뜨리지 않을 수 없었다.

　'이런 젠장, 할 수 없군! 이미 와 버렸으니. 그리고 축제라니 즐거울지도 모른다.'

축제는 성대했다. 그것은 레이니에 3세와 그레이스 왕비가 주최한 고 아양육기금 모집 콘서트로, 하계 카지노의 정원에서 열렸다. 상쾌한 밤이 었다. 온화한 지중해에서 불어오는 산들바람이 높은 야자나무들을 한들 거리게 했다. 제니퍼는 이 상쾌한 경치를 함께 나눌 애덤이 곁에 없는 것 이 애석했다. 1천5백 개의 좌석은 흥청대는 관중으로 가득 채워졌다.

6명의 국제적인 스타가 출연했지만 인기의 중심은 릭 알렌이었다. 그 의 노래 반주는 떠들썩한 3인조의 밴드로 울려 퍼졌고, 황홀한 조명이 비 로드처럼 하늘에 아로새겨졌다. 노래가 끝나자 떠나갈 듯한 박수갈채가 계속되었다.

그 후, 호텔 드 파리 아래의 연못가 잔디에서 파티가 있었다. 연잎 위에 많은 촛불이 떠 있는 주위에서 칵테일과 간단한 식사가 차려졌다.

제니퍼가 둘러본 바로는 300명 이상의 손님이 온 것 같았다. 제니퍼는 이브닝 가운을 가져오지 않았으므로 아름답게 차려입은 여자들을 보자 자신이 가련한 성냥팔이 소녀 같은 기분이 들었다. 릭은 그녀를 몇 사람 의 왕과 왕비, 그리고 왕녀들에게 소개했다. 유럽의 왕족 중 반 수 가량이 참석한 것처럼 생각되었다. 그녀는 카르텔의 리더라든가 유명한 오페라 가수와도 인사를 나누었다. 패션 디자이너나 부호인 여상속인, 그리고 유 명한 축구선수 펠레도 있었다. 제니피는 두 사람의 스위스 은행가와 얘기 를 하고 있는 동안 갑자기 현기증이 일었다.

"실례합니다."

제니퍼는 그렇게 말하고 릭 알렌을 찾았다.

"릭, 니　　."

그는 제니퍼를 힐끗 보고 말했다.

"이런, 얼굴이 창백하군요. 돌아갑시다."

30분 후, 제니퍼는 릭 알렌이 빌린 별장에 있었다.

"의사가 곧 올 거예요."

"의사 선생은 필요 없어요. 감기나 뭐 그런 거겠죠."

"알고 있어요. 그 '뭔가'를 의사한테 알아봐달라고 하죠."

앙드레 몬트 박사는 80대의 깡마른 노인이었다. 그는 잘 손질된 멋진 수염을 길렀고 까만 가방을 들고 있었다.

의사는 릭 알렌에게 말했다.

"잠깐 비켜줄 수 있겠소."

"그럼 밖에서 기다리겠습니다."

의사는 침대로 다가갔다.

"어디가 안 좋습니까?"

"그걸 안다면 내가 그곳에 서 있고, 당신이 여기 누워 있겠지요."

제니퍼는 가냘픈 목소리로 말했다.

그는 침대 가장자리에 앉았다.

"기분은?"

"마치 일사병에 걸린 것 같아요."

"혀를 내밀어봐요."

제니퍼는 혀를 내밀었고 갑자기 구토가 느껴졌다. 몬트 박사는 맥을 짚고 열을 쟀다.

그것이 끝나자 제니퍼는 물었다.

"선생님, 무슨 병입니까?"

"여러 가지로 생각할 수 있겠는데요. 기분이 나아지면 내일 내 진찰실로 오십시오. 세밀하게 검사해 봅시다."

제니퍼는 기운이 없어서 그에 반대할 힘도 없었다.

"좋아요. 찾아뵙겠습니다."

그녀는 말했다.

오전 중에 제니퍼는 릭 알렌에게 자동차로 몬테카를로 시내까지 보내달라고 해서 몬트 박사로부터 자세한 검사를 받았다.

"무슨 세균이 원인이 아닌가요?"

"예언을 바란다면, 제비뽑기 쿠키라도 가져올까요? 어디가 나쁜지 알고 싶으면 연구소에서 보고가 올 때까지 기다려야겠군요."

제니퍼가 묻자, 노 의사는 대답했다.

"언제쯤이면 알게 될까요?"

"2, 3일쯤 걸립니다."

제니퍼는 2, 3일이나 머물러 있을 수가 없었다. 애덤에겐 그녀가 필요할지도 모른다. 그것보다도 그녀 자신이 애덤의 존재가 절실했다.

"그때까지 침대에서 누워서 쉬어요. 이것을 복용하면 편해질 겁니다."

그는 알약이 든 병을 건네주었다.

"고맙습니다. 연락은 이곳으로 부탁합니다."

제니퍼는 쪽지에 뭔가를 흘려 썼다.

제니퍼가 돌아간 다음, 몬트 박사는 쪽지를 보았다. 그곳에는 뉴욕의 전화번호가 적혀 있었다.

제니퍼는 몬트 의사에게서 받은 알약 두 알과 수면제 한 알을 먹었다. 그녀는 뉴욕까지 가는 시간의 대부분을 꾸벅꾸벅 졸듯이 보냈지만, 비행기에서 내렸을 때도 기분은 조금도 좋아지지 않았다.

그녀는 아무에게도 마중 나와 주기를 부탁하지 않았으므로 택시로 아파트로 돌아갔다.

저녁이 가까웠을 때 애덤으로부터 선화가 걸려왔다.

"제니퍼! 어디 갔었어……."

그녀는 애써 기운을 차리려고 하면서 말했다.

"미안해요, 애덤. 의뢰인을 만나러 몬테카를로까지 갔었어요. 당신한테 연락할 수가 없었어요."

"걱정 많이 했어. 몸은 괜찮아?"

"괜찮아요. 다만 너무 돌아다녀서 지쳤어요."

"다행이군! 여러 가지 나쁜 것만 상상하게 되어서 말이야."

"걱정하실 것 없어요. 선거 운동은 잘 되어가나요?"

제니퍼는 그를 안심시켰다.

"순조로워. 언제 만날 수 있지? 나는 워싱턴에 가기로 되어 있는데 연기해도……."

"아뇨, 가세요."

제니퍼는 말했다. 그녀는 자신의 상태를 그에게 보이고 싶지 않았다.

"나도 바빠요. 주말을 함께 지내도록 해요."

"글쎄, 11시에 내가 CBS 뉴스에 나올 테니 시간이 되면 봐주겠어?"

"그럴게요, 애덤."

제니퍼는 전화를 끊고 나서 잠깐 잠을 잤다.

다음날 아침, 제니퍼는 신시아에게 사무실을 못 나가겠다고 연락했다. 지난밤에도 잠을 설쳤고 잠을 깨도 조금도 좋아지지 않았다. 아침식사를 하려고 했지만 아무것도 목에 넘어가지 않았다. 그녀는 몸에 힘이 없는 것을 느끼고 거의 3일간 아무것도 먹지 않았다는 것을 알았다.

자신이 걸렸을지도 모를 두려운 병이 계속 머릿속에 떠올랐다. 우선 첫째는 암이었다. 그녀는 가슴에 응어리진 것은 없는지 찾아보았지만 별 이상은 없었다. 일종의 바이러스일지도 모르지만 그렇다면 의사가 금방 알 수 있었을 것이다. 문제는 거의 모든 병에 가능성이 있다는 것이었다. 제니퍼는 허전하고 무기력함을 느꼈다.

그녀는 자기의 몸에 관해 걱정하지 않을 정도로 평소에 매우 건강했으므로 왠지 지금 자신의 몸에 배신당한 것만 같은 생각이 들었다. 그녀는 어떤 무서운 병이라도 걸렸는지 모른다는 걱정과 괴로움에 시달렸다.

'모처럼 모든 것이 잘 진행되어 가고 있는데……. 곧 원기를 되찾게 될

거야. 지나친 걱정은 하지 말자.'

그런데 다시 구역질이 났다.

그날 오전 11시에 몬테카를로의 앙드레 몬트 의사로부터 전화가 걸려왔다.

"잠깐 기다려주세요. 곧 선생님이 나오십니다."라는 목소리가 들렸다. 그 잠깐이 제니퍼에게는 100년이나 되는 것처럼 길게 느껴졌다. 그녀는 기다리는 것을 견딜 수 없어서 수화기를 힘껏 쥐어보았다.

간신히 몬트 박사의 목소리가 들렸다.

"기분은 어떤가요?"

"마찬가지예요. 검사 결과가 나왔나요?"

제니퍼는 신경질적으로 말했다.

"안심하세요. 일사병이 아니었어요."

제니퍼는 기다릴 수가 없었다.

"뭡니까? 무슨 병이죠?"

"아기가 태어나게 되는 일입니다, 미스 파커."

제니퍼는 멍하니 수화기를 응시하고 있었다. 간신히 정신을 차린 그녀는 물었다.

"그것이…… 확실한가요?"

"틀림없어요. 처음 갖는 아이겠죠? 가능한 한 빨리 산부인과 의사한테 진찰을 받도록 하세요. 초기 징후가 심한 것으로 봐서 이제부터 문제가 생길지도 모르니까요."

"알았습니다. 전화해주셔서 감사합니다, 몬트 선생님."

제니퍼는 대답했다.

그녀는 수화기를 놓은 채 혼란스런 머리로 앉아 있었다. 도대체가 임신이라는 것은 전혀 예상을 못했고, 지금 그에 대한 자신의 기분도 분명하지가 않았다. 사물을 명료하게 생각할 수 없었다.

애덤의 아이가 태어난다… 그렇게 생각했을 때 갑자기 그녀는 자신의 감정을 알아차리게 되었다. 그것은 기쁨이었다. 더할 나위 없이 귀중한 선물을 받은 것 같은 기분이었다.

타이밍도 나무랄 데가 없었다. 마치 하느님이 그들 편을 들어준 것 같았다. 이제 곧 선거도 끝난다. 그러면 애덤과 그녀는 가능한 한 빨리 결혼을 하는 것이다. 갓난아기는 사내아이일 것이 틀림없었다. 제니퍼는 그것을 육감으로 알 수 있었다. 그녀는 한시도 지체하지 않고 애덤에게 알리고 싶었다.

그녀는 그의 사무실에 전화를 걸었다.

"워너 씨는 부재중이신데요. 자택으로 전화해보세요."

비서가 말했다.

제니퍼는 애덤의 집에 전화를 거는 것은 내키지 않았지만 임신 사실을 빨리 알려주고 싶어서 견딜 수가 없었다. 그의 집 번호를 돌리자 메리 베스가 받았다.

"방해해서 죄송합니다. 애덤에게 힐 애기가 있어서요. 전 제니퍼 파커입니다."

제니퍼는 말했다.

"전화하길 잘했어요. 애덤은 연설 때문에 출타중이지만 밤에는 돌아와요. 집에 돌아오면 함께 저녁식사라도 같이 해요. 7시는 어떨까요?"

메리 베스는 말했다. 그 온화한 목소리에 제니퍼는 안도의 숨을 쉬었다.

제니퍼가 교통사고를 내지 않은 것은 기적이었다. 그녀의 마음은 저 멀리로 훨훨 날고 있었으며 미래를 꿈꾸고 있었다. 그녀와 애덤은 아이에 관해서 자주 얘기를 했다. 지금 그의 말이 떠올랐다.

'당신과 꼭 닮은 아이가 둘은 필요해.'

고속도로를 달리고 있는 동안 제니퍼는 뱃속에 희미한 움직임을 느낀 것 같은 생각이 들었다. 그러나 그녀는 그런 일은 있을 수 없다고 자신에게 말했다. 아직 너무 이른 얘기다. 하지만 이제 곧 느껴지게 될 것이다. 애덤의 아이가 자기 몸속에 있는 것이다. 그것은 살아 있으며 머지않아 요동치기 시작할 것이다. 두려울 정도로 압도되는 그런 감정이었다.

그때 제니퍼는 누군가가 자기를 향해 경적을 울리고 있는 것을 깨달았다. 눈을 치켜뜨자 그녀 때문에 트럭이 도로에서 밀려날 지경이 되어 있었다. 그녀는 운전사에게 미소 지으며 사과하고는 앞으로 나갔다. 무슨 일이 있어도, 그 무엇도 지금 그녀의 기분을 망가뜨릴 수는 없었다.

제니퍼가 워너 가의 저택 앞에서 차를 멈추었을 때는 이미 어두워져 있었다. 싸락눈이 내리기 시작해서 나뭇가지에 엷게 쌓여 있었다. 긴 청색 무늬가 새겨진 드레스를 입은 메리 베스가 현관문을 열고 제니퍼를 맞이했다. 제니퍼는 두 사람이 처음 만난 날의 일을 회상해보았다.

메리 베스는 자못 행복해보였다. 그녀는 이것저것 세상사를 이야기하며 제니퍼의 마음을 풀어주었다. 두 사람은 난로에 기분 좋게 불꽃이 튀고 있는 서재로 들어갔다.

"애덤에게서는 아직 연락이 없군요. 틀림없이 붙들리고 말았을 거예요. 하지만 그러는 동안 우리 둘이서 느긋하게 얘기할 수 있을 거예요. 아까 전화 목소리로는 뭔가 흥분한 것 같았는데……."

메리 베스는 내밀한 얘기라도 하는 것처럼 몸을 앞으로 내밀었다.

"어떤 빅뉴스죠?"

제니퍼는 마주 향해 앉아 있는 메리 베스의 다정한 마음씨에 그만 자신의 얘기를 털어놓고 말았다.

"애덤의 아이가 데이니게 돼요."

메리 베스는 의자 등에 기대며 미소 지었다.

"어머, 그것 참 희한하군요! 나도 임신을 했는데!"

제니퍼는 그녀를 응시했다.

"그게 무슨 말이죠?"

메리 베스는 웃었다.

"너무나 간단한 얘기예요. 그럼요, 애덤과 난 부부니까요. 당신도 알다시피……."

제니퍼는 천천히 말했다.

"하지만… 당신과 애덤은 이혼할 거잖아요."

"어째서 내가 애덤과 이혼을 한단 말이죠? 그를 얼마나 사랑하는데."

제니퍼는 머리가 어지럽기 시작했다. 영문을 알 수 없는 얘기였다.

"당신은…당신은 다른 사람을 사랑하고 있다고…그렇게 말했잖아요."

"사랑하고 있다고는 했지요. 그것은 정말이에요. 애덤을 사랑하고 있어요. 나는 그를 처음 봤을 때부터 애덤을 사랑하고 있다고 했어요."

'그녀는 진심으로 그런 말을 하고 있을 리가 없어.'

제니퍼를 조롱하고 있는 것이다. 왠지 바보 같은 게임을 하고 있는 것이다.

"그만두세요. 당신들은 오누이 같은 관계라고 했어요. 애덤은 당신과 부부 관계를……."

메리 베스는 소리 내어 웃었다.

"놀랍군요! 당신같이 머리가 좋은 분이……. 그의 말을 믿었군요! 미안해요. 정말 미안해요."

그녀는 염려스러운 듯이 몸을 앞으로 내밀었다.

제니퍼는 필사적으로 자신을 억누르려고 했다.

"그는 나를 사랑하고 있어요. 우리는 결혼할 거예요."

메리 베스는 머리를 저었다. 제니퍼의 눈과 마주친 그녀의 파란 눈 속의 역력한 증오는 순간 제니퍼의 마음을 얼어붙게 했다.

"그럼 애덤은 이중 결혼자가 돼요. 나는 절대로 이혼하지 않아요. 만약 내가 이혼해서 그이와 당신의 결혼을 허락하면 그는 선거에서 질 거예요. 하지만 난 그런 짓은 하지 않을 테니까 그는 이길 거예요. 그리고 우리는 백악관으로 가게 될 거고요. 그의 인생에는 당신과 같은 사람이 끼어들 여지가 없어요. 앞으로도……. 그는 다만 사랑하고 있다고 생각하고 있을 뿐이에요. 하지만 내게서 아이가 태어난다는 것을 알게 되면 당신 일은 잊게 될 거예요. 애덤은 언제나 아이를 바라고 있었으니까."

제니퍼는 눈을 꼭 감고 심한 두통을 참아보려고 했다.

"무슨 약이라도……."

메리 베스가 물었다.

제니퍼는 눈을 떴다.

"임신한 걸 그에게 말했나요?"

"아직이에요. 오늘밤 돌아오면 침대 속에서 말할 작정이에요."

메리 베스는 미소 지었다.

제니퍼는 혐오감으로 가슴이 끓어올랐다.

"당신은 인간이 아니에요……."

"그건 서로 입장의 차이가 아니겠어요? 나는 분명 애덤의 아내예요. 당신은 정부가 아니었던가요?"

제니퍼는 현기증을 일으키면서 일어섰다. 머리가 참을 수 없을 만큼 쿡쿡 쑤셨다. 귀가 윙윙 울렸고 금방이라도 쓰러지지 않을까 걱정이 되었다. 그녀는 비틀거리면서 현관 쪽을 향해 걷고 있었다.

제니퍼는 문 옆에서 발을 멈추고 뭔가 생각해보려고 애썼다. 애덤은 자신을 사랑하고 있다고 말하면서 그 여자와 동침해서 그녀에게 임신을 시켰던 것이다.

제니퍼는 돌아섰다. 그리고 차가운 밤하늘의 공기 속으로 나와 발설음을 옮기기 시작했다.

승리의 여신은?

애덤은 최후의 선거유세를 위해 주 내의 여러 지방을 돌아다니고 있었다. 그는 제니퍼에게 몇 차례나 전화를 했다. 그러나 항상 운동원이 주위를 떠나지 않아 그가 얘기를 하는 것도, 제니퍼가 그녀의 소식을 전하는 것도 불가능했다.

제니퍼는 메리 베스가 임신한 경위를 알 수 있었다. 애덤을 속여서 함께 잠을 자도록 일을 꾸민 것이다. 그러나 제니퍼는 애덤의 입으로 그 설명을 듣고 싶었다.

"2, 3일 있으면 돌아갈 테니까 그때 얘기를 하지."

애덤은 말했다.

선거는 앞으로 5일 후로 다가왔다. 애덤의 승리는 확실했다. 그는 상대 후보보다도 훌륭한 인물이었다. 메리 베스가 말한대로 이번의 승리는 미국 대통령을 향한 첫걸음이 될지도 모른다고 제니퍼는 생각했다. 그녀는 꾹 참고 결과가 어떻게 될지 기다리지 않으면 안 되었다.

애덤이 만일 상원의원으로 당선된다면 제니퍼는 그를 잃게 될 것이다.

애덤은 메리 베스와 함께 워싱턴으로 가고 이혼의 길은 막혀버린다. 임신한 애인과 결혼하기 위해서 임신한 아내와 이혼하는 신참 상원의원의 스캔들은 아무리 훌륭한 일을 해도 지울 수가 없는 절호의 공격 재료가 될 것이다.

그러나 만약 낙선한다면 애덤은 자유롭게 된다. 변호사 생활로 돌아가는 것이다. 제니퍼와 결혼하는 것을 자유롭게 선택할 수 있고 주위에서 무슨 말을 하든 문제가 되지 않는다. 둘이서 죽을 때까지 함께 살며, 자신들의 아이를 가질 수가 있다.

투표일은 춥고 비가 내리고 있었다. 그러나 상원의원 선거에 대한 관심이 강했기 때문에 악천후에도 불구하고 높은 투표율이 예상되었다.

아침에 케네스 베일리가 물었다.

"오늘 투표하러 갈 건가요?"

"네."

"접전인 것 같더군요."

"대접전이에요."

그녀는 정오 가까이 투표소로 갔다. 투표용지를 가지고 기입소로 들어가면서 그녀는 멍하니 생각했다.

'애덤 워너에게 던지는 한 표는 반 제니퍼 파커에 대한 한 표인 거야.'

그녀는 애덤을 찍고 투표소를 나왔다. 도저히 사무실로 돌아갈 기분이 나지 않았다. 제니퍼는 그 길로 오후 내내 거리를 헤매고 다녔다. 아무것도 생각하지 않도록, 아무것도 느끼지 않도록 안간힘을 썼지만 역시 부질없었다.

그녀는 앞으로의 몇 시간이 자신의 일생을 결정짓는 중요한 분기점이 된다는 것을 알고 있었다.

패배

"이번 선거는 최근의 선거전 중에서 가장 실력이 백중한 격전입니다."

텔레비전에서 아나운서가 말하고 있었다.

제니퍼는 집에서 NBC의 개표 속보를 보고 있었다. 스크램블 에그와 토스트의 가벼운 저녁식사를 준비했지만 긴장이 되어서 아무것도 먹을 수가 없었다. 그녀는 실내복을 입고 긴 의자 위에 몸을 웅크리고 앉아서 자신의 운명이 몇백만 명의 사람들에게 방송되는 것을 듣고 있었다.

시청자들은 모두 나름대로의 이유를 가지고 텔레비전을 지켜보며 후보자 중 어느 한쪽을 응원하고 있었다. 하지만 제니퍼는 자기만큼 이 선거의 결과에 인생이 크게 좌우되는 사람은 없을 거라고 생각했다.

만약 애덤이 이긴다면 그것은 두 사람의 관계가 끝난다는 것을 의미한다. 그리고 그녀의 태내에 있는 아이의 생명이 끝난다는 것도…….

화면에 애덤의 모습이 힐끗 비쳤다. 그 옆에 메리 베스가 있었다. 제니퍼는 사람의 마음을 읽고 그들의 행동의 동기를 이해할 수 있다는 자신감을 가지고 있었다. 그런데도 그 간사한 목소리, 그 여자의 천연덕스러운 연극에 완전히 속아 넘어가버린 것이다. 애덤이 그녀와 함께 잠자리로 들어가 사랑을 나누고 있는 장면은 몇 번이고 뿌리쳐도 제니퍼의 눈앞에 떠올랐다.

에드윈 뉴먼이 말하고 있었다.

"현직 의원인 존 트로브리지 대 도전자 애덤 워너의 상원의원 선거 개표 상황을 알려드리겠습니다. 맨해튼에서의 존 트로브리지의 득표 총수는 22만137표, 애덤 워너는 21만4895표, 퀸즈의 제45선거구에서는 존 트로브리지가 2퍼센트 리드를……".

제니퍼의 운명은 한마디로 퍼센트로 측정되고 있었다.

"브롱크스, 브룩클린, 퀸즈, 리치몬드의 각 지구 및 낫소, 록클랜드, 서포크, 웨체스터 각 구역에서의 총 득표수는 존 트로브리지가 230만 또 애덤 워너가 212만표, 뉴욕 주 북부로부터 속보가 방금 들어왔습니다. 현재 3기째인 존 트로브리지의 상원의원에 대해 애덤 워너는 의외일 만큼 선전하고 있습니다. 여론조사에서는 처음부터 50대50이었습니다. 최신의 개표 상황을 보면 개표율 65퍼센트로 트로브리지 상원의원이 간격을 넓히기 시작했습니다. 한 시간 전에는 트로브리지 후보가 2퍼센트 리드하고 있었고 현재는 2.5퍼센트의 차이가 벌어지고 있습니다. 이 추세로 나간다면 NBC 컴퓨터는 트로브리지 상원의원의 당선이 확실함을 신언할 것입니다. 다음 속보는……."

제니퍼는 가슴이 두근거려서 견딜 수가 없었다. 그것은 마치 몇백만 명의 사람들이 애덤과 제니퍼를 선택하느냐, 애덤과 메리 베스를 선택하느냐를 결정하기 위해서 표를 던지고 있는 것만 같았다. 제니퍼는 머리가 먹먹해지고 현기증이 났다. 이제 꼭 잊지 말고 식사를 하자고 다짐했지만 그녀는 도저히 음식을 먹을 수가 없었다. 지금은 눈앞에 비치고 있는 속보 외에는 아무것도 문제가 되지 않았다. 서스펜스는 1분 1분, 1시간 1시간 높아만 갔다.

한밤중인 12시에는 존 트로브리지 상원의원의 리드는 3퍼센트가 되어 있었다. 새벽 2시에는 개표율 71퍼센트에 트로브리지 후보의 리드는 3.5 퍼센트로 차이가 더욱 많이 벌어졌다. 컴퓨터는 존 트로브리지 상원의원의 당선을 선언했다.

제니퍼는 모든 감정과 감각이 마비되어서 멍하니 텔레비전만 응시하고 있었다. 애덤은 패했다. 제니퍼의 승리였다. 그녀는 애덤과 그들의 아기를 자기 것으로 만들 수가 있었다. 이제는 주저없이 임신 사실을 애덤에게 알리고 그와 함께 장래의 계획을 세울 수가 있었다.

애덤의 심정을 생각하면 제니퍼는 가슴이 아팠다. 그가 얼마나 선거에 열중해 있었던가를 알고 있기 때문이었다. 그러나 시간이 흐르면 패배의 상처도 아물 것이다. 그리고 앞으로 그가 다시 선거에 출마했을 때 자신이 그를 돕는 것이다. 그는 아직 젊다. 두 사람의, 아니 아이까지 합쳐 세 사람의 앞길은 밝다.

제니퍼는 긴 의자 위에서 잠이 들었고, 애덤의 꿈을 꾸었다. 그녀와 애덤과 아들이 백악관의 집무실에 있었다. 애덤은 대통령 취임 수락 연설을 하고 있었다. 그러자 메리 베스가 들어와서 방해하기 시작했다. 애덤은 메리 베스를 향해 고함을 쳤고 그 목소리는 점점 커져갔다. 제니퍼는 잠에서 깼다. 그것은 에드윈 뉴먼의 목소리였고, 텔레비전은 켜놓은 채였다. 벌써 날이 밝아오고 있었다.

에드윈 뉴먼은 피로에 지친 얼굴로 최종 개표 결과를 큰 소리로 읽고 있었다. 제니퍼는 아직도 잠이 덜 깬 채로 무심코 그것을 들었다. 그녀가 의자에서 몸을 일으키려고 할 때 그가 이렇게 말하는 것이 들렸다.

"뉴욕 주의 상원의원 선거의 최종 결과가 들어왔습니다. 이것은 최근 들어 가장 놀라운 대역전극 중 하나입니다. 애덤 워너 후보가 1퍼센트 미만의 근소한 차이로 존 트로브리지 현 상원의원을 무찔렀습니다."

싸움은 끝났다. 제니퍼는 패배했다.

이별

그날 아침 늦게 제니퍼는 출근을 했다. 그녀를 보자 신시아가 말했다.

"미스 파커, 애덤 씨의 전화입니다. 오전에 몇 번이나 전화하셨어요."

제니퍼는 잠깐 망설이다가 말했다.

"좋아요, 신시아. 받겠어요."

그녀는 자기 방으로 들어가 수화기를 들었다.

"애덤, 축하해요."

"고맙소. 당신에게 할 얘기가 있는데, 점심식사 때 나올 수 있겠소?"

제니퍼는 주저했다.

"좋아요."

언젠가는 직면하지 않으면 안 될 일이었다.

제니퍼가 애덤을 만나는 것은 3주 만이었다. 그녀는 그의 얼굴을 뚫어
져라 바라보았다. 애덤은 여위고 초췌해져 있었다. 승리로 의기양양해
있어야 할 그가 기묘하게도 안절부절못하며 불안해하고 있었다. 그들은

주문한 음식이 나왔지만 먹을 생각이 나지 않아 선거 얘기만 나눴다. 그러나 그들의 대화는 마음속에 있는 것을 숨기는 위장에 지나지 않았다.

그 대화가 견딜 수 없이 숨이 막혀 올 때, 마침내 애덤이 말했다.

"제니퍼……."

그는 숨을 깊숙이 들이쉬고 나서 결심한 듯이 얘기를 꺼냈다.

"메리 베스에게 아기가 생겼어."

그의 입을 통해서 그 말을 듣자, 어찌된 셈인지 그것이 어쩔 수 없는 현실이 되어 그녀를 육박해왔다.

"용서해줘… 나도 모르게… 나도 모르게 그렇게 돼버렸어. 설명하기 어렵지만……."

"설명하지 않아도 괜찮아요."

제니퍼는 그때의 정경이 눈에 선하게 보이는 것 같았다. 도발적인 잠옷을 걸친, 혹은 벌거벗은 메리 베스, 그리고 애덤이……."

"나는 정말 어리석었어."

애덤은 말했다. 어색한 침묵이 흐른 뒤에 그는 말을 계속했다.

"오늘 아침 전국위원회의 위원장에게 전화가 걸려왔어. 그들은 나를 차기 대통령 후보로 밀 생각인 모양이야."

그는 망설였다.

"문제는 메리 베스가 임신했다는 사실이지. 지금 이혼하는 것은 시기적으로 좋지 않아. 나는 어떻게 해야 좋을지 모르겠어. 사흘 동안 잠을 못 잤어."

그는 제니퍼의 얼굴을 보며 힘없이 말했다.

"이렇게 말하고 싶지 않지만… 어떻게 될 때까지 얼마 동안 기다려주면 안 될까, 제니퍼?"

제니퍼는 그런 애덤을 보면서 자신으로서는 도저히 견딜 수 없을 것 같은 고통과 참을 수 없는 고독을 느꼈다.

"그때까지 가능한 한 자주 만나기로 합시다. 우리……."

애덤은 말했다.

"안 돼요, 애덤, 이미 끝난 거예요."

제니퍼는 용기를 내서 말했다.

애덤은 그녀를 빤히 쳐다보았다.

"무슨 소리야! 나는 당신을 사랑하고 있어. 우리 어떻게든 방법을 찾아내서……."

"방법은 없어요. 당신의 부인이나 아기가 사라져 버릴 턱이 없잖아요? 당신과 나는 이제 끝장이에요. 그동안 행복했어요, 한 순간 한 순간……."

그녀는 자리에서 일어났다. 빨리 레스토랑에서 나가지 않으면 그에게 악을 쓰며 덤벼들 것 같았다.

"우리는 다시는 만나면 안 되는 거예요."

그녀는 그의 고통으로 가득 찬 눈을 똑바로 볼 수가 없었다.

"무슨 말을 하는 거야? 제니퍼! 다시 생각을 해봐, 제발 부탁이야, 제니퍼……."

그 뒤의 말은 그녀에게 들리지 않았다. 그녀는 문을 향해 종종걸음으로 달려가며 애덤의 인생으로부터 도망치고 있었다.

중절수술대 위에서

제니퍼는 애덤에게서 전화가 걸려와도 받지 않았고, 자신이 그에게 걸지도 않았다. 그에게서 온 편지는 개봉도 하지 않고 반송했으며, 배달된 마지막 편지 봉투에는 '사망'이라고 써서 반송했다.

'거짓말이 아니야. 나는 정말로 죽은 거야.'

제니퍼는 그렇게 생각했다.

세상에 이토록 괴로운 일이 있으리라고는 제니퍼는 생각해본 일도 없었다. 그녀는 혼자 서 있지 않으면 안 되었다. 엄밀히 혼자는 아니었다. 그녀의 일부이며 애덤의 일부이기도 한 또 하나의 생명이 그녀의 뱃속에 있었다. 그리고 그녀는 아이를 죽이려 하고 있었다.

그녀는 어디서 임신중절 수술을 받아야 하는지를 생각하지 않으면 안 되었다. 몇 년 전만 해도 임신중절이라고 하면 더럽고 한적한 골목에서 돌팔이 의사가 행하는 것이라고 생각했었다. 그러나 이제 그런 걱정은 없었다. 그녀는 병원으로 찾아가서 훌륭한 의사에게 수술을 받으면 된다고 생각했다. 단, 뉴욕 이외의 어딘가에서 말이다. 제니퍼의 사진은 너무나도 빈번하게 신문에 실렸으며 텔레비전에도 몇 번인가 등장했다. 그녀는 적어도 귀찮은 질문을 받지 않을 만한 곳으로 가야 했다. 그리고 그녀와 애덤 워너와의 관계는 무슨 일이 있어도 알려져서는 안 되었다. 합중국 상원의원 애덤 워너, 그와 그녀 사이의 아이는 남에게 알려지지 않은 채 죽어야 했다.

제니퍼는 뱃속의 아기가 태어나면 어떤 아이가 될 것인지 상상하지 않고는 견딜 수가 없었다. 하염없이 눈물이 흘러내리고 숨이 막힐 것만 같았다.

비가 내렸다. 제니퍼는 하늘을 올려다보며 하느님이 그녀를 위해 눈물을 흘려주고 있는 게 아닐까 생각했다.

제니퍼가 안심하고 도움을 청할 수 있는 것은 케네스 베일리 한 사람 뿐이었다.

"임신중절 수술을 하지 않으면 안 되겠어요. 혹시 알고 있는 좋은 의사라도 있나요?"

제니퍼는 밑도 끝도 없이 불쑥 그렇게 말했다.

케네스는 놀라움을 감추려고 했지만, 제니퍼는 갖가지 복잡한 감정이 그의 얼굴을 스쳐가는 것을 보았다.

"뉴욕 이외의, 나를 알고 있는 사람이 없는 곳이 좋겠어요."

"피지 섬은 어떻겠어요?"

그의 목소리에는 분노가 느껴졌다.

"농담이 아니에요."

"미안해요, 나는… 당신이 너무 사람을 놀라게 해서…….

그것은 그에게 있어서 청천벽력이었다.

그는 제니퍼를 존경하고 있었다. 그녀를 좋아했다. 그녀를 사랑하고 있다고 생각한 적도 있었지만 확신을 가질 수는 없었다. 케네스는 괴로워했다. 그는 제니퍼에 대해서 아내에게 한 것과 같은 짓은 절대로 하고 싶지 않았다. '하느님, 당신은 어째서 나의 감정을 명확하게 해주지 않으시는 겁니까?' 하고 케네스는 마음속으로 말했다.

케네스는 붉은 머리칼을 긁어 올리면서 말했다.

"뉴욕에서 하고 싶지 않다면, 노스캐롤라이나 주가 좋겠지요. 그다지 멀지도 않고요."

"병원을 알아봐줄 수 있어요?"

"네, 좋아요, 난……."

"뭐죠?"

그는 제니퍼에게서 시선을 돌렸다.

"아무것도 아네요."

케네스 베일리는 그로부터 꼬박 이틀 동안 사무실을 비웠다. 3일째, 제니퍼의 방에 들어왔을 때 그의 수염은 자라 있었고, 눈은 공허하고 핏발이 서 있었다.

제니퍼는 그를 힐끗 쳐다보고 물었다.

"어디 아팠어요?"

"조금요."

"내가 도와줄 일이 있을까요?"

"없습니다."

'하느님조차 나를 도울 수가 없어. 당신이 할 수 있는 일은 없어.'

그는 제니퍼에게 한 장의 메모지를 건네주었다. 거기에는 '노스캐롤라이나 주 샤로트 메모리얼 병원, 에릭 린덴 박사'라고 쓰여 있었다.

"고마워요, 케네스."

"천만에요. 그래, 언제 갈 겁니까?"

"이번 주말에 가겠어요."

그는 말하기 곤란한 듯이 물었다.

"나도 함께 갈까요?"

"괜찮아요, 혼자 갈 수 있어요."

"돌아올 때 곤란하지 않겠어요?"

"걱정하지 말아요."

케네스는 머뭇거리면서 그곳에 서 있었다.

"공연한 참견 같지만, 충분히 생각한 다음에 결정한 일이겠죠?"

"그럼요."

그것은 어쩔 수 없는 일이었다. 애덤의 아이를 낳고 싶은 마음은 굴뚝같았지만 그녀 혼자서 키운다는 것은 도저히 불가능한 일이었다.

그녀는 케네스에게 말했다.

"충분히 생각해서 결정한 거예요."

그 병원은 샤로트의 교외에 있는 산뜻한 이층짜리 벽돌 건물이었다.

접수원은 백발이 섞인 60대 후반의 여성이었다.

"볼일이 있으신가요?"

"네. 저는 미세스 파커입니다. 린덴 선생님과 약속이……."

그녀는 더 이상 말할 용기가 없었다.

접수원은 알고 있다는 듯이 고개를 끄덕였다.

"선생님은 기다리고 계십니다. 파커 부인. 지금 누군가에게 안내를 시킬 겁니다."

발랄한 젊은 간호가 복도 끝 쪽의 검사실로 제니퍼를 안내했다.

"린덴 선생님을 모셔오겠습니다. 옷을 벗어주세요. 옷장에 환자용 가운이 걸려 있습니다."

현실이 아닌 것 같은 느낌을 가지면서 제니퍼는 옷을 벗고 환자용 흰 가운을 입었다. 그녀는 정육점의 에이프런을 걸치고 있는 듯한 느낌이 들었다… 뱃속에 있는 생명을 죽이려 하고 있는 것이다. 에이프런 위로는…
아이의 피로 새빨갛게 물드는 것이 눈에 보이는 것만 같았다. 제니퍼는
몸이 마구 떨려 왔다.

누군가의 목소리가 들렸다.

"자, 너무 긴장하지 마시고요."

제니퍼가 눈을 들어 보니 머리가 벗겨진, 몸집이 우람한 사나이가 서
있었다. 굵은 안경테의 그 얼굴은 부엉이를 연상시켰다.

"내가 닥터 린덴입니다."

그는 손에 든 차트를 보았다.

"파커 부인이죠?"

제니퍼는 고개를 끄덕였다.

의사는 그녀의 팔을 잡고 긴장을 풀어주려는 듯이 말했다.

"앉으세요."

그리고 그는 싱크대로 가서 종이컵에 물을 받았다.

"이것을 마셔봐요."

제니퍼는 시키는 대로 했다. 린덴 박사는 의자에 앉아서 제니퍼의 떨림
이 끝날 때까지 기다렸다.

"임신중절을 원하시는군요."

"네."

"남편되는 분과는 의논을 하셨습니까, 파커 부인?"

"네, 우린… 두 사람 모두 희망하고 있습니다."

그는 제니퍼의 모습을 빤히 바라보았다.

"건강하신 것 같군요."

"네… 건강합니다."

"경제적인 문제 때문인가요?"

"아닙니다."

제니퍼는 단호하게 말했다. 왜 이리 귀찮게 묻는 걸까?

"우린… 우린 아이를 가질 수가 없습니다."

린덴 박사는 파이프를 꺼냈다.

"피워도 괜찮겠습니까?"

"네."

린덴 박사는 파이프에 불을 붙이고 나서 말했다.

"난처한 습관이지요."

그는 의자 등받이에 기대면서 연기를 뿜어냈다.

"진찰을 해주실 수 없나요?"

제니퍼는 물었다. 팽팽히 긴장한 그녀의 신경은 한계점에 달해 있었다. 그녀는 당장이라도 자신이 소리를 질러댈 것만 같았다.

린덴 의사는 다시 느릿느릿 연기를 내뿜었다.

"조금 더 얘기를 나누는 것이 좋을 것 같군요."

아주 강한 의지의 힘으로 제니퍼는 흥분을 억눌렀다.

"좋습니다."

"임신 중절의 문제는 돌이킬 수 없다는 것을 아서야 합니다. 지금 같으면 생각을 바꿀 수 있지만 태아가 죽고 난 다음에는 이미 때가 늦은 겁니다."

"내 마음은 변하지 않습니다."

그는 고개를 끄덕이고 다시 천천히 연기를 내뿜었다.

"그렇습니까?"

담배의 달콤한 냄새 때문에 제니퍼는 구역질을 느끼고 있었다. 그녀는 그에게 파이프를 꺼달라고 부탁하고 싶었다.

"린덴 선생님……."

그는 마지못해 일어나서 말했다.

"그럼 부인, 진찰을 해볼까요?"

제니퍼는 양쪽 발을 차가운 금속고리에 걸고 진찰대 위에 반듯이 누웠다. 그의 손가락이 그녀의 몸의 내부를 휘집고 있는 것이 느껴졌다. 부드럽고 숙련된 솜씨인 것 같았다. 수치심보다는 표현할 길 없는 상실감과 깊은 슬픔이 있을 뿐이었다. 어린 아들의 모습―그녀는 사내아이가 틀림없다고 믿어졌다―이 저절로 마음속에 떠올라왔다. 뛰어다니거나 웃으며 아버지와 똑같이 성장해가는 사내아이의 모습…….

린덴 박사는 진찰을 끝냈다.

"파커 부인, 이제 옷을 입어도 좋습니다. 괜찮으시다면 여기서 주무시도록 하세요. 내일 아침에 수술을 하겠습니다."

"안 돼요. 지금 당장 해주세요."

제니퍼의 입에서 자신도 예상치 못한 날카로운 목소리가 튀어나왔다.

린덴 박사는 이상하다는 표정으로 다시 그녀를 관찰했다.

"당신 앞에 환자가 두 사람 있습니다. 간호사를 불러서 검사 보고를 작성하게 하고 병실에 들어갈 수 있도록 하겠습니다. 4시간쯤 후에 수술을 시작하겠습니다. 괜찮겠지요?"

제니퍼는 작은 목소리로 말했다.

"네."

제니퍼는 린덴 박사가 오기를 기다리면서 병실의 좁은 침대 위에서 눈을 감고 누워 있었다. 벽에 걸려 있는 구식 시계의 째깍째깍하는 소리가 방안에 크게 울려 퍼지는 것 같았다. 그 소리가 말소리처럼 들렸다.

'영 애덤(꼬마 애덤), 영 애덤, 영 애덤, 우리 아들, 우리 아들…….'

제니퍼는 마음속으로부터 아기의 환상을 떨쳐내 버릴 수가 없었다. 지금 이 순간 그 아기는 쾌적하고 따뜻한 그녀의 몸속에서 건강하게 자라고 있으며 자궁의 양막에 의해 외부로부터 보호받고 있을 것이다. 태아는 이제부터 일어나려는 일에 대해서 원시적인 공포를 느끼고 있을까, 하고 그녀는 생각했다. 수술 칼이 목숨을 빼앗을 때 아이는 고통을 느낄 수 있을까? 그녀는 양손으로 귀를 가로막고 시계소리를 차단했다. 이윽고 호흡하기가 힘들어지고 온몸이 땀으로 흠뻑 젖었다. 무슨 소리가 들려와서 그녀는 눈을 떴다.

린덴 박사가 근심스러운 표정으로 그녀를 내려다보고 있었다.

"괜찮습니까, 파커 부인?"

"네, 빨리 끝났으면 좋겠습니다."

의사는 고개를 끄덕였다.

"그렇게 해드리죠."

그는 침대 옆의 탁자에서 주사기를 집어 들고 그녀에게 다가왔다.

"무슨 주사인가요?"

"진정제인 데메롤과 페나간입니다. 이제 곧 수술실로 옮기겠습니다."

그는 제니퍼에게 주사했다.

"중절은 처음이겠죠?"

"네."

"그럼 수술의 순서를 설명하겠습니다. 고통은 없고, 비교적 간단합니다. 수술실로 들어가면 아산화질소와 전신 마취제를 주사하고, 산소마스크를 씌웁니다. 의식이 없어지면 검시경을 질 속에 삽입해서 속이 보이도록 합니다. 그러고는 작은 것에서부터 큰 것 순으로 차례로 몇 개의 금속 확장기를 사용해서 자궁경부의 확장을 시작합니다. 그리고 큐렛으로 태아를 긁어내는 것입니다. 지금 설명에서 뭐라도 궁금한 것 있습니까?"

"없습니다."

기분 좋은 졸음이 그녀를 엄습해왔다. 마법에라도 걸린 듯이 긴장감이 사라지고 방안의 벽이 흐려지기 시작했다. 그녀는 의사에게 뭔가 물어보고 싶었지만 그것이 무엇이었는지 생각나지 않았다… 아기에 대해서였는데… 이젠 아무래도 좋다는 생각이 들었다. 중요한 것은 그녀가 하지 않으면 안 될 일을 하고 있다는 것이었다. 그것도 앞으로 몇 분만 있으면 모든 것이 끝나고, 그녀는 다시 새출발을 할 수가 있다.

그녀는 뭔가 몽환의 세계로 표류해가는 것을 느꼈다. 사람들이 방으로 들어와서 바퀴가 달린 금속침대 위에 그녀를 올려놓는 것을 알 수 있었다. 환자용 가운을 통해서 등에 금속의 차가움이 느껴졌다. 복도로 운반되어갈 때 그녀는 머리 위의 전등을 헤아리기 시작했다. 정확하게 헤아리지 않으면 안 될 것 같은 느낌이 들었는데, 그 이유는 잘 알 수가 없었다.

그녀는 소독이 된 흰 수술실로 운반되어 들어가 있었다. 제니퍼는 생각했다.

'이곳이 나의 아기가 죽는 장소구나. 걱정하지 않아도 된다, 꼬마 애덤. 아프게 하지는 않을 테니까.'

그리고 눈물을 흘릴 생각은 전혀 없었는데도 그녀는 흐느껴 울기 시작했다.

린덴 박사가 그녀의 팔을 가볍게 두드렸다.

"걱정말아요. 아프지는 않으니까요."

'고통이 없는 죽음이야, 다행이지.'

그녀는 사랑하는 아기에게 고통을 주고 싶지 않았다.

누군가가 그녀에게 마스크를 씌우고 난 다음 목소리가 들렸다.

"숨을 깊이 들이쉬세요."

제니퍼는 다른 사람의 손이 가운을 들어 올리고 그녀의 다리를 벌리는 것이 느껴졌다.

'드디어 시작되는 거야. 꼬마 애덤, 꼬마 애덤, 꼬마 애덤.'

"마음을 편안히 가져야 합니다."

린덴 박사가 말했다.

제니퍼는 고개를 끄덕였다.

'안녕, 나의 아가야.'

차가운 물체가 사타구니 사이로 들어오더니 안으로 천천히 올라왔다.

그것은 애덤의 아이를 죽이려고 하는 혐오스러운 죽음의 도구였다.

그녀는 전혀 들어본 기억이 없는 목소리가 소리치는 것을 들었다.

"그만둬요! 그만둬요! 그만둬요!"

제니퍼가 올려다보니 사람들의 놀란 얼굴이 위에서 내려다보고 있었다. 그녀는 소리친 사람이 자신이라는 것을 깨달았다. 그녀의 얼굴은 마스크로 더욱 단단하게 죄어졌다. 그녀는 몸을 일으키려고 했으나 다리는 가죽 끈으로 묶여져 있었다. 그녀는 차츰차츰 운동이 빨라지는 소용돌이 속으로 빨려 들어가고 있었다.

그녀가 마지막으로 의식한 것은 머리 위에서 빙글빙글 회전하면서 천장에서 내려와 그녀의 두개골로 깊이 파고 들어오는 거대한 흰 전구였다.

의식이 다시 돌아왔을 때 제니퍼는 병실의 침대에 누워 있었다. 창밖은 벌써 어두워져 있었다. 몸이 실컷 두들겨 맞은 듯이 아팠다. 그녀는 얼마 동안이나 의식을 잃고 있었을까 하고 생각했다. 그녀는 살아 있었다. 그러나 아기는……?

그녀는 침대에 붙어 있는 초인종에 손을 뻗었다. 그러고는 미친 듯이 계속 눌러댔다. 그것을 멈출 수가 없었다.

간호사가 문턱에서 들여다보고 가고 난 뒤 곧바로 린덴 박사가 서둘러 방으로 들어왔다. 그는 침대로 다가와서 상냥하게 제니퍼의 손을 초인종에서 떼어냈다.

제니퍼는 그의 팔을 꽉 움켜쥐고 갈라진 목소리로 말했다.

"내 아기…내 아기는 죽었어요!"

린덴 박사가 말했다.

"아닙니다, 파커 부인. 그 아이는 살아 있습니다. 사내아이라면 좋겠는데요, 당신은 계속 그 아이를 애덤이라고 부르더군요."

생명의 탄생

크리스마스가 찾아오고, 새해가 밝았다. 2월의 눈이 3월의 이른 봄바람으로 바뀌었을 때 제니퍼는 일을 그만둘 때가 되었다고 생각했다.

그녀는 사무실의 스태프들을 모두 불러모았다.

"얼마 동안 휴가 좀 다녀오겠어요. 앞으로 5개월 동안 사무실을 비워야겠습니다."

제니퍼가 발표하듯이 말하자 일동은 놀라서 웅성거렸다.

댄 마틴이 물었다.

"어디서 쉬시는지 연락을 드려도 되겠죠?"

"아니에요, 댄. 행선지는 말할 수 없어요."

테드 헤리스가 두꺼운 안경 너머로 그녀를 바라보았다.

"제니퍼, 그런 억지가……."

"이번 주말에 출발하려고 해요."

그 목소리에는 더 이상의 질문을 허용하지 않는다는 단호함이 서려 있었다. 그런 뒤 사무실에서 다루고 있는 소송사건이 논의되었다.

직원들이 방에서 나가자 케네스 베일리가 물었다.

"충분히 생각하고 나서 내린 결론인가요?"

"다른 방법이 없잖아요, 케네스."

그는 그녀를 바라보았다.

"상대가 어떤 녀석인지는 모르지만 그 사나이가 밉군요."

제니퍼는 그의 팔에 손을 얹었다.

"고마워요. 하지만 걱정하지 마세요."

"앞으로 틀림없이 곤경에 빠지게 될 겁니다. 아이가 크면 여러 가지로 묻는 법입니다. 아버지가 누군지 알고 싶어하지요."

"어떻게든 해보겠어요."

"알았어요. 내가 할 수 있는 일이 있다면……. 어떤 일이든 좋아요… 언제든 말만 해줘요."

그의 목소리는 부드러워졌다.

그녀는 그의 몸을 양팔로 감싸안았다.

"고마워요, 케네스 난… 무척 감사하게 생각하고 있어요."

제니퍼는 모두가 퇴근하고 난 다음에도 계속 사무실에 남아서 깊은 생각에 잠겨 있었다. 자신은 언제까지나 애덤을 사랑할 것이다, 어떤 일이 있어도 그것은 변치 않을 것이라고 생각했다. 애덤도 자신을 변함없이 사랑하고 있음이 틀림없다고 제니퍼는 생각했다. '그렇지 않은 것이 편할 텐데…….' 하고 그녀는 생각했다.

사랑하는 두 사람이 함께 생활할 수 없고, 점점 더 멀리 떨어져 간다는 것은 운명의 장난이었다. 애덤은 메리 베스와 그들의 아이와 함께 워싱턴으로 이사를 갔을 것이다. 아마도 애덤은 가까운 장래에 백악관에서 살게 될 것이다.

제니퍼는 자신의 아들이 성장해서 아버지가 누구인지 알고 싶어했을 때의 일을 생각했다. 그러나 그것을 아이에게 가르쳐줄 수는 없었다.

또한 애덤에게도 그의 자식을 낳았다는 사실을 알리면 안 되었다. 그것은 그를 파멸시키게 될 것이기 때문이었다. 또 누군가 다른 사람이 그것을 알게 되더라도 애덤은 다른 방법으로 파멸 당하게 될 것이 뻔했다.

제니퍼는 맨해튼에서 그다지 멀지 않은 변두리에 아들과 함께 살 수 있는 집을 사기로 마음먹었다.

그녀가 그 집을 발견한 것은 오로지 우연이었다. 어느 날, 그녀는 롱아일랜드의 의뢰인을 만나러 가는 도중에 롱아일랜드 고속도로의 36번 출구에서 옆길로 구부러져 들어갔다. 그런데 길을 잘못 들어서 어느 틈엔가 샌즈 곶으로 나가버렸다. 그곳의 거리는 조용했고, 키가 크고 아름다운 나무들이 초록색 그늘을 만들고 있었다. 집들은 거리에서 깊숙이 들어간 곳에 위치해 있었고 각기 조그만 영지 안에 자리를 잡고 있었다.

샌즈 곶 거리의 한 식민지 시대풍의 집 앞에 '팔 집'이라는 간판이 세워져 있었다. 집 주위는 울타리로 둘러싸이고 깨끗한 강철 문 안쪽의 길다란 차도에는 가로등이 있었으며 넓은 잔디밭 가장자리에 한 줄로 늘어선 주목나무가 집을 가리고 있었다. 밖에서 보기만 해도 제니퍼는 그 집이 마음에 들었다. 그녀는 관리하고 있는 부동산 중개인의 이름을 적고, 이틀날 오후에 집을 보러 가기로 약속했다.

부동산 중개인은 열심이지만 지나치게 억척스러운 타입으로 제니퍼가 싫어하는 종류의 세일즈맨이었다. 그러나 그녀가 사는 것은 집이지, 그의 인품은 아니었다.

그는 말했다.

"좋은 집입니다. 정말 기가 막힌 집이지요. 100년 가량 전의 집이지만 손질을 잘했어요. 아주 뛰어나게 고급스러운 집입니다."

뛰어나게 고급스럽다는 말은 과장이었다. 방은 널찍널찍하고 통풍이 잘 되었지만 수리를 많이 해야 했다. '이 집을 고치고 장식하는 것은 즐거운 일이겠구나.' 하고 제니퍼는 생각했다.

이층에는 큰방 맞은편에 아이방으로 개조할 수 있는 방이 하나 있었다. 그녀는 그곳을 푸른색으로 통일할 생각이었다. 그리고…….

"뜰에 나가보시겠습니까?"

제니퍼의 마음을 결정하게 한 것은 나무 위의 오두막집이었다. 그것은 커다란 떡갈나무의 높은 곳에 마련된 대 위에 세워져 있었다. 아들의 놀이터로 안성맞춤이었다. 부지는 3에이커였는데, 뒤쪽의 잔디밭은 선창이 있는 하구를 향해 완만한 경사가 있어서 아들이 뛰어다니기에 충분한 공간이었다. 아이를 키우기에는 절호의 장소가 될 것 같았다. 조금 자라면 작은 보트도 사주어야지, 아무튼 이곳이라면 자신에게 필요한 모든 프라이버시가 지켜질 수 있을 것 같았다. 제니퍼는 그녀와 아이만의 세계가 절실히 필요했다.

제니퍼는 이튿날 그 집을 샀다.

막상 애덤과 함께 지내던 아파트를 떠나는 것이 그토록 쓰라린 일이 되리라고는 그녀는 꿈에도 생각지 못했다. 그의 가운도, 파자마도, 슬리퍼도, 면도 도구도 아직 그대로 있었다. 어느 방에나 애덤의 추억으로 가득 차 있었다. 제니퍼는 재빨리 짐을 챙겼고, 서둘러 그 집을 나왔다.

새로운 집으로 들어가자 제니퍼는 애덤을 생각할 틈이 없도록 아침 일찍부터 바쁘게 돌아다녔다. 그녀는 가구나 커튼을 주문하기 위해 샌즈 곶과 포트 워싱턴의 가게로 갔다. 아름다운 식탁보와 은식기와 도자기도 샀다. 또한 고장 난 수도관과 비가 새는 지붕과 낡아비뚤린 전기 실비를 수선하기 위해서 그 고장의 직공들을 불렀다. 아침 일찍부터 어두워질 때까지 집 안은 페인트공과 목수와 전기공사 인부와 미장이들로 붐볐다.

제니퍼는 쉬지 않고 그들의 작업 상황을 감독하고 모든 지시를 내렸다. 그녀는 밤에 깊이 잠들 수 있도록 낮에 최대한 몸을 움직였다. 그러나 밤의 악마가 다시금 나타나 끔찍하고 무서운 꿈으로 그녀를 괴롭혔다.

그녀는 골동품 상점에 몇 번씩이나 찾아가서 램프와 테이블과 미술품을 사들였다. 분수대와 뜰에 놓아둘 조각품들도 샀다. 집 안은 구석구석 아름다워지기 시작했다.

봅 크레멘트는 캘리포니아에 있는 제니퍼의 의뢰인으로, 그가 거실과 아이 방을 위해 디자인한 카펫은 그 부드러운 색깔로 방을 아름답게 보이게 했다.

제니퍼의 배는 날이 갈수록 눈에 띄게 되어 그녀는 마을로 가서 임신복을 샀다. 그리고 전화번호부에 번호가 실리지 않는 전화를 놓았다. 그것은 긴급시를 위한 것으로 누구에게도 번호를 가르쳐주지 않았기 때문에 어디에서도 전화는 걸려오지 않았다. 사무실에서 그녀의 거처를 알고 있는 사람은 케네스 베일리뿐이었고, 그는 비밀을 지킬 것을 약속했다.

케네스 베일리는 어느 날, 자동차를 타고 제니퍼의 집에 놀러왔다. 제니퍼가 집 안과 뜰을 안내해주자 그가 말했다.

"제니퍼, 아름답군요. 참으로 보기 좋아요. 멋진 집으로 꾸몄군요."

그는 그녀의 부풀어 오른 배를 보고 물었다.

"예정일은 언제예요?"

"앞으로 두 달이에요."

그녀는 그의 손을 자신의 배에 갖다 대고 말했다.

"만져봐요."

그는 아기가 움직이는 것을 느꼈다.

"하루가 다르게 힘이 세지고 있어요."

제니퍼는 자랑스러운 듯이 말했다.

그녀는 케네스를 위해 저녁식사를 준비했다. 그는 디저트가 나오기를 기다렸다가 말을 꺼냈다.

"굳이 따지고 싶지는 않지만, 아버지가 누구든 그 사람도 뭔가를 해야 되는 것 아닌가요?"

그는 말했다.

"그런 얘기는 하지 말아요."

"미안해요. 사무실에서는 당신이 없어서 난리예요. 의뢰인들이 많이 찾아와서……."

제니퍼는 손을 들어 그를 가로막았다.

"듣고 싶지 않아요."

케네스가 돌아갈 시간이 되자, 제니퍼는 그와 헤어지는 것이 서운했다. 케네스만큼 마음에 부담이 가지 않는 좋은 친구는 없었다.

제니퍼는 모든 수단을 동원해서 세상으로부터 자기 자신을 격리시켰다. 그녀는 신문을 읽는 것을 그만두고 텔레비전도 보지 않고, 라디오도 듣지 않았다. 그녀의 세계는 이 집의 벽 속이었다. 그곳이 그녀의 둥지였고, 아들을 세상으로 내보내는 장소였다.

그녀는 구할 수 있는 온갖 육아서적을 갖추고 스포크 박사의 책에서부터 에임스나 게젤의 책을 읽고 또 읽었다. 그리고 아이 방의 장식이 끝나자 방 안을 장난감으로 가득 채웠다. 그녀는 스포츠용품점으로 가서 축구공과 야구 방망이와 장갑을 구경하며 돌아다녔다. 그러다가 자신이 하고 있는 행동이 갑자기 우스꽝스럽다고 생각했다.

'웃기는군, 아이는 아직 태어나지도 않았는데.'

그 생각도 잠시, 그녀는 곧바로 야구 방망이와 장갑을 샀다. 축구공도 사고 싶었지만, 그것은 나중에 사기로 했다.

5월이 가고 6월이 되었다.

드디어 일꾼들의 작업이 끝나고 집 안은 차분해지고 조용해졌다.

제니퍼는 일주일에 두 번 마을의 슈퍼마켓에 가서 쇼핑을 하는 것이 일과였다. 그녀는 출산일이 다가오자 산부인과 의사인 하베이 박사를 찾아갔다.

제니퍼는 그가 시키는 대로 먹고 싶지 않은 우유지만 잔뜩 마시기도 하고, 비타민과 임산부의 건강에 필요한 모든 음식물도 골고루 섭취했다. 그녀의 몸은 이제 완전히 뚱뚱하고 모양 사납게 변해서 움직이며 다니기가 힘이 들었다.

그녀는 항상 활동적이어서 몸이 무거워져서 느릿느릿 움직이게 되면, 도무지 견딜 수 없을 것이라고 생각했었다. 그러나 지금은 그것이 아무렇지도 않았다. 서두를 필요도 없었다. 하루하루가 천천히 꿈처럼 조용하게 지나갔다.

제니퍼의 몸속 시계는 템포가 느려져 있었다. 그녀는 에너지를 축적하고, 그것을 몸 안에서 숨 쉬고 있는 또 하나의 생명에 모조리 쏟아넣고 있었다.

어느 날 아침, 하베이 박사가 그녀를 진찰하고 나서 말했다.

"이제 앞으로 2주일 남았습니다, 파커 부인."

이제 출산이 얼마 남지 않았다. 제니퍼는 출산이 다가오면 공포에 사로잡힐 것이라고 생각했었다. 분만 때의 고통과 기형아에 관한 얘기를 많이 들어왔다. 그러나 그녀는 공포를 느끼지 않았다. 아이를 보고 싶다는 희망과 빨리 낳아서 품에 안고 싶다는 기대감이 있을 뿐이었다.

케네스 베일리는 이제는 거의 매일 〈작은 엔진〉이나 〈조그맣고 빨간 암탉〉이나 〈토끼 새끼 페트〉나 그밖에 많은 그림 동화책을 가지고 찾아왔다.

"틀림없이 그 녀석도 마음에 들어할 겁니다."

케네스는 말했다.

제니퍼는 미소 지었다. '그 녀석'이라고 말해주었기 때문이었다.

'좋은 징조야.'

두 사람은 부지 안을 산책하고, 피크닉을 하듯 하구 옆에서 도시락을 먹거나 일광욕을 하기도 했다. 제니퍼는 자신의 모습이 갑자기 마음에 걸렸다.

'어째서 이 사람은 서커스에나 나올 법한 보기 흉하게 뚱뚱해진 나 같은 여자하고 시간을 헛되이 보내는 걸까?'

하지만 케네스는 제니퍼를 보면서 생각했다.

'이 여자 같은 미인은 지금까지 본 적이 없어.'

첫 번째 진통은 새벽 3시에 시작되었다. 너무도 아파서 제니퍼는 숨도 쉴 수 없을 정도였다. 몇 초 뒤에 다시 통증이 엄습해왔을 때, 제니퍼는 기쁨에 가슴을 두근거리며 '마침내 때가 되었구나' 하고 생각했다.

그녀는 진통과 진통 사이의 간격을 재기 시작했다. 그리고 그것이 10분 간격이 되었을 때 의사에게 전화를 걸었다. 제니퍼는 자동차로 병원을 향해 가면서 진통이 엄습해올 때마다 차를 도로 가장자리에 세웠다.

병원에 도착하자 간호사가 밖에서 기다리고 있었다. 그리고 몇 분 후에 하베이 박사가 진찰해주었다.

진찰이 끝나자 그는 안심시키려는 듯한 말투로 충고했다.

"파커 부인, 순산일 것 같으니 마음을 편안히 갖도록 하십시오."

실제로는 순산은 아니었지만 견딜 수 없을 정도는 아니었다. 제니퍼가 고통을 참을 수 있었던 것은 훌륭한 아이가 태어나는 것이라고 생각했기 때문이었다. 진통은 8시간 가까이나 되었다. 그리고 그 아픔 끝에 몸을 으깨고 비틀어대는 듯한 격통과 경련이 일어났다. 그것이 영원히 계속되는 것이 아닐까 하는 느낌이 들었다. 그 순간 몸이 갑자기 편해지고 무엇인가 빠져나가 버린 것 같은 느낌과 함께 행복한 안락감이 찾아왔다.

곧바로 작은 울음소리와 함께 하베이 박사가 아기를 안고 있는 것이 보였다.

"당신의 도련님을 한번 보시죠, 파커 부인."

제니퍼는 방안이 갑자기 환해지는 것 같은 느낌이 들었다.

조슈아 애덤 파커

아기 이름은 조슈아 애덤 파커, 체중 8파운드 6온스로 매우 건강하게 태어났다. 갓 태어난 아기는 대개 못생긴 얼굴을 하고 있다는 것을 제니퍼는 알고 있었다. 그러나 조슈아 애덤은 그렇지가 않았다. 말하자면, 간호사들마다 조슈아가 얼마나 잘생긴 아기인지를 몇 번이고 제니퍼에게 되풀이해서 말했다.

제니퍼는 똑같은 말이지만 몇 번이나 들어도 그 말이 싫증이 나지 않았다. 조슈아는 놀랄 만큼 애덤을 닮아 있었는데, 특히 회색이 섞인 푸른 눈동자와 예쁜 두상이 그러했다.

조슈아를 보고 있으면 제니퍼는 애덤을 보고 있는 듯한 느낌이 들었다. 그것은 기쁨과 슬픔이 뒤범벅된, 가슴이 터져나갈 것 같은 복잡한 감정이었다. 만일 애덤이 자기에게 잘생긴 아들이 있다는 것을 안다면 얼마나 만나고 싶어할까!

조슈아는 태어난 지 이틀 만에 제니퍼를 보고 웃었다. 그녀는 흥분해서 간호사를 불렀다.

"이것 좀 봐요! 웃고 있어요!"

"배냇짓을 하는 거예요, 파커 부인."

"다른 아기라면 배냇짓인지 몰라도 우리 아기는 웃고 있다고요."

제니퍼는 우겨댔다.

제니퍼는 이전에는 아기에게 애정을 가질 수 있을지 자신이 없어서 좋은 어머니가 될 수 있을까 하는 불안감을 항상 갖고 있었다.

갓난아기를 돌보는 것은 분명히 재미있는 일은 아니었다. 아기들은 기저귀를 적시고, 쉴 새 없이 젖을 요구하고, 울고 보채고는 잠을 잔다.

아기들과는 커뮤니케이션을 할 수 없으니 아기가 4세나 5세가 되기까지는 애정 같은 것은 느낄 수가 없을 것이라고 그녀는 생각했었다. 하지만 그것은 커다란 착각이었다.

조슈아가 태어난 순간부터 제니퍼는 자신의 내부에 있으리라고는 생각지 못했던 깊은 모성애로 아들을 사랑했다. 그것은 아기를 지키고자 하는 강한 애정이었다. 조슈아는 너무나도 조그맣고 그에 비해 세상은 너무나도 거대했다.

제니퍼는 조슈아를 데리고 퇴원할 때 주의사항이 적힌 기다란 리스트를 받았다. 그러나 그것은 제니퍼를 예민하고 신경질적으로 만들었다.

최초의 2주일 동안은 따라온 간호사가 집에 있어 주었지만 그 다음부터는 제니퍼가 혼자서 뒷바라지를 하지 않으면 안 되었다. 그녀는 자신이 뭔가 잘못해서 아기를 죽이는 결과를 가져오는 것이 아닐까, 아기가 당장이라도 숨을 쉬지 않게 되는 것은 아닐까 하고 벌벌 떨었다.

제니퍼는 처음으로 우유병의 젖꼭지를 소독하는 것을 잊어버리고 있었음을 깨달았다. 그녀는 우유를 싱크대에 버리고 처음부터 다시 만들었다. 그것이 완성되었을 때 이번에는 병을 소독하는 것을 잊었다는 것을 알았다. 그녀는 다시 만들기 시작했다. 그래서 조슈아의 우유가 겨우 만들어졌을 때쯤에는 그녀는 배가 고픈 나머지 울부짖었다.

제니퍼는 때때로 이래 가지고는 도저히 해나갈 수 없겠다고 생각할 때가 있었다. 그녀는 전혀 뜻하지 않을 때 설명할 수 없는 조울증과 같은 상태에 빠졌다. 흔히 있는 산후 우울증일 것이라고 자신을 타일렀지만 기분은 좀처럼 나아지지 않았다.

그녀는 항상 지쳐 있었다. 조슈아에게 우유를 먹이느라고 밤새껏 깨어 있다가 가까스로 꾸벅꾸벅 잠이 드는가 하면, 아이가 우는 소리에 잠이 깨어 비틀거리면서 아이 방으로 달려가곤 했다.

그녀는 낮이고 밤이고 쉴 새 없이 의사에게 전화를 걸었다.

"조슈아의 호흡이 고르지 못합니다… 조슈아가 기침을 하는데요. 조슈아가 토했습니다."

의사는 마침내 참다 못해서 자동차로 제니퍼의 집으로 찾아와서 설교를 했다.

"파커 부인, 우리는 당신의 아드님만큼 건강한 아기를 본 적이 없습니다. 연약해보일지 모르지만 황소처럼 튼튼한 아이입니다. 걱정하지 말고 아이 키우는 것을 즐기세요. 그리고 이 사실을 기억해두십시오……. 그 아이는 당신이나 나보다 훨씬 더 오래 살 것이라는 점을 말입니다."

그 말을 듣자 제니퍼는 얼마간 마음이 안정이 되었다.

그녀는 날염 커튼과 푸른 바탕에 흰 꽃과 노란 나비 무늬가 들어간 침대 커버로 조슈아의 침실을 장식했다. 그곳에는 난간이 달린 침대와 울타리가 있는 놀이터와 아기용 옷장과 책상 세트와 요람 목마와 장난감이 들어 있는 상자가 있었다.

제니퍼는 조슈아를 안아주거나 목욕을 시키거나 기저귀를 갈아주거나 번쩍번쩍하는 새 유모차에 태워 바깥으로 데리고 나가거나 하는 것이 낙이었다.

제니퍼는 아기에게 쉴 새 없이 말을 걸었는데, 아기는 태어난 지 4주일 뒤에 비로소 그것에 대답했다.

'배냇짓이 아니야. 미소라니까!'

제니퍼는 행복감을 느끼면서 생각했다.

케네스 베일리는 조슈아를 처음 보았을 때 오랫동안 뚫어질듯이 아기를 들여다보았다. 제니퍼는 갑자기 불안에 사로잡혀 생각했다.

'케네스가 알아차릴지도 몰라. 애덤의 아이라는 것을 눈치 챌 거야.'

그러나 케네스는 이렇게 말했을 뿐이었다.

"참으로 잘 생긴 아이로군. 엄마를 닮았어요."

그녀는 케네스에게 조슈아를 안겨주고 어색하게 웃었다.

'조슈아는 아버지에게는 한 번도 안겨볼 수 없을 거야.'

그녀는 그렇게 생각하지 않을 수 없었다.

6주가 지나고 이젠 직장으로 돌아가지 않으면 안 되는 시기가 찾아왔다. 제니퍼는 하루에 다만 몇 시간이라도 아들과 떨어져 있어야 한다는 것이 마음 아팠지만 한편으로는 사무소로 돌아갈 것을 생각하자 흥분을 금할 수 없었다.

그녀는 오랫동안 모든 것으로부터 완전히 자신을 격리시키고 있었다. 지금은 그녀의 또 하나의 세계로 복귀할 때였다.

제니퍼는 거울을 보고 우선 스타일을 본래대로 돌려놓지 않으면 안 되었다. 조슈아가 태어나자 곧 다이어트나 운동은 하고 있었지만, 이젠 그것을 좀 더 엄격하게 실행하게 되었다. 덕분에 그녀의 몸매는 예전 모습으로 돌아갔다.

제니퍼는 이제 어쩔 수 없이 베이비시터를 찾아나서야 했다. 그녀는 면접을 보며 배심원의 적격성을 심사하듯 상대를 까다롭게 골랐다.

20명 이상의 후보자와 면담을 한 끝에 겨우 인품이 좋은, 신뢰할 수 있는 여성을 찾아냈다. 그녀는 매케이 부인이라는 중년의 스코틀랜드인으로 한 집에서 아이들이 성장해서 학교에 다닐 때까지 15년 동안이나 일한 경험을 가지고 있었다.

제니퍼는 케네스에게 그녀의 신상조사를 부탁했다. 매케이 부인이라면 괜찮다고 케네스가 보증을 하자, 제니퍼는 그녀를 고용했다.

그로부터 1주일 후, 제니퍼는 사무실로 돌아갔다.

로렌스 월드맨

제니퍼 파커가 갑자기 모습을 감춘 일 때문에 맨해튼 일대의 법률사무소에서는 갖가지 소문이 나돌고 있었다.

그런데 제니퍼가 돌아왔다는 소식이 전해지자 큰 소동이 벌어졌다. 복귀 첫날, 제니퍼가 받은 환영은 다른 사무소의 변호사들이 차례차례로 인사를 하러 찾아옴에 따라 점차 성대해졌다.

신시아와 댄과 테드는 방안에 삼각기를 걸어 커다랗게 '돌아온 것을 환영합니다'라고 써서 붙여 놓았고, 샴페인과 케이크도 준비해서 파티를 열겠다고 말했다.

"아침 9시부터?"

제니퍼는 반대했다. 그러나 그들은 그것을 관철했다.

"당신이 없는 동안 난리가 났었어요. 그런 일이 다시는 없겠죠?"

마틴이 말하자 제니퍼는 웃으며 말했다.

"네, 다시는 그런 일은 없을 거예요."

예기치도 않은 사람들이 속속 찾아와서 제니퍼가 건강한 것을 확인하고 복귀를 축하했다.

어디에 가 있었느냐는 질문에 대해서 그녀는 가볍게 받아 넘기며 "그건 말할 수 없게 되어 있어요." 하고 말했다.

그녀에게 전해야 하는 메모가 몇백 장이나 쌓여 있었고, 그녀는 스태프들과 하루 종일 회의를 해야만 했다.

제니퍼의 방에 두 사람만이 남게 되었을 때 케네스 베일리가 말했다.

"당신의 거처를 말하라면서 우리를 곤경에 빠뜨린 사람이 있었어요."

제니퍼의 가슴이 두근거렸다.

"누가요?"

"마이클 모레티예요."

"아니!"

"이상한 사람이더군요. 아무리 해도 당신의 거처를 알아낼 수 없다는 것을 알자 당신이 무사하다는 것을 우리에게 맹세하게 만들더군요."

"마이클 모레티에 대해서는 신경쓰지 마세요."

제니퍼는 사무소에서 현재 취급하고 있는 사건 서류를 전부 읽어보았다. 일은 순조롭게 진행되고 있었으며 중요하고 새로운 의뢰인이 많이 늘어나 있었다. 예전의 의뢰인 가운데 몇 사람은 제니퍼가 직접 취급해주지 않으면 안 된다며 그녀가 돌아올 때까지 기다리고 있었다.

"가능한 한 빨리 그들에게 연락하겠어요."

제니퍼는 약속했다.

그녀는 나머지 메모를 모두 읽었다. 애덤에게서 10차례 이상이나 전화가 걸려와 있었다. 그녀는 건강하고 이상이 없다는 것을 애덤에게 알리는 것이 도리일지도 모른다고 생각했다. 그러나 그가 가까이 있는데도 만날 수도, 만질 수도, 포옹할 수도 없다는 것을 알면서 그의 목소리를 듣는 것은 제니퍼로서는 견딜 수 없는 일일 것 같았다. 조슈아의 얘기도 할 수 없는 일 아닌가.

신시아는 제니퍼가 관심을 가지리라고 생각되는 신문기사를 스크랩해두고 있었다. 그 가운데 마이클 모레티에 관한 연재물이 있었는데 그를 미국에서도 가장 중요한 마피아의 지도자라고 부르고 있었다. 그의 사진 밑에는 '나는 단순한 일개 보험 세일즈맨'이라는 설명이 붙어 있었다.

제니퍼가 밀려 있던 사건을 처리하는 데는 3개월이 걸렸다. 좀 더 빨리 하려고 했으면 할 수도 있었겠지만, 어쨌든 아무리 바쁘더라도 오후 4시면 반드시 사무실을 나서야 했다. 조슈아가 기다리고 있기 때문이었다.

제니퍼는 매일 아침 사무실에 나가기 전에 자기 손으로 아침식사를 만들고, 출근시간 직전까지 아기와 놀아주었다.

오후에 집에 돌아와서도 줄곧 조슈아에게 매달려 있었다. 일은 사무실에 있는 동안에만 하고 집에는 가지고 오지 않기로 정했으며 아들을 돌볼 수 없을 정도로 시간이 걸리는 사건은 전부 거절했다. 주말에 일하는 것도 그만두었다. 그 어느 것도 자신의 사적 세계를 침범하지 못하도록 철저히 단속을 했다.

그녀는 틈나는 대로 조슈아에게 책을 읽어주었다. 그럴 때면 매케이 부인이 핀잔을 주었다.

"아직 갓난애라고요, 파커 부인. 지금은 한마디도 알아듣지 못해요."

제니퍼는 자신 있게 대답했다.

"조슈아는 알아들어요."

조슈아를 보고 있으면 끝없는 놀라움의 여속이었다. 3개월이 되자 옹알이를 시작했고, 제니퍼에게 뭐라고 말을 하려 했다. 그리고 요람 안에서 커다란 공이나 장난감 토끼를 가지고 혼자서도 잘 놀았다.

6개월이 되자, 벌써 외계로의 탐험을 하고 싶어서 조슈아는 침대의 난간을 기어오르려고 했다. 제니퍼가 안아 올려주면 조그만 손으로 그녀의 손가락을 잡았다. 그럴 때면 제니퍼는 아기를 품에 안은 채 아기와 오랫동안 이야기를 나누었다.

사무실에서도 제니퍼의 일상은 분주하기만 했다. 어느 날 아침, 그녀는 대석유회사 사장인 필립 레딩에게서 전화를 받았다.

"한번 만나뵐 수 있을까요? 의논드릴 일이 있습니다."

그는 말했다.

제니퍼는 무슨 문제인지 물어볼 필요도 없었다. 그의 회사는 중동에서 사업을 하기 위해 뇌물을 주었다는 혐의를 받고 있었다. 그 사건을 맡으면 거액의 보수를 받을 수 있을 테지만 제니퍼는 시간의 여유가 없었다.

"유감스럽지만, 시간이 없습니다. 하지만 유능한 다른 분을 소개해 드릴 수는 있습니다."

"거절당해도 점잖게 물러서지 말라는 얘기를 들었습니다."

필립 레딩은 말했다.

"누가 그러던가요?"

"친구에게서죠. 로렌스 월드맨 판사."

제니퍼는 자신의 귀를 의심했다.

"월드맨 판사가 저에게 연락하라고 하셨단 말씀입니까?"

"당신과 맞먹을 만한 변호사는 없다고 하더군요. 그건 나도 알고 있습니다만."

제니퍼는 수화기를 든 채 지금까지 자기와 월드맨 판사와의 관계를 생각해보았다. 그녀는 판사가 자신을 증오하고 파멸시키려 하고 있다고만 생각했었다.

"알겠습니다. 그럼 내일 아침식사를 함께 하시지요."

제니퍼는 말했다.

그녀는 수화기를 내려놓고 월드맨 판사에게 전화를 걸었다.

낯익은 목소리가 전화기를 타고 들려왔다.

"아, 오랜만이오."

"필립 레딩 씨를 소개해주신 데 대해 인사의 말씀을 드리려고요."

"그 사건은 유능한 변호사한테 맡기는 게 좋겠다고 생각한 것뿐이오."

"고맙습니다."

"언제 이 노인과 함께 저녁식사라도 어떻겠소?"

제니퍼는 깜짝 놀랐다.

"기꺼이 초대에 응하겠습니다."

"그럼 우리 클럽으로 안내하겠소. 손님은 모두 시대에 뒤떨어진 노인들뿐이고, 젊고 아름다운 여성에게는 인연이 먼 곳이오. 모두들 눈이 휘둥그레지겠지."

로렌스 월드맨은 웨스트 43번가 거리의 센트리 협회의 회원이었다. 제니퍼는 그곳에서 그를 만났을 때, '시대에 뒤떨어진 노인들'은 농담임을 알 수 있었다. 그 식당은 작가와 화가와 법률가와 배우 등으로 가득 차 있었다.

"이곳에서는 소개를 하지 않는 것이 관례요. 어느 누구나 한눈에 알아볼 수 있어서겠지."

월드맨 판사는 제니퍼에게 설명했다.

제니퍼가 여기저기 둘러보자 그곳에는 루이스 오킨크 로스(미국의 작가이며 법률가), 조지 프린스턴(미국의 저작가, 편집자), 존 린제이(미국의 정치가, 뉴욕시장)가 와 있었다.

로렌스 월드맨의 제니퍼에 대한 태도는 그녀가 예상하고 있던 것과는 전혀 달랐다. 식사 전에 칵테일을 마시면서 그는 말했다.

"나는 이전에 당신이 법조계의 명예를 더럽혔다고 생각했기 때문에 당신의 변호사 자격을 박탈케 하려고 했소. 그러나 그것이 내 오판이었음을 알았소. 줄곧 당신을 주목해왔지만 지금은 당신이 법조계의 자랑이라고 생각하고 있어요."

제니퍼는 기뻤다. 그녀가 만난 판사 가운데는 부패했거나 어리석거나 무능한 사람들도 많았지만 로렌스 월드맨은 존경할 수 있는 사람이었다. 그는 뛰어난 법률가인 동시에 성실한 인물이었다.

"감사합니다. 판사님."

"법정 밖에서는 서로 로렌스와 제니라고 부르기로 합시다."

지금까지 그녀를 제니라고 부른 것은 자신의 아버지뿐이었다.

"정말 기뻐요. 로렌스."

음식은 매우 훌륭했다. 그날의 저녁식사를 시작으로 해서 두 사람은 한 달에 한 번씩 만나서 식사를 하는 것이 습관이 되었다.

파티

1974년의 여름이 되었다. 조슈아 애덤 파커가 태어나고부터 눈 깜짝할 사이에 1년이 지나가 버렸다. 조슈아는 아장아장 걷기 시작하고 코와 입과 머리가 어디인지 알아들었다.

"이 아이는 천재예요."

제니퍼는 매케이 부인에게 자랑을 늘어놓았다.

제니퍼가 계획한 조슈아의 첫 번째 생일 파티는 마치 백악관의 파티처럼 호화스러웠다.

그녀는 토요일에 선물을 사러 나가서 조슈아에게 줄 옷과 책과 장난감과 아직 2, 3년이 지나야 탈 수 있는 세발자전거를 샀다. 또 파티에 초대한 이웃 아이들에게 나눠줄 선물을 준비하고 오후에는 잔시 리본과 풍선을 매달았다. 생일 케이크는 그녀가 손수 만들어 부엌의 탁자 위에 올려놓았다. 그런데 어느 틈엔가 조슈아가 그것을 한 움큼 입에 넣는 바람에 케이크는 손님이 오기도 전에 못쓰게 되고 말았다.

제니퍼는 10여 명의 이웃 아이들과 그 어머니들을 초대했다. 남자는 케네스 베일리 한 사람뿐이었다. 그는 제니퍼가 산 것과 똑같은 세발자전거를 들고 왔다.

제니퍼는 웃으면서 말했다.

"성미가 급하군요. 케네스, 조슈아는 아직 못 타요."

파티는 단 2시간 동안이었지만 굉장했다. 아이들은 과식을 해서 카펫에 토해버리고, 장난감을 서로 갖겠다고 쟁탈전을 벌이고, 풍선이 터져서 울음을 터뜨렸다. 그러나 제니퍼는 파티가 대체적으로 잘 치러졌다고 생각했다. 조슈아는 몇 가지 사소한 실수만 제외하면 의젓하게 꼬마 주인 노릇을 잘 해낸 셈이었다.

그날 저녁, 손님이 전부 돌아가고 조슈아를 재운 뒤 제니퍼는 그의 침대 옆에 앉아서 잠든 아들을 바라보면서 자신과 애덤 워너 두 사람의 몸에서 태어난 그 훌륭한 창조물에 매료되어 있었다.

만일, 애덤이 오늘 밤의 조슈아의 훌륭한 태도를 보았다면 얼마나 기뻐했을까 생각했다.

제니퍼는 앞으로 매년 맞이하게 될 생일에 대해서 생각했다. 조슈아는 2세가 되고, 5세가 되고, 10세가 되고, 그리고 20세가 되리라. 그때는 이미 어른이 되어 그녀로부터 떨어져 나갈 것이다. 그는 혼자서 자기 자신의 인생을 쌓아갈 것이다.

'그만두자! 슬픔에 젖는 일 따위는 하지 말자.'

제니퍼는 자신을 꾸짖었다.

그녀는 그날 밤, 잠자리에 들어서도 좀체 잠을 이루지 못하고 파티의 순간들을 다시 떠올렸다. 언젠가는 애덤에게 그 모든 것을 얘기할 날이 반드시 찾아오리라.

라스베이거스에서

　그로부터 몇 달 동안 애덤 워너 상원의원의 명성은 차츰 높아져 갔다. 그의 경력이나 능력이나 카리스마적 기질 때문에 그는 상원에서 처음부터 주목받는 존재가 되었다. 그는 몇 개의 중요한 위원회의 멤버가 되었고, 그가 제창한 중요한 노동법 중 하나는 일사천리로 의회를 통과했다. 애덤 워너는 상하 양원에 유력한 친구를 가지고 있었다. 많은 사람들이 그의 부친을 알고 존경하고 있었기 때문이다. 애덤은 장차 대통령 후보가 되리라는 것이 그를 아는 모든 사람들의 일치된 의견이었다. 제니퍼는 기쁨과 슬픔이 뒤섞인 긍지를 느꼈다.

　제니퍼는 의뢰인과 동료, 친구들로부터 식사라든가 공연이라든가 갖가지 자선 모임에 자주 초대를 받았지만, 대개는 거의 사양했다.
　그녀는 일이 끝나고 이따금 케네스와 함께 시간을 보냈다. 그와 함께 있는 것은 무척 즐거웠다. 그는 익살스럽고 자기 비하적인 태도를 보였지만 제니퍼는 그처럼 가볍고 경솔한 모습 이면에는 괴로움에 떠는 모습도 있다는 것을 알고 있었다. 그는 종종 주말에 점심식사나 저녁식사를 하러 그녀의 집으로 찾아와서 조슈아와 몇 시간씩 놀아주었다. 두 사람은 서로 배짱이 잘 맞았다.

어느 날 밤, 조슈아를 재우고 나서 제니퍼와 케네스가 부엌에서 저녁식사를 하고 있을 때였다. 갑자기 케네스가 제니퍼를 뚫어져라 바라봤다.

"왜 그래요?"

"아무것도 아니에요. 하지만 왠지 살맛나지 않는 세상이군요."

그는 신음하듯이 말했다. 그리고 그 이상 아무 말도 하지 않았다.

애덤이 제니퍼에게 연락해보려고 애를 쓰지 않게 된 지도 벌써 9개월이나 지나고 있었다. 그러나 그녀는 그의 기사가 나와 있는 신문이나 잡지를 열심히 읽고, 그가 텔레비전에 나올 때는 만사를 제쳐놓고 보았다. 그녀는 끊임없이 그에 대해 생각하고 있었다. 그것은 어쩔 수 없는 일이기도 했다. 싫어도 생각나게 해주는 아들이 옆에 있으니 말이다.

조슈아는 어느새 두 살이 되었고 정말로 아버지를 쏙 빼놓은 모습을 보였다. 똑같이 푸른색의 진지한 눈이며 행동거지도 그대로였다. 조슈아는 따뜻하고 애정이 깊은, 질문하기를 좋아하는 조그맣고 귀여운 애덤의 복제판이었다.

놀랍게도 조슈아가 맨 처음으로 한 말은 "차, 차!" 하는 소리였다. 그리고 "미안하지만"이나 "감사합니다"도 말할 수 있게 되었다. 언젠가 제니퍼가 높은 의자에 앉히고 음식을 먹이려 하자, 아이는 짜증스러운 듯이 말했다.

"엄마, 저기 가서 엄마 장난감 가지고 놀아!"

어느 날, 케네스가 그림물감 세트를 사다주었는데, 조슈아는 그걸로 거실의 벽에 부지런히 그림을 그리기 시작했다.

매케이 부인이 꾸짖으려고 하자, 제니퍼는 말했다.

"그냥 두세요, 닦으면 지워질 거예요. 자신의 감정을 표현하는 것이니까요."

"내도 내 느낌을 표현하려고 했어요. 당신은 아이를 응석받이로 만들고 있어요."

매케이 부인은 맞받아쳤다.

그러나 조슈아는 응석받이인 고약한 아이로 자라지는 않았다. 그는 장난이 심하고, 고집이 센 편이었지만 그것은 두 살짜리 아이로서는 당연한 것이었다. 그는 청소기와 야생동물과 기차와 어둠을 무서워했다.

조슈아는 태어나면서부터 운동에 소질이 있었다. 언젠가 몇 명의 친구들과 놀고 있는 그를 지켜보고 있던 제니퍼는 매케이 부인에게 말했다.

"매케이 부인, 나는 조슈아의 엄마지만 저 아이를 객관적으로 볼 수가 있어요. 나는 이따금 생각하는데요, 조슈아는 재림한 예수가 아닐까요?"

제니퍼는 조슈아에게서 떨어져 뉴욕을 떠나지 않으면 안 될 사건은 모두 거절하고 있었다. 그런데 어느 날 아침, 의뢰인인 커다란 제조회사 사장 피터 펜튼에게서 화급한 전화를 받았다.

"이번에 라스베이거스에 있는 공장을 사게 되었는데, 당신이 현지로 가서 상대방 변호사들과 만나줘야겠어요."

"그렇다면 댄 마틴을 보내겠어요. 피터, 이시다시피 나는 뉴욕을 떠나고 싶지 않아요."

제니퍼는 말했다.

"제니퍼, 24시간이면 전부 해결됩니다. 내가 회사의 비행기로 보내드리겠어요. 그럼 그 다음날 돌아올 수 있어요."

제니퍼는 잠시 망설였다.

"그럼, 알았어요."

그녀는 라스베이거스에 가본 적은 있었지만 그 도시에 관심은 없었다. 라스베이거스를 증오하거나 사랑하는 것은 불가능했다. 그것은 하나의 현상, 즉 독특한 언어와 법률과 도덕을 지닌 이질적인 문화로 간주할 수밖에 없었다. 이 세상 어디에도 그와 같은 도시는 또 없었다. 거대한 네온사인이 밤새껏 반짝거리며, 여행자들의 지갑을 털기 위해 세워진 여행자를 위한 영광의 궁전, 향락의 궁전이었다.

사람들은 그곳에 들쥐처럼 떼를 지어 밀고 들어와서는 부지런히 모은 돈을 모조리 털리고 만다는 것을 모르는 채 줄을 서서 기다렸다.

제니퍼는 매케이 부인에게 조슈아의 시중에 대해서 꼼꼼하게 항목별로 적은 메모지를 건네주었다.

"며칠 정도 집을 비우실 거죠?"

"내일 돌아올 거예요."

"원, 세상에!"

피터 펜튼의 자가용 비행기는 이튿날 아침 일찍 제니퍼를 라스베이거스으로 실어다 주었다. 제니퍼는 계약서의 세세한 내용들을 검토하면서 그날 저녁 시간을 보냈다. 그것이 끝나자 피터 펜튼은 제니퍼를 저녁식사에 초대했다.

"고마워요, 피터. 하지만 방에서 쉬고 일찍 자겠어요. 내일 아침 뉴욕으로 돌아갈 테니까요."

제니퍼는 그날 하루 동안 매케이 부인에게 세 차례나 전화를 걸었는데 그때마다 조슈아는 무사하니 안심하라는 대답을 들었다. 아이는 제 시간에 식사를 했으며 열도 없고, 기분이 좋다고 말했다.

"내가 집에 없어서 쓸쓸해하지 않나요?"

제니퍼는 물었다.

"아무 말도 없습니다."

매케이 부인은 한숨을 쉬었다.

매케이 부인이 제니퍼의 어리석은 행동에 어처구니없어하고 있다는 것은 알고 있었지만, 그래도 제니퍼는 태연하게 말했다.

"내일 돌아간다고 말해주세요."

"전할게요, 파커 부인."

제니퍼는 자신의 방에서 조용히 식사를 할 생각이었다. 그런데 어찌된 셈인지 방안이 갑자기 답답하게 느껴지고 벽이 사방으로부터 압박해오는 것처럼 느껴졌다. 그녀는 웬일인지 간절하게 애덤이 생각났다.

'이혼하겠다고 하고는 메리 베스와 동침해서 임신을 시키다니…….'

제니퍼는 언제나 애덤은 지금 출장 중이어서 집을 비우고 있을 뿐이며 곧 집에 돌아올 거라고 생각하기로 마음먹고 있었다. 그러나 이번에는 그렇게 쉽지가 않았다. 제니퍼의 머리에는 레이스 잠옷 차림의 메리 베스가 애덤에게 안겨 있는 장면이 떠올라서 지워지지 않았다.

이럴 때는 방에서 나가 어디든 사람들이 많이 있는 시끄러운 곳으로 가는 것이 최고였다. '그렇다, 쇼라도 보러 가자.' 하고 제니퍼는 생각했다. 그녀는 당장 샤워를 하고 옷을 갈아입은 뒤, 아래층으로 내려갔다.

메인 쇼룸에 마티 알렌이 출연하고 있었다. 최종회를 보기 위해서 관객들이 입구에 길다랗게 줄을 서 있었다. 제니퍼는 피터 펜튼에게 예약을 부탁했더라면 좋았겠다고 생각했다.

그녀는 행렬의 선두 쪽에 있는 급사장에게로 다가가서 물었다.

"테이블이 비기를 기다리려면 얼마나 있어야 하죠?"

"몇 분이신데요?"

"혼자예요."

"죄송합니다만 미스……?"

급사장 옆에서 목소리가 들렸다.

"에이브, 내 좌석으로 모시게."

급사장은 빙긋이 웃으며 말했다.

"알겠습니다. 모레티 씨. 이쪽으로 오시지요."

뒤돌아본 제니퍼의 시선은 마이클 모레티의 검은 눈과 마주쳤다.

"아니, 괜찮습니다. 나는 그저……."

제니퍼는 말했다.

"식사 전 아닌가요?"

마이클 모레티에게 팔을 붙잡힌 제니퍼는 어느 틈엔가 급사장을 따라 넓은 공연장 중앙에 있는 특별석을 향해 그와 나란히 걷고 있었다. 제니퍼는 마이클 모레티와 함께 식사를 한다는 것은 생각조차 하기 싫었지만, 소동을 벌이지 않고 도망칠 방법이 없었다. 그녀는 피터 펜튼의 부탁을 거절했다면 얼마나 좋았을까 생각했다.

두 사람이 무대에 면한 테이블에 앉자 급사장이 말했다.

"모레티 씨, 부인, 부디 즐거운 밤이 되시기를 바랍니다."

제니퍼는 자신에게 쏠리고 있는 마이클의 시선을 느끼고 불안해졌다. 그는 묵묵히 앉아서 아무 말도 하지 않았다. 마이클 모레티는 과묵한 사나이로 대화가 의사소통의 형태가 아니라 함정이라도 되는 듯 그것을 신용하고 있지 않았다. 그의 침묵에는 상대방을 꼼짝 못하게 묶어두는 힘이 있었다. 그는 다른 사람이 말을 사용하듯이 침묵을 사용했다.

그가 가까스로 입을 연 것은 제니퍼가 약간 경계를 늦췄을 때였다.

"나는 개를 싫어해요. 개들은 죽으니까 말이오."

마이클 모레티가 말했다.

그것은 마치 그가 깊은 샘 안에서 자기 자신의 숨겨진 부분을 끄집어내어 보여주는 것 같았다. 제니퍼는 뭐라고 해야 좋을지 알 수가 없었다.

식사 전 술이 나오자 두 사람은 잠자코 그것을 마셨다. 그러는 동안 제니퍼는 무언의 대화를 듣고 있었다.

그녀는 조금 전에 그가 한 말을 생각했다. '나는 개가 싫어. 개들은 죽어버리니까.' 그의 어린 시절은 어떤 것이었을까? 그녀는 어느 틈엔가 그를 관찰하고 있었다. 그는 위험하고 자극적인 매력을 지니고 있다고 할까, 당장 폭발할 것 같은 폭력적인 분위기를 풍기고 있었다.

제니퍼는 왠지 모르게 이 사나이의 옆에 있으면 자신이 여자라는 사실이 강하게 의식되었다. 칠흑같은 눈으로 그녀를 바라보고 자신의 감정을 알아차리는 것을 두려워하는 듯이 시선을 돌리는 그의 모습 때문이었는지도 모른다.

제니퍼는 오랫동안 자신이 여자라는 것을 잊어버리고 있었다는 것을 깨달았다. 애덤을 잃어버린 날부터였다.

'여자가 자신이 여자이고 싶고, 사랑받고 있음을 느끼려면 역시 남자가 옆에 있어야 해.'

제니퍼는 그에게 자신의 마음을 읽히지 않아 다행이라고 생각했다. 각양각색의 인물들─회사의 사장들, 배우들, 판사, 상원의원 등─이 마이클 모레티에게 인사를 하기 위해 두 사람의 좌석으로 다가왔다. 그에게 경의를 표하는 것 자체가 힘을 지녔다는 상징이었다. 제니퍼는 그의 영향력의 크기를 깨닫기 시작했다.

"두 사람만의 특별 메뉴를 주문하겠소."

마이클 모레티가 말했다.

"이 메뉴는 800명의 사람들에게 내려고 준비된 거요. 여객기의 기내식과 마찬가지죠."

그가 손을 들자 급사장이 달려왔다.

"네, 모레티 씨. 오늘 밤엔 무엇을 드시겠습니까?"

"바깥 쪽을 살짝 구운 샤토 브리앙 스테이크로 하겠어."

"알겠습니다, 모레티 씨."

"그리고 사과 수플레와 샐러드……."

"알겠습니다, 모레티 씨."

"디저트는 나중에 주문하지."

호텔 경영자로부터 인사를 대신해 샴페인이 나왔다.

제니퍼는 처음에는 마음이 내키지 않았지만 어느 틈엔가 긴장을 풀고 즐거운 기분이 되었다. 매력적인 남성과 저녁식사를 함께 하는 것은 오랜만의 일이었다. 제니퍼는 생각했다.

'마이클 모레티를 매력적이라고 생각하다니 내가 어떻게 됐구나. 살인자이고 인간적인 감정도 갖지 못한 부도덕한 짐승인데 말이야.'

제니퍼는 끔찍한 죄를 범한 수많은 사나이들을 알고 있었으며, 그들의 변호도 했다. 그러나 그들 가운데 이 사나이만큼 위험한 인물은 없었다. 모레티처럼 마피아의 정상까지 기어 올라가는 것은 안토니오 그라넬리의 딸과 결혼하는 것만으로는 실현할 수 없는 일이었다.

"당신이 사무실을 비우고 있는 동안 한두 번 전화를 걸었소."

마이클이 말했다. 케네스 베일리의 말로는 그는 거의 매일 전화를 걸어왔다고 했다.

"어디에 가 있었소?"

그는 지나가는 말처럼 물었다.

"여행을 하고 있었어요."

긴 침묵이 계속되었다.

"내가 이전에 했던 말을 기억하고 있소?"

제니퍼는 샴페인을 한 모금 들이켰다.

"그 얘기는 더 이상 하지 마세요."

"얼마나 좋은 얘기인데……."

"흥미가 없다고 말했죠? 거절할 수 없을 정도로 달콤한 얘기는 없는 거라고요. 그건 소설 속에나 나오는 거예요. 모레티 씨, 거절하겠습니다."

마이클 모레티는 몇 주일 전에 장인의 집에서 일어났던 일을 생각해냈다. 패밀리의 회합이 열렸는데 얘기는 순조롭게 진행되지 않았다. 토머스 콜팩스가 마이클의 제안에 일일이 시비를 걸었기 때문이었다.

콜팩스가 돌아간 뒤, 마이클은 장인에게 말했다.

"콜팩스는 잔소리만 늘어놓는 할아범처럼 되어버렸어요. 이제 그를 내쫓아도 좋을 때입니다, 어르신."

"토머스는 좋은 친구야. 지금까지 그의 덕택으로 많은 도움을 받았지."

"그건 과거 얘기입니다. 지금은 전혀 쓸모가 없어졌습니다."

"그 대신에 누구를 쓰겠다는 거지?"

"제니퍼 파커입니다."

안토니오 그라넬리는 고개를 가로 저었다.

"마이클, 전에도 말했지? 여자를 끌어들이는 것은 좋지 않다니까."

"그는 보통 여자가 아니에요, 제일 솜씨가 좋은 변호사라고요."

"서두를 것 없어. 얼마동안 시간을 두고 지켜보도록 하지."

안토니오 그라넬리는 말했다.

마이클 모레티는 갖고 싶은 것은 무엇이든 손에 넣는 사나이였다. 그는 제니퍼가 반항하면 할수록 자기 것으로 만들겠다는 결심을 굳혔다. 지금 그는 옆 자리에 앉아 있는 제니퍼를 보면서 생각했다.

'이봐, 너는 어차피 내 것이 되고 말 거야. 몸도 마음도 말이야.'

"무슨 생각을 하고 있어요?"

제니퍼 쪽을 돌아본 마이클 모레티의 얼굴에 자신에 찬 미소가 조금씩 퍼져나갔다. 그녀는 질문한 것을 곧바로 후회했다. 이제 돌아가야 할 시간이었다.

"모레디 씨, 징밀 고마웠습니다. 내일 아침 일찍 떠나야 하기 내문에 이만……."

조명이 어두워지기 시작하고, 오케스트라가 전주를 시작했다.

"지금 돌아가선 안 돼요. 쇼가 시작되니까. 마틴 알렌은 재미있다고."

그것은 라스베이거스가 아니면 상연할 수 없는 그런 종류의 쇼였다. 제니퍼는 어느새 자신도 모르게 그것을 즐기고 있었다. 그녀는 쇼가 끝나면 곧장 돌아가야겠다고 자신에게 다짐하고 있었지만 마이클에게서 댄스 신청을 받자 거절하는 것도 실례라고 생각되었다. 게다가 그녀는 자신이 즐기고 있다는 것을 인정하지 않을 수 없었다.

마이클 모레티는 춤의 명수로 제니퍼는 어느 틈엔가 그의 품안에서 긴장을 풀고 있었다. 한번 다른 한 쌍과 부딪혀서 마이클의 몸이 제니퍼를 압박했을 때 그녀는 순간적으로 그의 몸의 일부가 딱딱해져 있는 것을 느꼈다. 그러자 마이클은 재빨리 몸을 떨어뜨리고 그 후로는 조심스럽게 거리를 두고 그녀를 안았다.

댄스가 끝난 뒤, 두 사람은 카지노로 갔다. 그곳은 대낮처럼 밝고 시끄러운 광대한 홀이었다. 수많은 도박꾼들이 게임에 열중해서 마치 승부에 인생을 걸고 있는 것 같아 보였다. 마이클은 제니퍼를 다이스 테이블로 데려가서 12개의 칩을 건네주었다.

"운이 좋으라고 주는 거요."

그는 말했다.

매니저도 딜러들도 모레티에게 굽실거렸다. 그들은 그를 미스터 M이라고 부르며 100달러짜리 칩을 산더미처럼 건네주고는 현금을 지불하지 않아도 외상으로 즐기도록 해주었다.

마이클은 큰 돈을 걸고 크게 잃어도 태연했다. 제니퍼는 마이클의 칩을 써서 300달러를 따고는 굳이 그 돈을 마이클에게 돌려주겠다고 우겨댔다. 그녀는 어떤 형태로든 마이클에게 빚을 지는 것이 싫었다.

즐기고 있는 동안 여러 종류의 여자들이 마이클에게 인사를 하러 왔다. 모두 젊고 매력적인 여자들이었다. 마이클은 그녀들에게 정중하게 대했지만 그가 제니퍼에게만 관심이 있는 것은 명백했다. 그녀는 자신도 모르게 우쭐해지는 마음을 억제할 수가 없었다.

초저녁에는 제니퍼는 지쳐 있었고 가라앉은 기분이었다. 그러나 함께 있으면서 마이클 모레티의 강렬한 활력이 그의 주위를 감돌며 제니퍼를 말려들게 한 것 같았다.

마이클은 한 재즈 그룹이 연주하고 있는 조그만 바로 제니퍼를 안내했다. 그 다음에 두 사람은 새로 결성된 코러스 그룹의 연주를 들으러 다른 호텔의 라운지로 갔다. 어디를 가도 마이클은 왕족이나 귀족과 같은 대우를 받았다. 누구나 그의 관심을 끌려 하고, 인사를 하려하고, 그와 악수를 하고 싶어하고 자신의 존재를 인정받으려고 했다.

함께 있는 동안 마이클은 제니퍼의 감정을 상하게 하는 종류의 말은 한마디도 하지 않았다. 그럼에도 불구하고 그가 발산하는 강한 성적인 분위기가 파도처럼 계속 그녀를 엄습했다. 그녀는 자신의 몸이 상처를 입고 더럽혀진 것처럼 느껴졌다. 그것은 지금까지 겪어보지 못한 경험이었다. 불안한 동시에 들뜨는 듯한 느낌이었다. 마이클에게는 그녀가 지금까지 경험한 적이 없는 거친 동물적인 생명력이 있었다.

마이클이 제니퍼를 그녀의 방까지 데려다준 것은 새벽 4시가 가까운 시각이었다. 문앞까지 왔을 때 마이클은 그녀의 손을 잡고 말했다.

"잘 자요. 당신에게 고백하는데, 지금까지 이렇게 즐거운 밤을 보낸 적은 없었소."

그 말은 제니퍼를 놀라게 만들었다.

목마른 통증

워싱턴에서 애덤 워너의 인기는 상승하고 있는 편이었다. 신문이나 잡지에 그를 치켜세우는 기사가 갈수록 자주 실리게 되었다. 애덤은 슬럼가의 학교에 관한 조사를 시작했다. 또한 상원위원회의 단장으로서 모스크바에 가서 반체제 인사들과 회견을 했다. 에레미체브 공항에 도착해 무뚝뚝한 소련관리에게 환영받고 있는 그의 사진이 신문에 실렸다. 10일 후, 애덤이 귀국하자 각 신문에서는 그의 소련 방문 성과에 대해 대단히 호평하는 기사를 실었다.

그에 관한 뉴스 취재는 점점 늘어만 갔다. 대중은 애덤 워너에 관한 기사를 읽고 싶어했고 매스컴은 그 요구를 충족시켜 주었다. 애덤은 상원에서 추진하는 개혁운동의 선봉자가 되었다. 그는 연방교도소의 상황을 조사하는 위원회의 위원장으로서 각지의 교도소를 순회하며 죄수나 교도관, 혹은 교도소장과 대화를 나누었다. 그가 위원회에 보고서를 제출함과 동시에 광범위한 개혁이 시작되었다.

시사 잡지뿐만 아니라 여성 잡지들도 애덤에 관한 기사를 실었다. 제니퍼는 『코스모폴리탄』지에 실린 애덤과 메리 베스와 그들의 어린 딸 사만다의 사진을 보았다. 그녀는 침실에 있는 난로 옆에 앉아서 그 사진을 한동안 응시했다. 메리 베스는 카메라를 향해 상냥한 미소를 지어보이며 남부여인의 매력을 마음껏 뽐내고 있었다. 딸은 어머니를 꼭 닮아 있었다. 제니퍼는 애덤에게로 눈길을 돌렸다. 그는 피곤해보였다. 눈가엔 전에 없던 잔주름이 보이고, 귀밑에는 흰 머리가 섞이기 시작했다. 카메라맨이 애덤의 얼굴을 정면으로 향하게 했기 때문에 제니퍼는 그가 마치 자신을 보고 있는 듯한 기분이 들었다. 그녀는 애덤의 눈에 드러나는 의미를 읽으려고 하면서 그가 지금도 자신을 생각하고 있을까 생각해보았다.

제니퍼는 다시 메리 베스와 딸에게로 눈길을 옮겼다. 그리고 나서 잡지를 난로 속으로 던져넣고 그것이 타들어가는 모습을 지켜보았다.

애덤 워너는 만찬 테이블의 주인석에 앉아서 스튜어트 니덤을 비롯한 몇 명의 손님을 대접하고 있었다. 그의 맞은편에 앉아 있는 메리 베스는 오클라호마 주에서 선출된 상원의원과 보석으로 화려하게 치장한 그의 아내를 상대로 대화를 나누고 있었다.

메리 베스에게 있어서 워싱턴은 일종의 자극제였고, 이 도시에서 그녀는 물을 만난 물고기와 같았다. 애덤이 더욱 주요 인물로 부각됨에 따라 메리 베스는 워싱턴의 최고 여주인의 한 사람이 되었고, 그녀는 그 지위를 마음껏 즐겼다. 애덤은 워싱턴의 사교계에서 물러났기 때문에 그쪽의 일은 기꺼이 메리 베스에게 일임했다. 그리고 그것을 능숙하게 처리하는 그녀에 대해 고맙게 생각했다.

"워싱턴에서는 신성한 회의장에서보다 많은 거래가 만찬 테이블에서 행해지지."

스튜어트 니덤이 말했다.

애덤은 테이블을 둘러보면서 이 만찬이 빨리 끝났으면 좋겠다고 생각했다. 겉으로는 순조로워보였지만 내부적으로는 모든 것이 정체되어 있었다. 애덤은 한 여자와 결혼했으면서도 다른 여자를 사랑하고 있었다. 그는 도망칠 길이 없는 결혼이라는 굴레에 묶여 있었다. 만약 메리 베스가 임신하지 않았다면 자신은 이혼을 결행했을 것이라고 생각했다. 그러나 이미 때는 늦었다. 이제는 어쩔 도리가 없는 것이다. 그는 딸을 사랑하고 있었다. 그러나 제니퍼를 잊는다는 것도 불가능한 일이었다.

주지사 부인이 그에게 말을 걸어 왔다.

"당신은 정말 운이 좋으신 분이에요, 애덤. 남자로서 이 세상에서 원하는 모든 것을 소유했으니까 말이에요."

애덤은 대꾸할 기분이 나지 않았다.

아이의 아버지

계절은 차례차례 다가와 조슈아의 주위를 돌고 지나갔다. 조슈아는 제니퍼의 세계의 중심이었다. 아이가 나날이 자라나는 모습을 지켜보는 것, 그가 걷거나 말할 때, 그의 영특함을 지켜보는 것은 지금까지 깨닫지 못했던 경이로움의 연속이었다.

조슈아의 기분은 끊임없이 변화해서 난폭하고 공격적인가 하면 다음 순간, 다시 내성적이고 온순한 아이로 변했다. 조슈아는 제니퍼가 외출하는 것을 좋아하지 않았다. 그리고 아직도 어둠을 무서워했으므로 제니퍼는 항상 야간 등을 켜두었다.

조슈아는 두 살이 되자 굉장한 응석받이가 되어 전형적인 '미운 두 살'이 되었다. 조슈아는 파괴적이고 난폭했으니 물건을 뜯어고치는 일을 좋아했다. 그 때문에 매케이 부인의 재봉틀이 고장이 났고, 집에 있는 2대의 텔레비전을 볼 수 없게 되었으며, 제니퍼의 손목시계는 산산이 분해되고 말았다. 그는 또 소금과 설탕을 뒤죽박죽 섞어놓기도 했고, 혼자 있을 때는 자신의 성기를 만지작거리기도 했다.

케네스 베일리가 제니퍼에게 독일산 셰퍼드 강아지를 갖다주었는데 조슈아는 그것에 덤벼들기까지 했다.

케네스가 놀러오면 조슈아는 그의 얼굴 표정을 살피면서 말했다.

"저, 시계 갖고 있어? 보여줘."

제니퍼는 거리의 생판 모르는 남에게 조슈아를 줘버리고 싶은 기분까지 들 정도였다.

만 3세가 되자 조슈아는 갑자기 온순해지고 상냥해져서 착한 아이가 되었다. 그는 아버지를 닮아 운동신경이 발달했고 손재주가 뛰어났다. 그리고 이제는 더 이상 물건을 부수지 않게 되었다.

조슈아는 나무에 오르기도 하고 달리기도 하고, 세발자전거를 타는 등 주로 밖에서 놀기를 좋아했다.

제니퍼는 아이를 브롱스 동물원이나 인형극장에 데리고 갔다. 두 사람은 해안을 산책하기도 하고, 맨해튼에서 막스브라더스 영화제를 구경하기도 하고 보니트 텔러 빌딩 9층에 있는 올드 패션드 제닝스에서 크림 소다를 마시기도 했다.

조슈아는 제니퍼의 친구가 되었다. 그는 어머니 날 선물로 제니퍼의 아버지가 좋아했던 '샤인 온 하베스트 문'을 배워 제니퍼에게 불러주었다. 그것은 그녀에게 있어서 가장 감동적인 순간이었다. 제니퍼는 생각했다.

'세상을 부모로부터 물려받는 것이 아니라, 아이들로부터 세상을 빌린다는 말이 맞는 얘기구나.'

조슈아는 유치원에 다니기 시작했고, 그곳에서의 생활을 즐겼다. 밤에 제니퍼가 귀가하면 두 사람은 난로 앞에 앉아서 함께 책을 읽었다. 제니퍼는 〈트라이얼 매거진〉이나 〈더 배리스터〉 같은 법률잡지를, 조슈아는 그림책을 보았다. 책상 앞에 앉아서 열심히 책을 보고 있는 조슈아의 모습을 응시하고 있다 보면, 제니퍼는 불현듯 애덤이 생각났다. 그것은 아직까지도 여전히 가슴 아프게 느껴지는 상흔이었다. 그녀는 지금 애덤은 어디서 무엇을 하고 있을까 생각했다. 그와 메리 베스와 사만다는 무엇을 하고 있을까.

제니퍼는 어떻게든 사생활과 변호사로서의 생활을 분리해서 살아왔다. 그 두 가지를 다 알고 있는 사람은 케네스 베일리뿐이었다.

조슈아에게 장난감이나 책을 사다 주기도 하고 그의 놀이 상대가 되어 주기도 하는 케네스는 어떤 의미에서는 아버지의 대역과 같았다.

어느 일요일 오후, 제니퍼와 케네스는 놀이터의 나무 옆에 서서 조슈아가 나무에 올라가는 모습을 지켜보고 있었다.

"조슈아에게 무엇이 필요한지 알겠어요?"

케네스가 물었다.

"아니오."

"아버지, 조슈아의 아버지는 정말 형편없는 작자로군요."

그는 조슈아가 있는 쪽을 바라보았다.

"케네스, 그 얘기는 그만……."

"미안해요. 쓸데없는 얘기를 꺼내서. 그건 이제 지나간 일이에요. 내가 걱정하는 것은 앞으로의 일이죠. 당신이 이렇게 혼자서 살아가는 모습도 자연스럽지 못한 데다가……."

"나는 혼자가 아니에요. 조슈아가 있잖아요."

"내 말의 뜻은 그게 아니에요."

그는 제니퍼를 안고 가볍게 키스했다.

"바보 같은 말을 했군요, 제니퍼. 용서해요."

마이클 모레티는 여러 번 제니퍼에게 전화를 걸어왔다. 하지만 그녀는 그의 전화를 무시했다. 언젠가 한 번, 그녀가 법정에서 변호할 때 그가 방청석에 앉아 있는 모습을 언뜻 본 기억이 났다. 그러나 그녀가 다시 한 번 보자 그의 모습은 사라지고 없었다.

유괴

어느 날 저녁, 제니퍼가 퇴근 준비를 하고 있을 때 신시아가 말했다.

"클라크 오르망이라는 분에게서 전화가 왔는데요."

제니퍼는 멈춰서서 잠시 생각한 뒤 말했다.

"알았어요."

클라크 오르망은 법률구조협회의 변호사였다.

"제니퍼, 폐를 끼친다고는 생각하지만, 아무도 수락하지 않으려는 사건이 다운타운에 있어서 말입니다. 좀 맡아주지 않겠습니까? 바쁘다는 건 알고 있지만……."

"피고는 누구죠?"

"잭 스카론."

그것은 단번에 알 수 있는 이름이었다. 최근 이틀 동안 신문의 1면에 크게 실렸던 기사 덕분이었다. 잭 스카론은 4살 난 어린아이를 유괴하고 몸값을 요구한 죄로 구속되었다. 유괴 현장의 목격자들의 증언에 따라 경찰이 만든 몽타주로 그의 범행이라고 단정한 것이다.

"클라크, 왜 저한테?"

"스카론이 당신을 만나고 싶다고 하고 있어요."

제니퍼는 벽시계를 보았다. 조슈아에게 저녁을 먹일 시간까지 갈 수 없을 것 같았다.

"스카론은 지금 어디에 있죠?"

"메트로폴리탄 교도소."

제니퍼는 곧 결단을 내렸다.

"좋아요, 가서 이야기를 해보죠. 준비를 해주세요."

"알았어요, 정말로 고맙습니다."

제니퍼는 매케이 부인에게 전화를 걸었다.

"오늘 밤은 좀 늦을 거예요. 조슈아에게 저녁을 먹이고, 자지 말고 기다리라고 말해주세요."

10분 후, 제니퍼는 다운타운으로 향하고 있었다.

제니퍼는 유괴, 특히 아무 저항도 할 수 없는 어린아이의 유괴는 모든 범죄 가운데서 가장 악질적인 범죄라고 생각했다. 그러나 어떤 무서운 범죄라도 기소된 모든 인간은 변론을 받을 권리가 있다. 이 점이―신분이 높은 사람이나 낮은 사람이나 공평하게 다루어지는 것이―법률의 근본인 것이다.

제니퍼는 접수처에 있는 경비원에게 신분증명서를 보인 후, 변호사 면회실로 안내되었다.

경비원이 말했다.

"스카론을 데리고 오겠습니다."

몇 분 후에 나타난 사람은 밝은 금발 머리에 금발의 수염을 기른 고상한 풍모의 30대 후반의 야윈 남자였다. 그는 마치 예수처럼 보였다.

그가 말했다.

"미스 파커, 와 주셔서 고맙습니다. 폐를 끼치게 되었군요."

그의 목소리는 온화하고 상냥했다.

"부담 갖지 마세요."

그는 제니퍼의 앞에 있는 의자에 앉았다.

"나를 만나고 싶다고 말했나요?"

"예, 신만이 나를 도와줄 수 있다는 것을 알고 있습니다만, 확실히 바보 같은 짓을 했습니다."

그녀는 혐오감을 느끼며 스카론을 보았다.

"당신은 몸값을 목적으로 저항할 수 없는 어린 여자아이를 유괴한 것을 '바보 같은 짓'이라고 말하는 건가요?"

"몸값을 목적으로 토미를 유괴한 것이 아닙니다."

"그렇다면 무엇 때문에 유괴한 거죠?"

긴 침묵이 흐르고 나서, 잭 스카론은 말했다.

"제 아내 이브린이 아기를 낳다가 죽었습니다. 저는 이 세상에서 그 누구보다도 그녀를 사랑했습니다. 만약 지상에 성인이 있다면, 바로 그녀가 성인일 겁니다. 이브린은 몸이 건강하지 못했습니다. 의사는 아이를 낳지 않는 것이 좋을 거라고 했지만, 그녀는 듣지 않았습니다."

그는 침통한 듯이 눈을 내리뜨고 책상을 보았다.

"당신은 이해하지 못할지도 모르지만, 그녀는 여하튼 아이를 원했던 겁니다. 내 분신을 가지고 싶었기 때문이지요."

제니퍼는 그 기분을 충분히 이해할 수 있었다.

잭 스카론은 하던 이야기를 멈추고 생각에 잠겼다.

"그래서 아내는 아이를 낳았나요?"

스카론은 고개를 끄덕였다.

"하지만 두 사람 모두 죽었습니다."

그의 말은 곧잘 끊어지곤 했다.

"한동안……난……난, 그녀 없이는 계속 살아가고 싶지 않았습니다. 우리의 아이는 어떤 아이였을까, 만약 두 사람이 죽지 않았다면 어떤 생활을 하고 있을까. 언제나 그런 공상만 했습니다. 이브린이 살아 있던 당시로 시간을 되돌릴 수만 있다면……하고 생각했습니다……."

그는 슬픔이 북받쳐서 말을 계속할 수 없게 되었다.

"나는 성경 덕분에 제정신을 차릴 수 있었고 그 덕분에 겨우 미쳐버리지 않고 살 수 있었습니다. '두드리라! 그러면 열릴 것이다.' 그런데 며칠 전 나는 길가에서 놀고 있는 여자아이를 발견했습니다. 그 아이는 마치 이브린이 살아서 돌아온 것 같은 모습이었어요. 눈매와 머리색도 똑같았습니다. 그 아이가 나를 올려다보고 미소 지었을 때─웃었는지도 모릅니다만─난 이브린을 보고 있는 듯한 기분이 들었습니다. 머리가 어떻게 돌아버렸던 것 같았고, 나는 이렇게 생각했습니다. '이 아이는 이브린이 낳았어야 했던 나의 딸이다. 이 아이는 우리의 아이다.'라고."

책상을 잡고 있는 그의 손가락이 떨리고 있었다.

"나쁘다는 것을 알고 있었습니다만, 나는 그 아이를 데리고 갔습니다. 그러나 아이를 해칠 마음은 털끝만큼도 없었어요."

그는 눈을 들어 제니퍼를 보았다.

제니퍼는 그의 모습을 주의 깊게 관찰하며 목소리의 어조에 비정상적인 점은 없는지 귀를 기울이고 있었다. 의심할 만한 구석은 분명히 없었고 진실로 고뇌하고 있는 듯했다.

"몸값을 요구한 협박장은 어떻게 된 거죠?"

제니퍼는 물었다.

"나는 협박장 따위는 보낸 적이 없습니다. 돈은 전혀 원하지 않았어요. 토미를 원했을 뿐이지요."

"하지만 누군가가 가족에게 협박장을 보냈어요."

"경찰은 내가 보냈다고 합니다만, 나는 아닙니다."

제니퍼는 사건의 줄거리를 더듬어 보았다.

"신문에 사건이 보도된 것은 당신이 경찰에 구속되기 전인가요, 후인가요?"

"전입니다. 기사가 실려서 걱정했던 것이 기억납니다. 토미를 데리고 도망갈 예정이었기 때문에 누군가에게 발견될 것이 걱정되던 겁니다."

"그렇다면 유괴 기사를 보고 몸값을 감쪽같이 가로채는 일은 누구에게나 가능한 일이었겠군요?"

스카론은 곤란한 듯이 손을 맞잡았다.

"모르겠습니다. 내가 알고 있는 것은 죽어버리고 싶다는 것뿐입니다."

옆에서 보기에도 괴로워하는 그 모습은 너무나 애처로웠다. 제니퍼는 어느 틈엔가 그를 동정하고 있었다. 그의 말이 진실이라면……진실은 얼굴 표정에 확실히 드러난다. 그렇다면 그의 행위는 처벌을 받아야 마땅하겠지만 반드시 죽어 마땅한 것만은 아니다. 처형되어야 할 죄는 아닌 것이다.

제니퍼는 결심했다.

"당신을 돕겠어요."

스카론은 나직이 말했다.

"정말로 고맙습니다. 그러나 전 이제 어떻게 되더라도 상관없습니다."

"나는 그대로 둘 수는 없어요."

스카론은 말했다.

"하지만……저는 당신에게 드릴 돈이 없습니다."

"돈 걱정은 하지 말아요. 그보다도 당신 자신에 관해 말해주세요."

"어떤 것을 말입니까?"

"처음부터 들려주세요. 태어난 곳은?"

"노스 다코다의 농장에서 25년 전에 태어났습니다. 농장이라 해도 그다지 작물이 되지 않는 척박한 토지였지요. 찢어지게 가난해서 나는 15

세에 가출을 했습니다. 어머니는 좋아했습니다만, 아버지가 싫었습니다. 성경에 자신의 부모를 나쁘게 말해서는 안 된다고 쓰여 있지만, 아버지는 나쁜 사람이었습니다. 그는 나를 구타하는 것을 즐겼어요.”

제니퍼는 그가 말할 때 그의 몸이 긴장되고 있는 것을 느꼈다.

“정말로 즐기고 있었습니다. 내가 조금이라도 아버지의 마음에 들지 않는 일을 하면 큰 버클이 붙은 가죽 혁대로 세차게 때렸습니다. 그러고 나서 무릎을 꿇리고 하느님께 용서를 빌도록 시켰습니다. 나는 오랫동안 아버지와 똑같이 하느님을 미워했습니다.”

그는 슬픔으로 가슴이 막혀서인지 말을 제대로 잇지 못했다.

“그래서 집을 나왔군요?”

“그렇습니다. 시카고까지 히치하이크를 했습니다. 나는 별로 배우지는 못했습니다만, 집에서 책을 많이 읽었습니다. 그 광경을 아버지에게 들키면 또 꾸지람의 원인이 되었습니다. 나는 시카고에 있는 공장에서 일을 하게 되었어요. 이브린과는 그곳에서 만났습니다. 절단기에 손가락이 잘려 진료실로 실려갔을 때, 거기에 이브린이 있었습니다. 그녀는 간호보조원이었어요.”

그는 제니퍼를 보고 미소 지었다.

“손을 치료하는 데 2주일이 걸렸는데 나는 매일 기서 그녀에게 치료를 받았습니다. 완전히 치료가 되자 우리는 데이트를 하게 되었습니다. 그리고 결혼에 대해서도 이야기를 나누었습니다. 그런데 회사가 규모를 축소하게 되어 내가 다니던 부서의 사람은 모두 해직되어버렸습니다. 하지만 이브린은 그것에 개의치 않았습니다. 우리는 결혼했고, 그녀가 나를 먹여살렸습니다. 나는 남자가 여자를 부양해야 한다는 교육을 받았기 때문에 부지런히 직업을 찾아다닌 끝에 트럭 운전사 일자리를 얻게 되어 살기는 괜찮았습니다. 내 유일한 불만은 그녀와 헤어져 있는 시간이 많아서 때로는 일주일이나 만나지 못한다는 것이었습니다. 그것 이외는 너무나 행복했습니다. 그리고 곧 아내는 임신을 했습니다."

그는 흥분해서 손이 떨리기 시작했다.

"이브린과 우리의 딸은 죽었습니다."

눈물이 그의 볼을 타고 흘러 내렸다.

"하느님이 왜 그런 일을 하셨는지 모르겠습니다. 무슨 이유가 있는 것이 틀림없겠지만, 저는 도저히 이해할 수가 없군요."

그는 슬픔을 억누르려는 듯이 가슴을 팔로 부여안고 의자에 앉아서 자기도 모르게 몸을 앞뒤로 흔들었다.

제니퍼는 생각했다.

'이 사람을 전기의자로 보낼 수는 없어!'

"내일 다시 면회하러 오겠어요."

제니퍼는 약속했다.

잭 스카론의 보석금은 20만 달러로 책정되었다. 그에게는 돈이 없었으므로 제니퍼가 대신 지불했다. 스카론은 교정센터에서 석방되었고, 제니퍼는 그에게 웨스트사이드에 있는 작은 모텔에 방을 잡아주고 당장 쓸 돈으로 500달러를 건네주었다.

"지금은 아무것도 할 수 없지만, 빚진 돈은 전부 갚아 드리겠습니다. 곧 일을 찾아보겠습니다. 어떤 일이라도 가리지 않고 하겠습니다."

제니퍼와 헤어지고 나서, 스카론은 구인 광고를 찾고 있었다.

연방검사인 알 오스번은 매끈하고 둥근 얼굴의 완고한 남자로 실제와는 정반대로 외모는 자못 온화했다. 제니퍼는 오스번의 사무실에 로버트 디 실바가 와 있는 것을 보고 깜짝 놀랐다.

"이 사건을 수락했다고요? 당신은 어떤 악당도 가리지 않고 변호하나 보군요."

디 실바가 말했다.

제니퍼는 알 오스번에게 말했다.

"디 실바 씨는 어떻게 여기에 오셨죠? 이것은 연방범죄일 텐데요."

오스번이 말했다.

"잭 스카톤은 소녀의 집에 있는 자동차로 그 아이를 태우고 갔습니다."

"자동차 도주는 무거운 절도죄지."

디 실바가 내뱉듯이 말했다.

만약 제니퍼가 이 사건에 관계하지 않았다면, 디 실바는 이런 곳에 얼굴을 나타내지 않았을 것이라고 그녀는 생각했다. 제니퍼는 힐끗 오스번을 바라보았다.

"저는 협상을 하고 싶은데요. 내 의뢰인은……."

제니퍼가 말하자 알 오스번은 한 손을 들었다.

"거절하겠습니다. 이 사건은 전부 법정에서 처리하겠습니다."

"하지만 정황을 보면……."

"그것은 예비신문 때 말씀하세요."

디 실바는 그녀를 바라보면서 싱글거렸다.

"알겠습니다. 법정에서 만나뵙죠."

제니퍼는 말했다.

잭 스카론은 웨스트사이드의 그가 묵고 있는 모텔 근처 주유소에서 일하게 되었다. 제니퍼는 그를 만나기 위해 그곳에 들렀다.

"예비신문은 내일 모레예요."

제니퍼가 그에게 알렸다.

"검찰 측과 유죄답변 거래를 해서 당신이 가벼운 죄로 기소되도록 노력하겠어요. 당신은 어느 정도의 기간은 복역해야겠지만, 그것을 가능한 한 단축시키도록 노력하겠어요."

그의 얼굴에 나타난 감사의 표정만으로도 제니퍼에게는 충분한 보수가 되었다.

제니퍼는 잭 스카론의 예비신문에 대비해서 단정한 양복 한 벌을 사두었다. 그것을 입고 머리와 수염을 말끔히 손질한 그의 모습은 제니퍼를 만족케 했다.

예비신문 절차가 행해졌다. 디 실바 지방검사도 출정했다. 알 오스번이 증거를 보이고 정식 기소를 요구했을 때, 버나드 판사는 제니퍼 쪽을 향했다.

"미스 파커, 뭔가 말하고 싶은 것이 있습니까?"

"있습니다, 재판장님. 저는 정부의 재판 비용을 절약시켜 드리고 싶습니다. 정상참작을 해야 할 사실이 있기 때문입니다. 저의 의뢰인에게 보다 가벼운 죄로써 유죄를 인정시키고자 합니다."

"안 됩니다. 검찰 측은 그것에 동의할 수 없습니다."

알 오스번이 말했다.

제니퍼는 버나드 판사를 향해 말했다.

"이 문제를 재판장실에서 상담드릴 수 없겠습니까?"

"좋습니다. 변호인의 이의를 들은 다음에 재판의 기일을 결정하기로 하겠습니다."

제니퍼는 당황한 표정으로 서 있는 잭 스카론 쪽으로 향했다.

"당신은 돌아가도 좋아요. 나중에 당신의 일터에 들러서 결과를 알려주겠어요."

제니퍼는 그에게 말했다.

스카론은 고개를 끄덕이며 조용히 말했다.

"고맙습니다, 변호사님."

제니퍼는 법정에서 나가는 그를 눈으로 배웅했다.

제니퍼, 알 오스번, 로버트 디 실바, 버나드 판사, 이렇게 네 사람은 판사실에 자리잡고 앉았다.

오스번이 제니퍼에게 말했다.

"협상을 요구하다니 어처구니가 없군요. 몸값을 목적으로 한 유괴는 사형에 처해야 마땅한 범죄입니다. 당신의 의뢰인은 유죄이기 때문에 죗값을 치르지 않으면 안 됩니다."

"신문 기사를 그대로 믿어서는 안 됩니다. 잭 스카론은 그 협박장과는 전혀 관계가 없습니다."

"바보 같은 소리 마세요! 몸값이 목적이 아니었다면 대체 무엇 때문에 그런 짓을 했다는 겁니까?"

"그것을 말씀드리겠습니다."

그리고 그녀는 그들에게 말했다. 농장에 관한 것, 부친에게 학대받은 일, 잭 스카론이 이브린과 사랑에 빠져 그녀와 결혼했던 일, 그리고 출산 때 딸과 아내를 한꺼번에 잃은 일 등을 설명했다.

그들은 조용히 듣고 있었지만 제니퍼의 말이 끝나자마자, 로버트 디 실바가 말했다.

"그렇습니까, 잭 스카론이 어린 소녀를 유괴한 것은 그 아이가 출산 때 죽은 자신의 딸을 생각나게 했기 때문이라는 것이군요? 게다가 스카론의 아내 역시 출산 때 죽었다는 것이고요?"

"그렇습니다."

제니퍼는 버나드 판사를 향해 말했다.

"판사님, 스카론은 사형에 처해야 할 정도의 남자는 아닙니다."

디 실바가 뜻밖의 발언을 했다.

"나도 그렇게 생각합니다."

제니퍼는 놀라서 그의 얼굴을 쳐다보았다.

디 실바는 가방에서 서류를 꺼냈다.

"당신에게 묻고 싶은 것이 있소. 이런 종류의 남자도 사형에 처해서는 안 된다고 생각하나요?"

그러고는 그는 서류를 읽기 시작했다.

"프랭크 잭슨 38세, 샌프란시스코의 놉 힐에서 출생. 부친은 의사, 모친은 유명한 사교계의 스타. 잭슨은 14세 때 마약을 시작하고 가출, 하이트 아슈베리 지구에서 발견되어 양친의 집으로 데리고 돌아왔음, 3개월 후 아버지의 조제실에 침입해 최대한 손에 넣을 수 있는 만큼의 마약을 훔쳐 도망침. 그리고 마약 소지와 밀매로 시애틀에서 구속되어 소년원에 보내졌음. 18세 때 석방되었으나 1개월 후에 무장강도와 살인미수 혐의를 받고 구속……."

제니퍼는 속이 뒤틀리는 것을 느꼈다.

"그것이 잭 스카론과 무슨 관련이 있단 말이죠?"

알 오스번은 그녀에게 냉소를 머금었다.

"잭 스카론이 바로 프랭크 잭슨입니다."

"설마요!"

디 실바가 말했다.

"이 황색 서류는 1시간 전에 FBI로부터 도착했습니다. 잭슨은 사기의 천재로 병적인 사기꾼입니다. 그는 최근 10년 동안에 야바위꾼에서 방화나 무장 강도로 되기까지 여러 가지 죄로 체포되어 조리에트 교도소에서 형기를 마쳤습니다. 그는 지금까지 정식으로 직장을 가진 적도 없거니와, 결혼한 일조차 없소. 5년 전에 3살 난 여아를 유괴해서 몸값을 요구하는 편지를 보내 유괴죄로 FBI에 체포되었고, 2개월 후에 여자아이의 시체가 숲속에서 발견되었습니다. 검시관의 보고에 의하면 시체의 일부는 부패되었지만 몸체에 작은 칼자국을 낸 흔적이 확실히 남아 있었습니다. 여자아이는 난폭한 변태행위를 당했던 것입니다."

제니퍼는 갑자기 토할 것 같은 기분을 느꼈다.

"잭슨은 유명한 민완 변호사를 구워삶은 덕에 무죄석방이 되었소."

디 실바는 경멸하는 듯한 어조로 말했다.

"그런 남자가 거리를 활보하도록 내버려두고 싶단 말인가요?"

"그 서류를 보여주세요."

디 실바는 조용히 서류를 제니퍼에게 건넸고, 그녀는 그것을 읽기 시작했다. 잭 스카론인 것은 의심의 여지가 없었다. 황색 서류에 그의 사진이 붙어 있었다. 지금보다는 젊고 수염도 없지만 다른 사람은 아니었다. 잭 스카론……프랭크 잭슨……은 어디서부터 어디까지 그녀에게 사기를 친 것일까. 자라온 내력에서부터 그가 꾸민 거짓말을 제니퍼는 마음속에 받아들이고 굳게 믿었던 것이다. 그의 거짓말이 너무도 감쪽같아서 제니퍼는 케네스 베일리에게 확인시키는 일조차 하지 않았다.

버나드 판사가 말했다.

"나에게도 보여주시오."

제니퍼는 서류를 그에게 건넸다. 판사는 그것을 대충 훑어보고 나서 제니퍼를 바라보았다.

"어떻습니까?"

"그의 변호는 그만두겠습니다."

디 실바는 눈을 크게 뜨고 짐짓 놀라는 시늉을 했다.

"이것 참 놀랍군요. 미스 파커. 당신은 언제나 어떤 인간이라도 변호를 받을 권리가 있다고 말하지 않았습니까?"

"누구에게나 있습니다. 하지만 나는 하나의 엄격한 규칙을 갖고 있습니다. 나에게 거짓말을 하는 사람은 변호하지 않습니다."

제니퍼는 침착하게 대답했다.

버나드 판사는 고개를 끄덕였다.

"그 문제는 법정에서 처리하겠소."

오스번이 말했다.

"나는 그의 보석 조치를 취해야 한다고 생각합니다. 그를 세상에 내

보내는 일은 위험합니다."

버나드 판사는 제니퍼를 향해 말했다.

"미스 파커, 당신은 현재 아직은 그의 변호인입니다. 그것에 대해서 이의가 있습니까?"

"없습니다. 죄송합니다."

제니퍼는 똑똑히 말했다.

버나드 판사는 말했다.

"그렇다면 그의 보석을 취하하겠소."

그날 밤, 제니퍼는 로렌스 월드맨 판사로부터 자선만찬회에 초대받았다. 그녀는 그 오후의 사건으로 피곤이 가중되어 집으로 돌아가 조슈아와 함께 조용히 쉬고 싶었지만, 판사를 실망시킬 수는 없다고 생각했다. 그녀는 사무실에서 목적지를 바꿔 파티가 열리고 있는 아스토리아 호텔에서 월드맨 판사를 만났다.

그것은 화려한 파티로 5, 6명의 할리우드 스타가 무대에 나타났다. 그러나 제니퍼는 그것을 즐길 수 없었다. 그녀는 다른 생각에 빠져 있었다. 월드맨 판사는 그런 그녀의 모습을 눈치챘다.

"제니퍼, 어떻게 된 거요? 무슨 일이 생겼군."

그녀는 가까스로 미소를 지었다.

"아니에요. 단지 일 문제예요, 로렌스."

'나는 도대체 어떤 일을 하고 있는 걸까? 강간범이라든가 살인범이라든가 유괴범과 같은 인간쓰레기들을 상대로 하는 일인 것이다!'

제니퍼는 생각했다.

그녀는 이런 때야말로 술 취하기에 어울리는 밤이라고 생각했다. 지배인이 테이블로 와서 제니퍼의 귓가에 속삭였다.

"실례합니다만, 미스 파커. 전화가 와 있습니다."

제니퍼는 그 순간 불길한 예감이 들었다. 그녀가 있는 곳을 알고 있는 사람은 매케이 부인뿐이었다. 뭔가 심상치 않은 일이 일어난 것이 틀림없었다.

"실례합니다."

제니퍼는 말했다.

그녀는 지배인을 따라 로비 한쪽에 위치한 사무실로 갔다.

제니퍼가 수화기를 들자 남자의 낮은 목소리가 들려왔다.

"죽일 년! 나를 배신하다니!"

제니퍼는 몸이 떨려오는 것을 느꼈다.

"누구세요?"

그녀는 물었다. 그러나 그녀는 알 수 있었다.

"경찰에게 나를 잡아들이라고 말했지?"

"아니에요! 나는……."

"나를 도와준다고 약속해놓고는 말이야."

"도와줬잖아요. 지금 어디 있죠……?"

"거짓말 마!"

그의 목소리는 점점 낮아져서 뭐라고 말하는지 잘 알아들을 수 없을 정노가 되었다.

"기필코 복수를 하고 말겠어!"

"잠깐만 기다……."

전화는 끊어졌다. 제니퍼는 긴장으로 몸이 굳어진 채 그대로 서 있었나. 일이 살못되어버렸다. 프랭크 잭슨―잭 스카본은 어떻게든 도망을 친 뒤에 그때까지 벌어진 일로 그녀에게 독설을 늘어놓고 있는 것이다. 자신이 여기에 있는 것을 어떻게 알았을까? 그가 여기까지 뒤를 밟은 것이 틀림없었다. 지금 밖에서 그녀를 기다리며 잠복하고 있을지도 몰랐다. 제니퍼는 몸이 떨리는 것을 가까스로 진정시키며 일이 어떻게 된 것일까를 가능한 한 논리적으로 생각해보려고 애썼다. 그는 경찰이 체포하러 온 것을 본 것이다. 아니면 체포된 후에 도망친 것일지도 몰랐다. 그야 어떻든 중요한 것은 그가 그녀에 대해 원한을 품고 있다는 점이었다.

살인 전과가 있는 잭슨은 또다시 살인을 저지를지도 몰랐다. 제니퍼는 화장실로 가서 마음이 진정될 때까지 그곳에 있었다. 겨우 마음이 가라앉자 그녀는 파티장으로 돌아왔다.

월드맨 판사가 그녀의 얼굴을 살펴보더니 말했다.

"도대체 무슨 일이오?"

제니퍼는 간략하게 설명했다. 그는 깜짝 놀라며 말했다.

"그것 참 큰일이로구먼! 제니퍼, 내가 집까지 바래다주겠소."

"괜찮아요, 로렌스. 단지 내가 차를 무사히 타기만 하면 그 다음은 염려 없어요."

두 사람은 커다란 연회장에서 빠져나왔다. 주차장 서비스맨이 제니퍼의 자동차를 현관에 댈 때까지 월드맨 판사는 그녀의 옆에 있어 주었다.

"정말로 내가 함께 가지 않아도 괜찮겠소?"

"네, 고마워요. 경찰이 내일 아침까지는 그를 붙잡을 테죠뭐. 거리를 걷고 있어도 그는 눈에 띄니까요. 죄송해요."

제니퍼는 뒤따르는 사람이 없다는 것을 확인하고 나서 자동차를 달렸다. 안전하다는 것을 확인하자, 그녀는 롱아일랜드 고속도로로 진입해서 집으로 향했다.

그녀는 몇 번이나 백미러를 살피고 뒤따라오는 자동차에 주의했다. 그녀는 도로의 구석에 한번 자동차를 세우고, 다른 차량이 전부 통과한 다음에야 달리기 시작했다. 그녀는 일단 안심했다. 경찰이 프랭크 잭슨을 체포하기까지는 그다지 많은 시간은 걸리지 않을 것이다. 지금쯤 각 경찰서에 수배가 내려져 있을 테니까.

제니퍼는 그녀의 집 드라이브웨이로 접어들었다. 그런데 어찌된 일인지 평상시에는 환하게 전등이 밝혀져 있는 정원과 집이 온통 어둠에 싸여 있었다. 그녀는 자신의 눈을 의심하면서 차 안에서 집을 바라보았다. 마음속에 경보 벨이 울리기 시작했다. 그녀는 정신없이 자동차의 문을 닫고 현관문을 향해 뛰었다. 문은 열려 있었다. 제니퍼는 공포에 질려서 한순간 그곳에 멈춰 섰다. 그러고 나서 현관 안으로 들어섰다.

제니퍼의 발이 무언가 따뜻하고 부드러운 물체에 닿았다. 그녀는 무의식적으로 숨을 들이켰다. 전기를 켜보니 피가 고여 있는 카펫 위에 맥스가 쓰러져 있었다. 개는 목이 한일자로 잘려져 있었다.

"조슈아!"

그것은 비명이었다.

"매케이 부인!"

제니퍼는 방에서 방으로 뛰어 돌아다니며 전등을 전부 켜고 두 사람의 이름을 불렀다. 가슴이 새벽종 소리같이 울려대고 숨이 막혀버릴 것 같았다. 그녀는 조슈아의 침실을 향해 계단을 뛰어 올라갔다. 침대에는 잠을 잔 흔적은 있었지만 조슈아의 모습은 보이지 않았다.

제니퍼는 안방을 살핀 후, 마음이 아득해지는 듯한 느낌으로 계단을 다시 내려왔다. 프랭크 잭슨은 벌써부터 이 집을 알고 있었던 것이 분명했다. 어느 날, 그녀가 사무실에서 퇴근할 때, 아니면 주유소에서 나올 때 집까지 뒤따라왔던 것이다. 그리고 그는 그녀에 대한 복수로 아이를 유괴해 죽이려 하고 있었다.

그녀가 세탁장 옆을 통과하고 있는데 어떤 소리가 희미하게 들렸다. 제니퍼는 가만히 세탁장 쪽으로 다가가 문을 열었다. 안은 아주 캄캄했다. 흐느껴 우는 소리가 났다.

"이제 그만……! 살려주세요!"

제니퍼가 전등을 켜보니 손발을 철사에 꽁꽁 묶인 매케이 부인이 마루

바닥에 쓰러져 있었다. 그녀는 정신이 거의 나가 있었다.

제니퍼는 급히 그녀 옆에 무릎을 꿇고 앉았다.

"매케이 부인!"

매케이 부인은 제니퍼를 올려다 보았다. 그녀의 눈에 겨우 초점이 잡히기 시작했다.

"어떤 남자가 조슈아를 데려갔어요."

그녀는 오열하기 시작했다.

제니퍼는 가능한 한 아프지 않게 매케이 부인의 팔과 다리를 죄고 있는 철사를 풀었다. 팔에도 상처가 생기고 피가 번져 있었다. 제니퍼는 가정부를 일으켜 세웠다. 매케이 부인은 흐느껴 울었다.

"드릴 말씀이 없습니다. 어떻게든……그를 저지하려고…….."

그때 전화벨이 고막을 찢을 듯이 울렸다. 그 순간 두 여자는 입을 다물었다. 전화벨은 여러 번 울렸다. 왠지 모르게 불길하게 들리는 소리였다. 제니퍼는 가까이 가서 수화기를 들었다.

남자의 목소리가 들려왔다.

"네가 무사히 돌아갔는지 확인해봤을 뿐이야."

"내 아들은 어디에 있죠?"

"귀여운 아이더군."

그 남자가 말했다.

"부탁이에요! 어떤 일이라도 할게요. 당신이 원하는 어떤 일이라도!"

"파커 부인, 이젠 아무것도 필요 없어."

"제발 부탁이에요!"

그녀는 어찌해야 좋을지 몰라서 울먹이며 애원했다.

"좀 더 크게 우시지, 파커 부인. 아들은 돌려보내주지. 내일 신문을 읽어보라고."

그리고 전화는 끊겼다.

제니퍼는 넋이 나간 듯한 자신을 가다듬으면서 생각했다. 프랭크 잭슨은 '귀여운 아이더군' 하고 말했다. 그것은 조슈아가 아직 살아 있다는 것을 의미하는지도 모른다. 만약 죽었다면 '귀여운 아이였어'라고 말했을 것이다. 그녀는 정신을 차리고, 언어의 유희에 지나지 않는다고 생각했다. 그보다는 얼른 손을 써야 했다.

그녀는 처음에는 애덤에게 전화를 걸어 구원을 요청하고 싶었다. 유괴당해 죽게 되어 있는 소년은 그의 아들이기 때문이었다. 그러나 애덤의 힘으로는 어떻게 할 수 없다는 것을 그녀는 잘 알고 있었다. 그는 235마일이나 떨어진 곳에서 살고 있지 않은가.

방법은 두 가지밖에 없었다. 하나는 로버트 디 실바에게 전화를 걸어 사정을 설명하고, 프랭크 잭슨을 체포하기 위한 수사망을 치도록 하는 것이었다.

'소용없어, 시간이 너무 많이 걸린다고!'

이제 한 가지 방법은 FBI였다. 그들은 유괴 사건 해결에는 능력이 있다고 알려져 있다. 문제는 이것이 다른 유괴사건과는 다르다는 점이었다.

그들이 단서로 할 협박장도 없고, 프랭크 잭슨을 잡는다고 해도 조슈아의 생명을 구할 보장이 전혀 없었다. FBI는 특유의 엄밀한 방법으로 행동하는데, 이번 경우는 그것이 아무런 도움도 되지 못할 것이다. 그녀는 즉시 결단을 내리지 않으면 안 되었다……조슈아가 살아 있는 동안에…. 로버트 디 실바냐, FBI냐. 결정은 어려웠다.

제니퍼는 깊이 한숨을 들이쉬고 난 다음, 결단을 내렸다. 그녀는 어떤 전화번호를 찾았다. 전화번호를 누르는 손가락이 떨려서 세 번이나 다시 눌러야 했다. 남자의 목소리가 들리자 제니퍼는 말했다.

"마이클 모레티 씨를 부탁합니다."

목숨값

"죄송합니다, 아가씨. 여기는 토니의 가게입니다. 마이클 모레티라는 이름은 잘 모르겠는데요."

"잠깐만요! 끊지 말아요!"

제니퍼는 외쳤다. 그녀는 침착한 목소리를 내려고 애썼다.

"긴급한 용건이 있어서 그래요. 나는⋯⋯그를 잘 아는 사람이에요. 이름은 제니퍼 파커. 지금 바로, 꼭 통화하고 싶어요."

"이봐요, 아가씨. 내 말을⋯⋯."

"그에게 내 이름과 전화번호를 전해주세요."

그녀는 번호를 말했지만 혀가 굳어져서 말이 잘 나오지 않았다.

"그에게⋯⋯전⋯⋯전해주⋯⋯."

전화는 끊겼다.

제니퍼는 힘없이 수화기를 내려놓았다. 아까의 두 가지의 방법 중에 하나를 택하지 않으면 안 되었다. 아니면 그 두 가지 모두를⋯⋯. 조슈아를 찾기 위해서 로버트 디 실바와 FBI가 협력하는 것도 이득은 있었다. 그러나 그들이 프랭크 잭슨을 찾아낼 가능성이 얼마나 희박한지를 생각하면 그녀의 마음은 미칠 것만 같았다. 시간이 없었다. 내일 신문을 읽어보라니, 최후통첩과 같은 그의 말투로 봐도 그가 다시 전화를 걸어오지 않으리라는 것, 그리고 누구에게도 거처를 밝히지 않으리라는 것이 분명하다고 제니퍼는 생각했다.

그러나 그녀는 어떻게든 해야만 했다. 디 실바에게 의지하기로 했다. 그녀는 전화기에 손을 댔다. 그것에 막 손을 대려는 순간 벨이 울려서 그녀는 깜짝 놀랐다.

"마이클 모레티요."

"마이클! 마이클, 나를 도와주세요! 부탁이에요! 나……."

제니퍼는 참다 못해서 흑흑 흐느끼기 시작했다. 그녀는 수화기를 손에서 떨어뜨렸다가 그가 전화를 끊어버린 것이 아닐까 두려운 생각에 황급히 수화기를 집어들었다.

"마이클!"

"얘기해봐요."

그의 목소리는 침착했다.

"침착하게 무슨 일이 생겼는지 말해봐요."

"저…… 저……."

그녀는 급히 한숨을 들이켰다. 몸의 떨림이 잠시 멈추는 것 같았다.

"내 아들 조슈아에 관한 일이에요. 조슈아가 유괴 당했어요. 그가……죽일 거예요."

"유괴한 녀석을 알고 있소?"

"네, 알고 있어요. 그의 이름은 프……프랭크 잭슨."

그녀의 가슴은 세차게 요동쳤다.

"경위를 말해봐요."

그의 목소리는 침착하고 자신에 차 있다.

제니퍼는 천천히 말하려고 애쓰면서 사건의 경위를 설명했다.

"잭슨의 인상은?"

제니퍼는 머릿속에 그를 떠올리며 그것을 언어로 묘사했다.

마이클은 말했다.

"잘 알겠소, 어느 교도소에 있었는지 알고 있어요?"

"조리에트예요. 그는 아들을 죽여서……."

"놈이 일하고 있는 주유소는 어디에?"

그녀는 마이클에게 그 주소를 말해주었다.

"그 녀석이 묵고 있는 모텔의 이름은 알아요?"

"아, 아뇨."

그녀는 생각이 나지 않았다. 생각이 가물거려서 손가락 끝으로 이마를 피가 날 정도로 세차게 눌러댔다. 마이클은 참고 기다렸다.

이윽고 기억이 났다.

"트레블 웰 모텔 10번가에 있어요. 하지만 이젠 거기에 없을 거예요."

"조사해보겠소."

"아들이 무사했으면 좋겠어요."

마이클 모레티는 아무런 대꾸도 하지 않았다. 제니퍼는 그 이유를 알 것 같았다.

"잭슨을 찾으면……?"

"그를 죽여버려요."

"전화기 옆에 기다리고 있겠어요."

전화는 끊겼다. 제니퍼는 수화기를 내려놓았다. 그녀는 마치 무언가를 완수해낸 듯한 기묘한 침착함을 느꼈다. 마이클 모레티에 대해서 그와 같은 신뢰감을 가질 만한 이유는 없었다. 이유가 있다면, 마이클의 무차별하고 거침없는 행동이었다. 그러나 이유는 문제가 되지 않았다. 그녀의 아들의 생명이 위험에 처해 있는 것이다. 그녀는 살인자를 붙잡기 위해서 살인자를 이용했다. 만약 그 일이 잘 되지 않는다면…… 난폭하게 변태 행위를 당한 여자아이의 시체가 그녀의 머리에 떠올랐다.

제니퍼는 매케이 부인의 상처와 멍든 몸을 간단하게나마 치료해준 다음 침대에 눕혔다. 제니퍼가 진정제를 먹이려고 하자 매케이 부인은 그것을 거부했다.

"도저히 잘 수가 없어요. 그 남자는 조슈아에게 수면제를 먹였어요!"

그녀가 소리쳤다.

제니퍼는 전율하며 그녀를 내려다보았다.

마이클 모레티가 불러 모은 7명의 남자가 나란히 맞은편 책상 앞에 앉아 있었다. 처음 3명은 곧바로 명령을 받았다. 그는 토머스 콜팩스를 향해 말했다.

"토머스, 당신의 넓은 인맥을 이용해야겠어. 경찰서로 가서 노타라스 경위를 만나 프랭크 잭슨에 관한 자료를 가져오도록 하시오. 그들이 가지고 있는 그에 관한 정보가 전부 필요해."

"마이클, 더 좋은 방법이 있지 않나? 내 생각에는……."

"잔소리 마시오! 그렇게 하시오."

콜팩스는 굳어진 표정으로 말했다.

"알겠네!"

마이클은 닉 비토 쪽을 향했다.

"잭슨이 일하던 주유소로 가봐. 그 근처에 그가 살 만한 곳을 찾아보고, 동료가 있는지 조사해."

"잭슨이 묵고 있는 모텔로 가. 녀석은 이미 사라졌겠지만, 친하게 지낸 녀석이 있는지 알아봐. 놈의 일당을 알아야겠어."

그는 살바토레 포레와 조셉 코레라에게는 그렇게 말하고 손목시계를 보았다.

"지금 12시야. 8시간 내에 잭슨을 붙잡는다."

사나이들은 문 쪽으로 향했다.

마이클은 그들의 뒤에 대고 소리를 질렀다.

"아이에게 만일의 경우 무슨 일이 일어나지 않도록 조심해. 정보가 입수되는 대로 곧바로 전화를 걸어. 기다리겠다."

마이클 모레티는 그들을 보내고 나서 책상 위에 있는 수화기를 집어들고 전화를 걸었다.

새벽 1시

모텔의 방은 크지는 않지만 깨끗이 정돈되어 있었다. 프랭크 잭슨은 깔끔한 사람이었다. 그것은 자라온 환경이 좋았기 때문이라고 그는 생각했다. 실내가 보이지 않도록 블라인드를 내려놓았다. 문을 잠그고 쇠고리도 걸었다. 그러고는 의자로 막아놓았다. 잭슨은 조슈아가 자고 있는 침대로 가까이 갔다. 조슈아는 강제로 먹인 세 알의 수면제 덕분에 푹 잠들어 있었다.

신중, 또 신중을 신념으로 삼고 있는 잭슨은 그러고서도 안심을 할 수 없어서 매케이 부인을 묶었던 것과 똑같은 철사로 조슈아의 손발을 꽁꽁 묶었다. 그리고 잠자는 아이를 내려다보자 기분이 울적해졌다.

'세상은 도대체 왜 이다지도 무서운 일을 하도록 나를 몰아버리는 건가. 나는 상냥하고, 온순한 인간인데 말이다. 모두가 나를 적대시하고, 공격해올 때는 자위 수단을 취할 수밖에 없다. 문제는 모두가 나를 업신여기는 데 있다. 그들은 내가 자기들을 다 합한 것보다 영리하다는 사실을 때를 놓치게 되기까지 깨닫지 못할 거야.'

경관이 나타나기 30분 전, 그는 그들이 체포하려 올 것을 눈치 챘던 것이다. 그가 기름 탱크에 가솔린을 넣고 있을 때, 전화벨이 울리자 사장이 사무실로 들어가는 것을 보았다. 잭슨에게는 무슨 말을 하는지 들리지는 않았지만 그것은 들을 필요도 없었다. 사장이 수화기에 입을 가까이 대고 작은 소리로 말하면서 그가 있는 쪽을 훔쳐보는 모습으로 프랭크 잭슨은 충분히 알아차릴 수 있었다.

경찰이 곧 체포하러 올 것이다. 그 파커라는 여자가 자신을 배신하여 경찰로 하여금 체포토록 한 것이다. 그녀도 다른 여자들과 다를 것이 없는 것이다. 사장이 전화 통화를 하는 사이에 프랭크 잭슨은 웃옷을 챙겨 모습을 감추었다. 그가 길에서 시동을 꺼놓은 차를 타고 출발시키기까지는 채 3분도 걸리지 않았다. 그리고 몇 초 후, 그는 제니퍼 파커의 집으로 향하고 있었다.

잭슨은 스스로도 자신의 머리가 좋다는 데 대해 감탄하지 않을 수 없었다. 제니퍼의 거처를 알기 위해서 그녀의 뒤를 따랐던 것을 다른 누가 생각이나 했겠는가? 그가 그렇게 한 것은 그녀가 그를 보석시켜준 날이었다. 그녀의 집 앞 도로 반대편에 차를 세운 그는 문 앞에서 어린 소년이 제니퍼를 반기는 것을 보고는 깜짝 놀랐다. 그는 두 사람이 함께 집 안으로 들어가는 광경을 지켜보면서 그때 이미 그 아이가 쓸모 있을지도 모른다고 생각했었다. 제니퍼의 아들은 그에게 있어서는 일명 시인늘이 '운명의 인질'이라고 말하는 뜻밖의 보너스였다.

잭슨은 가정부 아줌마가 무서워 떨던 모습을 떠올리고는 혼자서 싱긋이 웃었다. 그는 철사를 비틀어 그녀의 손목과 발목을 묶어 저박는 것을 즐겼다. 아니, 즐겼다고만은 할 수 없었다. 그는 절대로 틀림이 없도록 했을 뿐이었다. 그것은 반드시 해야 할 일이었다. 가정부는 그가 자신을 강간하려는 것으로 알았다. 그러나 그는 가정부 따위는 오싹하리만큼 싫었다. 죽은 어머니를 제외한 모든 여자가 싫었다. 여자란 매춘부 같은 그의 여동생을 포함해서 누구나 할 것 없이 추하고 불결했다. 청순한 것은 어린아이뿐이었다.

그는 지난번에 유괴한 여자아이를 생각했다. 윤기가 흐르는 긴 금발을 가진 아름다운 아이였는데 그 아이는 어머니를 대신해서 대가를 치러야 했다. 그 아이의 어머니가 잭슨을 해고시켰던 것이다. 사회는 그가 성실하게 살아가려는 것을 방해하고, 그들의 시시한 법률을 어긴다고 그를 벌한다. 남자들도 형편없지만 여자들은 그 이상이었다. 그와 캐나다에 함께 가기로 한 웨이트리스 클라라처럼, 여자들이란 남자의 신성한 몸을 더럽히고 싶어하는 암돼지들이었다. 클라라는 그를 사랑했다. 그가 그녀의 몸에 손을 대지 않았기 때문에 클라라는 그를 신사라고 알고 있었다. 만약 그녀가 그의 실체를 안다면!

그녀와의 사랑의 행위는 상상만 해도 구역질이 났다. 그러나 그는 클라라를 데리고 캐나다로 도망칠 예정이었다. 경찰은 단독으로 여행하는 남자만 검문할 것이 틀림없기 때문이었다. 수염을 깎고 머리도 짧게 자르자. 그리고 국경을 넘고 나면 클라라를 처치해버리는 것이다. 생각만 해도 속시원한 일이었다.

프랭크 잭슨은 선반 위에 있는, 오래된 상자 쪽으로 걸어가서 그것을 열고 공구함을 꺼냈다. 그러고는 그 속에서 못과 쇠망치를 꺼내어 잠자고 있는 아이 옆에 있는 테이블 위에 놓았다. 그리고 나서 가솔린통을 가지고 침실로 들어가서 바닥 위에 놓았다. 조슈아는 불에 태워질 것이다. 그러나 그것은 조슈아를 바닥에 못박은 다음의 일이었다.

새벽 2시

뉴욕 중심가, 그리고 교외에도 그 소문은 널리 퍼져가고 있었다. 그것은 술집이나 간이숙소에서 시작해서 여기저기에서 소곤소곤 호기심이 강한 사람들의 귀를 쫑긋거리게 만들었다. 하나의 물방울에 지나지 않던 말이 싸구려 레스토랑이나 떠들썩한 클럽, 심야 영업의 신문 가판대로 퍼져나갔다. 그것은 또한 택시 운전사와 트럭 운전사, 창녀들의 귀에도 들어갔다. 마치 깊고 잔잔한 호수에 조약돌을 던진 것처럼 잔물결이 크게 사방으로 번져갔다.

2, 3시간 안에 마이클 모레티가 어떤 정보를 아주 급히 구하고 있다는 얘기가 심야 거리의 모든 사람들에게 알려졌다. 마이클 모레티에게 보상 받을 기회란 극히 드물었다. 지금은 두 번 다시 없는 기회인 것이다. 왜냐하면 마이클 모레티는 감사를 표하는 일에 인색하지 않은 남자였기 때문이었다. 퍼뜨린 소문은 그가 예수처럼 생긴 금발의 호리호리한 남자를 찾고 있다는 것이었다. 사람들은 각자의 기억을 더듬기 시작했다.

새벽 2시 15분

조슈아 애덤 파커가 잠을 자면서 몸을 뒤척였다. 프랭크 잭슨은 그의 옆으로 갔다. 그는 아직은 아이의 파자마를 벗기지 않았다. 잭슨은 쇠망치와 못이 분명히 놓여 있는 것을 확인했다. 그런 일을 정확히 해두는 것이 중요했다. 그는 방에 불을 붙이기 전에 아이의 손과 발을 바닥에 박으려는 것이다. 아이가 자는 동안에 그렇게 해도 상관은 없지만 그렇게 하지 않는 것이 좋겠다고 생각했다. 아이가 잠을 깨어 자신이 어떻게 당하는지를 보고, 엄마의 죄 때문에 벌을 받는다는 사실을 알려주는 것이 중요했다.

프랭크 잭슨은 손목시계를 보았다. 클라라가 7시 반에 자동차로 그를 데리러 올 것이다. 아직 5시간 15분 남아 있었다. 시간은 넉넉했다. 그는 조슈아를 응시했다. 그리고 소년의 곱슬머리를 부드럽게 쓰다듬었다.

새벽 3시

소식을 알리는 전화가 걸려오기 시작했다.

마이클 모레티의 책상 위에는 두 대의 전화가 있었는데, 그가 한 대의 수화기를 집어든 순간, 다른 전화기가 울리기 시작했다.

"마이클, 놈에 관한 것을 알아냈습니다. 놈은 2, 3년 전 캔사스시티에서 빅 조이 지글러와 멜 코헨과 조직해서 일을 했습니다."

"2, 3년 전의 일 따위는 아무래도 좋아. 놈은 지금 어디에 있지?"

"빅 조이의 말이 6개월 정도 소식이 끊겼다고 합니다만, 멜 코헨을 찾아보겠습니다."

"서둘러!"

다음 전화에서도 큰 수확은 없었다.

"잭슨이 묵었던 모텔에 가 보았지만 이미 도망친 후였습니다. 갈색 공구박스와 가솔린이 들어 있는 고무 통을 가지고 있다고 합니다만 어디로 갔는지 모텔에서는 모른답니다."

"근처 술집을 찾아보았나?"

"한 사람의 바텐더가 그런 인상의 남자를 본 적이 있지만, 단골손님이 아니라 유심히 보지 않았고 일이 끝난 후에 두세 번 왔었다고 합니다."

"혼자서?"

"바텐더의 말에 의하면 혼자라고 했습니다. 거기의 여자들에게는 흥미가 없어하는 눈치였다고 하던데요."

"게이 바도 조사해봐."

마이클이 전화를 끊자 또다시 벨이 울려 받아보니 살바토레 포레였다.

"콜팩스가 노타라스 경위를 만났습니다. 경찰의 소지품 담당자가 프랭크 잭슨의 소지품 속에 있던 전당표에서 표의 번호와 전당포의 이름을 메모했습니다. 전당포 주인은 그리스인인 거스 스타브로스로 장물 보석을 취급하는 남자입니다."

"전당포에 가 봤나?"

"아침이나 되어야 문을 열기 때문에요, 지금은 문이 닫혀 있었어요."

마이클 모레티가 벌컥 화를 냈다.

"아침까지 기다릴 수 없어! 당장 그곳으로 가봐!"

조리에트로부터도 전화가 왔다. 그는 후두 절제를 해서 상자 밑에서 나오는 듯한 목소리를 냈기 때문에 마이클이 알아듣기가 힘들었다.

"교도소에서 잭슨과 같은 감방에 있던 동료가 미키 니콜라는 남자인데, 둘이 친했던 것 같습니다."

"니콜라가 지금 어디에 있는지 아나?"

"동부의 어딘가로 돌아갔다고 들었습니다만, 니콜라는 잭슨의 누이동생의 친구였습니다. 주소는 모르지만."

"니콜라는 무엇 때문에 수감되었지?"

"보석 도둑입니다."

새벽 3시 30분

전당포는 세컨드 애버뉴와 124번가의 모퉁이에 있는 스페니쉬 하렘에 있었다. 그곳은 1층이 상점이고 2층이 주거로 되어 있는, 지저분한 빌딩 안에 있었다.

거스 스타브로스는 얼굴에 비치는 회중전등의 불빛에 잠을 깼다. 그는 본능적으로 침대의 테두리에 부착되어 있는 비상벨을 누르려고 했다.

"일어낫!"

누군가의 목소리가 발했다.

회중전등의 불빛이 이동하고, 거스 스타브로스는 일어나 앉았다. 양 옆으로 서 있는 두 남자를 보고 그는 벨을 누르지 않기를 잘했다고 생각했다. 키가 큰 남자와 작은 남자였다. 스타브로스는 천식으로 인해 발작이 일어나는 것을 느꼈다.

"아래층으로 내려가서 무엇이든 원하는 물건을 갖고 가세요. 나는 움직일 수가 없소."

그는 컥컥거리면서 숨을 몰아쉬었다.

키가 큰 남자인 조셉 코레라가 말했다.

"일어나, 천천히."

거스 스타브로스는 경계하면서 천천히 움직여서 침대에서 일어났다. 작은 남자인 살바토레 포레가 그의 코끝에 한 장의 쪽지를 밀어보였다.

"전당표의 번호다. 이 물품을 찾아봐."

"알겠어요."

거스 스타브로스는 두 남자를 앞장서서 조심스럽게 계단을 내려갔다. 스타브로스는 6개월 전에 정교한 경보 장치를 부착해놓았기 때문이었다. 방마다 벨이 부착되어 있었고, 바닥의 비밀 장소를 디디기만 하면 벨이 울리게 되어 있었다.

그가 어느 쪽도 시도하지 않은 이유는 벨이 울리고 누군가의 도움을 받기 전에 자신의 목숨이 살아남지 못할 것이라는 사실을 본능적으로 느꼈기 때문이었다. 살아남기 위해서는 이 두 남자가 원하는 대로 해줄 수밖에 없었다. 그리고 그들의 손에서 벗어나기 전에 오로지 천식의 발작으로 죽는 일이 없기를 빌 뿐이었다.

그는 1층의 전깃불을 켜고 두 남자와 함께 전당포의 창구 쪽으로 걸어갔다. 거스 스타브로스는 사정은 잘 모르겠지만 뭔가 심상치 않은 일임은 알아차릴 수 있었다. 두 사람이 물건을 갈취하는 것만을 목적으로 한다면 전당포의 물품을 몽땅 훔쳐서 도망쳤을 것이다. 그들의 목적은 단 하나의 물품인 것 같았다. 어떻게 문이나 창에 부착되어 있는 정교한 최신 경보 장치를 울리지 않고 침입할 수 있었는지 그로서는 견딜 수 없이 궁금했지만 그것을 물을 수는 없었다.

"빨리빨리 움직여."

조셉 코레라가 말했다.

거스는 전당표의 번호를 다시 확인한 다음 장부를 뒤지기 시작했다. 그리고 그것을 찾아내자 만족한 듯 고개를 끄덕이더니 커다란 금고함으로 걸어가서 문을 열었다. 두 남자는 그의 바로 뒤에 서 있었다. 스타브로스는 금고 안에서 작은 봉투 하나를 가까스로 찾아냈다. 그는 그것을 열어 천장의 불빛에 번쩍번쩍 빛나는 커다란 다이아반지를 꺼내 보였다.

"이것입니다. 이것으로 그에게 500달러를 지불했어요."

거스 스타브로스는 말했다.

반지는 적어도 2만 달러의 값어치는 나갈 것 같았다.

"누구에게 500달러를 지불했지?"

살바토레 포레가 물었다.

거스 스타브로스는 어깨를 움찔했다.

"여기는 수많은 손님들이 들락거리기 때문에……봉투에 쓰인 이름은 가명입니다."

포레는 어딘가에 숨겨들고 있던 쇠파이프로 거스 스타브로스의 코를 힘껏 때렸다. 그는 비명을 지르더니 피투성이가 되어 바닥에 쓰러졌다.

포레가 조용히 물었다.

"반지를 갖고 온 사람이 누구였지?"

거스 스타브로스는 고통스러운 듯이 헐떡거리면서 말했다.

"이름은 몰라요. 내게는 말하지 않았어요. 거짓말이 아니에요!"

"어떤 남자였어?"

코피가 점점 목구멍으로 흘러 들어갔기 때문에 거스 스타브로스는 말을 잘 할 수가 없었다. 그는 정신이 몽롱해지는 것 같았지만 만약 대답하기 전에 기절해버리면 영원히 눈을 뜨지 못할 것이라고 생각했다.

"생각해봐."

그는 사정조로 말했다.

스타브로스는 머리를 들어 올리려고 했지만 눈이 아찔할 정도로 너무 아파서 생각처럼 잘 안 되었다.

그는 가방에서 반지를 꺼내 보였던 손님을 필사적으로 생각해내려고 애썼다. 차츰차츰 기억이 되살아났다.

"그……그 남자는 금발에 좀 마른 몸매였는데……."

그의 목구멍이 피로 막혔다.

"일어나!"

살바토레 포레가 그의 갈빗대를 쳤다.

"얘기를 계속해."

"수염이 길었어요. 수염이……."

"다이아몬드에 대해서 말해 봐. 어디 물건이지?"

죽을 듯한 고통 속에서 그는 생각했다. 만약 말해버리면 나중에 죽음을 당할 것이 뻔했다. 말하지 않으면 지금 죽는다. 그는 가능한한 죽음을 나중으로 연장시켜 보리라 마음먹었다.

"티파니에서 훔친 것입니다."

"그것을 갖고 온 창구의 남자와 짜고 훔친 놈은 누구지?"

거스 스타브로스는 호흡이 점점 곤란해져 갔다.

"미키 니콜라."

"니콜라는 어디에 있지?"

"몰라요. 그는 브룩클린에서 여자와 동거한다고 했어요."

포레는 다리를 올려 스타브로스의 코를 뭉갰다. 거스 스타브로스는 비명을 질렀다.

조셉 코레라가 물었다.

"여자의 이름은?"

"잭슨, 브란치 잭슨."

새벽 4시 30분

그 집은 가로에서 안으로 들어간 곳에 작고 하얀 벽돌담으로 둘러싸여 있었고, 정원은 잘 손질이 되어 있었다.

살바토레 포레와 조셉 코레라는 정원의 꽃을 짓밟으면서 뒷문 쪽으로 걸어갔다. 그들이 문을 여는 데는 5초도 채 걸리지 않았다.

그들은 안으로 들어서서 계단으로 향했다. 2층에서 침대가 삐걱거리는 소리와 함께 남자와 여자의 목소리가 섞여 들려왔다. 두 남자는 권총을 빼들고 슬그머니 계단을 올라가 남녀가 있는 방으로 들어섰다. 남자의 목소리가 말했다.

"자기, 나는 모두 당신 것이야, 언제까지나. 아직 가지 마."

"알았어요."

여자는 신음하듯이 말했다.

"두 사람 모두……."

여자가 두 사내를 발견하고 비명을 질렀다. 남자는 몸을 돌리고 침대 밑으로 손을 늘어뜨리는 듯하더니 그만두었다.

"좋아. 돈지갑은 의자에 걸쳐 있는 바지 주머니에 들어 있어. 그거 가지고 얼른 사라져. 나는 바쁘니까."

남자가 말했다.

"미키, 우리가 원하는 건 돈지갑이 아니야."

살바토레 포레가 말했다.

미키 니콜라의 화난 표정은 다른 것으로 변했다. 그는 상황을 파악하기 위해 주의를 기울이면서 침대에서 일어났다. 의사는 분노와 공포가 뒤섞인 표정을 하고는 시트를 끌어올려 가슴을 가렸다.

니콜라는 경계하는 눈빛으로 두 발을 침대 밑으로 내리고, 침대 끝에 허리를 걸치고 앉아 언제라도 도망칠 수 있는 자세를 취했다. 그는 두 남자를 지켜보면서 기회를 엿보았다.

"무슨 일이지?"

"프랭크 잭슨과 짜고 도둑질을 했지?"

"꺼져!"

조셉 코레라가 동료를 향해 말했다.

"놈의 불알을 없애버려!"

살바토레 포레가 권총을 꺼내 니콜라의 그곳을 겨냥했다.

미키 니콜라가 외쳤다.

"잠깐만! 당신들 미쳤어?"

그는 키작은 남자의 눈을 내려다보고 다급하게 말했다.

"그래, 나는 잭슨과 한패야."

여자가 화를 내며 외쳤다.

"미키!"

그는 거칠게 그녀에게 말했다.

"시끄러워! 입 닥치고 있어!"

살바토레 포레가 여자에게 말했다

"넌 잭슨의 동생이지?"

그녀의 얼굴에는 심한 분노가 넘쳐 흘렸다.

"그런 이름은 들은 적도 없어요."

포레가 권총을 빼들고 침대 가까이로 걸어갔다.

"2초 내에 대답해. 그렇지 않으면 네 몸은 산산조각날 테니까."

그녀는 순간 공포에 질렸다. 그가 권총으로 겨냥해보이자, 그녀의 얼굴
이 더욱 창백해졌다.

"말해! 이 남자들이 알고 싶어 하는 걸!"

미키 니콜라가 외쳤다.

권총이 점점 가까워지더니 그녀의 가슴을 짓눌러댔다.

"좋아요! 그래요! 프랭크 잭슨은 내 오빠예요."

"지금 어디에 있지?"

"몰라요. 만나지 않으니까. 거짓말이 아니에요. 나는……."

포레의 손가락이 방아쇠에 걸렸다. 그녀는 부르짖듯이 말했다.

"클라라! 클라라라면 알고 있을 거예요. 클라라에게 물어보세요!"

조셉 코테라가 말했다.

"클라라가 누구지?"

"프랭크가 사귀는 웨이트리스예요."

"어디 있어?"

이번에는 협박할 필요도 없이 그녀는 술술 말했다.

"퀸즈의 '서커스'라는 술집에서 일하고 있어요."

그녀의 몸이 떨리기 시작했다.

살바토레 포레는 두 사람을 번갈아 보고는 보통 때의 어조로 말했다.

"포옹을 계속해도 좋아, 부디 즐겁기를!"

두 남자는 그대로 그곳을 나갔다.

새벽 5시 30분

클라라 토머스(본명은 토머치브스키)의 오랜 꿈이 이제 곧 실현되려 하고 있었다. 그녀는 행복에 겨워 콧노래를 흥얼거리면서 캐나다에서 필요하게 될 옷가지들을 여행가방에 가득 채우고 있었다.

남자친구와 여행하는 것은 전에도 있었지만 이번의 경우는 달랐다. 그녀의 신혼여행이 되는 것이다. 그녀는 지금까지 프랭크 잭슨과 같은 남자를 만난 적이 없었다. 몸에 손을 내거나 잉덩이를 너듬거나 하는 술집의 그런 남자들과 그는 달랐다. 그는 진짜 신사였다.

클라라는 짐을 꾸리던 손을 멈추고 그 단어에 대해서 생각에 잠겼다. 진짜 신사, 지금까지 그런 것에 대해 생각해본 적도 없었지만, 프랭크 잭슨은 바로 그런 사람이었다. 그를 만난 것은 단 네 번밖에 안되었지만, 그녀는 그를 사랑하고 있었다. 그쪽도 처음 본 순간부터 자신에게 마음을 빼앗긴 것이 분명하다고 클라라는 생각했다. 왜냐하면 그는 항상 그녀가 있는 박스에 앉았기 때문이었다.

그리고 두 번째 만날 때부터는 일이 끝난 후에 그녀를 집까지 바래다주었다. '내게는 아직도 매력이 남아 있는 거야. 하긴 그렇게 잘생긴 청년에게 사랑받고 있으니까……'라고 클라라는 만족해했다.

그녀는 짐 꾸리기를 멈추고 문 쪽에 있는 거울 앞으로 걸어가서 자신의 모습을 들여다보았다. 몸이 약간 뚱뚱한 편이고 빨간 머리색깔이 마음에 걸렸지만 다이어트를 하면 날씬해질 것이고, 머리는 이번에 염색할 때 주의하면 될 거라고 생각했다. 전체적으로 봐서 자신의 모습은 그런대로 괜찮은 편이라고 스스로를 타일렀다.

'나는 아직 괜찮은 여자야.'

프랭크 잭슨은 자신에게 한 번도 손을 댄 적은 없었지만, 그가 자신과 자고 싶어 한다고 클라라는 헤아리고 있었다. 정말로 이상한 사람이긴 했다. 그에게는—클라라는 말이 떠오르지 않아 이마에 손을 짚고 생각했다—경건하다고 여겨지는 구석이 있었다. 클라라는 경건한 가톨릭 신자로 자라왔기 때문에 이렇게 생각하는 것만으로도 신에 대한 모독이라는 것을 잘 알고 있었지만, 그는 약간 예수 그리스도와 비슷하게 생겼다고 생각했다. 프랭크는 침대 안에서는 어떻게 행동할까 생각해보았다. 만약 그가 쑥스러워 하면 두세 가지 테크닉을 가르쳐주어야겠다고 생각했다. 그는 캐나다에 도착하는 즉시 결혼을 하자고 말할 것이다. 그녀의 꿈이 실현되는 것이다.

클라라는 시계를 보고 빨리 시간이 지나가기를 바랐다. 프랭크를 만나러 7시 반까지 모텔에 가기로 약속해놓았기 때문이었다.

그들이 자신의 침실로 들어오는 모습을 그녀는 거울 속에서 보고 있었다. 키가 큰 남자와 작은 남자가 갑자기 나타난 것이다. 클라라는 그들이 가까이 다가오는 것을 그대로 바라보았다.

키가 작은 남자가 여행 가방에 눈길을 주었다.

"어디 가지, 클라라?"

"쓸데없는 참견 말아요. 원하는 물건을 갖고 나가주세요. 여기에 100달러 이상의 물건이 있다면 그걸로 끝내고 싶어요."

"보다 좋은 것을 가지려고 하는데?"

키가 큰 남자인 코레라가 말했다.

"거절하겠어요."

클라라는 딱 잘라 말했다.

"강간할 생각이라면 안됐군요. 나는 임질로 치료를 받는 중이거든요."

"우린 조무래기 흉내는 내지 않아. 잭슨이 있는 곳을 알고 싶을 뿐이야."

살바토레 포레가 말했다.

그 순간 그들은 그녀에게서 공포가 일고 있음을 직감했다. 그녀의 몸이 갑자기 굳어지고 얼굴빛이 창백해지면서 동시에 가면을 쓴 것 같은 얼굴이 되었다.

"프랭크 잭슨? 잭슨이란 사람 난 몰라요."

그녀의 목소리는 전혀 알 수 없다는 어조였다.

살바토레 포레가 주머니에서 권총을 꺼내고 그녀를 향해 한 걸음 가까이 다가갔다.

"협박해도 소용없어요. 나는……."

클라라가 말했다.

그 순간 포레가 그녀의 얼굴을 한 방 갈겼다.

눈덩이에 아찔한 통증이 오면서 입 안에서 이가 모래알처럼 잘게 부서지는 것을 그녀는 느꼈다. 말하려고 입을 열자 피가 튀어나왔다. 작은 남자는 쇠파이프를 휘둘렀다.

"그만둬요, 제발!"

그녀는 우물거리면서 말했다.

"어디에 가면 프랭크 잭슨을 찾을 수 있지?"

"프랭크는······지금······."

클라라는 그녀에게 친절하고, 온순한 사람이 이 괴한 같은 두 남자에게 붙잡히는 상황을 생각해보았다. 그들은 그를 혹독하게 다룰 것이다. 프랭크는 그 고통을 참지 못할 것이라고 그녀는 본능적으로 느꼈다.

그는 자기가 아무리 생각해도 착실한 사람이었다. 만약 그를 구할 수만 있다면 그는 영원히 그녀에게 고마워할 것이다.

"몰라요."

살바토레 포레가 발을 짓밟았다. 클라라는 심한 통증을 느낌과 동시에 자신의 다리가 찍히는 소리를 들었다. 그녀는 바닥 위로 쓰러졌지만 입에서 피가 흘러서 비명을 지를 수도 없었다.

조셉 코레라가 그녀를 내려다보면서 유쾌한 듯한 어조로 말했다.

"너는 잘 모르겠지만, 우리는 너를 죽일 생각은 조금도 없어. 엉망진창으로 만들어 놓을 뿐이야. 이대로 너는 개도 거들떠보지 않는 부엌 바닥의 뼈다귀가 되어버려. 아직도 협박이라고 생각하나?"

클라라는 협박이라고는 생각하지 않았다. 프랭크 잭슨은 이제 그녀에게 눈길도 주지 않을 것이다.

그녀는 이 두 악당 때문에 그를 놓치고 말았다. 꿈은 실현되지 않았고, 결혼도 못하게 되었다. 작은 남자가 이따금씩 쇠파이프를 갖고 가까이 다가왔다.

클라라는 신음하면서 말했다.

"그만둬요, 제발. 프랭크는 프로스펙트 가의 브룩사이드 모텔에 있어요. 그는······."

그녀는 의식을 잃어버렸다.

조셉 코레라가 전화기 쪽으로 걸어가 전화를 걸었다.

마이클 모레티가 나왔다.

"뭐냐?"

"놈은 지금 프로스펙트 가의 브룩사이드 모텔에 있습니다. 우리가 가서 붙잡을까요?"

"아니야, 내가 간다. 도망치지 못하도록 잘 감시해."

"놓치지 않겠습니다."

아침 6시 30분

아이가 조금씩 몸을 뒤척이기 시작했다. 프랭크 잭슨은 조슈아가 잠에서 깨는 것을 지켜보고 있었다. 조슈아는 자신의 손목과 발목을 묶은 철사를 보고 나서 남자를 올려다보았다. 그때 기억이 되살아났다.

자신에게 수면제를 억지로 먹인 남자였다. 조슈아는 텔레비전을 통해서 유괴라는 것을 알고 있었다. 이제 경찰이 와서 자신을 구출하고 이 남자를 교도소에 처넣을 것이다. 조슈아는 무서워하는 모습을 보이지 않아야겠다고 생각했다. 자신이 얼마나 용감했는지를 엄마에게 말해주고 싶었다.

"엄마가 돈을 갖고 여기로 올 거예요. 그러니 이것 좀 풀어주세요."

조슈아는 남자에게 자신 있게 말했다.

프랭크 잭슨은 침대 가까이 다가와서 미소를 지으면서 아이를 내려다보았다. 정말이지 귀여운 아이였다. 그는 캐나다에 클라라 대신 이 아이들 데리고 샀으면 좋겠다고 생각했다. 마음이 내키지 않았지만 그는 손목시계를 보았다. 이제 준비를 시작할 시간이었다.

조슈아는 묶인 손목을 들었다. 피가 엉겨붙어 있었다.

"네? 이젠 그만 풀어주세요. 도망치지 않을 테니까요."

그는 어른스러운 말투로 부탁했다.

프랭크 잭슨은 아이가 존댓말을 하는 것이 마음에 들었다. 예의바른 태도였다. 그는 요즘 아이들이 버르장머리가 없고 거리를 야생동물처럼 활보하고 다니는 것이 마음에 안 들었다.

프랭크 잭슨은 목욕탕으로 갔다. 거실의 카펫을 더럽히지 않으려고 가솔린 통을 욕조에 넣어두었던 것이다. 그러한 세세한 배려가 있는 행동이 그의 자랑이었다. 그는 통을 침실로 운반하여 바닥에 내려놓았다. 그리고 결박당한 아이를 안아 올려 바닥에 눕혔다.

그런 다음 쇠망치와 2개의 대못을 집어 들고 아이 옆에 쭈그려 앉았다.

조슈아는 눈을 크게 뜨고 그를 쳐다보았다.

"너를 행복하게 해주마. 예수 그리스도에 관해 들은 적이 있지?"

조슈아는 고개를 끄덕였다.

"그가 어떻게 죽었는지 알고 있니?"

"십자가에 못 박혀서."

"잘 알고 있구나. 똑똑한데? 여긴 십자가가 없어. 그러니까 우리는 연구를 해야만 해."

아이의 눈빛에 공포가 드러나기 시작했다.

프랭크 잭슨은 말했다.

"조금도 무서워할 것 없어. 예수는 무서워하지 않았어. 너도 두려워하지 마."

"나는 예수처럼 되고 싶지 않아요. 집에 돌아가고 싶어요."

조슈아는 작은 목소리로 말했다.

"예수가 있는 곳으로 돌아가게 해주마."

프랭크 잭슨은 바지 주머니에서 손수건을 꺼내어 아이의 입을 틀어막으려고 했다. 조슈아는 이를 악물었다.

"나를 화나게 만들지 마라."

프랭크 잭슨은 엄지와 검지를 사용해서 억지로 입을 벌렸다. 그리고 손수건을 조슈아의 입에 밀어넣고, 그것을 내뱉지 못하도록 그 위에 테이프를 붙였다. 조슈아는 묶인 손목을 움직이는 바람에 피가 흘러나왔다. 프랭크 잭슨은 새로 생긴 상처에 손을 댔다.

"그리스도의 피다."

그는 조용히 말했다.

그는 조슈아의 손을 들더니 손바닥을 위로해서 바닥에 댔다. 그러고는 못을 하나 집어들었다. 그런 다음 그 못을 조슈아의 손바닥에 대고 다른 쪽 손으로 쇠망치를 들었다. 그는 못을 아이의 손에 때려박았다.

아침 7시 15분

마이클 모레티의 검은 리무진은 이른 아침의 브룩클린의 고속도로에서 발이 묶였다. 채소를 싣고 가던 트럭이 넘어져 채소가 모조리 도로에 흩어졌기 때문이었다. 교통이 마비되었다.

"반대 측의 차선으로 나가서 트럭 옆을 통과해버려."

마이클 모레티는 닉 비토에게 명령했다.

"앞에 경찰차가 있습니다, 보스."

"거기로 가서 내가 할 말이 있다고 전해."

"알겠습니다, 보스."

닉 비토는 자동차에서 내려서 순찰차가 있는 쪽으로 급히 갔다. 잠시 후 그는 수사부장을 데리고 돌아왔다. 마이클 모레티는 자동차의 창문을 열고 손을 내밀었다. 손에는 100달러 지폐가 5장 쥐어져 있었다.

"급한 일이오."

2분 후, 빨간 램프를 점등시킨 순찰차가 채소가 흩어진 도로를 통과해 리무진을 선도해나갔다. 정체지대를 통과하자 수사부장이 순찰차에서 내려 리무진이 있는 쪽으로 왔다.

"가시는 곳까지 선도할까요? 모레티 씨."

"아니, 이제 됐소. 월요일에 내가 있는 곳까지 오시오."

마이클은 말했다. 그리고 닉 비토에게 명령했다.

"자, 출발해!"

아침 7시 30분

건물 앞에 네온사인이 환하게 켜져 있었다.

브룩사이드 모텔

싱글……더블

일일요금, 주 요금

호화롭고 아름다운 방

조셉 코레라와 살바토레 포레는 7호의 방갈로 쪽을 향해 있는 차 안에 앉아 있었다.

몇 분 전에 안에서 문이 열리는 소리가 들렸기 때문에 그들은 프랭크 잭슨이 있다는 사실을 확인했다.

포레는 안으로 뛰어 들어가서 붙잡아버리는 것이 낫지 않을까 생각했다. 그러나 마이클 모레티로부터 명령을 받았기 때문에 그만두었다.

그들은 마음을 가라앉히고 기다렸다.

아침 7시 45분

7호 방갈로 안에서는 프랭크 잭슨이 최종 준비를 마치고 있었다. 소년은 그를 실망시켰다. 기절해버렸기 때문이었다. 잭슨은 조슈아가 의식을 되찾기를 기다렸다가 나머지 하나의 못을 때려박아야 했지만 이젠 시간이 없었다. 그는 가솔린 통을 집어들고 귀여운 얼굴에 가지 않도록 주의하면서 아이의 몸 위에 그것을 뿌렸다.

그는 파자마 속의 아이의 몸을 노려보며 시간이 좀 더 있었으면 하고 바랐다. 아니 그건 어리석은 짓일지도 몰랐다. 이제 곧 클라라가 올 것이다. 그녀가 도착하는 대로 곧 출발할 수 있도록 해두어야만 했다.

그는 주머니에서 성냥갑을 꺼내 그것을 가솔린통과 쇠망치와 못 옆에 가지런하게 늘어놓았다. 가지런히 해두는 것이 얼마나 중요한지를 세상 사람들은 모른다.

프랭크 잭슨은 가끔씩 시계를 보면서 클라라는 무엇을 하고 있는 걸까 생각했다.

아침 7시 50분

7호 방갈로 앞에 리무진이 급히 정지하더니 마이클 모레티가 뛰어나왔다. 세단에 있던 두 남자가 그의 옆으로 달려나왔다.

조셉 코레라가 7호실을 가리켰다.

"저 안에 있습니다."

"아이는 어떻게 되었나?"

큰 남자는 어깨를 움츠렸다.

"모르겠습니다. 커튼으로 가려져 있어서……."

"들어가서 놈을 붙잡을까요?"

살바토레 포레가 물었다.

"여기에 있어."

두 남자는 놀라며 그의 얼굴을 바라보았다. 그는 우두머리 격으로 안전한 곳에 앉아서 부하에게 공격을 시키는 것이 보통이었다. 그럼에도 불구하고 이번에는 이상하게도 스스로 들어가려고 했다.

조셉 코레라가 말했다.

"사장님, 살바토레와 제가……."

그러나 마이클 모레티는 이미 7호 방갈로의 문으로 향하고 있었다. 손에는 소음 장치가 부착된 권총이 들려 있었다. 그는 문 앞에서 잠깐 멈춰 귀를 기울인 다음 한 발 뒤로 물러서서 문을 부수고 안으로 들어갔다.

모레티는 곧이어 끔찍한 광경을 봐야만 했다. 수염이 난 남자가 작은 소년 옆에 쭈그리고 앉아 있었다. 소년은 손이 바닥에 못 박힌 채 누워 있고, 방에서는 가솔린 냄새가 진동했다.

수염이 난 남자는 문 쪽으로 고개를 돌리고는 마이클을 발견했다. 그의 입에서는 "클라라로군……." 하는 말뿐이었다.

마이클은 첫 번째 탄환을 그의 얼굴 한가운데에 명중시켰다. 두 발째는 목구멍을 쏘았고, 세 발째는 심장에 명중시켰다. 그러나 그때는 이미 그가 아무것도 느끼지 않게 되었다.

마이클 모레티는 출입구로 돌아가서 밖에 대기한 두 남자에게 신호를 보냈다. 두 남자는 안으로 뛰어 들어왔다. 마이클 모레티는 아이 옆에 무릎을 꿇고 앉아서 그의 맥을 짚어보았다. 약하고 희미했지만 아직 생명은 붙어 있었다. 그는 뒤를 돌아다보며 조셉 코레라에게 말했다.

"페트로네 의사한테 연락해. 지금 곧 간다고."

아침 9시 30분

전화벨이 울림과 동시에 제니퍼는 수화기를 집어든 채 꼭 쥐었다.

"여보세요!"

마이클 모레티의 목소리가 들려왔다.

"아들을 데리고 가겠소"

조슈아는 잠을 자면서 계속 흐느꼈다. 제니퍼는 몸을 구부려 양팔로 부드럽게 조슈아를 안았다. 조슈아는 마이클이 데리고 돌아왔을 때는 잠들어 있었다. 아이가 의식을 잃어버린 채 손목과 발목에 붕대를 감고 거즈로 몸이 싸여 있는 것을 보자, 제니퍼는 미쳐버릴 것만 같았다. 마이클은 의사를 데리고 왔지만, 의사가 제니퍼에게 걱정할 것 없다는 사실을 납득시키기까지는 30분도 더 걸렸다.

"아이의 손은 치료됩니다."

의사가 보증했다.

"조그만 흉터쯤이야 생기겠지만, 다행히 다리나 신경에는 손상이 없군요. 가솔린 화상은 표면뿐이에요. 화상 연고를 발라두었습니다. 며칠간 치료해야 할 테지만 걱정하실 건 없습니다. 아드님은 건강해질 겁니다."

의사가 돌아가기 전에 제니퍼는 매케이 부인의 진찰도 부탁했다.

제니퍼는 조슈아가 눈을 뜨자마자 그를 안심시켜주기 위해서 침대 옆에서 초조하게 기다리고 있었다. 드디어 아이가 몸을 꼼지락거리면서 눈을 떴다.

엄마를 보자 조슈아는 당연하다는 듯이 말했다.

"꼭 와줄 거라고 믿었어요, 엄마. 그 사람한테 몸값을 치르셨어요?"

제니퍼는 목이 메어 고개만 끄덕였다.

조슈아는 빙그레 웃었다.

"그 사람이 그 돈으로 사탕 사먹기를 좋아해서 배가 아파지면 좋겠는데. 그렇게 되면 재미있을 거야."

그녀는 속삭이듯이 말했다.

"정말 재미있겠구나, 조슈아. 다음 주에 좋은 곳에 데려다주마. 알았지?"

조슈아는 다시금 잠에 빠져들었다.

제니퍼가 거실로 온 것은 족히 몇 시간이 지나서였다. 마이클 모레티가 아직도 그곳에 있는 것을 발견한 그녀는 놀라지 않을 수 없었다. 그리고 애덤 워너를 처음 만났던 때의 일이 생각났다. 작은 아파트에서 그도 그녀를 기다리고 있었다.

"마이클……."

그녀는 적당한 말이 떠오르지 않았다.

"저……뭐라고……감사의 말을 해야 좋을지 모르겠군요."

그는 제니퍼를 보더니 고개를 끄덕였다.

그녀는 단도직입적으로 물었다.

"그런데…… 프랭크 잭슨은?"

"이제 그는 두 번 다시 사람을 괴롭힐 수 없게 되었소."

이것으로 끝났다. 조슈아는 무사하다, 다른 일은 문제가 되지 않는다, 제니퍼는 마이클 모레티를 보면서 생각했다.

'그에게 큰 빚을 졌구나. 어떻게 하면 그걸 갚을 수 있을까?'

마이클은 말없이, 그리고 조용히 그녀를 지켜보았다.

제2부

Rage of Angels

쾌감

제니퍼 파커는 알몸인 채 탕헤르 만이 내려다보이는 커다란 창으로 밖을 바라보고 있었다. 맑게 개인 산뜻한 가을만큼이나 어울리는 여유로운 풍경이 눈앞에 펼쳐졌다. 탕헤르만은 미끄러지듯이 달려가는 요트나 굉음을 내는 모터보트로 가득 차 있었고 5, 6척의 대형 요트가 파도에 흔들리며 항구에 닻을 내리고 있었다. 제니퍼는 그의 기척을 느끼고 뒤를 돌아다보았다.

"경치가 마음에 들어?"

"훌륭해요."

마이클은 제니퍼의 나체를 보았다.

"정말 그렇군."

그는 양손으로 그녀의 가슴을 어루만졌다.

"다시 침대로 가지."

그의 손길이 제니퍼의 몸을 전율케 했다. 그는 어떤 남자도 감히 요구하지 않은 것을 그녀에게 요구했고, 지금까지 그녀가 한 번도 경험해보지 못한 행위로 그녀를 만족시켰다.

두 사람은 다시 침실로 들어갔다. 짧은 순간 제니퍼는 애덤 워너를 생각했다. 그러나 곧바로 그녀는 자신이 지금 행하고 있는 것 외에는 아무것도 생각나지 않았다.

제니퍼는 마이클 모레티 같은 남자를 처음 경험했다. 그의 몸은 운동선수처럼 깡마르고 단단했는데, 그런 몸이 제니퍼의 일부가 되어 그녀를 사로잡았다. 그리고 힘껏 밀려오는 듯한 높은 파도로 그녀를 흥분의 도가니로 몰아갔다. 그녀가 미칠 듯한 환희로 비명을 지를 때까지 그것은 한없이 계속되었다.

사랑의 행위가 끝나 제니퍼가 축 늘어져서 누워 있으면 마이클은 다시 애무를 시작했다. 제니퍼도 그것에 끌려들어가 견딜 수 없을 정도의 절정을 몇 번이고 맛보았다.

그는 제니퍼의 몸 위에서 그녀의 상기되고 행복해보이는 얼굴을 들여다보며 말했다.

"좋았지?"

"네."

그 대답에는 부끄러움이 묻어 있었다. 그것은 그녀가 얼마큼 그를 갈구하고 있었는지, 얼마큼 그와의 사랑의 행위를 원하고 있었는지를 의식한 부끄러움이었다.

제니퍼는 얼마 전 그와 마주했던 순간을 생각했다. 그것은 마이클 모레티가 조슈아를 무사히 데리고 온 날 아침이었다. 제니퍼는 프랭크 잭슨이 죽었으며 그를 죽인 것이 바로 마이클 모레티라는 것을 일았다. 그녀 앞에 서 있는 사나이는 그녀를 위해 아들의 목숨을 구해주고, 그녀를 위해 사람을 죽인 것이다. 그것이 그녀를 깊고 원시적인 감동으로 뒤흔들어 놓았다.

"어떻게 이 은혜를 갚아야 할까요."

제니퍼는 물었다. 그러자 마이클 모레티는 그녀에게 다가와서 양팔로 끌어안고 키스를 했다. 애덤에 대해 정절을 지키는 마음에서 제니퍼는 키스 정도로 일이 끝날 거라고 생각했다. 하지만 그것은 끝이 아닌 시작이었다. 그녀는 마이클 모레티가 어떤 인간인지 알고 있었다. 그럼에도 불구하고 그가 해준 일을 생각하면 그것은 문제가 되지 않았다. 그녀는 생각하는 것을 멈추고 감정에 몸을 맡겼다.

두 사람은 이층에 있는그녀의 침실로 갔다. 제니퍼는 이것은 마이클이 자기에게 해준 일에 대한 보답이라고 자신을 타이르며 침대로 들어갔다. 그것은 제니퍼가 지금까지 꿈에도 생각지 못한 경험이었다.

애덤 워너도 그녀와 사랑의 행위를 했지만, 마이클 모레티는 그녀를 소유했다. 그는 그녀의 몸을 구석구석까지 강렬한 쾌감으로 가득 채웠다. 마치 밝고 반짝반짝 빛나는 색채 속에서 사랑의 행위를 하고 있는 것 같은 느낌이었고, 그것은 멋진 만화경처럼 매순간 계속해서 변화를 했다. 부드럽고 섬세하게 대해는가 하면, 다음 순간에는 잔혹하고 거칠고 눈곱만큼의 용서도 없었다. 그 변화가 제니퍼를 열광시켰다. 그는 그녀를 안달나게 하거나 욕망을 부채질하고, 그녀가 절정에 달하려고 하면 몸을 빼냈다. 마침내 견딜 수 없게 되었을 때, 그녀는 애원을 했다.

그녀는 이제는 이미 은혜를 갚고 있는 여자가 아니었다. 지금까지 모르고 있던 것의 노예가 되었다.

마이클은 4시간 동안이나 그녀 곁에 있었다. 그가 돌아갔을 때, 제니퍼는 자신의 인생이 한순간에 변해버렸다는 것을 알았다.

그녀는 침대에 누워 방금 일어난 일에 대해서 생각하고 그것을 이해하려고 애썼다. 애덤을 깊이 사랑하면서 이렇게 마이클 모레티에게 압도당한다는 것은 또 무슨 일인가. 토마스 아퀴나스는 악의 핵심에 도달하면 그곳에는 아무것도 없다고 말했다. 제니퍼는 그 악이 사랑에도 적용되는 것이 아닐까 하고 생각했다.

그녀는 자신의 행위의 일부는 깊은 외로움 때문이라는 것을 깨닫고 있었다. 그녀는 너무 오랫동안 만날 수도, 자신의 것으로 만들 수도 없는 남자의 환상을 끌어안고 살아온 것이다. 그래도 그녀는 언제까지나 애덤을 사랑하리라는 것을 알고 있었다. 아니면 그것은 그 사랑의 기억에 지나지 않는 것일지도 몰랐다.

제니퍼는 마이클에 대한 자신의 마음을 확실히 알 수가 없었다. 분명히 감사하는 마음은 있었다. 그러나 그것은 아주 작은 일부분에 불과했다. 나머지는 감사 이상의 것, 감사를 훨씬 초월한 것이었다.

마이클 모레티가 누구이고 어떤 인간인지를 그녀는 알고 있었다. 그는 그녀를 위해서 살인을 했다. 그러나 다른 사람을 위해서도 살인을 하고 있는 사람이었다. 그는 돈이나 권력, 복수를 위해서 살인을 하고 있었다. 어째서 그런 인간에게 몸을 맡기고 그처럼 흥분했던 것일까? 그녀는 부끄러운 마음으로 가득찼다.

'나는 도대체 어떤 종류의 인간일까?'

그녀는 답을 할 수가 없었다.

그날의 석간신문에는 퀸즈의 모텔 화재사건 기사가 실렸다. 불탄 자리에서 신원불명의 남자 시체가 발견되고, 방화로 추정된다는 보노였다.

조슈아가 돌아온 후 제니퍼는 전날 밤의 사건이 그에게 준 정신적 충격을 걱정해서 가능한한 생활을 정상으로 되돌리려고 노력했다. 조슈아가 잠에서 깨어나자 제니퍼는 식사를 차려서 침대로 가져갔다. 그것은 수로 아이가 좋아하는 인스턴트 식품들이었다.

"엄마가 그 사람을 봤어야 하는데."

조슈아는 음식을 먹으면서 말했다. 그는 붕대를 감은 손을 쳐들었다.

"그 사람이 나를 정말로 예수 그리스도라고 믿었다고 생각해?"

제니퍼는 몸이 떨려오는 것을 억눌렀다.

"글쎄, 잘 모르겠는데."

"사람은 왜 다른 사람을 죽이고 싶어하지?"

"그것은……."

그때 제니퍼는 마이클 모레티에 대해서 생각했다. 그녀에게 그를 비판할 권리가 있을까? 그를 지금과 같은 인간으로 만들어버린 무서운 힘에 대해서 그녀는 모르고 있었다. 그녀는 좀 더 그에 대해서 알고, 그의 마음에 가까이 다가가 그를 이해해보기로 했다.

조슈아가 말했다.

"나, 내일 학교에 가야 되는 거야?"

제니퍼는 그를 얼싸안았다.

"아니야, 이번 주는 엄마와 집에서 편안히 놀면서 지내도 돼."

그때 전화벨이 울렸다. 마이클이었다.

"조슈아의 상태는?"

"아주 좋아요…… 고마워요."

"당신의 기분은 어떻소?"

제니퍼는 당황해서 목구멍이 뻣뻣해졌다.

"나는…… 괜찮아요."

그는 쿡쿡 웃었다.

"그래요? 그럼 내일 점심식사를 함께 합시다. 멀베리 가의 도나토에서 12시 30분이오."

"좋아요, 마이클. 12시 30분에요."

이미 그렇게 말해버린 이상 제니퍼는 뒤로 물러설 수가 없었다.

도나토의 식당 지배인은 마이클을 위해서 그 레스토랑에서 최고의 좌석을 준비해놓고 있었다. 사람들이 차례로 다가와 마이클에게 인사를 했다. 모두들 그의 비위를 맞추려는 모습에 제니퍼는 다시 한 번 놀랐다. 기묘하게도 마이클 모레티는 그녀에게 애덤 워너를 생각나게 해주었다. 두 사람 모두 각자의 세계에서 실력자였기 때문이었다.

제니퍼는 마이클이 지금과 같은 상황이 된 경위와 이유를 알아야겠다고 생각하고 그의 어린 시절에 대해서 물었다. 그는 그녀를 가로막았다.

"내 가족이나 다른 누군가가 내게 압력을 가했기 때문에 내가 이런 일을 하고 있다고 생각하고 있소?"

"글쎄요… 그래요. 그렇게 생각하고 있어요."

그는 웃었다.

"나는 지금의 지위를 손에 넣기 위해서 필사적으로 노력해왔지. 나는 지금의 지위를 좋아하오. 돈을 좋아하고 권력을 좋아하지. 나는 왕이야, 나는 왕 노릇을 하는 것이 좋아."

제니퍼는 그를 보면서 이해해보려고 애썼다.

"하지만 구태여……."

"잠자코 들어봐요!"

그의 과묵은 갑자기 자신감에 찬 말로 변하고, 오랫동안 내부에 축적해온 것을 들어줄 사람이 나타나기를 기다리고 있었던 것처럼 단숨에 토해냈다.

"우리 아버지는 코카콜라 병이었지."

"코카콜라 병?"

"그렇소, 전 세계에는 몇십억 개의 코카콜라 병이 있지만 모두 똑같아서 구별할 수도 없지. 아버지는 구둣방 주인이었어. 그는 가족을 먹여살리기 위해서 뼈가 닳도록 열심히 일했어. 우리는 아무것도 가진 것이 없었거든. 가난이 로맨틱한 것은 소설 속의 이야기일 뿐이라고. 쥐와 바퀴벌레가 우글거리는 냄새나는 방과 항상 배불리 먹을 수 없는 영양가 없는 엉성한 음식이 있을 뿐이었지. 나는 어린 졸개였을 때 돈을 손에 넣기 위해서 무슨 짓이든 했어. 보스들의 잔심부름을 하거나 커피와 담배를 사러 가거나 여자를 소개해주거나… 살아가기 위해서라면 무슨 짓이든 다 했어. 언젠가 여름이었는데, 멕시코시티에 간 적이 있었어. 돈도 없었고 아무것도 없었으니 비참하기 짝이 없는 신세였지. 우연히 알게 된 처녀가 어느 날 밤 멋진 레스토랑에서 열린 성대한 만찬회에 초대해주었어. 조그만 도기 인형을 안에 집어넣고 구운 멕시코 케이크가 디저트로 나왔어. 옆에 앉은 누군가가 설명하기를 안에 인형이 들어 있는 케이크를 받은 사람이 만찬회의 비용을 내는 관습이 있다고 하더군. 그런데 내 케이크에 인형이 들어 있었어."

그는 말을 끊었다가 다시 이었다.

"나는 그것을 삼켜버렸지."

제니퍼는 그의 손 위에 자신의 손을 얹었다.

"마이클, 당신 말고도 많은 사람들이 가난한 집에서 자랐어요. 그리고……."

"다른 사람과 비교하지 마. 나는 나야. 나는 내가 어떤 인간인지를 알고 있어. 당신은 자신이 어떤 인간인지를 모르고 있는 것 같더군."

그는 단호하고 뿌리치는 듯한 말투로 말했다.

"알고 있다고 믿고 있어요."

"왜 나하고 잤지?"

제니퍼는 입 안에서 웅얼거릴 뿐, 말이 제대로 나오지 않았다.

"그건…감사하는 마음과……."

"거짓말! 내가 갖고 싶었기 때문이야."

"마이클! 나는……."

"나는 여자를 살 필요가 없어. 돈이나 감사로……."

제니퍼는 그의 말이 옳다는 것을 인정하지 않을 수 없었다. 그가 그녀를 갈구한 것처럼 그녀도 분명히 그를 원했다.

'하지만 이 사람은 한 번 나를 파멸시키려고 했었다. 그것을 잊을 수는 없다.'

마이클은 상체를 구부려서 제니퍼의 손을 잡고 손바닥을 위로 향하게 했다. 그리고 한순간도 그녀에게서 눈을 떼지 않고 손가락 마디 하나하나를 매만졌다.

"나하고의 게임은 그만둡시다. 다시는, 제니퍼."

제니퍼는 맥이 탁 풀렸다. 두 사람 사이에 있는 것이 무엇이었든 간에 그것은 과거로 사라져버렸다.

마이클이 다음 말을 꺼낸 것은 두 사람이 디저트를 먹고 있을 때였다.

"그런데 당신에게 부탁하고 싶은 사건이 있어."

그녀는 다짜고짜 얼굴을 한 대 얻어맞은 듯한 느낌이 들었다.

"어떤 사건인데요?"

"부하인 바스코 감부티가 경관을 살해하고 붙잡혔어. 당신이 변호를 맡아주었으면 하는데."

그가 다시 자기를 이용하려는 것에 제니퍼는 분함과 노여움으로 가득 찼다. 그녀는 조용히 말했다.

"미안하지만 마이클, 전에도 말했죠? 당신 친구들의 사건은 맡을 수가 없다고."

그는 희미하게 미소를 지었다.

"아프리카의 사자 새끼 얘기를 들은 적이 있어? 그 사자 새끼가 처음으로 어미 곁을 떠나 물을 마시러 강가로 내려갔다가 고릴라한테 맞아 넘어졌지. 일어나려고 할 때 표범한테 길 건너 쪽으로 떼밀려 쓰러졌어. 그런데 하필 그곳으로 코끼리 떼가 지나가는 바람에 하마터면 밟혀죽을 뻔한 경험을 한 거야. 사자 새끼는 만신창이가 되어 돌아와서는 '엄마, 바깥은 정글이더군요' 하고 말했다는 거야."

두 사람 사이에 긴 침묵이 흘렀다. 분명히 바깥은 정글이라고 제니퍼는 생각했다. 그러나 그녀는 언제나 정글의 가장자리에 있어서 도망치고 싶을 때는 즉각 도망칠 수 있었다. 그녀는 규칙을 만들고 의뢰인들은 그것에 따르지 않으면 안 되었다.

그러나 이젠 마이클 모레티가 그것을 완전히 바꿔놓고 말았다. 제니퍼는 이 정글이 두렵고, 이곳에 갇혀버리는 것이 무서웠다. 그럼에도 불구하고 마이클 모레티가 그녀를 위해 해준 일을 생각하면 그의 부탁은 사소한 것이라고 제니퍼는 생각했다.

'이번 한 번만 마이클의 부탁을 들어주기로 하자.'

축하연

"우리가 바스코 감부티 사건을 맡기로 했어요."

제니퍼는 케네스 베일리에게 말했다.

케네스는 믿을 수 없다는 듯한 얼굴로 제니퍼를 보았다.

"그는 마피아라고요! 마이클 모레티의 살인 하수인 중 하나예요. 우리가 맡을 수 있는 의뢰인이 아니에요."

"이 사건을 맡겠어요."

"제니퍼, 우리는 마피아와 관계를 맺어서는 안 됩니다."

"감부티도 다른 모든 사람들과 마찬가지로 공정한 재판을 받을 권리가 있어요."

그 말은 그녀 자신에게끼지도 공허하게 들렸다.

"안 됩니다. 그런 일은……."

"어쨌든 결정하는 것은 나예요."

제니퍼는 그의 눈에 놀라움과 불쾌함이 나타나는 것을 보았다.

케네스는 고개를 끄덕이고 그녀에게 등을 돌리고는 방에서 나갔다. 제니퍼는 그를 불러 세우고 설명하고 싶은 감정에 사로잡혔다. 그러나 그것은 무리였다. 그녀는 자신에게조차 설명할 자신이 없었다.

바스코 감부티를 처음 만났을 때, 제니퍼는 그를 단순히 새로운 의뢰인으로 보려고 노력했다. 그녀는 살인으로 기소된 의뢰인은 전에도 취급한 적이 있었지만 이번만은 사정이 달랐다. 감부티가 속해 있는 것은 미국 전체에서 몇십억 달러라는 막대한 돈을 긁어내고 있는 거대한 조직 범죄망이며 조직을 지키기 위해서 필요할 때는 태연하게 사람을 죽이는 비밀 결사였다.

감부티에 대한 증거는 이의를 제기할 여지가 없는 것들뿐이었다. 그는 모피 상점에 강도로 들어갔다가 현장을 들키고 체포하려던 경관을 살해했다. 각 신문의 조간에 제니퍼 파커가 감부티의 변호를 맡게 되었다는 사실이 보도되었다.

로렌스 월드맨이 전화로 물었다.

"제니퍼, 그 기사가 사실이오?"

제니퍼는 무슨 얘기인지 금세 알아차렸다.

"네, 로렌스."

그는 잠깐 침묵했다.

"놀랍군. 피고가 어떤 인간인지 물론 알고 있겠지?"

"네, 알고 있습니다."

"당신은 위태로운 다리를 건너려고 하고 있어요."

"그 정도의 일은 아니에요. 아는 사람에게서 부탁받은 것뿐이에요."

"그래요? 조심하는 것이 좋을 거요."

"그렇게 하죠."

제니퍼는 대답했다.

전화를 끊은 뒤에 제니퍼는 처음으로 그가 함께 식사를 하자고 말하지 않았다는 것을 깨달았다.

　스태프들이 모아온 자료를 검토하고 난 제니퍼는 전혀 가망이 없는 사건이라는 것을 알았다.
　바스코 감부티는 강도 살인의 현행범으로 체포되어 정상 참작의 여지가 없었다. 게다가 경관이 희생된 경우에는 언제나 배심원들의 피해자에 대한 동정심이 강했다.
　그녀는 케네스를 불러 그에게 할 일을 일러주었다. 그는 아무 말도 하지 않았지만 제니퍼는 그의 불만을 느끼자 왠지 슬퍼졌다. 그녀는 마이클을 위해서 일하는 것은 이번이 마지막이라고 마음속으로 맹세했다.
　그녀의 직통 전화가 울렸다. 수화기를 들자 마이클의 목소리가 들렸다.
　"안녕, 당신이 보고 싶어서 못 견디겠어. 30분 뒤에 와줘."
　제니퍼는 그의 목소리를 들으면서 벌써부터 자신을 끌어안는 그의 팔과 덮쳐오는 몸이 연상되었다.
　"좋아요."
　제니퍼는 말했다.
　그녀는 자신에 대한 맹세는 어느새 까맣게 잊고 있었다.

　감부티의 재판은 10일간 계속되었다. 매스컴은 디 실바 검사와 제니퍼 파커의 공판정에서의 대결을 다시 구경하려고 잔뜩 기대하고 있었다. 디 실바는 충분한 사전 준비를 했지만 일부러 진술은 소극적으로 했다. 그는 배심원들에게 지나가는 말처럼 힌트를 주고, 그 위에 싱싱을 쌓아올리게 해서 그가 묘사하는 것보다 훨씬 큰 공포를 그들이 느끼도록 만들었다.
　제니퍼는 증언이 진행되는 동안, 거의 이의를 제기하지 않았고 조용히 앉아 있었다.
　재판의 최종일에 그녀는 행동을 했다.

변호의 근거가 박약할 때는 상대의 결점을 찌르라는 법률의 격언이 있다. 제니퍼는 바스코 감부티를 변호할 재료가 없었기 때문에 살해된 경관 스코트 노먼을 도마 위에 올리려고 마음먹었다. 케네스 베일리가 스코트 노먼에 대해서 철저하게 조사를 하고 있기에 가능했다.

노먼의 근무 성적은 좋았다고는 할 수 없었다. 그러나 제니퍼의 변론이 끝날 쯤에는 그것은 실제보다도 10배나 나빴던 것처럼 부풀어 있었다. 노먼은 20년 동안이나 경찰에 근무했는데 그동안 불필요한 폭력을 휘둘렀다는 이유로 세 차례나 휴직을 당했다. 첫 번째는 무기를 가지고 있지 않은 용의자를 쏘아 중상을 입혔고, 두 번째는 술집에서 술에 취한 사람을 구타하고, 세 번째는 부부 싸움을 하고 있던 남편을 병원으로 옮기지 않으면 안 될 정도로 상처를 입혔다.

이들 사건은 20년이라는 오랜 세월 동안에 일어난 것이었지만 제니퍼는 고인이 그런 수치스런 행위를 계속적으로 한 것 같은 인상을 갖게 했다. 그녀는 또한 많은 증인을 불러서 죽은 경관의 결점을 차례로 폭로하게 했다. 여기에 대해서 디 실바는 팔짱을 끼고 앉아 있을 수밖에 없었다.

최종 변론에서 디 실바는 말했다.

"배심원 여러분, 이 재판에서 심판을 받고 있는 것은 스코트 노먼 경관이 아니라는 사실을 명심하십시오. 그는 희생자입니다. 저기 저……."

그는 손가락으로 가리켰다.

"저 피고 바스코 감부티한테 살해당한 것입니다."

그러나 그렇게 말하고 있는 도중에도 지방검사는 그것이 헛된 노력이라는 것을 깨닫고 있었다. 제니퍼 파커는 스코트 경관을 바스코 감부티와 같은 정도의 인간으로 격하시켜 버리고 있었다. 그는 이미 범인을 체포하기 위해서 목숨을 버린 숭고한 경관이 아니었다.

제니퍼 파커는 피해자의 인간상을 왜곡시켜 살인죄를 지은 피고와 동렬로 끌어내리고 말았던 것이다.

배심원은 바스코 감부티에 대해 기소되어진 제1급 모살죄에 대해서는 무죄, 고살죄(故殺罪)에 대해서 유죄라는 평결을 내렸다. 그것은 디 실바 지방검사에게 있어서는 뼈아픈 패배였으며, 매스컴은 즉각 제니퍼 파커의 새로운 승리를 선언했다.

"시폰 드레스를 입어요. 승리의 축하연이니까 말이야."

마이클은 그녀에게 말했다.

두 사람은 그리니치 빌리지의 생선요리 전문 레스토랑에서 저녁식사를 했다. 주인이 가져온 고급 샴페인으로 그들은 건배를 했다.

"나 정말 무척 기뻐."

마이클의 입에서 그런 말이 나오는 것은 좀처럼 없는 일이었다. 그는 그녀의 손에 빨강과 흰색의 종이로 싼 상자를 쥐어주었다.

"열어봐."

그는 제니퍼가 금색 끈을 풀고 뚜껑을 여는 것을 지켜보았다. 상자 안에는 다이아몬드에 둘러싸인 스퀘어커트의 에메랄드가 들어 있었다.

깜짝 놀란 제니퍼는, "어머나 마이클!" 하고 말하고 다시 돌려주려고 했다. 그러나 그녀는 그의 자랑스러운 표정을 보았다.

"마이클, 이러면 곤란해요."

그리고 그녀는 생각했다.

'제니퍼, 당신도 정말 곤란한 인간이로군!'

"그 드레스에 어울릴 거야."

그녀는 반지를 그녀의 위손 중지에 끼웠다.

"뭐라고… 말해야 할지 모르겠어요. 고… 마워요. 정말 기막힌 축하 선물이군요."

마이클은 싱긋이 웃었다.

"축하는 아직 시작도 하지 않았어. 이건 전주곡에 불과하다고."

두 사람은 리무진으로 마이클의 아파트로 향했다. 마이클이 단추를 누르자 유리 칸막이가 나와 운전석과 뒷좌석 사이를 가로 막았다. '우리만의 조그만 세계가 된 거야.' 하고 제니퍼는 생각했다. 마이클을 몸 가까이 느끼기만 했는데도 그녀는 흥분이 되었다.

그녀가 그의 쪽으로 돌아앉아 검은 눈을 응시하자 그가 가까이 다가오며 손을 그녀의 넓적다리로 살며시 집어넣었다. 제니퍼의 몸은 순간 불처럼 뜨겁게 달아올랐다.

마이클의 입술이 그녀의 입술에 겹쳐지고 두 사람의 몸은 바짝 밀착 되었다. 제니퍼는 천천히 차의 바닥으로 미끄러져 내려갔다. 그녀는 그를 애무하고 키스했다. 축연이 시작된 것이다.

제니퍼는 탕헤르의 호텔 침대에 누워 마이클이 샤워하는 소리를 들으면서 지금까지의 일들을 생각했다. 그녀는 만족감과 행복감을 느꼈다. 한 가지 허전한 것은 곁에 어린 아들이 없다는 것이었다. 조슈아를 여행에 데리고 오는 것도 생각해봤지만 그녀는 본능적으로 그와 마이클 모레티를 떨어뜨려 놓기를 바랐다.

제니퍼에게는 자신의 생활이 조그만 구획의 연속처럼 생각되었다. 우선 애덤, 그 다음에 아들, 그리고 마이클 모레티였다. 그것들은 서로 격리되어 있지 않으면 안 된다.

마이클이 허리에 타월을 두른 모습으로 욕실에서 나왔다. 샤워로 젖은 체모가 빛나며 아름답고 자극적인 동물처럼 보였다.

"옷을 입어, 할 일이 있어."

아들과 아버지

그것은 너무 서서히 진행되었기 때문에 전혀 변화가 일어나고 있는 것처럼 보이지 않았다. 우선 바스코 감부티로부터 시작되어 그 후 불과 얼마 뒤 마이클은 다른 사건의 변호를 제니퍼에게 부탁했다. 그 뒤에도 계속 사건 의뢰가 들어와서 결국에는 그에게서 의뢰 받은 소송 때문에 다른 사건은 손을 댈 수 없게 되었다.

마이클은 전화를 걸어서 항상 이렇게 말했다.

"당신의 도움이 필요해. 내 부하가 문제를 일으켜서 말이야."

그것은 제니퍼에게 라이언 신부의 말을 생각나게 했다. '내 친구에게 조그만 문제가 생겨서요.' 이 두 가지 말에 어떤 차이가 있을까. 미국은 '대부(Godfather)' 증후군을 서서히 받아들이고 있는 듯했나. 자신이 지금 하고 있는 일은 지금까지 줄곧 해온 일과 같은 것이라고 제니퍼는 스스로에게 말했다. 그러나 차이가 있었다…… 커다란 차이였다. 그녀는 지금 세계에서 가장 강력한 조직 가운데 하나인 중심에 있었다.

마이클은 제니퍼를 뉴저지 주의 농장으로 데려갔다. 그녀는 그곳에서 처음으로 안토니오 그라넬리와 조직의 다른 인물들을 만났다.

구식 부엌의 커다란 식탁 주위에 닉 비토와 '뚱보 아치'라고 불리는 아더 스코트와 살바토레 포레와 조셉 코레라가 앉아 있었다.

제니퍼와 마이클이 집안으로 들어가서 문턱에서 귀를 기울이자 닉 비토의 목소리가 들렸다.

"내가 가루 때문에 체포돼서 애틀랜타의 빵간에 처넣어졌을 때의 일이야. 어떤 비쩍 마른 놈이 다가와서 내 후장을 따려고 하더군. 건방진 녀석이지."

"아는 놈이었어?"

뚱보인 아더 스코트가 물었다.

"알 턱이 있어? 공연히 으스대보고 싶어서 나를 완력으로 깔아뭉개 보려고 했던 거지."

"자네를?"

"그렇다니까. 내가 어떤 사람인지 몰랐던 거야."

"그래서 어떻게 했어?"

"테디 프라렐리와 함께 운동장 구석으로 그 녀석을 끌고 가서 없애버렸지. 어차피 녀석은 바깥세상에는 나올 수 없으니까."

"그런데 꼬마 에디는 어떻게 지내고 있지?"

"루이스버그의 빵간에서 가볍게 썩고 있어."

"녀석의 깔치는? 꽤나 쓸 만한 여자였다고."

"그래. 내 깔치로 삼아도 좋겠는데."

"그 여자는 아직도 에디에게 반해 있어. 왜 그런지는 교황한테 물어도 모르겠지만."

"에디는 괜찮은 녀석이었어. 의리가 있는 사나이였지."

"녀석은 알코올 중독자가 되었다고. 그건 그렇고 샌드위치맨이 된 녀석은 알고 있어?"

은어가 많이 섞인 대화였다.

제니퍼의 어리둥절해하는 표정을 보고 마이클이 웃었다.

"가볼까? 장인을 소개시켜줄 테니까."

안토니오 그라넬리의 모습은 제니퍼에게 있어서는 너무도 뜻밖이었다. 휠체어에 앉아 있는 해골처럼 깡마르고 허약한 남자가 일찍이 사람들의 공포의 대상이었던 마피아의 두목이라고는 도저히 믿어지지 않았다.

매력적인 몸매에 검은 머리카락의 여성이 방으로 들어오자 마이클이 제니퍼에게 말했다.

"내 아내 로자예요."

제니퍼는 이 순간을 두려워하고 있었다. 그녀는 밤에 마이클이 돌아 간 뒤—여자로서 충족될 수 있는 만큼 한껏 채워진 채—심한 죄책감과 싸울 때가 종종 있었다.

'다른 여자한테 상처를 입히는 것은 나쁜 일이야. 나는 그를 훔치고 있는 거야. 중단하지 않으면 안 돼! 무슨 일이 있어도!'

그러나 그녀는 항상 그 싸움에서 졌다.

로자는 날카로운 눈매로 제니퍼를 내려다보았다. '그녀는 알고 있구나.' 하고 제니퍼는 생각했다.

잠시 어색한 분위기가 흐른 뒤 로자가 조용하게 말했다.

"처음 뵙겠습니다, 미세스 파커. 굉장히 머리가 좋은 분이라고 마이클에게서 들었어요."

안토니오 그라넬리가 재미없다는 듯이 말했다.

"여자가 지나치게 영리한 것은 좋지 않지. 머리를 쓰는 것은 남자에게 맡기는 것이 좋아."

마이클이 시치미를 떼고 말했다.

"어르신, 나는 미세스 파커를 남자라고 생각하고 있습니다."

그들은 고풍스러운 식당에서 식사를 했다.

"당신은 내 옆에 앉도록 해요."

안토니오 그라넬리가 제니퍼에게 명령했다.

마이클은 로자 옆에 앉았다. 고문 변호사인 토머스 콜팩스는 제니퍼의 맞은편에 자리를 잡았다. 그녀는 그의 눈에서 증오심을 느꼈다.

만찬은 대단한 진수성찬이었다. 우선 엄청난 양의 전채요리가 나오고 다음에 파스타 파지올리, 그리고 콩을 사용한 샐러드, 버섯요리인 스터프 머쉬룸, 송아지 요리인 빌 피카타, 파스타 링귀네, 통닭구이 등 요리가 끝없이 나왔다.

집 안에 하인의 모습은 보이지 않았다. 로자가 쉴 새 없이 일어나서는 접시를 치우고 새로운 음식을 부엌에서 들고 왔다.

"우리 로자는 굉장한 요리사야."

안토니오 그라넬리가 제니퍼에게 말했다.

"저 아이의 어머니에게도 지지 않을 정도라오. 안 그런가, 마이클?"

"그렇습니다."

마이클은 얌전하게 대답했다.

"로자는 나무랄 데 없는 아내지."

안토니오 그라넬리는 말을 계속했다. 아무런 뜻도 없이 말한 것인지, 경고였는지 제니퍼로서는 알 수가 없었다.

마이클이 말했다.

"당신의 송아지 고기가 아직 남아 있군요."

"지금까지 이렇게 많이 먹어본 적이 없어요."

제니퍼는 사양했다.

그러나 만찬은 아직 끝난 것이 아니었다.

과일 접시에는 신선한 과일이 담겨 있고, 치즈와 따뜻한 퍼지 소스를 끼얹은 아이스크림과 캔디와 민트가 식탁에 놓여 있었다.

마이클이 어떻게 살이 찌지 않는지 제니퍼는 이상하다고 생각했다.

그들의 대화는 홀가분하고 유쾌하며 다른 많은 이태리인 가족의 식탁 분위기와 조금도 다를 것이 없었다. 이 가족이 다른 가족과 다르다는 것이 제니퍼로서는 믿어지지 않을 정도였다.

그러나 그것은 그라넬리가 "당신은 시칠리아 동맹에 대해서 알고 있소?" 하고 물었을 때까지의 일이었다.

"아뇨, 모릅니다."

제니퍼는 대답했다.

"그럼 내가 거기에 대해서 설명을 해주겠소, 아가씨."

"어르신, 그녀의 이름은 제니퍼입니다."

"그건 이태리 이름이 아니지. 나는 기억을 할 수가 없어. 아가씨, 아가씨라고 불러도 되겠지?"

"그렇게 하시죠."

"시칠리아 동맹은 가난한 사람을 불의로부터 지키기 위해서 시칠리아에서 결성되었소. 권력 있는 사람들이 가난한 사람들로부터 약탈을 하고 있었지. 가난한 사람들은 돈도 없고, 일자리도 없고, 호소할 수단도 없던 거지. 그래서 동맹이 만들어졌소. 부당한 피해를 입은 사람들이 비밀 단체의 회원에게 도움을 청하면 그들이 복수를 해주었소. 동맹은 금세 법률보다 강한 힘을 갖게 되었소. 그것이 서민의 법률이었지. 우리는 성경의 '눈에는 눈'이라는 말을 믿고 있는 거라오, 아가씨."

그는 제니퍼의 눈을 들여다보았다.

"누군가가 배반을 하면 우리는 복수를 한 것이오."

그가 말하려는 것이 무엇인지 너무도 명백했다.

제니퍼는 예전부터 만약 마피아를 위해 일하게 된다면 자신의 생활이 근본적으로 바뀌어버릴 거라고 생각하고 있었다. 그러나 대부분의 국외자와 마찬가지로 그녀는 마피아의 실체에 대해서 그릇된 인식을 갖고 있었다. 일반적으로 마피아라고 하면 자신은 점잖게 앉아서 살인을 명령하거나 고리대금이나 매춘업으로 벌어들인 돈을 헤아리고 있는 갱 집단이라고 인식하고 있었다. 그러나 그것은 그들의 단면에 지나지 않았다. 참석했던 회합에서 제니퍼는 다른 면을 알게 되었다. 그들은 놀라울 정도로 대규모적인 사업을 운영하고 있는 실업가였다. 호텔, 은행, 레스토랑, 카지노, 보험회사, 공장, 건축회사, 병원의 체인을 갖고 조합이나 해운업을 지배하고 있었다. 또 레코드 사업에도 관계하고 자동판매기를 제조하고, 장의사와 제빵소와 토목회사를 소유하고 있었다.

그들의 연간 수입은 수십억 달러에 달하고 있었다. 어떻게 해서 그들이 그런 사업의 이권을 손에 넣었는지는 제니퍼가 알 바가 아니었다. 그녀의 임무는 그들의 멤버 가운데서 법률적인 문제에 말려든 사람을 보호하는 일이었다.

로버트 디 실바는 무리지어 있는 이동음식점들에서 돈을 갈취한 마이클 모레티의 3명의 부하를 기소했다. 그들의 혐의는 공갈로 영업을 방해하기 위해 모의를 한 혐의와 영업방해 등 7가지였다. 그들에 대해서 불리한 증언을 하려는 증인은 스탠드바를 가지고 있는 여자 하나뿐이었다.

"그녀가 증언을 하면 우린 위험에 빠지게 돼. 어떻게든 손을 써야지."

마이클이 제니퍼에게 말했다.

"당신은 잡지사의 주주죠?"

제니퍼가 물었다.

"응, 하지만 그것이 이동음식점과 무슨 관계가 있지?"

"이제 곧 알게 될 거예요."

제니퍼는 뒤에서 손을 써서 잡지사에 큰돈을 걸고 이 사건의 목격자의 수기를 공모하게 했다. 그 여성은 그것에 응모했다. 제니퍼는 법정에서 그 기사를 이용해 그녀의 증언의 동기에 의문을 제기했고, 고소는 기각되었다.

제니퍼와 그녀의 스태프들과의 관계도 변화를 맞았다. 사무실에서 마피아의 사건을 차례차례로 맡게 되자 케네스 베일리가 제니퍼의 방으로 찾아와서 말했다.

"어떻게 된 일입니까. 갱의 변호만을 계속 맡다뇨? 이러다간 우린 파멸하고 말 거예요."

"걱정하지 마세요, 케네스. 보수는 제대로 받고 있으니까요."

"제니퍼, 당신도 알고 있을 거예요. 당신은 악당의 보수를 받게 되는 거라고요. 그들에 의해 진흙탕으로 끌려 들어가고 말 거예요."

아픈 곳을 찔린 제니퍼는 격렬하게 말했다.

"그만두세요, 케네스"

그는 제니퍼를 뚫어질 듯이 쳐다보고만 있다가 말했다.

"알았어요, 당신이 보스니까."

형사 법정은 좁은 세계이기 때문에 뉴스는 즉각 퍼져나간다. 제니퍼 파커가 마피아의 변호를 맡고 있다는 소문이 나자 그녀에게 호의를 갖고 있는 친구들은 그녀를 찾아와 로렌스 월드맨이나 케네스 베일리와 같은 말을 했다.

"그런 갱들과 관계를 맺으면 당신까지 동류 취급을 받게 됩니다."

제니퍼는 모두에게 말했다.

"어떤 인간이라도 변호를 받을 권리는 있어요."

그녀는 그들의 충고를 고맙다고는 생각했지만 그것은 자기에게는 해당되지 않는다고 믿었다. 그녀는 마피아에 속해 있는 것이 아니라 그 멤버 중 몇 사람을 변호하는 것뿐이라고 생각했다. 그녀는 아버지와 같은 변호사이며 그의 이름을 더럽힐 만한 짓은 절대로 하지 않을 것이다. 눈앞에 정글이 있었지만 그녀는 아직 그 밖에 있었다.

라이언 신부가 그녀를 만나러 왔다. 이번에는 친구들의 변호를 부탁하기 위해서가 아니었다.

"당신의 걱정되는군요, 제니퍼. 당신이…그…좋지 않은 사람들의 변호를 하고 있다는 소문이 들려서……."

"좋지 않은 사람들이라니, 누구 말인가요? 신부님은 도움을 구하려고 찾아오는 사람을 비판하십니까? 그들이 죄를 저질렀다고 해서 하느님을 만나볼 수 없게 하진 않잖아요?"

라이언 신부는 고개를 저었다.

"물론 그런 것은 아닙니다. 그러나 개인이 과오를 범하는 것과 조직화된 부정과는 다른 것입니다. 당신이 그들을 도와준다면 그들의 행위를 허용하는 것이 됩니다. 당신은 조직의 일부가 되어버리는 것입니다."

"아닙니다, 신부님. 저는 변호사예요. 곤경에 처한 사람을 도와주고 있는 것입니다."

제니퍼는 마이클 모레티라는 인간을 누구보다도 잘 이해할 수 있게 되었다. 그는 지금까지 누구에게도 드러낸 적이 없는 마음을 그녀에게 털어놓았다.

그는 본래 고독하고 외로운 인간이었다. 제니퍼는 그의 껍질 속으로 들어갈 수 있었던 최초의 인간이었다.

제니퍼는 마이클이 그녀를 필요로 하고 있다는 것을 느꼈다. 애덤에게는 그런 느낌을 가진 적이 없었다. 그리고 마이클은 그녀가 얼마나 그를 필요로 하고 있는지를 인정하게 만들었다. 그녀가 마음속에 억누르고 있는 감정—그녀가 밖으로 드러내기를 두려워하고 있는, 몹시 거친 원초적 정열—을 그는 끌어냈다. 마이클 자신에게는 아무런 억압도 없었다. 두 사람이 함께 침대에 들어갔을 때는 아무런 제한도, 장벽도 없었다. 제니퍼가 꿈에도 생각지 않았던 쾌락만이 있을 뿐이었다.

마이클은 로자를 사랑하고 있지 않다고 털어놓았지만 로자가 마이클을 존중하고 있는 것은 의심할 여지가 없었다. 그녀는 언제나 그에게 온갖 정성을 다하고 그의 요구를 충족시켜 주려고 대기하고 있었다.

제니퍼는 다른 마피아의 아내들을 만나면서 그녀들의 생활에 커다란 흥미를 느꼈다. 남편이 애인을 데리고 레스토랑이나 술집이나 경마장에 가 있는 동안, 그녀들은 집에서 꼼짝 않고 남편이 돌아오기를 기다리고 있었다.

마피아의 아내들의 주머니는 항상 두둑했지만 국세청의 주목을 끌지 않도록 돈의 사용법에 주의하지 않으면 안 되었다.

마피아에는 하급의 졸개로부터 전 조직의 우두머리에 이르기까지 엄격한 서열이 있었으며, 아내도 상급자의 아내보다 값비싼 코트나 자동차는 절대로 갖지 않았다.

또한 그녀들은 남편의 동료들을 위해 디너파티를 열곤 했는데 다른 사람들과 비교해서 자신들의 지위에 허용되는 것 이상의 사치를 하지 않도록 조심했다.

선물이 필요한 결혼식이나 세례식과 같은 의식에서는 아내들은 마피아 계급제도의 상위에 있는 사람의 아내보다 많은 돈을 쓰는 것이 절대로 허용되지 않았다. 그들의 사교 의례는 US스틸 등의 대기업의 그것과 마찬가지로 엄격했다.

마피아는 놀랄 정도로 거액의 돈을 벌어들이는 기관이었는데, 제니퍼는 그 정도로 중요한 요소가 또 있음을 알았다. 그것은 권력이었다.

"우리의 조직은 세계의 대부분의 국가의 정부보다 강력하지. 우리의 수익은 미국 최대 기업 여섯 개의 총수익을 합친 것보다 많아."

마이클은 제니퍼에게 말했다.

"한 가지 다른 점이 있어요. 그들은 합법적이지만……."

제니퍼가 지적하자 마이클은 웃었다.

"합법적이라는 것은 꼬리를 잡히지 않은 회사를 말하는 것이겠지? 거대기업의 대부분이 어떤 것이든 법률을 위반하고 기소되고 있어. 영웅이라는 것을 당신은 어떻게 생각하고 있지, 제니퍼? 오늘날의 일반적인 미국인은 우주 비행사의 이름을 두 사람 들라면 들 수가 없지만, 알 카포네와 럭키 루치아노의 이름은 모두 알고 있다고."

마이클도 그 나름대로 애덤과 같은 신념을 갖고 살아가고 있다는 것을 제니퍼는 깨달았다. 두 사람의 차이는 그들의 길이 정반대 방향을 향하고 있다는 것이었다.

마이클은 사업에 관한한 일체의 개인적인 감정은 무시했다. 그것은 그의 강점이었다. 그는 조직에 있어서 무엇이 유리한가 하는 관점에서만 결단을 내렸다.

마이클은 지금까지 자신의 야심을 달성하는 일에 전념해왔다. 그의 생활에는 여자가 비집고 들어올 수 있는 정서적인 여지도 없었다. 로자도, 여자친구도 그에게 있어서 진정으로 필요한 것은 아니었다.

제니퍼만은 예외였다. 다른 여자와 달라서 마이클에게는 그녀가 필요했다. 그는 제니퍼 같은 여자를 만나본 적이 없었다. 그녀는 육체적으로 그를 흥분시켰으며 그것은 다른 많은 여자들도 마찬가지였지만 제니퍼가 특별한 존재로 다가오는 것은, 그녀의 지성과 자립성이 있었기 때문이었다. 로자는 그에게 복종했고 다른 여자들은 그를 두려워했다. 제니퍼는 그에게 도전했다. 그녀와 그는 대등했다. 마이클은 제니퍼를 상대로 얘기를 하거나 토론도 할 수 있었다. 그녀는 지성적일 뿐 아니라 예민했다. 그는 제니퍼를 절대로 놓아주지 않으리라 마음먹었다.

제니퍼는 이따금 업무 관계로 마이클과 함께 여행을 할 때가 있었다.

그러나 가능한 한 많은 시간을 조슈아와 보내고 싶었기 때문에 될 수 있는 한 여행은 피하려고 노력했다. 조슈아는 이미 6세가 되었고 놀라울 정도로 쑥쑥 성장했다. 가까이에 있는 사립학교에 입학한 조슈아는 꽤 즐거운 나날을 보내고 있었다.

조슈아는 두발자전거를 탔으며 장난감 경주차도 많이 갖고 있었고, 제니퍼나 매케이 부인과 진지하게 이야기를 주고받기도 했다.

제니퍼는 조슈아를 독립심이 강한 아이로 키우고 싶었다. 그래서 그녀는 조슈아에게 자기가 그를 얼마나 사랑하고 있는지를 알게 하고, 그가 그녀를 필요로 할 때는 언제든지 옆에 있다는 것을 깨닫게 하는 한편, 균형 잡힌 교육 방침을 지키려고 애썼다.

그녀는 좋은 책을 사랑하고 음악을 즐기는 법을 아이에게 가르쳤다. 아이를 극장에 데리고 갈 때도 있었지만 첫 번째 공연 날짜에는 그녀를 아는 사람이 많이 있어서 질문을 받을 우려가 있기 때문에 피했다. 하지만 주말에는 그녀와 조슈아는 영화를 몇 편이고 계속해서 봤다. 그리고 일요일에는 요트를 타거나 자전거를 타기도 했다.

제니퍼는 자신의 내부에 있는 애정의 전부를 자식에게 쏟았지만 과보호가 되지 않도록 조심했다. 그녀는 결손가정이 빠지기 쉬운 함정에 빠지지 않기 위해 자신이 맡은 변론을 계획하는 것보다 더 조심스럽게 조슈아에 대한 전략을 세웠다.

제니퍼는 아무리 많은 시간을 조슈아를 위해 할애해도 자신을 희생하고 있다고는 느끼지 않았다. 함께 있는 것이 즐거웠기 때문이다. 낱말맞추기 게임 등을 해보면 제니퍼는 아들의 머리가 명석하다는 것을 알 수 있었다. 그는 반에서 1등을 놓치지 않았고 뛰어난 운동감각을 갖고 있었다. 그리고 유머 감각도 풍부했다.

조슈아의 학교 수업에 방해가 되지 않을 때면, 제니퍼는 그를 어김없이 여행에 데리고 가곤 했다. 조슈아의 겨울방학 동안에는 제니퍼는 시간을 만들어 그와 함께 펜실베이니아 주의 포크너 산맥으로 스키를 타러 갔다. 여름에는 출장을 가는 길에 그를 런던으로 데리고 가서 2주일에 걸쳐 시골을 돌아다녔다. 조슈아는 영국을 무척 좋아하게 되었다.

"좀 더 크면 이곳에서 학교를 다녀도 될까?"

아이의 뜻밖의 물음에 제니퍼는 충격을 받았다. 이젠 조슈아가 그녀 곁을 떠나 먼 곳의 학교로 가고, 결혼하고 자신의 가정과 가족을 갖는 날도 그다지 멀지 않은 것이다. 그것이 그녀의 희망이 아니었던가? 물론 그랬다. 조슈아가 홀로 설 수 있다면 그녀는 기꺼이 떠나 보내줄 것이다. 하지만 그것이 얼마나 쓰라린 일인가를 그녀는 잘 알고 있었다.

조슈아는 엄마의 얼굴을 바라보고 대답을 기다리고 있었다.

"좋아요, 엄마. 옥스퍼드는 어떨까?"

제니퍼는 그를 세게 껴안았다.

"물론 좋고말고. 학교에서도 너 같은 아이가 입학하면 기뻐할 거야."

매케이 부인이 휴가를 떠난 어느 일요일 아침, 제니퍼는 선서증언의 사본을 가지고 맨해튼으로 가야 했다. 집을 비운 동안 조슈아는 친구 집으로 놀러갔다. 제니퍼는 볼일을 보고 귀가해 두 사람의 식사를 만들기 시작했다. 냉장고를 열었을 때 그녀는 문을 잡은 채 우뚝 서 버렸다. 냉장고 안에 있는 2개의 우유병 사이에 메모지가 있었다. 애덤이 그녀에게 메모를 남겨 놓을 때와 같은 방법이었다. 제니퍼는 그것을 만지기를 겁내며 무엇엔가에 씌인 것처럼 그것을 응시하고 있었다.

이윽고 그녀는 살며시 메모를 집어들고 펼쳐보았다. 거기에는 "놀라지 마세요! 저녁식사에 앨런을 불러도 괜찮겠죠?"라고 쓰여 있었다.

제니퍼의 맥박이 정상으로 돌아온 건 그로부터 30분이나 지나서였다.

조슈아는 이따금 제니퍼에게 아버지에 대해서 물었다.

"아버지는 베트남에서 전사하셨단다, 조슈아. 무척 용감한 분이셨어."

"사진이 왜 한 장도 없어요?"

"유감스럽게도 그렇단다. 우리가… 결혼하고 나서 얼마 못 되어 전사하셨어."

그녀는 거짓말을 하기는 싫었지만 어쩔 수가 없었다.

언젠가 마이클이 딱 한 번 조슈아의 아버지에 대해 물은 적이 있었다.

"당신이 내 사람이 되기 전에 무슨 일이 있었는지는 별로 신경을 쓰지 않아. 다만 호기심에서 물어본 것뿐이야."

마이클이 진실을 알았을 경우, 애덤 워너 상원의원에 대해서 그가 가할 압력을 제니퍼는 생각했다.

"그 사람은 베트남에서 전사했어요. 이름이 알려진 사람은 아니에요."

애덤 VS 마이클

수도 워싱턴에서는 애덤 워너를 위원장으로 하는 상원 조사위원회가 열리고 있었다. 공군이 의회의 승인을 요청하고 있는 신형 XK-1 폭격기에 대한 집중 심의의 마지막 날이었다.

몇 주 전부터 전문가들이 속속 회장에 나타나서 증언을 하고 있었는데, 그 절반 정도는 신형기는 방위 예산을 낭비하고 국가를 파멸시킬 뿐인 무용지물이라는 의견을 내놓았다. 나머지 반수는 상원이 공군의 신형 폭격기를 승인하지 않는다면, 미국의 방위력은 당장 약화되어 다음 일요일에라도 러시아의 침공을 받게 될지 모른다고 증언했다.

애덤은 스스로 신형 폭격기의 시험 비행을 제의하여 동료들의 열렬한 지지를 받았다. 애덤은 신형기 도입 추진파 중의 한 사람으로서 비행을 통해 진실을 보여주려고 했던 것이다.

어느 일요일 이른 아침, 애덤은 기간요원과 함께 그 폭격기를 타고 각종 엄격한 테스트를 했다. 시험 비행은 대성공이어서 그는 상원위원회로 돌아와서 XK-1형 폭격기는 항공계의 중대한 진보라고 보고했다. 그리고 즉각 생산에 들어가도록 권고하고 상원은 그것을 위한 경비의 지출을 승인했다.

각 신문은 이 문제를 크게 취급했다. 애덤은 그 기사들 속에서 상원 조사위원회의 이색적인 존재이며, 로비스트나 그 밖에 자신들의 이익을 지키는 것밖에는 염두에 없는 사람들의 말만을 믿지 않고 현장으로 찾아가서 자신의 눈으로 사실을 조사하는 의원이라는 찬사를 받았다.

〈뉴스위크〉와 〈타임〉은 표지에 애덤의 사진을 싣고, 특집기사를 게재했으며, 〈뉴스위크〉는 다음의 문장으로 기사를 마무리했다.

상원은 이 나라에 해를 끼치는 주요 문제들을 조사하고 논쟁이 아니라 실제적인 해결방법을 찾아내는 정직하고 유능한 상원의원을 발견했다. 정계의 실력자들 사이에서 애덤 워너가 뛰어난 대통령이 될 자질을 갖춘 인물이라는 의견이 차츰 유력해져 가고 있다.

제니퍼는 애덤에 관한 기사를 빼놓지 않고 모두 읽었다. 그녀의 가슴은 자랑스러움으로 가득 찼다. 동시에 슬픔도 느꼈다. 그녀는 아직도 애덤을 사랑하면서 동시에 마이클 모레티도 사랑하고 있었다. 그녀는 어떻게 그런 일이 있을 수 있는지 알 수가 없었다. 나는 어떤 여자가 되어버린 것일까 하고 그녀는 생각했다. 애덤은 그녀의 인생에 외로움을 만들어냈다. 그리고 마이클은 그것을 지워버렸다.

멕시코로부터 마약 밀수가 현저히 증가하고 있었다. 그 배후에서는 분명히 조직범죄의 그룹이 암약하고 있는 것으로 여겨졌다. 애덤은 그 문제의 조사위원회 위원장에 취임하라는 요청을 받았다. 그는 몇 개의 연방 수사기관의 활동을 공조하게 하여 일사불란하게 만들었다. 그리고 멕시코로 가서 멕시코 정부의 협력을 약속 받았다. 채 3개월도 되지 않아 마약 밀수는 격감되었다.

뉴저지 주의 농장의 쾌적한 서재에는 마이클과 제니퍼와 안토니오 그 라넬리와 토머스 콜팩스가 모여앉아 있었다.

안토니오는 뇌졸중을 일으켜 하룻밤 사이에 20년이나 나이를 먹고 왜소화된 만화 속의 캐리커처처럼 보였다. 얼굴의 우측이 마비되어버려서 말을 하면 입가에서 침이 질질 흘러내렸다. 그는 노령으로 망령이 들기 직전이어서 점점 더 마이클의 판단에 의지하게 되었다. 그리고 마지못해서이긴 하지만 제니퍼의 존재를 인정하도록까지 되어 있었다.

그러나 토머스 콜팩스는 그녀를 인정하지 않고 마이클과 콜팩스의 대립은 점점 더 첨예화되어 갔다. 콜팩스는 마이클이 그를 쫓아내고 제니퍼를 그 뒷자리에 앉히려 하고 있다는 것을 알고 있었다. 제니퍼 파커가 머리가 뛰어난 변호사라는 것은 콜팩스도 내심 인정하고 있었지만, 그녀가 과연 마피아의 전통을 이해할 수 있단 말인가? 오랫동안 이 조직이 원만하게 운영되어온 것은 무엇 때문인지 그녀는 알 길이 없을 거라고 생각했다. 마이클이 외부인—그것도 여자를—을 끌어들여서 그들의 사활이 걸린 비밀을 그녀에게 털어놓으려 하다니! 중대한 사태였다.

콜팩스는 간부와 부하 한 사람 한 사람을 만나 자신의 우려를 얘기하고, 그들을 자기 편으로 끌어들이려고 했지만 그들은 마이클을 적으로 돌리기를 두려워했다. 그가 제니퍼를 신용하고 있는 이상, 자신들도 그녀를 믿어야 한다고 생각했다.

토머스 콜팩스는 기회가 찾아오기를 기다려보기로 했다. 그러나 어떻게 해서든 그녀를 쫓아낼 방법을 찾아내야 했다.

제니퍼는 그가 무엇을 생각하고 있는지 알고 있었다. 그의 자존심은 자기를 몰아낸 제니퍼를 절대 용서하지 않을 것이다. 조직에 대한 충성심이 그를 저지하고 그 덕분에 그녀는 무사히 지낼 수 있었다. 그러나 만약 그녀에 대한 증오가 충성심보다도 강해진다면……?

마이클이 제니퍼에게 얼굴을 돌리고 물었다.

"애덤 워너라는 사람을 알고 있어?"

제니퍼는 한순간 심장이 멎는 듯했다. 그리고 갑자기 숨이 막혔다. 마이클은 그녀를 지켜보며 대답을 기다렸다.

"그… 그 상원의원 말인가요?"

제니퍼는 간신히 대답했다.

"응, 우리가 놈을 없애버려야 할 거야."

제니퍼는 자신의 얼굴에서 핏기가 가시는 것 같았다.

"왜요, 마이클?"

"놈이 우리의 사업을 방해하고 있기 때문이지. 그놈 때문에 멕시코 정부가 우리 동료들의 공장을 모조리 폐쇄시키고 있어. 모든 것이 실패로 돌아가게 될 것 같아. 더 이상 내버려둘 수는 없지. 없애버려야겠어."

제니퍼는 분주하게 머리를 작동시켰다.

"만약 워너 의원을 해쳤다가는 당신도 파멸하게 될 거예요."

그녀는 주의 깊게 말을 고르면서 말했다.

"이대로 내버려두었다가는……."

"내 말을 들어보세요, 마이클. 그를 해치워도 열 명의 인간이 그의 뒤를 이을 거예요. 어쩌면 100명이 될지도 모르죠. 그리고 미국의 모든 신문이 당신을 공격하게 될 거고요. 만일 애덤 워너에게 위해가 가해지면 지금과는 비교가 안 될 정도로 대대적인 조사를 하게 될 거예요."

마이클은 고함을 질렀다.

"우리는 지금 엄청난 손해를 보고 있어!"

제니퍼는 말투를 바꿨다.

"마이클, 잘 생각해봐요. 전에도 지금과 같은 상원의 조사 활동이 있었죠? 그런 것이 언제까지 계속될 것이라고 생각해요? 그 상원의원은 한 가지 사건을 끝내면 바로 5분 후에는 다음 조사에 착수해요. 그리고 이전의 사건은 그것으로 끝장이라고요. 폐쇄되었던 공장은 재개되고 당신들은 다시 일을 시작할 수가 있어요. 그 뒤라는 다시 문제가 안 될 거라고 생각해요. 하지만 당신이 말하는 식으로 하면 정부와의 싸움은 한없이 계속될 거예요."

"나는 반대입니다. 내 의견은……."

토머스 콜팩스가 말했다.

마이클 모레티가 불쾌한 듯이 가로막았다.

"아무도 당신의 의견 따위는 묻지 않았어."

토머스 콜팩스는 뺨을 한 대 얻어맞은 것처럼 움찔하고 몸을 뒤로 뺐다. 마이클 모레티가 그에게는 눈길도 주지 않자, 콜팩스는 응원을 구하듯이 안토니오 그라넬리 쪽을 보았다. 하지만 노인은 잠들어 있었다.

마이클은 제니퍼에게 말했다.

"알았어, 변호사 나리. 당분간은 워너에게는 손을 대지 않도록 하지."

제니퍼는 지금까지 자신이 숨을 죽이고 있었다는 것을 깨달았다. 그녀는 천천히 숨을 내쉬었다.

"또 다른 문제는요?"

"있어. 우리의 친구인 마르코 로렌조가 협박과 강도죄로 유죄 판결을 받았어."

마이클은 무거운 금라이터를 집어 들고 담배에 불을 붙였다. 그것은 제니퍼도 신문에서 읽어서 알고 있었다. 로렌조는 몇 차례나 폭력범으로 체포당한 구제받을 수 없는 범죄자라고 쓰여 있었다.

"항소 수속을 밟으라는 건가요?"

"아니, 그가 반드시 교도소로 가게 해달라는 거야."

제니퍼는 놀라서 그의 얼굴을 보았다. 마이클은 라이터를 책상 위에 내려놓았다.

"소문으로는 디 실바가 그를 시실리로 송환할 생각인 것 같아. 시실리에는 마르코의 적이 있어. 송환당하면 24시간도 살아 있지 못할 거야. 그에게 있어서 가장 안전한 곳은 싱싱교도소라고. 1, 2년 지나서 잠잠해지거든 그를 꺼내주겠어. 그를 싱싱에 보내주겠어?"

제니퍼는 망설였다.

"재판이 다른 관할구였다면 아마 할 수 있겠죠. 하지만 내가 개입하면 더 실바가 찬성하지 않을 거예요."

토머스 콜팩스가 즉각 끼어들었다.

"누군가 다른 사람을 내세우는 것이 좋지 않겠어요?"

"다른 사람한테 부탁하려고 생각했다면 처음부터 그렇게 말했겠지."

마이클이 쏘아붙이듯이 말했다. 그는 제니퍼 쪽을 돌아다보았다.

"당신이 해줘야겠어."

마이클 모레티와 닉 비토는 토머스 콜팩스가 세단을 타고 떠나는 것을 창에서 지켜보고 있었다.

마이클이 말했다.

"닉, 놈을 없애버려."

"콜팩스를?"

"놈은 더 이상 신용을 할 수가 없어. 저놈은 늙은이와 마찬가지로 과거의 세계 속에서 살고 있다고."

"알겠습니다, 언제 해치울까요?"

"잠시만 기다려. 때를 알려줄 테니까."

제니퍼는 로렌스 월드맨 판사의 방에 앉아 있었다. 전화를 통한 내화도, 만찬의 초대도 끊기고 그녀는 1년 이상이나 그를 만나지 못했었다. 하지만 그것도 어쩔 수 없는 일이라고 제니퍼는 생각했다. 그녀는 로렌스 월드맨을 좋아했고 그의 우정을 잃는 것이 섭섭했다. 그러나 그것은 자신이 선택한 길인 것이다.

그들은 디 실바를 기다리고 있었다. 두 사람은 잡담을 나눌 계제도 아니고 해서 어색한 침묵을 지킨 채 잠자코 앉아 있었다. 디 실바 검사가 들어와서 의자에 앉자 협의가 시작되었다.

월드맨 판사가 제니퍼에게 말했다.

"로버트의 말로는 내가 로렌조의 판결을 내리기 전에 얘기를 하고 싶다고 했다는데."

"그렇습니다."

제니퍼는 디 실바 지방검사 쪽을 돌아다보았다.

"마르코 로렌조를 싱싱교도소로 보내는 것은 잘못이라고 생각합니다. 그는 미국인이 아니고 불법 입국한 외국인입니다. 그의 고향인 시실리로 송환해야 하지 않을까요?"

디 실바는 놀란 챈 그녀를 쳐다보았다. 그는 로렌조의 국외 추방을 권고할 생각이었다. 그러나 그것이 제니퍼 파커가 원하고 있는 것이라면 다시 생각해보지 않을 수 없었다.

"당신이 그것을 권고하는 이유가 뭐요?"

디 실바가 물었다.

"몇 가지가 있습니다. 우선 첫째로 그를 송환한다면 미국에서 더 이상 범죄를 저지를 수 없게 됩니다. 게다가……."

"싱싱에 집어넣어도 마찬가지요."

"로렌조는 노인입니다. 감금생활을 견뎌낼 수가 없습니다. 교도소에 집어넣으면 미쳐버릴 것입니다. 그의 친구들은 모두 시실리에 있어요. 그곳에서라면 태양을 즐기면서 살다가 가족들 곁에서 편안하게 죽을 수 있을 것입니다."

디 실바는 화가 치민다는 듯이 입을 앙다물었다.

"그는 강도와 강간과 살인을 되풀이해온 갱이란 말이오. 그런데도 당신은 그가 태양을 즐기고 친구와 함께 생활할 수 있을지 없을지를 걱정하고 있소?"

그는 월드맨 판사를 보았다.

"그녀가 말하는 것은 이치에 맞지 않습니다!"

"마르코 로렌조에게도 권리가……."

디 실바는 주먹으로 책상을 내리쳤다.

"그에게는 아무런 권리도 없소! 협박과 강도로 유죄를 선고받은 인간이오."

"시실리에서는 누구도……?"

"무슨 소리를 하는 거요! 여기는 시실리가 아니야!"

디 실바는 소리쳤다.

"그는 미국에 있어야 하오! 미국에서 죄를 범했으니까 미국에서 죗값을 치러야 하오."

그는 일어섰다.

"판사님, 당신의 시간을 낭비할 뿐입니다. 우리는 이 사건에 어떤 타협도 거부합니다. 우리는 마르코 로렌조를 싱싱교도소로 보낼 것을 요구합니다."

월드맨 판사는 제니퍼 쪽을 보았다.

"더 할말은 없습니까?"

그녀는 디 실바를 노려보았다.

"없습니다, 판사님."

월드맨 판사는 말했다.

"내일 아침 판결을 내리겠습니다. 두 사람 모두 나가주세요."

디 실바와 제니퍼는 일어서서 방을 나갔다.

바깥 복도에서 실바 검사가 제니퍼의 얼굴을 보며 웃었다.

"변호사 나리, 당신도 솜씨가 떨어졌구먼."

제니퍼는 어깨를 으쓱했다.

"이따금 질 때도 있어요."

5분 후, 제니퍼는 공중전화로 마이클 모레티와 통화를 하고 있었다.

"이젠 문제없어요. 마르코 로렌조는 싱싱교도소로 가게 될 거예요."

사랑하는 사람

시간은 강처럼 막힘이 없다. 물살이 빠른 강이었다. 거기에는 봄도 여름도 가을도 겨울도 없었고 다만 몇 번의 생일과 즐거웠던 일과 괴로웠던 일들뿐이었다.

승리를 쟁취한 법정에서의 싸움과 패배한 소송이며, 현실적인 마이클과의 사랑과 추억 속의 애덤이 있었다. 그러나 얼마나 빨리 세월이 지나갔는지를 생각나게 하는 가장 두드러진 캘린더는 조슈아였다.

조슈아는 어느덧 7살이 되었다. 그는 하룻밤 사이에 크레용과 그림책의 세계에서 모형 비행기와 스포츠의 세계로 성장한 것처럼 보였다. 키가 크고 하루가 다르게 아버지를 닮아갔지만 닮은 것은 외모뿐만이 아니었다. 그는 감수성이 예민하고, 단정하며 페어플레이를 중히 여기는 마음이 강했다.

장난을 치다가 제니퍼에게 따끔하게 혼이 났어도 제니퍼에게 의연히 말했다.

"나는 키는 4피트밖에 안 되지만 권리는 있어요."

425

그는 애덤의 축소판이었다. 애덤이 그러했듯이 조슈아는 스포츠맨이었다. 조슈아의 우상은 베블 형제와 칼 스톳이었다.

"그런 사람들의 이름은 들어본 적도 없구나."

제니퍼는 말했다.

"엄마는 어느 나라에서 살다 왔어? 리틀 리그를 만든 사람들이야."

"아, 그 베블 형제와 칼 스톳 말이구나."

주말에는 조슈아는 텔레비전의 스포츠 프로를 하나도 남기지 않고 보았다. 축구, 야구, 농구…… 무엇이든 좋아했다. 처음 한동안 그런 경기들을 혼자 보도록 내버려두었다. 그러자 어느 날부터 조슈아는 제니퍼에게 자꾸만 시합 얘기를 들려주었다. 그녀는 무슨 말인지 통 알 수가 없어서 그녀도 조슈아와 함께 스포츠 방송을 보기로 했다. 두 사람은 텔레비전 앞에 앉아 팝콘을 먹으면서 선수들을 응원했다.

어느 날, 조슈아는 걱정스러운 얼굴로 말했다.

"엄마, 솔직하게 묻고 싶은 것이 있어."

"그래, 조슈아."

두 사람은 부엌의 테이블을 사이에 두고 앉았다. 제니퍼는 피너츠 버터 샌드위치를 만들고 우유를 따랐다.

"무슨 걱정거리가 있니?"

조슈아의 목소리는 심각했고 아무래도 불안하게 들렸다.

"친구들이 하는 얘기를 듣고 마음에 걸리는 게 있는데…… 엄마도 내가 크면 섹스를 할 거라고 생각해?"

제니퍼는 작은 요트를 사서 주말에는 조슈아와 함께 후미진 강에서 그것을 타고 즐겼다. 제니퍼는 조슈아가 키를 잡고 있을 때 그의 얼굴을 바라보는 것을 좋아했다. 그는 그 표정을 '빨강머리 에릭의 미소'라고 불렀다. 조슈아는 아버지가 그러했듯이 태어나면서부터 바다 사나이였다.

제니퍼는 불현듯 자기가 조슈아를 통해 애덤과 함께 살아가려고 하는 것은 아닐까 하고 생각했다. 그녀가 아들과 함께 하고 있는 것은―요트를 타는 것도, 스포츠를 보는 것도―모두 애덤과 함께 한 일이었다. 제니퍼는 조슈아를 좋아하므로 그렇게 하고 있는 것이라고 생각했다. 그러나 그것이 정말 그런 것인지 어떤지는 자신이 없었다.

바닷바람과 태양으로 검게 그을린 얼굴에 미소를 머금고 삼각돛의 로프를 당기는 조슈아를 지켜보면서 제니퍼는 이유가 어쨌든 상관없다는 것을 깨달았다. 중요한 것은 아들이 그녀와의 생활을 즐기고 있다는 것이었다. 그는 아버지의 대용품은 아니었다. 그는 독립된 인격이었고, 제니퍼가 이 세상에서 누구보다도 사랑하고 있는 사람이었다.

마이클의 정글

안토니오 그라넬리가 사망하고, 마이클이 그의 제국의 통치권을 장악했다. 대부라는 지위에 걸맞게 그라넬리의 장례는 성대하게 치러졌다. 전 미국의 패밀리의 우두머리와 간부가 참석해서 고인이 된 동지에게 조의를 표하고 새로운 카포에게 충성과 지지를 보장했다. FBI의 직원도 다른 몇몇 정부기관의 직원과 더불어 모습을 보이고 사진을 찍고 있었다.

아버지를 진정으로 사랑하고 있던 로자는 비탄의 눈물로 지새고 있었다. 그러나 남편이 패밀리의 우두머리로서 아버지의 뒤를 잇는다는 사실을 위로 삼아 긍지를 느끼고 있었다.

제니퍼가 마이클에게 점점 더 중요한 존재라는 것이 날이 갈수록 명백해졌다. 뭔가 문제가 일어났을 때 마이클이 상담하는 것은 제니퍼였다. 토머스 콜팩스는 드디어 방해물이 되어갔다.

"그에 대해서는 걱정하지 않아도 돼. 이제 곧 은퇴하게 될 테니까."

마이클은 제니퍼에게 말했다.

조용한 전화벨 소리에 제니퍼는 눈을 떴다. 그녀는 침대에 누운 채 잠시 그 소리를 듣고 있다가 이윽고 몸을 일으켜 작은 테이블 위의 시계를 보았다. 새벽 3시였다.

그녀는 수화기를 들어 올렸다.

"여보세요."

마이클이었다.

"곧장 일어나서 옷을 갈아입을 수 있겠어?"

제니퍼는 몸을 일으켜 잠을 쫓아내려고 했다.

"무슨 일이 생겼어요?"

"에디 산티니가 무장강도 혐의로 조금 전에 체포되었어. 그는 교도소에 두 번 들어갔었어. 이번에 유죄가 되면 종신형이야."

"목격자는 있었나요?"

"세 명이 있었지. 세 명 모두 얼굴은 똑똑히 봤어."

"그는 지금 어디 있죠?"

"51번가 관할 구역 17분서야."

"곧 갈게요."

제니퍼는 가운을 걸치고 부엌으로 내려가 커피를 끓였다. 그녀는 식당에 앉아서 그것을 마시며 밤의 어둠을 응시하면서 생각했다.

'3명의 목격자가 있다. 그리고 3명 모두 그의 얼굴을 똑똑히 보았다.'

그녀는 전화를 걸었다.

"사회부를 부탁합니다."

제니퍼는 빠른 어두로 말했다.

"제보해드릴 게 있어요. 에디 산티니라는 남자가 무장 강도로 체포되었어요. 그의 변호사는 제니퍼 파커로 그녀가 산티니를 석방시키겠다고 하는군요."

그녀는 전화를 끊고 2개의 다른 신문사와 하나의 텔레비전 방송국에도 똑같은 전화를 걸었다. 그것이 끝나자 제니퍼는 시계를 보고 커피를 다시 한 잔 끓여 이번에는 천천히 마셨다. 카메라맨들에게 51번가에 있는 17 분서로 도착할 때까지의 시간적 여유를 주고 싶었던 것이다. 그녀는 2층으로 올라가 옷을 갈아입었다.

제니퍼는 집을 나서기 전에 조슈아의 침실로 갔다. 방에는 야등이 켜 있었다. 조슈아는 푹 잠들어 있었는데 몸을 뒤척여댔기 때문에 담요가 흩어져 있었다. 제니퍼는 살며시 담요를 바로 잡아 덮어주고 그의 이마에 키스하고는 발소리를 죽이며 방을 나서려고 했다.

"어디 가요?"

그녀는 돌아보며 말했다.

"일하러 가는 거야. 더 자렴."

"지금 몇 신데?"

"새벽 4시."

조슈아는 킬킬거리며 웃었다.

"여자로선 일하러 나가기엔 좋은 시간이네."

그녀는 침대 옆으로 갔다.

"너는 남자로선 이상한 시간에 자는구나."

"오늘 밤 텔레비전에서 하는 메츠 경기 같이 볼 수 있어요?"

"물론이지. 꿈나라로 돌아가렴."

"좋아요, 엄마. 힘내세요."

"고맙다."

잠시 후, 제니퍼는 차를 운전해 맨해튼으로 향하고 있었다.

제니퍼가 도착했을 때 〈데일리뉴스〉의 카메라맨 한 사람이 그녀를 기다리고 있었다. 그는 제니퍼를 응시하며 말했다.

"정말이군! 정말 당신이 산티니 사건을 취급합니까?"

"어떻게 알았죠?"

제니퍼는 의심쩍은 어조로 물었다.

"어떤 소식통으로부터죠."

"시간 낭비예요. 사진은 사절하겠어요."

그녀는 안으로 들어가서 에디 산티니의 보석 절차를 취하면서 텔레비전의 카메라맨과 『뉴욕타임스』의 기자와 카메라맨이 도착하는 것을 확인할 때까지 일부러 우물쭈물하며 시간을 끌었다. 그러나 『포스트』지의 기자가 도착할 때까지는 기다릴 수 없겠다고 생각했다.

당직 경위가 말했다.

"미스 파커, 현관에 기자와 방송국 사람들이 와 있습니다. 괜찮으시다면 뒷문을 사용하시죠."

"괜찮아요. 내가 알아서 할게요."

제니퍼는 말했다.

그녀는 에디 산티니를 카메라맨과 기자들이 기다리고 있는 정면의 복도로 데리고 나갔다.

그녀는 말했다.

"저, 여러분. 사진은 찍지 말아 주십시오."

그런 다음, 제니퍼는 신문사와 텔레비전 방송국의 카메라맨들이 사진을 찍는 동안 옆으로 비켜 서 있었다.

한 기자가 물었다.

"이 사건이 당신이 나설 만큼 중요한 이유가 뭡니까?"

"내일이면 알게 될 겁니다. 어떻든 지금 찍은 사진은 사용하지 않도록 해주세요."

기자 한 사람이 큰 소리로 말했다.

"농담하지 마십시오! 보도의 자유도 모릅니까?"

정오 무렵, 마이클 모레티로부터 제니퍼에게 전화가 걸려 왔다. 화가 난 목소리였다.

"신문 봤어?"

"아뇨."

"에디 산티니 사진이 신문 1면에 대문짝만하게 실려 있어. 텔레비전 뉴스에도 나왔고, 난 이 사건을 구경거리로 만들라고 한 적은 없는데!"

"알고 있어요. 내가 꾸민 일이에요."

"뭐라고? 그게 무슨 말이지?"

"그 이유는 말예요, 마이클. 그 세 사람의 목격자 말예요."

"목격자가 어떻다는 거야?"

"당신 말로는 그들은 에디 산티니의 얼굴을 똑똑히 봤다고 했죠? 그들이 출정해서 그가 범인이라는 것을 증언하려고 한다면 범인의 얼굴을 아는 건 신문이나 텔레비전에 나온 그의 사진을 봤기 때문이 아니라는 것을 증명해야만 하게 될 거예요."

전화기 너머로 긴 침묵이 이어졌다. 그리고 마이클은 감탄하며 말했다.

"내 머리는 확실히 돌머리야."

제니퍼는 자신도 모르게 웃음을 터뜨리고 말았다.

그날 오후, 제니퍼가 사무실에 도착해보니 케네스 베일리가 그녀의 방에서 기다리고 있었다. 그녀는 뭔가 좋지 않은 일이 있음이 느껴졌다.

"왜 내게 얘기하지 않았죠?"

케네스는 힐문했다.

"무슨 얘기를요?"

"당신과 마이클 모레티에 관해서 말이오."

제니퍼는 목에까지 나오려던 대답을 삼켰다.

'당신과는 상관없는 일이에요!'라고 말하는 것은 간단했다. 하지만 케네스는 친구였고, 그녀를 진심으로 걱정하고 있었다. 어떤 의미에서는 그와 관련이 있는 일이기도 했다. 제니퍼는 두 사람이 함께 사용하던 좁은 사무실에서부터 지금까지 얼마나 그에게 신세를 졌는지도 알고 있었다.

"케네스, 그 얘기는 그만두기로 해요."

그의 목소리는 격한 노여움으로 가득차 있었다.

"왜? 모두들 그 얘기를 하고 있는데. 당신이 모레티의 정부라고 말이오. 정말 잘 됐군."

그의 얼굴은 창백했다.

"내 사생활은……."

"그는 진흙탕 속에서 살고 있어. 그리고 당신은 그 흙탕물을 사무실로 가지고 들어왔어. 당신은 모레티와 그의 부하인 갱들을 위해 우리 모두에게 일을 시켰어."

"그만둬요!"

"그만두지. 그걸 말하려고 온 거였어. 사무실도 그만두겠어."

그의 말은 그녀에게 충격을 주었다.

"안 돼요! 당신은 모레티를 오해하고 있어요. 한번 그와 만나보면 틀림없이……."

그렇게 말한 순간 제니퍼는 자기의 잘못을 깨달았다.

그는 슬픈 얼굴로 그녀에게 말했다.

"완전히 그에게 빠져버렸군, 쯧쯧……. 그렇지, 전에는 당신은 자기를 지킬 줄 아는 인간이었지. 그때의 당신을 나는 마음에 새겨두고 싶어. 조슈아에게 안부나 전해줘요."

케네스 베일리는 그 말을 하고는 나가버렸다.

제니퍼는 눈물이 솟아오르는 것을 참았다. 목이 꽉 막히고 숨을 제대로 쉴 수가 없었다. 그녀는 고통을 떨쳐버리려고 책상 위에 얼굴을 묻고 눈을 감았다.

그녀가 눈을 떴을 때는 이미 해가 져서 어두워진 후였다. 거리의 불빛이 던지는 기분 나쁜 빨간빛 외에는 사무실은 완전히 암흑이었다. 그녀는 창문으로 다가가 밖을 바라보았다. 거리는 접근하는 맹수를 멀리하기 위해 피워놓은 유일한 캠프파이어가 조금씩 꺼져가는 밤의 정글처럼 보였다. 그것은 마이클의 정글이었다. 도망칠 길은 보이지 않았다.

차기 대통령

샌프란시스코의 실내 스타디움인 카우 팰리스는 전국 각지에서 모여든 대의원으로 가득 찼고 함성과 소음으로 광란의 도가니 같았다. 3명의 대통령 후보가 지명을 받으려고 예비 선거전에서 열광적으로 선전 분투를 하고 있었다. 그러나 그중에서 뛰어난 스타는 애덤 워너였다. 5번째 투표에서 그가 승리를 거두어 만장일치로 지명이 결정되었다. 당은 드디어 그들이 긍지를 가지고 추대할 수 있는 후보자를 얻게 되었다. 반대당의 리더인 현직 대통령은 지지율이 낮았고 국민의 태반이 부적합하다고 생각하고 있었다.

"6시의 뉴스 시간에 자네가 카메라 앞에서 바지를 벗고 흉한 모습을 보이시 않는 한, 사네는 비합중국의 자기 대통령이야."

스튜어트 니덤은 애덤에게 말했다.

애덤은 지명을 받은 후, 리젠시 호텔에서 열린 니덤과 당의 유력 멤버와의 회합에 참석하기 위해 뉴욕으로 날아갔다. 미국 제2의 광고회사 사장인 블레어 로먼도 그 자리에 모습을 나타냈다.

스튜어트 니덤이 말했다.

"애덤, 블레어가 자네의 선거 운동의 홍보를 담당해줄 걸세."

"홍보를 맡게 돼서 대단히 기쁩니다. 당신은 내가 홍보를 맡은 세 번째 대통령입니다."

로먼은 싱긋 웃었다.

"그렇습니까?"

애덤은 이 남자에게 호감을 가질 수가 없었다.

"전략의 일부를 설명해드리겠습니다."

블레어 로먼은 골프 클럽을 휘두르는 제스처를 하면서 방안을 걸어다니기 시작했다.

"우리는 전국에 텔레비전 광고를 통해 미국의 여러 가지 당면 문제를 해결할 수 있는 인물로 당신의 이미지를 팔 것입니다. 빅 대디……다만 젊고 핸섬한 빅 대디로서 말입니다. 아시겠습니까? 대통령님?"

"로먼 씨……."

"뭡니까?"

"나를 대통령이라고 부르지 마십시오."

블레어 로먼은 웃었다.

"실례했습니다. 저도 모르게 그만……내 머리 속에서는 당신은 이미 백악관의 주인이 되어 있습니다. 사실, 당신이 대통령에 합당한 인물이라고 생각지 않았다면 이 캠페인은 맡지 않았을 겁니다. 나는 돈이라면 얼마든지 있으니 돈 때문에 일할 필요는 없지요."

'나는 돈이라면 얼마든지 있으니, 돈 때문에 일할 필요는 없다고 하는 상대는 조심하지 않으면 안 된다'고 애덤은 생각했다.

"우리는 당신이 대통령에 합당한 인물이란 것을 알고 있습니다. 이젠 그것을 국민에게 알리지 않으면 안 됩니다. 내가 준비한 이 차트를 잠깐

봐주십시오. 미국을 민족 그룹별로 구분하고 있습니다. 당신은 그 주요 지점에 가서 악수를 하는 것입니다."

그는 상체를 가까이 가져가 애덤의 얼굴을 들여다보며 열성적으로 말했다.

"당신의 부인은 강력한 무기가 될 것입니다. 여성 잡지는 당신의 가정생활의 취재에 열을 올릴 것이고, 우린 당신을 상품으로써 시장에 팔게 되는 것입니다. A.W."

애덤은 초초해졌다.

"어떤 식으로 할 계획인지요?"

"간단해요. 당신은 하나의 상품입니다, A.W. 다른 제품과 마찬가지로 당신을 파는 것입니다. 우리는……."

애덤은 스튜어트 니덤 쪽을 향했다.

"스튜어트, 당신과 둘이서만 얘기하고 싶은데요."

"좋아."

니덤은 다른 사람들을 향해 말했다.

"휴식하도록 합시다. 저녁식사 후 9시에 다시 이곳으로 모여주세요. 계속 상의하도록 합시다."

애덤은 두 사람만이 남게 되자 불만을 터뜨렸다.

"스튜어트, 난 참을 수가 없어요! 그는 선거를 쇼로 만들려고 해요! '당신은 하나의 상품입니다. 다른 제품과 마찬가지로 당신을 파는 것입니다. A.W.' 아주 귀에 거슬려 죽겠습니다!"

"자네 기분은 알겠네, 애덤."

스튜어트 니덤은 달래듯이 말했다.

"하지만 블레어는 베테랑이야. 자네에게 그가 모시게 되는 세 번째 대통령이라고 한 것은 아무렇게나 내뱉은 말이 아닐세. 아이젠하워이래 역대 대통령은 모두 광고회사에 선거 캠페인을 맡기고 있어. 좋건 싫건 상관없이 캠페인에는 판매 기술이 필요하니까. 블레어 로먼은 대중의 심리를 잘 알고 있어. 본의는 아니지만 어떤 선거에서도 이기고 싶으면 자기라는 인간을… 한 개의 상품으로 팔지 않으면 안 된다는 것이 현실이네."

"나는 불쾌합니다."

"그건 자네가 지불해야 할 대가의 일부야."

그는 애덤에게 다가가 어깨에 손을 얹었다.

"자네는 마음속에 목적을 제대로 가지고 있으면 되네. 백악관이 자네 목표가 아닌가? 좋아, 우리는 자네를 그곳에 보내기 위해 전력을 다하겠네. 자네도 자기 역할을 완수해야 돼. 만약 떠들썩하고 화려한 서커스의 단장이 되어야 한다면 그것도 참아내야 한다네."

"우리에게 꼭 블레어 로먼이 필요한 겁니까?"

"블레어 로먼 같은 인물이 필요하네. 블레어는 그쪽 전문가 중에서 가장 유능하지. 그 사람은 내게 맡겨두게나. 가능한 한 그를 자네에게 접근시키지 않도록 하겠네."

"부탁하겠습니다."

선거 운동이 시작되었다. 그것은 몇몇 텔레비전 스폿뉴스와 후보자의 인사로부터 시작해서 차츰 대규모로 되었다. 드디어 미국 전 지역으로 확산되어 어디를 가나 눈앞에 애덤 워너 상원의원이 있었다. 미국 내의 어디를 가나 그의 모습을 텔레비전에서 볼 수 있었고 라디오에서 목소리가 들렸으며, 게시판에 그의 사진이 나붙었다. 선거전의 주요한 슬로건의 하나는 법과 질서로, 애덤의 범죄 조사위원회에서의 활약이 대대적으로 선전되었다.

블레어 로먼이 애덤에게 비밀스럽게 말했다.

"A.W. 당신은 하이라이트만으로도 좋아요. 중요한 문제를 자세히 논할 필요는 없습니다. 우리가 상품을 팔고 있는 것입니다. 당신이라는 상품을 말입니다.”

애덤은 말했다.

“로먼 씨, 상품의 매출에 관해서는 잘 모르지만, 나는 아침식사용 식품
과는 달라요. 그런 식품처럼 팔아달라고 하고 싶은 마음도 없소. 나는 중
요한 문제를 자세히 얘기합니다. 총명한 미국인은 그런 문제에 관해 알고
싶어 할 거라고 생각하기 때문입니다.”

“난 다만……”

“나와 대통령과의 토론…… 기본적인 문제에 관한 토론 준비를 부탁드
리고 싶소.”

블레어 로먼은 말했다.

“알겠습니다. 곧 대통령의 측근과 타협해보기로 하지요, A.W.”

“그리고 또 한 가지,”

애덤은 말했다.

“뭡니까?”

“A.W.라고 부르지 말아 주시오.”

재회

　우편물 가운데 미국의 법호사협회에서 매년 열리는 연례회를 아카풀코에서 개최한다는 통지가 들어 있었다. 제니퍼는 마침 몇 건의 소송을 다루고 있는 시기였으므로 어느 때 같으면 출석을 사절할 처지였다. 그러나 연례회가 열리는 시기가 조슈아가 방학 중이었으므로 그를 아카풀코로 데려가면 얼마나 즐거워할까 생각했다.

　그녀는 신시아에게 말했다.

　"참석하겠어요. 비행기 예약을 잡아줘요."

　그녀는 매케이 부인도 데리고 갈 작정이었다.

　그날 저녁식사 때 제니퍼는 조슈아에게 그 뉴스를 알렸다.

　"아카풀코에 가보고 싶지 않니?"

　"거긴 멕시코잖아! 서해안에 있는 곳 말이지?"

　그는 말했다.

　"그래."

　"탑리스비치에 가도 돼요?"

"조슈아!"

"엄마 어떤 곳인지 알잖아요. 거기선 벌거벗고 있는 게 자연스러운 거 잖아요."

"생각해보자."

"그리고 바다에 가서 낚시도 할 수 있어요?"

제니퍼는 조슈아가 큰 고기를 낚아 올리는 모습을 상상하며 웃음이 터져 나오려는 것을 참았다.

"글쎄, 어떨까. 먼 바다엔 굉장히 큰 고기가 있단다."

"너무 쉬우면 재미가 없거든. 스포츠라고 할 수가 없어."

조슈아는 아주 진지하게 설명했다. 마치 애덤이 했을 만한 말이었다.

"그건 그렇지."

"그밖에 뭘 할 수 있죠?"

"승마나 하이킹이나 명승지 구경……."

"오래된 성지 순례는 하지 말아요. 어디나 모두 마찬가지니까."

애덤도 그렇게 말하곤 했었다.

'성당은 하나를 보면 모두 본 거나 마찬가지야.'

연례회는 월요일에 시작되기로 되어 있었다. 제니퍼와 조슈아와 매케이 부인은 금요일 아침 브래니프 제트기를 타고 아카풀코로 날아갔다. 조슈아는 비행기는 여러 번 타봤지만 비행기를 탄다는 말에 신이 나서 흥분해 있었다. 반면 매케이 부인은 두려워하고 있었다.

조슈아가 그녀를 위로했다.

"이렇게 생각해봐요. 추락한다고 해도 아픈 것은 1초뿐이래요."

매케이 부인은 그 말에 얼굴이 하얗게 질렸다.

비행기는 오후 4시에 베니토 후아레스 공항에 착륙했고 그로부터 1시간 후에 세 사람은 라스 브리사스 호텔에 도착했다. 호텔은 아카풀코에서 8마일 떨어진 거리에 있었고 각기 스페인식 뜰이 있는 아름다운 핑크색 방갈로로 언덕 위에 늘어서 있었다. 제니퍼의 방갈로와 다른 몇몇 방갈로에는 전용 풀까지 있었다. 그밖에도 몇몇 대회 등이 열리고 있어서 아카풀코는 손님으로 붐볐고 호텔 예약이 어려웠다. 그러나 제니퍼의 고객인 한 회사에 전화를 하자 1시간 후에 라스 브리사스 호텔은 기꺼이 방을 내주겠다고 알려왔다.

그들이 여행가방을 정리하고 있을 때 조슈아가 말했다.

"시내로 나가면 사람들이 어느 나라 말을 하는지 들어볼 수 있을까? 난 영어를 사용하지 않는 나라에 온 것은 처음이에요."

그는 잠깐 생각한 다음 덧붙였다.

"영국만 빼놓고 말이야."

세 사람은 거리로 나가 북적대는 시내의 중심, 소칼로를 어슬렁거리며 걸었다. 그러나 귀에 들어오는 대화는 영어뿐이었으므로 조슈아는 낙심천만이었다. 아카풀코는 미국 관광객으로 넘치고 있었다.

그들은 거리의 구시가지의 산보른 맞은편에 위치한 중앙부두의 화려한 시장을 구경하고 다녔다. 몇백 개나 되는 노점이 어지러울 정도로 다양한 상품들을 늘어놓고 있었다.

그들은 저녁이 가까워지자 칼란드리아라는 마차를 타고 해안으로 갔다가 그곳에서 다시 시내로 돌아왔다.

그들은 아르만도르 레에서 저녁식사를 했다.

"엄마, 난 멕시코 음식을 참 좋아해요."

조슈아가 단정 짓듯이 말했다.

"다행이구나. 하지만 이건 프랑스 음식인걸."

제니퍼는 말했다.

그들의 토요일 일정도 꽉 차 있었다. 오전 중에는 약간 고급스러운 상점들이 있는 라 케브라다에서 쇼핑을 했다. 그리고 코유카 22에서 점심으로 멕시코 요리를 먹었다. 조슈아가 말했다.

"이것도 프랑스 요리라고 하겠지?"

"아니, 이건 진짜야, 그링고."

"그링고가 뭔데?"

"당신이란 말이야, 아미고(친구)."

칼레타 광장 가까이에 있는 어떤 건물 앞을 지나다가 조슈아는 하이알라이의 경기가 벌어지고 있다는 것을 알리는 게시판을 보았다.

그는 눈을 휘둥그레 뜨고 멈춰섰다. 제니퍼가 물었다.

"하이알라이 시합을 보고 싶니?"

조슈아는 끄덕였다.

"그다지 비싸지 않으면 보여주마. 돈이 다 떨어지면 집에 돌아갈 수 없으니까."

"보고 싶어요."

그들은 안으로 들어가 격렬하게 벌어지는 시합을 구경했다. 제니퍼는 조슈아를 대신해서 돈을 걸었고 그의 팀이 승리했다.

제니퍼가 호텔로 돌아가자고 하자 조슈아가 물었다.

"저, 엄마, 그전에 다이빙 쇼를 구경하면 안 될까?"

그날 아침 호텔의 지배인으로부터 그 얘기를 들었던 것이다.

"조슈아, 너 정말 쉬지 않아도 되겠니?"

"엄마가 지쳤다면 나도 쉬시워. 자꾸 엄마 나이를 까믹는단 말이야."

제니퍼는 움찔했다.

"내 나이 걱정은 안해도 돼."

그녀는 매케이 부인에게 물었다.

"아줌마도 다이빙 쇼 괜찮겠어요?"

"네."

매케이 부인은 앓는 소리를 내며 대답했다.

다이빙은 라 케브라다의 벼랑에서 벌어지고 있었다. 제니퍼와 조슈아와 매케이 부인은 일반 관람대 위에 서서 다이버들이 훨훨 불타는 횃불을 손에 들고 150피트 아래의 바위에 둘러싸인 좁은 바다 속으로 뛰어드는 것을 구경했다. 그들은 후미에서 밀려오는 큰 파도와 시간을 맞추어 뛰어들어야만 했다. 조금이라도 잘못하면 즉사였다.

쇼가 끝나자 소년이 다이버들을 위한 기부금을 모집하고 다녔다.

"1페소를 기부해주세요."

제니퍼는 5페소를 주었다.

그녀는 그날 밤 다이버들의 꿈을 꾸었다.

라스 브리사스 호텔은 라 콘차라고 불리는 전용 해안을 가지고 있었다. 일요일 아침 일찍 제니퍼와 조슈아와 매케이 부인은 호텔에서 손님을 위해 서틀로 운행하고 있는 핑크색 덮개를 씌운 지프를 타고 그 해안으로 갔다.

날씨는 아주 좋았다. 항구에는 모터보트와 요트가 점점이 떠 있고 그것은 반짝이는 청색 캠퍼스처럼 보였다.

조슈아는 테라스 끝에 서서 질주하는 수상스키어들을 바라보았다.

"엄마, 수상스키가 아카풀코에서 맨처음 시작되었다는 거 알아요?"

"아니. 어디서 들었니?"

"책에서 읽었거나 아니면 내가 꾸며낸 거겠지."

"틀림없이 네가 생각해낸 걸 거야."

"수상스키를 좀 타면 안 될까요?"

"저 모터보트는 속도가 대단히 빨라. 무섭지 않니?"

조슈아는 물 위를 스치면서 미끄러지는 스키어에게 눈길을 보냈다.

"그 사나이는 말했어. '너를 예수한테 돌려보내 주겠다고.' 그리고는 내 손에 못을 박았어."

그 두려운 시련의 경험을 그가 입에 올린 것은 이것이 처음이었다. 제니퍼는 무릎을 꿇고 조슈아를 끌어안았다.

"조슈아, 어떻게 그 일을 생각하게 되었지?"

그는 어깨를 으쓱했다.

"모르겠어. 예수는 물 위를 걸었고, 저기 있는 스키어들도 물 위를 걷고 있어서 그런가 봐."

그는 엄마가 쇼크를 받은 표정을 알아차렸다.

"미안해요, 엄마. 난 그 일은 거의 잊고 있었어. 정말이야."

그녀는 조슈아를 꼭 껴안고 말했다.

"괜찮아, 애야. 수상스키를 타러 가도 좋아. 하지만 그전에 점심을 먹기로 하자."

라 콘차의 야외 식당에는 분홍색 린넨 천이 깔린 칼린 탁자들이 놓여 있었고, 분홍색과 흰색 줄이 쳐진 파라솔로 햇볕을 가리고 있었다. 주식은 뷔페 형식이었는데, 긴 테이블 위에는 상상할 수 없을 만큼 많은 종류의 음식이 진열되어 있었다. 다른 테이블에는 갓 만들어낸 디저트가 있었다. 조슈아가 자기 접시를 세 번씩이나 연거푸 비우는 것을 두 여인은 감탄하며 바라보고 있었다.

이윽고 그는 만족해하며 의자에 몸을 파묻었다.

"대단히 좋은 식당이야. 난 이게 어느 나라 음식이든 상관없어요."

조슈아는 그렇게 말하며 일어섰다.

"수상스키 타는 것을 알아보러 갔다올게요."

매케이 부인은 요리에 거의 손도 대지 않고 있었다.

"기분이 안 좋은가요? 여기에 온 뒤로 아무것도 먹지 않고 있군요."
제니퍼는 물었다.

매케이 부인은 몸을 가까이 가져오며 속삭이듯 말했다.

"체할까 봐 두려워서요!"

"이런 곳이라면 그런 걱정은 하지 않아도 좋아요."

"난 외국 음식이 맞지 않아요."

매케이 부인은 경멸하듯이 말했다.

조슈아가 달려와서 말했다.

"모터보트를 부탁했어요. 곧 가도 되죠?"

"좀 더 기다리는 게 좋지 않겠니?"

"왜?"

"조슈아, 지금 막 식사를 해서 가라앉고 말 거야."

"타게 해줘요!"

그는 애원했다.

매케이 부인이 해안에 남아 지켜보는 가운데 제니퍼와 조슈아는 모터보트를 탔고 조슈아는 처음으로 수상스키를 배웠다. 그는 처음 5분간은 계속 쓰러지기만 하다가 그 뒤엔 마치 수상스키를 타기 위해 태어난 것처럼 재치 있게 탔다. 해질 무렵이 되기 전에 조슈아는 한 발로만 타는 재주를 보였으며 끝내는 스키를 신지 않은 채 발뒤꿈치만으로 물위를 활주할 수 있게 되었다.

그런 다음 그들은 모래 위에서 놀거나 수영을 하면서 지냈다.

지프로 호텔에 돌아오면서 조슈아는 제니퍼에게 몸을 기대며 말했다.

"저, 엄마, 지금까지 이렇게 즐거운 날은 없었어."

마이클의 말이 그녀의 머리에 떠올랐다.

'지금까지 이렇게 즐거운 밤은 없었어.'

월요일, 제니퍼는 일찍 일어나 연례회에 나가기 위해 옷을 단정히 입었다. 그녀는 풍성하게 아랫단이 퍼진 짙은 녹색 스커트를 입고 커다란 장미가 수놓아진 블라우스를 입었다. 다소곳이 열려 있는 깃속으로 아름답게 그을린 윤기 있는 살결이 비쳤다. 그녀는 거울에 비친 자기의 모습을 점검하고 만족해했다. 조슈아가 자기 엄마를 한물갔다고 생각한다는 사실에도 불구하고 제니퍼는 자신이 34세의 아름다운 누나처럼 보인다는 것을 알고 있었다. 그녀는 혼자 빙긋이 웃었다. 이 여행을 하기로 한 것은 정말 잘한 일이라고 생각했다.

제니퍼는 매케이 부인에게 말했다.

"난 가봐야겠어요. 조슈아를 부탁해요. 너무 햇볕에 그을리지 않도록 조심하게 해줘요."

거대한 컨벤션 센터 빌딩은 5개의 건물이 모여 있었고, 빙 둘러 주위를 둘러싼 지붕이 딸린 테라스로 연결되어 있었다. 푸른 나무들이 무성한 35에이커 이상의 부지에 펼쳐져 있었으며 손질이 잘된 잔디에는 콜럼버스의 미대륙 발견 이전의 조각상이 여기저기 놓여 있었다.

변호사협회 연례회는 7천5백 명을 수용할 수 있는 커다란 홀인 테오티우아칸에서 열리고 있었다.

제니퍼는 접수창구에서 사인을 하고 넓은 홀로 들어갔다. 회의장은 만원이었다. 그녀는 이곳저곳에서 많은 친구와 지인들을 발견했다. 회원의 대부분이 보수적인 정장 차림 대신 밝고 화려한 스포츠 셔츠와 바지로 갈아입고 있었다. 모두가 휴가를 즐기러 온 것 같다고 제니퍼는 생각했다.

'시카고나 디트로이트가 아닌 아카풀코에서 연례회를 여는 데는 그럴 만한 이유가 있구나.'

그들은 꽉 죄는 칼라나 소박한 넥타이를 내던지고 열대의 태양 아래서 자유를 만끽하고 있었다.

제니퍼는 입구에서 프로그램을 받았는데 몇몇 친구와 얘기에 열중하게 되어 그걸 들여다보지 못했다.

굵직하고 저음의 안내방송이 스피커에서 울려나왔다.

"알려드리겠습니다! 모두 자리에 앉아주세요. 알려드립니다! 자리에 앉아 주세요."

사람들은 자리에 앉았다. 몇몇 작은 그룹도 할 수 없이 흩어지기 시작했고, 제니퍼가 눈을 들자 몇몇 남자가 단상에 서 있는 것이 보였다.

그 중앙에 애덤 워너가 있었다. 그 순간, 제니퍼는 화석이 된 것처럼 그대로 서 있었다. 애덤은 마이크 옆의 의자로 걸어가 앉았다. 그녀의 심장이 격렬하게 뛰기 시작했다. 애덤을 보는 것은 작은 이탈리아 식당에서 점심식사를 함께 한 후 처음이었다.

제니퍼는 순간 도망쳐 버리고 싶은 충동을 느꼈다. 애덤이 오리라고는 전혀 예상치 못했고, 그와 얼굴을 마주치는 것은 생각하는 것만으로도 견디기 어려웠다. 애덤, 그의 아들이 같은 도시에 있다는 것이 제니퍼를 낭패케 했다. 그녀는 곧 이곳을 나가야겠다고 생각했다.

그녀가 나오려고 막 몸을 돌렸을 때, 사회자의 목소리가 스피커로부터 흘러나왔다.

"아직 서 있는 분이 있는데, 자리에 앉아주시기 바랍니다. 개회를 하겠습니다."

주위 사람들이 자리에 앉기 시작했으므로 제니퍼는 자기가 눈에 띄게 된다는 것을 알아차렸다. 그녀는 기회가 있는 대로 빠져나가리라 생각하며 일단 살며시 의자에 앉았다.

사회자가 말했다.

"오늘은 미합중국 대통령 선거의 지명 후보자를 내빈으로 모셨습니다. 이분은 뉴욕변호사협회의 회원이며 미국 상원의 가장 저명한 멤버 중 한 사람이기도 합니다. 영광으로 생각하며 소개해드리겠습니다. 애덤 워너 상원의원입니다."

애덤이 일어나 환호의 박수에 답하는 것을 제니퍼는 지켜보았다. 그는 마이크로 다가가 홀을 둘러보았다.

"감사합니다, 의장님. 그리고 이곳에 모인 협회회원 여러분!"

애덤의 목소리는 멋지게 들렸다. 그에게는 사람을 끌어들이는 위엄이 있었다. 회의장은 쥐죽은 듯 조용해졌다.

"오늘 우리가 이곳에 모이게 된 것은 많은 이유가 있습니다."

그는 말을 시작했다.

"몇몇 사람들은 해수욕을 하기 위해서, 또한 스쿠버 다이빙을 하기 위해서 왔을 것입니다……."

호의적인 웃음이 작은 물결처럼 일었다.

"그러나 우리가 이곳에 모인 주된 이유는 의견이나 지식을 교환하거나 새로운 개념에 관해 논하기 위해서입니다. 내 기억으로는 오늘날 법률가들은 어느 시대보다도 혹독한 비난 속에서 일하고 있습니다. 대법원장마저 우리 직업에 대해 대단히 비판적입니다."

그가 우리란 말을 써서 자기를 다른 사람들과 동렬에 두고 있는 것에 제니퍼는 호감을 느꼈다. 그녀는 그의 말들을 그냥 흘러보내며 그의 얼굴과 몸짓을 지켜보고 목소리를 듣는 것만으로 만족스러웠다. 어쩌나 그가 말을 멈추고 손가락으로 머리카락을 빗어올렸을 때는 제니퍼는 흠칫 놀랐다. 그것은 조슈아의 몸짓과 똑같았다. 그의 아들이 불과 몇 마일밖에 안 되는 곳에 있는데 애덤은 그것을 까마득히 모르고 있는 것이다.

애덤의 목소리는 강해지고 힘이 서렸다.

"이 회의장에는 형사변호사도 있습니다. 나는 이제까지 그 일이 우리의 직업 중에서 가장 흥미 있는 분야라고 생각해온 것을 인정합니다. 형사변호사는 종종 생과 사에 관여하게 됩니다. 그것은 대단히 명예로운 직업이며, 우리 모두가 자랑할 수 있는 것입니다. 그러나…그들 중에는……."

그의 목소리는 엄숙해졌다.

여기서 제니퍼는 애덤이 대명사의 사용 구분에 의해 자기를 제외하고 있는 것을 알아차렸다.

"스스로의 맹세를 유린하는 행위를 하고 있는 사람이 있습니다. 미국의 법체계는 모든 시민이 공정한 재판을 받을 수 있도록 불가침의 권리에 기초를 두고 있습니다. 그러나 그 법률이 웃음거리가 되고 변호사들이 그 시간과 에너지를 낭비하고 상상력이나 숙달된 기술을 구사해서 법률에 항거하고 정의를 전복시키는 방법을 탐구하게 될 때는 그 어떤 대책을 강구하지 않으면 안 된다고 나는 생각합니다."

열변을 토하는 애덤에게 회의장의 모든 눈이 집중했다.

"여러분, 내가 이 말씀을 드리는 것은 나 자신의 경험에서이며 현재 일어나고 있는 몇몇 사건에 대한 강한 분노에서입니다. 나는 현재 미국의 조직범죄를 조사하는 상원위원회의 위원장직을 맡고 있습니다. 나의 위원회는 국가의 최고 법률 집행 기관보다도 강력하다고 자부하는 어떤 조직에 의해 자주 방해받고 좌절해왔습니다. 판사가 매수되고 가족이 협박당하며 중요 증인이 실종되는 것을 나는 봐왔습니다. 우리나라의 조직범죄는 우리의 경제를 압박하고 법정을 삼켜버리고 우리의 생명 그 자체를 위협하는 가공할 거대한 괴물입니다. 변호사의 태반은 훌륭한 일을 하고 있는 훌륭한 분들이십니다. 그러나 나는 우리의 법률을 멸시하고 있는 소수의 변호사에게 경고하고 싶습니다. 당신들은 중대한 과오를 범하고 있다, 그리고 그 과오의 대가를 치르지 않으면 안 될 것이다. 이상 지금까지 경청해주셔서 고맙습니다."

애덤이 자리에 앉자 우레와 같은 박수소리가 났고 한동안 그칠 줄을 몰랐다. 제니퍼도 자신도 모르게 일어서서 그에 가담했지만 머릿속으로는 그의 마지막 말에 관해 생각하고 있었다. 그것은 마치 그가 직접 그녀에

450

게 경고하는 것 같았다. 제니퍼는 사람들이 붐비는 곳을 헤집고 출구로 향했다.

제니퍼가 문 쪽에 가까워졌을 때 1년 전에 함께 일한 적이 있는 멕시코인 변호사가 말을 걸어 왔다.

그는 근엄하게 그녀의 손에 키스를 하고 말했다.

"제니퍼, 우리의 나라에 다시 와 주셔서 영광입니다. 오늘 밤에 꼭 식사를 함께 할 수 있기를 바랍니다."

제니퍼와 조슈아는 그날 밤에 마리아 엘레나로 민속무용을 구경하러 갈 계획이었다.

"루이스, 청해주셔서 고맙습니다만 달리 약속이 있어서……."

젖어있는 듯 그의 커다란 눈에 실망의 빛이 떠올랐다.

"그럼 내일은?"

제니퍼가 답하기도 전에 뉴욕의 지방 검사보가 그녀 옆으로 다가 왔다.

"여어! 이런 곳에서 뭘 하고 있소? 오늘밤에 함께 식사라도 합시다. '네 펜사'라는 멕시코의 디스코 클럽이 있는데 바닥은 유리로 되어 있고 밑에서 조명이 비치는데 천장은 거울로 되어 있다는군요."

그는 말했다.

"재미있겠네요. 고마워요. 하지만 오늘 밤은 일이 있어서요."

제니퍼는 몇 분 후에는 지금까지 함께 일을 했거나 맞서 싸웠던 법률가들에게 둘러싸여 있었다. 그들은 모두 유명인인 그녀와 얘기를 하고 싶어했다. 30분쯤 지난 후에야 그녀는 간신히 도망칠 수가 있었다. 제니퍼가 바쁜 걸음으로 로비를 지나 줄구로 향하는데 애덤이 신문기사와 첩보기관의 경호원들에 둘러싸여 그녀 쪽으로 걸어왔다. 제니퍼는 돌아서려고 했지만 이미 때는 늦었다. 애덤이 그녀를 알아보았다.

"제니퍼!"

그녀는 순간 못 들은 체하려고 했지만 많은 사람들이 있는 곳에서 그에게 거북한 마음을 갖게 할 수는 없었다. 그녀는 간단히 인사만 하고 돌아가려고 했다.

그녀는 애덤이 기자들에게 "지금으로서 코멘트는 그것뿐입니다. 그럼 실례."라고 말하면서 다가오는 것을 바라보고 있었다.

잠시 뒤 애덤이 다가와 제니퍼의 손을 잡고 그녀의 눈을 들여다보았다. 마치 두 사람은 한순간도 떨어져 있지 않았던 것처럼 보였다. 그들은 로비에서 사람들에게 둘러싸여 있는데도 다른 사람들의 모습은 전혀 눈에 들어오지 않았다. 두 사람이 얼마 동안 서로 마주보고 서 있었는지 제니퍼로서는 전혀 알 수가 없었다.

드디어 애덤이 말했다.

"잠깐…… 잠깐 한 잔 합시다."

"그러지 않는 편이 좋을 거예요."

그녀는 빨리 도망치고 싶었다.

애덤은 고개를 저었다.

"그럴 순 없어."

그는 제니퍼의 팔을 붙잡고 붐비는 바(bar)로 그녀를 데려갔다. 그들은 안쪽에 비어 있는 테이블을 찾아냈다.

"당신에게 전화도 걸었고 편지도 썼어. 당신은 한 번도 전화를 주지 않았고 편지는 반송되어 왔지."

애덤은 말했다.

그는 물어볼 말이 산더미처럼 쌓였다는 듯한 표정으로 제니퍼를 응시했다.

"당신 생각을 하지 않은 날은 하루도 없었어. 왜 잠적해버렸지?"

"그건 내 마술의 하나죠."

제니퍼는 농담조로 말했다.

웨이터가 주문을 받으러 왔다. 애덤은 제니퍼에게 말했다.

"뭐가 좋겠어?"

"아무것도 필요 없어요. 금방 돌아가야 돼요, 애덤."

"당신은 갈 수 없어. 오늘은 축제야, 혁명기념일이지."

"멕시코의? 미국의?"

"어느 쪽이면 어때. 마르가리타 두 잔."

그는 웨이터에게 말했다.

"아뇨, 난……."

'그래, 좋아요. 한 잔 뿐이라면' 하고 그녀는 생각했다.

"내 것은 더블로 해요."

제니퍼는 드디어 그렇게 말하고 말았다.

웨이터는 고개를 끄덕이고 물러갔다.

"당신에 대해서는 늘 신문에서 읽고 있어요. 훌륭해요, 애덤."

제니퍼는 말했다.

"고마워. 나도 당신에 관해서 읽고 있어."

애덤은 망설이며 말했다.

그녀는 그의 목소리의 상태를 알아차렸다.

"하지만 나를 훌륭하다고는 생각지 않고 있군요."

"당신에겐 범죄 조직의 의뢰인이 많이 있는 모양이더군."

제니퍼는 문득 반항적이 되었다.

"당신의 설교는 아까 들었어요."

"제니퍼, 나는 설교하는 것이 아니야. 당신이 걱정되어서 그래. 내 위원회는 마이클 모레티를 추적하고 있어. 우리는 반느시 그들을 삽아들이고 말 거야."

제니퍼는 법률가로 가득 차 있는 바를 둘러보았다.

"부탁이에요, 애덤. 우린 그 얘기를 해선 안 돼요. 특히 이곳에서는."

"그럼 어디라면 되겠어?"

"어디서도 안 돼요. 마이클 모레티는 나의 의뢰인이에요. 당신과 그에 관한 얘기를 할 수는 없어요."

"난 당신과 얘기하고 싶어. 어디가 좋겠어?"

그녀는 고개를 저었다.

"말했잖아요. 난⋯⋯."

"우리에 관해서 이야기할 것이 있어."

"우리의 일은 얘기할 것이 없어요."

제니퍼는 일어서려고 했다.

애덤은 그녀의 팔을 붙잡았다.

"가지 마. 당신을 보낼 수 없어."

제니퍼는 할 수 없이 앉았다.

애덤의 눈은 지그시 그녀의 얼굴을 주시하고 있었다.

"나를 생각한 적은 없었어?"

제니퍼는 그를 쳐다보았다. 그녀는 울어야 할지 웃어야 할지 알 수가 없었다. 생각한 적이 없었냐고? 애덤은 자신의 집에서 동거를 하고 있었다. 그녀는 매일 아침 안녕의 키스를 하고 아침을 지어주고 함께 요트를 타며 진심으로 사랑하고 있었다.

"있어요, 당신을 생각하죠."

제니퍼는 간신히 대답했다.

"그건 기쁘군. 당신은 행복해?"

"물론이에요."

제니퍼는 그 대답이 너무 빨랐다는 것을 알아차렸다. 그녀는 아무렇지 않은 듯 얘기하기로 마음먹었다.

"사무실은 번창하고 있고 경제적으로도 곤란하지 않고 사방으로 여행도 다니고 멋진 남성들과도 만나죠. 부인은 잘 있나요?"

"잘 있어."

그의 목소리는 나지막했다.

"따님은?"

그는 끄덕였고 자랑스러운 표정을 떠올렸다.

"사만다는 좋은 아이야. 쑥쑥 자라고 있지."

'조슈아와 같은 나이예요.'

"당신은 결혼하지 않았나?"

"네."

제니퍼는 입을 다물었다. 그로부터 말을 계속하려고 했지만 그녀는 너무 오래 망설였다. 이미 때가 늦었다. 애덤은 그녀의 눈을 들여다보고 곧 진실을 깨달았던 것이다.

그는 그녀의 손을 굳게 쥐었다.

"제니퍼! 내 사랑!"

어떤 추억

팔로마 블랑카 호는 엔진이 딸린 요트로 달빛을 받아 하얗게 뽐내듯 빛나고 있었다. 제니퍼는 주위를 둘러보고 아무에게도 들키지 않았음을 확인한 뒤 천천히 요트로 다가갔다. 애덤은 첩보기관의 경호원을 떼어버리고 가겠다고 했는데 분명 성공한 것 같았다. 제니퍼는 조슈아와 매케이 부인을 마리아 엘레나에 보내놓고 택시를 타고 부두의 약간 못 미친 곳에서 내렸다.

제니퍼는 몇 번씩이나 전화를 들어 애덤에게 갈 수 없다고 거절하려고 했다. 편지도 썼지만 도중에 찢어버렸다. 그녀는 바에서 애덤과 헤어진 순간부터 미친 듯이 방황했다. 그녀는 애덤과 만나서는 안 될 모든 이유를 헤아려보았다. 만나서 좋은 결과가 생길 가능성이 하나도 없었을 뿐만 아니라 커다란 위험을 초래할 염려가 있었다. 애덤의 정치 생명이 끊기는 일이 될지도 모르는 것이다. 그는 바야흐로 인기의 절정에 있으며 이상주의자로서 미래에 대한 희망의 별이었고, 매스컴의 총아이기도 했다. 그러나 그의 이미지를 만드는 데 협력해왔던 매스컴들이라도 만약 애덤이 그 이미지를 배신하는 짓을 하게 되면 곧바로 그를 나락의 구덩이로 추락시켜버릴 것이 틀림없었다.

그래서 제니퍼는 그와 만나지 않으리라고 결심했던 것이다. 그녀는 이전과는 다른 인생을 보내고 있는 다른 여자인 것이다. 이제는 마이클의 애인이며…….

애덤은 배에 오르는 발판의 위쪽에서 그녀를 기다리고 있었다.

"오지 않으면 어쩌나 하고 걱정하고 있었어."

그녀는 그의 팔에 안겼고 두 사람은 목마른 키스를 나누었다.

"애덤, 승무원들은?"

이윽고 제니퍼가 물었다.

"쫓아버렸어. 요트 조종법을 아직 알고 있어?"

"알고 있어요."

두 사람은 돛을 올리고 로프를 감아 요트를 출발시켰다. 그리고 그로부터 10분 후에는 요트는 항구에서 넓은 바다를 향해 달려가고 있었다. 처음 30분간은 그들은 돛을 조종하는 데 바빴다. 그러나 그러는 동안에도 서로를 강하게 의식하고 있었다. 그 긴장은 차츰 고조되었고 두 사람은 이제부터 일어나려고 하는 일을 피할 수 없음을 깨달았다.

요트가 드디어 항구에서 벗어나 달빛에 비치는 태평양을 달리기 시작했을 때 애덤은 제니퍼에게 다가와 그녀의 몸에 두 팔을 감았다.

향긋한 바람을 맨살에 받으면서 두 사람은 별이 총총한 하늘 아래서 사랑을 나누었다.

과거도 미래도 사라져버렸고 재빠르게 지나가는 순간 속에서 두 사람을 굳게 맺어주는 현재가 있을 뿐이었다. 왜냐하면 애덤의 팔에 안겨 있는 이 밤은 시작이 아니라 마지막이란 것을 제니퍼는 알고 있었기 때문이었다. 멀어지게 된 2개의 세계에 걸쳐놓을 다리는 없었다. 그들은 각각 다른 방향으로 너무 먼 여행을 했고 돌아설 길도 없었다…… 지금도, 앞으로도 그녀는 항상 조슈아에게서 애덤을 발견하게 될 것이다. 그녀는 그것으로 충분했고 또한 그것으로 만족하지 않으면 안 될 것이다.

이날 밤을 그녀는 일생의 추억으로 간직해야만 했다.

요트에 밀려오는 조용한 파도 소리를 들으면서 두 사람은 옆으로 나란히 누워 있었다.

애덤이 말했다.

"내일은……."

"아무 말도 하지 마세요. 다만 사랑해주기만 하면 돼요, 애덤."

제니퍼는 속삭였다.

그녀는 가벼운 키스로 그의 입술을 덮었고 그의 긴장된 늠름한 몸을 따라 살며시 손가락을 달리게 했다. 그녀의 손은 천천히 원을 그리면서 아래로 움직여 내려갔다.

"아, 제니퍼!"

애덤은 속삭였다. 그리고 그의 입은 그녀의 알몸의 아래쪽으로 내려가고 있었다.

격돌

"그 새끼가 자꾸 나한테 엉기더라고. 그래서 박살을 낼 수밖에 없었지."

꼬마인 살바토레가 투덜거렸다.

닉 비토가 웃었다. 리틀 플라워에게 집적대는 바보는 죽음을 당해도 자업자득이란 것이다. 닉 비토는 농장 집 거실에서의 회의가 끝나기를 기다리면서 부엌에서 살바토레 포레와 조셉 코레라를 상대로 옛날 이야기에 꽃을 피우고 있었다. 작은 사나이인 포레와 거한인 코레라는 친구였다. 그들은 위험을 함께 해온 사이였다. 닉 비토는 만족스러운 기분으로 두 사람을 보면서 생각했다.

'둘은 내 형제와 같은 존재야.'

"내 사촌 피트는 잘 있어?"

닉은 거한인 코레라에게 물었다.

"재수없게 걸려들었어. 수감되었지만 걱정할 건 없어."

"그 자식 참 멋진 놈인데 말야."

"그래, 피트는 좋은 녀석이지. 운이 좀 나빴지만 말이야. 녀석은 은행에서 일을 할 때 거들었지만 전문 분야가 달라서 경찰에 체포되고 말았지. 그래서 무거운 형을 먹었어. 교도관들이 동료를 배반하게 만들려고 했지만 헛수고였어."

"그랬다고 하더군. 대단한 녀석이야."

"정말 그래. 그애는 항상 큰 돈이나 큰 여자, 큰 차에만 눈독을 들였지."

거실에서 노성이 들렸다. 그들은 잠시 귀를 기울였다.

"콜팩스가 화가 난 모양이야."

토머스 콜팩스와 마이클 모레티는 패밀리가 바하마 제도에서 시작하려는 커다란 도박장의 수속을 제니퍼에게 담당시키는 문제를 논의하고 있었다.

"그래서는 안 돼, 마이클. 나는 그 방면에 많은 친구가 있지만 그녀에겐 없어. 내게 시켜주게."

콜팩스가 반대했다. 그는 목소리가 너무 큰 것을 알아차렸지만 자신을 자제할 수 없었다.

"이미 늦었소."

마이클이 말했다.

"그 여자는 믿을 수가 없어. 안토니오도 신용하지 않았어."

"그는 이미 세상에 없소."

마이클의 목소리는 이상하리 만큼 조용했다.

토머스 콜팩스는 이제 물러설 때라고 생각했다.

"알겠네, 마이클. 나는 다만 그 여자를 끌어들인 것은 잘못이라고 말하고 있을 뿐이야. 그 여자가 머리가 좋은 것만은 인정해. 하지만 그녀 때문에 우리 모두가 울어야 할 처지가 될지도 모르네."

마이클이 걱정되는 건 토머스 콜팩스 쪽이었다. 워너 범죄조사위원회에서의 추궁의 손길은 점점 임박해오고 있었다. 그것이 콜팩스에게 뻗쳤을 때, 이 노인은 얼마나 버티며 입을 다물 수 있을까. 그는 패밀리에 관해 제니퍼보다도 훨씬 많은 것을 알고 있었다. 콜팩스야말로 패밀리를 뿌리째 흔들어 멸망시킬 위험한 인간이었다. 마이클은 그를 믿지 않았다.

토머스 콜팩스는 말했다.

"그녀를 잠시 멀리하는 것이 좋아. 지금의 조사가 끝날 동안만이라도 여자는 위험해. 그들한테서 압력이 가해지면 입을 열고 말 거야."

마이클은 그를 지그시 쳐다보고 있었지만 이윽고 결심했다.

"알겠소. 그 말에도 일리는 있어요. 제니퍼를 믿을 수 있다고 생각되지만 그러나 100퍼센트 우리 편이라고 할 수는 없으니 조심하는 것이 나쁠 것도 없겠죠."

"내가 말하고 있는 것도 바로 그걸세, 마이클. 자네의 결단은 현명해."

토머스 콜팩스는 안도의 숨을 쉬면서 의자에서 일어났다.

마이클은 주방을 향해 큰 소리로 불렀다.

"닉!"

곧 닉 비토가 나타났다.

"닉, 고문 변호사를 뉴욕까지 모셔다드리게."

"알겠습니다, 보스."

"그런데 도중에 들러 배달해줘야 할 뭉치가 있어요. 괜찮겠어요?"

그는 토머스 콜팩스에게 물었다.

"괜찮다마다, 마이클."

그는 승리감에 득의만면한 채 말했다.

"따라와, 2층으로."

닉은 마이클을 따라 그의 침실로 갔다. 안에 들어가자 마이클이 문을 닫았다.

"뉴저지에서 벗어나기 전에 차를 세워."

"넷?"

"그곳에서 쓰레기를 버리는 거야."

닉 비토는 망설이는 표정을 지었다.

"저 변호사를 말하는 거야."

마이클이 설명했다.

"아, 네, 알겠습니다."

"그를 쓰레기 하치장으로 데려가는 거야. 오늘같이 어두운 밤이면 아무도 없을 거야."

15분 후, 리무진은 뉴욕으로 향하고 있었다. 닉 비토가 핸들을 잡고 토머스 콜팩스는 그 옆에 앉았다.

"마이클이 그 여자를 견제할 생각을 하게 돼서 정말 다행이야."

토머스 콜팩스는 말했다.

닉은 아무것도 알아차리지 못하고 있는 변호사를 곁눈으로 힐끗 쳐다봤다.

"그렇군요."

토머스 콜팩스는 황금 팔목시계를 들여다봤다. 새벽 3시로 그의 평소 취침시간보다 훨씬 지나 있었다. 긴 하루였으므로 그는 지쳐 있었다.

'이 나이에는 이미 이런 싸움은 무리군.' 하고 그는 생각했다.

"아직 멀었나?"

"아직 그렇게 멀지 않습니다."

닉은 입 속으로 말했다.

닉 비토의 머릿속은 혼란스러워지고 있었다. 살인은 자신의 일의 일부이며 취미이기도 했다. 살인은 그의 능력을 인식시켜 주기 때문이었다. 사람을 죽일 때 닉은 신이 된 것 같은 생각이 들었다. 그는 전능이었다. 그러나 오늘 밤의 그는 뭔가 기분에 걸리는 것을 느끼고 있었다. 왜 토머스 콜팩스를 죽이라는 명령이 내려졌는지 그는 이해할 수가 없었다. 콜팩스는 고문 변호사이며 모두가 곤란에 처했을 때 의지가 되어주는 사람이다. 조직 속에서 고문 변호사는 대부에 이은 중요한 존재였다. 그는 닉을 막다른 처지에서 몇 번씩이나 구해주었다.

닉은 마음속으로 혀를 찼다.

'콜팩스의 말이 맞다. 마이클은 이 사업에 여자를 끌어들이는 게 아니었어. 남자는 머리로 일하고 여자는 하반신으로 일한다니까. 아, 제니퍼 파커를 안아보고 싶다!'

"위험해! 전복되겠어!"

"죄송합니다!"

닉은 서둘러 차를 차선으로 돌렸다.

쓰레기 하치장은 그다지 멀지 않았다. 닉은 겨드랑이 밑에서 땀이 스며나오는 것을 느꼈다. 그는 다시 토머스 콜팩스를 힐끗 쳐다봤다.

'이 사람을 해치우는 건 쉬울 것이다. 갓난아기를 재우는 것 같을 것이다. 그런데 제기랄, 하필이면 왜 이 작자냔 말이다! 누군가가 마이클을 꾄 것 같다. 이건 벌 받을 짓이다.'

그는 살바토레와 조에게 상의할 수 있었으면 좋았을 텐데, 그들이라면 어떻게 해야 할지를 가르쳐주었을 것이라고 생각했다.

고속도로의 오른편 앞쪽으로 쓰레기 하치장이 보이기 시작했다. 살인을 하기 전에는 언제나 그랬지만 닉의 신경은 몹시 긴장되어 있었다. 그는 왼손을 옆구리에 대어 총신이 짧은 38구경 스미스 앤드 웰슨의 믿음직스러운 촉감을 느꼈다.

"푹 자고 싶군."

토머스 콜팩스는 하품을 했다.

"그러시죠."

그는 길고 긴 잠에 들려 하고 있었다.

차는 드디어 쓰레기 하치장에 가까워졌다. 닉은 백미러를 들여다보았다. 전방의 도로에도 눈길을 보냈다. 차는 한 대도 보이지 않았다.

그는 급브레이크를 밟고 말했다.

"안 되겠어요, 타이어가 펑크가 난 모양이에요."

그는 차를 멈추고 도로로 내려섰다. 그리고 권총을 살며시 권총집에서 꺼내어 옆구리에서 발사 자세를 취했다. 그런 다음 차의 반대쪽으로 돌아가 말했다.

"좀 도와주지 않겠어요?"

토머스 콜팩스는 문을 열고 밖으로 나왔다.

"난 수리에는 그리······."

그는 닉이 손에 들고 있는 권총을 보고 입을 다물고는 침을 삼켰다.

"무, 무슨 짓을 하는 거야, 닉? 내가 뭘 잘못했다고?"

그의 목소리는 거칠었다.

그것은 닉 비토의 머릿속에 하룻밤 내내 맴돌고 있던 의문이었다. 누군가가 마이클을 부추기고 있는 것이다. 콜팩스는 그들의 한패였고 그들의 동료 중 한 사람이었다. 닉의 동생이 FBI에 붙잡혔을 때 나서서 구해준 것은 콜팩스였다. 동생의 시중까지 들어주었다. '어떻든 간에 그에게는 빚이 있어.'라고 닉은 생각했다. 그는 권총을 내렸다.

"콜팩스 씨, 사실은 나도 잘 모르겠습니다. 뭔가 잘못된 것 같아요."

토머스 콜팩스는 잠시 그의 얼굴을 응시하며 한숨을 쉬었다.

"닉, 명령 받은 대로 하게."

"도저히 할 수가 없어요. 당신은 우리의 고문 변호사인데······."

"날 그냥 보내주면 자네가 목숨을 잃게 돼."

콜팩스의 말이 맞는다는 것을 닉은 알고 있었다. 마이클 모레티는 명령에 따르지 않는 자를 용서하는 사나이가 아니었다. 닉은 토미 안젤로의 일을 회상해보았다. 안젤로는 모피 강도를 했을 때 도주용 차량의 운전사였다. 마이클은 그들이 사용한 차를 패밀리가 소유하고 있는 고철 폐기소에 가져가서 분쇄기에 넣어버리라고 명령했다. 데이트에 늦어질 것 같아서 서두르고 있던 안젤로는 차를 이스트사이드의 길거리에 방치했고, 그것이 수사대에게 발각되었다. 안젤로는 다음날 모습을 감추었고 부서진 낡은 쉐보레의 트렁크 안에서 시체로 발견되었다는 것이다.

마이클 모레티에게 거역하고 살아남은 자는 없었다. 하지만 방법은 있다고 닉은 생각했다.

'마이클은 알 수 없을 거야.'

여느 때는 둔하던 그의 머리가 이상하리만큼 명료해졌으며 재빨리 회전했다.

"알겠어요. 당신을 국외로 도망치게 하면 돼요. 마이클에겐 당신을 쓰레기장 밑에 파묻었기 때문에 아무에게도 들킬 염려가 없다고 해두겠어요. 남미나 어딘가로 떠나세요. 숨겨놓은 돈이 좀 있겠죠?"

그는 말했다.

토머스 콜팩스는 순간 솟아오른 희망을 드러내지 않으려고 애썼다.

"돈은 많이 있지, 닉. 네가 바라는 만큼……."

닉은 세게 머리를 저었다.

"돈 때문에 하고 있는 게 아니에요. 당신을 돕는 건 뭐라고 해야 할까? 당신을 존경하기 때문이에요. 다만 탄로 나지 않도록 해주지 않으면 내 목숨이 위태로워요. 아침 비행기로 남미로 갈 수 있겠어요?"

토머스 콜팩스는 말했다.

"좋아, 닉. 우리집까지 데려다주게. 패스포트가 집에 있네."

2시간 후, 토머스 콜팩스는 이스턴 항공의 제트기에 탑승하고 있었다. 행선지는 수도 워싱턴이있다.

위험한 질주

아카풀코에서의 그들의 마지막 날이었다. 상쾌한 산들바람이 야자나무를 스치면서 멜로디를 연주했다. 멋진 아침이었다. 라 콘차 해안은 단조로운 일상생활로 돌아가기 전에 조금이라도 햇볕을 많이 쬐려는 관광객들로 가득 차 있었다.

수영복 차림의 조슈아가 아침식사 테이블로 달려왔다. 비록 몸집은 작지만 건강한 피부가 햇볕에 그을려 한껏 건강해보였다. 그 뒤를 매케이 부인이 어기적거리며 따라왔다. 조슈아가 말했다.

"먹은 것이 벌써 소화가 다 되었어. 수상스키 하러 가도 되죠, 엄마?"

"조슈아, 지금 막 식사를 끝냈잖니."

"내 몸은 신진대사 속도가 굉장히 빨라. 그래서 먹은 것이 금방 소화돼버린다고."

그는 아주 진지하게 설명했고, 제니퍼는 웃었다.

"그래, 가서 놀다 오렴."

"응, 그럼 지켜봐줘."

기다리고 있는 모터보트를 향해 부두를 달려가는 조슈아를 제니퍼는 지켜보고 있었다. 조슈아는 모터보트의 조종사에게 의젓하게 얘기하며 교섭을 한 다음 두 사람은 제니퍼 쪽을 돌아보았다. 그녀가 오케이 신호를 하자 조종사는 끄덕였고, 조슈아는 수상스키를 착용하기 시작했다.

모터보트가 굉음을 내기 시작했다. 제니퍼가 얼굴을 들자 조슈아가 스키 위에서 일어서려는 것이 보였다.

매케이 부인이 자랑스럽게 말했다.

"타고난 스포츠맨이군요."

그 순간, 제니퍼를 향해 손을 흔들려고 하던 조슈아가 균형을 잃고 늘어서 있는 말뚝 위에 쓰러졌다. 제니퍼는 벌떡 일어나 부두로 달려가기 시작했다. 잠깐, 그의 머리가 수면 위에 나타났고 그녀에게 웃는 얼굴을 보여주었다.

제니퍼는 가슴을 두근거리면서 조슈아가 수상스키를 고쳐 신는 것을 지켜보았다. 보트가 원을 그리고 다시 달리기 시작했고 차츰 속력이 붙어 조슈아가 일어섰다. 그는 제니퍼를 향해 손을 한번 흔들고 파도 위를 활주해갔다. 그것을 보고 있는 그녀의 가슴은 두근거려서 견딜 수가 없었다. 조슈아에게 만에 하나라도 무슨 일이 있으면… 그녀는 다른 어머니들도 이렇게 자식을 사랑하는 것일까 하고 생각했다. 조슈아를 위해서라면 그녀는 목숨도 버릴 것이다. 살인도 할 것이다. '난 실제로 그를 위해 살인을 했어. 마이클 모레티의 손을 빌려서.' 하고 제니퍼는 생각했다.

매케이 부인이 말했다.

"하마터면 큰일 날 뻔했군요."

"별일 없으니 다행이에요."

조슈아는 1시간 동안 바다에 나가 있었다. 보트가 돌아오자 그는 로프를 놓고 스키로만 멋지게 모래 위로 올라왔다.

그는 흥분한 채 제니퍼에게 달려왔다.

"엄마, 사고를 엄마도 봤어야 하는 건데. 굉장했어! 커다란 요트가 뒤집혔어. 우리가 멈춰서 타고 있던 사람들을 구해줬어."

"훌륭하구나. 몇 사람을 구한 거야?"

"6명이 있었어."

"바다에서 건져주었니?"

조슈아는 말을 더듬었다.

"그건 우리가 건져준 건 아니야. 모두 보트 옆에 앉아 있었어. 하지만 우리가 가지 않았으면 굶어 죽었을 거야."

제니퍼는 입술을 깨물며 웃음을 참았다.

"그래, 너희들을 만나 몹시 운이 좋았구나."

"그래요."

"조슈아, 물에 빠졌을 때 다치진 않았니?"

"안 다쳤어. 작은 혹이 하나 생겼지만."

그는 머리 뒤를 만졌다.

"만져보자."

"왜? 혹이 어떤 것인지 알고 있잖아, 엄마."

제니퍼는 손을 내밀어 조슈아의 후두부를 살며시 만졌다.

그녀의 손가락은 큰 혹에 닿았다.

"달걀만큼이나 크구나, 조슈아."

"아무렇지도 않은걸."

제니퍼는 일어섰다.

"이젠 호텔로 돌아가는 것이 좋을 것 같다."

"좀 더 있어요."

"안 돼. 돌아갈 준비를 해야 돼. 토요일에 있을 야구시합에 빠지고 싶지 않겠지?"

그는 한숨을 쉬었다.

"응, 테리 워터즈가 내 자리를 노리고 있거든."

"안 될 거야. 그애는 여자애처럼 던지던걸?"

조슈아는 뽐내듯이 끄덕였다.

"맞아, 엄마."

라스 브리사스 호텔로 돌아가자 제니퍼는 지배인에게 전화해서 의사를 보내달라고 부탁했다. 30분 후에 찾아온 의사는 고풍스러운 흰옷을 입은 뚱뚱한 멕시코인이었다. 제니퍼는 그를 방갈로로 들어오게 했다.

"무슨 일이시죠?"

라울 멘도사 박사가 물었다.

"오늘 아침에 우리 애가 쓰러져서 머리에 큰 혹이 생겼어요. 괜찮은지 좀 봐주시면 좋겠어요."

제니퍼가 그를 조슈아의 침실로 안내하자 조슈아는 여행용 가방에 짐을 챙겨넣고 있다가 얼굴을 들어 물었다.

"누가 병에 걸렸나요?"

"아니, 아무도 병에 걸리지 않았어. 단지 선생님이 네 머리를 좀 봐주셨으면 해서 오시라고 했어."

"엄마, 싫어! 내 머리는 괜찮아."

"그래도 멘도사 선생님에게 봐주시면 안심할 수 있을 것 같아서……. 나를 안심시켜 주지 않겠니?"

"아무튼 여자들이란!"

조슈아는 그렇게 말하며 의아하다는 듯이 의사를 쳐다보았다.

"주사는 놓지 않으마. 난 절대로 아프게 하지 않는단다."

"그렇다면 좋아요."

"앉으렴."

조슈아는 침대가에 앉았다. 의사는 그의 후두부를 손가락으로 더듬었다. 조슈아는 아파서 얼굴을 찡그렸지만 소리를 지르지는 않았다. 의사는 가방을 열어서 검안경을 꺼냈다.

"눈을 크게 떠요."

조슈아는 시키는 대로 했다. 멘도사 박사는 검안경을 들여다보았다.

"발가벗고 춤추는 애라도 보여요?"

"조슈아!"

"뭐가 보이는지 궁금해서."

멘도사 박사는 다른 한쪽 눈도 조사했다.

"아이는 건강합니다."

그는 일어나 가방을 닫았다.

"혹에 얼음 찜질을 해주십시오. 내일이면 괜찮아질 겁니다."

그는 제니퍼에게 그렇게 말했다. 제니퍼는 가슴을 쓸어내렸다.

"고맙습니다."

"청구서는 호텔 경리과로 보내겠습니다. 잘 있거라 꼬마야."

"안녕, 멘도사 선생님."

의사가 나가자 조슈아는 어머니에게 말했다.

"엄마는 공연한 것에 돈을 쓰길 좋아하는군요."

"그래, 음식이나 네 진료비에는 돈을 낭비하고 싶단다."

"난 우리 팀 중에서 제일 건강하다고요."

"언제까지나 건강해다오."

그는 웃었다.

"그럴게요, 엄마."

그들은 6시에 떠나는 뉴욕 행 비행기에 올랐고, 그날 밤 늦게 돌아왔다. 조슈아는 집에 오는 동안 줄곧 잠을 잤다

모략

방에는 온갖 유령들로 넘쳐나는 것 같았다. 애덤 워너는 서재에서 중요한 텔레비전 선거 연설의 초고를 쓰고 있었는데, 정신을 집중시킬 수가 없었다. 그의 마음은 제니퍼에 관한 일로 가득 차 있었다.

아카풀코에서 돌아온 이후 그는 다른 것에는 아무것에도 생각을 집중시킬 수 없었다. 그녀와의 재회는 그가 처음부터 알고 있었던 사실을 새삼스럽게 일깨워주는 결과가 되었다. 그것은 그가 그릇된 선택을 했다는 점이며 제니퍼를 포기하지 말았어야 했다는 것이었다. 그는 자신이 소유하고 있던 것, 그리고 포기했던 모든 것을 떠올렸다. 그것을 생각하는 것만으로도 그는 견디기가 힘들었다.

그는 이러지도 저러지도 못하는 상황이긴 했다. 블레어 로먼이 알았더라면 도저히 승산이 없는 상태라고 했을 것이다.

노크 소리가 나고 애덤의 수석보좌관인 척 모리슨이 카세트테이프를 가지고 들어왔다.

"잠깐 드릴 말씀이 있는데요, 괜찮겠습니까?"

"나중에 들으면 안 될까? 지금은……."

"지금 들으셔야 합니다."

척 모리슨의 목소리는 다소 흥분되어 있었다.

"알았어. 뭐가 그렇게 긴급한 용건인데?"

척 모리슨은 책상 쪽으로 다가왔다.

"지금 막 전화를 받는데요, 장난 전화인지도 모르겠습니다만, 그렇지 않다면 여느 때보다 빠른 크리스마스 선물이 될 겁니다. 들어보세요."

그는 책상 위의 레코더에 테이프를 넣고 스위치를 눌렀다. 테이프가 돌기 시작했다.

'성함이 어떻게 되십니까?'

'그런 것은 아무려면 어떻겠소. 나는 워너 상원의원과 직접 통화하고 싶단 말이오.'

'의원님께서는 지금 바쁘십니다. 용건을 말씀해주시면 제가…….'

'농담이 아니오! 좋아요, 이것은 대단히 중요한 일이오. 나는 마이클 모레티를 넘겨줄 수 있다고 워너 상원의원에게 전해주시오. 나는 목숨을 걸고 이 전화를 하고 있단 말이오. 어쨌든 워너 상원의원한테 내 말을 꼭 전하시오.'

'알았습니다. 그런데 지금 어디십니까?'

'32번가 캐피털 모텔 14호실이오. 어둡기 전에는 오지 않도록 하고 그리고 반드시 미행 당하지 않도록 주의하시오. 이 전화 내용은 테이프에 녹음되고 있을 거라고 생각하지만, 이것을 상원의원 이외의 다른 사람에게 들려주면 내 목숨은 끝장이오.'

찰칵, 하는 소리와 함께 테이프 소리는 끝났다.

척 모리슨이 말했다.

"어떻게 생각하십니까?"

애덤은 미간을 찡그렸다.

"머리가 돈 녀석들이 많긴 하지. 그렇지만 이 친구는 어떤 미끼를 써야만 하는지를 정확히 알고 있군. 마이클 모레티라는 미끼를 말이야!"

그날 밤 10시, 4명의 개인 경호원을 대동한 애덤 워너는 캐피털 모텔 14호실의 문을 조심스럽게 노크했다. 문이 약간 열렸다.

애덤은 문 안의 남자 얼굴을 보자마자 경호원들에게 말했다.

"바깥에서 기다리게. 아무도 이 방에 접근하지 못하게 해."

문이 조금 더 열리자 애덤은 방 안으로 들어갔다.

"안녕하십니까, 워너 상원의원."

"안녕하십니까, 콜팩스 씨."

두 사내는 그 자리에 우뚝 선 채, 서로를 살폈다.

토머스 콜팩스는 애덤이 마지막으로 만났을 때보다 더 늙어보였지만 그밖에도 뭐라고 꼭 집어서 말할 수 없는 변화가 있어 보였다. 이윽고 애덤은 그것이 무엇인지 깨달았다. 그것은 공포였다. 토머스 콜팩스는 공포에 떨고 있었다. 항상 자신에 가득 차서 오만해보이기조차 했던 그가 지금은 그 자신감을 상실하고 있었다.

"잘 와주셨습니다, 의원님."

콜팩스의 목소리는 긴장하고 불안한 빛을 띠고 있었다.

"마이클 모레티에 관한 일로 하실 말씀이 있으시다고요?"

"그를 당신에게 넘겨드리겠소이다."

"당신은 모레티의 변호사가 아닙니까? 그런데 무슨 연유로 그런 제안을 하는지요?"

"개인적인 이유에서죠."

"제가 당신의 말을 믿는다면, 당신이 원하는 대가는?"

"우선 완전한 면책입니다. 그리고 두 번째로 나를 국외로 내보내주는 겁니다. 그러기 위해서는 여권이 필요하겠지요…… 또한 다른 사람으로 변장할 수 있는 서류도 말입니다."

그렇다, 마이클 모레티가 토머스 콜팩스를 차버린 것이다. 그밖에 다른 이유는 떠오르지 않았다. 애덤은 자신에게 찾아온 행운을 믿을 수가 없었다. 더 이상의 행운이 굴러 들어오리라고는 기대할 수도 없었다.

"만일 내가 당신에 관한 죄목의 면책을 보증한다면, 나는 아직 아무런 약속도 하지 않았지만…… 당신은 법정에 서서 상세하게 증언을 해야만 합니다. 당신이 알고 있는 모든 것을 말입니다."

애덤은 말했다.

"완전히 뒤집어버리겠습니다."

"당신이 지금 이곳에 있다는 것을 모레티가 알고 있나요?"

"그는 내가 죽었다고 생각하고 있어요. 그에게 발각되는 날에는 진짜 그 꼴이 되겠지요."

토머스 콜팩스는 불안한 듯한 미소를 띠었다.

"발견되거나 하는 일은 없을 겁니다. 우리 이야기가 잘 성립된다면 말입니다."

"의원님, 나는 당신에게 목숨을 맡기고 있는 겁니다."

"솔직히 말하면, 나는 당신이 어떻게 되든 상관없어요. 모레티가 목표지요. 한 가지 기본 원칙을 정해두지요. 우리 이야기가 성립된다면 정부는 전력을 다해서 당신을 보호할 겁니다. 내가 당신의 증언에 만족한다면 당신이 희망하는 나라에서 다른 사람의 신분으로 지낼 수 있도록 충분한 돈을 지급해드리도록 하지요. 그 대신에 당신은 다음 사항에 동의해야만 합니다. 당신은 모레티의 활동에 관한 모든 것을 증언해야 합니다. 당신은 대배심원 앞에서 증언해야 하고, 그리고 우리가 모레티를 재판에 회부할 때는 정부측 증인으로 출정해야 합니다. 동의합니까?"

애덤이 말했다.

토머스 콜팩스는 눈을 다른 곳으로 돌렸다. 잠시 후, 그가 말했다.

"안토니오 그라넬리가 무덤 속에서 탄식할 노릇이군요. 인간이란 존재는 도대체 어떤 존재입니까? 명예는 어떻게 되는 겁니까?"

애덤은 대꾸하지 않았다. 몇백 번이나 법률의 이면을 파헤쳐온 남자, 고용된 살인청부업자들을 무죄 방면 시켜준 남자, 이 문명 세계의 가장 흉악한 범죄조직 활동의 지휘에 참여해온 남자―바로 이 남자가 명예에 관한 것을 입에 담고 있는 것이다.

토머스 콜팩스는 애덤 쪽을 바라보았다.

"동의합니다. 합의 내용을 서류화해주십시오. 법무장관의 사인을 받아주십시오."

"알았습니다. 이곳에서 나갑시다."

애덤은 초라한 모텔 방안을 둘러봤다.

"호텔로는 가지 않겠습니다. 어디를 가더라도 모레티의 눈을 벗어나기 어려우니까요."

"지금부터 가는 곳은 절대로 안전한 곳입니다."

12시 10분이 조금 지나 무장한 해병대원을 실은 군용 트럭과 2대의 지프가 14호실 앞에 멎었다. 4명의 헌병이 방안에 들어와 지체 없이 토머스 콜팩스를 엄중히 경호하면서 이끌고 나가, 그를 트럭 뒤칸에 태웠다. 2대의 지프가 각각 트럭 앞뒤에 붙었고 차의 행렬은 모텔을 출발하여 워싱턴에서 35마일 남쪽 지점에 있는 버지니아 주의 퀀티크로 향했다.

3대의 자동차는 고속으로 질주하여 40분 후 퀀티크의 미해병대 기지에 도착했다.

기지 사령관인 로이 월레스 소장과 무장한 해병대원들이 정문에서 기다리고 있었다. 자동차의 행렬이 멈추자 월레스 소장이 호송대장에게 말했다.

"죄수를 즉시 영창으로 데리고 가게. 그리고 죄수와의 대화를 일체 금한다."

월레스 소장은 자동차의 행렬이 영내로 들어가는 것을 지켜보았다. 그는 트럭 안에 있는 인물이 누구인지 알 수 있다면 한 달분의 봉급을 몽땅 내놓아도 아깝지 않다고 생각했다. 소장 지휘 하에 있는 것은 310에이커에 달하는 해병대 비행장과 FBI연수원 일부와 미 해병대 장교의 훈련장이었다. 그는 지금껏 민간인 죄수를 수용해달라고 의뢰받은 적은 한 번도 없었다. 이번 일은 완전히 규칙에 위배되는 일이었다.

2시간 전에 그는 해병대 사령관의 직통 전화를 받았다.

"로이, 어떤 사람이 지금 자네 기지로 향하고 있네. 영창을 싹 비우고 별도의 지시가 있을 때까지 그 남자를 그곳에 구금해두게."

월레스 소장은 잠시 자신이 잘못 들은 것이 아닌가 하고 생각했다.

"영창을 싹 비우라고 하셨습니까?"

"그래, 그 남자만 넣어두란 말일세. 아무도 그 남자에게 접근시켜서는 안 돼. 그리고 영창 경비병을 두 배로 늘려. 알았나?"

"네, 알겠습니다."

"또 한 가지. 자네가 맡고 있는 동안에 만일 그 남자에게 무슨 일이 일어나면 자네에게 벼락이 떨어질 걸세."

이 말만 남기고 사령관은 전화를 끊었다.

월레스 소장은 트럭이 부릉거리면서 영창 쪽으로 가는 것을 지켜보고 사무실로 돌아가 부관인 알빈 자일즈 대위를 불렀다.

"영창에 집어넣은 인물 말인데……."

월레스 소장은 말했다.

"넷, 장군님."

"우리의 첫째 목적은 그의 안전이다. 경비병은 자네가 직접 선발해주게. 그밖에 어느 누구도 그에게 접근시켜서는 안 돼. 면회도, 우편물도, 소포도 일체 금한다. 알겠나?"

"네, 장군님."

"그의 식사를 만들 때는 자네가 직접 취사장에 가서 감시하게."

"넷, 알겠습니다."

"만일 그에 관해 지나친 흥미를 보이는 자가 있으면 즉시 내게 보고하도록, 질문 있나?"

"없습니다."

"좋아, 최선을 다하게. 만약에 일이 잘못된다면 자네에게 벼락이 떨어질 걸세."

위기

제니퍼는 이른 아침 빗소리에 눈을 떴다. 그녀는 빗줄기가 조용히 지붕을 두드리는 소리를 들으면서 침대에 누워 있었다.

30분 후, 제니퍼는 조슈아와 함께 아침식사를 하려고 계단을 내려가 식당으로 갔다. 조슈아의 모습은 보이지 않았다.

매케이 부인이 부엌에서 나왔다.

"안녕히 주무셨어요, 사모님."

"네, 잘 잤어요? 그런데 조슈아는 어디 있죠?"

"너무 피곤해하는 것 같아서 좀 더 자라고 내버려뒀어요. 오늘은 학교도 안 가잖아요?"

제니퍼는 고개를 끄덕였다.

"그렇군요."

그녀는 아침식사를 마치고 조슈아에게 아침 인사를 하기 위해 이층으로 올라갔다. 그는 아직 깊이 잠들어 있었다. 제니퍼는 침대가에 걸터앉아 나직한 소리로 말했다.

"이 잠꾸러기야, 엄마한테 아침 인사 좀 해주지 않을래?"

그러자 그는 천천히 한쪽 눈을 떴다.

"엄마, 안녕히 주무셨어요? 나 일어나야 돼요?"

졸려서 못 견디겠다는 듯한 목소리였다.

"아니, 괜찮아. 오늘은 푹 쉬렴. 집안에서 마음대로 놀아. 바깥에 비가 내리고 있거든."

조슈아는 다시 눈을 감고 잠에 빠져들었다.

제니퍼가 오후 내내 법정에서 시간을 보내고 일을 끝마친 후 집에 돌아 왔을 때는 7시가 넘어 있었다. 하루 종일 촉촉이 내리던 비는 세찬 빗줄 기로 바뀌어 있었다.

제니퍼의 차가 드라이브 웨이에 들어섰을 때, 집은 회색빛의 일렁이는 빗줄기에 둘러싸인 성처럼 보였다. 매케이 부인이 현관문을 열고 흠뻑 젖은 제니퍼의 레인코트를 받아주었다. 제니퍼는 머리를 흔들어 머리카락의 물방울을 떨구고 나서 말했다.

"조슈아는 뭐해요?"

"자고 있어요."

제니퍼는 끽징스러운 표정으로 매케이 부인을 바라봤다.

"하루종일 잠을 잤나요?"

"아니에요, 잘 놀았는걸요. 그런데 내가 저녁 준비를 하고 이층으로 부르러 갔더니 다시 잠들어 있더군요. 그래서 그냥 내버려 두었습니다."

"일있어요."

제니퍼는 이층으로 올라가서 조슈아의 방문을 열고 가만히 들어갔다. 조슈아는 잠에 빠져 있었다. 제니퍼는 몸을 굽혀 그의 머리를 짚어보았다. 맥박도 짚어보았으나 이상은 없었다. 이상한 것은 그녀의 상상 뿐이었다. 제니퍼는 나쁜 쪽으로만 생각해 염려하고 있었던 것이다. 조슈아는 하루 종일 재미있게 놀았을 것이다, 피곤한 것은 당연하다, 제니퍼는 가만히 방을 빠져나왔다.

"매케이 부인, 샌드위치를 만들어서 조슈아의 침대 옆에 놓아주세요. 깨어서 먹을 수 있도록 말예요."

제니퍼는 다음날을 대비해서 증인 기록서를 읽으며 서재에서 저녁식사를 했다. 그녀는 마이클에게 전화를 걸어 아카풀코에서 돌아왔다는 것을 알릴까 생각했지만, 애덤과 하룻밤을 지낸 것이 마음에 걸려 망설여졌다. ……그는 굉장히 눈치가 빨랐기 때문이다.

서류를 다 읽었을 때는 12시가 넘어 있었다. 그녀는 의자에서 일어나 등과 어깨의 뻐근함을 풀기 위해 기지개를 켰다. 그러고 나서 서류를 가방에 넣고 불을 끈 뒤 2층으로 올라갔다. 조슈아의 방 앞을 지날 때 그녀가 안을 들여다보니 그는 여전히 자고 있었다.

침대 옆 테이블 위에 놓인 샌드위치에는 손도 대지 않은 채였다.

다음날 아침, 제니퍼가 아침식사를 하려고 1층으로 내려오자 조슈아는 학교에 갈 준비를 끝내고 있었다.

"엄마, 안녕."

"잘 잤니, 조슈아. 기분은 어때?"

"좋아요. 아주 피곤했나 봐요. 아마 그 멕시코의 태양 탓일 거예요."

"맞아, 그렇겠지?"

"아카풀코는 정말 멋진 곳이에요. 다음 방학 때 또 데려가 주실 거죠?"

"아무렴. 그런데 다시 학교에 가는 것이 즐겁니?"

"그 대답은 하지 않을래요. 내게 불리하게 작용할지도 모르거든요."

오후에 제니퍼가 증인 신문서를 작성하고 있을 때 신시아가 누른 초인종 소리가 났다.

"죄송합니다. 스타우트라는 분에게서 전화가 왔습니다만……"

조슈아의 담임선생이었다.

"바꿔줘요."

제니퍼는 수화기를 집어 들었다.

"안녕하세요, 스타우트 선생님. 무슨 일이 있나요?"

"아뇨, 별건 아닙니다, 미세스 파커. 놀라실 건 없고요. 조슈아에게 좀 더 충분한 수면을 취하게 하는 게 좋을 것 같아서요."

"무슨 말씀이신지……."

"오늘 조슈아가 수업 중에 내내 잠을 잤어요. 윌리엄스 선생님도 토보코 선생님도 그러시더군요. 조금 일찍 잠자리에 들게 하는 것이 좋을 것 같다는 생각이 듭니다."

제니퍼는 멍하니 수화기를 응시했다.

"아, 예……그렇게 하겠습니다."

그녀는 쳐다보고 있는 주위 사람들 쪽을 바라보았다.

"미…… 미안합니다. 잠깐 실례하겠습니다."

그녀는 서둘러 대기실로 갔다.

"신시아, 댄을 불러줘요. 내 대신에 증인 신문서를 마무리하라고 일러 주세요. 난 용무가 생겨서 이만 나가봐야 하니까."

"알겠……."

제니퍼는 이미 문 바깥으로 달려 나가고 있었다.

그녀는 속도 제한도 무시하고 적신호도 무시한 채 미친 여자처럼 집을 향해 차를 내몰았다. 조슈아에게 뭔가 심상치 않은 일이 일어난 것이 틀림없었다. 차로 딜리는 시간이 무한히 길게 여겨졌다.

멀리 자신의 집이 보이자, 제니퍼는 드라이브웨이가 구급차와 경찰차로 북적대고 있는 광경을 예상했다. 그러나 드라이브 웨이에는 사람 그림자 하나 없었다. 제니퍼는 현관 옆에 차를 세우고 급히 집으로 들어섰다.

"조슈아!"

그는 서재에 앉아 텔레비전에서 중계하는 야구 시합을 보고 있었다.

"다녀오셨어요? 일찍 왔네, 엄마. 벌써 일이 끝났어요?"

제니퍼는 몸 안에 퍼지는 안도감을 느끼면서 입구에 선 채 그를 응시했다. 그녀는 자신의 어리석음이 부끄러워졌다.

"전번 이닝을 보았으면 좋았을 텐데. 크레이그 스완이 아주 멋지게 해냈어요!"

"기분은 어떠니?"

"아주 좋아요."

제니퍼는 그의 이마에 손을 갖다 댔다. 열은 없었다.

"정말 아무렇지도 않니?"

"정말이에요, 엄마. 왜 그런 얼굴로 쳐다보는 거지? 무슨 걱정이라도 있어요? 털어놓을 이야기라도 있는 거예요?"

그녀는 미소 지었다.

"아니야, 조슈아. 엄마가 그냥……그런데 정말 어디 아픈 곳 없니?"

그는 분하다는 듯이 말했다.

"그렇다면 마음이 아파요. 메츠 팀이 지금 6대 5로 지고 있단 말이에요. 첫 번 이닝에서는 그렇게 잘하더니……."

그는 자기가 응원하는 팀의 멋진 플레이를 열띤 어조로 설명했다. 제니퍼는 그를 사랑스러운 눈길로 바라보면서 생각했다.

'내가 바보지! 저렇게 멀쩡한 애를…….'

"그래, 경기 계속 보거라. 나는 저녁식사 준비를 할 테니."

제니퍼는 들뜬 기분으로 부엌으로 갔다. 그녀는 조슈아가 좋아하는 디저트인 바나나 케이크를 만들기로 했다.

그로부터 30분 후, 제니퍼가 서재로 가보니 조슈아는 의식을 잃고 바닥에 쓰러져 있었다.

브라인더맨 메모리얼 병원까지 가는 길이 마치 끝나지 않을 것같이 생각되었다. 제니퍼는 구급차 뒤편에 앉은 채 조슈아의 손을 꼭 잡고 있었다. 구급대원이 조슈아의 얼굴에 산소마스크를 씌우고 있었다. 의식은 아직 돌아오지 않았다. 소란스럽게 사이렌을 울리고 있었지만 도로가 혼잡해서 구급차는 빨리 달릴 수가 없었다. 구경꾼들이 입을 벌리고 창문을 통해 창백한 여자와 의식불명의 소년을 바라보고 있었다. 제니퍼는 프라이버시를 침해당하는 것 같아 속이 뒤집힐 것 같았다.

"구급차에 어째서 밖에서 들여다보이는 유리를 사용하는 거죠?"

제니퍼는 따지듯이 물었다.

구급대원은 놀라서 얼굴을 쳐들었다.

"예?"

"아무것도 아니에요…… 아무것도 아니에요."

영원처럼 여겨지던 시간이 지나 구급차는 병원 뒤쪽 비상구로 들어섰다. 2명의 인턴이 입구에서 대기하고 있었다. 제니퍼는 조슈아가 구급차에서 내려져 병원 안으로 옮겨지는 것을 속수무책으로 지켜보고 있었다.

한 대원이 물었다.

"아이 어머니 되십니까?"

"예."

"이쪽으로 오십시오."

병원 안은 소리와 빛과 바쁘게 돌아가는 사람들의 움직임으로 가득 차서 마치 흐릿한 만화경처럼 느껴졌다. 제니퍼는 조슈아를 실은 침대가 기나긴 복도를 지나 엑스레이실로 향하는 것을 바라만 보았다.

그녀는 뒤를 쫓으려 했으나 대원에게 저지당했다.

"먼저 입원 수속을 해주시지요."

접수처의 야윈 여자가 제니퍼에게 말했다.

"지불은 어떻게 하시겠습니까? 의료보험이나 그밖에 다른 보험이라도 가입하셨나요?"

제니퍼는 그녀에게 고함을 쳐주고 조슈아가 있는 곳으로 달려가고 싶었지만 꾹 참고 질문에 답했다. 질문이 끝나고 제니퍼가 몇 장의 카드에 기입을 끝마치자 여자는 겨우 그녀를 보내주었다.

제니퍼는 서둘러 엑스레이실 안으로 들어갔다. 조슈아의 모습은 보이지 않았다. 제니퍼는 정신없이 주위를 둘러보면서 입구로 달려갔다. 간호사가 옆을 지나갔다.

제니퍼는 그녀의 팔을 붙잡았다.

"제 아들은 어디 있나요?"

간호사가 말했다.

"글쎄요, 아드님 이름이 뭐죠?"

"조슈아. 조슈아 파커예요."

"어디에서 잃어버렸는데요?"

"그애는… 엑스레이실로 들어갔는데… 제 아들을 어떻게 한 거예요? 말해보세요!"

제니퍼의 말은 요령부득이었다.

간호사가 제니퍼를 물끄러미 응시하더니 말했다.

"이곳에서 기다리세요, 파커 부인. 알아봐드리지요."

간호사가 몇 분 후에 되돌아왔다.

"모리스 박사님이 만나뵙자고 하는군요. 이쪽으로 오세요."

제니퍼는 다리가 후들거렸다. 생각대로 다리가 움직여주지를 않았다.

"괜찮으세요?"

간호사가 그녀를 쳐다보고 있었다.

그녀의 입 안은 공포로 인해 바싹바싹 타들어갔다.

"아들을 만나게 해주세요."

두 사람은 이상한 의료기구가 잔뜩 설치되어 있는 방으로 들어갔다.

"이곳에서 기다려주세요."

잠시 후 모리스 박사가 들어왔다. 얼굴이 붉고 뚱뚱한 남자였다. 손가락은 니코틴으로 누렇게 얼룩져 있었다.

"파커 부인이십니까?"

"조슈아는 어디에 있습니까?"

"잠깐 이쪽으로 오시지요."

그는 의료 기구들이 가득 차 있는 방 맞은편의 작은 진료실로 제니퍼를 안내했다.

"앉으세요."

제니퍼는 의자에 앉았다.

"조슈아는…… 특별히…… 염려할 것은 없겠지요, 박사님?"

"아직 모르겠습니다."

박사의 목소리는 몸집에 비해 의외로 부드러웠다.

"몇 가지 묻고 싶은 점이 있습니다. 아이는 몇 살인가요?"

"아직 7살입니다."

자기도 모르게 입에서 나온 '아직'이라는 말은 신에 대한 항의였다.

"최근에 사고를 당한 적이 있습니까?"

조슈아가 손을 흔들려고 이쪽을 바라보다가 균형을 잃고 머리를 부딪친 광경이 제니퍼의 머릿속에 떠올랐다.

"수상 스키를 타다가 넘어진 적이 있어요. 그때 머리를 부딪쳤어요."

박사는 진료 카드에 기록하고 있었다.

"언제쯤의 일입니까?"

"며…… 며칠 전의 일이에요. 아카풀코에서요."

그녀는 똑바로 생각하기조차 어려웠다.

"사고가 난 후 아무런 이상이 없었나요?"

"네, 머리 뒤쪽에 혹이 생겼습니다만 그밖에……다른 이상은 없는 것 같았습니다."

"기억상실 증세는 없었습니까?"

"네."

"성격 변화 같은 것은?"

"없었습니다."

"경련이라든가 머리가 돌아가지 않는다든가 두통 같은 것은?"

"네, 없었어요……."

박사는 쓰는 것을 멈추고 얼굴을 들어 제니퍼를 바라보았다.

"엑스레이를 찍어봤습니다만 그것만으로는 충분치 않습니다. CAT 촬영을 해보고 싶군요."

"네?"

"컴퓨터를 사용한 영국제 새로운 기계를 사용해서 뇌의 내부 사진을 찍는 겁니다. 그 다음에도 몇 가지 테스트를 거칠지도 모르겠습니다만 괜찮겠습니까?"

"마, 만……."

그녀는 더듬거렸다.

"만일 필요하다면 해야겠지요. 하지만 그, 그건 아프지 않은 건가요?"

"네, 괜찮습니다. 그리고 척추 검사도 필요하게 될지도 모르겠군요."

그녀는 완전히 겁에 질렸다.

"박사님 생각엔 무슨 병인 것 같습니까? 제 아이는 어디가 나쁜 거죠?"

그녀는 필사적인 심정이 되어 물었다. 자신의 입에서 나오는 목소리가 자신의 것이라고 생각되지 않았다.

"부인, 저는 추측은 하고 싶지 않습니다. 한두 시간 후면 정확히 알 수 있으니까요. 아이가 지금 깨어 있는데, 만나보시겠어요?"

"네, 부탁합니다!"

간호사가 그녀를 조슈아의 병실로 안내했다. 조슈아의 작은 몸집이 침대에 뉘어져 있었다. 제니퍼가 병실에 들어서자 그는 눈을 떴다.

"아, 엄마."

"조슈아, 좀 어떠니?"

그녀는 침대가에 앉았다.

"기분이 조금 이상해. 마치 내가 여기 있는 것 같지 않아요."

제니퍼는 손을 뻗어 조슈아의 손을 잡았다.

"너는 여기에 있단다. 그리고 엄마도 옆에 있잖니."

"모든 것이 두 개로 보여요."

"그래? 그걸 의사 선생님께 말씀드렸니?"

"응, 의사 선생님도 둘로 보이던걸. 청구서를 두 장 내미는 것이 아닐지 모르겠네."

제니퍼는 조슈아의 몸을 부드럽게 안았다. 조슈아의 몸이 작아져버린 것처럼 느껴졌다.

"엄마!"

"왜 그래, 조슈아?"

"나를 죽게 내버려두지는 않을 거죠?"

그녀의 눈시울이 뜨거워졌다.

"너는 괜찮아, 조슈아. 너를 죽게 내버려두다니 그걸 말이라고 하니? 의사 선생님이 곧 낫게 해주실 거야. 잠시 뒤 함께 십으로 돌아가자."

"응. 그리고 또다시 아카풀코에 데리고 가준다고 약속할 거지?"

"그럼, 병만 나으면 곧 데리고 가마."

그는 잠에 빠져들고 있었다.

모리스 박사가 가운을 입은 2명의 남자와 함께 병실로 들어왔다.

"부인, 이제 곧 테스트를 시작할 겁니다. 오래 걸리지는 않습니다. 이곳에서 마음을 가라앉히고 계십시오."

제니퍼는 그들이 조슈아를 병실에서 데리고 나가는 것을 지켜보았다.

그녀는 침대에 걸터앉았다. 마치 강하게 머리를 얻어맞은 것 같았다. 그녀는 온몸의 힘이 빠진 상태로 흰 벽만 멍하니 응시하고 있었다.

잠시 후 목소리가 들렸다.

"파커 부인……."

"테스트를 한다고 했잖아요."

제니퍼는 말했다.

그는 이상한 표정을 지으며 그녀를 쳐다보았다.

"벌써 끝냈습니다."

제니퍼는 벽시계를 쳐다봤다. 그녀는 2시간이나 그렇게 앉아 있었던 것이다. 어느새 2시간이나 지나갔단 말인가? 그녀는 박사의 얼굴 표정을 보고 좋은 소식인가 나쁜 소식인가를 알아보려고 했다. 이런 일을 그녀는 지금까지 얼마나 많이 해왔던가? 항상 배심원들의 표정을 읽고 어떤 판결이 내려질 것인가를 그들의 얼굴을 보고는 재빨리 읽어냈던 것이다. 100번, 500번, 그러나 지금은 마음속을 지배하고 있는 감정의 소용돌이로 인해 아무것도 알아낼 수가 없었다. 그녀의 몸은 떨리기 시작했고, 그것은 멈출 줄을 몰랐다.

모리스 박사가 말했다.

"아드님 병은 경막하혈종입니다. 알기 쉽게 말하자면, 뇌에 광범위한 외상이 있는 거지요."

그녀는 목구멍이 갑자기 까칠해져서 말이 나오지 않았다.

"무슨 말씀이신지……."

그녀는 침을 삼키고 말을 했지만 마지막까지 말을 이을 수가 없었다.

"곧 수술을 해야겠는데, 부인의 허락이 필요합니다."

저 사람은 아주 짓궂은 농담을 하고 있는 거야. 그는 금방이라도 미소를 띠고 '걱정할 필요 없습니다. 당신이 제 시간을 낭비케 했으므로 당신을 혼내주려 했을 뿐이지요.'라고 말할 것이다. '아드님에게는 아무 곳도

488

나쁜 곳이 없습니다. 수면이 부족할 뿐이지요. 한창 자라는 아이니까요. 우리에게 쓸데없는 수고를 끼치지 말아주셨으면 좋겠습니다. 우리에게는 진짜로 치료를 해주어야만 할 환자가 많이 있단 말입니다.' 그리고 그는 내게 미소를 띠고 말할 것이다. '이제 아드님을 데리고 집으로 돌아가도 좋습니다.'

모리스 박사는 말을 계속하고 있었다.

"그애는 어리고 몸도 건강한 편입니다. 수술이 성공할 가망성이 높습니다."

'그는 사랑스러운 아들의 뇌를 절개하여 예리한 기구를 집어넣어 조슈아의 뇌를 엉망으로 만들어놓겠지. 아마…… 죽을지도 몰라.'

"안 돼요!"

그것은 노여움의 외침이었다.

"수술을 승낙하지 않는다는 말씀입니까?"

그녀는 머릿속이 혼란스러워서 제대로 생각할 수도 없었다.

"저는…… 만…… 만일 수술하지 않는다면 어떻게 됩니까?"

모리스 박사는 딱 잘라 말했다.

"아드님은 죽습니다. 아이의 아버지는 왜 안 오시죠?"

애덤! 애덤이 내 곁에 있다면! 그가 그녀에게 팔을 둘러서 달래준다면! '아무것도 염려할 것 없어, 조슈아는 건강을 되찾을 거야.'라는 말을 그에게서 듣고 싶었다.

"네. 아이 아버지는 오지 않아요. 제가 승낙하지요. 수술을 해주세요."

제니퍼는 겨우 대답했다.

모리스 박사는 기록 용지에 뭔가를 기록하고 그녀에게 건네주었다.

"이곳에 사인해주십시오."

제니퍼는 내용도 읽지 않은 채 사인을 했다.

"시간이 얼마 정도 걸릴까요?"

"그것은 알 수 없습니다, 절개해보지 않으면……."

박사는 그녀의 표정을 살폈다.

"수술을 시작해보지 않고선 알 수 없지요. 이곳에서 기다리겠습니까?"

벽이 사방에서 좁혀져와 그녀를 조이고 있는 것 같았다. 그녀는 숨을 쉬기조차 힘들었다.

"아뇨! 기도를 할 수 있는 장소가 없을까요?"

그곳은 제단 위에 성상이 걸려 있는 작은 부속 예배당이었다. 그곳에는 제니퍼 외에는 아무도 없었다. 그녀는 무릎을 꿇었으나 기도를 할 수는 없었다.

그녀는 신앙심이 깊지 않았다. 지금 갑자기 기도를 드린다고 하느님이 기도를 들어준단 말인가? 그녀는 신에게 기도할 수 있도록 마음을 가라앉히려 했지만 공포심이 너무 강해서 완전히 그것에 사로잡혀 있었다. 그녀는 자기 자신을 계속해서 꾸짖었다.

'조슈아를 아카풀코에 데려가지만 않았더라면…… 만일 수상스키를 타는 것을 허락하지 않았더라면…… 만일 그 멕시코인 의사를 믿지 않았더라면…… 만일…… 만일…… 만일…….'

그녀는 하느님께 교환 조건을 제시했다.

'아들이 건강을 되찾게 해주세요. 그렇게 해주신다면 당신께서 명하시는 것은 무엇이든 하겠습니다.'

뒤이어 그녀는 하느님을 부정했다.

'만일 이 세상에 하느님이 존재한다면 지금까지 아무에게도 상처 입힌 적이 없는 아이에게 이토록 가혹한 짓을 할 리가 없어! 더러움을 모르는 아이를 죽음으로 이끌다니, 그런 하느님이 있을 리가 없지!'

결국 그녀는 몸과 마음이 탈진되었고, 머릿속은 멍해져 왔다. 그리고 모리스 박사의 말을 떠올렸다.

'그애는 어리고 몸도 건강한 편입니다. 수술이 성공할 가망성이 높습니다.'

'모든 것이 잘될 거야. 물론 그렇게 되고말고. 조슈아가 퇴원하면 어딘가로 함께 휴가를 가야지. 그애가 가고 싶어 한다면 아카풀코라도 괜찮아. 그리고 함께 책을 읽고 게임도 하고 수다도 떨어야지⋯⋯.'

제니퍼는 더 이상 생각을 할 수 없을 만큼 지쳐서 쓰러질 듯이 의자에 앉았다. 그녀의 머릿속은 텅 비어 있었다. 누군가가 그녀의 팔을 가볍게 건드리는 것 같아서 올려다보자 모리스 박사가 옆에 서 있었다. 그의 얼굴을 살핀 제니퍼는 아무런 질문도 할 필요성을 느끼지 못했다.

그녀는 의식을 잃었다.

형벌 그리고 지옥

조슈아는 영원히 움직이지 않는 몸이 되어 좁은 금속 테이블 위에 눕혀져 있었다. 편안히 잠들어 있는 것 같았다. 그 사랑스러운 얼굴은 먼 미래의 비밀스러운 꿈을 꾸고 있는 것처럼 보였다. 조슈아가 따뜻한 자기 침대에 기어들어갈 때 제니퍼는 옆에서 이런 표정을 몇 번이고 봐왔다. 그리고 어린 아들의 모습에 가슴이 아플 만큼 강한 애정을 느꼈었다. 밤의 냉기로부터 그를 지켜주기 위해서 그녀는 얼마나 많이 담요를 꼭꼭 눌러 주었던가.

지금 조슈아의 몸은 내부로부터 차가워져 있었다. 두 번 다시 따뜻해질 리가 없다. 그 동그란 눈이 그녀를 쳐다보는 일은 두 번 다시 없을 것이다. 그의 입술에 떠오르는 미소를 본다든지 목소리를 듣는다든지 조그맣고 강한 팔로 끌어안는다든지 하는 일도 두 번 다시 없을 것이다. 얇은 시트 밑의 아이는 벌거숭이였다.

제니퍼는 박사에게 말했다.

"이불을 덮어주세요. 이것으로는 추울 텐데요."

"아드님은 이미……."

모리스 박사는 제니퍼의 눈빛을 보고 다시 말했다.

"그러지요, 부인."

그는 간호사에게 말했다.

"이불을 가져다 덮어주도록 해요."

방안에는 5, 6명의 사람이 있었는데 그들은 거의 흰옷을 입고 있었다. 그들은 모두 제니퍼에게 말을 걸고 있는 것처럼 여겨졌다. 그러나 그들이 무슨 말을 하고 있는지 제니퍼에게는 들리지 않았다. 제니퍼는 마치 종모양의 유리그릇 속에 들어가 있어서, 다른 사람들로부터 차단되어 있는 듯했다. 그들의 입술이 움직이는 것은 보였지만 목소리는 들리지 않았다. 그녀는 그들에게 저쪽으로 가라고 소리치고 싶었으나 조슈아를 놀라게 하는 것이 두려웠다. 누군가가 그녀의 팔을 흔들었다. 그러자 마법이 풀려 방 안은 갑자기 소음으로 가득 차서 모두가 동시에 지껄이고 있는 것처럼 여겨졌다.

모리스 박사가 말했다.

"검시를 할 필요가……."

제니퍼는 조용한 목소리로 말했다.

"또 한 번 내 아들한테 손을 댄다면 당신을 죽여버리겠어요."

그리고 그녀는 주위 사람들에게 미소지었다. 조슈아에게 반감을 가지게 하고 싶지 않았기 때문이었다. 간호사가 방에서 나가라고 제니퍼를 설득했지만 그녀는 고개를 저었다.

"아들을 혼자 내버려둘 수는 없어요. 누군가가 전기를 꺼버릴지도 모르잖아요. 조슈아는 어두운 걸 무서워한단 말이에요."

누군가가 그녀의 팔을 붙들었으며 제니퍼는 주사바늘의 아픔을 느꼈다. 얼마 후, 나른함과 평온함이 그녀를 감싸더니 제니퍼는 깊이 잠이 들었다.

제니퍼가 눈을 떴을 때는 저녁 무렵이었다. 그녀는 병원의 조그만 병실에 눕혀져 있었고, 누군가가 그녀의 옷을 벗기고 환자용 가운을 입혀놓은 상태였다. 그녀는 침대에서 일어나 옷을 입고 모리스 박사를 찾아갔다. 그녀는 이상할 정도로 침착해져 있었다.

모리스 박사가 말했다.

"부인, 장례절차는 병원 측에서 전부 맡아서 합니다. 그러니까 아무것도……."

"제가 하겠어요."

"그러시겠습니까?"

그는 머뭇거리며 말했다.

"검시 문제 말입니다. 부인께서 오늘 아침 말씀하신 것은 진심이 아니었다는 점은 알고 있습니다. 저는……."

"저는 진심이었어요."

그 후 이틀 간 제니퍼는 사망에 따르는 일체의 수속을 끝마쳤다. 그녀는 가까운 장의사를 찾아가 장례식에 관한 협의를 하고 공단 안감을 댄 흰색 관을 선택했다. 그녀는 냉정했으며 눈물을 흘리지 않았다. 마치 다른 사람이 제니퍼 속으로 옮겨 들어와 그녀를 움직이게 한 것 같았다. 그녀는 깊은 충격 상태에 있었는데도 발광을 막아주는 보호막 속에 숨겨져 있었던 것이었다.

제니퍼가 돌아가려 했을 때 장의사가 말했다.

"미세스 파커, 만일 아드님에게 입히고 싶은 특별한 옷이라도 있으면 가져다주세요. 저희가 입혀드리겠습니다."

"아니에요, 제가 입히겠습니다."

그는 놀라서 그녀의 얼굴을 쳐다보았다.

"정 그러시다면 그렇게 하시지요. 하지만……."

시체에 옷을 입히는 일이 어떤 것인지 아는지 모르겠다는 표정으로 장의사 주인은 제니퍼의 뒷모습을 바라보았다.

제니퍼는 집에 도착하자 차를 드라이브웨이에 주차시키고 집 안으로 들어갔다.

매케이 부인은 주방에서 슬픔에 가득 찬 얼굴과 충혈된 눈으로 그녀를 바라보았다.

"사모님! 도저히 믿어지지가 않아요……."

제니퍼에게는 그녀의 모습도 보이지 않았으며 목소리도 들리지 않았다. 그녀는 매케이 부인 곁을 지나쳐 2층의 조슈아의 방으로 들어갔다. 방은 원래대로였다. 조슈아가 없을 뿐이었다. 조슈아의 책도 야구와 스키장비도 모두 제자리에서 그의 귀가를 기다리고 있었다. 제니퍼는 입구에 서서 방을 둘러보면서 자신이 무엇하러 이 방에 들어왔는지 생각하려고 애를 썼다.

'아, 그래. 조슈아의 옷을 가지러 왔지.'

그녀는 옷장으로 다가갔다. 안에는 그의 마지막 생일에 그녀가 사다준 짙은 청색 옷이 있었다. 규테스로 식사하러 갔던 날 밤에 조슈아는 그것을 입었다. 그녀는 그날 밤의 일을 생생히 기억하고 있었다. 조슈아가 갑자기 성장한 것 같아 보였으므로 제니퍼는 가슴에 아픔을 느끼면서 그날의 모습을 떠올렸다.

'머지않아 조슈아는 약혼한 아가씨와 함께 이곳에 앉아 있게 될 거야.'

그날은 절대로 오지 않을 것이다. 그는 성장할 수도 없으며, 애인도 생기지 않을 것이고 인생도 없는 것이다.

그 옷 옆에 블루진과 운동복과 티셔츠가 몇 벌씩 있고, 티셔츠 중 한 장에는 조슈아가 좋아하는 야구팀의 이름이 새겨져 있었다. 제니퍼는 멍하니 옷들을 쓰다듬으면서 시간이 가는 줄을 모르고 있었다.

매케이 부인이 옆으로 다가왔다.

"사모님, 괜찮으세요?"

제니퍼는 정중한 어조로 대꾸했다.

"괜찮아요. 고마워요, 매케이 부인."

"뭐 도와드릴 일이라도 있을까요?"

"아뇨, 됐어요. 조슈아한테 옷을 입히러 갈 건데, 조슈아는 어떤 옷을 좋아했죠?"

그녀의 목소리는 밝고 쾌활했지만 눈빛은 공허했다.

매케이 부인은 그 눈을 바라보자 소름이 끼쳐졌다.

"조금 쉬는 편이 어떻겠어요? 의사를 불러올까요?"

제니퍼의 손은 옷장에 걸려 있는 옷들을 더듬어 갔다. 그리고 야구 유니폼을 옷걸이에서 벗겨냈다.

"조슈아는 이 옷을 마음에 들어했지요. 그밖에 또 무엇이 필요할까."

매케이 부인은 제니퍼가 화장대 안을 뒤적여 속옷과 양말과 셔츠를 끄집어내는 것을 아무 말도 하지 않은 채 지켜보고만 있었다.

'조슈아에게는 이런 것들이 필요할 거야. 조슈아는 휴가를 떠난 거야…… 긴 휴가를.'

제니퍼는 생각했다.

"이것만으로는 춥지 않을까요?"

매케이 부인의 눈에서 왈칵 눈물이 쏟아졌다.

"제발 그만 하세요! 그냥 놔두세요. 제가 할 테니까요."

그녀는 애원했다. 그러나 제니퍼는 이미 그 옷들을 가지고 계단을 내려가고 있었다.

시체는 영안실에 안치되어 있었다. 길다란 테이블 위에 눕혀져 있었으므로 조슈아의 작은 몸이 더욱 작아 보였다.

제니퍼가 조슈아의 옷들을 가지고 들어서자 장의사 주인은 다시 그녀를 설득하려고 했다.

"모리스 박사님과도 상의했습니다만, 부인. 이 일은 제게 맡기는 것이 좋다고 박사님도 말씀하셨습니다. 저희는 익숙해 있기 때문에……."

제니퍼는 그를 바라보고 미소지었다.

"나가주세요."

장의사 주인은 침을 꿀꺽 삼키고는 말했다.

"알겠습니다, 부인."

제니퍼는 그가 방을 나가는 것을 기다렸다가 아들 쪽으로 다가갔다.

그녀는 조슈아의 잠든 얼굴을 들여다보고 말했다.

"얘야, 이 엄마가 너를 돌봐줄게. 이 야구 유니폼을 입혀줄게. 마음에 들지?"

그녀는 시트를 젖히고 그의 오그라진 벌거숭이 몸을 바라봤다. 그리고 그에게 옷을 입히기 시작했다. 먼저 팬티를 입히려 했을 때 그녀는 그의 얼음장 같은 차가움에 흠칫 놀랐다. 몸은 대리석같이 딱딱해져 있었다. 제니퍼는 자신에게 타이르려 했다. 이 생명이 없는 차갑고 조그만 육체는 자신의 아들이 아니다. 조슈아는 어딘가 다른 곳에서 따뜻하고 행복하게 지내고 있다…. 그러나 그것은 도저히 믿을 수가 없었다.

역시 이 테이블 위에 있는 몸은 조슈아인 것이다. 제니퍼의 몸은 떨리기 시작했다. 마치 조슈아의 냉기가 제니퍼의 몸 안에 들어와 골수까지 얼려버릴 것 같았다. 그녀는 맹렬히 자신에게 명령했다.

'침착해! 침착해! 침착하라고!'

그녀는 몸을 떨면서 심호흡을 했다. 그리고 겨우 냉정을 되찾아 아들에게 끊임없이 이야기를 하면서 옷을 입히기 시작했다. 팬티와 바지를 입히고 나서 셔츠를 입히려고 그의 몸을 쳐들었을 때, 그의 머리가 미끄러져 테이블에 부딪히고 말았다. 제니퍼는 외쳤다.

"어머나, 미안하다! 용서해주렴!"

그러고는 그녀는 통곡하기 시작했다.

조슈아에게 옷을 다 입히는 데 거의 3시간이나 걸렸다. 그는 야구 유니
폼과 마음에 들어하는 티셔츠와 흰 양말과 운동화를 신고 있었다. 야구
모자를 씌우자 얼굴이 가려져서 그의 가슴 위에 올려놓기로 했다.

"애야, 이것을 함께 가지고 가렴."

장의사 주인이 방 안을 들여다보니 제니퍼가 옷을 입힌 시체 곁에 앉아
서 조슈아의 손을 잡고 뭔가 이야기를 하고 있었다.

그는 그녀에게 다가가 부드럽게 말했다.

"뒷일은 저희가 돌보겠습니다."

제니퍼는 조슈아에게 마지막 시선을 보냈다.

"주의해서 다뤄주세요. 아들은 머리에 상처를 입고 있으니까요."

장례식은 간소했다. 금방 파헤쳐진 무덤 속으로 조그만 흰 관이 내려지
는 것을 지켜본 사람은 제니퍼와 매케이 부인뿐이었다. 케네스 베일리와
조슈아는 사이가 좋았으므로 제니퍼는 케네스에게 알릴까 하는 생각도
해보았다. 그러나 케네스는 이미 그들과는 인연이 끊긴 사람이었다.

관 위에 첫 삽이 부어졌을 때 매케이 부인이 말했다.

"이제 그만 돌아가시지요. 집까지 데려다드릴게요."

제니퍼는 정중하게 말했다.

"나는 괜찮아요. 매케이 부인, 이제 조슈아도 나도 아줌마를 필요로 하
지 않게 되었군요. 1년치 급료를 드리도록 하지요. 추천장도 써드리고요.
조슈아와 저는 진심으로 감사를 드립니다."

제니퍼가 몸을 돌려 사라지는 것을 매케이 부인은 지켜보고 있었다. 제
니퍼는 마치 한 사람밖에 지날 수 없는 좁고 끝없는 통로를 걷고 있는 듯

이 등을 꼿꼿이 펴고 조심스레 멀어져 갔다.

집은 조용하고 한적했다. 그녀는 조슈아의 방으로 올라가서 방문을 닫고 그의 침대에 누웠다. 그리고 그가 가지고 있던 것들, 그가 좋아했던 모든 것을 응시했다. 그의 전 세계가 이 방에 있었다. 이제 그녀에게는 아무것도 할 일이 없었고 갈 곳도 없었다. 조슈아와의 추억이 있을 뿐이었다. 제니퍼는 그의 출생 이후의 온갖 기억을 더듬었다.

처음 걷기 시작했을 무렵의 조슈아…… 조슈아는 말했지… '엄마, 저쪽에 가서 장난감 가지고 놀면 안 돼?' …… 처음으로 혼자 학교에 갈 때의 조그맣지만 당당했던 모습…… 홍역에 걸려 괴로워하면서 침대에 누워 있었고…… 홈런을 쳐서 팀에 승리를 안겨줬고…… 요트를 조종했었고…… 동물원에서 코끼리에게 먹이를 줬었지…… 어머니 날에 노래를 불러줬고…… 주마등처럼 추억이 잇따라 그녀의 머릿속에 떠올랐다. 그것은 제니퍼와 조슈아가 아카풀코로 출발하는 날에서 정지했다.

아카풀코……그녀가 애덤을 만나서 그와 사랑을 나눈 곳, 그녀는 자신밖에 생각하지 않았기 때문에 지금 벌을 받고 있다고 생각했다.

'이것이 나에게 내려진 형벌이야. 이것이 나의 지옥이다.'

그녀는 화면을 다시 한 번 되돌렸다. 우선 조슈아가 태어난 날…… 조슈아가 걸음마를 시작한다…… '엄마, 저쪽에 가서 장난감 가지고 놀면 안 돼?'라고 말한다…….

시간은 흘렀다. 제니퍼는 때때로 집 안에서 전화벨 소리가 울리는 것을 들었다. 그리고 한 번, 누군가가 현관문을 노크하는 소리도 들었다. 그러나 그런 소리는 그녀에게는 아무런 의미도 갖지 못했다. 그녀는 아들과 함께 있는 시간을 그 누구에게도 방해받고 싶지 않았다. 제니퍼는 방을 떠나지 않은 채 마시지도, 먹지도 않고 자기 자신의 은밀한 세계에 조슈아와 함께 틀어박혀 있었다. 시간에 대한 감각이 사라져 버려서 그녀는 얼마나 그곳에 있었는지 전혀 의식하지 못했다.

제니퍼가 다시 현관 문을 두드리는 소리를 들은 것은 그로부터 닷새 후였다. 그러나 그녀는 전혀 주의를 기울이지 않았다. 누군지 알 수 없지만 어차피 단념하고 돌아가 버릴 것이다. 유리가 깨지는 소리가 희미하게 들리고 얼마 지나지 않아 조슈아의 방문이 왈칵 열리더니 마이클 모레티의 모습이 문 입구에 희미하게 보였다.

그는 침대에서 그를 올려다보고 있는 여위고 공허한 눈을 가진 제니퍼를 발견하고는 소리쳤다.

"이게 무슨 일이야!"

제니퍼를 방에서 끌어내는 데에 마이클은 젖먹던 힘까지 다 쏟아야 했다. 그녀는 그를 떠밀거나 눈을 할퀴려 하며 신경질적으로 반항했다. 닉 비토가 계단 아래서 기다리고 있었는데 두 사람이 힘을 합쳐서야 겨우 그녀를 자동차 안에 밀어넣을 수 있었다. 제니퍼는 그들이 어떤 사람인지, 무엇하러 왔는지 전혀 이해할 수가 없었다. 알고 있는 것은 그들이 자신을 아들에게서 떼어버리려 하고 있다는 것뿐이었다. 제니퍼는 그들에게 이런 식으로 하면 자기는 죽어버리겠다고 말하려 했지만 마침내 기진맥진해서 저항할 힘을 잃고 말았다. 그녀는 잠에 빠져들었다.

눈을 떴을 때, 제니퍼는 큼직한 창을 통해 멀리 산과 푸른 호수가 보이는 밝고 깨끗한 방에 있었다. 흰옷을 입은 간호사가 침대 곁 의자에 앉아서 잡지를 읽고 있었다. 제니퍼가 눈을 뜨자 그녀는 고개를 들었다.

"여기가 어디예요?"

말을 하자 목구멍이 아팠다.

"걱정하지 마세요, 미스 파커. 모레티 씨가 데리고 오셨어요. 걱정을 몹시 하셨는데 깨어나신 걸 알면 무척 기뻐하실 겁니다."

간호사는 서둘러 방에서 나갔다. 제니퍼는 공허한 마음으로 아무런 생각도 하지 않으려고 애쓰면서 누워 있었다. 그러나 생각하고 싶지도 않은 기억이 떠올라 왔다. 그 기억으로부터 도망치거나 숨을 수 있는 장소는 없었다. 제니퍼는 실제로는 그렇게 할 용기도 없으면서 자신이 자살하려 했다는 것을 알았다. 그녀는 단지 죽고 싶기만 했다. 그렇게 되기만을 원했다. 마이클이 그녀를 구했다. 애덤이 아니라 마이클이었던 점은 얄궂었다. 그러나 애덤을 탓할 수는 없었다. 진실을 그에게 감추고 있었기 때문이다. 그녀가 낳고 그리고 이제 죽어버린 아들에 관한 것을 그에게 감춰왔기 때문이다. 조슈아는 죽었다. 제니퍼는 이제는 그 사실을 냉정히 받아들일 수 있었다. 고뇌는 깊고 강했다. 살아 있는 한 그것은 계속될 것이다. 그러나 그녀는 그것을 견뎌낼 수 있었다. 견뎌내야만 했다. 그것은 정의의 신이 요구하는 형벌이었다.

제니퍼는 발자국 소리에 눈을 떴다. 마이클이 방에 들어와 호기심 어린 눈으로 그녀를 바라보고 있었다. 제니퍼의 행방의 묘연해졌을 때, 그는 미친 사람 같았다. 그녀의 신상에 무슨 일이 일어난 것이 아닌가 하는 생각에 앉으나 서나 불안이 엄습했다.

그는 침대로 다가와 그녀를 내려다보았다.

"왜 내게 이야기하지 않았어? 고통이 심했군."

그는 침대에 걸터앉았다.

그녀는 그의 손을 잡았다.

"이곳에 데려다줘서 고마워요. 저…… 조금 이상했었나요?"

"조금은."

"언제부터 이곳에 있었죠?"

"나흘 전이야. 의사가 링거로 영양을 공급했어."

제니퍼는 고개를 끄덕였지만, 그 자그만 동작조차 하기가 힘겨웠다. 그녀는 몹시 피로를 느꼈다.

"아침식사가 올 거야. 당신을 살찌게 하라는 의사의 명령이 있었어."

"배 고프지 않아요. 무엇이든지 먹을 마음은 두 번 다시 일어나지 않을 거예요."

"이제 먹고 싶어질 거야."

놀랍게도 마이클이 말한 대로 되었다. 간호사가 반숙한 달걀과 토스트와 홍차를 쟁반에 담아오자, 그제야 제니퍼는 자신이 굶었다는 것을 의식했다.

마이클은 곁에서 그녀를 지켜보고 있었다. 그러고는 제니퍼가 식사를 마치자마자 말했다.

"난 몇 가지 볼 일을 처리하기 위해서 뉴욕으로 돌아가야 돼. 며칠 내로 다시 올게."

그는 몸을 굽혀 그녀에게 부드럽게 키스했다.

"금요일에 만나."

그는 그녀의 얼굴을 손가락으로 천천히 쓰다듬었다.

"속히 건강을 되찾아야 돼. 알겠지?"

"알았어요."

제니퍼는 그를 올려다보며 말했다.

최후의 폭로

미 해병기지의 넓은 회의실은 사람들로 북적대고 있었다. 바깥에는 무장한 경비병들이 서 있었고, 안에는 이례적인 인물들이 모여 있었다. 벽 가장자리에 배열된 의자에는 특별 대배심원(special grand jury)들이 앉아 있었다. 긴 테이블 한쪽 편에는 애덤 워너와 로버트 디 실바와 FBI 부국장이, 그 반대편에는 토머스 콜팩스가 있었다. 대배심원들을 이 기지로 부른 것은 애덤의 아이디어였다.

"이것이 콜팩스 씨의 안전을 지키는 유일한 방법입니다."

대배심원은 애덤의 제안에 찬성했으며 비밀 법정이 막 시작되려는 참이었다.

애덤이 토머스 콜팩스에게 말했나.

"당신의 이름을 말씀해주십시오."

"토머스 콜팩스입니다."

"직업은 무엇입니까, 콜팩스 씨?"

"변호사이며, 뉴욕 주를 비롯한 다른 몇 개 주에서 개업할 수 있는 면허를 가지고 있습니다."

"변호사를 개업한 지 몇 년이나 되었습니까?"

"35년이 넘습니다."

"당신의 의뢰인은 일반인입니까?"

"아닙니다. 제 의뢰인은 한 사람뿐입니다."

"그는 누굽니까?"

"35년 동안 대부분은 지금은 고인이 되신 안토니오 그라넬리 씨였습니다. 마이클 모레티가 그의 후계자가 되었지요. 저의 현재 의뢰인은 마이클 모레티와 그의 조직입니다."

"범죄 조직을 말씀하시는 겁니까?"

"그렇습니다."

"당신이 오랫동안 차지하고 있던 지위로 봐서 당신은 이른바 '조직'의 실태를 알 수 있는 특수한 입장에 있었다고 추정해도 틀림없습니까?"

"제가 모르는 일은 거의 없습니다."

"범죄 활동에 관해서도 그렇겠군요?"

"예, 그렇습니다. 상원의원님."

"그들의 활동에 관한 몇 가지 내용을 설명해주시기 바랍니다."

그로부터 2시간에 걸쳐 토머스 콜팩스는 이야기를 계속했다. 그의 목소리는 침착했으며 자신감에 넘쳐 있었다. 그는 사람 이름과 장소와 날짜를 정확히 알려주었다. 그의 이야기가 점차 도를 더해가자 방 안에 있는 사람들은 종종 자신들이 앉아 있는 장소를 잊고 콜팩스의 공포스런 이야기에 정신을 빼앗겼다.

그는 살인 청부, 증언을 막기 위해 저지른 목격자 살해, 방화, 상해, 강제 매춘 등에 관해서 이야기했다. 그것은 한마디로 히에로니무스 보스(15~16세기의 폴란드 화가. 환상적인 파멸의 세계를 묘사했다)가 묘사한 세계와 같았다.

세계 최대의 범죄 신디케이트의 가장 은밀한 부분이 비로소 폭로되어 만인 앞에 모습을 드러내는 순간이었다.

때때로 애덤과 로버트가 질문을 해서 토머스 콜팩스를 재촉하기도 하고, 필요한 경우에는 빠진 부분을 보충시키기도 했다.

이 법정은 애덤이 기대하고 있었던 것보다 훨씬 더 큰 성과를 거두어 갔다. 그런데 남은 시간이 몇 분밖에 남지 않아 막을 내리려는 순간에 갑자기 파국이 찾아왔다.

대배심원 중 한 사람이 부정자금 위장공작에 관해 질문을 던졌다.

"그것은 2년 전부터입니다. 마이클은 최근 활동의 일부는 내게 알리지도 않고 제니퍼 파커에게 일임하고 있었습니다."

애덤은 몸이 얼어붙는 것 같았다.

로버트 디 실바가 말했다.

"제니퍼 파커라고요?"

이상하게도 들뜬 목소리였다.

"그렇습니다. 그녀는 지금 조직의 변호사직을 떠맡고 있습니다."

토머스 콜팩스는 악의에 찬 어조가 되었다.

애덤은 어떻게든지 콜팩스를 저지해서 그가 말하고 있는 사항을 기록에 담지 않고 싶었다. 그러나 이미 때는 늦었다. 귀신의 목덜미라도 잡은 듯이 단단히 벼르고 있는 디 실바를 저지할 수는 없었다.

"제니퍼 파커에 대해서 말해주겠습니까?"

디 실바는 거센 어조로 말했다.

토머스 콜팩스는 이야기를 계속했다.

"제니퍼 파커가 관계하고 있는 것은 부정자금 위장공작을 위한 유령회사의 설립과……."

애덤이 그것을 저지하려 했다.

"그런 건……."

"……그리고 살인입니다."

그 말은 방 안을 육중하게 내리덮었다.

애덤이 그 침묵을 깼다.

"우리는…… 우리는 사실에 입각해야만 합니다. 당신은 제니퍼 파커가 살인에 관련되어 있다고 말하는 건 아니겠지요?"

"제가 말하고 있는 것은 틀림없는 사실입니다. 제니퍼 파커는 그녀의 아들을 유괴한 사내를 죽이도록 명령했습니다. 살해된 사내의 이름은 프랭크 잭슨입니다. 모레티가 그녀의 부탁을 들어 그를 살해했습니다."

흥분의 술렁임이 일어났다.

그녀의 아들이라니! 애덤은 생각했다.

'무슨 착오일 거야.'

그는 더듬거리면서 말했다.

"우리… 우리는 소문이 아닌 충분한 증거를 필요로 합니다."

"소문이 아닙니다. 그녀로부터 모레티에게 전화가 걸려왔을 때, 저는 바로 그 방에 있었으니까요."

토머스 콜팩스는 확신에 찬 어조로 말했다.

테이블 밑의 애덤의 양손은 핏기가 가실 만큼 꽉 쥐어져 있었다.

"증인이 지쳐 있는 것 같으니 이것으로 마쳤으면 합니다."

로버트 디 실바가 특별 대배심원들을 향해 말했다.

"기소 수속에 관해서 말씀드립니다만……."

애덤은 듣고 있지 않았다. 그는 '제니퍼는 지금 어디에 있을까' 하고 생각했다. 제니퍼는 그 동안 모습을 감추었었다. 애덤은 몇 번이고 그녀를 찾으려고 애썼다. 그러나 지금이야말로 급박한 상황이었다. 어떻게 해서든 신속하게 그녀와 연락을 취해야만 했다.

하나의 결심

연방정부의 치안기관에 의해 전에 없던 대규모의 극비 수사가 개시되었다. 조직범죄와 암거래에 대한 공격 작전은 FBI, 우편관세국, 세관, 국세청, 연방마약수사국, 그 밖에 여러 기관의 협력 하에 행해졌다.

수사의 범위는 살인, 살인모의, 부당이득, 강매, 탈세, 조합자금의 횡령, 방화, 고리대금업, 마약 등이었다.

토머스 콜팩스는 범죄와 부패가 가득 채워져 있는 판도라 상자의 열쇠를 당국에 건네준 셈이다. 가장 큰 타격을 받은 것은 모레티 조직이었지만, 콜팩스가 제공한 증거는 국내의 다른 몇몇 조직에게도 타격을 주었다.

정부 수사원은 국내외에서 그들의 리스트에 올라 있는 사람들의 친구와 장사꾼들을 은밀히 신문했다. 터키, 멕시코, 산살바노르, 마르세유, 온두라스 등에서 수사원들은 다른 기관의 수사원과 연락하여 그들 나라에서 이루어지고 있는 위법 활동에 관한 정보를 교환했다.

송사리들이 수사망에 걸렸지만 그들은 자백하면 범죄 조직의 간부에 대한 증거와 교환되는 조건으로 석방되었다. 수사는 모두 비밀리에 진행되었기 때문에 목표가 되는 거물들은 이제 곧 닥치게 될 폭풍에 대해 전혀 예측하지 못하고 있었다.

상원 조사위원회의 위원장인 애덤 워너의 조지타운 자택에는 방문객이 끊이지 않았고, 그의 서재에서 열리는 회의는 종종 한밤중까지 끝나지 않았다. 이 조사가 완료되고 마이클 모레티의 조직이 무너지면, 애덤이 대통령 선거에 압승할 것은 거의 의심할 여지가 없었다.

그는 행복해야만 했다. 하지만 생전 처음으로 도덕적 위기에 직면한 애덤은 비참했다. 제니퍼 파커는 나쁜 일에 깊이 관여되어 있었다. 애덤 워너는 그녀에게 연락하여 아직 기회가 있을 때 도피하라고 경고해줘야 했다. 그러나 그에게는 다른 의무가 있었다. 그가 대표로 있는 위원회에 대한 의무, 합중국 상원에 대한 의무가 있었다. 어떻게 그녀의 옹호자가 될 수 있을까? 만일 그가 제니퍼에게 경고하여 그 사실이 세상에 알려지게 되면, 상원위원회의 신용은 실추되고 위원회가 지금까지 완수한 일은 모두 허사로 돌아갈 것이다. 그리고 그의 장래도 가족도 파멸할 것이다.

애덤은 제니퍼에게 아이가 있다는 콜팩스의 말을 듣고 자기 귀를 의심했다. 그는 무슨 일이 있어도 제니퍼를 만나서 꼭 이야기를 해야만 했다.

애덤은 제니퍼 사무실의 전화번호를 돌렸다. 비서가 말했다.

"미스터 애덤스? 공교롭게도 파커 양은 지금 안 계십니다."

"아주, 대단히 중요한 용건입니다만 어디 갔는지 알 수 없겠습니까?"

"모릅니다. 다른 분이 도와드리면 안 될까요?"

다른 사람은 도저히 도와줄 수 없는 일이었다.

다음주, 애덤은 매일 몇 차례나 제니퍼에게 연락을 시도했다. 비서는 "죄송합니다. 애덤스 씨, 파커 양은 외출 중입니다."라고 말할 뿐이었다.

애덤이 제니퍼에게 그날 세 번째 전화를 걸려는데, 메리 베스가 들어왔다. 애덤은 태연한 척 수화기를 놓았다.

메리 베스는 애덤에게 다가와 그의 머리카락을 쓰다듬으며 말했다.

"여보, 피곤해보이네요."

"아니야, 괜찮아."

그녀는 애덤의 책상 앞에 있는 부드러운 양가죽으로 된 팔걸이의자로 돌아가 앉았다.

"여러 가지 일이 겹쳤죠, 여보?"

"그렇게 되었군."

"빨리 끝났으면 좋겠어요. 그러는 당신이 보기에 딱해서 말예요. 스트레스를 너무 많이 받는 것 아니에요?"

"견딜만 해, 메리 베스. 나는 걱정하지 않아도 돼."

"하지만 걱정이에요. 제니퍼 파커의 이름이 리스트에 올라 있잖아요."

애덤은 그녀에게 날카로운 시선을 던졌다.

"그걸 어떻게 알고 있지?"

그녀는 웃었다.

"당신이 이 집을 공공집회 장소로 만들어버렸잖아요. 싫어도 여러가지 소문이 귀에 들어와요. 모두들 마이클 모레티와 그의 여자친구 체포 애기로 시끄럽던걸요?"

그녀는 애덤의 얼굴을 지켜봤지만 아무런 반응도 나타나지 않았다.

메리 베스는 애처롭다는 듯이 남편의 얼굴을 바라보면서 생각했다.

'남자란 정말 단순해.'

그녀는 제니퍼 파커에 대해 애덤보다도 상세히 알고 있었다. 남자란 일과 정치에 대해서는 뛰어나고 머리회전이 빠른 반면, 여자 문제에 대해선 너무 어리석다는 것에 그녀는 늘 질려 있었다. 매우 재능이 있는 훌륭한 남자가 천박하고 단정치 못한 여자를 아내로 삼고 있는 예가 얼마나 많은가. 메리 베스는 자기 남편과 제니퍼 파커에 대해서는 이해를 하고 있었다. 누가 뭐라 해도 애덤은 상당히 매력적이고 호감 가는 남자인 것이다. 그리고 다른 남자들과 마찬가지로 그도 여자에게는 약했다. 그녀 자신의 철학은 용서는 하되, 절대로 잊지 않는 것이었다.

메리 베스는 남편에게 있어서 무엇이 가장 좋은 일인지를 알고 있었다. 그녀가 하는 일은 모두 그의 이익을 생각해서 하는 것이었다.

그녀는 모든 것이 완전히 정리되면 애덤과 함께 낭만적인 타이티로 여행을 떠나리라 마음먹었다.

메리 베스가 창밖을 내다보니 2명의 호위병이 이야기하고 있는 모습이 보였다. 그들의 존재는 그녀에게 복잡한 기분이 들게 했다. 메리 베스는 프라이버시가 침해되는 것은 싫었지만, 한편으론 그들의 모습을 보면 남편이 미국 대통령 후보라는 것을 새삼 실감케 되었다. 아니, 후보 정도가 아니었다. 그녀의 남편이 대통령이 되는 것은 확실했다. 모두들 그렇게 말하고 있었다. 백악관에 사는 꿈이 실현되는 것을 생각만 해도 그녀의 몸은 뜨거워졌다.

애덤이 회의로 몹시 분주해 있는 동안 그녀가 가장 좋아하는 일은 백악관을 다시 꾸미는 상상을 하는 것이었다. 그녀는 몇 시간이고 앉아서, 마음속으로 가구의 종류를 상상하고 퍼스트레이디로서 하게 될 여러 가지 행사를 꿈꾸었다.

그녀는 대부분의 방문객이 들어갈 수 없는 방—3천 권에 가까운 장서를 넣은 백악관 도서실, 도자기실, 외교접견실, 그리고 가족이 사는 각 방과 2층에 있는 7개의 손님용 침실—을 본 적이 있었다.

자신과 애덤은 역사의 일부가 되어 그 집에 살게 되는 것이다. 제니퍼 파커라는 여자 때문에 그 기회를 아슬아슬하게 포기해야 할 뻔했던 일이 떠오르자 그녀는 온몸에 전율이 일었다. 고맙게도 그 위기는 모두 지나갔다. 지금 그녀는 책상을 마주하고 앉아 있는 피곤하고 야윈 애덤을 주시했다.

"커피라도 드시겠어요?"

애덤은 괜찮다고 말하려다 생각을 바꾸었다.

"좋아."

"곧 갖고 올게요."

메리 베스가 방을 나가자마자 애덤은 다시 전화를 들었다. 날이 저물었기 때문에 제니퍼의 사무실이 닫혀 있으리라는 것은 알고 있었지만 누군가 전화를 받는 사람이 있을 것이다. 무한이라고 생각될 만큼 오랜 시간이 흐르고, 교환수가 나왔다.

"긴급 용건이오. 며칠 전부터 제니퍼 파커에게 전화를 했는데 통화를 못했소. 나는 애덤스라는 사람이오."

애덤은 말했다.

"잠시만 기다려주세요."

잠시 후에 교환수는 말했다.

"죄송합니다, 애덤스 씨. 파커 양의 행방에 대해서는 알 수가 없군요. 무슨 전하실 말씀이라도?"

"아니오. 됐소."

애덤은 실망하여 수화기를 쾅 하고 내려놓았다. 설사 전화하도록 제니퍼에게 전해달라고 해도 그녀 쪽에서 연락할 리가 만무했다.

그는 서재에 앉은 채 밖의 어둠을 응시하다가 얼마 후에 작성될 몇 통의 체포장을 생각했다. 그중의 하나는 살인교사혐의였다. 거기에 제니퍼의 이름이 쓰일 것이다.

제니퍼가 묵고 있는 산장에 마이클 모레티가 돌아온 것은 5일 후였다. 그동안에 그녀는 편안히 쉬고 먹으며 산길의 멀리까지 산책을 했다. 마이클의 자동차 소리가 들려오자 그녀는 그를 맞이하러 나갔다.

마이클은 그녀를 빙글 돌아보면서 말했다.

"상당히 좋아진 것 같군."

"건강해요, 덕분에."

그들은 호수로 통하는 샛길을 걸었다.

마이클이 말했다.

"당신에게 부탁할 일이 있어."

"말하세요."

"내일 싱가포르에 갔다 와주었으면 좋겠어."

"싱가포르에요?"

"코카인을 운반하던 승무원이 그곳 공항에서 검거되었어. 이름은 스테판 비요크, 구치소에 있어. 그가 자백하기 전에 보석으로 꺼내줘."

"알았어요."

"가능한 한 빨리 돌아와 줘. 당신이 없으면 쓸쓸하니까."

그는 제니퍼를 끌어안고 입술에 살짝 키스하며 속삭였다.

"사랑해, 제니퍼."

그것은 그가 지금까지 그 누구에게도 한 적이 없는 말이라는 것을 제니퍼는 알고 있었다.

하지만 그것은 너무 늦었다. 이제 끝인 것이다. 그녀 속에 있는 무언가가 영구히 죽었고 죄책감과 외로움만이 남아 있었다. 그녀는 마이클과 헤어질 것을 그에게 알릴 결심을 하고 있었다. 이제 그녀에게는 애덤도 마이클도 없었다. 그녀는 혼자 어디론가 가서 다시 시작해야 했다.

그녀에게는 갚아야 할 빚이 있었다. 마이클을 위해서 그 마지막 일을 하고 돌아오면 자신의 생각을 그에게 말하리라 생각했다.

다음날 아침, 제니퍼는 싱가포르로 출발했다.

복수의 피

닉 비토, 토니 센토, 살바토레 포레, 조셉 코레라는 토니즈 플레이스에서 점심식사를 하고 있었다. 그들은 입구 가까이에 있는 자리에 앉아서, 문이 열릴 때마다 자동적으로 눈을 들어 새로운 손님을 확인했다. 마이클 모레티가 가게 안에 있었기 때문이었다. 현재는 조직 간에 분쟁은 없었지만 항상 경계하는 것보다 더 좋은 일은 없었다.

"지미는 어떻게 됐지?"

체격이 큰 조셉 코레라가 물었다.

"죽었어. 놈은 형사의 여동생한테 홀딱 빠져버렸어. 틀림없이 육체미에 반한 거야. 그 여자와 오빠가 지미를 배반하게 했어."

닉 비토가 말했다.

"지미는 마이클과 얘기할 때 바지 안쪽에 전선을 숨기고 있었던 거야."

"그런데 어떻게 됐지?"

포레가 물었다.

"지미는 너무 긴장한 나머지 소변이 마려워진 거야. 그래서 앞단추를 풀었는데 그때 전선이 보였지."

"한심한 놈이지. 마이클은 그놈을 지노한테 넘겨주었어. 지노는 지미가 갖고 있던 그 전선으로 목을 졸랐지. 그놈은 몸부림치면서 죽었어······ 서서히 말이야."

문이 열렸다. 4명이 일제히 얼굴을 들자, 〈뉴욕포스트〉 신문팔이가 들어왔다. 조셉 코레라가 불렀다.

"하이, 이리 와봐. 경마의 출사표를 알아봐야겠어. 오늘 큰 경주가 있다니까."

70이 넘은 초라한 신문팔이 노인은 조셉 코레라에게 석간을 건네주었다. 코레라는 그에게 1달러를 주었다.

"잔돈은 가져요."

그것은 마이클 모레티가 항상 말하는 문구였다. 조셉 코레라가 신문을 펴려고 하자, 닉 비토가 1면의 사진에 눈길을 멈추고 말했다.

"이것 봐! 낯익은 얼굴인데!"

그는 말했다.

토니 센토가 비토의 어깨 너머로 사진을 보았다.

"당연하지, 애덤 워너 아냐? 대통령에 출마했잖아."

"그런 게 아냐. 어디서 본 적이 있는 얼굴이라니까."

그는 말하고 나서 눈살을 찌푸리고 생각을 모았다. 그러고는 갑자기 외쳤다.

"알았다! 아카풀코 술집에서 제니퍼 파커와 같이 있던 남자야."

"그래서?"

"내가 지난 달에 물건을 갖고 아카풀코에 갔던 것을 기억하지? 그때 이 남자가 제니퍼와 같이 있는 것을 봤어. 둘이서 마시고 있었다고."

살바토레 포레가 그를 뚫어지게 쳐다봤다.

"확실해?"

"확실하고말고. 그런데 왜?"

포레는 천천히 말했다.

"마이클한테 얘기하는 것이 좋겠어."

마이클 모레티가 닉 비토의 얼굴을 보며 말했다.

"너 머리가 어떻게 된 것 아냐? 제니퍼 파커가 무엇 때문에 워너 상원의원과 만나지?"

"그야 저도 모르죠. 분명한 것은 두 사람이 같이 술집에서 마시고 있었다는 것뿐이에요."

"둘이서만?"

"네."

살바토레 포레가 말했다.

"알고 있는 것이 좋을 것 같아서 말예요. 워너라는 놈은 우리의 조직을 꼬치꼬치 캐고 싶어해요. 어째서 제니퍼가 그런 놈과 같이 있었을까요?"

그거야말로 마이클이 알고 싶은 일이었다. 제니퍼는 아카풀코와 대회에 대한 얘기를 하면서, 거기서 만난 5, 6명의 사람들의 이름을 얘기했었다. 하지만 애덤 워너에 대해서는 한 마디도 하지 않았다.

마이클은 토니에게 말했다.

"지금 관리인 조합의 사무국장이 누구지?"

"찰리 코레리입니다."

5분 후, 마이클은 찰리 코레리와 전화 통화를 했다.

"……벨몬트 타워즈에 대해서 물어볼 것이 있어. 내가 아는 사람이 9년 전에 거기에 살았었는데 그 당시, 그곳 관리인이던 남자와 얘기 좀 하고 싶어."

마이클은 그렇게 말하고 잠시 상대방의 이야기에 귀를 기울였다.

"고마워. 정말 고맙게 생각하네."

그는 전화를 끊었다.

닉 비토, 센토, 포레, 코레라 네 사람은 그를 지켜보고 있었다.

"너희들은 아무것도 할 일이 없나? 썩 꺼져!"

네 사람은 당황한 채 뛰쳐나갔다.

마이클은 의자에 앉아서 함께 있는 제니퍼와 애덤의 모습을 상상했다.

'왜 워너 얘기는 안 했을까. 베트남 전쟁에서 죽은 조슈아의 아버지 일도 그래. 왜 그에 대해서 말하지 않았을까.'

마이클 모레티는 방 안을 서성대기 시작했다.

3시간 후, 토니 센토가 벌벌 떨고 있는 초라한 차림의 60대 남자를 데리고 들어왔다. 남자는 분명히 떨고 있었다.

"윌리 카올스키입니다."

토니가 말했다.

마이클은 일어나서 카올스키와 악수했다.

"잘 왔네, 윌리. 와줘서 고맙네. 앉게. 뭐 좀 마시겠나?"

"아닙니다. 괜찮습니다. 모레티 씨, 대단히 감사합니다."

그는 굽실거릴 뿐이었다.

"무서워하지 않아도 돼. 뭐 좀 묻고 싶은 일이 있는데, 윌리……."

"알겠습니다. 모레티 씨. 뭐든지 물어주십시오, 뭐든지."

"아직도 벨몬트 타워즈에서 일하고 있나?"

"저 말입니까? 아닙니다. 그만두었습니다. 한 5년 되었죠. 어머니가 심한 관절염에 걸려서……."

"그곳에 사는 사람들을 기억하고 있나?"

"네, 대부분은 기억하고 있습니다. 거의……."

"제니퍼 파커라는 사람을 기억하고 있나?"

윌리 올스키의 얼굴이 밝게 빛났다.

"똑똑히 기억하고 있습니다. 훌륭한 분이었죠. 그분의 방 번호까지 기억하고 있습니다. 1929호였습니다. 대공황이 일어났던 해와 같습니다. 상냥한 분이었죠."

"파커 양한테 찾아오는 사람이 많았나?"

윌리는 천천히 머리를 저었다.

"글쎄요. 그건 잘 모르겠습니다. 그녀가 외출하고 귀가하는 것만 볼 수 있었으니까요."

"그녀의 집에 남자가 자고 가는 경우도 있었나?"

카올스키는 머리를 저었다.

"아뇨. 없었습니다."

그럼, 아무것도 아니었다. 그는 휴~ 하고 안도의 숨을 내쉬었다. 제니퍼가 그런 여자가 아니라는 것은 알고 있었다······.

"그런 짓을 했다가는 보이프랜드한테 발각되려고요?"

마이클은 자기 귀를 의심했다.

"보이프랜드?"

"네, 파커 양과 동거하던 남자 말입니다."

마이클은 큰 해머로 배를 얻어맞은 듯한 느낌이 들었다. 그는 윌리 카올스키의 멱살을 잡고 의자에서 확 끌어올렸다.

"이 바보같은 놈! 왜 이제서 얘기하는 거야! 그 남자의 이름은 뭐지?"

체격이 작은 남자는 부르르 떨었다.

"모릅니다. 모레티 씨, 거짓말이 아니에요."

마이클은 그를 떠밀어버렸다. 그러고는 신문을 집어 들고 그것을 윌리스올스키의 눈앞에 들이댔다.

카올스키는 애덤 워너의 사진을 보자마자 눈이 휘둥그레져서 말했다.

"이 사람입니다! 이 사람이 그녀의 보이프랜드입니다."

마이클은 세상이 자기 주위에서 무너져 내리는 듯한 느낌이 들었다. 제니퍼는 지금까지 줄곧 자신을 속여 왔던 것이다. 그녀는 그를 배반하고 애덤 워너와 어울리고 있었던 것이다! 두 사람이 계획적으로 자신을 가지고 놀았다니! 그녀는 분명 부정한 짓을 하고 있었다.

마이클 모레티의 몸속에 격렬한 복수의 피가 끓어올랐다. 그는 두 사람을 죽여야겠다고 생각했다.

싱가포르에서

　제니퍼는 뉴욕에서 런던을 거쳐 싱가포르로 날아갔다. 비행기는 도중에 2시간 정도 바레인에 기착했다. 이 산유국의 새로 지어진 지 얼마 안되는 공항은 이미 빈민굴처럼 되어 있었고, 그 나라 복장을 한 남자와 여자와 어린애들이 바닥과 벤치에서 자고 있었다. 공항 주류 판매점 앞에는 공공장소에서 음주하는 사람은 투옥한다는 경고문이 붙어 있었다. 주변의 분위기를 견디기가 거북해서, 제니퍼는 비행기가 이륙한다는 방송을 듣자 겨우 안심할 수 있었다.

　보잉 747은 오후 4시 40분에 싱가포르인 창이 공항에 도착했다. 그곳은 구 국제공항을 개축해서 이제 막 완성된 신공항으로 시의 중심지로부터 14마일 떨어져 있었다. 제니퍼는 활주로를 달리는 비행기 안에서 아직 공사가 진행되고 있는 것을 볼 수 있었다.

　세관 건물은 넓고, 통풍이 잘 되며 현대식이었다. 승객의 짐을 나르는 트레일러가 죽 줄지어 있었다. 세관 담당자들은 일을 처리하는 솜씨가 좋고 공손했다. 제니퍼는 14분 동안 수속을 마치고 택시정류장으로 갔다.

입구를 나왔을 때, 체격이 단단해보이는 중년의 중국인이 그녀에게 다가왔다.

"제니퍼 파커 양이십니까?"

"그런데요."

"저는 츄 링입니다. 리무진을 준비해두었습니다."

싱가포르에 있는 모레티의 정보 제공자였다.

츄 링은 짐꾼에게 제니퍼의 짐을 리무진의 트렁크에 싣게 했다.

몇 분 후, 그들은 싱가포르 거리로 향하고 있었다.

"비행기 여행은 좋았습니까?"

츄 링이 물었다.

"네, 덕분에요."

하지만 제니퍼의 마음은 스테판 비요크에게 향해 있었다.

그녀의 마음을 읽기라도 한 듯이 츄 링은 앞쪽에 보이는 건물을 가리키며 말했다.

"저것이 창이 교도소입니다. 비요크는 저 안에 있습니다."

제니퍼는 그쪽을 보았다. 창이 교도소는 간선도로에서 떨어진 곳에 있는 큰 건물로, 녹색 철책과 전류를 통하게 한 철조망에 둘러싸여 있었다. 구석구석에 감시탑이 서 있었고, 무장한 경비원들이 감시를 하고 있었다. 입구에는 또 다른 철조망이 있었는데, 그 앞문에도 경비원이 있었다.

"전쟁 중에는 이 섬에 있는 모든 영국인이 여기에 수용되었었죠."

츄 링이 설명했다.

"비요크를 언제 만날 수 있죠?"

츄 링은 신중하게 대답했다.

"상당히 미묘한 상황이라서 말입니다. 정부는 마약 사용에 매우 강경하답니다. 초범자라도 엄벌에 처하지요. 마약을 취급하는 사람은……."

츄 링은 무슨 사연이 있는 듯이 어깨를 움츠려 보였다.

"싱가르는 몇몇 세도 가문에 지배되고 있지요. 쇼 가(家)와 C.K.탕과 탄 친 투안과 수상인 리콴유입니다. 이 패밀리가 싱가포르의 금융과 무역을 지배하고 있습니다. 그들은 마약을 좋아하지 않습니다."

"누군가 유력한 친구가 있을 것 아니에요."

"데이비드 투라는 경감이 있습니다…… 별로 비싸지 않게 이용할 수 있는 사람입니다."

제니퍼는 '별로 비싸지 않게'가 얼마큼이나 될까 생각했지만 잠자코 있었다. 그것은 나중에 얘기할 시간이 충분히 있었다. 그녀는 좌석에 편안히 앉아서 밖의 경치를 내다보았다. 자동차는 싱가포르의 교외를 달리고 있었는데, 어디나 모두 녹색의 초목이 우거지고 꽃이 만발하여 강한 인상을 받았다.

맥퍼슨 로드의 양쪽에는 오래된 사찰과 불탑 옆에 현대적인 상가가 있었다. 가로를 걷고 있는 사람들은 옛날 그대로의 복장을 하고 터번을 감고 있는 사람도 있었지만, 서양의 최신 유행으로 멋을 한껏 낸 양복과 드레스를 입고 있는 사람도 있었다. 도시는 고대 문화와 근대 도시의 색채가 풍부하게 혼합된 것 같아 보였다. 쇼핑센터는 아주 새롭고, 도시 전체가 청결 그 자체로 보였다. 제니퍼는 자신이 느낀 것을 이야기했다.

츄 링은 미소를 지었다.

"그 이유는 간단합니다. 길에 휴지나 다른 것을 버려서 지저분하게 하면 500달러의 벌금을 내야 합니다. 게다가 굉장히 엄격해요."

자동차가 스티븐즈 가로 들어서자 언덕 위에 나무와 꽃으로 완전히 둘러싸인 하얗고 아름다운 건물이 보였다.

"저것이 샹그릴라, 당신이 머물 호텔입니다."

호텔 로비는 흰색으로 칠해져 있었는데, 넓고 깨끗했다. 여기저기 대리석 기둥과 유리가 눈에 띄었다.

제니퍼가 숙박 절차를 밟고 있는 사이에 츄 링이 말했다.

"투 경감이 연락을 취할 겁니다. 저에게 용건이 있으실 때는 언제든지 이 번호로 전화해주십시오."

그는 제니퍼에게 명함을 건넸다. 미소를 지으며 보이가 제니퍼의 짐을 가지고, 안뜰을 지나 엘리베이터로 그녀를 안내했다.

그곳은 큰 정원으로 폭포와 풀장이 있었다. 상그릴라는 제니퍼가 지금까지 본 적이 없는 훌륭한 호텔이었다. 그녀가 머물 2층의 연결식 방은 큰 거실과 침실로 되어 있었고, 만발한 흰색과 붉은색 안수리움과 보랏빛 부겐베리아와 야자수들을 멀리 바라볼 수 있는 테라스가 붙어 있었다.

'마치 고갱의 그림 속에 있는 것 같아.'

제니퍼는 생각했다.

산들바람이 불고 있었다. 조슈아가 좋아하는 날씨였다.

'엄마, 오늘 오후에 요트 타러 가요.'

제니퍼는 자신에게 명령했다.

'그런 상상은 그만둬.'

그녀는 전화기로 다가갔다.

"미국으로 전화 부탁합니다. 뉴욕 시의 마이클 모레티 씨 앞으로 지명 통화입니다."

그녀는 번호를 알려주었다.

교환원이 말했다.

"죄송합니다, 모든 회선이 다 통화중이군요. 잠시 후에 걸어주십시오."

"고마워요."

아래층 교환실에서는 교환원이 교환대 옆에 서 있는 남자를 올려다보며 동의를 구했다.

남자는 끄덕였다.

"좋아, 그럼 됐어."

제니퍼가 호텔에 들어가고 난 뒤 1시간 뒤, 투 경감으로부터 전화가 걸려왔다.

"제니퍼 파커 양입니까?"

"그렇습니다."

"투 경감입니다."

그에게는 어딘지 모르게 사투리가 약간 섞여 있었다.

"네, 경감님. 전화를 기다리고 있었습니다. 실은 부탁이……."

경감은 그녀의 다음 말을 막았다.

"오늘 밤, 저녁식사를 함께 할 수 없을까 해서요."

경고다. 아마 그는 전화가 도청되고 있지 않을까 두려워하는 것이다.

"기꺼이 가겠습니다."

그레이트 상하이는 매우 크고 시끌시끌한 음식점이었다. 자리를 메우고 있는 대부분의 손님들은 큰 소리로 이야기하고 달그락거리는 소리를 내며 식사하는 싱가포르 주민들이었다. 무대에는 세 사람으로 편성된 밴드가 있었고 중국옷을 입은 아름다운 여자가 미국 대중가요를 부르고 있었다. 지배인이 제니퍼에게 말했다.

"혼자이십니까?"

"만날 사람이 있어요. 투 경감입니다."

지배인의 얼굴이 조금 밝아졌다.

"경감님은 기다리고 계십니다. 이쪽으로 오시죠."

그는 제니퍼를 정면의 밴드 무대 옆 테이블로 안내했다.

데이비드 투 경감은 40대의 키가 크고 마른 타입의 매력적인 남자로 검고 촉촉한 눈을 가진 품위 있는 외모를 갖고 있었다. 그는 정장에 가까운 거무스름한 옷을 말쑥하게 차려 입고 있었다.

투 경감은 의자를 끌어 그녀를 앉히고 나서 자기가 앉았다. 밴드는 귀가 멍멍해질 정도로 시끄럽게 로큰롤을 연주하고 있었다.

그는 제니퍼 쪽으로 상체를 바짝 내밀며 말했다.

"음료를 주문하시겠습니까?"

"네, 감사합니다."

"첸돌을 한번 마셔 보세요."

"첸돌이라고요?"

"코코넛 우유와 코코넛당과 소량의 젤라틴을 넣어 만든 것입니다. 맛이 좋습니다."

경감이 눈을 들자 종업원이 잽싸게 다가왔다. 경감은 첸돌 2인분과 중국풍의 전채 딤섬을 주문했다.

"저녁식사를 주문해도 괜찮겠습니까?"

"네, 부탁드립니다."

"당신 나라에서는 여성 상위라고 합니다만, 이곳에서는 아직 남자 위주입니다."

'성 차별론자군' 하고 제니퍼는 생각했다. 하지만 논쟁할 생각은 없었다. 그녀에게는 이 남자가 필요했다. 놀랄 만한 소음과 음악 속에서 계속 이야기한다는 것은 거의 불가능한 일이었다.

제니퍼는 의자 뒤에 등을 기대고는 주변을 둘러보았다. 그녀는 다른 동양권 나라에도 가본 적은 있었지만, 싱가포르인들은 남녀 할 것 없이 모두 각별히 아름답다고 생각되었다.

여종업원이 제니퍼 앞에 음료를 놓았다. 그것은 초콜릿 소다와 비슷한데 속에 미끈미끈한 덩어리가 들어 있었다.

투 경감은 그녀의 표정을 보고는 말했다.

"휘저어요."

"뭐라고요?"

그는 큰소리로 말했다.

"휘저으라고요."

제니퍼는 그가 말한 대로 음료를 휘저어서 마셔보았다.

그것은 너무 달아서 얼굴이 찌푸려졌지만, 제니퍼는 끄덕이며 말했다.

"이건…… 아주 색다른 맛이군요."

전채요리가 몇 접시나 나왔다. 그중에는 그녀가 지금까지 본 적이 없는 기묘한 모양의 요리가 있었다. 그녀는 그것이 무엇인지 묻지 않기로 했다. 그것은 맛이 괜찮았다.

투 경감은 실내의 소란스러움에 자기 목소리가 묻혀버리지 않도록 큰 소리로 설명했다.

"이 레스토랑은 노냐 스타일 요리로 유명해요. 중국의 재료와 말레이의 향료를 혼합한 것으로, 조리법은 확실하게 알려지지 않고 있습니다."

"저는 스테판 비요크에 대한 이야기를 하고 싶습니다."

제니퍼는 말했다.

"뭐라고 하셨죠?"

밴드 소리로 귀가 쩽쩽 울렸다. 제니퍼는 몸을 앞으로 쑥 내밀었다.

"언제 스테판 비요크를 만날 수 있는지 알고 싶습니다."

투 경감은 어깨를 움츠리며 들리지 않는다는 몸짓을 했다. 제니퍼는 그가 이 테이블을 고른 것은 안전하게 이야기를 하기 위해서인지 아니면 전혀 이야기를 할 수 없게 하려고 한 것인지 궁금했다.

전채에 이어 다양한 요리가 끝없이 나왔다. 훌륭한 요리였다. 단 하나 제니퍼의 마음에 걸린 것은, 스테판 비요크의 이야기를 한 번도 꺼낼 수 없었다는 것이다.

식사가 끝나고 거리로 나오자, 투 경감이 말했다.

"차를 대기시켜 두었습니다."

그가 손가락을 딱딱 울리자, 이중 주차를 하고 있던 검은 메르세데스가 그들 옆으로 다가왔다. 경감은 제니퍼에게 뒷문을 열어주었다. 몸집이 큰 제복의 경관이 핸들을 잡고 있었다. 아무래도 이상했다.

'투 경감이 비밀 이야기를 하고 싶다면, 둘만의 자리가 되게 할 텐데.'

제니퍼는 생각했다.

그녀는 뒷좌석에 올라타고, 경감이 그녀 옆에 앉았다.

"싱가포르는 처음이신가요?"

"네."

"그럼, 볼 곳이 많이 있습니다."

"경감님, 저는 관광하러 온 것이 아닙니다. 가능한 한 빨리 귀국해야만 합니다."

투 경감은 한숨을 쉬었다.

"백인들은 모두들 성급하군요. 부기스 거리의 이야기를 들은 적이 있습니까?"

"없어요."

제니퍼는 투 경감을 잘 관찰할 수 있도록 몸을 젖혔다. 그는 표정이 풍부한 얼굴과 힘찬 몸집을 갖고 있었다. 그리고 사교적이며 다변적으로 보임에도 불구하고 그날 밤에는 아무 말도 하지 않았다.

자동차는 택시 때문에 정지했다. 투 경감은 2명의 관광객을 태우고 달려가는 택시를 혐오스러운 눈초리로 지켜보았다.

"저런 것은 이제 곧 금지시킬 겁니다."

제니퍼와 투 경감은 부기스 거리의 한 구획 앞에서 내렸다.

"이 앞으로는 차가 못 들어갑니다."

투 경감은 설명했다.

두 사람은 사람의 왕래가 잦은 보도를 걷기 시작했다. 잠시 걸어가자 몸도 움직이지 못할 만큼 혼잡해졌다. 부기스 거리는 좁고, 양쪽에 과일, 야채, 생선, 육류 등을 파는 노점이 줄지어 있었다.

작은 테이블 주위에 의자를 놓은 옥외 레스토랑도 있었다. 제니퍼는 거리의 광경과 소음과 냄새와 다양한 색채가 범람하고 있는 것을 보고 넋을 잃고 있었다.

투 경감은 그녀의 팔을 끌어당기면서 어깨로 북적거리는 인파를 헤치고 나갔다. 그들은 가게 앞에 테이블 3개를 늘어놓은 레스토랑 앞까지 갔다. 테이블은 모두 손님으로 꽉 차 있었다. 경감은 옆을 지나가는 종업원에게 신호를 했고, 곧 주인이 왔다. 경감이 중국어로 주인에게 뭐라고 말하자 주인은 한 테이블에 다가가 손님들에게 급히 속삭였다. 손님들은 힐끗 경감을 보더니 급히 일어나 가게를 떠났다. 경감과 제니퍼는 그 자리에 앉았다.

"뭘 주문하시겠습니까?"

"아니에요. 이제 됐습니다."

제니퍼는 인도와 거리에 넘쳐흐르는 군중들을 바라보았다. 다른 때라면 그녀는 그 광경을 즐겼을 것이다. 싱가포르는 멋진 도시, 좋아하는 사람과 함께 오는 도시라고 생각되었다.

투 경감이 말했다.

"보세요. 이제 곧 한밤중입니다."

제니퍼는 눈을 들었다. 맨 처음에는 아무것도 알아차리지 못했다. 잠시 후에 손수레장사들이 일제히 가세를 걷어치우기 시작했다. 10분쯤 후에는 손수레 장사들은 남김없이 가게를 닫고 자물쇠를 채웠으며 장사꾼들도 모습을 감춰버리고 말았다.

"어떻게 된 거죠?"

세니써는 물었다.

"곧 알게 됩니다."

거리 저쪽에서 사람들의 웅성거리는 소리가 났고 사람들이 인도로 올라가 거리에 공간이 생겼다. 길고 몸에 착 달라붙는 이브닝 가운을 입은 한 중국 아가씨가 거리의 중앙으로 걸어왔다. 여자는 제니퍼가 본 적이 없을 만큼 대단한 미인이었다. 그녀는 뽐내듯이 천천히 걸음을 옮기며 종종 멈춰 서서 테이블에 있는 사람들에게 인사를 보내고 다시 걸었다.

여자는 제니퍼와 경감이 있는 테이블로 가까이 다가왔다. 가까이서 보니 여자는 더욱 아름답게 보였다. 그녀의 용모는 부드럽고 섬세하고 그 얼굴과 몸매는 바짝 긴장될 만큼 아름다웠다. 하얀 실크 가운은 양 옆이 트여 있었고, 뛰어나게 아름다운 넓적다리와 작고 흠잡을 데 없는 유방이 보였다.

제니퍼가 경감에게 입을 열려고 할 때, 다른 여자가 나타났다. 그녀는 맨 처음 여자보다도 훨씬 더 아름다웠다. 그 여자 뒤에 또 3명의 여자가 뒤를 따랐고, 부기스 거리는 순식간에 미녀들로 꽉 차게 되었다.

여자들은 말레이시아인, 인도인, 중국인 등 여러 인종이 섞여 있었다.

"매춘부로군요."

제니퍼는 추측해서 말했다.

"그렇습니다, 성전환자들입니다."

제니퍼는 그를 뚫어지게 보았다. 있을 수 없는 일이었다. 그녀는 다시 여자들을 자세히 보았다. 제니퍼는 그녀들에게서 남성적인 곳은 한군데도 찾아낼 수가 없었다.

"농담이시죠?"

"사람들은 저들을 빌리 보이즈라고 부르죠."

제니퍼는 이해가 되지 않았다.

"하지만 저 사람들은……."

"모두 수술을 받은 것입니다. 저 사람들은 자기를 여자라고 생각하고 있습니다."

그는 어깨를 으쓱했다.

"뭐, 할 수 없습니다. 별로 해롭지도 않아요. 하지만 여기서 매춘은 금지되어 있습니다. 그러나 빌리 보이즈들은 관광에 도움이 되고 있습니다. 그러니까 그들이 손님들을 귀찮게 하지 않는 한, 경찰은 눈을 감아주고 있지요."

제니퍼는 다시 줄지어 천천히 걸으며 테이블 옆에 멈춰 서서 손님들과 거래를 하는 절세의 미녀들을 바라보았다.

"좋은 돈벌이입니다. 200달러나 요구하고 있으니까요. 나이 들어 장사를 할 수 없게 되면 저들은 마담이 됩니다."

대부분의 여자들은 벌써 테이블에 앉아, 남자들과 서비스 요금을 흥정하고 있었다. 그리고 한 사람씩 자리에서 일어나 손님을 데리고 사라져 갔다.

"그녀들은 하룻밤에 두세 번 정도 손님을 받습니다. 부기스 거리는 한밤중 이후에는 그녀들의 것이 되죠. 하지만 손수레 장사꾼들이 영업을 시작할 수 있도록 아침 6시에는 철수해야 합니다. 다른 곳으로 가볼까요?"

"이제 됐어요."

경감과 같이 거리를 걷고 있는 동안 제니퍼의 마음속에 불현듯 케네스 베일리의 모습이 떠올랐다.

'행복하기를……' 하고 그녀는 마음속으로 중얼거렸다.

호텔로 돌아가는 자동차 안에서 제니퍼는 운전사를 개의치 않고 비요크의 이야기를 꺼내야겠다고 결심했다.

차가 오차드 거리로 돌았을 때, 제니퍼는 결심을 하고 말했다.

"스테판 비요크 말입니다."

"알고 있습니다. 내일 아침 10시에 면회할 수 있도록 해두었습니다."

공백

수도 워싱턴에서는 회의 중인 애덤 워너에게 뉴욕으로부터 긴급 전화가 걸려왔다. 전화를 건 사람은 로버트 디 실바 지방검사였다. 그는 기쁨에 들떠 있었다.

"특별 대배심이 우리가 원하던 기소를 인정했소. 모든 기소가 통과되었소! 드디어 행동을 개시할 때입니다."

대답은 없었다.

"듣고 있는 거요, 상원의원?"

"듣고 있습니다. 그것 참 잘 되었군요."

애덤은 간신히 억지 기쁨을 나타내며 말했다.

"24시간 내에 체포하러 출동할 수 있을 거요. 뉴욕으로 와준다면 협력 태세를 강화하기 위해서 내일 아침에 관계 각 기관과 최종 논의를 하고 싶은데 사정이 어떻소, 상원의원?"

"좋습니다."

애덤은 말했다.

"그럼 준비해두겠습니다. 내일 아침 10시입니다."

"알겠습니다."

애덤은 수화기를 놓았다.

'특별 대배심이 우리가 원하던 기소를 인정했소. 모든 기소가 통과되었소!'

애덤은 다시 전화기를 들었다.

다가오는 공포

창이 교도소의 면회실은 벽에 하얀 회반죽을 바른, 아무것도 없는 좁은 방으로 긴 테이블과 그 양쪽에 딱딱한 나무의자가 있을 뿐이었다. 제니퍼는 그 의자 중 한 곳에 앉아서 기다렸다. 문이 열리는 소리가 나서 그녀가 눈을 들자 스테판 비요크가 제복을 입은 교도관에게 이끌려 들어왔다.

비요크는 키가 크고 무뚝뚝한 얼굴을 한 남자로 30대쯤으로 보였다. 눈이 툭 튀어나와 있어서 '갑상선 이상이구나.' 하고 제니퍼는 생각했다. 양볼과 이마에는 뚜렷한 타박상이 있었다.

그는 제니퍼와 마주보고 앉았다.

"당신의 변호사 제니퍼 파커입니다. 당신을 여기서 꺼낼 예정입니다."

"빨리 빼내주시오."

그의 말뜻은 협박으로도, 탄원으로도 해석할 수 있었다. 제니퍼는 마이클이 한 말을 떠올렸다.

'그가 입을 열기 전에 보석으로 꺼내줘.'

"여기 사람들이 잘 대해주나요?"

그는 문 옆에 서 있는 교도관을 슬쩍 보았다.

"네, 잘 대해줍니다."

"당신의 보석 신청을 했어요."

"가능성은 있습니까?"

기대감이 가득한 목소리였다.

"꽤 있을 거라고 생각해요. 길게 잡아 2, 3일 정도일 겁니다."

"이곳에서 빨리 나가고 싶어요."

제니퍼는 일어섰다.

"곧 다시 오겠어요."

"고마워요."

스테판이 말하고 손을 내밀자, 교도관이 날카로운 목소리로 말했다.

"접촉은 안 돼!"

두 사람은 뒤를 돌아다보았다.

스테판 비요크는 언뜻 제니퍼에게 쉰 목소리로 말했다.

"빨리 부탁해요!"

제니퍼가 호텔로 돌아오자마자, 투 경감에게서 전화가 왔었다는 메모가 기다리고 있었다. 그녀가 그것을 읽고 있는 사이에 전화가 울렸다. 경감으로부터였다.

"파커 양, 기다리시는 동안 안내를 해드리고 싶습니다만."

제니퍼는 처음에는 거절하려고 했다. 하지만 비요크를 비행기에 태워 무사히 출발시킬 때까지는 아무것도 할 일이 없다는 것을 알았다. 그때까지는 투 경감과 사이좋게 지낼 필요가 있었다.

제니퍼가 말했다.

"그것 참 고마우신 말씀이군요."

두 사람은 캄파치에서 점심식사를 하고, 교외로 나가기 위해 말레이시아로 통하는 부키트 티마 도로를 달렸다. 그리고 여러 가지 식료품 가게

들이 있는 울긋불긋한 마을들을 빠져나가 북쪽으로 차를 몰았다.

사람들의 옷차림은 단정했고 부유해보였다. 제니퍼와 투 경감은 크란지 공동묘지와 전쟁기념비 앞에서 차를 멈추고, 돌계단을 올라가 문을 열었다.

정면에 큰 대리석 십자가가 있고, 뒤쪽에 하나의 거대한 원주가 서 있었다. 공동묘지에는 하얀 십자가가 늘어서 있는 것이 눈에 가득 들어왔다.

"전쟁은 우리에게는 매우 불행한 것이었습니다. 우리 모두가 친구와 가족을 잃었습니다."

투 경감은 말에 제니퍼는 아무 대꾸도 하지 않았다. 그녀는 샌즈 포인트의 묘를 떠올렸다. 하지만 그 작은 무덤 아래에 잠들어 있는 사람은 생각하지 않기로 했다.

맨해튼의 허드슨 가의 경찰 정보부에서는 각 치안기관의 회의가 열리고 있었다. 사람들이 몰려든 그 방은 기쁨으로 넘치고 있었다. 그들의 대부분은 처음에는 회의적인 기분으로 수사에 가담했지만 이제는 마무리 단계에 접어들고 있었다. 그들은 지금까지 폭력단과 살인자와 공갈범에 대하여 압도적인 증거를 수집해왔다. 그러나 어느 사건에서나 솜씨 좋은 변호사가 닥치는 대로 범인을 무죄로 만들어버렸다. 이번에는 그렇게는 될 리가 없었다. 고문 변호사인 토머스 콜팩스의 증언이 있고, 아무도 그를 동요시킬 수 없을 것이기 때문이었다.

콜팩스는 25년간이나 조직에 있어서 없어서는 안 될 인물이었다. 그는 법정에서 많은 인명과 날짜와 사실과 숫자를 말할 것이다. 이제 곧 그들에게 활동을 개시하라는 신호가 떨어지려는 참이었다.

애덤은 이 순간을 위해 회의실 내의 그 어느 누구보다도 열심히 노력해왔다. 그리고 그것은 그가 백악관으로 들어서는 승리의 마차가 될 것이었다. 그러나 막상 그 순간을 맞이하고 보니, 그것은 고뇌에 가득 찬 일이 되

고 있었다. 애덤 앞에는 특별 대배심에 의해서 기소된 사람의 리스트가
있었다. 그리고 리스트의 네 번째에 제니퍼 파커의 이름이 있었다. 그의
혐의는 살인 교사와 5,6건의 연방 범죄의 공모였다.

애덤 워너는 실내를 한 번 둘러보고 마침내 입을 열었다.

"여러분…… 여러분 모두에게 축하를 드립니다."

그는 이야기를 계속하려 했지만, 아무리 해도 말이 나오지 않았다. 어찌
할 수 없는 자기혐오에 가득 차게 되어 그는 육체적인 고통까지 느꼈다.

'스페인 사람이 말한 대로야. 복수는 냉정하게 하는 것이 가장 효과적
이야.'

마이클 모레티는 생각했다.

제니퍼가 아직 살아있을 수 있는 것은 그의 손이 닿지 않는 곳에 있기
때문이었다. 그러나 그녀는 조만간에 돌아온다. 그때까지 그는 제니퍼에
대한 복수를 즐기고 있으면 되는 것이다. 제니퍼는 여자로서 최악의 배반
을 했다. 그에 대한 보상으로 그녀에게 특별한 괴로움을 주는 것이었다.

싱가포르에서는 제니퍼가 마이클과의 통화를 시도하고 있었다.

"죄송합니다, 미국 회선은 전부 통화 중입니다."

교환원은 말했다.

"계속 호출해주세요."

"물론 그렇게 하겠습니다, 파커 양."

교환원은 교환대 옆에서 지켜보고 있는 남자를 올려다보았나. 남사는
잘했다는 듯이 싱긋 웃었다.

로버트 디 실바는 뉴욕 사무실에서 막 송달된 체포장을 보고 있었다.
거기에는 제니퍼 파커의 이름이 기재되어 있었다.

'이제야 그 여자를 넘어뜨리게 되었군.'

그는 그렇게 생각하며 잔인한 만족감을 맛보았다.

전화 교환원이 말했다.

"투 경감이 로비에서 기다리고 계십니다."

제니퍼는 깜짝 놀랐다. 그가 올 것을 예상치 못하고 있었기 때문이었다. 스테판 비요크에 대해서 뭔가 뉴스를 갖고 온 것이 틀림없다고 그녀는 생각했다.

제니퍼는 엘리베이터를 타고 로비로 내려갔다.

"전화도 하지 않고 실례했습니다. 직접 말씀드리는 것이 좋을 것 같아서……."

투 경감은 말했다.

"무슨 뉴스라도 있는 건가요?"

"차 안에서 이야기합시다. 보여드리고 싶은 것이 있습니다."

그들의 차는 이오추캉 도로를 따라 달렸다.

"문제가 있습니까?"

제니퍼가 물었다.

"아니, 아닙니다. 보석은 모레쯤 이루어질 겁니다."

'그럼 나를 어디로 데리고 가는 걸까?'

잘란 고아토 도로변의 건물들을 지나치더니 운전사가 차를 멈췄다. 투 경감은 제니퍼를 보며 말했다.

"분명히 재미가 있으실 겁니다."

"뭔데요?"

"이리 와 보세요. 곧 알게 됩니다."

건물의 내부는 낡고 몹시 황폐한 것처럼 보였지만, 강렬한 인상을 준 것은 야성적이고 원시적인 사향 같은 냄새였다. 그것은 제니퍼가 지금까

536

지 한 번도 맡아본 적이 없는 냄새였다.

젊은 여자가 급히 나와서 말했다.

"안내해드릴까요? 저……."

투 경감은 손을 흔들어 거절했다.

"안내는 필요 없어."

그는 제니퍼의 팔을 잡았고, 두 사람은 구내의 정원으로 나갔다. 그곳에는 지면에 판 커다란 수조가 5, 6군데 있었고, 그곳에서 뭔가를 질질 끄는 듯한 기묘한 소리가 났다. 제니퍼와 경감은 울타리가 쳐져 있는 첫 번째 수조 옆으로 갔다. 거기에는 이런 게시판이 붙어 있었다.

〔위험. 연못에 손을 내밀지 마시오.〕

제니퍼는 안을 들여다보았다. 수조에는 미국산 악어와 아프리카산 악어로 꽉 차서 수십 마리가 아래위로 왔다갔다 하며 끊임없이 움직이고 있었다. 제니퍼는 소름이 끼쳤다.

"이것이 뭐죠?"

"악어 사육장입니다."

그는 악어를 내려다보았다.

"3년에서 6년 정도가 되면 가죽을 벗겨 지갑과 벨트와 구두를 만들죠. 대부분의 녀석들이 입을 벌리고 있죠? 그건 여유가 있다는 증거입니다. 입을 다물고 있을 때는 주의해야 합니다."

두 사람은 거대한 두 마리의 미국산 악어가 있는 수조로 옮겨갔다.

"이 두 마리는 15년생입니다. 번식용으로 기르고 있는 거죠."

제니퍼는 몸서리를 쳤다.

"징그러워요. 악어들은 서로 같이 있는 것을 지겨워하지 않을까요?"

경감은 말했다.

"싫어해요, 그러니까 좀처럼 교미를 하지 않습니다."

"아주 원시적인 동물이죠?"

"그렇습니다. 수백만 년 전의 동물로, 그 무렵과 똑같은 원시적인 몸을 갖고 있습니다."

제니퍼는 그가 무엇 때문에 자기를 이곳으로 데리고 온 것일까 의아하게 생각했다. 그녀가 이런 기괴한 동물에게 흥미를 갖는다고 경감이 생각했다면 이상한 일이었다.

"돌아갈까요?"

그녀는 말했다.

"잠시 기다려주세요."

경감은 아까 건물 안에서 만났던 여자 쪽을 보았다. 그녀는 쟁반을 들고 첫 번째 수조 쪽으로 가는 중이었다.

"오늘은 먹이를 주는 날입니다. 보세요."

경감은 말했다. 그는 제니퍼를 재촉해서 첫 번째 수조가 있는 곳으로 이동했다.

"3일에 한 번, 생선과 돼지의 허파를 주는 겁니다."

여자가 울타리 안으로 먹이를 던져넣었다. 순식간에 수면에 물결이 일고 소용돌이가 치기 시작했다. 악어들은 아직 피가 뚝뚝 떨어지는 생고기에 돌진해 날카로운 이로 물어뜯어 찢었다. 제니퍼가 보고 있는 앞에서 두 마리가 서로 먼저 고기조각을 먹으려다가 싸움이 일어났다. 서로 물어뜯고 꼬리로 내동댕이치며 맹렬히 공격하게 되어 마침내 수조는 피투성이가 되었다.

한 마리의 악어는 한쪽 눈이 튀어나왔는데 그것이 상대편 악어의 턱에 착 달라붙어서 떨어지지를 않았다. 피가 계속 분출되어 수조를 물들이자 다른 악어들도 상처를 입은 두 마리에게 달려들어 머리 부분을 물어뜯는 바람에 살이 드러났다. 그들은 아직 살아 있는 동료를 미친 듯이 먹기 시작했다. 그 모습을 지켜본 제니퍼는 기절할 것만 같았다.

"부탁이에요. 그만 나가고 싶어요."

투 경감은 그녀의 팔에 손을 대었다.

"조금 더 봅시다."

그는 잠시 악어의 싸움을 지켜보고 나서 제니퍼를 데리고 나갔다.

그날 밤, 제니퍼는 악어들이 서로 물어뜯는 꿈을 꾸었다. 그중 두 마리가 갑자기 마이클과 애덤으로 변했다. 악몽을 꾸다가 제니퍼는 몸서리를 치면서 잠에서 깨었다. 그녀는 더 이상 잠을 이룰 수가 없었다.

검거가 시작되었다. 연방 및 지방의 치안기관이 10여 개의 주와 수개 국에 출동했다. 검거는 기민한 연락에 의해서 동시에 이루어졌다.

오하이오 주에서는 클럽에서 정직한 정부에 대하여 강연을 하고 있던 상원의원이 체포되었다.

뉴올리언스에서는 위법적인 사설 마권소가 폐쇄되었다.

암스테르담에서는 다이아몬드 밀수가 적발되었다.

인디애나 주에서는 은행의 지배인이 부정자금 위장공작으로 체포되었다. 캔사스시티에서는 큰 할인매점에서 대량의 장물이 압수되었고, 애리조나 주 피닉스에서는 근무 중이던 형사 몇 명이 체포되었다.

나폴리에서는 코카인 공장이 급습을 당했다.

디트로이트에서는 전국을 누비며 범행을 저지른 자동차 도둑 일당이 붙잡혔다.

제니퍼에게 전화 연락을 할 수 없었던 애덤 워너는 결국 그녀의 사무실로 갔다. 비서 신시아가 곧 그를 알아보았다.

"워너 상원의원님, 파커 양은 마침 외국에 나가 있습니다."

"어딥니까?"

"싱가포르의 샹그릴라 호텔입니다."

애덤의 얼굴에 생기가 돌았다. 그녀에게 전화를 해서 돌아오지 않도록 경고하면 되겠다고 생각했다.

제니퍼가 샤워실에서 막 나오는데 객실 담당자가 들어왔다.

"실례합니다, 오늘 몇 시에 출발하십니까?"

"오늘은 떠나지 않아요. 내일이에요."

담당자는 난처한 표정을 지었다.

"저는 오늘 밤 늦게 들어오실 손님을 위해서 이곳을 청소하라는 지시를 받았습니다만."

"누가 그런 소리를 하던가요?"

"지배인입니다."

아래층의 교환대에는 외국에서 전화가 걸려왔다. 교환원은 교대해 있었고, 옆에 서 있는 사람도 다른 남자였다.

교환원은 송화기에 대고 말했다.

"뉴욕 시에서 오신 제니퍼 파커 말이죠?"

그녀는 옆에 있는 남자를 올려다보았다. 그는 고개를 옆으로 저었다.

"죄송하지만 파커 양은 호텔을 나가셨는데요."

검거는 계속되었다. 온두라스, 산살바도르, 터키, 멕시코 등에서도 체포가 이루어졌다. 마약 밀매범, 살인자, 은행 강도, 방화범 등이 검거망에 걸렸다.

포트로더데일, 아틀란틱시티, 팜스프링스에서도 검거가 실행되었다. 그렇게 수사는 계속 이어지고 있었다.

뉴욕에서는 로버트 디 실바가 작전의 진행 상황에 주목하고 있었다. 제니퍼 파커와 마이클 모레티를 향해 검거망이 점점 좁혀지고 있다는 생각을 하자 그는 마음이 설레었다.

마이클 모레티는 경찰의 검거망을 운 좋게 빠져나갔다. 그날은 그의 장인의 기일로 마이클과 로자는 장인의 묘에 참배하러 갔다.

그들이 집을 나가고 나서 5분 후 FBI 수사관들이 모레티의 집에 도착했다. 다른 사람들은 그의 사무실을 덮쳤다. 양쪽에 마이클이 없다는 것을 알자, 그들은 자리를 잡고 눌러 앉아 기다리기로 했다.

제니퍼는 스테판 비요크와 함께 미국으로 돌아갈 비행기 예약을 잊고 있었다는 것을 깨달았다. 그녀는 싱가포르 항공에 전화했다.

"저는 제니퍼 파커라고 하는데요. 내일 오후 런던 행 112편을 예약해 두었습니다만, 또 한 사람 추가 예약을 부탁드립니다."

"감사합니다, 잠시 기다려 주세요."

2, 3분 후 상대방의 목소리가 들렸다.

"파커 씨죠? 철자는 P-A-R-K-E-R 입니까?"

"네."

"당신의 예약은 취소되어 있습니다. 파커 양……."

제니퍼는 가슴이 덜컥 내려앉았다.

"취소라뇨? 누가 말입니까?"

"모르겠습니다. 당신의 이름은 승객 명단에서 지워져 있습니다."

"뭔가 실수일 거예요, 다시 한 번 명단에 올려주세요."

"죄송합니다, 파커 양. 112편은 좌석이 다 찼습니다."

투 경감에게 부탁하면 무엇이든 해결해줄 거라고 제니퍼는 생각했다. 그녀는 그와 저녁식사를 함께 할 것을 약속해놓았었다. 그때가 되면 일이 어떻게 된 것인지 알 수 있을 것이다.

투 경감은 조금 일찍 그녀를 데리러 왔다.

제니퍼는 그에게 호텔의 착오와 비행기 예약 취소에 대해 이야기했다.

경감은 어깨를 으쓱하며 말했다.

"우리나라의 그 유명한 비능률 때문일 겁니다. 내가 알아봐드리죠."

"스테판 비요크는요?"

"착착 진행 중입니다. 내일 아침에 석방될 겁니다."

투 경감이 운전사에게 뭐라고 말하자 차는 유턴을 했다.

"칼랑 가는 아직 못 보셨죠? 재미있는 곳입니다."

차는 왼쪽으로 꺾어 라벤다 시가로 들어가 거기에서 한 구획 정도 앞으로 가서 카랑바루 쪽으로 우회전했다. 그곳에는 꽃집과 장의사의 커다란 광고가 나와 있었다. 2, 3블록을 가자 차는 다시 돌았다.

"여기가 어디죠?"

투 경감은 제니퍼 쪽을 보며 조용히 대답했다.

"이름이 없는 무명의 거리입니다."

차는 극도로 속력을 떨어뜨렸다. 거리의 양쪽에는 계속 장의사가 이어지고 탄케센, 클린노, 앙융룡, 고슨 등의 이름이 늘어 서 있었다.

앞쪽에서 장례식이 행해지고 있었다. 장례식에 참석한 사람들은 모두 흰옷을 입고 있었고, 튜바와 섹소폰과 드럼밴드가 연주되고 있었다. 단 위에 누워 있는 죽은 사람 주위에 화환이 장식되고 이젤에 세워놓은 고인의 큰 사진이 정면을 향하고 있었다. 그리고 장례식에 참석한 사람들은 주위에 모여 마시고 먹고 있었다.

제니퍼는 경감에게 물었다.

"이건 뭐죠?"

"이 부근에 늘어서 있는 것은 죽음의 집입니다. 이곳 원주민들은 죽는 집이라고 하죠. 그들에게는 죽음이라는 말을 발음하기 어렵답니다."

그는 제니퍼의 얼굴을 보고 덧붙였다.

"하지만 죽음은 삶의 일부에 지나지 않습니다. 그렇지 않습니까?"

제니퍼는 그의 차가운 눈을 보았다. 그리고 갑자기 공포를 느꼈다.

그들은 골든 피닉스로 갔다. 제니퍼는 자리에 앉은 후, 겨우 그에게 질문할 기회를 잡았다.

"경감님, 저를 악어 사육장과 죽음의 집에 데리고 간 것은 무슨 이유가 있었겠죠?"

그는 그녀의 얼굴을 보고 당연하다는 태도로 말했다.

"물론이지요. 당신에게 흥미가 있을 거라고 생각했기 때문입니다. 특히 당신은 의뢰인 비요크를 석방시키기 위해서 오신 분이니까요. 많은 젊은이들이 우리나라에 몰래 침투해오는 마약 때문에 죽어가고 있습니다, 미스 파커. 그들을 치료하고 있는 병원에 모시고 가도 괜찮지만, 그들의 최후를 보여드리는 것이 더 참고가 될 거라고 생각했습니다."

"그런 건 저와는 상관없는 일이에요."

"그것은 사고방식의 문제죠."

그의 목소리에는 지금까지 보여준 친절함이 싹 사라지고 없었다.

"경감님, 당신에게는 충분한 사례가 되어 있을……."

"이 세상에는 지불할 충분한 돈이라는 것은 없습니다."

그는 일어서서 누군가를 향해 고개를 끄덕였다. 제니퍼가 그쪽을 돌아보니 회색 양복을 입은 두 남자가 테이블로 다가오고 있었다.

"제니퍼 파커 양이시죠?"

"네."

그들이 FBI의 신분증을 꺼내보일 필요는 없었다. 그들이 누구라고 밝히기 전에 그녀는 알 수 있었다.

"FBI입니다. 당신의 본국 송환 서류와 체포장을 갖고 있습니다. 오늘 자정 비행기로 우리와 함께 뉴욕으로 가야겠습니다."

분열

　마이클 모레티가 장인의 묘지를 나섰을 때는 이미 다른 사람과의 약속 시간에 늦고 있었다. 그는 사무실에 전화를 걸어 스케줄을 변경해야겠다고 생각했다. 그리고 간선도로를 따라 서 있는 전화박스 앞에서 차를 멈추고 전화를 걸었다. 벨이 한 번 울리자마자 목소리가 들렸다.

　"아크메 건축회사입니다."

　마이클은 말했다.

　"마이클인데……."

　"모레티 씨는 여기 안 계십니다. 나중에 걸어주세요."

　마이클은 몸이 바싹 긴장되는 것을 느꼈다.

　그는 전화를 끊고 당황하며 자동차로 되돌아갔다. 로자가 그의 안색을 보고 물었다.

　"무슨 일이에요, 마이클?"

　"모르겠어. 당신은 사촌 집에 내려줄게, 내가 연락할 때까지 거기서 기다려."

토니가 식당 뒤쪽에 있는 사무실까지 마이클을 뒤따라왔다.

"FBI가 당신의 집과 사무실을 밖에서 지키고 있다는 연락이 있었어요, 마이클."

"고마워. 아무도 들여보내지 마."

마이클은 말했다.

"알겠습니다."

마이클은 토니가 방을 나가 문을 잠글 때까지 기다렸다. 그러고 나서 그는 급히 어디론가 전화를 걸었다.

마이클 모레티가 엄청난 사건이 일어나고 있는 것을 알기까지는 20분도 채 걸리지 않았다. 계속해서 들어오는 검거와 체포소식을 그는 믿을 수가 없었다. 그의 부하들과 간부들이 송두리째 검거되고 있었다. 장물을 숨겨둔 곳이 습격당하고, 도박장에 쑤셔 넣어진 비밀 장부와 기록이 압수되었다. 마치 악몽을 꾸고 있는 것 같았다. 경찰이 조직 내의 누군가로부터 정보를 얻고 있는 것이 틀림없었다.

마이클은 국내의 다른 조직에도 전화를 했다. 그들은 모두 무슨 일이 일어나고 있는지 알고 싶어 했다. 심각한 타격을 받고 있는데, 어디에서 정보가 새어나갔는지 아무도 알지 못했다. 다른 조직은 모두 모레티의 조직을 수상하다고 의심하고 있었다.

라스베이거스의 지미 가디노가 최후의 통고를 해왔다.

"마이클, 난 위원회를 대표해서 전화하고 있는 거야."

전국 위원회는 문제가 일어났을 때, 각 조직을 지배하는 최고의 권력을 갖고 있었다.

"경찰은 모든 조직을 검거하고 있네. 누군가 거물이 모든 사실을 폭로한 걸세. 우리가 얻은 정보로는 그것이 자네 조직 내의 인물인 것이 확실하다는 결론이네. 24시간 내에 그놈을 찾아서 처치해."

지금까지 경찰의 검거망에 걸려든 것은 소모품과 같은 송사리뿐이었다. 하지만 이번에는 거물들이 체포되고 있었다.

'누군가 거물이 모든 사실을 폭로한 걸세. 우리가 얻은 정보로는 그것이 자네 조직 내의 인물인 것이 확실하다는 결론이네.'

틀림없었다. 마이클의 조직은 지금까지 가장 상대하기가 벅찬 존재이고, 경찰은 그를 노리고 있었다. 누군가가 확고한 증거를 제공한 것이다. 그렇지 않다면 이런 대규모 작전이 실시될 리가 없었다.

도대체 누구일까? 마이클은 의자에 기대어 생각에 빠졌다.

누가 밀고했든 간에 당국은 마이클과 2명의 최고 간부인 살바토레 포테와 조셉 코레라밖에 모르는 내부의 정보를 파악하고 있었다. 장부를 숨긴 장소를 알고 있는 사람은 세 사람 뿐인데, FBI는 그것을 찾아낸 것이다. 그밖에 알고 있던 자는 토머스 콜팩스인데, 콜팩스는 뉴저지 주의 쓰레기 하치장에 파묻혀 있다.

마이클은 살바토레 포레와 조셉 코레라에 대해 생각했다. 그둘 중 누군가가 규칙을 어기고 털어놓았다는 것은 믿을 수 없었다.

두 사람은 맨 처음부터 그와 행동을 같이 해왔다. 마이클은 두 사람을 자기 손으로 직접 선택했다. 그는 그 둘에게 고리대금업과 작은 매춘 조직의 경영을 허락하고 있었다. 그런데 왜 배반한 걸까? 대답은 간단했다. 그가 앉아 있는 자리를 노리는 것이고, 후계자로 앉고 싶어서였다. 마이클이 없어지면 자신들이 뒤를 이을 수 있었다. 따라서 두 사람이 모사를 꾸미고 있는 것이 틀림없었다.

마이클은 심한 분노를 느꼈다. 그 바보 자식들이 자신을 끌어내리려고 하고 있다니……. 하지만 그런 일을 당할 때까지 놈들을 살려두지는 않을 것이다. 그가 맨 먼저 해야만 하는 일은 체포된 부하들의 보석 수속을 하는 것이었다. 그에게는 신뢰할 수 있는 변호사가 필요했다. 그런데 콜팩스는 죽었고, 제니퍼는…… 제니퍼! 마이클은 다시 심장 부근에 차가운 것이 흘러 들어오는 것을 느꼈다. 그는 자기가 한 말이 들리는 듯한 기분이 들었다.

'가능한한 빨리 돌아와 줘. 당신이 없으면 외로워. 사랑하고 있어, 제니퍼……'

그는 그렇게 말했었다. 그런데 그녀는 배신했다. 그녀에게 그 보상을 해주고 말겠다고 생각했다.

마이클은 전화를 걸고 나서 의자에 기대어 기다렸다. 15분 후, 닉 비토가 급히 방으로 들어왔다.

"낌새가 어때?"

마이클은 물었다.

"아직 놈들이 지키고 있어요. 사무실 근처를 차로 두세 번 돌아봤는데, 가까이는 가지 않았습니다."

"닉, 자네한테 부탁하고 싶은 일이 있네."

"네, 무슨 일이든 시켜만 주십시오."

"살바토레와 조를 처치해주게."

닉 비토는 깜짝 놀라 그를 뚫어지게 쳐다보았다.

"무…… 무슨 소리입니까? 처치하라는 건 설마……."

마이클은 호통을 쳤다.

"그놈들의 대가리를 쪼개라고 말하고 있는 거야! 일일이 가르쳐줘야겠어!"

"아, 아닙니다. 내 말은 그냥… 살바토레와 소는 최고 심복이라……."

닉 비토는 말을 더듬었다.

마이클은 일어섰다. 그 눈에 살기가 번뜩였다.

"닉, 너는 내 방식이 맘에 안 들지?"

"그렇지 않습니다. 마이클, 나는……. 알았어요. 두 사람을 처치하죠.

언제 하면……?"

"지금 당장. 그놈들은 오늘 밤 달이 뜰 때까지 살려둘 수가 없어. 알았지?"

"네, 알았습니다."

마이클은 양손을 꽉 쥐어 주먹을 만들고 있었다.

"시간이 있으면 내 손으로 죽이고 싶은 심정이야. 놈들을 괴롭혀주고 싶어. 닉, 서서히 죽이는 거야. 서서히 말이야."

"알았습니다."

문이 열리고 토니가 뛰어 들어왔다. 그의 얼굴은 창백했다.

"FBI 수사원 두 명이 체포장을 갖고 찾아왔습니다. 당신이 여기에 있는 것을 어떻게 알았는지 짐작할 수가 없군요. 그들은……."

마이클 모레티는 닉을 향해 간단히 명령했다.

"뒷문으로 도망쳐. 빨리!"

그러고 나서 토니에게 말했다.

"놈들한테 전해. 나는 도망쳐서 숨지는 않겠다고 지금 곧 나가겠다고 말이야."

마이클은 전화를 걸었다. 그로부터 1분 뒤에 그는 뉴욕고등재판소의 판사와 이야기하고 있었다.

"두 명의 FBI 요원이 내 체포장을 갖고 찾아왔소."

"죄목이 뭐지, 마이클?"

"몰라. 그런 것은 상관없소. 전화한 것은 내가 보석이 되도록 조치해주길 바라서요. 구치소 같은 곳에서 얌전히 들어앉아 있을 수는 없소, 할 일이 있으니까."

잠시 침묵이 이어지고 나서 판사의 목소리가 신중하게 나왔다.

"이번에는 자네를 도울 수가 없을 것 같네, 마이클. 이번에는 매우 철저해. 서툴게 내가 손을 댔다가는……."

마이클 모레티의 목소리는 험악한 기세가 되었다.

"이봐, 잘 들어요. 만일 내가 구치소에 한 시간이라도 있게 되면 당신을 평생 옴짝달싹도 못하게 해주겠소. 난 오랫동안 당신에게 많은 도움을 주었소. 당신이 나를 위해 몰래 수습한 사건을 지방검사에게 몽땅 털어놓기를 바라는 건 아니겠지? 당신이 갖고 있는 스위스 은행의 예금계좌 번호를 국세청에 알려주길 바라는 건가? 그렇지 않으면……?"

"그런 지독한……."

"그럼 시키는 대로 하시오."

"어떻게든 해보지. 가능하면……."

로렌스 월드맨 판사는 말했다.

"가능하면이 아니야! 하는 거야! 알겠소? 시키는 대로 하라고!"

마이클은 수화기가 부서질 듯이 세차게 내려놓았다.

그의 두뇌는 신속하고 냉정하게 움직이고 있었다. 그는 구치소에 들어가는 것은 신경 쓰지 않았다. 월드맨 판사가 시키는 대로 하리라는 것을 알고 있었고, 닉 비토가 포레와 코레라를 처치하리라는 것도 틀림없다고 그는 생각했다. 그들의 증언이 없으면 검찰 측도 아무것도 입증할 수 없을 것이다.

마이클은 벽에 걸린 작은 거울을 들여다보며 머리를 빗질하고 넥타이를 고치고 나서, 2명의 수사원이 있는 곳으로 나갔다.

마이클이 예상한 대로 로렌스 월드맨 판사는 시키는 대로 했다. 예비 신문에서 월드맨 판사가 고른 변호사는 보석을 청구했고, 그것이 받아들여져서 보석금은 50만 달러로 결정되었다.

실망과 분노에 차 있는 디 실바를 거들떠보지도 않고 마이클 모레티는 법정을 나왔다.

심각한 오류

닉 비토는 머리가 그다지 좋은 남자가 아니었다. 그가 조직에 유용한 것은 아무것도 묻지 않고 명령에 따르며 능숙하게 그것을 실행하는 점에 있었다. 닉 비토는 몇십 번이나 권총과 칼에 맞섰지만 한 번도 공포라는 것을 경험한 적이 없었다. 그런데 지금 비로소 그것을 느끼고 있었다. 그가 이해할 수 없는 무슨 일인가가 일어나고 있고, 그것에 대하여 그는 어떤 면에서는 자기에게도 책임이 있다는 것을 알았다.

그는 검거가 행해지고 대량의 체포자가 속출되고 있다는 소식을 듣고 있었다. 소문으로는 배신자가 나왔다는 것, 그것도 조직의 간부라는 것이었다. 머리가 둔한 닉 비토라도 자신이 토머스 콜팩스의 목숨을 구해주었다는 사실과, 그리고 나서 얼마 후에 누군가가 조직을 당국에 팔았다는 사실을 결부시켜 생각할 수는 있었다. 배신자가 살바토레 포레와 조셉 코레라일 리가 없다고 그는 생각했다. 두 사람과는 형제와 같은 사이였고, 그리고 그와 똑같이 마이클 모레티에게 절대적으로 충성하고 있었다.

그러나 자기 자신의 목숨을 버릴 각오 없이는 그것을 마이클에게 설명할 수가 없었다. 수상한 인물이 토머스 콜팩스라는 것을 알고 있었지만, 그 콜팩스는 죽은 것으로 되어 있기 때문이었다.

닉 비토는 진퇴양난에 빠졌다. 그는 포레와 코레라를 좋아했다. 그들은 토머스 콜팩스의 경우처럼 지금까지 몇 번이나 그를 구해주었다. 그러나 그가 콜팩스를 살려주었기 때문에 돌이킬 수 없는 일이 벌어지게 된 것이다.

닉 비토는 다시는 동정심 같은 것은 갖지 않겠다고 결심했다. 이제는 자기 목숨을 지켜야 할 때인 것이다. 포레와 코레라를 죽여버리면 걱정할 것이 없었다. 다만 그들과는 형제 같은 사이였기 때문에, 서서히 괴롭히는 것보다 빨리 죽여야겠다고 생각했다.

그들이 있는 장소를 알아내는 것은 닉 비토에게는 간단한 일이었다. 그들은 언제든 마이클에게 호출을 받을 수 있도록 행선지를 확실히 알려두고 있었다.

체구가 작은 살바토레 포레는 자연사박물관에 가까운 83번가 정부의 아파트에 있었다. 닉은 살바토레가 언제나 5시에 그곳을 나와 아내에게로 돌아간다는 것을 알고 있었다. 지금은 3시였다. 닉은 자신에게 물었다. 아파트 앞을 오락가락하며 기다릴까, 아니면 3층으로 올라가 아파트 안에서 살바토레를 해치울까?

그는 신경이 곤두서서 도저히 기다리고만 있을 수가 없을 것 같았다. 자기의 신경이 곤두섰다고 생각하는 것이 그를 더욱 신경질적으로 만들었다. 그는 점점 불안해져갔다.

'이 일이 끝나면 마이클에게 말해 휴가를 받자. 여자를 두세 명 네리고 바하마에라도 갈까.'

그렇게 생각하자 그것만으로도 조금 마음이 가라앉았다.

닉 비토는 아파트 앞 모퉁이를 돌아 차를 세우고, 아파트까지 걸어갔다. 그는 셀룰로이드 조각을 사용해서 현관에 들어섰고, 엘리베이터는 이용하지 않고 3층까지 계단으로 올라갔다. 그리고 복도에서 떨어진 방을 향해 다가가서 문을 쾅쾅 두드렸다.

"문 열어! 경찰이다!"

문 안쪽에서 당황한 듯한 소리가 들렸다. 잠시 후 굵은 방범 사슬이 부착된 문이 약간 열리며 살바토레 포레의 정부인 마리너의 얼굴과 나체 일부가 보였다.

"닉! 미쳤어요? 그렇게 사람을 놀라게 하는 법이 어디 있어요?"

그녀는 쇠사슬을 풀고 문을 열었다.

작은 체구의 살바토레 포레가 나체로 침실에서 나왔다.

"이봐, 닉! 어떻게 된 거야?"

"마이클의 부탁이야."

닉 비토는 소음장치를 부착한 22구경 자동소총을 들고 살바토레에게 방아쇠를 당겼다. 마리너가 입을 열고 비명을 지르려고 할 때, 닉 비토는 뒤를 돌아보자마자 그녀의 머리에 한 방 쏘았다.

'예쁜 여자를 죽이다니 아까운 일이군. 하지만 한 명의 증인이라도 남기면 마이클은 화를 낼 거야.'

닉은 생각했다.

몸이 건장한 조셉 코레라는 롱아일랜드 벨몬트 경마의 여덟 번째 레이스에 자신의 말을 내보내려 하고 있었다. 벨몬트 코스는 1마일 반으로 그가 내보내는 암말에게는 이상적인 거리였다. 그는 닉에게도 그 말에 걸라고 권했었다. 닉은 지금까지 코레라 덕분에 돈을 많이 벌었다. 코레라는 자기 말이 나올 때는 항상 닉을 위해서 소액의 돈을 벌게 해주었다.

닉 비토는 코레라의 자리로 가면서 이제는 코레라가 예상을 알려줄 수 없게 됨을 유감스럽게 생각했다. 마침 여덟 번째 레이스가 시작되고 있었다. 코레라는 좌석에서 일어나서 자기 말에게 성원을 보내고 있었다. 거액의 상금이 걸린 경주로, 사람들은 첫번째 턴을 하는 말을 향해 소리를 힘껏 내어 응원하고 있었다.

닉 비토는 코레라의 뒷자리로 들어가서 말을 걸었다.

"어떻소, 형님?"

"야! 닉! 마침 잘 왔어. 뷰티 퀸은 이 경주에서 우승할 거야. 네 몫으로도 조금 걸어놨어."

"그것 고맙군."

닉 비토는 22구경 권총을 조셉 코레라의 등에 꽉 누르고 상의의 위부터 3발 발사했다. 발사되는 소리는 군중의 함성 때문에 아무도 들을 수가 없었다. 닉은 조셉 코레라가 바닥에 맥없이 쓰러지는 것을 지켜보았다. 그는 순간적으로 코레라의 주머니에서 배당금 지불권을 가지고 갈까 하다가 그만두었다. 그 말이 질 지도 모르기 때문이었다.

닉 비토는 방향을 바꾸어 출구를 향해 유유히 걸어갔다. 그는 수많은 사람 속에 섞인 얼굴 없는 사람이었다.

마이클 모레티의 비밀 전용 전화가 울렸다.

"모레티 씨 계십니까?"

"누구십니까?"

"터너 주임이오."

마이클은 잠시 생각을 더듬어 그 이름을 기억해냈다. 퀸즈 구역 담당의 경감이었다. 그에게서 돈을 상납 받고 있는 남자였다.

"모레티요."

"조금 전에 당신이 흥미를 가질 만한 정보가 들어왔소."

"어디에서 걸고 있는 거요?"

"공중전화 박스에서요."

"어떤 정보요?"

"이번 검거 열풍이 누구의 나발에 의해서였는지 알아냈소."

"이미 늦었소. 놈들은 이미 처치했으니까."

"놈들? 그래요? 나는 토머스 콜팩스 얘기밖에 못 들었는데……."

"무슨 멍청한 소리요! 콜팩스는 죽었소."

이번에는 터너 경감 쪽이 혼란스러워졌다.

"무슨 얘깁니까? 토머스 콜팩스는 지금 해병대 기지에서 모든 것을 털어내고 있는데……."

"정말이오? 나는 우연히 알았지만……."

마이클은 갑자기 입을 다물었다. 나는 사실을 알고 있는 걸까? 그는 닉비토에게 토머스 콜팩스를 죽이라고 명령했고, 닉은 그를 죽였다고 말했었다. 마이클은 깊은 생각에 잠겼다.

"확실한 정보입니까?"

"확실하지 않으면 전화 같은 것을 할 리가 없지 않소."

"알아보리다. 그것이 사실이라면 충분한 사례를 하겠소."

"고맙습니다. 모레티 씨."

터너 경감은 만족해하며 수화기를 놓았다. 마이클 모레티는 항상 많은 사례를 후하게 하는 남자라는 것을 알고 있었다. 이번에는 거금이, 퇴직해도 좋을 만큼의 거금이 손에 들어올 것 같았다. 그는 전화박스에서 10월의 차가운 바깥 공기로 발을 내디뎠다.

박스 밖에는 2명의 남자가 서 있었다. 경감이 옆을 지나가려 하자, 한 사람이 앞길을 가로막았다. 그는 신분증명서를 보였다.

"터너 경감이시죠? 내무 감사국의 웨스트 경감보입니다. 경찰본부장께서 얘기하고 싶은 것이 있다고 하시더군요."

마이클 모레티는 천천히 수화기를 내려놓았다. 그는 동물적 본능으로 닉 비토가 거짓말을 했다는 것을 알았다. 토머스 콜팩스는 아직 살아 있다, 그러자 모든 것이 확실해졌다. 배신자는 그였던 것이다. 그런데 자신은 닉 비토에게 포레와 코레라를 죽이라고 명령했으니 얼마나 바보 같은 짓이었는가! 멍청한 놈한테 속아서 두 심복을 개죽음시켜버렸다는 것은! 그의 마음은 잔인한 분노로 이글거렸다.

그는 전화를 걸어 간단히 말했다. 그리고 다시 두 번째 전화를 걸고 의자에 등을 기대고 기다렸다.

전화에 닉 비토의 목소리가 나왔을 때, 마이클은 자신의 분노를 눈치채지 못하도록 애쓰며 말했다.

"어떻게 했지, 닉?"

"확실하게 했습니다, 보스. 명령대로 두 사람 모두 매우 괴로워하도록 처치했습니다."

"너를 믿어도 될까, 닉?"

"물론입니다. 보스."

"닉, 한 가지만 더 부탁하고 싶은 일이 있네. 부하 놈이 95번가의 모퉁이에 차를 놓아뒀어. 황갈색 카마로야. 열쇠는 햇볕가리개 뒤에 있네. 오늘밤 일로 그 차를 쓰고 싶은데 여기까지 운전해다주지 않겠나?"

"알았습니다, 보스. 언제 필요하십니까? 저는……."

"지금 필요해. 당장."

"곧 가겠습니다."

"부탁한다, 닉."

마이클은 수화기를 놓았다. 그는 그 장소로 가서 닉 비토가 날아가는 것을 보고 싶다고 생각했지만, 또 다른 긴급한 일이 있었다.

제니퍼 파커가 이제 곧 돌아올 것이다. 그는 그녀를 맞을 준비를 완벽하게 해두고 싶었다.

암살

'할리우드 영화 촬영장 같군. 게다가 우리 죄수들이 주연인 거야.'

로이 월레스 소장은 생각했다.

미 해병대 기지의 넓은 회의실에서 통신대 기술병들이 바삐 움직이며 뜻 모를 은어를 쓰면서, 카메라와 녹음기와 조명장치를 설치하고 있었다.

"큰 라이트를 치우고 보조 라이트를 저쪽으로 해. 베이비는 이쪽으로 가져오고……."

그들은 토머스 콜팩스의 증언을 필름에 기록하려고 준비중이었다.

"좀 더 확실히 하기 위한 안전장치입니다. 누구 한 사람도 그에게 다가 갈 수 없다는 것은 알고 있지만, 아무튼 기록해두는 편이 좋겠다고 생각합니다."

디 실바 지방검사가 설명했다. 그리고 다른 사람들도 그의 의견에 찬성했던 것이다.

아직 모습을 나타내고 있지 않은 것은 토머스 콜팩스뿐이었다. 그는 모든 준비를 완료하고 나서 촬영 개시 직전에 나오기로 되어 있었다.

'마치 인기스타 같군.'

웰레스 소장은 생각했다.

토머스 콜팩스는 독방에서 사법부의 데이비드 테리와 만나고 있었다. 테리는 세상에서 모습을 감추고 싶어하는 증인들을 위해 새 신분증명서를 만드는 일을 담당하고 있는 남자였다.

"연방정부 증인안전계획에 대해 약간 설명해드리죠. 재판이 끝나면 우리는 당신이 원하는 나라로 보내드립니다. 가구나 그 밖의 소유물은 코드 번호를 붙여서 워싱턴 창고로 운반해놓았다가 나중에 당신이 있는 곳으로 보내드립니다. 그 누구도 당신을 찾아내는 것이 불가능합니다. 당신은 다른 경력을 가진 다른 사람이 되고, 당신이 원한다면 외모를 바꿀 수도 있습니다."

"그건 제가 하겠습니다."

그는 자신의 외모를 아무도 모르게 고치고 싶었다.

"통상적으로 우리가 다른 사람으로 만드는 경우에는 그 사람에게 적합한 일을 찾아주고, 어느 정도의 돈도 지급합니다. 콜팩스 씨, 당신의 경우 돈은 문제가 없다고 알고 있습니다만……."

토머스 콜팩스는 독일과 스위스와 홍콩은행에 계좌를 갖고 있는 자신의 막대한 예금을 데이비드 테리가 안다면, 뭐라고 말할까 하고 생각했다. 토머스 콜팩스 자신조차 정확한 액수는 모르지만, 대충 어림잡아 1천만 달러는 될 것 같았다.

"내 생각에노 돈은 문세가 되지 않을 것 같소."

콜팩스는 말했다.

"좋습니다. 우선 결정해야 할 것은 당신이 어디로 가고 싶은가 하는 것입니다. 특별히 생각하고 있는 지역이 있습니까?"

그것은 실로 간단한 질문이었지만, 그 배후에는 많은 문제들이 있었다.

그가 묻고 있는 것은 '어디에서 평생 지내고 싶습니까'라는 말이었다.

어디로 가든지 죽을 때까지 그곳에서 나올 수 없다는 것을 콜팩스는 알고 있었다. 그곳이 그의 새로운 거주지이고, 안전 지역이며, 그곳 외에는 세계 어디에도 안전한 곳은 없었다.

"브라질입니다."

그것은 타당한 선택이었다. 그는 이미 자기 이름이 드러날 염려가 없는 파나마 회사의 명의로 20만 에이커의 농원을 소유하고 있었다. 그 농원 자체가 성채 같은 곳이었고, 게다가 갑부인 콜팩스는 충분한 경비원을 고용할 수 있었다. 때문에 설령 마이클 모레티가 가까스로 그가 있는 곳을 찾아낸다고 해도, 누구도 그에게 손가락 하나 댈 수 없을 것이었다.

그는 여자도 포함해서 갖고 싶은 것은 뭐든 소유할 수 있었다. 토머스 콜팩스는 라틴계 여자를 좋아했다. 사람들은 남자도 나이가 60이 되면, 성적으로는 끝장이고 이미 아무런 흥미도 없을 거라고 생각하지만, 콜팩스는 나이가 들어감에 따라 점점 욕망이 강해져가고 있었다. 그가 좋아하는 스포츠는 2, 3명의 젊은 여자를 침대로 끌어들여, 자극을 받는 것이었다. 여자는 어리면 어릴수록 좋았다.

"브라질이라면 준비하는 것이 쉽겠군요. 정부에서 그곳에 아담한 집을 사서……"

"그럴 필요는 없습니다."

콜팩스는 보잘것없는 집에 사는 자기 모습을 상상하고 웃음을 터뜨릴 뻔했다.

"저에게 해주실 것은 새 신분증명서를 발급해주는 것과 가는 도중에 안전을 확보해주는 것입니다. 나중 일은 전부 제가 알아서 하겠습니다."

"그럼 부탁하신대로 하죠, 콜팩스 씨. 이제 얘기가 다 끝난 것 같군요."

데이비드 테리는 일어서서 그를 안심시키듯 미소를 지었다.

"이 문제는 간단히 처리될 겁니다. 조속히 준비에 들어가겠습니다. 증언을 끝마치는 대로 남미 행 비행기를 타게 해드리겠습니다."

"고맙소."

토머스 콜팩스는 방문자가 일어서서 나가는 것을 바라보자 의기양양한 기분이 되었다. 마침내 해냈다! 마이클 모레티는 그를 과소평가하는 과오를 범했다. 그것은 모레티의 최후의 실수가 되는 것이다. 콜팩스는 마이클이 절대로 일어설 수 없도록 깊이 묻어주어야겠다고 생각 했다.

그의 증언은 영화로 기록되려 하고 있었다. 그것은 재미있는 일이었다. 콜팩스는 분장을 할까 하고 생각했다. 그는 벽의 작은 거울 속에 비친 자신을 물끄러미 바라보았다.

'이 나이치고는 나쁘지 않은 편이군. 아직 가능성이 있어. 남미의 아가 씨들은 흰머리가 섞인 중년 남자를 좋아하지.'

그는 생각했다.

이윽고 독방의 문이 열리는 소리에 그는 뒤를 돌아다보았다. 해병대의 하사관이 콜팩스의 점심식사를 갖고 온 것이다. 촬영이 시작될 때까지는 식사를 할 시간이 충분했다.

첫날, 토머스 콜팩스는 식사에 대해서 불평을 했다. 그러자 월레스 소장이 콜팩스에게 특별히 신경을 써서 맛있는 요리를 해주도록 조치를 했다. 콜팩스가 기지에 감금되어 있는 동안, 그의 말은 떨어지기 무섭게 병사들에게 명령되었고, 그들은 뭐든지 그의 환심을 사려고 애썼다. 콜팩스는 그 점을 마음껏 이용했다. 그는 쾌적한 가구와 텔레비전을 들여오게 하고, 매일 신문과 새로운 잡지를 요구했다.

하사관은 테이블 위에 식사를 담은 쟁반을 놓고, 항상 정해진 문구를 말했다.

"맛있게 드십시오."

콜팩스는 여유 있는 미소를 띠고, 테이블에 앉았다. 그가 좋아하는 덜

익힌 로스트비프, 감자, 요크셔 푸딩 등의 진수성찬이었다. 그는 하사관이 의자를 당겨 자기와 마주앉기를 기다렸다. 하사관은 칼과 포크를 들고 고기를 잘라서 먹기 시작했다. 이것도 월레스 소장의 착상이었다. 토머스 콜팩스가 음식을 먹기 전에 다른 사람이 먼저 먹어서 독이 있는지를 확인시켰던 것이다.

'마치 고대의 왕 같단 말씀이야.'

콜팩스는 생각했다. 그는 하사관이 로스트비프와 감자와 요크셔 푸딩을 먹는 것을 지켜 보았다.

"어떤가?"

"솔직히 말씀드리면, 저는 잘 익은 것을 좋아합니다."

콜팩스도 칼과 포크를 들고 먹기 시작했다. 하사관의 말은 틀렸다.

고기는 상당히 잘 구워진 상태였다. 감자는 크림처럼 따뜻하고 요크셔 푸딩도 잘 만들어져 있었다.

콜팩스는 서양 겨자를 고기 위에 살짝 뿌렸다. 콜팩스가 이상하다고 깨달은 것은 두 번째 음식을 씹었을 때였다. 뭔가 이상한 것이 전신으로 퍼지는 것 같더니 온몸이 불덩이가 되었다. 목이 콱 막혀 마비되어 가서, 그는 숨을 쉬려고 헐떡이기 시작했다. 하사관은 맞은편에 앉은 채, 그를 가만히 쳐다보고만 있었다.

토머스 콜팩스는 목을 움켜쥐고 고통을 호소하려고 했지만, 말이 나오지 않았다. 몸 안의 불덩이는 급속도로 퍼지고, 견딜 수 없는 고통 속으로 그를 몰아넣고 있었다. 그의 몸은 심한 경련으로 경직되는가 싶더니 벌렁 뒤로 나자빠져 바닥에 쓰러지고 말았다.

하사관은 잠시 그를 지켜보고 있다가 마침내 그의 눈꺼풀을 들어 죽은 것을 확인했다.

그런 다음 소리를 질러 도움을 청했다.

불편한 예감

싱가포르 항공 246편은 오전 7시 30분에 런던 히드로 공항에 착륙했다. 승객들은 제니퍼와 2명의 FBI 요원이 비행기에서 내려, 공항 경비실로 들어갈 때까지 좌석에서 일어날 수 없었다.

제니퍼는 미국에서 무슨 일이 일어나고 있는지를 알기 위해서, 어떻게 해서든 신문을 보고 싶었는데 2명의 말없는 호송자는 그녀의 부탁을 거절했고 이야기를 나누려고도 하지 않았다.

2시간 후, 세 사람은 뉴욕 행 TWA 기를 탔다.

폴리스퀘어의 연방 재판소에서는 긴급회의가 열리고 있었다. 참석자는 애덤 워너, 로버트 디 실바, 로이 윌레스 소장, 그리고 FBI, 사법부, 세무부의 대표자 5, 6명이었다.

"도대체 어떻게 그런 일이 일어날 수 있었단 말입니까?"

디 실바의 목소리는 분노로 떨리고 있었다. 그는 소장 쪽을 보았다.

"토머스 콜팩스가 우리에게 있어서 얼마나 중요한가 하는 것은 당신도 잘 알고 있을 텐데."

소장은 면목이 없다는 듯이 양손을 비볐다.

"모든 경계 조치를 취했습니다. 지금 청산가리가 어떻게 들어가게 되었는지 조사를……."

"어떻게 들어갔는지는 상관없소! 콜팩스는 다시 살아나지 못할 테니까!"

재무부 대표가 발언했다.

"콜팩스의 죽음은 우리에게 있어서 어느 정도의 타격이 됩니까?"

"막대합니다. 다른 증인을 세워도 장부와 기록을 입증할 수 없어요. 분명 약삭빠른 변호사가 그들의 장부는 조작한 것이라고 말할 테니까요."

디 실바는 대답했다.

"이제 어떻게 하죠?"

재무부의 남자가 물었다.

"현재 하고 있는 일은 계속 진행됩니다. 제니퍼 파커가 싱가포르에서 돌아와요. 그녀에 대해서는 무기징역을 선고할 만한 증거를 잡고 있어요. 그녀를 교도소에 처넣는 것과 동시에 우리는 그녀를 이용해서 마이클 모레티를 끌어들이는 겁니다. 어떻소, 상원의원?"

그는 애덤에게로 고개를 돌렸다.

애덤은 기분이 나빠졌다.

"실례하겠습니다."

그는 황급히 방을 나갔다.

긴급 용건

커다란 귀 가리개를 한 지상 유도원이 2개의 깃발을 흔들면서 점보제트 747을 인도했다. 비행기는 정해진 트랩 쪽으로 들어가고, 조종사는 프랫 앤드 휘트니 터보제트 엔진을 껐다.

점보기 내에서는 스피커를 통해 승무원의 목소리가 들렸다.

"여러분, 지금 막 뉴욕의 케네디 공항에 착륙했습니다. TWA를 이용해 주셔서 대단히 감사합니다. 죄송합니다만 다음 안내 방송이 있을 때까지 그대로 좌석에서 기다려 주시면 감사하겠습니다."

기내에 불만의 웅성거림이 일었다. 조금 있다가 트랩 직원이 문을 열었다. 제니퍼와 함께 좌석에 앉아 있던 2명의 수사관이 일어났다.

한 수사관이 제니퍼를 향해 말했다.

"갑시다."

승객들은 세 사람이 비행기에서 내리는 것을 호기심 어린 눈으로 지켜봤다. 2, 3분 후에 스피커에서 다시 승무원의 목소리가 흘러 나왔다.

"여러분, 오래 기다리셨습니다. 이제 내려주시기 바랍니다."

정부의 리무진이 공항 측면 입구에서 기다리고 있었다. 최초로 자동차가 멈춰선 것은 파크 로 150번지의 메트로폴리탄 교도소였다. 그곳은 연방 법원과 건물이 붙어 있었다.

제니퍼의 이름을 기록한 다음, FBI 수사관이 말했다.

"유감이지만 당신을 이곳에 둘 수는 없습니다. 라이커스 섬으로 데려가라는 명령입니다."

라이커스 섬까지 가는 차 안에서는 침묵이 계속되었다. 제니퍼는 뒷좌석에 두 사람의 FBI 수사관 사이에 끼어 아무 말도 없이 앉아 있었지만, 그녀의 머리는 빠르게 회전하고 있었다. 2명의 수사관은 대서양을 건너는 동안에도 계속 입을 다물고 있었기 때문에 제니퍼는 자신이 어느 정도의 트러블의 와중에 있는지 알 수가 없었다. 다만 중대한 사건이라는 것만은 알 수 있었다. 본국 송환 영장은 웬만한 일로는 발부되지 않기 때문이었다.

구치소에 있는 동안 그녀는 아무것도 할 수가 없게 된다. 그녀의 선결 문제는 보석으로 출소하는 것이었다.

자동차는 라이커스 섬으로 통하는 다리를 건너가고 있었다. 제니퍼는 밖으로 시선을 보내고 낯익은 풍경을 바라보았다. 그곳은 의뢰인을 만나기 위해서 그녀가 100번도 넘게 오간 곳이었다. 그러나 지금은 그녀가 갇히는 신세인 것이다.

'하지만 길지는 않을 거야. 마이클이 꺼내줄 테니까.'

제니퍼는 생각했다.

두 사람의 FBI 수사관은 그녀를 수감 건물로 데리고 가서 본국 송환 영장을 교도관에게 건네주었다.

"제니퍼 파커요."

교도관은 영장을 힐끗 보았다.

"기다리고 있었습니다. 미스 파커. 당신을 위해 제3 구치실이 준비되어 있습니다."

"전화를 한번 걸 수는 있겠지요?"

교도관 책상 위의 전화를 가리켰다.

"물론입니다."

제니퍼는 마음속으로 마이클 모레티가 있어 주었으면 좋겠다고 빌면서 전화기를 집어 들었다.

마이클 모레티는 제니퍼의 전화를 기다리고 있었다. 지난 24시간 동안 그는 다른 일은 생각할 수가 없었다. 그는 제니퍼가 언제 히드로 공항을 이륙하고 몇 시에 뉴욕에 도착했는지 그때그때 연락을 받고 있었다. 그는 책상을 향해 앉아 마음속으로 라이커스 섬으로 가는 제니퍼를 쫓고 있었다. 그리고 구치소로 들어가는 그녀의 모습을 떠올렸다. 그녀는 틀림없이 구치소에 수감되기 전에 전화를 걸 것이다. 그것만으로 족했다. 그는 한 시간 안에 제니퍼를 보석시키고 그녀는 곧장 그에게로 돌아올 것이다. 마이클 모레티는 제니퍼 파커가 문을 열고 들어오는 순간을 초조하게 기다리고 있었다.

제니퍼는 절대로 용서할 수 없는 짓을 했다. 그녀는 그를 파멸시키려고 하는 사나이에게 몸을 준 것이다. 그밖에 또 무엇을 주었을까? 어떤 비밀을 그 사나이에게 누설한 것일까?

애덤 워너가 제니퍼의 아들의 아버지였던 것이다. 마이클은 지금 그것을 확신하고 있었다. 제니퍼는 처음부터 그에게 거짓말로 조슈아의 아버지는 죽었다고 말했었다.

'그렇다. 그것은 얼마 안 있어 실현될 예언이었던 것이다.'

마이클은 생각했다.

그는 얄궂은 모순에 빠졌다. 그는 애덤 워너의 신용을 땅에 떨어뜨리고 파멸시킬 강력한 무기를 가지고 있었다. 조슈아와의 관계를 폭로하겠다고 워너를 협박할 수 있었다. 그러나 그렇게 하면 자기 자신을 궁지에 빠뜨리게 된다. 다른 패밀리에서 마이클의 애인이 상원조사위원장의 정부였다는 것을 알게 된다면—언젠가는 알게 되겠지만—마이클은 웃음거리가 될 것이다. 그는 더 이상 세상에 얼굴을 들고 다닐 수가 없고, 부하에게 명령을 내릴 수도 없게 될 것이다. 정부를 빼앗긴 사나이에게는 보스의 자격이 없었다. 그래서 협박은 양날을 가진 칼이며 아무리 깨씸해도 그것을 사용해서는 안 된다고 마이클은 생각했다. 다른 방법으로 적을 파멸시키지 않으면 안 되었다.

마이클은 책상 위에 놓인 작은 지도를 보았다. 그것은 그날 밤 애덤 워너가 자금모금을 위한 디너파티로 가는 길의 순서를 그린 것이었다. 마이클은 5천 달러를 주고 그 지도를 손에 넣었다. 그것은 애덤 워너의 생명의 대가였다.

책상 위의 전화가 울리자 그는 자신도 모르게 흠칫 놀랐다. 수화기를 집어 들자 제니퍼의 목소리가 들렸다.

"마이클……들려요? 라이커스 섬에 수감되었어요. 살인교사 혐의로 체포되었어요. 보석은 아직 정해지지 않았어요, 당신은 언제……."

"즉시 빼내주겠어. 힘을 내. 알겠지?"

"네, 알겠어요."

그는 그녀의 목소리에서 안도감을 느낄 수 있었다.

"지노를 보낼게."

몇 초 후, 마이클은 다시 수화기를 들었다.

"보석금은 아무리 비싸도 상관없어. 즉시 그녀를 꺼내줘야겠어."

그는 책상 위 단추를 눌렀고, 지노 갈로가 들어왔다.

"제니퍼 파커가 라이커스 섬에 들어가 있어. 한두 시간이면 나올 거야. 그녀를 태워 이곳으로 데려와."

"알겠습니다, 보스."

마이클은 의자에 등을 기댔다.

"제니퍼에게 오늘 이후부터는 애덤 워너의 일은 걱정할 필요가 없다고 말하게."

지노 갈로의 얼굴이 밝아졌다.

"정말입니까?"

"정말이야, 그는 지금 연설을 하러 가는 도중이야. 하지만 회장에는 도착하지 못해. 뉴캐넌 다리에서 사고를 만나게 될 테니까."

지노 갈로가 싱긋이 웃었다.

"어어, 신나는군요."

마이클은 몸짓으로 문을 가리켰다.

"빨리 가봐."

디 실바 지방검사는 온갖 수단을 동원해서 제니퍼의 보석을 저지하려고 했다. 그들은 뉴욕 대법원 판사인 윌리엄 베네트 앞에 출두해 있었다.

"재판장, 피고는 10여 건의 중죄를 범했습니다. 우리는 싱가포르에서 그녀를 데려오지 않으면 안 되었습니다. 만약 보석을 허가한다면 다시는 인수해올 수 없는 나라로 도망칠 것입니다. 보석을 인정하지 않도록 부탁드립니다."

로버트 디 실바는 말했다.

전직 판사이며 제니퍼의 변호사인 존 레스터가 말했다.

"지방검사는 사실을 크게 왜곡하고 있습니다. 내 의뢰인은 어디에도 도망진 것은 아닙니다. 그녀는 업무 차 싱가포르에 가 있었습니다. 만일 정부가 그녀에게 귀국을 요청했더라면 자발적으로 그렇게 했을 것입니다. 그녀는 명성 있는 훌륭한 변호사입니다. 도망 같은 것은 생각도 할 수 없습니다."

논쟁은 30분 이상 계속되었다.

최후에 베네트 판사가 말했다.

"50만 달러로 보석을 허가합니다."

"감사합니다, 재판장님. 즉시 보석금을 지불하겠습니다."

제니퍼의 변호사는 말했다.

15분 후, 지노 갈로가 메르세데스 리무진의 문을 열고 제니퍼를 뒷좌석에 태웠다.

"간단하군요."

그는 말했다.

제니퍼는 대답하지 않았다. 그녀는 상황이 어떻게 되어가고 있는지를 생각하고 있었다. 싱가포르에서 그녀는 완전히 소외된 채 방치되어 있었다. 미국에서 무슨 일이 일어나고 있는지 전혀 알 수가 없었지만 자신의 체포가 단순한 사건이 아닌 것만은 확실했다. 그들은 그녀 한 사람을 노리고 있는 것이 아닐 것이다. 제니퍼는 빨리 마이클을 만나서 무슨 일이 일어났는지를 알아볼 필요가 있었다.

디 실바가 그녀를 살인교사 혐의로 싱가포르에서 송환해온 것을 보면 틀림없이 상당한 자신이 있었기 때문일 것이다. 그는…….

지노 갈로가 떠들어대는 두 마디의 말이 제니퍼의 주의를 끌었다.

"……애덤 워너……."

"뭐라고요?"

제니퍼는 그의 얘기를 듣고 있지 않다가 귀가 솔깃해서 물었다.

"더 이상 애덤 워너의 일은 걱정할 필요가 없다고 하더군요. 마이클이 그를 처치해버릴 테니까요."

제니퍼는 가슴이 뛰기 시작했다.

"마이클이? 언제?"

지노 갈로는 핸들에서 한 손을 떼고 손목시계를 보았다.

"앞으로 15분 정도 남았어요. 사고처럼 꾸민다고 하던걸요."

제니퍼는 입 안이 갑자기 바짝 타들어갔다.

"어디⋯⋯."

말이 잘 나오지 않았다.

"어디⋯⋯ 어디서 그 일이 일어난다고 하던가요?"

"뉴캐넌 다리 위에서랍니다."

자동차는 퀸즈를 달리고 있었다. 앞쪽에 쇼핑센터의 약국이 보였다.

"지노, 저 약국 앞에서 잠깐만 세워줘요. 급히 사야 할 것이 있어서요."

"좋습니다."

그는 익숙한 운전 솜씨로 쇼핑센터 입구에 차를 세웠다.

"내가 사다드릴까요?"

"아니에요. 괜찮아요⋯⋯ 금방 돌아올게요."

제니퍼는 차에서 내려 종종걸음으로 안으로 들어갔다. 그녀는 마음속에서 비명을 지르고 있었다. 가게 안쪽에 전화박스가 있었다. 제니퍼는 핸드백을 뒤졌지만 싱가포르 동전이 있을 뿐 잔돈이 없었다. 그녀는 서둘러 계산대로 가서 1달러짜리 지폐를 내밀었다.

"동전 좀 바꿔주시겠어요?"

계산대 직원은 귀찮은 듯이 제니퍼의 돈을 받아들고 동전을 가득 내주었다. 제니퍼는 황급히 전화박스로 돌아갔다. 뚱뚱한 중년 부인이 수화기를 들고 있었다.

제니퍼는 말했다.

"급한 용건인데요. 실례지만⋯⋯."

그녀는 제니퍼를 부서운 눈으로 노려보고는 선화글 길고 있었다.

"여보세요, 헤이즐?"

여자는 큰 소리로 외쳤다.

"내 선견지명이 맞았어. 오늘 최고로 고약한 날이라니까! 내가 사려고 하던 그 구두 알지? 내 사이즈로 단 한 켤레 남아 있던 게 팔렸지 뭐야."

제니퍼는 여자의 팔을 두드리며 부탁했다.

"부탁입니다!"

"다른 전화를 찾아봐요."

여자는 짜증스러운 목소리로 말했다. 그리고 다시 수화기 쪽으로 고개를 돌렸다.

"우리가 함께 본 스웨이드 구두 기억하고 있어? 그것도 없어졌더라고! 그래서 내가 어떻게 한 줄 알아? 점원에게 말해주었어……."

제니퍼는 눈을 감고 서 있었다. 마음속의 고통 외에는 아무것도 느껴지지 않았다. 마이클이 애덤을 죽이도록 내버려두어서는 안 된다. 어떤 짓을 해서라도 그를 구해내지 않으면 안 된다.

뚱뚱한 중년 부인은 전화를 끊고 제니퍼 쪽을 돌아보았다.

"댁의 버릇을 고쳐주려면 한 통 더 걸어야 하지만……."

여인은 조그만 승리에 만족스러운 웃음을 지으며 멀어져갔고 제니퍼는 수화기를 옮겨쥐었다. 그리고 애덤의 사무실로 전화를 걸었다.

"죄송합니다. 워너 의원은 부재중이십니다. 전할 말씀이라도?"

그의 비서가 말했다.

"긴급한 용건이에요. 어디로 걸어야 연락이 되는지 알 수 있나요?"

제니퍼는 말했다.

"아뇨. 알 수가 없습니다. 만일 원하신다면……."

제니퍼는 전화를 끊었다. 그녀는 잠깐 생각하고 나서 급히 다른 번호를 돌리면서 중얼거렸다.

"로버트 디 실바."

오랫동안 기다리고 나서야 겨우 목소리가 들렸다.

"지방검사 사무실입니다."

"디 실바 씨에게 할 얘기가 있습니다. 제니퍼 파커입니다."

"디 실바 씨는 회의 중입니다. 지금은 바꿔드릴 수가……."

"이 전화로 돌려주세요. 긴급한 용건입니다. 빨리요!"

제니퍼의 목소리는 떨리고 있었다.

디 실바의 비서는 망설이고 있었다.

"잠시만 기다려 주세요."

1분 가량 지나서 로버트 디 실바가 전화를 받았다.

"여보세요."

그의 목소리는 퉁명스러웠다.

"잘 들으세요. 애덤 워너가 살해되려 하고 있습니다. 앞으로 10분이나 15분 내에 살해당합니다. 그들은 뉴캐넌 다리에서 사고사로 꾸밀 계획입니다."

그녀는 전화를 끊었다. 제니퍼에게는 그 이상 할 수 있는 일이 아무것도 없었다. 애덤의 산산조각 난 시체가 힐끗 뇌리를 스쳐 지나가고, 제니퍼는 몸을 부르르 떨었다. 그녀는 손목시계를 보고 디 실바가 시간에 맞춰 조치를 취해줄 것을 마음속으로 빌었다.

로버트 디 실바는 수화기를 내려놓고 사무실에 있는 몇 명의 직원에게 고개를 돌렸다.

"이상한 전화로군."

"누구에게서 왔습니까?"

"제니퍼 파커. 워너 상원의원이 암살당한다고 하더군."

"왜 검사님에게 전화를 걸었을까요?"

"모르겠어."

"사실이라고 생각하십니까?"

디 실바 지방검사는 말했다.

"사실일 리가 있겠어?"

제니퍼는 사무실 문을 열고 안으로 들어갔다. 마이클은 자신도 모르게 그녀의 아름다움에 놀라서 숨을 죽였다. 그는 제니퍼를 만날 때마다 그 아름다움에 놀라곤 했다. 그녀는 외견상은 더할 수 없이 아름다운 여인이었다. 그러나 내면은 기만으로 가득 찬 무서운 여자였다. 마이클은 애덤 워너에게 키스한 입술과 애덤 워너에게 안긴 그녀의 몸을 훑어보았다.

제니퍼는 가까이 다가오면서 말했다.

"마이클, 만나서 기뻐요. 빨리 손을 써줘서 고맙고요."

"그런 것쯤은 아무것도 아니야. 기다리고 있었어, 제니퍼."

그 말에 어떤 감정이 담겨 있는지 제니퍼는 아무것도 알 수 없었다.

그녀는 팔걸이의자에 몸을 파묻었다.

"마이클, 대체 무슨 일이에요? 무슨 일이 일어났어요?"

마이클은 절반은 감탄을 하면서 그녀를 응시했다. 그녀는 그의 제국의 궤멸에 중요한 역할을 맡고 있으면서 순진한 얼굴을 하고는 무슨 일이 일어났느냐고 묻고 있었다.

"그들이 왜 나를 데리고 돌아왔는지 알고 있어요?"

'알고 있다마다. 너에게서 좀 더 많은 것을 알아내기 위해서지.'

그는 목이 부러진 노란 카나리아를 생각해냈다. 제니퍼도 곧 그런 꼴이 될 것이다. 제니퍼는 그의 검은 눈동자를 들여다보았다.

"몸이 어디 아픈 거 아니에요?"

"최고의 기분이야. 앞으로 몇 분 안에 우리의 문제는 모두 해결이 될 테니까."

그는 의자에 몸을 기댔다.

"무슨 문제가요?"

"워너 상원의원이 사고를 당하는 거지. 그럼 위원회도 얌전해질 거야. 이제 슬슬 전화가 걸려올 시간이 되었는걸."

그는 벽시계로 시선을 보냈다.

마이클의 태도에는 어딘지 모르게 기묘한, 을씨년스러운 구석이 있었다. 제니퍼는 문득 불길한 예감에 사로잡혔다. 그리고 자신이 여기에 머물러 있어서는 안 된다는 생각이 들었다. 그녀는 몸을 일으켰다.

"아직 짐도 풀지 못했어요. 이제부터……"

"앉아!"

마이클의 낮은 목소리는 그녀의 등줄기를 오싹하게 만들었다.

"마이클……"

"앉으라니까."

그녀는 힐끗 문 쪽을 바라보았다. 지노 갈로가 문을 등지고 서서 무표정하게 제니퍼를 지켜보고 있었다.

"아무데도 가면 안 돼."

"하지만 나도 해야 할 일이……"

"잠자코 있어. 더 이상 한마디도 하지 말라고."

그들은 앉아서 서로를 뚫어질 듯이 바라보면서 기다렸다. 방 안에는 벽시계의 재깍재깍 하는 소리만 들릴 뿐이었다. 제니퍼는 마이클의 눈의 표정을 읽으려고 했지만 그 눈은 공허하고 아무것도 나타내고 있지 않았다. 전화벨이 방 안의 정적을 깨뜨렸다. 마이클은 수화기를 들었다.

"여보세요, ……확실해? ……알겠다, 철수해."

그는 수화기를 내려놓고 세니퍼에게 말했다.

"뉴캐넌 다리에 경관들이 우글거리고 있다는군."

제니퍼는 안도감이 몸 안으로 퍼져나가는 것을 느꼈다. 그리고 들뜬 기분이 되었다. 마이클이 그녀를 지켜보고 있었다. 제니퍼는 감정을 밖으로 드러내지 않으려고 안간힘을 썼다.

그녀는 물었다.

"무슨 얘기예요?"

마이클은 천천히 말했다.

"아무것도 아니야. 애덤 워너가 죽는 건 다른 장소가 될 거야."

암흑

가든 스테이트 파크웨이의 쌍둥이 다리는 지도에 나와 있지 않았다. 가든 스테이트 파크웨이는 래리턴 강을 건너면서 2개의 다리로 갈라지는데 하나는 북쪽, 또 하나는 남쪽으로 통하고 있었다.

리무진은 이제 막 퍼드 앰보이 서쪽에서 남쪽으로 통하는 다리를 향하고 있었다. 애덤 워너는 비밀경호원 한 사람과 같이 뒷좌석에 타고 있었고, 2명의 경호원은 앞좌석에 타고 있었다.

클레이 레딘 경호원은 6개월 전부터 워너 상원의원의 호위를 맡은 탓으로 애덤 워너의 인품을 어느 정도는 알고 있었다. 그는 워너를 언제나 개방적이고 접근하기 쉬운 사람이라고 생각하고 있었지만, 오늘 하루 애덤은 이상하게도 말수가 적었다. 뭔가 큰 걱정거리가 있는 듯이 보였다. 하지만 그는 워너가 차기 대통령이 될 것을 믿어 의심치 않았다.

그리고 워너의 신상에 무슨 일도 일어나지 않도록 하는 것이 그 자신의 책임이었다. 그는 상원의원을 경호하기 위해 취해진 경계조치를 재음미하고 어느 곳에도 허술한 점이 없다고 생각하고 만족했다.

레딘은 다시 한 번 미래의 대통령을 힐끗 쳐다보며 그는 지금 무엇을 생각하고 있을까 하고 궁금해했다.

애덤 워너는 지금 그의 앞을 가로막은 시련과 싸우고 있었다. 그는 디 실바로부터 제니퍼가 체포되었다는 연락을 받았다. 그녀가 동물처럼 갇혀 있다는 생각을 하니 견딜 수가 없었다. 그의 마음은 두 사람이 함께 지낸 꿈과 같은 나날들만을 떠올렸다. 그는 오로지 제니퍼만을 사랑했던 것이다.

앞좌석에 있는 경호원 한 사람이 말했다.

"애틀랜틱 시티에는 예정 시간에 도착합니다, 대통령 각하."

또 '대통령' 소리인가. 최근의 어떤 여론 조사에서도 그는 단연 리드를 하고 있었다. 그는 미국 국민의 영웅이었는데, 애덤은 그것이 그가 지휘를 맡은 범죄조사활동—제니퍼 파커를 파멸로 몰아넣는 조사활동—덕택이라는 것을 알고 있었다.

애덤은 눈을 들었다. 자동차는 쌍둥이 다리에 접근하고 있었다. 바로 앞에 샛길이 있고 그 입구에 커다란 작은 트럭이 멈춰서 있었다. 리무진이 다리로 가까이 가자 그 트럭도 움직이기 시작하고 두 대는 동시에 다리로 들어섰다.

비밀 성호대원인 운전사는 브레이크를 밟고 속력을 떨어뜨렸다.

"저런 멍청이가 있나."

단파 무선의 잡음이 들렸다.

"비콘 원! 응답하라, 비콘 원!"

운전사와 나란히 앞좌석에 앉아 있던 경호원이 마이크를 집어 들었다.

"여기는 비콘 원."

트럭은 리무진과 나란히 다리를 건너기 시작했다. 트럭의 거대한 차체가 운전사 쪽의 시야를 완전히 가렸다. 리무진의 운전사는 속력을 올려 앞으로 빠져 나가려고 했다. 그러자 트럭도 동시에 속력을 올렸다.

"저 녀석이 대체 무슨 생각을 하고 있는 거야?"

운전사는 중얼거렸다.

"지방검사로부터 긴급 전화를 받았습니다. 폭스 원이 위험합니다, 알겠습니까!"

무전기의 목소리가 외치고 있었다.

트럭이 경고 없이 오른쪽으로 다가와서 리무진의 옆구리를 들이받으며 다리의 난간으로 밀어붙였다. 차 안의 세 사람의 경호원은 즉각 권총을 뽑았다.

"엎드려요!"

애덤은 바닥으로 밀려 넘어지고, 레딘이 애덤의 몸을 덮쳤다. 경호원들은 리무진의 왼쪽 창을 내리고 권총을 겨누었다. 목표가 되는 것은 아무것도 없었다. 세미 트레일러의 몸체 때문에 아무것도 보이지 않았다. 트럭 운전사는 훨씬 위쪽에 있어서 볼 수가 없었다.

또다시 트럭이 부딪쳐오고 리무진은 다시 난간으로 밀려났다. 운전사는 핸들을 왼쪽으로 꺾어 차를 되돌리려고 했지만 트럭은 계속 압력을 가해왔다. 차가운 래리턴 강이 200피트 아래서 소용돌이치고 있었다.

운전사 옆의 경호원이 마이크를 잡고 필사적으로 외치고 있었다.

"여기는 비콘 원! 메이데이! 메이데이 전 대원 응답하라!"

그러나 리무진에 타고 있는 사람은 모두 누군가가 구조를 하려고 해도 이미 때가 늦었다는 것을 알고 있었다.

운전사는 차를 세우려고 했으나 트럭의 거대한 펜더(자동차의 완충장치)가 파고들었기 때문에 리무진은 그대로 질질 끌려갔다. 거대한 트럭이 그들을 다리에서 밀어 떨어뜨리는 것은 시간문제였다. 운전사는 브레이크와 액셀러레이터를 차례로 밟으며 속력을 떨어뜨리거나 갑자기 속력을 올려서 빠져 나가려고 시도했다. 그러나 트럭은 리무진을 가차 없이 다리의 난간으로 밀어붙였다.

리무진은 더 이상 움직일 여지가 없어져 버렸다. 왼쪽은 트럭에게 도망갈 길을 차단당하고 리무진의 오른쪽은 난간에 밀어붙여져 있었다. 운전사는 필사적으로 핸들을 돌렸지만 트럭은 다시 한 번 강하게 리무진을 밀어붙였고 차 안의 경호원들은 모두 다리의 난간이 부서지기 시작하는 것을 느꼈다.

트럭은 더욱 거세게 밀어붙이며 리무진을 강하게 떨어뜨리려고 했다. 차 안의 사람들은 자동차의 앞바퀴가 난간을 부수고 다리에서 벗어나는 순간, 갑자기 차가 기우는 것을 느꼈다. 차는 가장자리에 걸린 채 건들거렸고 모두가 각자 죽을 각오를 했다.

애덤은 공포를 느끼지 않았다. 좌절과 형용할 수 없는 쓸쓸함이 있을 뿐이었다. 그는 제니퍼와 아이를 낳고 생애를 함께 했어야 했던 것이다. 그때 문득 애덤은 마음속 깊은 곳에서 두 사람에게 아이가 있었다는 것을 깨달았다.

리무진은 다시 기우뚱하며 한쪽으로 기울고 애덤은 지금까지 일어났던 일, 그리고 지금 일어나고 있는 일의 부당함에 대해서 처음으로 비명을 질렀다. 다리 위에서 경찰 헬리콥터 2대가 강하해오는 굉음이 들리고 뒤이어 기관총 소리가 울렸다. 세미 트레일러가 크게 흔들리더니 갑자기 정지했다. 애덤과 경호원들은 머리 위를 선회하는 헬리콥터 소리를 들을 수 있었다.

그들은 몸을 움직이지 않았다. 조금이라도 움직이면 차가 다리에서 공중제비를 해서 강으로 추락한다는 것을 알고 있었기 때문이었다.

멀리서 요란스러운 순찰차의 사이렌 소리가 늘려오고 몇 분 뒤에 뭔가 명령하는 커다란 목소리가 들렸다. 트럭의 엔진이 다시 소리를 내기 시작했다. 트럭이 느릿느릿 신중하게 밀착해 있는 리무진으로부터 조금씩 떨어져가면서 압력을 완화시켰다.

리무진은 다시 한 번 기우뚱하고 기울며 정지했다. 얼마 뒤 트럭이 후

퇴하고 애덤과 경호원들은 왼쪽 창으로 밖을 볼 수 있게 되었다.

6대의 순찰차가 달려오고 제복을 입은 경관들이 권총을 뽑아들고 다리 위에 모여 있었다. 총경이 부서진 리무진 옆에 서 있었다.

"문이 열리지 않습니다. 창문으로 나와주셔야겠습니다… 조심해서요."

그는 말했다.

먼저 애덤이 자동차의 균형이 무너져서 강으로 추락되지 않도록 조심해서 창으로 끌어내어졌다. 그 뒤, 세 사람의 경호원이 구조되었다.

모두가 차에서 나오자 총경이 물었다.

"어디 다치신 곳은 없으십니까?"

애덤은 다리의 가장자리에 걸려 있는 자동차를 돌아보았다. 그러고는 훨씬 아래쪽의 차가운 강물을 내려다보았다.

"네, 괜찮습니다."

그는 말했다.

마이클 모레티는 벽시계를 올려다보았다.

"이젠 모든 것이 끝났어. 당신의 남자친구는 지금쯤 강물 속에 있겠지."

그녀는 창백한 얼굴로 마이클을 응시했다.

"그럴 리가……."

"걱정하지 마. 공정한 재판을 받게 해줄 테니까."

그는 지노 갈로를 돌아보았다.

"제니퍼한테 애덤이 뉴캐넌 다리에서 습격을 당할 거라고 말해줬지?"

"네, 보스가 시키는 대로요."

마이클은 제니퍼를 돌아보았다.

"재판은 끝났어."

그는 몸을 일으켜서 앉아 있는 제니퍼에게 성큼성큼 걸어갔다. 그리고 그녀의 블라우스를 움켜쥐고 끌어올렸다.

"나는 너를 사랑했어."

그는 속삭이고 그녀의 얼굴을 세게 때렸다. 제니퍼는 꼼짝도 하지 않았다. 그는 다시 한 번 더욱 세게 때리고 또다시 때렸다. 이윽고 그녀는 바닥에 쓰러졌다.

"일어서. 여기를 나가는 거야."

제니퍼는 어쩔어쩔해서 일어날 수가 없었다. 그녀는 머리부터 맑게 하려고 애썼지만, 마이클은 난폭하게 그녀를 끌어올려 일으켜 세웠다.

"제가 처치해버릴까요, 보스?"

지노가 물었다.

"아니, 뒤쪽으로 차를 끌고 와줘."

"알았습니다."

지노는 서둘러 방을 나갔다.

제니퍼와 마이클 둘만 남게 되었다.

"우리는 전 세계를 우리 것으로 만들었어. 그런데 넌 그것을 내던졌어. 왜 그랬지?"

그녀는 대답하지 않았다.

"너는 예전의 추억으로 다시 한 번 가고 싶은 거지?"

마이클은 제니퍼에게 다가가 그녀의 팔을 움켜잡았다.

"그러기를 원하는 거야?"

제니퍼는 말이 없었다.

"너는 이제 누구에게도 사랑받을 수 없을 거야. 네 사내가 있는 강물 속으로 던져주겠어! 그곳에서 사이좋게 지내라고."

지노 갈로가 새파랗게 질린 얼굴로 방 안으로 뛰어들어 왔다.

"보스! 이곳에……."

밖에서 쿵쿵거리는 소리가 났다. 마이클은 권총이 들어 있는 서랍 쪽으로 달려갔다. 그가 그것을 손에 잡았을 때 문이 휙 하고 열렸다. 두 사람의 수사관이 권총을 뽑아들고 뛰어들어 왔다.

"움직이지 마!"

그 순간 마이클은 결단했다. 그는 권총을 들어 뒤를 돌아보며 제니퍼를 향해 쏘았다. 수사관들이 발사를 시작하기 직전에 그는 몇 발의 탄환이 그녀에게 명중하는 것을 보았다. 그리고 그녀의 가슴에서 피가 뿜어 나오는 것을 응시했다.

그와 동시에 그는 한 발의 탄환이, 그리고 다음 탄환이 자신의 몸에 파고드는 것을 느꼈다. 그는 그녀의 죽음과 자기의 죽음과 어느 쪽이 더 고통이 큰지 알 수가 없었다. 그는 다시 해머로 때리는 것 같은 탄환의 충격을 느끼고 곧바로 아무것도 의식하지 못하게 되었다.

마지막 표류

두 사람의 인턴이 제니퍼를 수술실에서 회복실로 옮겨갔다. 제복을 입은 경관 한 사람이 그녀의 옆에 붙어 있었다. 병원 복도는 경관과 형사와 기자들로 붐비고 있었다.

한 사나이가 접수창구로 다가가서 말했다.

"제니퍼 파커를 만나게 해주십시오."

"가족 되는 분이신가요?"

"아니, 친구입니다."

"죄송합니다만 면회 사절입니다. 지금 회복실에 들어가 있습니다."

"기다리겠습니다."

"오래 걸릴지도 모릅니다."

"상관없습니다."

케네스 베일리는 말했다.

건물 옆쪽의 문이 열리고 몰라보게 수척한 애덤 워너가 비밀경호원들에 둘러싸여 들어왔다.

의사가 기다리고 있다가 그를 맞이했다.

"이쪽으로 오시지요, 워너 상원의원."

그는 애덤을 작은 방으로 안내했다.

"어떤 상태입니까?"

애덤은 물었다.

"낙관은 할 수 없습니다. 탄환을 세 발 꺼냈습니다."

문이 열리고 디 실바가 빠른 걸음으로 들어왔다. 그는 애덤 워너를 보고 말했다.

"무사하니 다행이오."

"당신에게 고맙다는 말씀을 드려야겠습니다. 어떻게 알았습니까?"

"제니퍼 파커가 전화를 걸었더군요. 그녀는 그들이 뉴캐넌에서 당신을 습격할 계획이라고 말했소. 나는 일종의 양동작전이 아닐까 생각했지만 위험을 무릅쓸 수는 없어서 그쪽에도 수배를 했지요. 그리고 한편으로는 당신의 자동차 루트를 확인한 다음, 몇 대의 헬리콥터로 공중에서 당신을 경호하도록 한 거요. 내 육감으로는 이것은 파커의 계략이오."

"아닙니다. 그건 잘못 생각한 것입니다."

애덤은 말했다. 로버트 디 실바는 어깨를 추슬렀다.

"그것은 어떻게 생각해도 좋소, 중요한 것은 당신이 무사했다는 사실이니까."

그는 생각난 듯이 의사 쪽을 돌아보았다.

"파커는 살아나겠습니까?"

"그다지 가망은 없습니다."

지방검사는 애덤 워너의 표정을 보고 잘못 해석을 했다.

"걱정할 필요는 없어요. 만약 살아난다고 해도 이젠 절대로 놓치지 않을 테니까."

그는 다시 애덤의 얼굴을 찬찬히 살폈다.

"얼굴색이 굉장히 안 좋군요. 돌아가서 휴식을 취해야겠소."

"그전에 제니퍼 파커를 만나보고 싶어요."

"지금 혼수상태입니다. 의식은 돌아오지 않을지도 모릅니다."

의사가 말했다.

"한번 만나보고 싶습니다."

"좋습니다, 상원의원. 이쪽으로 오시지요."

의사가 앞장서서 방을 나서고 애덤과 디 실바가 그 뒤를 따랐다. 복도를 몇 걸음 걸어가자 '회복실 출입금지'라는 안내판이 붙어 있었다.

의사는 문을 열고 선 채 두 사람을 안으로 들여보냈다.

"미스 파커는 첫 번째 방입니다."

문 앞에는 경관이 서서 경비하고 있었다. 그는 지방검사를 보자 부동자세를 취했다.

"내 정식 허가서 없이는 누구도 접근하게 해서는 안 된다. 알겠지?"

디 실바가 말했다.

"알겠습니다."

애덤과 디 실바는 방으로 들어갔다. 침대가 3개 있었는데 그중 2개는 비어 있었다. 제니퍼는 세 번째 침대에 누워 있었고, 코와 손목에 튜브가 꽂혀 있었다.

애덤은 침대 옆으로 다가가서 그녀를 내려다보았다. 제니퍼의 얼굴은 흰 베개 위에서 이상하리만큼 창백해보였다. 눈은 감겨져 있고, 의식을 잃은 채였지만 그녀는 평소보다도 젊고 상냥해보였나. 애덤이 보고 있는 그녀는 몇 년 전에 그가 만난, 세상물정에 어두운 처녀─화가 난 듯이 그를 향해 '만약 내가 매수당했다면 이런 곳에 살고 있겠어요? 당신이 무슨 짓을 해도 상관없어요. 하지만 나를 방해만 하지 말아주었으면 좋겠어요.' 하고 소리치던─였다.

그는 제니퍼의 용기와 이상주의와 상처받기 쉬운 나약함을 상기했다. 그녀는 천사의 편에 서서 정의를 믿고, 그것을 위해 싸울 의지를 갖고 있었다. 무엇이 잘못되었던 것일까? 그는 제니퍼를 사랑했으며, 지금도 여전히 사랑하고 있었다. 그러나 그는 하나의 그릇된 선택을 했고 그것이 그들의 전 생애를 망쳐버렸다. 그는 살아있는 한 그 죄책감에서 해방되는 일은 없을 것이라고 생각했다.

애덤은 의사에게 말했다.

"내게 알려주십시오. 만일 그녀가……."

그는 그 말을 차마 입에 담을 수가 없었다.

"……그녀에게 무슨 일이 생기면……."

"알겠습니다."

의사는 대답했다.

애덤 워너는 다시 한 번 제니퍼를 뚫어져라 응시하고 무언의 작별을 고했다. 그러고는 그는 몸을 돌려 대기하고 있는 기자들을 만나기 위해 밖으로 나갔다.

몽롱하고 흐린 반의식의 상태에서, 제니퍼는 사람들이 멀어져가는 발소리를 들었다. 그녀로서는 그들이 무슨 말을 하고 있는지 이해할 수가 없었다. 그들의 말은 그녀를 괴롭히고 있는 고통 때문에 알아들을 수가 없었다.

제니퍼는 애덤의 목소리를 들은 것 같은 느낌이 들었지만 그런 일은 있을 수 없다고 생각했다. 그는 이미 죽어버린 것이다. 그녀는 눈을 뜨고 싶었지만 그럴 만한 힘이 없었다.

제니퍼의 마음은 다른 쪽으로 표류하기 시작했다. ……에이브러햄 윌슨이 상자를 들고 방으로 뛰어들어 왔다. 그는 발에 걸려 넘어졌고, 상자가 열리면서 노란 카나리아가 튀어나왔다. ……로버트 디 실바가 소리치고 있었다. '붙잡아, 날려보내면 안 돼…' 마이클 모레티가 그것을 붙잡고 웃음을 터뜨렸고, 라이언 신부가 '여러분, 보십시오! 기적입니다.' 라고 외치자, 코니 가레트가 방안을 춤추며 뛰어다녔고 모두가 박수갈채를 보냈다…….

쿠퍼 부인이 말했다.

'난 아가씨한테 다 주고 싶어요. 와이오밍 주를……와이오밍……와이오밍…….' 애덤이 붉은 장미를 한 아름 안고 들어왔다. 마이클이 말했다. '내 선물이오.' 제니퍼가 말했다. '화병에 물을 담아 꽂아두겠어요.' 꽃은 시들고 물이 바닥에 쏟아져 호수가 되었다.

그녀와 애덤이 요트를 몰았고 마이클이 수상스키를 타고 쫓아왔다. 그것이 조슈아로 변하고, 조슈아는 제니퍼에게 웃는 얼굴을 보이며 손을 흔들고 균형을 잃을 뻔했다. 그녀는 소리쳤다. '넘어지면 안 돼……넘어지면 안 돼……' 거대한 파도가 조슈아를 공중으로 던져올렸고, 그는 그리스도처럼 양손을 내밀면서 자취를 감췄다.

한순간, 제니퍼의 의식이 또렷해졌다. 조슈아는 없어졌다. 애덤도 없어졌다. 마이클도 없어졌다. 그녀는 외톨이였다. 최후에는 누구나 외톨이인 것이다. 인간은 제각기 나름대로의 죽음을 맞이한다. 이대로 죽는 편이 편할 것이다.

행복한 안도감이 그녀에게 살며시 스며들어왔다. 얼마 뒤, 그녀는 아무런 고통도 느끼지 못하게 되었다.

고요한 과거 속에서

몹시 추운 1월의 어느 날, 애덤 워너는 국회의사당에서 제40대 미합중국 대통령에 취임했다. 그의 아내는 검은 담비털 모자를 쓰고 검은 담비 코트를 입고 있었다. 그것은 그녀의 창백한 얼굴에 잘 어울렸으며 임신해서 부풀어 오른 배를 거의 눈에 띄지 않게 만들고 있었다.

그녀는 딸과 나란히 서서, 애덤의 취임선서를 자랑스럽게 지켜보았고 온 나라의 국민들이 세 사람을 축복했다. 그들은 미국에서 가장 훌륭한 가족이었으며 품위가 있고, 정직하고, 선량하며 백악관에 어울리는 사람들이었다.

워싱턴 주 켈소의 조그만 법률사무실에서 제니퍼 파커는 혼자서 텔레비전의 대통령 취임식을 보고 있었다. 그녀는 식이 끝나고 애덤과 메리베스와 사만다가 경호원의 호위를 받으며 연단을 내려오는 것까지 지켜봤다. 그러고 나서 제니퍼는 텔레비전을 끄고 영상이 사라져 버리는 것을 바라보았다.

그것은 과거를 모조리 지워버리고 그녀의 신상에 일어난 모든 일, 사랑과 죽음과 기쁨과 고통을 내쫓아버리는 것 같았다. 어떤 것도 그녀를 멸망시킬 수는 없었다. 그리고 그녀는 살아남은 것이다.

제니퍼는 모자를 쓰고 코트를 입고 밖으로 나갔다. 그리고 잠시 발을 멈추고 문에 쓰인 '변호사 제니퍼 파커'라는 글자를 보았다. 그녀는 자신을 무죄로 만들어준 배심원들을 잠시 생각했다. 제니퍼는 자신의 아버지와 마찬가지로 아직도 변호사였다. 앞으로도 정의라고 하는, 잡히지 않는 것을 추구해나갈 것이다. 그녀는 몸을 돌려 법원 쪽으로 걷기 시작했고, 바람이 세차게 불고 있는 거리를 천천히 걸어갔다. 눈발이 조금씩 날리기 시작하더니 주위를 서서히 덮고 있었다.

가까이에 있는 아파트에서 갑자기 떠들썩한 소리가 들려왔다. 자신과는 아무런 관련이 없는 먼 소리였기 때문에 제니퍼는 잠깐 멈춰 서서 귀를 기울였다. 그리고 나서 그녀는 코트 깃을 좀 더 단단히 여미고 눈앞에 커튼처럼 보이는 눈발을 들여다보면서 걸었다. 마치 미래를 꿰뚫어 보려는 것처럼……. 그러나 그녀는 과거를 들여다보고 있었다. 그리고 모든 웃음이 사라져버린 것은 언제였을까 하고 생각했다.

옮긴이의 말

시드니 셸던은 25세 때 브로드웨이의 히트 뮤지컬 3편을 연속으로 쓰고 1949년에는 영화 〈독신자와 여학생〉으로 아카데미 오리지널 각본상을 수상했다. 뒤이어 뮤지컬 영화 〈애니여, 총을 잡아라〉, 〈이스터 퍼레이드〉로 스크린 라이터즈 길더를 두 차례나 수상해서 베테랑들을 깜짝 놀라게 했다.

그 후에도 시나리오 작가, 영화감독, 텔레비전 프로의 제작자로 30여 년간 할리우드에서 활약했는데, 1970년에 처녀작 「벌거벗은 얼굴(The Naked Face)」을 발표하여 미국 탐정작가클럽 신인상에 지명되었고 계속해서 발표하는 작품마다 폭발적인 인기를 얻었다.

사실 시드니 셸던은 새삼 독자들에게 소개할 필요가 없을 정도로 너무나 잘 알려져 있는 작가다. 출간하는 책마다 최고의 판매부수를 기록해서 그를 '미스터 베스트셀러'로 부르기도 했다.

이 책은 시드니 셸던의 가장 대표적인 작품이라고도 할 수 있는 「13월의 천사」(Rage of Angels)의 완역본이다.

시드니 셸던의 작품을 여러 편 번역한 관계로 나는 그의 문장과 구성에 대해서는 누구보다도 통달해 있다는 평가를 받고 있다. 그럼에도 불구하고 나는 이 작품을 번역하면서 놀라움과 충격과 흥분을 강렬하게 느끼지 않을 수 없었다. 끝도 없는 스릴과 반전에다 너무도 완벽하게 이야기를 구성하고 있어서 두 손을 바짝 들지 않을 수 없었다.

제니퍼 파커라는 정의감에 불타는 미녀 변호사의 파란만장한 삶을 통해 미국의 정계와 암흑계 그리고 사법부의 결탁이 적나라하게 펼쳐진다. 그와 동시에 여인의 사랑이 얼마나 뜨거운 것인지, 한편으로는 얼마나 나약한 것인지 하는 것도 실감할 수 있다.

제니퍼 파커는 높은 지적 수준의 변호사인데 그런 그녀가 어떻게 학교라고는 다닌 적이 없는 암흑계의 살인자에게 매료되어 사랑의 포로가 되는가…….

이 작품은 모든 페이지가 영상처럼 선명하게 펼쳐지며 그 속에는 스릴과 액션과 미스터리가 매순간마다 훌륭하게 조화되어 독자의 가슴을 설레게 한다.

완벽하게 재미있는 소설을 갈구하는 독자들에게 일독을 권하고 싶다.

정성호

옮긴이 **정성호**

충남 당진에서 태어났으며 가톨릭대학교 신학부 철학과를 졸업했다. 여흥고등학교에서 영어교사로 재직하던 중 긴급조치 9호 위반으로 복역했다. 출감 후 번역을 시작하여 현재까지 번역 전문가로 활동 중이며 번역서는 600여 종에 이른다. 주요 역서로 《개 같은 나의 인생》, 《황금옷 천사》, 《깊은 밤 깊은 곳에》, 《6분 전》, 《7일간의 유혹》, 《우연한 여행자》, 《늑대와 춤을》, 《그네 타는 남자》, 《생의 한 가운데》, 《인간의 역사》, 《정신분석입문》, 《포레스트 검프》, 《체인지》 등이 있다.

13월의 천사

개정판 2쇄 인쇄 2024년 5월 10일 | **개정판 2쇄 발행** 2024년 5월 15일

지은이 시드니 셸던 | **옮긴이** 정성호 | **펴낸이** 최효원 | **펴낸곳** (주)오늘
등록일 1980년 5월 8일 제2012-000082호
주소 서울시 영등포구 선유서로 67, 128호 | **전화** (02)719-2811(대) | **팩스** (02)712-7392
홈페이지 http://www.on-publications.com | **이메일** oneull@hanmail.net

* 잘못 만들어진 책은 바꾸어 드립니다.
ISBN 978-89-355-0569-2 03840